Sophia Money-Coutts ist Tochter eines englischen Barons. Ihre Familie führt die Privatbank »Coutts« – wo unter anderem die Queen ihr Geld anlegt. Sophia ist erfahrene Royal- und Promi-Redakteurin: Sie arbeitete für den *Evening Standard* und die *Daily Mail* und lebte zwei Jahre lang in Abu Dhabi. Heute schreibt sie freiberuflich und ist auch in Deutschland als Expertin für Adelsthemen gefragt – so gab sie *STERN* und *Gala* Interviews zum Megxit. Nach *Kann ich jetzt bitte mein Herz zurückhaben?* ist dies ihr zweiter Roman.

Darf ich dich jetzt behalten? in der Presse:

»So witzig, dass man alles um sich herum vergisst!«
GRAZIA

»Witzig und wunderbar geschrieben – wir lieben dieses Buch!«
Daily Mail

»Eine ganz und gar moderne Lovestory – und ein Lesegenuss!«
Woman's Weekly

Außerdem von Sophia Money-Coutts lieferbar:

Kann ich jetzt bitte mein Herz zurückhaben?

Sophia Money-Coutts

Darf ich dich jetzt behalten?

Roman

Aus dem Englischen von Ivana Marinović

PENGUIN VERLAG

MIX
Papier aus verantwortungsvollen Quellen
FSC® C014496

Penguin Random House Verlagsgruppe FSC® N001967

1. Auflage 2021

in der Penguin Random House Verlagsgruppe GmbH,
Neumarkter Straße 28, 81673 München
Umschlag: Bürosüd
Umschlagmotiv: www.buerosued.de
Satz: Buch-Werkstatt GmbH, Bad Aibling
Druck und Bindung: GGP Media GmbH, Pößneck
Printed in Germany
ISBN 978-3-328-10451-3
www.penguin-verlag.de

Dieses Buch ist auch als E-Book erhältlich.

*Für alle Eltern, in welcher Gestalt
auch immer sie daherkommen.*

Prolog

Ich war mir nicht sicher, ob ich genug Pipi für das Stäbchen hatte. Ich drückte mit den Fingerspitzen durch den Jeansstoff gegen meine Blase, während ich in der anderen Hand den Schwangerschaftstest hielt. Nicht gerade berstend voll, aber es würde reichen müssen. Ich zog die Folie von der Verpackung, legte das Stäbchen vorsichtig auf der Klopapierrolle ab und öffnete den Reißverschluss meiner Jeans. Dann setzte ich mich hin und griff nach dem Stäbchen.

Als ich auf meine Schenkel runterblickte, wurde mir klar, dass ich zu weit vorne auf der Klobrille saß, also rutschte ich mit meinem Po nach hinten und öffnete die Knie so weit, dass ich genug Platz hatte, meine Hand unter mich zu schieben, wobei ich mein Möglichstes tat, mit den Knöcheln die Kloschüssel nicht zu streifen. Jesus, war das unhygienisch. Es musste doch bessere Methoden geben.

Ich beäugte die Badewanne vor mir und fragte mich, ob es einfacher wäre, da reinzuklettern, mich hinzuhocken, in der Wanne aufs Stäbchen zu machen und das Pipi den Abfluss runterrinnen zu lassen. Eigentlich nicht schlimmer, als in die Dusche zu pullern, oder?

Ich schüttelte den Kopf. Ich befand mich hier im Badezimmer meiner Eltern. Ich konnte doch unmöglich einen Schwangerschaftstest in der Badewanne meiner Mum machen. Sie liebte diese Wanne. Sie verbrachte Stunden darin, setzte ihre gerüschte Duschhaube auf und beschimpfte inbrünstig Radio Norfolk.

Ich spähte erneut zu dem dunklen Spalt zwischen meinen Beinen hinab, wo das Stäbchen einsatzbereit in der Luft schwebte. Welch schnödes Stück Plastik, um solch potenziell lebensverändernde Neuigkeiten zu überbringen. Es hatte die Form dieser E-Zigarette, die mein Kumpel Clem ständig mit sich rumtrug – gefüllt mit Liquid mit Zitronenbrausearoma. »Warum denn Zitronenbrause?«, hatte ich ihn mal gefragt. Er hatte nur die Schultern gezuckt und gemeint, er möge halt Süßigkeiten.

Ich schüttelte den Kopf, wie um die Gedanken an Clem und seine Zitronenbrause physisch zu zerstreuen. Konzentrier dich, Lil. Das Stäbchen. Pinkel auf das Stäbchen. Los, brings hinter dich. Aber ich konnte nicht. Genau jetzt, im bisher wichtigsten Moment ihres Lebens, bekam meine Blase Muffensausen. Schon witzig, dass man, wenn man sich richtig aufs Pinkeln konzentriert, meistens nicht kann. Dabei kommt Pipi doch normalerweise, wenn man sich seine sechs-, sieben-, achtmal täglich hinhockt, problemlos raus.

Ich seufzte. Das andere Problem war, dass ich mir nicht ganz sicher war, wie ich das Stäbchen halten sollte, um das Maximum an Urin aufzufangen. Ich zog die Hand ein wenig nach vorne. War das eine gute Stelle? Vielleicht. Aber falls es eher als Rinnsal rauskam denn als Strahl, müsste ich es mehr mittig halten

»He!«, ertönte Jess' Stimme vor der Badezimmertür. Ich hatte wohlweislich abgeschlossen, da ich wusste, dass sie sonst hereingeplatzt käme. »Hast du's schon getan?«

»Schhhh«, zischte ich zurück. »Nein. Hab ich nicht. Und mich unter Druck zu setzen, bringt gar nichts.«

Jess verstummte für ein paar Sekunden, dann hörte ich sie vor der Tür pfeifen.

»Warum pfeifst du?«

Sie hielt inne. »Das bringt beim Reiten die Pferde auch zum Pinkeln.«

»Ich bin aber kein Pferd.« Obwohl … das brachte mich auf eine Idee. Ich streckte den linken Arm zum Waschbecken aus, drehte den Hahn auf und hielt meine Hand unter das warme Wasser.

Es funktionierte augenblicklich. Ich begann zu pinkeln und rückte das Stäbchen in die Topposition, irgendwo zwischen vorne und in der Mitte. Bitte, mach, dass ich nicht schwanger bin, dachte ich, den Blick auf das Stäbchen gerichtet, als ich warme Nässe auf meinen Fingern spürte. Genial, jetzt hatte ich mir auch noch auf die Hand gepullert. Bitte, bitte, mach, dass der Test nicht positiv ist. Ich war einunddreißig, Single, kaum in der Lage, meine Miete zu bezahlen. Ich hatte einen Plan fürs

Leben. Na ja, zumindest einen vagen. Und das hier gehörte nicht dazu.

Als ich geendet hatte, tropfte ich wippend über der Klobrille ab, wobei ich achtgab, das Stäbchen nicht fallen zu lassen. Dann drehte ich den Wasserhahn mit der linken Hand wieder zu und riss ein paar Blätter Klopapier von der Rolle ab. Ich zog das Stäbchen hervor und unterdrückte den albernen Drang, damit gegen den Rand der Kloschüssel zu klimpern wie mit einem Löffelchen gegen eine Teetasse – *ting, ting, ting!* –, und tupfte mich ab.

Ich warf einen kurzen Blick auf den Test in meiner rechten Hand, wobei ich das Gefühl hatte, ein Glas voller Schmetterlinge verschluckt zu haben, bevor ich ihn behutsam auf einem Stapel von Mums *History Today*-Zeitschriften ablegte und meine Jeans hochzog. Dann griff ich nach dem Stäbchen, ohne noch mal draufzuschauen, und schloss die Badezimmertür auf.

Jess stand da und zupfte an ihrer Nagelhaut wie ein nervöser Vater vor dem Kreißsaal. »Zeig her«, verlangte sie sofort und hielt die Hand auf. »Was sagt er?«

Komm schon, Lil, redete ich mir gut zu, wobei mein Magen immer noch rumorte, schau runter. Bring es hinter dich, dann kannst du mit Jess in den Pub gehen und dir zur Feier des Tages einen Drink gönnen. Und danach – keinen Sex mehr. Nie wieder. Ist es nicht wert. Weder den Ärger, noch das Drama, noch diese Panikattacke wegen der ultraklitzekleinen Wahrscheinlichkeit, dass du schwanger sein könntest. Ich würde ein Enthaltsamkeitsgelübde ablegen und mir eine Katze zulegen. Ich würde Priester werden.

Ich würde irgendwohin in den Fernen Osten ziehen, Buddhistin werden und allen weltlichen Freuden und Gelüsten entsagen. Ich würde zum Asexualismus konvertieren. Aber, bitte, bitte, bitte, lieber Gott – falls es einen gibt, falls du da bist –, ich weiß, ich bitte dich ständig um irgendwelche Dinge und schwöre dabei, dass ich dich nie wieder um was bitten werde, aber dieses eine Mal meine ich es wirklich ernst. Ich verspreche, ich werde dich nie wieder mit irgendwas Banalem behelligen, wenn du mir diesen einen kleinen Wunsch gewährst: Bitte, mach, dass ich nicht schwanger bin.

Ich blickte auf das Stäbchen runter.

»Fuuuuuuuck«, entfuhr es mir, als ich den Test anstarrte und dann Jess hinhielt. Es gab nichts dran zu rütteln – da prangten ganz klar zwei kleine violette Streifen. »Ich bin schwanger.«

1

Eigentlich hätte ich ja lieber einen Besen gefressen, als an diesem Abend auf ein Date zu gehen. Die ganze Sache war auf Jess' Mist gewachsen. Sie meinte, ich müsse mich wieder »in den Sattel schwingen«. Abartiger Ausdruck. Mir war nicht nach Reiten zumute, egal in welcher Form, vielen Dank auch. Aber sie hatte darauf bestanden, dass ich mir eine Dating-App namens Kindling runterlud, weswegen ich gerade im Bus saß – so nervös, dass selbst meine Ohrläppchen schwitzten –, auf dem Weg zu irgendeinem Pub in Vauxhall, um irgendeinen Typen namens Max zu treffen. Wir hatten nicht lange miteinander gechattet, daher wusste ich so gut wie nichts über ihn. Nur dass er vierunddreißig war, dunkles lockiges Haar hatte und weniger besorgniserregend wirkte als einige der anderen Kreaturen, die ich durchgescrollt hatte – nein, nein, nein, vielleicht, nein, nein, definitiv nicht, du bist einer dieser Perverslinge, der bestimmt einen Fußfetisch hat, nein, nein … JA! Hallo, schöner stoppelbärtiger Mann, der aussieht wie die Kreuzung zwischen einem Jane-Austen-Helden und einem Jack-Sparrow-Piraten. Das war Max.

Er hatte mich zwei Tage nach unserem Match gefragt, ob wir nicht miteinander ausgehen wollten, und gemeint, er glaube nicht an »Lange-um-den-heißen-Brei-herummachen«. Mir gefiel seine Direktheit. Kein Herumdrucksen. Keine Spielchen. Keine Pimmelfotos. Einfach nur ein: »Lust, was trinken zu gehen?« Ich überlegte mir, dass es besser war, sich gleich zu treffen und zu sehen, ob man miteinander klarkam, als wochenlang zu chatten und sich im Kopf ein irre romantisches Bild von dem anderen auszumalen, sich dann zu treffen und zu merken, dass man sich geirrt hatte und der Typ in echt ein Psychopath war.

Und daher – obwohl ich mich bei Max' Einladung vor Aufregung am liebsten übergeben hätte – hatte ich zugesagt. Ein klitzekleiner, winziger Teil von mir wusste, dass Jess recht hatte, wusste, dass ich über meinen Schatten springen musste. Sonst würde ich nie über Jake hinwegkommen – den Mann, den ich für meine große Liebe gehalten hatte, bevor er mein Herz in grob geschätzt siebzigtausend Teile zerbrach und mich in diese Zynikerin verwandelte, die ständig in bittere, selbstmitleidige Gedanken verfiel, wenn sie in der U-Bahn ein Pärchen Händchen halten sah.

Jake und ich hatten uns sechs Monate zuvor getrennt. Um ganz korrekt zu sein, sollte ich wohl eher sagen, er hatte sich von mir getrennt. Und das nach acht gemeinsamen Jahren, die ihren Anfang an der Uni genommen hatten. Diverse Freunde von uns gingen allmählich dazu über, sich zu verloben, und ja, okay, ich hatte mir gelegentlich erlaubt, darüber zu fantasieren, welche Diamantform Jake wohl für einen Verlobungsring wählen würde. Aber nur ein-, zweimal, allerhöchstens. Erbärmlich, ich weiß, aber trotz Ermangelung eines Rings war ich glücklich mit Jake. Ich wollte einfach nur *uns* – verheiratet oder nicht. Und ich war überzeugt davon, dass es ihm genauso ging. Jeden Abend schliefen wir so ein, dass wir einander auf jeden Fall berührten: mein Arm über seiner Brust, unsere Füße aneinandergeschmiegt. Oder Händchen haltend. Und wenn einer von uns nachts aufwachte und wir uns voneinander wegbewegt hatten, streckten wir die Hand nach dem anderen aus, um ihn wieder zu spüren. Es war echt. Ich war mir sicher.

Tja, wie überaus hellsichtig ich doch war. Vor sechs Monaten dann kam Jake nach der Arbeit heim, in unsere Wohnung in Angel, und erklärte, dass er sich »zu gesettelt« fühlte. Dass er mehr Spannung und Abenteuer wollte. Und wie ich da so weinend am Küchentisch saß und mich fragte, ob ich anbieten sollte, mich als sexy Nonne zu verkleiden, oder ob ich mehr Begeisterung für Analsex an den Tag legen könnte, verkündete er mir einfach, dass er ausziehen und fortan mit seinem Kumpel Dave zusammenwohnen würde. Das Ganze kam so plötzlich, dass ich nur heulend am Küchentisch sitzen konnte, während Jake seine Sachen packte und zehn Minuten später mit seiner Reisetasche, die ich ihm zu seinem letzten Geburtstag bei John Lewis gekauft hatte, ging. Rückblickend nicht die sexyeste Geschenkwahl. Aber er hatte gesagt, dass er sie total toll fand. Sie hatte ein Extrafach für den Kulturbeutel. Praktisch, oder?

Der Plan mit Dave entpuppte sich als Verschleierungsaktion für die Tatsache, dass Jake schon seit einer Weile eine vierundzwanzigjährige Kollegin namens India vögelte. Jess und ich verwendeten Stunden (ganze Tage, wahrscheinlich) damit, sie auf allen möglichen Social-Media-Kanälen zu stalken. Auf Instagram war sie das blonde Partymädchen, das anscheinend nie einen BH trug; auf LinkedIn zeigte ihr Profilfoto eine seriösere India, lächelnd, in einer schicken Bluse, das blonde Haar zu einem glatten Pferdeschwanz zusammengebunden. Auf LinkedIn fanden Jess und ich schließlich heraus, dass sie keine zwei Monate in Jakes Kanzlei angestellt gewesen war, als er mich verließ.

»Schnell eingearbeitet«, hatte ich betrunken, auf dem Boden von Jess' Schlafzimmer liegend, gelallt, wo wir sie eines Abends auf meinem Laptop stalkten.

Am nächsten Tag erhielt ich prompt eine E-Mail von Jake.

Lil, man kann sehen, wenn jemand ein Profil auf LinkedIn anschaut. Ich glaube nicht, dass das gesund ist. Bitte lass Indy da raus.

Indy, soso. In einem Wutanfall hatte ich mein Handy auf den Boden geschleudert und das Display geschrottet. Doch mein Zorn erwies sich durchaus als hilfreich. Wut war so viel motivierender als Traurigkeit. Die Traurigkeit hockte in meinem Magen wie ein Felsbrocken und brachte mich zum Weinen; die Wut hingegen weckte in mir den

Wunsch, aufzustehen und etwas zu tun. Ich beschloss, dass ich aus der Wohnung, die ich mir mit Jake geteilt hatte, ausziehen und mir irgendwo anders ein Zimmer suchen müsse. Ich würde von vorne anfangen. In meinem Optimismus kaufte ich mir ein Buch über Buddhismus und versuchte es mit einer Meditation, die ich auf Spotify gefunden hatte, halb hoffend, schon am nächsten Tag geheilt aufzuwachen.

Ich wachte nicht geheilt auf. Aber mir wurde klar, dass ich der Sache Zeit geben musste – das älteste Klischee, das es gibt, und der nervigste, deprimierendste Spruch, den dir jemand sagen kann, wenn du dich gerade in den Untiefen einer Trennung befindest, permanent dein Handy anstarrst und dich danach verzehrst, dem anderen zu schreiben. Oder danach, dass der andere dir schreibt. Doch die Sache mit der Zeit stimmte. Ärgerlicherweise.

Sechs Monate später wohnte ich in einer WG in Brixton in einer Straße direkt hinter einem McDonald's. Meine zwei Mitbewohner waren ein australisches Pärchen namens Riley und Grace – er war Personal Trainer, sie Yogalehrerin –, die beim Sex wahrhaft außergewöhnliche Laute von sich gaben. Ich riss Jess gegenüber zwar Witze, dass der berühmte Tierfilmer Attenborough mal die beiden studieren sollte (»Und nun besteigt das Männchen das Weibchen«), aber wenn die beiden ihre Klamotten anhatten, waren sie wirklich reizend, und mein Zimmer war billig. Außerdem hatte India ihr Insta-Profil mittlerweile auf privat gestellt, was bedeutete, dass ich sie nicht mehr stalken konnte. Was wahrscheinlich besser für alle Beteiligten war.

Und so saß ich nun hier, im zuckelnden Bus nach Vauxhall, auf dem Weg zu dieser Verabredung mit dem mysteriösen Max, während Schweißflecken in den Achselhöhlen meiner Zara-Bluse erblühten. Ich war am Nachmittag noch shoppen gewesen, da in meinem Kleiderschrank ausschließlich öde, praktische Arbeitsklamotten hingen und ich das Gefühl hatte, dass bei meinem letzten ersten Rendezvous Frauen noch Hauben und bodenlange Gewänder getragen hatten. Und obwohl die Läden ausschließlich auf superdürre Hippies zugeschnittene Klamotten zu führen schienen – irgendwer Lust auf paillettenbesetzte Schlaghosen Größe 36? –, hatte ich schließlich eine schwarze Jeans gefunden, in der meine Beine nicht ganz so nach Hähnchenkeulen aussahen, sowie eine schwarze Satinbluse, die mir zu genau der richtigen Menge Dekolleté verhalf. Also, nicht bis zum Bauchnabel, nur ein Ansatz – zumindest solange ich meinen alten gepolsterten BH trug, der meine eher unterdurchschnittlich großen Brüste so weit hochhievte, dass ich theoretisch meine eigenen Nippel hätte ablecken können.

Beim Duschen hatte ich noch einen kurzen Gewissenskonflikt ausgefochten, ob ich mir nun die Beine rasieren sollte oder nicht. Ich wollte zwar nicht auf dieses Date gehen und mich dabei wie ein haariger Rugbyspieler fühlen, doch andererseits war es ausgeschlossen, dass es zu Sex kommen würde, da allein der Gedanke, mit irgendwem anders als Jake zu schlafen, mir immer noch eine Heidenangst einjagte. Was also wäre der Sinn der Sache? Außerdem hatte ich mich so lange nicht darum gekümmert, dass mein Rasierer gerostet war. Konnte man von einem rostigen Rasierer Tetanus bekommen? Mein Google-Suchverlauf war mit lauter so heiklen Fragen zugemüllt: *Scharfer stechender Schmerz unter Rippe Krebs?* Oder: *Jeden Tag 20 000 Schritte gehen abnehmen?*

Letzten Endes hatte ich mir Grace' hübschen neuen rosa Rasierer geschnappt und mich an die Arbeit gemacht, da ich fand, dass alles andere schlampig und unvorbereitet wäre – ungefähr so, wie ohne Waffen in eine Schlacht zu ziehen. Ich verspürte einen Stich des schlechten Gewissens, dass ich ihre nagelneue Klinge an meinen Beinen abstumpfte – das war, als würde man sich mit einer Machete durch den Dschungel schlagen –, aber ich befand, dass man gewisse Haushaltsgegenstände in Notfällen wie diesem durchaus zweckentfremden durfte. Dasselbe hatte ich mir schon am Morgen gesagt, als ich mir die Batterien aus der WG-eigenen Sky-Fernbedienung für meinen Vibrator borgte. Das hier war ein Notfall, beschloss ich, als ich mich auf mein Bett setzte und feierlich die kleinen AAAs aus einem Gerät entfernte, um sie ins andere gleiten zu lassen. Aber mir war auch klar geworden, dass dies ein neuer Tiefpunkt in meinem Leben war und ich wahrscheinlich dringend ausgehen und wenigstens wieder mit einem menschlichen Lebewesen *flirten* sollte. Ich konnte schließlich nicht die ganze Zeit auf meinen Vibrator zurückgreifen. Was, wenn ich mich so sehr daran gewöhnte, dass mich ein Mann nie wieder zum Höhepunkt bringen könnte? So was passierte. Ich hatte mal in einer Frauenzeitschrift was darüber gelesen.

Als wir nun an der Bushaltestelle Vauxhall hielten, spürte ich, wie mein Magen erneut rumorte. Das war bestimmt die Aufregung. Hoffte ich zumindest, denn Jess' Zwillingsbruder Clem, ein Gelegenheitskoch, hatte gestern Abend ein Curry zusammengerührt und ich hatte daraufhin den Großteil des Morgens auf dem Klo verbracht, wobei ich versuchte, das Knurren und Grunzen aus Grace' und Rileys Schlafzimmer zu ignorieren. Ich griff in meine Handtasche, um sicherzugehen, dass ich mein Imodium eingepackt hatte. Ich hatte zwar eine Tablette genommen, bevor ich die Wohnung verließ, mir dann jedoch überlegt, dass ich besser die ganze Packung mitnehmen würde. Nur für alle Fälle. Man muss schließlich vorbereitet sein. Das Päckchen war da, blicksicher hinter dem Reißverschluss des Seitenfachs verstaut. Dann schaute ich auf mein Handy. Ein verpasster Anruf von Mum, was hundertpro warten konnte. Eine Nachricht von Max, der fragte, was ich trinken wolle.

Einen Wodka Tonic, bitte!, schrieb ich zurück und ärgerte mich sogleich darüber, ein Ausrufezeichen verwendet zu haben – so was von keck! –, aber ich befürchtete, sonst zu fordernd zu klingen.

Die Bustüren öffneten sich mit einem Zischen, und mein Herz fing an zu rasen. Herrje, Lil, komm schon! Das hier ist ein Date, kein Aufnahmeritual für eine Sekte. Du schaffst das. Jeden Tag gehen buchstäblich Tausende von Menschen auf ein erstes Date. Und das waren bestimmt nicht alles die totalen Reinfälle. Konnten sie gar nicht sein. Sonst wäre die menschliche Spezies schon längst ausgestorben. Alles würde gut werden. Ein oder zwei Drinks mit einem Mann in einem Pub, wie ein ganz normaler Mensch. Oder zumindest so normalmenschlich, wie ich es eben hinbekam. Ich wischte die feuchten Handflächen an meiner Jeans ab und trat aus dem Bus in die schwüle Abendluft hinaus.

Während ich Richtung Pub ging, redete ich mir weiter gut zu. Du wirst das schon hinkriegen. Wie hieß es doch in dieser Spotify-Meditation? Atme. Lächle. Imaginiere dein höheres Selbst … was auch immer das war. Ignoriere deinen Magen, die Wirkung vom Imodium wird schon bald einsetzen. Ich schob die Tür zum Pub auf, und sofort schlug mir der Lärm der Menschen entgegen, die sich zum Bestellen in Grüppchen um die Bar scharten oder an den Tischen zusammensaßen und lachten. Zum millionsten Mal an diesem Tag fragte ich mich, ob es irgendwas Schlimmeres gab als ein erstes Date. Waterboarding vielleicht?

Dann sah ich ihn von einem Fenstertisch aus winken. Max.

Oh.

Mein.

Gott.

War das ein Witz? Irgend so eine Verarsche?

Er sah so gut aus, war so offensichtlich, so absurd attraktiv, dass ich gleich noch viel nervöser wurde. Ich war immer eine Frau gewesen, die klassisch attraktive Männer aus der Ferne zu schätzen wusste. Klar, der Kerl da an der Theke oder auf der Party oder auf der Hochzeit war womöglich so heiß, dass er geradezu schön war – Superman-Kiefer, breite Schultern, strahlendes Lächeln –, aber er würde nie auf eine wie mich abfahren, also würde ich ihn gar nicht erst in Betracht ziehen. Es war reine Selbstverteidigung; ich hatte mausbraunes Haar mit strohigen Spitzen und eine Nase mit einem komischen Knubbel. Ich besah mir oft die Frauen, die mir auf Instagram präsentiert wurden – perfekter Pony, matte Haut, geschwungener Eyeliner –, und fragte mich, ob ich je eine von ihnen sein könnte. Doch immer, wenn ich versuchte, mir einen katzenhaften Lidstrich zu schminken, zitterte meine Hand, und der Eyeliner verschmierte komplett.

Jess hatte mal gemeint, mein bestes Attribut sei meine Körpergröße, da ich beinahe eins achtzig war. Aber fragt mal einen Mann, was er sich bei einer Frau wünscht, und keiner von ihnen wird antworten: »Eine Riesin mit einer Nase wie eine Fahrradhupe.« Die attraktiven Kerle waren unerreichbar, das war mir schon lange klar gewesen, und doch saß hier dieser Mann, so faszinierend, dass ich ihn kaum anschauen konnte, ohne rot zu werden. Er versuchte, von seinem Platz aus stumm etwas mit den Lippen zu formen. Was nur? Ich blinzelte ihn angestrengt an, um zu erraten, was er sagen wollte, und bereute es augenblicklich. Hör auf, den attraktiven Mann so anzublinzeln, Lil!

»Hi!«, gab ich ebenso stumm zurück. Vielleicht war er ja klein, überlegte ich, während ich mich zwischen den anderen Gästen hindurchquetschte. Vielleicht war das das Problem. Deswegen war er Single. Ein Gesicht wie ein Gladiator, Beine wie ein Hobbit. Das musste es sein.

Als ich näher kam, stand er auf. Nicht klein. Er war sogar mehrere Zentimeter größer als ich. Auf jeden Fall über eins achtzig. Er steckte in einer Jeans und einem dunkelblauen Hemd, dessen Kragen gerade so weit offen stand, dass er ein perfektes kleines Dreieck Männerbrust enthüllte. Nicht bis zum Hosenbund herumschlackernd wie bei einem *Let's Dance*-Kandidaten, aber auch nicht bis zum Hals zugeknöpft, was viel zu sehr East-End-Hipster wäre. Seine Schuhe konnte ich nicht sehen. Und Schuhe waren entscheidend. Aber so weit, so exzellent.

»Lil, hallo«, sagte er und beugte sich über den Tisch, um mich auf die Wange zu küssen. Er roch gut. Klar roch er gut. Holzig. Ich wollte schon zurückweichen, doch da setzte er zu einem zweiten Küsschen an. Ein Beide-Wangen-Küsser also. Unsere Gesichter streiften sich auf der anderen Seite, und dann lachten wir beide verlegen.

»Ich habe dir einen Wodka Tonic geholt«, sagte er und nickte zu den zwei Gläsern auf dem Tisch. Er klang vornehm, ein tiefer, gedehnter Tonfall wie James Bond.

»Danke«, sagte ich, während ich gleichzeitig versuchte, meine Lederjacke so auszuziehen, dass ich meine verschwitzten Achseln nicht entblößte.

»Freut mich, dich kennenzulernen«, fuhr er fort, sobald ich mich gesetzt hatte, und hob seinen Drink in meine Richtung.

»Ebenso.« Ich hob langsam mein Glas, immer noch darauf bedacht, den rechten Arm an meine Seite zu klemmen. Ich lächelte ihn schüchtern an, und auf einmal war mein Gehirn völlig leer. Es war, als hätte ich mein

Sprechvermögen verloren. Ich war verstummt, während um uns herum die Leute lachten und ganz normal weiterredeten.

»Der Laden geht doch in Ordnung für dich, da du in Brixton wohnst, ja?«, erkundigte er sich höflich.

Ich nahm einen Schluck von meinem Wodka Tonic und nickte. Was könnte ich ihn bloß fragen? Komm schon, Lil, überleg dir was! Wie peinlich ist das denn.

»Wo wohnst du gleich noch mal?«, brachte ich hervor.

»Hampstead?«, erwiderte er, als wäre es eine Frage.

Ich nickte abermals. »Cool.« Ich nahm noch einen Schluck von meinem Drink. Einen ziemlich großen Schluck. »Wohnst du da schon lange?«

»Ja«, erwiderte er, »schon ein paar Jahre. Ich liebe es. Habe den Park vor der Nase. Komme problemlos aus London raus. Es ist super.« Er nahm einen Schluck von seinem Drink. »Und du?«

Ich sah ihn ratlos an. »Was?«

»Wohnst du schon lange in Brixton?«

»Oh, stimmt, sorry … äh, nein. Nicht wirklich. So um die sechs Monate.«

»Wo warst du davor?«

»In Angel?«

Er nickte.

Wir nahmen beide noch einen Schluck von unseren Getränken.

»Und du meintest, du seist Lehrerin?«

»Mhm«, erwiderte ich. »Grundschule, lauter Fünfjährige. An den meisten Tagen liebe ich sie, an den anderen möchte ich sie erwürgen.« Warum genau drohst du bei einem Date nochmal mit Kindsmord, Lil?

Er lächelte. Er hatte gute Zähne. Weiß. Und die Ausstrahlung eines Mannes, der Zahnseide besaß und – noch viel wichtiger – sie auch benutzte. »Du musst unglaublich geduldig sein«, fuhr er fort. »Ich habe zwei Patenkinder, die ich echt liebe, aber die kann ich nach ein paar Stunden auch wieder abgeben.«

Ich lachte. Die Leute sagten das immer über Lehrer: dass wir so »geduldig« sein müssten. Aber Kinder waren viel einfacher im Umgang und weniger kompliziert als die meisten Erwachsenen, die ich kannte.

»Was ist mit dir?«, fragte ich ihn. »Wie kommt es, dass du ständig um die Welt jettest? Bist du ein Spion?« Gut gemacht, Lil, ein Scherz! Läuft doch, klingt schon eher nach einem Gespräch, das zwei erwachsene Menschen tatsächlich führen könnten.

Max lachte. »Nein, ich gäbe einen ganz furchtbaren Spion ab. Bin sehr schlecht im Hüten von Geheimnissen. Aber ich reise viel, weil ich Kletterer bin.«

Ich runzelte die Stirn. »Kletterer. So … auf Bergen?«

»Ganz genau. Meistens Berge. Kletterwände, wenn ich in London bin. In der Stadt gibts nicht so viele Berge.«

»Wow«, staunte ich. »Cool. Ich wusste gar nicht, dass das ein Job sein kann.«

Er lachte. »Ich schleppe reiche Amerikaner die Schweizer Berge hoch, um meine Rechnungen zu bezahlen; dann ziehe ich los und klettere zu meinem eigenen Vergnügen woanders.«

»Zum Beispiel?«

Er zuckte die Achseln. »Egal wo. Europa. Amerika. Der Himalaya. Ich bin grad auf dem Sprung nach Pakistan, um dort einen Berg zu besteigen.«

»Pakistan? Wow, genial«, staunte ich weiter. Ich hatte schon Sorge, beschränkt zu klingen. Aber ich wusste kaum etwas übers Klettern. Und wenn mir jemand eine Landkarte reichen und mich bitten würde, eine Stecknadel auf Pakistan zu platzieren, war ich mir nicht ganz sicher, ob ich's hinkriegen würde. Ich brachte meinen Fünfjährigen grundlegende Lese- und Rechtschreibfertigkeiten bei. Nicht Erdkunde.

Mein Handy auf dem Tisch leuchtete auf. Eine Nachricht von Jess.

»Sorry«, entschuldigte ich mich und ließ es in meine Handtasche gleiten, erleichtert, dass auf dem Display nicht schon wieder *Mum* aufgeleuchtet war.

Max schüttelte den Kopf. »Kein Problem.«

»Nur eine Freundin, die sichergehen wollte.« Ich verdrehte die Augen.

»Dass du nicht auf einem Date mit einem Irren gelandet bist?«, zog er mich auf. Über seine gebräunte Stirn zogen sich Furchen, und an den Augenwinkeln waren kleinere Fältchen zu sehen, die sich kräuselten, wenn er lächelte. Ein moderner Robinson Crusoe, der definitiv mehr Zeit draußen verbrachte als eingepfercht in einem Büro.

»So in der Art.«

Er nickte und fuhr sich mit der Hand durchs Haar.

Dann zog er eine Grimasse »Es tut mir leid. Erste Dates sind echt unangenehm, stimmts?«

Ich grinste verlegen. »Ich dachte, es ginge nur mir so. Aber ... ja, schon, sind sie. Hast du öfter welche?« Sogleich verfluchte ich mich dafür, dass mir das entschlüpft war. Ich wollte nicht klingen, als würde ich schon so früh versuchen, hinter seine Absichten zu kommen.

Er zuckte ungerührt die Schultern. »Das nicht gerade. Ich bin viel unterwegs. Komm in den Bergen nicht viel zum Daten. Und du?«

Ich schüttelte den Kopf. »Nope. Keine große ... Date-Expertin.« Ich konnte spüren, wie der Wodka meine Hemmungen abbaute. »Tatsächlich ist das mein erstes Date seit einer Trennung, also bin ich womöglich ... äh, womöglich bin ich etwas eingerostet.«

Ich blickte auf meine Hände runter, die das beschlagene Glas auf dem Tisch umfassten, während eine peinliche Stille folgte. Es war dämlich von mir gewesen, die Sache mit Jake zu erwähnen, also überlegte ich, wie lange ich mit den Öffentlichen wohl vom Pub zu Jess brauchen würde. Wenn ich mich in die U-Bahn nach Hammersmith schwang, könnte ich wahrscheinlich in vierzig Minuten da sein. Auf dem Weg von der Haltestelle zum Haus eine Flasche Wein bei Nisa kaufen und was über Deliveroo bestellen. Perfekt. Es wäre kein komplett vergeudeter Abend. Und ich könnte diesen BH ausziehen und meine Brüste wieder auf ihre Normalhöhe hinablassen.

Ich blickte über den Tisch hinweg wieder zu Max, der den Mund zu einem schiefen Grinsen verzogen hatte.

»Was?«, fragte ich und beäugte ihn aus zusammengekniffenen Augen.

»Dann sitzen wir ja im selben Boot, du und ich.«

»Wie meinst du das?«

»Ich habe vor nicht allzu langer Zeit mit jemandem Schluss gemacht.« Sein Lächeln verblasste, und auf einmal blickte er ernst drein. »Obwohl, fairerweise muss ich wohl sagen, dass es eine beiderseitige Entscheidung war.«

»Oooooh«, sagte ich langsam. »Fies, was?«

Er zuckte die Achseln. »Alles Teil des komplexen Teppichs, den man Leben nennt.«

»Warum hast du Schluss gemacht?«

Er zuckte erneut die Achseln. »Ich war nicht viel da. Sie wollte sich ein ruhiges Leben aufbauen. Heiraten, Kinder kriegen, so Sachen eben.«

»Und du … nicht?«, fragte ich ganz behutsam. Wieder wollte ich nicht, dass er dachte, ich würde versuchen, sein Potenzial als Kindsvater auszuloten. Nicht dass er glaubte, ich wäre selbst auf einer Art Jagd nach einem Ehemann.

»Nein. Na ja, nicht nein. Nur … noch nicht jetzt. Ich habe noch Sachen zu tun. Orte zu sehen.«

»Berge zu besteigen?«

»So ungefähr.« Er lächelte und beugte sich zu mir vor. »Was ist mit dir?«

Ich runzelte die Stirn. »Was meinst du?«

»Na ja, wenn wir hier schon eine gemeinsame Beichtsitzung abhalten, wie kam es, dass du dich getrennt hast?«

»Oh.« Ich verzog das Gesicht. »Wir waren acht Jahre zusammen. Wohnten zusammen. Ich dachte, es würde zu etwas führen, er … nicht. Also wars das.«

Ich griff nach meinem Glas und wollte es gerade an meinen Mund heben, als Max lachte.

»Was?«, fragte ich abwehrend. Ich fand es immer noch schwierig, meine Gefühle bezüglich der Trennung zu artikulieren. Ich wälzte die Sache die ganze Zeit in meinem Kopf herum. Wieder und wieder. Dinge, die ich hätte anders tun können. Momente, die, so wurde mir bewusst, mir ein Hinweis hätten sein müssen. Jakes wachsender Widerwille, mit meinen Freunden abzuhängen. Seine Überstunden bis spät in die Nacht. Doch ich hatte das Gefühl, dass selbst Jess mittlerweile genug gehört hatte, also hielt ich die Klappe, außer ich wurde direkt darauf angesprochen.

Max winkte ab. »Ich lache nicht über dich. Ich lache über uns. Sitzen hier und nippen an unseren Gläsern, als wären wir bei einer Beerdigung. Komm, lass uns noch was zu trinken bestellen und ein bisschen aufheitern.«

Ich stimmte in sein Lachen mit ein. »Okay, aber die Runde geht auf mich.«

Max schüttelte erneut den Kopf, während er sich erhob. »Nein. Auf keinen Fall. Noch mal das Gleiche?«

»Ja, bitte.«

»Großartig, und wenn ich zurück bin, keine Gespräche über Trennungen mehr. Das hier soll ein Date sein, keine Therapiesitzung. Abgemacht?«

»Abgemacht.«

Ich beobachtete ihn, wie er sich seinen Weg zur Bar bahnte, und berührte meine rechte Wange mit der Rückseite meiner Finger. Sie war warm. Wir hatten einen Drink intus, der Punkt, an dem ich uns schon Ausflüchte hatte suchen sehen – »War nett, dich kennenzulernen«, verlegener Abschiedskuss, nie wieder vom anderen hören –, aber ich wollte mich gar nicht zu Jess nach Hause flüchten. Ich wollte hierbleiben und mich mit Max unterhalten. Nun, nachdem die anfängliche Verlegenheit verflogen war, konnte ich spüren, dass ich ihn mochte. Wie wir hier so saßen und plauderten, konnte ich diesen Funken von Aufregung spüren, jemand Neues zu erkunden, all jene ersten Dinge über jemand anderen in Erfahrung zu bringen. Das hatte ich seit einer Ewigkeit nicht mehr gespürt – seit Jahren nicht mehr, wenn ich ehrlich war. Die Aufregung, alles übereinander herauszufinden, hatte sich mit Jake recht bald gelegt und war einer gewissen Behaglichkeit gewichen. Dieser Samstagabend hier fühlte sich aufregender an als der Großteil unserer Beziehung. Aber vielleicht war das auch der Wodka.

»Ich habe mir erlaubt, was zum Knabbern zu kaufen«, sagte Max, als er ein paar Minuten später mit je einem Drink in den Händen und zwei Chipstüten in der Armbeuge zurückkam. »Und hier ist auch die Speisekarte.« Er stellte die Drinks ab, ließ die Chips auf den Tisch plumpsen (die einen leicht gesalzen, die anderen mit Salt & Vinegar), zog zwei Speisekarten unter dem Ellbogen hervor und reichte mir eine. »Hast du Hunger?«

Ich war den Tag über viel zu nervös gewesen, um was runterzukriegen, zu aufgekratzt bei dem Gedanken an das Date. Außerdem war da noch mein vertracktes Verdauungsproblem. Was zusammengenommen auch der Grund war, warum ich mich bereits etwas beschwipst fühlte.

»Jepp«, erwiderte ich.

»Großartig.« Er setzte sich. »Ich auch. Obwohl ich dich vorwarnen muss: Ich bin extrem verfressen. Auf den Expeditionen gibt es nur gefriergetrocknetes Futter. Wenn ich also schon mal ausgehe, dann schlage ich auch etwas über die Stränge.«

Rückblickend betrachtet war es wohl die zweite Flasche Wein, die dazu führte. Wir bestellten uns Essen – richtiges Steak für ihn, Thunfischsteak für mich, danach eine Käseplatte für zwei – und blieben bis Ladenschluss im Pub. Eine Flasche Rotwein, dann noch eine. Das Gespräch war mühelos von Reiseberichten zu der Frage übergegangen, wo wir aufgewachsen waren. Als ich ihm erzählte, dass ich von zwei exzentrischen Akademikereltern in Norfolk großgezogen worden war, lachte er.

»Nicht wahr!« Er grinste mich breit an. »Meine Eltern wohnen gleich über die Grenze in Suffolk. Wenn ich mal in der Gegend bin, können wir ja einen Spaziergang am Strand machen.«

»An welchem Strand?« Ich gab mir Mühe, äußerlich cool zu bleiben, während alle meine inneren Organe vor Freude jubelten. Ein Strandspaziergang bedeutete, dass es wenigstens noch ein Date geben würde. Ich sah uns schon die Küste von Brancaster entlangschlendern, mein Haar im Wind wehend – und zwar so, dass es eher zerzaust und sexy aussah, nicht nach einer Irren, die gerade aus einer Anstalt entflohen war. Vielleicht würden wir Händchen halten. Vielleicht würden wir Sex in den Sanddünen haben! Beruhige dich, Lil, sagte ich mir, das ist eine rein hypothetische Situation.

»Ich kenne die Strände von Norfolk nicht«, meinte Max, wobei er mir wieder sein schiefes Grinsen schenkte. »Du wirst sie mir wohl zeigen müssen.«

Mein Magen vollführte diesmal so einen Purzelbaum, dass ich mich beinahe auf den Tisch übergeben hätte, doch ich schaffte es, ihn zu bändigen. »Klar«, erwiderte ich, wobei ich versuchte, meiner Stimme nichts anmerken zu lassen. »Fährst du denn oft heim?«

Max plusterte die Wangen auf und stieß die Luft aus. »Nicht so oft, wie ich gerne würde, aber ich bin eben viel unterwegs. Und du?«

Ich nickte. »Ja, schon. Ist schließlich die Heimat. Und nach der ... äh, Trennung und allem hab ich mich für eine Weile dorthin zurückgezogen.«

Max griff sich eine Hand von meinem Schoß, schüttelte den Kopf und sah mich mit gespieltem Ernst an. »Nee, nee, ich sagte doch, kein Ex-Geschichten. Wir haben grad eine schöne Zeit. Lass uns das nicht kaputt machen.«

»Ok, abgemacht.« Ich spürte seine Finger, die sich um meine gelegt hatten, und hoffte, dass meine Handflächen nicht gleich wieder zu schwitzen anfangen würden.

Und es war ja auch nett. Mehr als nur nett. Tatsächlich war es herrlich, hier zu sitzen und ganz sachte miteinander zu flirten. Es war eines dieser Dates, von dem man nicht wollte, dass es je endete, und nachdem die erste halbe Stunde geschafft war versuchte ich, jede Minute davon in meinem Gedächtnis abzuspeichern, damit ich sie am nächsten Tag wieder und wieder abspielen könnte. Um mich genussvoll in dem Vergnügen zu aalen, jemanden getroffen zu haben, der mir ein so kribbelndes Gefühl bescherte. Früher hatte ich meine Freundinnen insgeheim verflucht, wenn sie sich wieder mal aufgeregt darüber unterhielten, wie es war, jemand Neues kennenzulernen und da »diesen Funken« zu spüren. Nur zu oft hätte ich am liebsten vorgeschlagen, dass sie sich den Spruch für eine kitschige Karte aufsparten und uns mit ihren ausgelutschten Vorstellungen von Romantik verschonten. Aber irgendwas … war hier. Ich konnte es spüren.

»Darf ich dich küssen«, fragte Max kurze Zeit später. Er war zu mir rübergerutscht, nachdem die Kellnerin unsere Teller abgeräumt hatte. Ich nickte, obwohl ich befürchtete, dass ich rote Weinzähne hatte und meine Zunge nach Käse schmeckte. Er streckte langsam die Hand aus, legte behutsam die Hand hinter meinen Kopf und zog ihn zu sich. Sein Bart kitzelte an meinem Kinn. Er war weicher, als ich erwartet hatte. Und ihr kennt doch diesen Kuss aus *Wie ein einziger Tag*? Auf diesem Bootssteg im Regen? In meinem Kopf sah mein Kuss mit Max ein bisschen wie der *Wie ein einziger Tag*-Kuss aus. Ein richtiger hitzig-feuchter Kuss. In echt sah er, angesichts des ganzen Wodkas und Weins, wahrscheinlich um einiges weniger romantisch aus. Aber es kümmerte mich nicht. Ja, schaut nur alle her! Ich war aus, an einem Samstagabend, und küsste einen Mann wie ein ganz normaler Mensch, anstatt mein Sofa vollzuheulen! Nach ein paar Sekunden rückte ich jedoch ein Stück ab, da mir bewusst war, dass wir uns in einem öffentlichen Raum befanden und die Leute um uns herum womöglich noch ihr Abendessen genießen wollten.

»Willst du hier weg?«, fragte er, seine Hand immer noch an meinem Hinterkopf.

»Klar. Wohin?«

»Zu mir?«

Ich zögerte nicht, auch wenn es sich um einen Mann handelte, den ich keine fünf Stunden kannte. Ich hatte einfach das Gefühl, dass es in Ordnung war. Mörder haben schließlich zu eng zusammenstehende Augen und verfilztes Haar. Oder gar kein Haar. Max hatte volles, dichtes Haar, durch das ich mit meinen Fingern hindurchfahren wollte, und außerdem ein schickes Hemd. Mörder trugen keine schicken Hemden.

»Cool«, erwiderte ich.

Als wir kurz darauf auf dem Bürgersteig vor dem Pub standen, fühlte ich mich dann doch ein bisschen weniger selbstbewusst, ungefähr so, als stünde ich davor, meine Jungfräulichkeit noch einmal zu verlieren. Ich konnte mich gerade noch so daran erinnern, welcher Teil wohin gehörte. Aber was, wenn Max irgendwelche schrägen Vorlieben hatte? Was, wenn er wollte, dass ich Dirty Talk mit ihm machte. So was konnte ich unmöglich beim ersten Mal bringen. Ich kannte nicht mal seinen Nachnamen. Oder was, wenn er wollte, dass ich meinen Finger in seinen Po steckte? Darauf stand ich so gar nicht.

»Lil?« Max stand neben einem schwarzen Taxi und hielt mir die Tür auf.

»Oh, super, entschuldige, ich war nur … in Gedanken«, sagte ich rasch und schwang mich ins Taxi.

»Nach Hampstead, bitte«, wies Max den Fahrer an. »East Heath Road.«

Das Taxi fuhr los, und ich fiel nach hinten gegen die Lehne, woraufhin Max seine Hand auf mein Bein legte und mein Magen erneut einen Purzelbaum schlug. Ich will ja nicht sagen, dass ich »spürte, wie etwas in meinem Inneren sich regte«, denn das wäre peinlich. Aber ich empfand dennoch etwas, das ich seit Monaten oder, wenn ich ehrlich zu mir war, noch viel länger nicht mehr empfunden hatte, während ein Gefühl von Glückseligkeit sich in meinem Brustkorb breitmachte. Ich legte meine Hand über Max' und fuhr sanft mit den Fingern darüber. Dann zog er mich zu einem weiteren Kuss heran, drängender als der letzte, wobei sein Mund sich hart auf meinen presste, während er mit der Hand meinen Schenkel hochstrich.

»Ich bin froh, dass ich dir geschrieben habe«, sagte er, als er sich von mir löste, aber nur Zentimeter vor meinem Gesicht verharrte.

»Ich auch«, gab ich zurück. Beinahe fügte ich hinzu: »Aber bitte bring mich nicht um oder so«, doch ich beschloss, dass das die Stimmung ruinieren würde.

Wir stiegen vor einem riesigen weißen Haus aus dem Taxi. Gigantisch. Eine Villa. Ich zählte die Fenster. Es verfügte über vier Stockwerke und lag ein Stück von der Straße zurückversetzt, mit einem gepflasterten Weg, der zur Eingangstür führte.

»Jeeeeeeesus. Wie groß ist denn dein Haus?«, staunte ich und blickte daran empor.

Er lachte und zog den Schlüssel aus der Tasche. »Es ist nicht meins.«

»Hä?«

»Ich meine, es ist nicht ganz meins. Es sind Wohnungen.« Er öffnete die Haustür und führte mich durch einen mit Teppich ausgelegten Flur zu einer anderen Tür. »Das ist mein Teil davon«, sagte er, schloss auf und trat beiseite, um mir den Vortritt zu lassen.

Die Tür öffnete sich zu einer hellen, weiß gestrichenen Diele mit dunklem Holzboden. Schuhe und Stiefel reihten sich ordentlich unter einem großen Spiegel. Die Bude war riesig. Wer hätte gedacht, dass Klettern so eine lukrative Berufswahl war?

»Hier entlang«, sagte Max und schloss die Wohnungstür hinter mir.

»Ähm … könnte ich kurz ins Bad?« Ich musste dringend mal und hatte immer noch Bedenken wegen meines Atems. Ich hatte schon die ganze Taxifahrt über dringend pinkeln müssen, hatte aber nichts sagen wollen. Ich fand, dass »Ich muss mal pinkeln« ganz klar in die »Liste von Körperfunktionen, über die man beim ersten Date nicht spricht« fiel.

»Klar«, sagte Max, drehte sich um und streckte den Finger aus. »Die Tür da.«

»Super, nur zwei Sekunden.«

Im Bad setzte ich mich erst mal aufs Klo und versuchte abzuschätzen, wie es meinem Verdauungssystem ging. Gut, befand ich. Eine echte Erleichterung. Ich riss ein Stück Klopapier ab und rieb mir damit über die Zähne, um das pelzige Gefühl loszuwerden. Es war ein etwas schwacher Auffrischungsversuch, aber ich hatte kein Kaugummi dabei. Ich zog meine Jeans wieder hoch und inspizierte mich im Spiegel. Schon komisch, wie man in den Abend starten kann mit dem Gefühl, Brigitte Bardot zu sein, nur um sein Aussehen ein paar Stunden später im Spiegel zu checken und sich einer Kreatur aus einem Stephen-King-Roman gegenüberzusehen. Ich wusch meine Hände und fuhr mit dem angefeuchteten Zeigefinger unter beiden Augen entlang, um die verwischte Wimperntusche zu entfernen, dann zog ich mein Bronzing-Puder aus der Handtasche, damit mein Teint etwas weniger so aussähe, als würde ich meiner eigenen Beerdigung beiwohnen.

Als ich die Badezimmertür öffnete, hörte ich klassische Musik, also ging ich in die Richtung los, blieb dann aber stehen, um mir ein gerahmtes Foto von Max anzusehen, das im Flur hing. Es war eine Nahaufnahme von seinem Gesicht – ganz offenbar irgendwo, wo es eisig kalt war, denn sein Bart war gefroren, und er hatte eine Kapuze fest um den Kopf geschnürt. Seine Augen wirkten beinahe türkis vor dem Eis im Hintergrund.

Ich folgte der gedämpften Musik, schob eine Tür auf und fand Max in der Küche vor, wo er gerade dabei war, eine Flasche Wein zu öffnen. Ich sage Küche, dabei war es eine Riesenküche plus Wohnzimmer in einem: metallische Einbauschränke und Arbeitsflächen auf der einen Seite, Sofas vor einem deckenhohen Panoramafenster auf der anderen.

»Was zu trinken?«, fragte er und hob die Weinflasche.

»Nur zu«, erwiderte ich. »Was ist schon ein Gläschen mehr?«

Er lachte, während ich zum Fenster rüberging und meine Hände seitlich an die dunkle Scheibe legte, um nach draußen sehen zu können. Sie beschlug von meinem Atem.

»Das ist die Heide«, sagte Max, der plötzlich hinter mir stand. »Die sensationellste Aussicht überhaupt. Deswegen bin ich hergezogen. Eine Wildnis inmitten der Stadt.«

»Sehr poetisch«, bemerkte ich, nahm das Glas entgegen und grinste ihn an.

»Sehr vorlaut«, gab er zurück, wobei er mich musterte. »Gefällt mir.« Dann beugte er sich abrupt vor und küsste mich erneut. Überrumpelt stolperte ich gegen den Fensterladen hinter mir, und etwas Rotwein schwappte über den Rand meines Glases.

»Oh, scheiße. Entschuldige«, sagte ich und rieb mit dem Fuß übers Holz. »Ich will keine Flecken auf deine Dielen machen.«

»Scheiß auf die Dielen«, sagte Max, nahm mir das Glas ab und stellte es auf dem gläsernen Sofatisch ab. *Scheiß auf die Dielen!* Es war das Heißeste, was mir seit Jahren jemand gesagt hatte. In meinen jüngsten Abenteuern auf Kindling hatten ein paar Männer sich in glorios miesen Anmachsprüchen versucht. »Hey, sexy Girl«, war einer davon. Ich meine, echt jetzt? Ein anderer probierte es mit: »Du siehst aus wie meine nächste Freundin.« Du meine Güte. Nur Max hatte nichts derart Dämliches geschrieben und sich den besten Spruch offenbar für jetzt aufgehoben. Er nahm meine Hand, führte mich zum Sofa und zog mich mit sich herunter, als er sich setzte.

Er küsste sanft, sein Bart kratzte ganz leicht an meiner Unterlippe, seine Zunge stieß sachte gegen meine. Und dann wurden die Küsse drängender, seine Lippen pressten sich auf meine, während er mit einer Hand meinen Nacken hochfuhr und sie in meinem Haar vergrub. Gegen Ende unserer Beziehung hatten Jake und ich uns kaum noch so geküsst. Ich war davon ausgegangen, dass wir beide uns unseres muffigen Morgenatems bewusst waren und dem Mund des anderen aus reiner Höflichkeit auswichen. Aber ich hatte mir auch Sorgen gemacht, dass es zeigte, wie sehr alle Leidenschaft aus unserer Beziehung gewichen war.

Ich seufzte wie ein hormonell gestörter Teenager und strich mit einer Hand seinen Rücken hoch. Und jepp, alles kam wie von selbst zu mir zurück. Während ich leise in seinen Mund stöhnte, fuhr ich mit meiner Hand durch sein Haar, obwohl ich sogleich erstarrte, als einer meiner Finger in einem Knoten hängen blieb und er scharf die Luft einsog.

»Sorry«, piepste ich.

Doch er zog nur den Kopf zurück und grinste mich an, eine Hand immer noch in meinem Haar, seine Augen nur Zentimeter von meinen entfernt. »Ich werds überleben.«

Dann stand er auf und hielt mir seine Hand hin. Also stand ich auch auf, und Max führte mich vom Sofa in sein Schlafzimmer nebenan. Es verfügte ebenfalls über ein riesiges Fenster, das in die gleiche Richtung blickte, in die schwarze Finsternis des Parks.

Er streifte seine Schuhe neben einer antiken Kommode ab und ging zum Fenster, um die Läden zuzuklappen. Ich schlüpfte aus meinen Schuhen und setzte mich auf sein Bett. Dann kam er auf mich zu und schob mich rücklings auf die Matratze.

Seltsam, doch als ich mich nach hinten sinken ließ, wurde mir bewusst, dass alle meine Befürchtungen wie weggeblasen waren. Ich befand mich in der Wohnung eines unfassbar attraktiven Mannes, bei dem ich bereits spüren konnte, dass ich ihn mochte. Ich würde gleich mit ihm Sex haben. Und doch, als Max sich über mich beugte, seinen Schritt gegen meinen gepresst, waren meine Ängste endgültig bezwungen.

Er fuhr damit fort, mich zu küssen, während er gekonnt die Knöpfe meiner Bluse mit einer Hand öffnete. Dann, als er den letzten erreicht hatte, löste er den Knopf meiner Jeans und zog den Reißverschluss nach unten.

»Zieh sie für mich aus«, sagte er und nickte in Richtung meiner Jeans, bevor er am Fußende seines Betts aufstand und nach dem Saum seines Hemds griff. Er zog es über seinen Kopf und enthüllte damit in einem Schwung einen Körper, den ich so nur von Bildern kannte. Nicht absurd muskulös oder aalglatt – wir waren hier ja nicht bei *Love Island* –, aber perfekt definiert, mit einem Flaum von dunklem Brusthaar, das zu seinem Bauch hin spitz zulief.

Er begann damit, seine Hose aufzuknöpfen, wobei er den Blick auf mich gerichtet hielt. »Ausziehen«, wies er mich noch einmal an.

Ganz sicher legte ich deutlich weniger Coolness als er an den Tag, während ich versuchte, mich meiner Bluse zu entledigen und dabei mit den Armen um mich schlug, als würde ich beim olympischen Schmetterlingsschwimmen antreten. Danach schälte ich mich aus der Jeans, wobei ich den Rücken durchdrückte und eine Brücke machte wie beim Yoga. Unglaublicherweise schien Max von meiner Darbietung nicht abgetörnt. Seine Augen blieben die ganze Zeit auf mich gerichtet, bis meine Beine endlich frei waren und er sich runterbeugte, um seine Jeans mit einer mühelosen Bewegung auszuziehen. Keine Unterhose, fiel mir auf, worauf ich ja irgendwie stand. Machomäßig, nicht wahr? Außerdem konnte man nur hoffen, dass die Jeans regelmäßig gewaschen wurden.

Ich wollte meinen Blick nicht sofort senken, um seinen Penis anzustarren. Ich bin einfach zu schüchtern. Als Max sich also wieder neben mir aufs Bett kniete und seinen Körper über meinen senkte, schaute ich beharrlich in sein Gesicht. Er begann erneut, mich zu küssen, fuhr mit der Kante seiner Hand über meine Nippel und meinen Körper hinab. Ich konnte seine Erektion an meinem Schenkel spüren, und plötzlich rollte er sich auf mich drauf, küsste die Mulde zwischen meinen Brüsten und wanderte dann weiter meinen Bauch hinab. GOTT SEI DANK hatte ich vorhin dort unten noch eine schnelle Runde mit dem Rasierer gedreht und mich in Ordnung gebracht, anstatt die Region absichtlich wie einen zugewucherten Schrebergarten stehen zu lassen, damit ich auf keinen Fall mit ihm nach Hause gehen könnte.

Er arbeitete sich immer weiter nach unten vor, bis sein Kopf zwischen meinen Beinen war und er ganz leicht seine Zunge über meine Klit schnellen ließ. Ich schaute ein paarmal runter, nur um sicherzugehen, dass sein Kopf tatsächlich dort war und das hier wirklich passierte. Eine winzige Gedankenblase ploppte in meinem Kopf auf: Gibt es irgendeine Möglichkeit, dass ich ein Foto mache, um diesen Moment einzufangen, in dem ein irre gut aussehender Kletterer mit dem Körper einer antiken Götterstatue es mir mit dem Mund besorgt? Jess in ihrer Weisheit hatte mir mal erklärt, dass gut aussehende Typen schlecht im Bett seien, weil sie sich nie wirklich Mühe geben mussten. Aber in ebendiesem Moment war ich mir nicht sicher, ob das wirklich stimmte. Max wusste ganz genau, welcher Druck der richtige war und wo ich berührt werden wollte, also lag ich auch nicht da und dachte die ganze Zeit: »Ein bisschen tiefer, ein bisschen höher …«

Ich wölbte meinen Rücken abermals und atmete laut aus, als er seine Zunge weiter auf mir spielen ließ und gleichzeitig sanft einen Finger in mich schob. Ich konnte spüren, wie sich eine tiefe Hitze in meinem Unterleib ausbreitete, und bewegte meine Hüften im Rhythmus seiner

Zunge, doch als ich kurz davor war zu kommen, brach er ab und richtete sich auf. »Hey … noch nicht.«

WIE BITTE?

Vielleicht war das sein Problem. Vielleicht war er ein Sadist.

»Ich hole nur schnell ein Kondom«, erklärte er.

Ich schüttelte den Kopf. »Ist schon okay, ich nehme die Pille«, sagte ich rasch. Auf keinen Fall würde ich diesen Moment länger aufschieben können – einen Moment, der gefühlt in einen Film gehörte, so perfekt war er. Nicht wegen einer Grundsatzdiskussion über Verhütung.

So läuft es doch oft, wenn man mit jemand Neuem Sex hat, stimmts? Man wird das Thema wohl kaum vorab im Pub ansprechen, da man ja nicht zwingend weiß, ob man Sex mit demjenigen haben wird. »Oh, entschuldige, ich weiß, wir sind erst beim zweiten Getränk, aber könnten wir uns kurz über Verhütung unterhalten, damit es nachher nicht peinlich wird?«

Ich denke mal nicht.

Daher bleibt das Thema außen vor, bis man sich, meist betrunken, miteinander herumwälzt. Aber auch das fühlt sich nie wie der richtige Moment an, um eine Riesendiskussion vom Zaun zu brechen. Unromantisch. Es stört den Rhythmus. Also murmelt man irgendwas von wegen, dass es »schon okay« sei oder man »aufpassen« müsse. Verantwortungslos, ich weiß, aber in diesem Augenblick war ich so berauscht von der überraschend erotischen Wendung meines Abends, dass ich ihn nicht ruinieren wollte. Ich wollte diese Art von Sex erleben, über die ich gelesen und die ich auf der Leinwand gesehen, aber selbst nie so richtig hinbekommen hatte. Keine Pausen. Kein unbeholfenes Herumgefriemel mit einem nervigen Plastikpäckchen. Keine »Teppichaustern« danach – in den Filmen tritt danach nie jemand in glibbrige, kalte Teppichaustern.

Also fiel das Kondom unter den Tisch, und Max machte sich wieder ans Werk, wobei er seine Hände unter meine Pobacken schob, mich zur Bettkante zog und meine Beine anhob, sodass sie über seinen Schultern ruhten. Dann, langsam, ganz langsam, glitt er in mich.

»Fuuuuuuuck«, entfuhr es mir, als er sich in mich rein- und wieder rausschob, ganz ohne Eile, so als würde er mich necken. Ich war mir nicht sicher, ob es die schmeichelhafteste Position der Welt war. Ich blickte zu meinem Bauch hinab, wo sich die Röllchen so zusammenquetschten, dass sie wie abgepackter Kochschinken aussahen. Außerdem befanden sich meine Beine über meinem Kopf, meine Füße schwebten gefährlich nah an seinem Gesicht, und ich hatte Sorge, dass sie müffelten. Aber es fühlte sich so gut an, und Max sah mich so leidenschaftlich an, dass ich meine Füße vergaß.

Nach ein paar Minuten zog er sich aus mir zurück und drehte mich der Länge nach quer übers Bett. Ich versuchte, die Stellung so anmutig wie möglich zu wechseln. Es ist nie sonderlich sexy, wie ein gestrandeter Delfin auf der Decke herumzuzappeln, aber Max hatte es drauf, mich mühelos so zu drapieren, dass ich plötzlich unter ihm lag und wir es in der Missionarsstellung machten, sein Kopf an meiner Schulter vergraben, als er meinen Nacken küsste.

Ich bewegte mich mit ihm, fuhr mit den Fingernägeln über seinen Rücken, während wir uns wieder so richtig küssten, die Münder weit geöffnet, die Zungen aneinanderdrängend. Ha! All die Sorgen, vergessen zu haben, wie man es macht, dachte ich bei mir. Kein Problem. Schau uns doch einer an. Schau *mich* einer an, wie ich Sex mit diesem schönen Mann habe. Ich zog meine Fingernägel über seinen Hintern hinab und dann wieder seinen Rücken hoch. Ich bin eine moderne, vollkommen befreite Singlefrau, die sich amüsiert, die es genießt, wieder Teil der Datingszene zu sein. Es ist Samstagabend, und anstatt mich mit Jess zu betrinken, habe ich Sex mit Max. Kein Jake-Stalken in den sozialen Medien mehr. Kein Trübsalblasen über alten Pärchen-Selfies. Keine Tränen an einem Sonntagabend. Ich bin frei! Ich kann tun, was immer ich will! Ich bin …

Plötzlich zog Max sich zurück, griff mit einem seiner muskulösen Arme unter meinen Rücken und drehte mich mit einer schwungvollen Bewegung auf den Bauch. Ich gab mir Mühe, auf – wie ich hoffte – heißblütige Art über die Schulter zu blicken, obwohl ich wusste, dass meine Wimperntusche wahrscheinlich schon wieder verschmiert war, sodass ich eher wie ein Panda aussah. Max kniete hinter mir, senkte jedoch den Kopf, um meine linke Schulter zu küssen, dann meine rechte, dann, ganz langsam, setzte er seinen Weg küssend an meiner Wirbelsäule entlang nach unten fort. Sein Bart kitzelte sanft meinen Rücken, und ich seufzte in mein Kissen. Dann hörte das Küssen auf, und ich wurde an meinen Beinen nach hinten gezogen, Max' Hände unter meinen Schenkeln. Mein Hintern befand sich jetzt auf der Bettkante, meine Knie auf dem Teppich.

»Gib mir deine Hände«, sagte er. Also zog ich meine Hände unter dem Kopf hervor und hob sie nach hinten. »Hier, tu sie dahin«, raunte er, wobei er je eine Hand auf eine meiner Pobacken legte und sie leicht spreizte.

Da war ich also, lag auf meiner Brust, die Hände auf meinem Hintern, als wollte ich gleich eine Nacktversion der Macarena hinlegen.

Dann vergrub Max sein Gesicht in meiner Pofalte und fing abermals an, mit seiner Zunge auf und ab zu schnellen, dieses Mal fester. Es fühlte sich so gut an, dass ich mir nicht mal Sorgen machte, wie mein Hintern aus diesem Winkel aussah. Ich wollte einfach nur, dass er weitermachte: härter, schneller, härter, schneller, härter, schneller … bis wieder dieses heiße Gefühl an der Schwelle zur Explosion in mir aufstieg und ich ins Kissen stöhnend kam.

»Das war unglaublich«, flüsterte ich mit einem Blick über meine Schulter.

»Gut«, erwiderte er, und dann, innerhalb von Sekunden, lag er auf mir und hatte seinen Schwanz wieder in mich gestoßen. Seine Unterarme waren auf dem Bett aufgestützt, und er bewegte sich vor und zurück, atmete laut und immer drängender, bis auch er eine Art tiefen Schrei ausstieß und auf meinem Rücken zusammensank.

Ich beglückwünschte mich heimlich zu der Performance und fragte mich dann, wie lange ich wohl dort unter ihm liegen bleiben sollte, bevor ich mich rühren durfte. Ich musste mal.

Er küsste meinen Nacken und rollte sich ein paar Sekunden später von mir runter.

»Ich müsste nur kurz ins Bad«, sagte ich und setzte mich auf der Bettkante auf.

»Das ist da drüben«, meinte Max und deutete mit dem Kinn zu einer Tür neben seinem Kleiderschrank.

»Danke«, erwiderte ich. Schon komisch, wie man plötzlich wieder zu höflichen Umgangsformen switchen konnte, wenn einem nur Sekunden zuvor noch jemand den Po geleckt hatte.

Ich hockte mich in seinem Badezimmer – grauer Marmor, Schwarz-Weiß-Fotos von Bergen an den Wänden – aufs Klo und versuchte zu pinkeln. Es dauerte ewig. Komm schon, Lil, wenn du dich nicht beeilst, wird er noch denken, dass du hier drin irgendwas Abartiges machst. Endlich plätscherte es. Danach wischte ich mich ab, stand auf und blickte mein Gesicht im Spiegel an. Meine Wangen waren gerötet, meine Lippen knallrosa. Ich griff nach der Colgate-Tube, die neben dem Waschbecken lag, und gab einen Klecks auf meinen Zeigefinger. Dann rieb ich mir damit über Zähne und Zahnfleisch, drehte den Wasserhahn auf, schöpfte eine Handvoll Wasser in den Mund und ließ es hin und her schwappen.

Ich tapste auf Zehenspitzen zu seinem Bett zurück, krabbelte hinein und ließ dabei den Blick über ihn schweifen. Er lag auf dem Rücken ausgestreckt, einen Arm über dem auf dem Kissen gebetteten Kopf angewinkelt, doch kaum dass ich mich hingelegt hatte, drehte er sich auf die Seite.

»Kopf hoch«, wies er mich an, also hob ich ihn an, woraufhin er einen Arm drunterschob und den anderen über meinen Körper legte. Mit jemandem, den man erst Stunden zuvor kennengelernt hatte, in Löffelchenposition zu kuscheln, erschien mir seltsam intim. Intimer noch, als sich von demjenigen den Po lecken zu lassen. Aber es war der perfekte Abschluss für diesen absolut perfekten Abend, und ich schlief ein, ohne auch nur eine Sekunde Neurosen zu schieben, dass ich beim ersten Date nicht mit ihm hätte heimgehen dürfen.

Die einzige Sache war: Als ich am nächsten Morgen aufwachte, war Max nicht da. Nach Hinweisen lauschend, hob ich den Kopf, um mich im Zimmer umzusehen. Auuuuuuuutschhhhhh, mein Schädel. Er fühlte sich an, als wäre mein Hirn über Nacht zu groß für ihn geworden. Wummer, wummer, wummer. Ich versuchte, den Schmerz zu ignorieren, und horchte nach irgendwelchen Geräuschen. Doch in der Wohnung war es still. Wie spät es wohl war? Ich hielt auf dem Boden nach meiner Handtasche Ausschau. Keine Tasche. Ich musste sie im Wohnzimmer liegen gelassen haben. Dann erblickte ich einen Wecker auf seinem Nachttisch – 8.23 Uhr. Ziemlich früh für einen Sonntagmorgen. Ich setzte mich im Bett auf.

Max' Schlafzimmerboden sah aus wie ein Schlachtfeld; diverse achtlos weggeworfene Kleidungsstücke lagen auf dem Teppich herum wie verwundete Soldaten. Meine Unterhose, mein BH, meine Bluse, meine Jeans … alle an verschiedenen Flecken verstreut. Ich schwang die

Beine aus dem Bett und griff nach meinem Höschen, zog es an und schlich auf Zehenspitzen zur Badezimmertür, um zu lauschen. Nope. Nichts. Ich sammelte meine anderen Klamotten vom Boden auf, zog mich an und öffnete die Schlafzimmertür einen winzigen Spalt, um nachzuschauen, ob ich draußen vielleicht einen Wasserkessel oder ein Radio hören könnte. Immer noch nichts. Ich tapste zum Wohnzimmer rüber, doch auch da war Max nicht. Dann entdeckte ich eine Notiz auf dem Küchentresen.

L, SORRY, DICH SO LIEGEN ZU LASSEN,
HATTE LEIDER NOCH PAAR ARBEITSDINGE
ZU ERLEDIGEN, ABER MACH DIR RUHIG
EINE TASSE TEE. WAR TOLL, DICH
KENNENZULERNEN. M.

Ich stand am Küchentresen und analysierte das Schriftstück. Analysierte jeden Buchstaben. Kein Kuss nach dem »M«, fiel mir als Erstes auf. Und klang »toll, dich kennenzulernen«, nicht etwas arg unpersönlich? Ich wollte ja nicht auf der Poposache herumreiten, aber »toll, dich kennenzulernen«, klang nach etwas, das man zu jemandem sagte, den man bei einem Betriebsausflug der mittleren Führungsebene kennengelernt hatte, nicht nach etwas, das man zu jemandem sagte, dem man die Zunge in – ich überschlug rasch in meinem Kopf – gleich drei Körperöffnungen gesteckt hatte. Und wer bitte schön hatte so früh an einem Sonntagmorgen Arbeit zu erledigen? Aber er hatte mich auch »L« genannt, was irgendwie süß schien.

Ein bisschen intim. L&M – das wären wir, wenn wir ein Pärchen wären. So nach dem Motto: »Sollen wir L&M mal zum Abendessen einladen?«, oder: »Ich frage mich, ob L&M dieses Wochenende Zeit haben?«

Ich befahl mir, damit aufzuhören. Was tat ich da eigentlich – stand barfuß in der Küche eines Fremden und mutmaßte, wie man uns wohl nennen würde, wenn wir ein Pärchen wären. Das war doch bekloppt. Was ich jetzt brauchte, waren eine Tasse Tee und circa siebenunddreißig Gläser Wasser, plus Toastbrot. Und ein, zwei Ibuprofen. Und noch mehr Wasser. Viel mehr Wasser. Mein Mund fühlte sich an, als ob ein Tier darin verendet wäre. Aber ich wollte keine Tasse Tee bei Max trinken. Ich wollte von hier weg und mich in meinen eigenen Wohlfühlbereich zurückziehen, wo ich den gestrigen Abend in meinem Kopf rekapitulieren könnte … oder zumindest diejenigen Fetzen, an die ich mich erinnerte.

Ich faltete den Zettel zusammen und schob ihn in meine Gesäßtasche, schnappte mir meine Handtasche vom Sofa und ging ins Schlafzimmer zurück. Ich widerstand dem Drang, allzu offensichtlich in seinem Privatgemach herumzuschnüffeln – was, wenn er irgendwie zusah? –, machte also nur das Bett und ging dann mit meiner Handtasche ins Bad, um mein Gesicht in Ordnung zu bringen. Wie nicht anders zu erwarten, sah es fürchterlich aus: trockene, schuppige Haut, leicht blutunterlaufene Augen. Wahrscheinlich war es nur gut, dass Max nicht da war. Ich hatte, wenn ich mit meinen Kiddies in den Londoner Zoo ging, Nachtsäuger gesehen, die besser aussahen als ich.

Ein paar Minuten später verließ ich die Wohnung und betete stumm, keinem Nachbarn über den Weg zu laufen. Ich war gerade zur Haustür raus, als mir klar wurde, dass ich keine Ahnung hatte, wie ich heimkommen sollte. Auf welcher U-Bahn-Linie lag Hampstead? Ich tastete in meiner Handtasche nach meinem Handy und holte es hervor. *Oh, oooooh.* Acht verpasste Anrufe von Jess plus eine gestörte Anzahl von WhatsApp-Nachrichten. Ich scrollte hindurch. Im Wesentlichen ging es um die Frage, ob ich ermordet worden war.

Bist du tot? Bitte sei nicht tot, lautete ihre vorletzte Nachricht.

Dann die letzte, um Mitternacht abgesendet: Falls du gerade nur am Bumsen bist und nicht tot, werde ich dich womöglich eigenhändig umbringen, wenn du wiederauftauchst. GIB MIR BESCHEID, OB ES DIR GUT GEHT. xxxxx

Ich wollte gerade Citymapper öffnen, um herauszufinden, wie lange ich bis nach Hause brauchen würde, als das Smartphone in meiner Hand zu vibrieren begann. Es war Jess.

»Hi«, krächzte ich ins Handy.

»Oh, Gott sei Dank, du bist nicht tot«, stellte sie trocken fest.

»Nein«, erwiderte ich. »Nicht ganz. Aber ich fühle mich dem Tode nah.«

»Hast du bei ihm übernachtet?«

Jesus. Ich war echt nicht bereit für dieses Gespräch, nicht vor einer Tasse Tee. Das war ja, wie beim Geheimdienst an der Strippe zu hängen.

»Jupp.«

Jess stieß einen Jubelruf aus. »Hisst die Fahnen, lasst die Glocken hell erklingen! Ich muss dich sofort sehen.«

Ich seufzte Richtung Bürgersteig. Hatte je irgendwer in der Geschichte der Menschheit so dringend einen zuckrigen Schwarztee benötigt wie ich in diesem Moment? »Ich mache mich gleich auf den Heimweg, Süße. Glaub, ich brauch ein heißes Bad und einen Toast. Was machst du später?«

»Nein, vergiss später. Wo bist du? Warum kommst du nicht vorbei, und ich mache uns ein leckeres Frühstück, während du hier ein Bad nimmst. Ich kann Clem unten schon in der Küche rumoren hören.«

Sie befand sich in ihrem entschlossenen Modus. Völlig sinnlos dagegenzuhalten. Ich hatte nicht die Energie dazu. Und womöglich wäre es nicht schlecht, die Sache mit Jess nachzubesprechen. Von jemand anders gefüttert und getränkt zu werden und erst danach heimzugehen. Grace und Riley ließen heute Vormittag wahrscheinlich sowieso die Zimmerwände erbeben.

»Okay«, sagte ich. »Ich bin … in Hampstead … irgendwo. Weiß der Henker, wie ich zu dir komme. Aber gib mir, sagen wir … eine Dreiviertelstunde?«

»Genial«, sagte Jess. »Ich gehe schon mal zu Nisa und kaufe Saft.«

Ich brauchte eine ganze Stunde, um London zu durchqueren. Jess und Clem wohnten in einem hohen, schmalen Haus am Nordufer der Themse in der Nähe von Chiswick.

Ihr Heim war eines dieser roten Backsteinhäuser mit Blick auf den Fluss und großen, von Efeu umrankten Fenstern; davor verlief eine ruhige Straße, und über sie hinaus befand sich ein kleiner privater Garten, der schräg zum Fluss hin abfiel. Die meisten Anwesen in dieser Gegend waren makellos hergerichtet, so Domizile, die von reichen Hedgefonds-Unternehmern oder App-Millionären bewohnt wurden. Häuser, an deren Fassaden blühender Blauregen hochkletterte, an deren Zäunen sich Rosen emporwanden und an deren Toren kunstvoll bemalte Schilder mit herrschaftlichen Namen wie Heron House und River View prangten. Hundebesitzer spazierten beim Gassigehen regelmäßig die Straße auf und ab und spähten neugierig durch die Erkerfenster, um einen Blick auf die Besitzer zu erhaschen.

Jess' und Clems Haus war anders. »Chaotisch« ist das Wort, das ich benutzen würde, aber das ist liebevoll gemeint. Es war genauso groß wie all die anderen. Drei Stockwerke plus ein Dachboden, den Jess – eine Porträtkünstlerin – in ihr Atelier verwandelt hatte, als sie und Clem eingezogen waren. Doch wenn man ein gassigehender Hundebesitzer war und an ihrem Heim vorbeischlenderte, hätte man meinen können, dass sich Hausbesetzer einquartiert hätten. Die Farbe blätterte von den Fensterrahmen, der Pfad zur Haustür war holprig, da mehrere Ziegelsteine auf mysteriöse Weise verschwunden und die anderen längst von Moos bedeckt waren. Es gab kein gemaltes Schild am Zaun, der vor sich hin rostete, lediglich eine Nummer: Neunzehn. Obwohl die Neun mittlerweile kopfüber hing, sodass es ein bisschen so aussah, als wäre es die Nummer Sechzehn.

Clem und Jess konnten es sich schlicht nicht leisten, ihr Haus auf Vordermann zu bringen. Eigentlich hätten sie es sich überhaupt nicht leisten können, darin zu leben, aber sie hatten es von ihrer Großmutter, Blanche, geerbt. Sie mochte zwar tot sein, aber einst war sie eine berühmte Konzertpianistin gewesen, die in den Sechzigern eine Tochter mit einem italienischen Dirigenten zeugte. Die Tochter wiederum war Nicoletta, Jess' und Clems Mutter, die das feurige Temperament des Dirigenten geerbt hatte und es gerade so schaffte, ihre Kinder sicher ins Erwachsenenalter zu entlassen, bevor sie vor etwa einem Jahrzehnt London verließ, um sich eine Wohnung in Rom zu nehmen.

Als ich an diesem Morgen an ihre Tür klopfte, halluzinierte ich praktisch schon von einer heißen Tasse Tee.

»Da ist sie ja«, begrüßte mich Jess, als sie die Tür im Morgenmantel öffnete. Sie trat einen Schritt zurück und beäugte mich. »Ich kann dir ansehen, dass du Sex hattest.«

»Wie bitte?«, krächzte ich. Ich stand auf der Schwelle, lehnte jedoch entkräftet am Türrahmen. »Das kannst du ganz bestimmt nicht.«

»Kann ich wohl«, sagte sie und trat beiseite, als ich reinspazierte. »Du siehst völlig erledigt aus. Und du hast Sex im Haar.« Sie vollführte mit dem Zeigefinger kleine Kreise in Richtung meines Kopfs. »Außerdem kann ich's riechen.«

»Bist du ein Bluthund, oder was?«, entgegnete ich und steuerte die Küche an. »Übrigens ist das echt eklig.«

»Ich habe eben eine sehr sensible Nase. Tee?«

Ich nickte und zog einen Stuhl unter dem Küchentisch hervor, dann setzte ich mich, verschränkte die Arme vor mir auf der Tischplatte und legte meinen Kopf darauf ab. »Wo ist Clem hin?«

»Raus, Gassi gehen.«

Clem war ein fürchterlicher Musiker, der gezwungen war, seine kreativen Ambitionen finanziell mit Hundesitten aufzupäppeln. Seit er von der Uni weg war, hatte er verschiedene musikalische Phasen durchgemacht. Die Gitarrenphase. Die Schlagzeugphase. Zu einer besonders schlimmen Zeit sogar eine Akkordeonphase. Jetzt befand er sich in seiner elektronischen Phase und arbeitete an seiner »ersten Single«. Er arbeitete schon seit geraumer Zeit an dieser »ersten Single«, und in letzter Zeit schien diese Arbeit vor allem darin zu bestehen, permanent mit Riesenkopfhörern in seinem Zimmer zu hocken und auf seinem Laptop herumzutippen. Immer wenn er eine künstlerische Blockade verspürte – was recht oft der Fall war –, suchte er Zuflucht in der Küche, hackte mit Messern auf irgendwas ein und experimentierte mit seltsamen Fleischstücken, die der Metzger in der Chiswick High Road ihm aufgeschwatzt hatte. Wenn man Pech hatte, Innereien – ich erinnerte mich noch an besonders widerwärtige Leber-Tagliatelle. Er war im Kochen ungefähr genauso gut wie im Musizieren.

Andererseits war er der beliebteste Hundesitter der Gegend, und das nicht nur, weil er so charmant war, sondern auch, weil er dieses jungenhafte Gesicht hatte, das Frauen eines gewissen Alters ansprach. Er war groß und blond, hatte aber weiche, rosige Wangen, die aussahen, als ob er sie nie rasieren müsste; außerdem wirkte er immer irgendwie zerstreut und unordentlich. Nicht zusammenpassende Socken, falsch geknöpfte Hemden, wuschelige Haare, die wie Strohbüschel aus dem Kopf einer Vogelscheuche abstanden. Doch er kam eher liebenswert als nichtsnutzig rüber, und so hatte er erfolgreich, wenn auch unbeabsichtigt, den Gelangweilte-Hausfrauen-Markt des Viertels für sich klargemacht. Sie drängten sich förmlich darum, ihre Hunde bei ihm anzumelden, und schlugen dann Morgen für Morgen mit sehr rosa Lippenstift und sehr engen Leggins vor seiner Tür auf, um ihre Möpse und Französischen Bulldoggen bei ihm abzugeben.

Jess machte sich mit Tassen und Milch zu schaffen, während ich mit dem Kopf auf der Tischplatte sitzen blieb und träge zum Fernseher in der Ecke blickte, wo ein Politiker, dessen Name ich theoretisch kennen sollte, sich über irgendeinen Skandal in der Sonntagszeitung ausließ.

»Walt war gerade noch oben«, fuhr Jess fort, »aber ich hab ihn heimgeschickt.«

Walt – mit vollem Namen Walter de Winter – war ein Kunsthändler, mit dem Jess seit etwa zwei Monaten was laufen hatte. Er war sehr britisch, sehr vornehm, trug immer Cordhosen und war »zu fummelig« im Bett, wie Jess mir vor ein paar Wochen erzählt hatte. Aber er nahm sie zu Ausstellungen mit und diskutierte mit ihr über Maler.

»Oh, tut mir leid«, sagte ich und setzte mich auf. »Ich hatte nicht vor, deinen Sonntagmorgen zu torpedieren.«

Jess zuckte unter ihrem Morgenmantel die Schultern. »Sei nicht albern. Ich will alles wissen.« Dann senkte sie die Stimme. »Außerdem kann ich nicht schon wieder den ganzen Tag mit ihm verbringen. Gestern Nachmittag war echt zu viel, aber das erzähle ich dir gleich noch. Du zuerst.«

Ich überlegte, wo ich anfangen sollte. »Okay, wir haben uns also im Pub getroffen, und zuerst war es die reinste Qual.«

»Warum?«

»Einfach so zäh. Mir fiel nichts ein, was ich sagen sollte, also machten wir Small Talk darüber, wo wir wohnten, bis wir zwei Drinks intus hatten.«

»Was geschah dann? Willst du Zucker?«

»Zwei Stück, bitte. Danach ging es ein bisschen einfacher. Das Reden, meine ich. Und dann kam die Sprache auf unsere vergangenen Beziehungskisten.«

Sie wirbelte vom Wasserkocher auf der Anrichte zu mir herum und hob argwöhnisch die Augenbrauen. »Ach ja?«

»Ich habe ihn nicht vollgelabert. Ich schwöre. Außerdem hat er auch seine Ex erwähnt, also sind wir quitt.«

»Okay, sprich weiter.«

Ich richtete mich auf und lehnte mich auf meinem Stuhl zurück. »Und dann … blieben wir mehr oder weniger da hocken und ließen uns volllaufen.«

»Uuuuuund?«

»Dann schlug er vor, zu ihm zu gehen?«

»Uuuuuuuund?«

»Und dann, na ja, dann hatten wir Sex.«

Jess stellte meinen Becher so abrupt auf dem Tisch ab, dass der Tee über den Rand schwappte. »Ich mache dir doch hier kein Frühstück für diese jämmerliche Kurzzusammenfassung. Komm schon, her mit den Details!«

Ich hörte die Haustür zufallen, und Clem erschien in seiner Hundesitter-Ausrüstung in der Küche: uralter waldgrüner Barbour-Anorak, aus dessen Tasche Plastiktütchen quollen, und eine Pfeife um den Hals. »Lil, einen wunderschönen guten Morgen.« Er beugte sich vor und drückte mir einen Kuss auf den Kopf. »Bisschen früh für deine Verhältnisse, oder?«

»Schhhh, Clem, sie erzählt mir von ihrem Date und ist grad beim Sexteil angekommen«, ermahnte ihn Jess.

»Hervorragend«, erwiderte Clem. »Kann ich mich dazusetzen? Ist der Wasserkocher an?«

»Hat eben gekocht«, sagte Jess. »Ich brate uns Speck an. Auch welchen?«

»Ja, bitte.«

»Es war irgendwie sehr … sportlich«, begann ich. »Weil er von Beruf Bergsteiger ist.«

»Bergsteiger?«, fragte Clem. »Was besteigt er denn so?«

»Halt die Klappe, Clem. Im Moment besteigt er Lil«, sagte Jess, während sie Speckstreifen aus der Plastikpackung abzog und in eine Pfanne legte.

»Er hat mich mehr oder weniger im Bett herumgeworfen. War ziemlich … dominant. In der einen Minute war ich noch unter ihm, in der nächsten war er hinter mir.« Ich hielt inne und dachte nach. »Es war wie Sex mit einer charmanten Version von Hulk.«

Jess warf den Kopf in den Nacken und lachte. »Ha, ich bin ja so neidisch. Hatte er auch einen charmanten grünen Penis?«

Clem setzte sich schwerfällig an den Tisch. »Mädels, heute ist der Tag des Herrn, ihr wisst schon.«

»Lass den Herrn aus dem Spiel, Clem«, ermahnte ihn Jess, dann schaute sie wieder zu mir. »Und wie seid ihr verblieben?«

»Oh, das ist ja die Sache«, sagte ich. »Als ich heute früh aufwachte, war er fort.«

»Fort?«, echoten die beiden.

»Mhm. Ja, nicht im Bett. Seinem Bett. Einfach verschwunden. Und dann hab ich eine Notiz in seiner Küche gefunden, in der stand, dass er ›Arbeit‹ zu erledigen hätte.«

»Hast du die Notiz?«, wollte Jess wissen.

»Jawohl, Miss Marple«, erwiderte ich, lehnte mich auf meinem Stuhl vor und zog sie aus meiner Hosentasche. »Da hast du sie.«

Sie strich sie auf dem Tisch glatt und las schweigend.

»Aber doch, ja, ich würde ihn schon gern wiedersehen«, sagte ich, während Jess las. »Bis auf die Anlaufschwierigkeiten war es im Grunde das ideale erste Date. Wir haben uns im Pub stundenlang unterhalten. Kurz hab ich mich gefragt, ob ich einen auf schwer zu kriegen machen und nicht mit ihm heimgehen sollte, aber es fühlte sich einfach so natürlich an, dass ich mir dachte, warum nicht?«

Jess nickte, während sie immer noch den Zettel anstarrte. »Hmh, ich bin mir nicht sicher, ob solche Regeln heutzutage noch eine Rolle spielen.«

»Also ich freue mich ja immer, wenn ein Mädchen beim ersten Date mit zu mir kommt«, fügte Clem hinzu.

»Na ja, das ist die andere Sache«, fuhr ich fort. »Ich weiß, dass es nur ein erstes Date war, aber es fühlte sich an, als ob da mehr wäre. Dass da was zwischen uns war, versteht ihr?«

Jess blickte von dem Zettel zu mir auf und verkündete: »Nun, das hier ist zwar nicht Shakespeare, aber es ist süß. Höflich. Gute Manieren. Hast du ihm geschrieben?«

»Nein, natürlich nicht. Ich konnte heute früh kaum einen geraden Satz bilden, geschweige denn eine Nachricht formulieren.«

»Na schön, lass uns frühstücken und dann darüber nachdenken. Du musst locker rüberkommen, aber trotzdem sexy. Clem, du kümmerst dich um den Toast. Und kannst du das Ketchup holen? Und den Wasserkocher noch mal aufsetzen? Wir brauchen mehr Tee.«

»Es gibt Leute, die nennen den Sonntag einen Ruhetag«, brummte er. Aber er stand trotzdem auf und zwinkerte mir dabei zu.

Etwa eine Stunde später – die Teller mit den Überresten von Eigelb und dem Saft gebackener Bohnen verschmiert – streckte Jess ihre Hand aus und verlangte nach meinem Handy.

»Okay, aber könntest du bitte nichts losschicken, bevor ich nicht draufgeschaut habe?«

»Natürlich nicht. Auch wenn ich echt gut bin in so was.«

Ich kniff skeptisch die Augen zusammen.

»Bin ich wohl!«, beharrte sie. »Stimmts nicht, Clem? Hab ich dir nicht mit dieser Wie-hieß-sie-noch-gleich geholfen? Milly? Philly? Jilly?«

»Tilly?«, berichtigte Clem sie, der immer was am Laufen hatte. Meistens mit zierlichen blonden Mädels, die er leidenschaftlich mit Spotify-Playlisten und romantischen Spaziergängen am Flussufer umwarb. Sie verschwanden nur oft sehr schnell, nachdem er für sie gekocht hatte, doch Clem machte unbeirrt weiter wie ein Labrador, der sich auf sein nächstes Fresschen freute.

»Ja, genau, Tilly«, fuhr Jess fort. »Ach, übrigens, wie lange soll das mit ihr noch gehen? Letztes Mal musste ich ihr mit der Haustür helfen, weil sie nicht dahinterkam, wie sie aufgeht.«

»Tilly ist sehr süß, und die Tür war wahrscheinlich doppelt abgeschlossen«, sagte Clem. »Und überhaupt, wenigstens ist sie nicht langweilig. Ich musste mich letzte Woche in meinem Zimmer verstecken, weil Walt unten lauerte und ich mir unmöglich noch einen Vortrag über seinen neuesten Künstler antun konnte. Außerdem hinterlässt er fiese Bremsspuren in der Kloschüssel, falls dir das noch nicht aufgefallen ist.«

»Clem!«, rief sie. Das Haus hallte mehrmals täglich mit solchen »Clem!«-Rufen wider. »Wenigstens verfügt er über ein Hirn.«

»Genug!«, fuhr ich dazwischen, bevor sie so richtig loslegen konnten. »Können wir jetzt die Nachricht schreiben?« Ich nickte zu meinem Smartphone in Jess' Händen. »Wie wäre es mit: ›Danke für gestern Abend, ich hatte eine schöne Zeit. Hoffe, der Kopf fühlt sich heute Morgen nicht allzu schlimm an.‹ Mit nur einem Küsschen?«

Jess blickte angewidert drein. »Du kannst nicht ›hatte eine schöne Zeit‹ schreiben. So etwas schreibst du deiner Großtante, die dich auf Tee und Scones eingeladen hat. Und die Sache mit dem Kopf geht auch nicht.«

»Warum nicht?«

»Weil es total lahm klingt, deswegen.«

Ich lehnte mich auf meinem Stuhl zurück und dachte nach. Schon komisch, wie man so viel Energie für ein paar Worte in einer Nachricht wie dieser aufbringen kann. Stunden unter Umständen. Und das nur, um eine Message zu schreiben, die dazu gedacht ist, so zu klingen, als wäre sie ganz beiläufig innerhalb von Sekunden verfasst worden.

Und in dem Moment, als ich erneut teilnahmslos zum Fernseher in der Ecke blickte, sah ich ihn. Ein paar Sekunden kapierte ich es gar nicht. Ich blinzelte einfach den Bildschirm an und dachte, dass der dunkelhaarige Typ mir irgendwie bekannt vorkam. Dann dämmerte es mir. Das war *er*. Das war Max.

Aber … HÄ? Was zur Hölle machte Max im Fernsehen? Warum saß er im Nachrichtenstudio und unterhielt sich mit der Nachrichtensprecherin? Ich schaute auf die Uhr. Kurz nach zwölf. Ich hatte seine Wohnung vor grob drei Stunden verlassen, und jetzt war er hier vor mir auf dem Bildschirm. Ich hatte das Gefühl zu träumen. Vielleicht träumte ich ja wirklich? Vielleicht schlief ich immer noch, und das alles war Einbildung. Aber es schien nicht wie ein Traum. Ich wackelte mit den Fingern vor meiner Nase – das waren definitiv meine echten Finger. Abgesehen davon war eine neue, ebenfalls recht laute und reale Streiterei wegen des Abspülens zwischen Jess und Clem im Gange, weswegen ich nicht hören konnte, was Max sagte.

»Du bist dran!«, keifte Jess und griff nach unseren Tellern.

»Leute ...«, versuchte ich sie zu unterbrechen, die Augen immer noch auf den Fernseher gerichtet.

»Ganz sicher nicht«, entgegnete Clem. »Ich habe erst gestern Abend gespült.«

»Schhhhh, nicht vor den Gästen«, ermahnte ihn Jess.

»Krieg dich ein, das ist nur Lil«, gab er zurück.

»Leute, hört auf!«, sagte ich jetzt lauter, sodass sie beide zu mir schauten.

»Was ist?«, fragte Jess.

»Das ist Max, das ist der Typ. Er ... er ist da ... er ist im Fernsehen.« Ich nickte mit dem Kopf zum Bildschirm, und sie beide drehten sich um. »Kannst du das lauter stellen, Clem?«

»Britischer Entdecker Max Rushbrooke möchte der erste Mensch sein, der den Gipfel des ...«, las Jess vom unteren Bildschirmrand ab, blieb jedoch an einem komplizierten Bergnamen hängen.

»Muchu Chhish«, half ihr Clem auf die Sprünge. »Liegt in Pakistan, glaub ich.« Dann wirbelte er auf dem Stuhl zu mir herum. »Aber, Lil, das ist doch Max Rushbrooke, der Entdecker. Du warst gestern Abend ernsthaft auf einem

Date mit Max Rushbrooke?« Er klang geradezu beleidigend überrascht.

»Also, genau genommen war sie nicht nur auf einem Date mit ihm. Sie hat ihn gevögelt«, sagte Jess, die damit aufgehört hatte, die Teller einzusammeln, und ebenfalls den Bildschirm anstarrte. »Aber wer ist der Typ? Woher kennst du ihn, Clem?«

»Schhhhh, Leute, im Ernst, können wir eine Sekunde nur zuschauen?« Ich nickte abermals zum Fernseher und bedeutete Clem, endlich lauter zu stellen.

»Es ist eine gewagte Expedition. Bis dato meine ambitionierteste Herausforderung«, erklärte Max. »Aber ich habe mein ganzes Leben von diesem Berg geträumt. Seit ich ein kleiner Junge war.«

»Und wie zuversichtlich sind Sie, dass es Ihnen gelingen wird?«, erkundigte sich die Nachrichtensprecherin, eine Blondine, die ein ziemlich enges, ziemlich rotes Kleid trug und sich übertrieben in Max' Richtung streckte.

Max blickte sie ernst an, seine Augenbrauen zogen sich zusammen. »Ziemlich zuversichtlich. Andernfalls würde ich es nicht tun. Wir müssen nur die Daumen für ein günstiges Wetterfenster gedrückt halten.«

»Und wann brechen Sie auf?«

»Wir fliegen nächste Woche von London aus los, dann dauert es noch eine Woche bis zum Basiscamp, wo wir uns einige Wochen akklimatisieren werden. Kurz darauf beginnen wir hoffentlich mit dem Aufstieg. Wenn alles gut läuft, Mitte Oktober«, antwortete Max.

»Nun, wir werden alle mit Ihnen mitfiebern. Und vielen Dank, dass Sie zu uns ins Studio gekommen sind«, sagte die Sprecherin immer noch mit übertriebener Pose.

»Nicht doch«, sagte Max. »Ich danke für die Einladung.«

Sie lächelten einander an, bevor die Sprecherin sich umdrehte, um in die Kamera zu blicken. »Das war Max Rushbrooke, der uns von seiner anstehenden Expedition zum Gipfel des Muchu Chhish, einem der höchsten noch unbezwungenen Berge der Welt, erzählt hat. Wir wünschen ihm viel Glück. Und als Nächstes geht es zu meinem Kollegen Adam mit dem Wetterbericht ...«

Ich legte mir die Hände an die Wangen und schüttelte ungläubig den Kopf. »Ich meine ...«, setzte ich an, »... ich hatte ja keine Ahnung. Er hat nur gesagt, dass er von Beruf Kletterer sei.« Und dann fiel mir seine Wohnung ein. »Aber jetzt ergibt das alles auch irgendwie mehr Sinn. Er hatte überall Bilder von Bergen und Fotos von sich in Kletterausrüstung hängen.«

»Ich bin leicht verwirrt«, meldete sich Jess. »Clem, woher weißt du über den Typen Bescheid?«

»Leute, kommt schon, der Mann ist ziemlich bekannt«, erwiderte Clem mit der Fernbedienung in der Hand und guckte uns schräg an, als wäre er empört ob unserer mangelnden Sachkenntnis über zeitgenössische Entdecker. »Echt nicht?«, sagte er dann angesichts unserer ratlosen Mienen. »Der Kerl ist so eine Art Bear Grylls. Ich glaube, sie waren sogar tatsächlich schon zusammen klettern. Außerdem hab ich mal was über seine früheren Expeditionen gelesen. Von Max meine ich. Kann mich nur nicht erinnern, wann und wo die letzte war ...« Er hielt inne und legte die Stirn in Falten. »Irgendwo in Tibet. Ach ja, ich glaube auch, er kommt aus einer ziemlich vornehmen Familie. Sein Vater ist ein Cousin der Queen oder so was.«

»Also, ich habe noch nie von ihm gehört«, sagte Jess. »Aber er ist echt heiß. Lil, das ist ja der Hammer! Ich werde ihn gleich googeln.« Sie griff nach ihrem Handy. »Okay, M … A … X … Rushbrooke«, murmelte sie, während sie tippte. »Scheiße! Er hat eine eigene Wikipedia-Seite. Lil, du hast jemanden mit einer Wikipedia-Seite gevögelt!«

»Tja, moderne Romantik«, bemerkte ich und stand auf, um über ihre Schulter zu spähen. Ärgerlicherweise freute sich ein kleiner Teil von mir darüber, aber das würde ich ganz sicher nicht offen zugeben. »Lass mal sehen …«

»Max Rushbrooke ist ein englischer Alpinkletterer und Bergführer«, las Jess vor. *»Er gilt als einer von Großbritanniens führenden Höhenbergsteigern und hat den Mount Everest bereits zehn Mal bezwungen. Geboren wurde er 1985* … Also ist er …«

»Vierunddreißig«, sagte ich. »Das wusste ich schon. Das stand in seinem Profil.«

»Hat das Eton College besucht … Äh, war nicht an der Uni. Ging an die Königliche Militärakademie in Sandhurst. O mein Gott, mit Prinz William! Danach kommt nur noch eine Liste mit zig Expeditionen.«

»Vor ein paar Jahren gab es da dieses Riesenunglück auf dem Mount Everest«, meldete sich Clem nachdrücklich von der anderen Seite des Tisches. »Schlechtes Wetter, und sie blieben stecken. Er wäre beinahe gestorben. Ich glaube, sie sind alle beinahe gestorben.«

»Schhhhh, Clem«, unterbrach ihn Jess mit einem Handwedeln. »Lil, hör dir mal den Teil an: *Sein älterer Bruder, Arundel, verunglückte 2002 bei einem Skiunfall in Frankreich …*«

»Oh, Mist, er hat nichts in die Richtung erwähnt.«

»Ja, aber jetzt hör doch mal zu«, fuhr Jess fort, die immer noch das Display anstarrte. »*Sein älterer Bruder, Arundel, verunglückte 2002 bei einem Skiunfall in Frankreich, was Max zum Erbfolger seines Vaters macht, dem 17. Viscount von Rushbrooke. Der Familiensitz ist Little Clench Hall in Suffolk, und ihr geschätztes Vermögen beläuft sich auf rund 135 Millionen Pfund.*« Sie sah zu mir auf. »Lil, er ist dreistelliger Millionär! Hat er irgendwas davon erwähnt?«

»Nein, natürlich nicht! Was hätte er denn sagen sollen? ›Hallo, Lil, nett dich kennenzulernen. Ich bin Max. Mein Bruder ist gestorben, als ich noch jünger war, weswegen ich ein Viscount *und* berühmter Bergsteiger bin, und, oh, habe ich schon erwähnt, dass ich außerdem stinkreich bin?‹« Ich hielt inne. »Ich glaube ja, ich mag ihn noch mehr, weil er nicht darüber gesprochen hat.«

»Genau genommen ist er noch kein Viscount«, belehrte mich Jess. »Aber er wird es mal sein.« Und dann überschlugen sich ihre Worte, als sie rasch hinterherschob: »O mein Gott, stell dir nur vor, du könntest eine echte Adlige werden.«

»Mach mal halblang, Jess. Wir haben ja noch nicht mal diese dämliche Nachricht abgeschickt«, sagte ich und griff nach meinem Handy, um Max auf Instagram ausfindig zu machen. Bingo! Da war er. Samt blauem Häkchen und 64,2 Tausend Followern. Ich scrollte durch seine Fotos.

Die meisten von ihm auf irgendwelchen Bergen – in Frankreich, in Kanada, in der Schweiz. Max, letzten August auf dem Gipfel des Mount Everest mit Eissplittern im Bart.

»Hier steht auch was über seine Ex-Freundin«, fuhr Jess fort und setzte dann einen affektierten, vornehmen Tonfall auf: *»Es wird vermutet, dass Lady Primrose Percy und Max Rushbrooke mehrere Jahre eine Beziehung führten.«* Sie sah zu mir auf. »Hat er über sie gesprochen?«

»Ganz kurz, als wir über unsere Trennungen sprachen.«

»Schau, da ist ein Foto von den beiden«, sagte Jess und beäugte das Display aus zusammengekniffenen Augen. »Sie hat eine ziemlich lange Nase. Und eine hohe Stirn. Ich glaube nicht, dass wir uns wegen ihr Sorgen machen müssen.«

»Zeig her.«

Sie hielt ihr Handy hoch. Lady Primrose war hübsch. Jess übertrieb, was die Nase anging. Sie war blond und lächelte. Es war ein Foto, das die beiden auf einer Feier zeigte. Max hatte den Arm um ihre Taille geschlungen. Lady Primrose war gebräunt und trug ein halterloses Top, das ihre Schlüsselbeine entblößte. Ärgerlicherweise sah sie ziemlich schlank aus.

»Mhm«, sagte ich, als Jess ihr Handy wieder sinken ließ. »Er hat sie zwar nicht namentlich erwähnt, aber sie muss es sein, über die er gesprochen hat. Doch dann hat er gesagt, dass unser Date keine Therapiesitzung sei und wir uns über was anderes unterhalten sollten.«

»Wir müssen umgehend diese Nachricht verfassen«,

sagte Jess bestimmt. »Clem, du kümmerst dich um die Teller. Lil und ich müssen mal so richtig gründlich nachdenken. Mensch, ist das aufregend! Stell dir nur vor, wie Jake sich ärgern würde, wenn er es wüsste.«

Jake. Ich hatte seit gestern nicht mehr an ihn gedacht, was bedeutete, dass er schon beinahe vierundzwanzig Stunden lang keinen Raum in meinem Hirn beansprucht hatte – ein Rekord.

Jess bestand darauf, dass ich ihr mein Handy wiedergab, und konzentrierte sich auf die Nachricht, während ich, immer noch erschüttert von dieser Enthüllung, am Tisch saß und Clem lustlos die Teller aufsammelte und in die Spüle gleiten ließ. Die Neuigkeit hätte eigentlich nichts an meiner Einstellung oder meinen Gefühlen gegenüber Max ändern sollen, das wusste ich; doch ein anderer Teil kam nicht umhin, nur noch beeindruckter von ihm zu sein. Warum bloß war es so aufregend, mit jemand auch nur ansatzweise Berühmtem zu schlafen? Und machte mich das jetzt zu einem schlechten Menschen?

Jess schwieg, während sie eifrig tippte.

»Was schreibst du da? Jess?«

Sie beachtete mich nicht.

»JESS?«

Sie blickte auf. »Komm runter. Alles, was ich geschrieben habe, ist: Hey, umwerfender Max, was für eine Nacht. Freue mich schon auf die nächste. Punkt, Punkt, Punkt. Und dann zwei Küsschen. Kleine xx. Ist cooler als ein großes X. Weniger aufgesetzt.«

Ich schüttelte den Kopf. »Das schreibe ich nicht.

Ich kann doch nicht sagen: ›Freue mich schon auf die nächste.‹ Da klinge ich doch wie so eine Irre. Noch gestörter, als ihn ›umwerfender Max‹ zu nennen. Komm schon, gib es mir.«

Jess seufzte. »Hier, bitte. Aber es ist zu spät. Ich habs schon abgeschickt.«

»WAS?? Jess, du hast mir versprochen, dass du es nicht tust.«

»Nein, hab ich nicht. Jetzt mach dich locker, Lil. Männer brauchen diese Art von Ansporn, sonst kommen sie nie in die Puschen.«

»Oh, vielen Dank auch«, warf Clem von der Spüle ein.

Ich checkte mein Handy. Zwei graue WhatsApp-Häkchen. Sie hatte es abgeschickt. »Fuck. Jess. Das ist echt nicht cool … Clem, was hältst du von der Nachricht?«

Er drehte sich zu uns um. »Jetzt mal im Ernst, Mädels: Selbst Churchill hat einige seiner größten Reden mit weniger Trara geschrieben als ihr gerade. Ich bin sicher, das passt so.«

Ich wand mich innerlich vor Scham, während ich mein Handydisplay anstarrte und die Nachricht beschwor zurückzukommen. Natürlich könnte ich sie löschen, aber dann würde er *sehen*, dass ich sie gelöscht hatte. Vielleicht sollte ich ihm eine weitere Nachricht schicken, um ihm die erste zu erklären und die massive Peinlichkeit etwas rauszunehmen? Oder käme das noch schräger rüber? War es überhaupt möglich, noch schräger zu klingen? Ich war mir nicht sicher.

»Ich wünschte, du hättest es nicht getan«, murmelte ich.

Aber ich schaffte es nie, ernsthaft sauer auf Jess zu werden. »Ist ja auch egal. Was wolltest du mir eigentlich über Walt erzählen?«, wechselte ich das Thema, als mir einfiel, was Jess anfangs erwähnt hatte.

Sie sah mich fragend an.

»Du weißt schon. Du meintest, du willst mir was erzählen. Über Walt. Von gestern.«

»Ooooh.« Sie nickte, als es ihr wieder einfiel. »Ja. Er meinte, er habe uns Tickets für ein Wochenende in Paris gekauft.«

»Das ist aber süß von ihm. Ist es doch, oder?«

»Unfassbar süß, das ist ja das Problem.« Jess biss sich auf die Lippe und blickte schuldbewusst drein. »Ein Mann erzählt dir, er hat Tickets für ein romantisches Wochenende in Paris gebucht, und eigentlich sollte dir das Herz aus der Brust hüpfen. Eigentlich sollte ich losrennen, mir sexy Dessous kaufen und an all die leckeren Austern und den Sexmarathon denken.«

»Und das tust du nicht?«

Sie schüttelte den Kopf. »Nicht wirklich. Eigentlich gar nicht. Mein erster Gedanke war: ›Ooooh, Paris. Ich frage mich, ob ich da irgendwelche heißen Typen treffe.‹«

»Nicht ideal«, pflichtete ich ihr bei.

»Egal, ist noch ein paar Wochen hin. Also habe ich mich nicht festgelegt. Aber ich hatte so ein schlechtes Gewissen, dass ich zugesagt habe, Freitag zu dieser Vernissage in seiner Galerie zu gehen. Hast du Zeit? Kommst du mit? Dann können wir in einer Ecke herumstehen, uns volllaufen lassen und beschließen, was ich tun soll.«

»Denke schon«, erwiderte ich und warf einen Blick auf meinen Handykalender. »Ja, bin frei.« Meine Woche sah bisher eher dürftig aus, aber ich hoffte stark, dass es an einem der Abende ein zweites Date mit Max geben könnte. Oder zumindest hatte ich das gehofft, bevor Jess die peinlichste WhatsApp-Nachricht der Weltgeschichte losschickte.

Ich kam erst gegen 21 Uhr heim, und die Häkchen neben der Nachricht waren immer noch grau. Ich gab mir Mühe, frohen Mutes zu bleiben, doch es bedeutete ganz klar, dass er sie ignorierte. Wer bitte schön checkte sieben Stunden lang nicht sein Handy? Selbst meine Mutter schaute öfter drauf. Max hatte sie definitiv gesehen. Ich musste einfach nur hoffen, dass sie blau werden und er mir später zurückschreiben würde. Ich überlegte mir, dass er das auf jeden Fall tun würde – er schien mir nicht der Typ Mann, der einfach so eine Nachricht ignorierte, egal, wie peinlich sie war. Es zeugte schließlich von guten Manieren zu antworten, stimmts?

Grace und Riley fand ich im Wohnzimmer vor, wo sie auf ihren vor dem Fernseher ausgerollten Matten Yoga machten.

»Hey, Leute«, grüßte ich und ließ meine Tasche auf den Küchentresen fallen.

»Was glaubst du eigentlich, wie spät es ist, junge Dame?«, fragte Riley, wobei er, den Kopf zwischen den Beinen herabhängend, in seiner Stellung verharrte.

»Hast du ihn klargemacht?«, schob Grace in der gleichen Position hinterher.

Ich stutzte, dann lachte ich. »Ja.«

Beide jubelten sie von ihren Matten hoch.

»Gute Arbeit«, sagte Riley bewundernd. »Grace hat mir bei unserem ersten Date nur 'nen BJ gegeben.«

Grace streckte die Hand aus und schlug ihm aufs Bein. »Du bist ein Schwein.«

»Was ist ein BJ? … Ach, wisst ihr was? Egal«, erwiderte ich, da ich ahnte, dass ich meine Frage bereuen würde.

»Das ist kurz für Blowjob«, klärte Riley mich auf.

»Mhmmm. Hab ich mir fast gedacht«, erwiderte ich und öffnete den Kühlschrank, um nachzuschauen, ob etwas Verwertbares drin war. Ich hatte zwar bei Jess und Clem den ganzen Tag Kekse gefuttert, aber in meinem Magen war durchaus noch Platz für einen kleinen Snack. Einen Toast vielleicht. Oder meine siebenundvierzigste Tasse gezuckerten Schwarztee an diesem Tag.

»Oh, Süße, hast du vielleicht die Sky-Fernbedienung gesehen?«, fragte Grace, die sich stirnrunzelnd auf der Matte aufrichtete. »Wir können sie nirgends finden.«

Ich verspürte einen Stich des schlechten Gewissens, da ich wusste, dass sie in der Schublade meines Nachtschränkchens lag – direkt neben meinem Vibrator. Doch ich schüttelte den Kopf und machte mir innerlich eine Notiz, sie ins Wohnzimmer zurückzuschmuggeln.

»Sorry.« Ich gab mir Mühe, unschuldig dreinzublicken, bevor ich mich entschuldigte, um ein Bad zu nehmen, da ich hundemüde sei und nur noch ins Bett wolle.

Ich ließ mein Handy auf der Badematte liegen, damit ich es blinken sah, falls eine Nachricht kam. Es blinkte nicht. Doch kurz nach 22 Uhr bekam ich eine beunruhigende E-Mail von meiner Chefin, Miss Montague, Rektorin der St. Lancelot's School.

Liebe Miss Bailey, begann die Mail. Es gab eine Schulregel, nach der das Lehrpersonal sich mit Nachnamen anredete, was die meisten von uns jedoch ignorierten, solange wir uns nicht in Hörweite von Miss Montague befanden. Würden Sie bitte morgen um 7.30 Uhr zu einer Besprechung in mein Büro kommen?

Sofort fühlte ich mich schuldig. Das Schuljahr war erst eine Woche alt, und ich hatte bereits etwas falsch gemacht. Was könnte das wohl sein? Die Mütter mailten der Schule prinzipiell immer sonntagabends, nachdem sie das gesamte Wochenende Zeit gehabt hatten, über irgendwelchen spektakulären Belanglosigkeiten zu brüten – eine verloren gegangene Socke, eine spitzfindige Kritik an den schulischen Internetrichtlinien ... ach ja, und die Cottage Pie, die letzten Donnerstag zum Mittagessen serviert wurde – war die mit antibiotikafreiem Hackfleisch? Es gab kein Thema, das nicht banal genug gewesen wäre für eine St.-Lancelot-Mutter. Ich stellte meinen Wecker auf 6.15 Uhr und legte mich schlafen, mein Handy im Vibrationsmodus auf dem Kissen neben mir. Doch als ich schließlich wegdämmerte, hatte Max immer noch nicht geschrieben.

2

Die Situation am Montagmorgen war unverändert.

Die Häkchen waren nach wie vor grau, zwei fiese kleine Dolche neben einer völlig absurden Nachricht. Ich quälte mich dennoch aus dem Bett und versuchte, unter der Dusche etwas Optimismus in mir aufzubauen. Mir war bewusst, dass sich die Dating-Gewohnheiten seit jener Zeit, in der ich mit Jake zusammenkam, gewandelt hatten. Die Leute antworteten nicht mehr sofort. Wahrscheinlich würde ich im Lauf des Tages von ihm hören. Und wenn nicht im Lauf des Tages – weil er vielleicht total beschäftigt war mit was auch immer Entdecker halt so machten, während andere Leute im Büro saßen –, dann eben heute Abend. Da war ich mir sicher. Länger ließ kein Mensch eine Nachricht ungelesen stehen. Das wäre extrem unhöflich. Unter Ellbogeneinsatz kämpfte ich mich in Brixton in die U-Bahn, hoffnungsfroh, was Max betraf, etwas weniger zuversichtlich jedoch, wenn ich an meinen Termin mit Miss Montague dachte.

Exakt um 7.29 Uhr klopfte ich an ihre Tür. Sie war eine

Frau, die Pünktlichkeit zu schätzen wusste, und der Schulbetrieb glich dem einer Militärakademie.

»Herein!«, erklang die forsche englische Stimme.

Miss Montague saß an ihrem Schreibtisch und sah aus wie jeden Tag – streng, in einem blauen Damenkostüm mit Rock, einer makellosen Bluse, an den Ohren dezente Perlenstecker, über denen eine starre Frisur thronte, die, so vermutete ich jedenfalls, von Prinzessin Anne, dieser unwahrscheinlichsten aller Stilikonen, inspiriert war.

»Guten Morgen«, sagte ich, trat durch die Tür und blieb stehen. Pasta, Miss Montagues Dackel, lag dösend in einem Lichtfleck, den die frühe Morgensonne durchs Fenster warf.

»Miss Bailey, guten Morgen. Setzen Sie sich.«

Ich tat, wie mir geheißen. Die Rektorin musterte mich über ihre Brille hinweg und beugte sich an ihrem Schreibtisch etwas nach vorne, wobei ihr Ledersessel knarzte. »Es geht um eine äußerst heikle Angelegenheit, weshalb ich Sie vorab darüber unterrichten möchte, bevor ich den Rest des Kollegiums davon in Kenntnis setze.«

Ich sah sie mit gehobenen Augenbrauen an und sagte langsam: »Ooo-kaaay.«

»Es handelt sich um einen Nachzügler. Er wechselt an unsere Schule und wird fortan Ihre Klasse besuchen. Roman Walker.« Sie hielt inne und sah mich erwartungsvoll an.

»Ooo-kaaay«, sagte ich erneut. Der Name kam mir vage bekannt vor, aber ich konnte ihn nicht ganz einordnen. Die St. Lancelot hatte gleich mehrere Söhne bekannter Persönlichkeiten – Promis, Musiker, Künstler, IT-Milliardäre, Politiker. Welcher Promi hatte sein Kind Roman genannt?, überlegte ich.

»Roman Walker, der Sohn von Luke Walker«, half Miss Montague mir auf die Sprünge.

»Ach ja. Stimmt.« Der Nebel lichtete sich mit einem Schlag. Luke Walker, der Erstligisten-Fußballer. Sein Sohn also. Das war eine Riesensache. Kein Wunder, dass Miss Montague es eine »heikle Angelegenheit« genannt hatte. Vor ein paar Jahren war mal das Gerücht rumgegangen, wir würden womöglich Prinz George als Schüler gewinnen, was eine reichlich anstrengende Zeit zur Folge hatte, in der Miss Montague ein besonders militantes Auftreten an den Tag legte und, angesichts des erwarteten royalen Besuchs, den gesamten Lehrkörper nötigte, an ihrem Hofknicks beziehungsweise ihrem Diener zu feilen. Doch dann entschieden sie sich doch für die Thomas's London Day School in Clapham, und wir durften uns alle wieder beruhigen.

»Das ist wahrscheinlich ein Segen für uns«, hatte meine Lieblingskollegin Steph kurz darauf auf dem Schulhof verlauten lassen. »Stell dir nur vor, was die Mütter alle anziehen würden, wenn er bei uns wäre, der arme kleine Hosenscheißer.«

»Warum kommt Roman denn erst jetzt?«, erkundigte ich mich bei Miss Montague. Das Schuljahr hatte schließlich bereits begonnen. Es war ungewöhnlich.

Miss Montague öffnete den Mund, sagte jedoch ein paar Sekunden nichts, als würde sie nach einer angemessenen Formulierung suchen. »Es gab wohl Ärger an der

Holland Gate. Wie mir zu Ohren kam, gab es da eine … Tändelei zwischen Mr. Walker und einer der Lehrerinnen. Und anscheinend hielt die dortige Schulleitung es für das Beste, wenn Roman versetzt wird.«

»Hierher?«

»Nun ja, schlicht woandershin«, erwiderte Miss Montague ruhig. »Es war alles etwas überstürzt, daher habe ich das gesamte Wochenende damit verbracht, das Ganze in die Wege zu leiten. Jedenfalls wird er ab heute Ihre Klasse besuchen, könnten Sie also bitte dafür sorgen, dass er herzlich willkommen geheißen wird, und sich dabei der … Brisanz bewusst bleiben?«

»Ja, natürlich.«

»Ansonsten besteht keine Notwendigkeit, irgendetwas zu ändern. Legen Sie heute eine Lesestunde ein und schauen Sie, wie er sich macht. Sollte es irgendwelche Probleme geben, dann informieren Sie mich bitte.«

»Selbstverständlich.« Ich nickte. »Und soll ich … äh, die Walkers diese Woche noch zu einem … äh, Gespräch einladen? So wie die anderen …« Alle Klassenlehrer hatten sich wie üblich kurz vor Schuljahresbeginn mit den neuen Eltern getroffen, um sie über den Lehrplan und die Erwartungen an ihre Söhne zu informieren. Ich hatte einen ganzen Augustabend damit zugebracht, den Eltern meiner neuen Schüler die Hände zu schütteln und sie über unsere strengen Handy-Nutzungsrichtlinien zu unterrichten. Dieses Jahr hatte ich acht Jungen in meiner Klasse, darunter den Sohn eines Tory-Abgeordneten, den eines russischen Stahlmagnaten (der Vater hatte die bedrohliche

Ausstrahlung eines Mannes, der seine Opfer zum Frühstück verspeiste; die Mutter sah aus, als wäre sie elf), den Sprössling eines griechischen Prinzen und dann noch ein Herzchen namens Vikram, dessen Familie gerade erst von Delhi nach London gezogen war. Seine Mutter hatte sich solche Sorgen wegen Vikrams Eingewöhnungsphase gemacht, dass sie sogar gefragt hatte, ob sie seine Nanny mitschicken könne, damit sie hinten im Klassenraum saß, woraufhin ich ihr behutsam beibringen musste, dass das nicht ging.

Miss Montague schüttelte den Kopf, wobei sich ihr Haarhelm keinen Millimeter rührte. »Fürs Erste werden die Walkers nicht herkommen. Ich werde mich direkt mit ihnen in Verbindung setzen. Das bedeutet natürlich, dass wir mit einem erhörten Medieninteresse rechnen müssen. Aber es gelten nach wie vor die üblichen Regeln: Niemand redet mit der Presse, und falls sich jemand an Sie wendet, so verweisen Sie die Person bitte umgehend an mich.« Ihr Blick brannte sich in meinen wie der einer Jägerin auf Safaritour.

»Verstanden, kein Problem«, erwiderte ich.

»Wunderbar, dann sehen wir uns gleich bei der Kollegiumsbesprechung«, sagte Miss Montague.

Ich nickte und stand auf, erleichtert, dass ich nicht in Schwierigkeiten steckte.

Da ich so früh dran war, war das Lehrerzimmer noch leer. Ich ließ meine Tasche auf einen Stuhl fallen und steuerte geradewegs die Kaffee-Ecke an. Ich kam gerne etwas früher. Das verschaffte mir die Zeit, mir Minimum zwei

Becher Kaffee reinzuschütten, bevor die Kids auf ihren Rollern durch das Schultor geprescht kamen.

Verglichen mit einigen ihrer konkurrierenden Institutionen in Knightsbridge und Battersea war die St. Lancelot nicht gerade groß, aber sie galt mit ihren fünfhundert Schülern im Alter von vier bis dreizehn Jahren gemeinhin als die exklusivste Londoner Privatschule für Knaben (wie uns Miss Montague beinahe täglich in Erinnerung rief). Die Schule befand sich in den Räumlichkeiten eines gotischen roten Backsteingebäudes zwischen Chelsea und Pimlico, das einst als Krankenhaus gedient hatte, aber nach dem Zweiten Weltkrieg von einem enthusiastischen Armeehauptmann in eine Knabenschule umgewandelt worden war. Captain Bower, so hieß der Gründer. Ich nahm einen Schluck Kaffee und blickte kurz zu seinem Porträt auf, das im Lehrerzimmer hing. Er trug einen Schnauzbart, und seine khakifarbene Uniform war von Medaillen bedeckt. Er hatte außerdem Altphilologie in Oxford studiert, daher war ein lateinisches Schulmotto – *moniti meliora sequamur* – in das Gemäuer über dem Haupteingang gemeißelt.

Während meines Vorstellungsgesprächs vor fünf Jahren hatte Miss Montague, die Enkelin von Captain Bower, das Gespräch mit der Frage eröffnet, ob ich wisse, was das Motto bedeute. Ich hatte nicht die leiseste Ahnung gehabt.

Sie blickte mich prüfend über den Schreibtisch hinweg an und klärte mich auf. »Ermahnt, wollen wir Besserem folgen.«

»Oh, verstehe«, hatte ich höflich geantwortet.

»Das ist eine Zeile aus Vergils *Aeneis*. Ich gehe davon aus, dass Sie das Stück gelesen haben«, hatte sie hinzugefügt, und ich hatte unverbindlich in meine Kaffeetasse genickt.

Nein, ich hatte es nicht gelesen.

»Es ist überaus passend«, fuhr Miss Montague fort, »denn wir unterrichten etliche Schüler, denen später ein öffentliches Leben bestimmt ist – sowohl hier als auch im Ausland. Denken Sie, dass Sie fähig sind, diese jungen Geister dahingehend zu formen, Miss Bailey?«

Natürlich hatte ich Ja gesagt, doch heute, fünf Jahre später, fragte ich mich manchmal, ob diese jungen Geister wirklich auf die Öffentlichkeit losgelassen werden sollten. Kurz vor den letzten Parlamentswahlen war ein Zweitklässler namens Theodore in der Mittagspause auf mich zumarschiert und hatte mich gefragt, wen ich wählen würde.

»Ähm«, hatte ich begonnen, unsicher, wie ich darauf antworten sollte. Eigentlich hatten wir die Anweisung, unsere politischen Meinungen vor den Schülern tunlichst zurückzuhalten.

»Weißt du, Theodore, manche Leute finden diese Art von Frage nicht sehr höflich.«

Doch Theodore ließ sich davon nicht beirren. »Mein Daddy sagt, jeder, der nicht konservativ wählt, ist ein Volltrottel.«

Ich war vollkommen baff. Und noch bevor ich Zeit hatte, etwas zu erwidern, hatte Theodore sich schon umgedreht und war davonstolziert, um anderswo auf dem Schulhof Wahlkampf zu betreiben.

»Mach dir mal keinen Kopf um den«, meinte Steph, die neben mir stand und ein wachsames Auge auf die zukünftigen Premierminister und Despoten hatte, die sich gegenseitig vom Klettergerüst schubsten. »Sein Vater ist Minister. Minister für Schafe oder so was.«

Lehrer an einer Schule zu sein, ist gar nicht so viel anders, als Kind an einer Schule zu sein. Man braucht Freunde. Und Steph war meine engste Verbündete an der St. Lancelot. Sie unterrichtete die achte Klasse, also die Zwölfjährigen, und ich liebte sie für ihre trockene Art – sie ließ sich weder von den Kindern ärgern noch von den Eltern triezen. Sie war offen und unverblümt, irgendwo Mitte vierzig (ich hatte es nie gewagt, sie danach zu fragen) und lebte in Surbiton, wo ihre Kinder ganz regulär eine öffentliche Schule besuchten und ihr Mann, Tim, als Allgemeinarzt arbeitete.

»Morgen, Lil«, begrüßte sie mich schnaufend, als sie schwer mit Taschen beladen und mit hochrotem Gesicht ins Lehrerzimmer kam. Haarsträhnen klebten ihr an der schweißnassen Stirn.

»Tagchen! Kaffee?«, bot ich an, da ich gerade neben dem Wasserkocher stand.

»Mhmm, ja, bitte«, sagte Steph. »Victoria war heute früh ein gottverdammter Albtraum.«

Ich kippte ein Löffelchen Nescafé in die am wenigsten eklige Tasse, die ich auf dem Tablett finden konnte, und goss das Pulver mit heißem Wasser auf. Hier drin herrschte oftmals ein Umgangston, der mehr an eine Baustelle als ein Lehrerzimmer erinnerte, obwohl Miss Montague es missbilligte, wenn im Kollegium geflucht wurde. Sie missbilligte so einiges: Bärte, das Internet, Mitarbeiter, die über dem Smartphone hingen, Eltern, die ihre Jungs zu spät abholten, Eltern, die ihre Jungs zu früh brachten, Eltern, die ihre Kinder wegen eines Skiurlaubs im Val d'Isère vor dem eigentlichen Ferienbeginn aus der Schule nahmen, und Eltern, die den Kindergeburtstag ihres Sohnes im Claridge Hotel veranstalteten.

»Weiß der Henker, wohin meine verdammten Unterrichtspläne verschwunden sind. Heute früh hatte ich sie noch, aber im Zug konnte ich sie nirgends finden. Jetzt muss ich den ganzen Kram noch mal ausdrucken«, fuhr Steph fort, ließ sich auf den Stuhl neben ihren Taschen plumpsen und beugte sich vor, um ihre Sneaker auszuziehen.

Ich stellte den Kaffee neben ihr auf dem Tisch ab.

»Danke. Wie war dein Wochenende?«

»Gut.« Ich legte eine Pause ein, dann senkte ich die Stimme. »Ich hatte am Samstagabend ein Date.«

»Nicht im Ernst!« Steph sah von ihren Schnürsenkeln auf, die Wangen puterrot vor Anstrengung. »Los, du musst mir alles erzählen!«

Doch da kamen schon die ersten Kollegen hereinspaziert und hängten ihre Mäntel auf.

»Morgen, Renée«, grüßte ich und winkte dem Kunstlehrer zu; dann dämpfte ich wieder die Stimme. »Es war … nett.«

»Nett?«, quiekte Steph. »Lilian, Liebes, ich bin eine alte verheiratete Frau, die maximal einmal pro Jahr durchgenudelt wird, du solltest mir also schon etwas mehr bieten als *nett*.«

»Okay, okay. Es war mehr als nur nett. Toll. Reicht das?«

»Also hast du ihn flachgelegt?«, hakte sie nach und kniff dabei die Augen zusammen. »So richtig gevögelt?«

»Schhhh!« Ich neigte den Kopf Richtung Tür, durch die soeben Miss Montague hereingepflügt kam wie ein Schlachtschiff, das in den Hafen einläuft.

»Hallöchen, Miss M.«, grüßte Steph, die seit mehr als einem Jahrzehnt in St. Lancelot unterrichtete und darum eine der wenigen Lehrkräfte war, die es sich herausnehmen durften, sie so zu nennen.

»Guten Morgen«, sagte Miss Montague so laut, dass es auch ja alle hörten.

Pflichtbewusst murmelten wir ein »Guten Morgen« zurück und sahen uns im Raum nach Sitzmöglichkeiten um. Jeden Montagmorgen hatten wir eine Kollegiumsbesprechung. Manchmal dauerte die Versammlung fünf Minuten, manchmal zwanzig. Der Trick bestand darin, sich so schnell wie möglich einen Stuhl zu krallen, denn wenn man während der Besprechung stand, stieg die Wahrscheinlichkeit, in Miss Montagues Blickfeld zu geraten, wenn sie wieder mal auf der Suche nach einem Freiwilligen für irgendeine Aufgabe war – sei es, den Meerschweinchenkäfig auszumisten oder die Aufsicht für den dieswöchigen Lego-Klub zu übernehmen.

Während Miss Montague nach vorne ging, wobei die Kollegen ihr Platz machten, um sie und Pasta durchwatscheln zu lassen, fischte ich das Handy aus meiner Tasche, um einen Blick darauf zu werfen – nope, immer noch nichts von Max. Doch da ich einen Augenblick abgelenkt war, erwischte ich dummerweise keinen freien Platz mehr, weshalb ich wohl oder übel hinter Steph stehen bleiben musste.

»Ich bitte um Ihre ungeteilte Aufmerksamkeit. Es gibt eine ernste Angelegenheit, die ich Ihnen mitzuteilen habe«, begann Miss Montague unter dem Bildnis von Captain Bower stehend. Er sah aus wie ein strenger, strammer Bursche der alten Schule, und ich konnte mir gut vorstellen, dass sie ihre Autorität von ihm geerbt hatte. Wenn Stalin und Jeanne d'Arc ein uneheliches Kind gezeugt hätten, so wäre es bestimmt ganz genau wie Miss Montague geworden.

Ihr Gesicht verdunkelte sich, als stünde ein Gewitter bevor. »Joel Glassman aus der sechsten Klasse kam letzte Woche mit einem Range Rover zur Schule«, verkündete sie.

Steph schaute zu mir auf und runzelte die Stirn. Ich zuckte die Achseln. Wo war das Problem? Ein Großteil der Schüler wurde tagtäglich in Range Rovern herkutschiert. Dmitri, der Russe in meiner Klasse, kam jeden Morgen in einem Modell mit verdunkelten Scheiben an und bequemte sich erst mit seinem Schulranzen heraus, wenn einer der Bodyguards ausstieg und ihm die Tür öffnete. Er hatte gleich zwei Bodyguards, die er tatsächlich mit »Onkel« ansprach. »Onkel Boris« und »Onkel Sasha«. Beide waren sie muskulös und stämmig, der Nacken dicker als der Kopf, doch ich war noch immer nicht dahintergekommen, wer wer war. Aber einer von ihnen hatte mir in der ersten

Schulwoche zugezwinkert, und ich fürchte, ich muss zugeben, dass ich einen leichten Schauder der Erregung verspürt hatte.

»Ich meine damit keinen normalen Range Rover«, fuhr Miss Montague fort, dieses Mal lauter und drohender, wie eine Parteichefin, die sich zu einer dramatischen Pointe steigert. »Ich rede hier von einem dieser elektrischen *Spielzeug*-Range-Rover.« Das Wort »Spielzeug« sprach sie voller Abscheu aus. »Joel hat ihn wohl zu seinem Geburtstag bekommen und beschlossen, in Begleitung des Kindermädchens, damit zur Schule zu fahren, aber wir haben auf dem Rollerabstellplatz nun mal keinen Platz für Elektrogefährte. Also musste ich ein ernstes Wörtchen mit Mr. und Mrs. Glassman reden. Dennoch möchte ich, dass Sie alle die Augen offen halten und mich umgehend in Kenntnis setzen, sollte sich das wiederholen.«

Die größten Schleimer unter uns – hauptsächlich die Fremdsprachenlehrer – nickten pflichtbewusst, bevor Miss Montague fortfuhr.

»Des Weiteren habe ich am Wochenende eine E-Mail von Lady Fitzalan erhalten. Sie und ihr Gatte lassen sich scheiden. Könnte also der betreffende Klassenlehrer – ah, Miss Cookson, ja, Sie sind das … Würden Sie bitte ein besonderes Auge auf den kleinen Rupert haben?«

Steph seufzte schwer auf ihrem Stuhl, und ich sah Mike durch die Lehrerzimmertür schlüpfen. Er war der Dritte in unserem Bunde. Leiter der Musikabteilung.

»Schön, dass Sie sich auch zu uns gesellen, Mr. Abbey«, bemerkte Miss Montague trocken.

»O ja, ähm, tut mir leid«, entschuldigte er sich. »Die U-Bahn war die Hölle.«

»Aber natürlich war sie das«, erwiderte sie mit ungerührter Miene. »Und dürfte ich Sie zudem alle daran erinnern, dass in wenigen Wochen unser Erntedankfest stattfindet. Ich würde es sehr begrüßen, wenn Sie das Thema zeitig mit Ihren Schulklassen besprechen. Es geht noch diese Woche eine E-Mail an die Eltern raus.«

Wir nickten alle pflichtbewusst, wobei ich Mikes Blick auffing und ihm zulächelte. Er war jedes Jahr mit der Chor- und Orchesterprobe fürs Erntedankfest eingespannt, weswegen er letztes Jahr nach Feierabend immer Lieder wie »A Very Happy Vegetable« gesummt hatte, wenn wir uns im Pub trafen.

»Zu guter Letzt bräuchte ich noch einen Freiwilligen, der Mrs. O'Raraty am Mittwochnachmittag beim *Harry Potter*-Klub behilflich ist.«

Mike zwinkerte mir schelmisch zu, woraufhin ich die Hand vor den Mund hob, um mein Lachen mit einem Hüsteln zu ersticken. Mike kam immer zu spät, und die U-Bahn musste immer als Ausrede herhalten, dabei war er in Wahrheit nur verkatert und hatte seine Schlummertaste verschlafen. Das hatte auch zur Folge, dass er ständig ziemlich derangiert aussah – zerknittertes Hemd, abgewetzte Schuhe, wirr abstehende Locken, als wäre er mit nassem Haar eingeschlafen. Ich zwinkerte zurück.

»Miss Bailey, wie nett von Ihnen, sich freiwillig zu melden«, ertönte Miss Montagues Stimme von vorne.

»Könnten Sie sich bitte direkt mit Mrs. O'Raraty kurzschließen, um zu klären, was zu tun ist?«

Scheiße.

Ich nickte.

»Das wäre von meiner Seite aus dann alles. Ich schlage vor, wir machen uns an die Arbeit. Es sei denn, es gibt sonst noch was?«, fragte Miss Montague und taxierte ihren Lehrkörper mit einem Blick wie Napoleon, der seine Truppen gleich in die Schlacht entsendet.

Stille.

»Sehr gut«, schloss sie, und es kam wieder Bewegung in den Raum.

Mike kam zu mir und Steph rübergeeilt. Der Abdruck einer Kissenfalte war immer noch auf seiner Wange zu sehen.

»Hat eine von euch vielleicht Ibuprofen dabei? Mein Kopf fühlt sich an, als ob er jeden Moment abfällt, dabei muss ich gleich einem Sechstklässler Unterricht im Waldhorn geben.«

»Nein, tut mir leid«, erwiderte ich.

»Geh zur Schulkrankenschwester«, empfahl Steph. »Sie wird schon welche haben.«

»Sie hat mich schon letzte Woche zusammengeschissen und gemeint, es sei nicht ihr Job, Schmerzmittel wie Süßigkeiten zu verteilen. Verrückte alte Schachtel.«

»Tja, dann wirst du dir wohl einen Kaffee reinpfeifen und die Sache durchziehen müssen. Komm schon, gehen wir. Je eher wir anfangen, desto eher ist es vorbei«, sagte Steph und stand auf.

Mit Roman in der Klasse hatte ich nun neun Schüler. Die kleinen Klassen an der St. Lancelot waren einer der Gründe, warum die Eltern für ihre Sprösslinge 8.420 Pfund pro Trimester zahlten (zusätzliche Aufwendungen und Schuluniform nicht mit inbegriffen). Es bedeutete unter anderem, dass die Schüler mit Aufmerksamkeit durch die Lehrer und unsere Lehrassistenten überhäuft wurden, obwohl es sich bei meinem diesjährigen Lehrassistenten um einen begriffsstutzigen achtzehnjährigen Knaben namens Fergus handelte, der den Job bekommen hatte, weil Miss Montague seine Tante war und er anscheinend »etwas für seinen Lebenslauf brauchte«, bevor die Uni nächstes Jahr losging.

Nur eine Woche nach Beginn des Schuljahrs hatte ich ihn für mich persönlich auf das Intelligenz- und Leistungsniveau der Fünfjährigen eingestuft. Er kam jeden Morgen zu spät, veranstaltete in der Kunststunde ein größeres Chaos als alle anderen Jungs, checkte ständig sein Smartphone im Klassenzimmer (dabei waren Handys verboten, »sichtbar nur im Lehrerzimmer«, so lautete die Regel) und machte extrem lange Pinkelpausen.

Trotzdem, die Jungs selbst waren zum Großteil Engel (es war, als würde man täglich einen Wurf Welpen unterrichten), und Fergus' Nichtsnutzigkeit war noch nicht weiter ins Gewicht gefallen. *Noch* nicht.

Die Namen der vier britischen Jungs in der Klasse klangen, als wären sie direkt den Seiten eines Oscar-Wilde-Stücks entsprungen: George, Arthur, Cosmo und Phineas (obwohl ich dieses Jahr noch glimpflich davongekommen war, die arme Steph hatte nämlich einen Ptolemy in der Klasse). Dann waren da noch Dmitri, der Sohn des Russen; Achilles, der griechische Prinz; Hunter, der Sohn eines amerikanischen Paares, deren Wunsch darin bestand, dass er später an die Harvard ging; und der kleine Vikram, der sich immer noch nicht an die Londoner Wetterverhältnisse gewöhnt hatte und jeden Morgen mit klappernden Zähnen und in drei Mäntel eingemummelt zur Schule kam.

Da die Klassen in St. Lancelot so klein waren, brachten die Eltern (respektive Kindermädchen oder Bodyguards) die Jungs jeden Morgen direkt ins Klassenzimmer, statt sie am Schultor abzusetzen. Besser gesagt in den »Nelson«, wie mein Klassenzimmer hieß, da Captain Bower sämtliche Räume nach britischen Militärhelden benannt hatte. Die Namen der anderen Klassenzimmer lauteten unter anderem Wellington, Marlborough, Kitchener; Steph unterrichtete ihre achte Klasse im Allenby.

Vor ein paar Jahren befand eine Mutter, das sei geschmacklos, und trat damit eine hitzige Diskussion auf *Mumsnet* los. Als Miss Montague Wind davon bekam, schickte sie eine Rundmail an sämtliche Eltern mit der Botschaft, wem die Schultraditionen nicht gefielen, dürfe seine Sprösslinge gerne anderweitig unterbringen. Was natürlich keiner tat. Niemand gab je einen Platz an der St. Lancelot auf, denn er garantierte den Knaben, später mal an die Eton, Harrow, St. Paul's oder Westminster zu kommen. Wo auch immer ihre Eltern sie haben wollten.

An diesem Morgen trudelten die Jungs wie gewohnt gegen 8.30 Uhr ein.

»Hallo, George, hattest du ein schönes Wochenende? Häng die Tasche doch bitte an deinen Platz.«

»Hallo, Hunter. Ich hab dich im Flur gar nicht kommen hören. Hattest du Zauberbohnen zum Frühstück?«

»Vikram, schnell, komm rein und wärm dich auf.«

Das ging ein paar Minuten so weiter, wobei ich diversen Kindermädchen zuwinkte.

Dann erschien Roman in der Tür, oder zumindest hielt ich ihn für Roman, da ich ihn noch nicht kannte. Ich ging vor ihm in die Hocke und streckte meine Hand aus. »Hallo, du musst Roman sein.«

Er sah mit gerunzelter Stirn meine Hand an, nahm sie jedoch nicht.

»Ich darf nicht mit Fremden reden«, sagte er, wobei er wiederholt mit der Ferse gegen den Teppich trat.

»Roman!«, rief eine sonnenbebrillte Frau in Wildlederstiefeletten, die hinter ihm hereingeeilt kam. »Es tut mir leid, ich glaube, er ist nervös.«

»Natürlich«, erwiderte ich und richtete mich wieder auf. »Sie müssen Mrs. Walker sein.«

Sie nickte, und wir schüttelten die Hände. »Miss Bailey?«

»Ganz genau.«

Sie sah wie viele der anderen St.-Lancelot-Mütter aus – teuer. An der rechten Hand prangte ein gelber Diamant von der Größe einer Himbeere, und sie hatte langes, glänzendes Haar, von dem ich vermutete, dass es nicht ausschließlich das ihrige war.

»Wunderbar. Könnten wir uns nur ganz kurz …« Sie deutete zu einer stillen Ecke abseits der Tür.

»Sicher. Ähm, Fergus?« Er war gerade angekommen und brachte eine Zigarettenduftwolke mit. »Würdest du bitte die Tür im Auge behalten?«

»Ja, kein Problem«, erwiderte er.

In der Ecke sagte Mrs. Walker mit gedämpfter Stimme: »Ich wollte mich nur noch mal bezüglich der Privatsphären-Problematik vergewissern. Ich weiß, Miss Montague meinte, auf dem Schulgelände gelte strenges Handyverbot. Es ist nur so, dass ich nicht möchte, dass irgendwelche Fotos von Roman an die Öffentlichkeit gelangen. Wir können ihn unmöglich ein weiteres Mal versetzen.«

»Das ist wirklich kein Problem«, erwiderte ich ruhig. »Ich bin mir sicher, Miss Montague hat es Ihnen bereits gesagt, aber wir haben mehrere Schüler mit prominentem Hintergrund hier, und Sicherheit hat für uns darum oberste Priorität.«

»Fabelhaft«, erwiderte sie. »Okay, ich muss mich beeilen. Tschüss, mein Süßer. Sei brav.« Ohne ihrem Sohn zum Abschied auch nur ein Küsschen zu geben, stakste sie in ihren Wildlederstiefeletten davon.

Ich wandte mich wieder Roman zu und schenkte ihm ein strahlendes Lächeln. »Dann wollen wir dich mal an deinen Platz bringen.«

Bis Mittwoch hatte ich nicht nur nichts von Max gehört (obwohl die Häkchen schlussendlich doch blau geworden waren), ich hatte mir zu allem Überfluss auch noch einen Scheidenpilz eingefangen. Es war mir aufgefallen, als ich in der Mittagspause auf dem Lehrerklo saß, weil es sich anfühlte, als würde meine Vagina in Flammen stehen – und das nicht auf die gute Art und Weise. Ganz toll, dachte ich grimmig, stand auf und zog meine Unterhose hoch. Ich würde schnell in der Apotheke vorbeischauen und mir Canesten holen müssen. Bei dem krassen Gejucke in meinem Höschen könnte ich meinen Schülern heute Nachmittag sonst ganz bestimmt nichts über die Pyramiden erzählen.

Als ich in der Boots-Filiale ankam, war da schon eine Schlange an Leuten, die sich alle Zeit der Welt nahmen, um sich zu Nicorette-Kaugummis und ihren Schlafproblemen beraten zu lassen. Und dann, als ich schließlich an die Reihe kam, schien der Apotheker sein Hörvermögen eingebüßt zu haben.

»Könnte ich bitte Canesten haben?«, bat ich leise, beinahe schon flüsternd.

»Wie bitte, mein Fräulein?«, fragte der ältere Herr in seinem weißen Kittel und beugte sich zu mir vor.

»Das Canesten, bitte«, zischte ich etwas lauter. Ich deutete auf die Packungen hinter ihm.

»Oh, aber sicher doch«, sagte er und drehte sich suchend um. Dann fragte er so laut, dass wirklich jeder im Laden es hören konnte: »Die Canesten-Kombi oder nur die Creme? Oder nur die Tablette?«

»Die Kombi«, flüsterte ich, rasch einen Blick über meine Schulter werfend, nur um festzustellen, dass sich hinter mir eine Riesenschlange an Leuten gebildet hatte. Ich hoffte, dass sie ebenfalls etwas Peinliches zu kaufen hatten.

Ja, ich hoffte, dass sie allesamt Anusol für ihre Hämorrhoiden brauchten.

»Bitte sehr«, sagte er, zog gemächlich eine Packung aus dem Regal, drehte sich langsam zur Kasse um und scannte sie gemächlich ein. »Wünschen Sie eine Tüte?«

»Nein danke«, erwiderte ich, zahlte, schnappte mir die Packung und stopfte sie rasch in meine Tasche.

Ich eilte schnurstracks zur Lehrertoilette zurück, zog meine Unterhose runter – Himmel, wie das JUCKTE! –, schraubte den kleinen Deckel von der Tube und rieb mich mit der Creme ein. »Aaaaaaah«, seufzte ich hörbar, als ich spürte, wie die beruhigende Wirkung der Creme unmittelbar einsetzte – und dabei ganz die Nachbarkabine vergaß.

Als ich die Kabine verließ, um mir die Hände zu waschen, kam Miss Montague vom Klo nebenan. Schnell ließ ich das Canesten in meiner Tasche verschwinden.

»Hallo«, quietschte ich, als sich unsere Blicke im Spiegel über den Waschbecken begegneten.

»Guten Tag, Miss Bailey«, sagte sie und hob verwundert die Augenbrauen. »Alles in Ordnung?«

»Mhmm, alles gut.«

Doch als um 16.30 Uhr der *Harry Potter*-Klub anstand, hatte die Creme noch immer nicht viel geholfen. Und so verbrachte ich eine Stunde damit, Jungs unterschiedlichen Alters dabei zu helfen, sich ihren eigenen Besen zu basteln, während ich die Beine mal vorne, mal hinten überkreuzte, um mir da unten Erleichterung zu verschaffen.

Am Freitagnachmittag blieb zwischen Schulschluss und Walts Vernissage nicht genug Zeit, um noch einmal nach Hause zu fahren, weswegen ich direkt zur Galerie aufbrach. Ich hasste das. Ich finde, wenn man für einen Partyabend gerüstet sein will, muss man nach Hause gehen können, das Haar waschen, ein sauberes Höschen anziehen und das Make-up auffrischen, um in den Wochenendmodus überzuwechseln. Ich wollte mich heute Abend hemmungslos betrinken. Ja, in so einer Laune war ich.

Mittlerweile war klar, dass Max mir nicht mehr schreiben würde, was mich echt traurig machte. Und äußerst pessimistisch stimmte, was meinen Dating-Radar anging. Ich wusste, dass wir einen netten Abend gehabt hatten. Einen tollen Abend sogar. Darum verstand ich sein Schweigen nicht. Vielleicht war es ja diese blöde Kein-Sex-beim-ersten-Date-Sache? Vielleicht galten die alten Regeln ja immer noch? Wie deprimierend.

Ich nahm die U-Bahn nach Green Park und folgte dann der Piccadilly Street zu einem Pub im Shepherd's Market, wo ich mich mit Jess zum Vorglühen traf. In der Abenddämmerung verströmte das ehemalige Rotlichtviertel nach wie vor ein anrüchiges Flair. Diverse Pubs, ein paar beengte Restaurants mit Tischen, die sich bis auf den Gehsteig hinaus drängten, und der unverwechselbare Mief der Londoner Kanalisation.

Ich sah sie vor dem Pub stehen, mit einer Flasche Weißwein in einem Kühler zwischen ihren Füßen. Sie plauderte lächelnd mit einem hochgewachsenen Mann in schwarzem Rollkragenpulli und Lederjacke. Einer von den Künstlern, überlegte ich, während ich auf die beiden zuging. Entweder das oder ein Profikiller.

»Hey«, begrüßte ich Jess und schloss sie in die Arme.

»Hi, mein Schatz, bitte sehr …« Sie griff nach einem leeren Glas, das zu ihren Füßen stand, und füllte es praktisch randvoll mit Wein. »Darf ich dir Alexi vorstellen? Er geht nachher ebenfalls auf die Party. Alexi, das ist Lil. Meine beste Freundin. Sie hat nicht die leiseste Ahnung von Kunst. Nichts für ungut, Süße.«

»Kein Problem«, erwiderte ich und krallte mir das Weinglas.

»Lil, sensationell, dich kennenzulernen«, sagte Alexi, woraufhin ich die Hand ausstreckte und er gleichzeitig zu einem Wangenkuss ansetzte, was damit endete, dass wir beides taten und ich mich peinlich berührt wieder zurückzog.

Ich fand ja »sensationell« ein bisschen arg übertrieben. War der Typ etwa high?

»Woher kennt ihr euch denn?«, erkundigte ich mich, bevor ich kräftig an meinem Wein nippte. Ah, dieser erste Schluck an einem Freitagabend …

»Wir kennen uns gar nicht«, erklärte Jess. »Ich habe ihn zufällig an der Bar getroffen, und da haben wir festgestellt, dass wir beide zu der Vernissage gehen.« Sie lächelte Alexi an und griff dabei hinter ihren Nacken, um ihr Haar über eine Schulter zu ziehen. Ach herrje. Ich kannte diese gewisse Röte auf ihren Wangen. Sie stand auf diesen großen, dunklen Fremden, der einen Rollkragenpulli trug, obwohl es ein lauer Septemberabend war. Mein Blick wanderte von Jess zu Alexi. Unsere Geschmäcker waren äußerst verschieden. Jess stand auf so richtig schöne Männer – schlanke, grazile Künstlertypen. Solche, die man in Rom oder Florenz in Röhrenjeans herumflanieren sah und die sich ausschließlich von Espresso aus winzigen Tässchen und selbst gedrehten Zigaretten ernährten. Das war nichts für mich. Ich stand noch nie auf Männer, die schlankere Schenkel hatten als ich.

»Oooookay«, sagte ich gedehnt. »Und du, Alexi, woher kennst du Walt?«

»Ein alter Freund von der Kunstakademie«, erwiderte er und kratzte sich dabei am Kinn.

»Bist du Künstler?«

Er schüttelte den Kopf. »Nein, Sammler.«

Wie Jess ganz richtig gesagt hatte, hatte ich keinen Plan von Kunst. Meiner Meinung nach sahen die meisten Werke von Picasso aus, als wären sie von einem Vierjährigen mit einer Packung Wachsmalern gekritzelt worden. Aber wenn er Kunst sammelte, so bedeutete das doch, dass Alexi richtig Asche hatte, oder? Müll aufsammeln war eine richtige Arbeit. Kunst sammeln hingegen war weniger eine Arbeit denn ein Hobby für reiche Leute.

»Und was für Sachen sammelst du so?«

Alexi zuckte unter seiner Lederjacke mit den Schultern. »Ich interessiere mich für junge Künstler, aber ich bin offen für jedes Medium: Malerei, Zeichnungen, Installationen. Solange es etwas in mir auslöst. Eine Reaktion, ein Gefühl. Ganz unmittelbar und instinktiv, verstehst du?«

Bei den Worten ballte er seine rechte Hand zur Faust, hob sie auf Höhe des Herzens und schlug sich damit gegen die Brust.

»Mhmm«, murmelte ich vage in mein Weinglas. Ich ging immer mal wieder mit Jess zu irgendwelchen Vernissagen, aber das Einzige, was ich dort fühlte, war Hunger, denn es gab zwar immer jede Menge Wein, aber nichts zu knabbern.

»Ich denke, du wirst diese Ausstellung lieben«, sagte Jess an Alexi gewandt, wobei ihre Wimpern flatterten wie die einer Babygazelle. Herr im Himmel. Ich fragte mich, ob sie Alexi schon gesteckt hatte, dass sie Walt kannte, weil sie quasi mit ihm zusammen war.

Alexi erwiderte ihr Lächeln. »Ich kann es kaum erwarten, sie zu sehen.«

Ich fühlte mich wie eine nutzlose Schachfigur bei einer Art Vorspiel. »Was ist es denn?«, fragte ich. »Ich meine, wer stellt aus?«

»Ein junger Künstler namens Daniel«, erklärte Jess. »Aus der Ukraine. Darum sind seine Werke auch ziemlich heftig. Richtig verstörend.«

»Er verwendet Licht, um die Dunkelheit zu zeigen, und Dunkelheit, um das Licht zu zeigen«, fügte Alexi hinzu.

»Genau«, bestätigte Jess, wobei sie Alexi mit solch inbrünstiger Bewunderung ansah, als hätte er soeben verkündet, dass er das Geheimnis ewigen Lebens entdeckt habe.

»Klingt richtig erquicklich.«

»Ach, komm schon, du Miesepeter«, sagte Jess und

knuffte mich in die Rippen. »Ich schätze mal, deine gute Laune bedeutet, dass du kein Wort mehr von Du-weißt-schon-wem gehört hast?«

»Nope«, sagte ich und schnitt eine Grimasse. »Aber es geht schon wieder. Ein Schritt vor dem nächsten, wie Mum zu sagen pflegt.«

»Tja, wenn das so ist, dann ist er ein Idiot, und es wird Millionen andere geben«, erklärte Jess überzeugt, bevor sie sich an Alexi wandte. »Lil hatte letztes Wochenende ein Date, aber er hat sich nicht mehr bei ihr gemeldet.«

Ich war mir nicht sicher, ob ich wollte, dass Alexi über mein deprimierendes Liebesleben Bescheid wusste, doch jetzt war es eh zu spät.

»Lil, das ist ja nicht zu glauben«, erwiderte Alexi sanft. »Tut mir leid. Mochtest du ihn denn?«

Ich seufzte. »Ja, schon. Er war interessant. Und es war mein erstes Date seit Ewigkeiten. Aber ich schätze mal, wenn man von einem Typen fünf Tage nichts gehört hat, ist das kein gutes Zeichen, oder? Du bist ein Mann. Wenn ihr Kerle eine Frau wiedersehen wollt, dann lasst ihr sie das doch wissen, richtig?« Ich hoffte, dass ich mich nicht allzu verzweifelt anhörte.

Einen Moment lang blickte Alexi nachdenklich drein. »Normalerweise ja. Aber ohne Genaueres zu wissen, lässt sich das schwer sagen. Manchmal können wir einfach genauso kompliziert sein wie Frauen.«

»Eeeeeendlich ein Mann, der es zugibt«, sagte Jess lachend.

O Gott. Wenn es etwas gab, das Jess noch mehr mochte

als schlanke Männer, die auf Kunst standen und enge Hosen trugen, dann waren das komplizierte schlanke Männer.

»Was ist mit dir, Alexi?«, wollte ich wissen. »Bist du Single?«

»Ha.« Er zog eine Grimasse und fuhr sich mit der Hand durchs Haar. »Bei mir ist es auch kompliziert.«

Natürlich war es das. Das hier war eine Katastrophe. Armer unschuldiger Walt, dachte ich, der nichts ahnte und vermutlich just in diesem Moment Wein in Plastikbecher goss und sich wegen der bevorstehenden Vernissage die säuberlich gebügelte Chinohose noch mal glatt strich. Er hatte nicht den Hauch einer Chance.

Walts Galerie lag nur wenige Minuten entfernt in einer kleinen Straße, die von der Piccadilly abging. Walter de Winter stand auf dem Schild, das am Eingang hing. Bei unserer Ankunft tummelten sich die Leute schon bis auf den Bürgersteig und standen mit Weißwein in Plastikbechern unter besagtem Schild herum. Es sah aus wie eine Zirkusveranstaltung. Eine Frau mit hellviolettem Haar plauderte mit einem Mann in Schottenkaro-Sakko, zu dessen Füßen ein großer Hund schlief. Hinter ihnen stand ein Kerl, der einen Panamahut und eine Krawatte über dem T-Shirt trug und sich angeregt mit einer Dame unterhielt, die komplett in schwarze Spitze gehüllt war. Ein anderer Typ, der mit dem Rücken zu uns stand, hatte das Wort REAL auf seinen Nacken tätowiert.

»Alexi!«, rief jemand laut, woraufhin er sich entschuldigte, dass er gleich wieder bei uns sein würde, und in der Menge abtauchte.

»Lass uns Walt suchen gehen«, schlug Jess vor.

Ich folgte ihr ins Innere der Galerie, wo ich ihn sofort erblickte – und zwar ganz wie ich vermutet hatte in Chinos, einem schlichten Jackett und Wildlederslippern. Er war einer Dame mit kirschrotem Lippenstift zugewandt und gestikulierte vor einer großen Leinwand herum. Wir schlichen uns unauffällig von hinten an ihn ran und blieben schweigend stehen, da wir ihn nicht unterbrechen wollten.

Soweit ich das beurteilen konnte, war die Leinwand komplett schwarz. So schwarz wie ein schwarzes Brett. Es war, als würde man durch ein Fenster in die stockfinstere Nacht schauen. Keinerlei Farbe oder dergleichen.

»Und da können Sie sehen«, dozierte Walt und schwang die Hand zur unteren linken Ecke der Leinwand, »wie er das Drama gekonnt verdichtet. Hier spürt man ganz deutlich eine gesteigerte Emotionalität, mehr Wut, mehr Zorn, mehr Verzweiflung, was in scharfem Kontrast zu dem hier steht, wo die Stimmung sich sichtlich ändert.« Walt schwang nun die Hand zum oberen Teil der Leinwand, die für meine Begriffe genauso schwarz war wie die untere Hälfte. »Hier wird es ruhiger, leichter, das Chaos löst sich auf. Was er uns hier ganz klar enthüllt, ist ein wahres Abbild seelischer Qualen. Manchmal tiefschwarz und brutal, dann wieder deutlich ausgeglichener, weniger zerrüttet.«

Die Dame mit dem knalligen Lippenstift nickte. »Mhmm«, machte sie und fuhr in französischem Akzent fort: »Das ist wirklich sehr faszinierend.« Dann schielte sie zu dem kleinen Schildchen neben der Leinwand. »Lassen Sie mich noch einen Blick auf die anderen werfen und dann entscheiden, aber das hier gefällt mir schon außerordentlich gut.«

»Aber natürlich, nehmen Sie sich Zeit. Möchten Sie noch etwas trinken?«, erkundigte sich Walt.

Sie schüttelte den Kopf und reichte ihm ihr leeres Glas, als wäre er ein Kellner.

»Wunderbar«, säuselte er. »Wie gesagt, lassen Sie sich Zeit.«

Sie stöckelte auf ihren Pumps davon. Walt drehte sich zu uns um und erstrahlte bei Jess' Anblick.

»Hallo, ihr zwei. Wie schön, dass ihr kommen konntet. Habt ihr schon was zu trinken bekommen?« Er beugte sich vor, um zuerst Jess, dann mich zu küssen.

»Nein, wir sind gerade erst gekommen«, sagte Jess. »Wir haben vorhin im Pub deinen Freund Alexi kennengelernt.«

»Oh, Alexi ist hier, das sind ja fantastische Neuigkeiten!«, rief Walt aus. »Ich sollte Hallo sagen gehen. Ihr zwei kommt zurecht?«

»Ja, ja, natürlich, misch dich unters Volk. Plauder ein bisschen mit deinen Gästen«, erwiderte Jess. »Mach dir wegen uns keine Sorgen.«

Er küsste sie abermals auf die Wange und steuerte dann die Tür an, während Jess sich bereits zwei Gläser Wein von einem vorbeikommenden Kellner angelte.

Sie reichte mir eins, und ich hob die Augenbrauen.

»Was?«, fragte sie.

»Komm mir nicht mit ›was‹. Armer Walt. Ich hab doch gesehen, wie du Alexi angeschaut hast.«

Jess biss sich auf die Lippe. »Oh, Lil. Das Problem ist, dass Walt einfach zu nett ist. Ich meine, schau ihn dir doch an!« Wir drehten uns um und beobachteten durch das Schaufenster der Galerie Walt, der Alexi fest in die Arme schloss. Dann ließ er ihn wieder los und gestikulierte wie wild mit den Händen, wobei er manisch grinste.

»Ja, verstehe«, sagte ich, als ich mich wieder zu ihr drehte. »Er ist nett, aber …«

»Zu nett«, insistierte Jess. »Keine Chance, dass ich ihm dieses Sakko vom Rücken reißen möchte. Alexi ist viel mehr mein Typ.«

Wir blickten erneut durch das Fenster. Alexi drehte sich eine Zigarette, während Walt seine Tabakpackung hielt.

»Ja, er sieht gefährlich aus.«

»Ja, oder?«, meinte sie mit einem begeisterten Grinsen. Dann verdüsterte sich ihre Miene. »Oh, aber das mit Max tut mir echt leid. Er ist nicht gut genug für dich. Und ich schätze mal, dass Bergsteiger von Natur aus egomane Arschlöcher sein müssen. Die ganze Zeit bei so extremen Temperaturen … das kann gar nicht gut sein.«

»Wahrscheinlich«, erwiderte ich achselzuckend. »Es ist nur seltsam, weil ich dachte, dass wir uns wirklich gut verstehen. Aber mir gehts gut. Ehrlich.«

»Trotzdem, was ein Wichser«, sagte Jess. »Komm, lass uns noch was trinken. Danach möchte ich mich noch mal mit Alexi unterhalten.« Wieder schaute sie zu ihm nach draußen.

»He!«, protestierte ich, mit der Hand vor ihrem Gesicht wedelnd. »Konzentration, bitte. Los, erzähl mir lieber was über diese grottigen Gemälde!«

Als ich am nächsten Morgen aufwachte, wusste ich, dass etwas Schlimmes passiert war. Ich konnte es spüren. Ich öffnete die Augen und war ein paar Augenblicke verwirrt, während mein Hirn hastig auf Informationssuche ging.

Warum bloß dieses latente Schuldgefühl?

Ich streckte meine Hand nach dem Nachttisch aus. Wenigstens lag mein Handy an seinem üblichen … Oh. Nein. Lag es nicht. Fuck. Wo war mein Handy? Warum lag es nicht friedlich auf seinem Platz und lud sich auf? Wirklich bemerkenswert, was für eine Panik so was bei einer erwachsenen Frau auszulösen vermag. Kein Handy! Ich setzte mich kerzengerade im Bett auf, und da sah ich es neben meinem Kissen liegen. Und da fiel mir auch ein, was ich getan hatte. Ich erinnerte mich, weshalb da etwas an mir nagte. Dieses leise Stimmchen in meinem Kopf, das da flüsterte: »Schäm dich, Lil, schäm dich.« Ein ungutes Gefühl, das sich breitmachte. Voller böser Vorahnung, was mich erwartete, öffnete ich WhatsApp. Jepp, gut gemacht, Lil. Ich hatte Max letzte Nacht eine Nachricht geschickt, um … 2.03 Uhr morgens. Genial.

Ich las sie mir durch, wobei mir speiübel wurde.

Die Nachricht begann mit: Ich wollte nur mal sagen …, was schon mal ein schlechter Auftakt war, da er vorwurfsvoll klang. Man beginnt Sätze mit »Ich wollte nur mal sagen …«, wenn man sich über etwas ärgert, aber versucht, es sich nicht anmerken zu lassen, weil man ja ach so cool ist.

»Ich wollte nur mal sagen, dass du ein Arschloch bist.«

»Ich wollte nur mal sagen, dass ich deine Mutter noch nie leiden konnte.«

»Ich wollte nur mal sagen, dass ich dich hasse und dich nie wiedersehen möchte.«

Auch meine Absicht letzte Nacht um 2.03 Uhr war offenbar gewesen, ruhig zu klingen. Und doch schwang die unterschwellige Wut in jedem Wort mit. Ich wollte nur mal sagen, dass das letzten Samstag mein erstes Date seit sechs Monaten gewesen ist. Ich stöhnte gequält auf, da ich es geschafft hatte, beleidigt und bemitleidenswert gleichzeitig zu klingen. Eine echte Leistung, das musste ich schon sagen.

Ich las weiter, und bei jedem Wort wurde mir noch flauer im Magen. Ich wollte nur mal sagen, dass das letzten Samstag mein erstes Date seit sechs Monaten gewesen ist. Was für mich echt eine große Sache war. Und mir ist schon klar, dass du gerade damit beschäftigt bist, auf Bergen rumzukraxeln oder was auch immer du gerade tust, aber ich finde dennoch, dass es eine Sache der Höflichkeit ist, auf Nachrichten von Leuten zu antworten, die man gevögelt hat. X.

HERRGOTT NOCH MAL, LIL, ERZÄHL DAS EINEM THERAPEUTEN. ERZÄHL ES JESS! ERZÄHL ES GRACE! ERZÄHL DAS DEM TYPEN IM PORTUGIESISCHEN CAFÉ, DER DIR DEN KAFFEE SERVIERT! ABER ERZÄHL DAS DOCH BITTE NICHT MAX!

Das etwas verlorene »X« am Ende verlieh dem Ganzen zusätzlich eine amüsante bis gestörte Note. Der Subtext lautete quasi: »Ich bin sauer und möchte dich rundmachen, aber ich werde auch versuchen, normal zu klingen, indem ich die Nachricht beende, als ob wir gute Freunde wären.«

Natürlich folgte darauf keine Antwort. Dabei hatte er sie gelesen … um 7.22 Uhr heute Morgen. Ich rollte mich auf den Bauch und schrie in mein Kissen. Das wars. Ich hatte mich komplett zum Affen gemacht. Ich würde einer dieser Menschen werden, die man nie werden wollte. Wir wussten, dass es in uns allen steckte – das Potenzial, zum Psycho zu mutieren. Doch die Kunst bestand bekanntlich darin, es nicht mit einem durchgehen zu lassen. Die gesunde Fassade aufrechtzuhalten, bis man eine Weile – sagen wir sechs Monate? Ein Jahr? – mit jemandem zusammen war. Erst dann durfte man damit anfangen, wegen jeder Kleinigkeit auszurasten – wegen seiner Unfähigkeit, Socken aufzuheben, seiner abrasierten Bartstoppeln, die im gesamten Waschbecken klebten wie Eisenspäne, oder wenn er das Foto einer x-beliebigen Tussi auf Instagram likte.

Was man absolut vermeiden sollte, ist, bereits nach dem ersten Date auch nur die Spur von Gestörtheit durchschimmern zu lassen. Nicht dass es ein weiteres Date mit Max geben würde. Zumindest das wusste ich jetzt zweifellos. Ich könnte es ihm nicht verübeln, wenn er zu seiner eigenen Sicherheit auf diesem unaussprechlichen pakistanischen Berg blieb. Und irgendwie fühlte sich dieses ganze erbärmliche Szenario durch Max' Promistatus nur noch schlimmer an. Ich sah es förmlich vor mir, wie er mit seinen Kletterkumpels ums Lagerfeuer saß – oder wo auch immer man auf einem Berggipfel so saß – und sich königlich darüber amüsierte. Wahrscheinlich hatte er so was die ganze Zeit, irgendwelche Groupies, die ihn mit verzweifelten Nachrichten bombardierten.

Ich brüllte erneut in mein Kissen. Wie hatte es nur dazu kommen können? Wir waren ein paar Stunden auf der Vernissage gewesen, daran erinnerte ich mich noch. Danach waren wir zu einem Pub um die Ecke weitergezogen. Und dann? Hundertpro hatte ich das ein oder andere Glas Wein zu viel. Oje, oje, oje. Ich war vor allem wütend auf mich selbst. Heiße Scham brandete durch mich hindurch. Jetzt war es offiziell. Ich würde definitiv nie, *nie* wieder Sex haben.

3

Es war genau drei Wochen später, ich saß gerade im Zug nach Norfolk, als mich eine Ahnung überkam. Okay, vielleicht war »Ahnung« zu stark ausgedrückt. Es würde implizieren, dass ich wusste, was kommen würde, was ich jedoch nicht tat – ganz egal, was gewisse Leute später behaupteten. Doch dort im Zug tat sich zum ersten Mal die schiere Möglichkeit in meinem Kopf auf, und nur Millisekunden später antwortete mein Körper damit, dass er sich vor lauter Furcht verkrampfte. Scheiße. Was, wenn …? Nein, das konnte nicht sein. Und wenn doch? Was, wenn doch?

Jess hatte beschlossen, übers Wochenende spontan mit mir mitzufahren, da sie London entfliehen und sich in die ländliche »Wildnis« begeben wollte. Dies erschien mir reichlich übertrieben, zumal wir in der Doppelhaushälfte meiner Eltern nächtigen würden, doch Jess pflegte nun mal äußerst romantische Vorstellungen, was das Leben allgemein anging. Jetzt war es Samstagmorgen, und sie war zu spät dran, also besorgte ich uns am Bahnhof schon mal Tickets und überlegte dann zehn Minuten im

Caffè Nero hin und her, ob mein Magen wohl ein Plunderstück vertragen würde. Mir war schlecht, was komisch war, weil ich gestern Abend gar nichts getrunken hatte. Ich stand vor der Glasvitrine und rätselte vor mich hin. Was hatte ich gestern Abend bloß gegessen? Ach ja, meine Pesto-Pasta »spezial« – Spaghetti, ein paar Löffel Pesto und eine Handvoll gefrorener Erbsen (die »Spezial«-Zutat dieses Feinschmeckermahls), die ich direkt aus dem Beutel reinkippte, um mich selbst zu loben, dass ich eine von fünf empfohlenen Tagesrationen Obst und Gemüse zu mir nahm. Aber das Rezept beinhaltete keinerlei fiese Zutaten. Warum also war mir so speiübel?

»Könnte ich bitte einen Americano haben? Medium?«, sagte ich zu der Frau an der Kasse. Wortlos nickte sie in Richtung des Kartenautomaten vor mir.

Ich beugte mich runter, um den Geldbeutel aus meiner Tasche zu kramen, doch als ich mich wieder aufrichtete, musste ich mich an der Theke festhalten, um nicht das Gleichgewicht zu verlieren. Ich fühlte mich, als wäre ich bis drei Uhr morgens um die Häuser gezogen, dabei hatte ich lediglich mit Riley und Grace auf dem Sofa gesessen, Pasta in mich reingefuttert und auf Netflix eine schräge Delfin-Doku angeschaut, die die beiden ausgesucht hatten. Wusstet ihr, dass Delfine masturbieren? Also ich nicht. Anscheinend wickeln sich männliche Delfine zappelnde Aale um ihren Penis, und dabei geht ihnen einer ab. Ist das nicht abgefahren? Der Wunsch, mit Delfinen zu schwimmen, stellte sich mir plötzlich in einem ganz anderen Licht dar. Ich meine, jedem das Seine, aber ich ziehe einen Vibrator vor. Obwohl selbst das mir gestern Abend zu anstrengend erschienen war, weshalb ich mich nach der Doku sofort ins Bett schleifte und einschlief, bevor ich Grace' und Rileys Paarungsrituale mit anhören konnte.

Ich griff gerade nach meinem Kaffeebecher auf der Theke, als das Handy in meiner Manteltasche klingelte.

»Morgen, Schatz, ich bins«, trällerte Jess.

»Hallo. Hole mir gerade einen Kaffee im Nero. Aber wir sollten uns vielleicht beeilen, weil wir,« – ich nahm mein Handy vom Ohr, um nachzuschauen, wie viel Uhr es war – »nur noch acht Minuten haben. Der Bahnsteig dürfte also schon geöffnet sein.«

»Großartig, ich lechze nach einem Kaffee. Warte da, bin gleich bei dir«, sagte Jess unbeirrt. In den elf Jahre, die ich sie nun schon kannte, war sie kein einziges Mal pünktlich, geschweige denn zeitig dran gewesen, egal, worum es ging. »Sorry, ist wohl das italienische Blut«, erklärte sie dann immer achselzuckend, wobei sie nicht im Entferntesten reumütig klang, wenn sie mal wieder mit einer halben Stunde Verspätung im Pub eintrudelte.

Ich blieb an der Tür des Caffè Nero stehen und suchte die Bahnhofshalle nach einem wohlbekannten blonden Schopf ab. Da war sie, ohne auch nur die Spur von Eile an den Tag zu legen, und kam in einer Lederjacke und mit geschulterter roter Leinentasche lässig angeschlendert. Beim Näherkommen winkte sie.

»Hallo, mein Herz. Lass mich nur schnell einen Kaffee besorgen. Was für ein Abenteuer, ich kann es kaum erwarten, deine Eltern zu sehen, es ist ja schon EWIG her.«

»Könnte ich bitte einen Cappuccino haben? Einen großen?«, bat sie die Caffè-Nero-Dame, bevor sie sich grinsend wieder zu mir drehte.

»Rate mal, was es Neues gibt?«, sagte sie.

Ich beäugte sie aus zusammengekniffenen Augen und nahm einen kräftigen Schluck Kaffee. »Ähm, keine Ahnung? Gib mir einen Tipp.«

»Okay. Wie sehe ich heute Morgen aus?«

Ich musterte ihr Gesicht, das ich beinahe so gut kannte wie mein eigenes. Unverschämt zierliche Nase, großer, üppiger Mund, braune Augen, die meist mit einem dicken schwarzen Lidstrich versehen waren. Ihr Haar war für gewöhnlich eine wirre Mähne, doch heute trug sie es zu einem Zopf über die Schulter geflochten.

Ich zuckte mit den Schultern. »Hast du dir die Augenbrauen zupfen lassen?«

Sie schüttelte den Kopf. »Rate noch mal.«

»Cappuccino«, brummte die Bedienung und stellte Jess' Pappbecher auf der Theke ab.

»Jetzt komm«, sagte ich mit einem erneuten Blick auf die Uhr. »Wir müssen los. Wir können hier nicht ewig rumstehen und Ratespiele spielen. Erzähls mir im Zug.«

Da es früher Samstagmorgen war, war der Zug leer. Lediglich ein Mann mittleren Alters in einem Rugby-Trikot saß an einem Vierertisch und las Zeitung.

»An den hier?«, fragte ich und deutete auf den Tisch auf der anderen Seite des Ganges, damit wir unsere Becher abstellen konnten.

Jess nickte und setzte sich. »Okay, da du es eh nicht

erraten wirst, werde ich es dir einfach sagen«, beschloss sie. »Hörst du auch zu?«

»Jepp«, sagte ich und schnupperte an meinem Kaffee. Ich war mir nicht mehr sicher, ob ich ihn runterbekommen würde. Allein beim Gedanken, irgendwas runterzuschlucken, hatte ich das Gefühl, würgen zu müssen.

»Lil?«

»Mhmm«, machte ich und hob den Pappbecher an meine Lippen.

»Hast du gehört, was ich gesagt habe? Ich glaube, ich bin verliebt.«

»Echt jetzt?« Ich stellte den Becher wieder auf dem Tisch ab und sah sie verblüfft an. »In Walt?«

Jess schüttelte rasch den Kopf. »Nein. Nein, nicht in Walt. Ihm musste ich leider den Laufpass geben. Nein, ich rede von Alexi.«

»Wer ist Al… Ooooh. Der Typ von der Vernissage?«

»Genau«, bestätigte Jess. »Wir haben uns seit der Party ständig geschrieben, und gestern Abend habe ich mich mit ihm getroffen. Ach, Lil, er ist einfach toll. So richtig toll. Er ist lustig und klug, und er steht auf Kunst und …«

»Moment mal«, unterbrach ich sie und streckte die Hände vor mir aus, wie um ein Auto zu stoppen. »Noch mal ganz von vorne, bitte. Du hast ihn letzten Freitag kennengelernt, aber du hast ihn erst gestern Abend wiedergesehen? Und jetzt bist du in ihn verliebt?«

»Ich weiß, ich weiß. Es ist verrückt. Aber nach der Vernissage war er geschäftlich unterwegs. In Amerika. Und er kam erst Donnerstag zurück, weshalb er erst gestern

Abend vorbeikommen konnte. Deswegen habe ich nach meinem Gesicht gefragt. Ich habe keine zwei Stunden geschlafen und sehe wahrscheinlich schlimm aus.«

»Nein. Nein gar nicht.« Tat sie tatsächlich nicht. Sie hatte sich zwar nicht die Mühe gemacht, das Make-up vom gestrigen Abend zu entfernen, weshalb ihr Kajal etwas verschmiert war, was ihr jedoch nur diesen katzenhaften Look verlieh, wie bei so einem Sixties-Model. Immer wenn ich mich vor dem Schlafengehen nicht abschminkte, wachte ich auf und sah aus wie Graf Dracula.

»Ich weiß, dass ich das früher schon gesagt habe, aber ich glaube, dass er vielleicht ... na ja, ich habe einfach ein gutes Gefühl bei der Sache, Lil. Man weiß es doch einfach, oder? So, wie wenn die Leute sagen, ›man weiß, wenn es der Richtige ist‹? Ich glaube, ich weiß es.«

Ich hasste diesen Spruch. Bei Jake hatte ich auch geglaubt zu wissen, dass er der Richtige ist – und *das* war dabei rumgekommen. Gar nichts hatte ich gewusst. Und dann kam mir Max in den Sinn. Ha, Max! Noch so ein fataler Irrtum. Bei unserem Date hatte er einen echt netten Eindruck gemacht – nur um sich dann in die Berge zu verziehen, schneller als Reinhold Messner auf Speed.

»Lil?«

Natürlich erwähnte ich nichts davon Jess gegenüber, die eine solche Begeisterung versprühte, dass ich ihre Stimmung nicht dämpfen wollte.

»Das ist ja *so* aufregend! Auch wenn mir der gute Walt leidtut. Aber warum erzählst du mir erst jetzt davon?«

Jess verzog einen Mundwinkel und sah schuldbewusst

drein. »Ich wollte nichts sagen, bis wir uns persönlich sehen, weil ich dachte, dass es vielleicht doof wäre, wegen der ganzen Max-Sache. Echt, ich bin immer noch so sauer auf ihn, dass ich nicht mal seinen Namen aussprechen möchte. Ich würde ihn am liebsten nie wieder erwähnen.«

Ich lachte. »Danke, Süße, aber mach dir wegen ihm keinen Kopf. Erzähl mir lieber von gestern Nacht. Was habt ihr gemacht? Wie war der« – ich warf einen raschen Blick zu dem Zeitung lesenden Mann auf der andere Seite des Ganges und dämpfte dann meine Stimme – »S-E-X?«

»Warum buchstabierst du das?«

»Weil …« Ich nickte mit dem Kopf zu dem Mann rüber.

Jess verdrehte die Augen. »Du bist so was von paranoid, Lil. Außerdem hatten wir keinen richtigen Sex, weil ich meine Periode habe, was wirklich ärgerlich war.« Ich hörte den Mann mit der Zeitung rascheln, während Jess weiterplapperte. »Aber wir haben alles andere gemacht, und danach lagen wir einfach nur stundenlang da und haben uns unterhalten. Über meine Arbeit, über seine Arbeit, über meine Familie und woher er kommt. Er hat übrigens auch eine Tante, die in Ligurien wohnt. Ist das nicht gruselig?«

Ich erstarrte mit dem Kaffeebecher in der Luft. Bei der Erwähnung ihrer Periode hatte es in meinem Kopf klick gemacht, wie in so einer Filmszene, wenn der Polizist eine Eingebung hat, während er gerade einen Donut isst. Meine Periode. Wo zur Hölle blieb meine Periode? Scheiße. Ich wäre diese Woche fällig gewesen. Ich hatte schließlich die Woche davor ein Päckchen von meiner Pille leer gemacht, oder etwa nicht? Ich griff nach meinem Handy und scrollte zu meinem Kalender. Ich öffnete ihn und zählte die Tage ab, indem ich mit den Fingern auf den Tisch klopfte. Daumen, zwei, drei, vier, fünf.

»Was tust du da?«, wollte Jess wissen.

»Zählen«, erwiderte ich, ohne den Blick von meinem Handy zu wenden.

»Und was?«

Ich holte Luft und legte eine Pause ein, bevor ich antwortete. »Ich bin überfällig.«

»Hä?« Jess beugte sich zu mir vor und warf einen Blick auf meinen Kalender.

»Ohhhhhh. Du meinst, deine Periode ist überfällig?«

»Mhmm.«

»Wann hättest du sie denn bekommen sollen?«

»Äh, eigentlich Dienstag. Spätestens Mittwoch.«

»Okay, Dienstag«, überlegte Jess laut. »Und heute haben wir Samstag. Aber du bekommst sie doch immer etwas unregelmäßig, oder?«

In Gedanken vollzog ich einen Zeitsprung. Meine erste Periode hatte ich mit dreizehn bekommen. Ich ging während der Pause aufs Mädchenklo und war erstaunt, Rost in meiner Unterhose vorzufinden. Hä, warum bitte rostete ich? Doch dann wischte ich mich ab und stellte fest, dass das Klopapier voller Blut war. Ich hätte beinahe über die Kabinen hinweg losgekreischt, dass ich im Sterben lag, doch dann fiel mir schlagartig ein, dass dies wohl jener große Moment des Frauseins war, von dem meine Mutter mir erzählt hatte. Ich war so was von zufrieden mit mir selbst. Endlich erwachsen! Eine Frau! Ich konnte es kaum erwarten, nach Hause zu kommen und ihr die Neuigkeit zu erzählen. Mum schloss mich freudig in die Arme, als ich es ihr erzählte, und am selben Abend fand ich eine Packung Tampons und eine Ausgabe von *Der weibliche Eunuch* auf meinem Bett vor. Eine Seite des Buches war mit einem Eselsohr markiert und ein Satz mit einer dünnen Bleistiftlinie unterstrichen: *Wenn du glaubst, du seist emanzipiert, so stell dir mal vor, dein Menstrualblut zu kosten – wird dir schlecht, hast du noch 'nen langen Weg vor dir, Baby*. Das schien mir keine besonders hygienische Idee. Also hatte ich sie ignoriert und das Buch auf dem Nachttisch unauffällig unter *Eine lausige Hexe* geschoben.

Beim Abendessen hatte Mum mir am Küchentisch veranschaulicht, wie man einen Tampon einführt, wobei sie zu Demonstrationszwecken mit dem Zeigefinger in der Luft herumwedelte. »Du musst ihn quasi Richtung Rücken einführen, Schatz.« Danach saß ich eine Weile auf dem Klo und studierte die Packungsbeilage in der Schachtel, wobei ich mir überlegte, dass Tampons ein bisschen wie Cocktailwürstchen mit einer Schnur dran aussahen. Als es mir schließlich gelang, einen da reinzukriegen, fühlte es sich an wie ein echter Meilenstein in meinem Leben. Nicht viel anders als ein paar Jahre später, als ich meine Fahrprüfung bestand. Nur etwas blutiger.

Ein paar Menstruationszyklen später wurde mir jedoch klar, dass es sich um keine großartige Errungenschaft in meinem Leben handelte. All die Hygieneartikel, all die Angst, dass was danebenging, die Schmerzen und die Paranoia, unvermutet am toxischen Schocksyndrom zu sterben, weil man vergessen hatte, das Tampon vor dem Schlafengehen zu wechseln.

Das lag jetzt achtzehn Jahre zurück, und wie viel war achtzehn mal zwölf? Ich berechnete es in meinem Kopf: Achtzehn mal zwölf macht zweihundertsechzehn. Ich hatte bisher also ungefähr zweihundertsechzehn Perioden in meinem Leben gehabt, doch keine einzige war besonders in Erinnerung geblieben. Sie verschmolzen zu einer endlosen Reihe, wie ein nerviger Schluckauf, der jeden Monat einmal auftrat. Mal für drei Tage, mal für fünf. Doch meine Periode hatte sich nie verspätet, weil ich seit Jahren die Pille nahm. Seit Jake und ich zusammengekommen waren. Plus/minus einen Tag wusste ich, wann sie einsetzen würde. Ich wusste, dass sie kam, wenn mein Bauch sich wie ein Fass aufblähte und ich bei Werbeclips für Eselschutzprojekte in Tränen ausbrach. Ich wusste, wann ich meine Vorräte an Dolormin aufstocken musste, weil sich der Schmerz anfühlte, als müsste mir der Uterus gleich aus der Vagina fallen.

Ich hatte nach meiner Trennung von Jake darüber nachgedacht, die Pille abzusetzen, um meinem Körper eine Pause zu gönnen, hatte dann jedoch beschlossen, sie nur so für alle Fälle weiterzunehmen. Wo also blieb meine verdammte Periode?

Ich schüttelte den Kopf. »Nein, ich krieg sie immer pünktlich. Ich nehme immer noch die Pille. Aber kann das mal passieren, dass quasi eine Periode ausfällt? Wenn man sie seit Jahren nimmt?« Ich schaute Jess hoffnungsvoll an.

»Ich weiß nicht, Süße. Vielleicht?« Jess glaubte nicht an

Verhütungsmittel. Sie bestand darauf, dass sie wüsste, wo in ihrem Zyklus sie sich gerade befand. Sie wies ihre Lover an, ihn rauszuziehen, und hoffte auf das Beste. »Oder womöglich war die Blutung so schwach, dass du sie nicht bemerkt hast?«, schlug sie vor.

Das schien mir dann doch unwahrscheinlich. Es war wohl eher schwierig, gleich eine ganze Menstruation zu verpassen, oder? Ich war immer wieder erstaunt über die Schlagzeilen, die man manchmal zu lesen bekam: *Frau ahnt nichts von Schwangerschaft und bekommt Kind in Autobahnraststätte!*

Ich legte meine rechte Hand erst auf die linke Brust, dann auf die rechte. Sie fühlten sich ein bisschen empfindlich an, so, als würde ich bald meine Tage kriegen. Aber so spät? Ich fragte mich, ob ich es googeln sollte, doch dann entschied ich mich dagegen. Google würde mir ja doch nur sagen, dass ich zu hundert Prozent schwanger war. Oder dass ich irgendeine Form von Krebs hatte.

Dann fiel mein Blick auf meinen Kaffee.

»Außerdem ging es mir heute Morgen nicht besonders«, sagte ich zu Jess. »Mir war ein bisschen übel. Aber ich kann doch nicht … Oder? Das ist doch verrückt.«

»Ich bin mir sicher, dass alles gut ist«, sagte sie beruhigend. Und dann etwas weniger beruhigend: »Aber vielleicht sollten wir trotzdem einen Test besorgen, nur um sicherzugehen? Damit du dir keine Sorgen machst?«

Ich nickte und schaute zu dem Mann mit der Zeitung rüber, der kurz meinem Blick begegnete und ihn gleich wieder senkte. Der Ärmste. Wahrscheinlich hatte er gedacht, er nimmt einen ruhigen Samstagmorgenzug, um in Frieden seine Zeitung zu lesen, nur um mitten in einer Liveausgabe der *Kardashians* zu landen.

In King's Lynn ausgestiegen, gingen wir vom Bahnhof direkt zur Boots-Apotheke, wobei ich betete, niemand Bekanntes zu treffen. Das Letzte, was ich jetzt brauchen konnte, war, dass eine von Mums Tai-Chi-Kolleginnen mich über mein Liebesleben ausquetschte. Doch wir erreichten die Apotheke unbehelligt, und ich schnappte mir den Test von der Boots-Hausmarke für 4,99 Pfund, auch wenn Jess murrte, ich solle lieber einen teureren nehmen.

»Ich werde doch eh nur draufpinkeln. Ich glaube also nicht, dass es eine Rolle spielt, ob ich den Rolls Royce unter den Tests habe oder die Skoda-Version«, entgegnete ich. »Lass uns einfach zahlen, und dann nichts wie weg.«

»Wünschen Sie eine Tüte?«, fragte die Dame an der Kasse.

»Nein, geht schon, danke«, erwiderte ich und stopfte die Packung in das Seitenfach meiner Reisetasche.

Als wir zehn Minuten später zu Hause ankamen und ich die Haustür öffnete, empfing mich ein vertrauter Geruch – der fruchtig-süße Duft blubbernder Marmelade. Mum kochte immer Marmelade für die Märkte in der Gegend ein und verkaufte sie für einen guten Zweck – für Frauenschutzorganisationen, Tierschutzorganisationen, Kinderschutzorganisationen. Für notleidende Lamas in North Norfolk und so Sachen. Sie liebte es, sich zu engagieren.

»Hallo!«, rief ich laut in den Flur hinein, ließ meine Tasche am Fuß der Treppe liegen und bedeutete Jess, mir in die Küche zu folgen. Mum, die mit dem Rücken zu uns am Herd stand, wirbelte mit dem Kochlöffel herum. Ihre Brille war vom Dampf beschlagen, und sie trug ihre Lieblingsschürze mit der Aufschrift *Biskuitrollen statt Geschlechterrollen*.

»Hallo, meine Küken«, begrüßte sie uns, griff mit der freien Hand nach ihrer Brille und nahm sie ab. »Kommt in meine Arme.«

Mich zog sie als Erste an sich, wobei der Kochlöffel über meiner Schulter schwebte, dann Jess. Heiße Marmelade tropfte auf das Linoleum.

»Wie war die Fahrt? Wollt ihr eine Tasse Tee? Dennis ist beim Fußball. Wird vor sechs Uhr nicht zu Hause sein, darum koche ich gerade die Riesenportion für den morgigen Markt. Hier, setzt euch, setzt euch.« Mum hatte die Gewohnheit, immer irre schnell zu reden und die Informationen schubweise von sich zu geben, ganz so, als hätten wir nur noch wenige Sekunden auf diesem Planeten und sie müsste noch schnell alles loswerden.

Mum hatte Dennis Anfang der Neunziger kennengelernt, als sie an der Norwich University bereits Studenten unterrichtete und parallel an ihrer Doktorarbeit schrieb (über die literarische Rolle der viktorianischen Prostituierten). Zu diesem Zeitpunkt gab es mich bereits; mein leiblicher Vater war wohl ein Gitarrist namens Adrian, mit dem sie kurz vor ihrem Bachelorabschluss ein kleines Techtelmechtel hatte.

Dennis trat auf den Plan, als ich gerade vier Jahre alt war. Er war an der gleichen Fakultät als Historiker mit dem Schwerpunkt Militärgeschichten tätig und zog quasi über Nacht in unser Leben ein. Manchmal erzählte Mum von einer Zeit in ihrem Leben, die sie kurz »VD« nannte, was so viel wie »vor Dennis« bedeutete, aber an diese Zeit hatte ich keine Erinnerung. Dennis war der Mann, der mir eines Sommers am Holkham Beach das Schwimmen beigebracht hatte. Dennis war der Mann, der mir beigebracht hatte, die Daten berühmter Schlachten aufzusagen – die Belagerung von Thessaloniki, Verdun, Barbarossa –, so wie andere Kinder eben Kinderreime nachplapperten. Dennis war der Mann, der immer nach seinem »Schreibschuppen« in unserem Garten roch, nach starkem Kaffee und nach alten Geschichtsbüchern.

Nicht lange nachdem sie Dennis kennenlernte, hatte Mum mir den ganzen Sachverhalt in Form einer Biologiestunde erklärt. Als ich eines Abends in der Badewanne hockte, zeichnete sie im beschlagenen Badezimmerfenster das Schema von zwei Eierstöcken, einer Gebärmutter und eines einzelnen Spermiums. Sie schilderte mir die Grundlagen menschlichen Lebens mit großem Enthusiasmus und erzählte mir dabei auch, dass sie mich mit einem anderen Mann gemacht hatte, nicht mit Dennis.

»Aber kann Dennis trotzdem mein Daddy sein?«, hatte ich sie angeblich gefragt, nachdem ich die Zeichnung auf der Fensterscheibe ein paar Minuten schweigend verdaut hatte.

Ich erinnerte mich nicht mehr an dieses Gespräch. Es wurde zu einer jener Erinnerungen, die sich, als ich älter wurde, auf Basis von Mums Erzählungen in meinem Kopf bildeten. Sie benutzte die Anekdote mit den Aufklärungszeichnungen am Fenster oft, um mich als Teenagerin in Verlegenheit zu bringen. Aber das Ergebnis besagter Badezimmer-Plauderstunde war, dass Dennis mein Vater wurde, und zwar in jeglicher Hinsicht, bis auf den Nachnamen. Wohlgemerkt nicht mein Stiefvater, weil er und Mum nie heirateten, aber auch, weil es sich wie ein Verrat angefühlt hätte, Dennis mit einem »Stief« zu versehen. Er war mehr als das. Er war alles. Adrian, ein Fremder, den ich niemals getroffen hatte und über den ich nichts wusste, war mein leiblicher Vater, aber Dennis war mein Dad.

Zwei Jahre später hatten er und Mum das Haus in Castleton gekauft und unterrichteten seit jener Zeit an der Norwich University, wobei sie ihr akademisches Leben mit ihrem sozialen Engagement verbanden. Die Themen, die sie aktuell stark beschäftigten, lauteten unter anderem: der Niedergang der Labour Party, die Unterfinanzierung des Bildungswesens, die Unterfinanzierung der staatlichen Gesundheitsversorgung, die Busverbindungen in der Region Norfolk und die Milchpreise im Tesco Express.

Sowohl er als auch Mum waren mittlerweile sechzig, hatten sich jedoch den Feuereifer und die Energie russischer Revolutionäre bewahrt. Deswegen hieß ich auch Lil, also eigentlich Lilian, nach einer von Mums Lieblingssuffragetten, Lilian Lenton. Sie war eine Frau mit stechendem Blick, die auf einer 1955 aufgenommenen Schwarz-Weiß-Fotografie aussah wie eine Hexe. Doch sie war in den Jahren vor dem Ersten Weltkrieg Teil der Suffragettenbewegung gewesen, verübte mehrfach Brandstiftung, begab sich in Hungerstreik und brach so oft aus dem Gefängnis aus, dass sie den Spitznamen »kleiner Wiesenknopf« bekam.

Mum legte den Löffel neben dem Herd ab, sammelte einen Stapel Papier vom Küchentisch auf und trug ihn zu der hölzernen Kommode unter dem Küchenfenster. Währenddessen machte sich Gerald, die Schildkröte, unter einem Stuhl über ein Salatblatt her.

»Ich setze mal Wasser auf«, sagte ich. »Jess, auch einen Tee?«

Sie nickte. »Ja, bitte.« Dann, an meine Mum gewandt. »Was kochst du da gerade?«

»Na ja«, begann Mum etwas unsicher. »Ich habe diese Woche einen Haufen Pflaumen auf der Obstwiese gepflückt, deshalb sollte es eigentlich eine Pflaumenmarmelade werden. Aber« – sie hielt inne und spähte in den Topf – »ich bin mir nicht sicher, ob sie richtig geliert. Wenn es so weitergeht, wird es wohl eher Pflaumenmus.«

»Lecker«, meinte Jess.

»Mhmm«, machte Mum, noch immer in den Topf spähend, bevor sie abermals herumwirbelte. »Aber, vergessen wir die Marmelade. Wie geht es euch beiden?«

»Tatsächlich hat Jess tolle Neuigkeiten«, verkündete ich, darauf erpicht, von mir abzulenken.

»Ach ja?«, sagte Mum.

»Ich glaube, ich bin verliebt«, bestätigte Jess mit einem versonnenen Lächeln.

»Oh, das ist ja wirklich aufregend«, jauchzte Mum, während sie weiter in den Pflaumen rührte. »In wen?«

Mum liebte Romantik und Liebeskram. Wenn ich als Jugendliche nach Hause kam und auch nur den Namen eines Jungen erwähnte, fing sie sofort an, mich über ihn auszuquetschen, und fragte, ob er nicht auf einen Tee vorbeikommen wolle.

»Er ist ein russischer Kunstsammler namens Alexi. Ich habe ihn erst neulich kennengelernt. Lil war übrigens dabei. Also ja, es ging wirklich superschnell, aber wir haben die ganze letzte Nacht miteinander verbracht, und« – Jess atmete vernehmlich aus – »er ist einfach ein Traum.«

Diesen Prozess hatte ich schon mehrfach mit Jess durchlaufen. Ein paar Wochen der totalen Besessenheit, in denen sie an nichts anderes denken konnte als an *ihn*, seinen Namen in jedem zweiten Satz erwähnte, über ihr zukünftiges Leben und die Anzahl ihrer Kinder fantasierte, bis es für den Rest von uns schier unerträglich wurde. Wenn man Verliebtsein mit einem Rauschzustand gleichsetzte, so war es, als würde Jess sich immer mehrere Drogen gleichzeitig reinpfeifen.

Für eine kurze Zeit hatte ich diesen Rausch ebenfalls gefühlt, als ich mit Jake zusammenkam, doch dann schwächte er sich zu einem ruhigeren, weniger fieberhaften Zustand ab. Ich sehnte mich danach, dieses Hoch erneut zu spüren. Dieses aufregende Gefühl, wenn es mit jemandem funkte und man jede Minute miteinander verbringen wollte, sich vor dem Moment fürchtete, wenn man sich trennen musst, sei es auch nur für eine Nacht. In Trübsal zu verfallen, wenn man sich ein paar Tage nicht sah. Das war Liebe, oder nicht? Sie machte uns alle zu Idioten, aber sie war zugleich doch auch das berauschendste Gefühl der Welt.

Was auch der Grund war, warum ein Teil von mir jedes Mal, wenn Jess erneut erklärte, sich verliebt zu haben, eifersüchtig wurde. Wie schaffte sie das nur? Wie stellte sie es an, sich nicht nur zu verlieben, sondern dabei auch jemanden zu finden, der sich gleichermaßen in sie verliebte, während ich es noch nicht mal schaffte, eine Antwort auf WhatsApp zu bekommen? Ich wollte meiner besten Freundin gegenüber keine Ressentiments empfinden, aber es schien mir doch ein bisschen unfair. Obwohl ihr jüngstes Abenteuer Mum immerhin eine gute halbe Stunde ablenkte, bevor sie verkündete, sie müsse noch schnell ins Dorf, um die Marmelade für den morgigen Markt im Gemeindehaus abzugeben.

So kam es also, dass ich vor dem Badezimmer meiner Eltern stand, nachdem ich Jess das feuchte Teststäbchen in die Hand gedrückt hatte. Einen zweiten Test sparte ich mir. Sicherlich haben wir alle irgendwann mal einen dieser Filme gesehen, in denen die Heldin mit der Blase eines Pferdes gleich hundertdreiundneunzig Schwangerschaftstests macht, weil sie einfach nicht glauben kann, dass er positiv ist. Aber erstens hatte ich kein Pipi mehr übrig, und zweitens wusste ich es auch so schon irgendwie.

Es war kein *wissendes* Wissen. Ich war ja nicht telepathisch veranlagt. Aber von der Sekunde im Zug an, in der mir bewusst geworden war, dass ich überfällig war, von diesem Augenblick an hatte ich es vermutet.

Ich hoffte trotzdem noch, dass ich nicht mit dem Baby eines fremden Mannes schwanger war, aber eine leise Stimme in meinem Kopf sagte mir, dass es wohl so war. Ich legte eine Hand auf meinen Bauch. Ich war schwanger von einem Mann, den ich genau ein einziges Mal getroffen hatte. Ich trug ein Zellhäufchen in mir, von dem die eine Hälfte streng genommen jemand anderem gehörte. Es fühlte sich erschreckend intim an. Was blieb einem denn sonst nach einem ersten Date? Ein fieser Scheidenpilz? Eine ganze Reihe superpeinlicher, flirtender WhatsApp-Nachrichten, die am Morgen danach ihr abruptes Ende finden, wenn beiden klar wird, dass es nicht ganz das Wahre war?

Ich erinnerte mich noch, wie Jimmy Day im Aufklärungsunterricht in der Schule Mrs. Martin fragte, ob es denn stimmen würde, dass Spermien bis zu drei Tage überleben könnten. Mrs. Martin hatte ihn mit dem unerschütterlichen Ausdruck einer altgedienten Biologielehrerin bedacht und dann bestätigt, dass, ja, Spermatozoen in einer »optimalen Umgebung« tatsächlich bis zu zweiundsiebzig Stunden oder auch länger überleben konnten. Jimmy hatte gekichert und war danach wochenlang auf dem Schulhof rumgerannt und hatte verwirrte Mädchen gefragt, ob ihre Bäuche denn eine »optimale Umgebung« wären. Ich habe keine Ahnung, was aus Jimmy geworden ist. Aber ich vermute einfach mal, dass er keinen Job im Silicon Valley angenommen und auch nicht die Lösung für den Weltfrieden gefunden hat.

Wie ich da am Türpfosten des Badezimmers lehnte, spürte ich Jess' Hand auf meinem Arm.

»Alles in Ordnung?«

Ich nickte langsam und betrachtete den Test in ihrer Hand. »Ja, aber vielleicht sollten wir das schnell loswerden und eine Runde spazieren gehen, bevor die beiden nach Hause kommen?«

»Guter Plan«, bestätigte Jess.

Ich nahm Jess das Stäbchen ab und ging in die Küche runter, wo ich eine Plastiktüte unter der Spüle hervorkramte und ihn gut darin einpackte.

Wir spazierten direktemang zum Pub los, wobei wir an einem Mülleimer vor dem Dorfladen vorbeikamen, wo ich die Plastiktüte entsorgte.

»Was trinkst du?«, wollte Jess wissen, als wir das Fox & Cushion betraten und ich mich nach einem Tisch umsah.

Ich öffnete den Mund, um »Wodka Tonic« zu sagen, hielt dann aber inne.

Jess las meine Gedanken. »Ich glaub, du brauchst jetzt was Starkes.«

Ich schüttelte den Kopf. »Nee, lass mal. Lieber … eine Limonade?«

Ich fand einen Tisch in der Ecke, mit einer Sitzbank an der Wand und einem wackligen Stuhl gegenüber. Ich nahm Platz. Meine Gedanken hüpften wie ein Schwarm Spatzen umher, unfähig, länger als auch nur ein paar Sekunden bei einer Sache zu bleiben.

Als ihr Anfang zwanzig wart, oder vielleicht auch als Teenager, habt ihr da auch dieses Spiel gespielt: *Was würdest du tun, wenn du schwanger wärst?* Jess und ich hatten die Frage während des Studiums immer mal wieder diskutiert, zusammen mit unseren drei Mitbewohnerinnen – Nats, Lucy und Bells –, wenn wir in Jogginghosen und immer noch verkatert auf dem Sofa lagen und *Kochduell* schauten. Wahrscheinlich hatte eine von uns einen Schreck bekommen, vergessen, die Pille zu nehmen, und die Antwort schien jedes Mal glasklar. »Es wegmachen lassen«, einigten wir uns, bevor wir diskutierten, ob Team Tomaten oder Team Paprika den Tag für sich entscheiden würde. Wir konnten es uns gerade mal leisten, uns mit Pasta am Leben zu erhalten und genug Geld für Tequila in den Nachtclubs von Edinburgh übrig zu haben. Allein der Gedanke an ein Baby war lachhaft. Nichts für uns. Wir hatten Pläne. Wir würden unseren Abschluss machen, einen Job ergattern, arbeiten und dann, irgendwann in ferner Zukunft, Kinder kriegen. So würde das alles laufen.

Mit Mitte zwanzig, stramm auf die dreißig zugehend, kam die Frage erneut auf, nun jedoch in billigen italienischen Restaurants in London, wo wir uns trafen, um mal wieder zu plaudern. Grissini. Flaschenweise Chianti, von dem die Zähne pelzig wurden. Große Teller Spaghetti oder wahlweise Caprese-Salat für diejenigen unter uns, die auf Diät waren. Zu diesem Zeitpunkt war ich schon ein paar Jahre mit Jake zusammen gewesen. Die andern steckten ebenfalls in festen Beziehungen. Abgesehen von Jess, die zwar immer jemanden an der Angel hatte, aber irgendwie auch schon auf dem Sprung zum nächsten Opfer war.

In dieser Phase war das ganze Spiel schon kniffliger geworden und glich mehr einer moralischen Zwickmühle. Wie würden wir uns entscheiden, wenn wir von unseren

Freunden schwanger wären? Es gab nach wie vor Dutzende Gründe, die dagegensprachen: Geldmangel, ich wollte auf jeden Fall noch ein paar Jahre unterrichten, ich war noch zu jung, ich wollte erst heiraten, außerdem war ich mir noch nicht mal sicher, ob ein Baby bei mir überleben würde. Was, wenn ich es fallen ließe? Was, wenn ich mein imaginäres Baby auf den Kopf fallen ließ und es dabei mit jener weichen Stelle aufkam, wo die Fontanelle sich noch nicht ganz geschlossen hatte? So etwas sähe mir ähnlich.

Aber die Vorstellung, schwanger zu sein, war nun viel weniger beängstigend als noch an der Uni. Ich befand mich in einer langfristigen Beziehung mit Jake. Ich wollte eines Tages ohnehin Kinder mit ihm haben, und er hatte einen Job, mit dem wir auch zu dritt über die Runden kämen. Außerdem: Was, wenn ich schwanger wurde, abtrieb, später dann aber erfuhr, dass ich keine Kinder mehr bekommen konnte? Darum kamen wir bei besagten Abendessen zu dem Schluss, dass es auf die Umstände ankäme und wir es nicht zwingend »wegmachen würden«. Daraufhin bestellten wir eine weitere Flasche Wein und gingen fröhlich zum nächsten Thema über – eine neue Fernsehserie, unsere Mütter, wie sehr wir unsere Chefs hassten, ob eine von uns sich einen Pixie schneiden lassen sollte oder ob unsere Gesichter mit kurzen Haaren fett aussehen würden.

Ein paar Jahre später fingen die meisten ohnehin damit an, zu heiraten und Babys zu kriegen, und das Spiel geriet in Vergessenheit. Alle ersetzten ihre Facebook-Profilbilder durch Fotos von ihrem Hochzeitstag, als handelte es sich um so eine Art Ehrenauszeichnung. Da war Nats, die in einem Konfettiregen aus der Kirche trat. Lucy, die auf dem Rücksitz eines Nobelschlittens saß und aus dem Fenster strahlte. Bells, die auf den Schultern ihres frischgebackenen Ehemanns thronte, das Brautkleid um ihre Hüften aufgebauscht, während wir alle mit Wunderkerzen herumwedelten. Mein Profilfoto zeigte nach wie vor nur meine Wenigkeit am Strand von Norfolk, ein Schnappschuss von Dennis von vor ein paar Jahren.

Jess kehrte von der Bar zurück, einen Weißwein in einer Hand, Limonade in der anderen.

»Na schön«, sagte sie, setzte sich und sah mich mit erhobenen Augenbrauen an. »Was wirst du jetzt tun?«

Ich zuckte mit den Schultern. »Ehrlich gesagt habe ich keine Ahnung.«

»Hast du einen Tag ausgelassen? Oder die Pille zu einer anderen Uhrzeit eingenommen?«

Ich schüttelte den Kopf. Das Päckchen hatte seinen angestammten Platz auf meinem Nachttisch, und ich nahm sie immer morgens gleich nach dem Aufwachen.

»Es heißt, sie schützt zu 99 Prozent, oder?«, fuhr Jess fort. »Das bedeutet wohl, dass eine von hundert Frauen schwanger wird. Vielleicht ein bisschen weniger. Trotzdem wird es ein paar Schwangerschaften geben.«

Ich nickte, noch immer fassungslos. Und dann fielen mir meine Magenprobleme am Tag meines Treffens mit Max ein. Dass ich den Morgen Grimassen schneidend auf dem Klo verbracht hatte. Das Imodium, das ich vor dem Date hatte nehmen müssen.

»Scheiße, Jess, ich glaube die Pille hat nicht gewirkt.«

»Tja, das wissen wir ja bereits«, erwiderte sie, als ob ich beschränkt wäre, und nahm dann einen Schluck von ihrem Wein.

»Nein, ich meine, ich hatte vor dem Date den ganzen Tag über schlimme Magenprobleme. Nach dem Abendessen mit euch, nach Clems Curry.«

Jess schlug sich die Hand vor den Mund, ließ sie dann wieder sinken, um zu sprechen. »Ja, ich hatte so gut wie nichts davon gegessen, aber wenn ich mich recht erinnere, hat Clem sich übergeben. Zumindest hatte er irgendwas mit dem Magen. Ich weiß noch, dass ich die halbe Nacht wach lag, weil er auf dem Klo rumgepoltert hat.«

Sie verstummte, während ich meine Wangen aufplusterte und ausatmete. »Scheiße.«

»Im wahrsten Sinne des Wortes«, bestätigte Jess.

Ich verzog die Mundwinkel in dem halbherzigen Versuch zu lachen, doch es gelang mir nicht. Und ich war viel zu fassungslos, um irgendwas wie Wut gegenüber Clem aufzubringen.

»Okay, schauen wir uns mal die Optionen an«, fuhr Jess fort. »Zum einen könntest du zum Arzt gehen. Du bist sehr früh dran, könntest also alles noch regeln. Es beenden. Nie wieder darüber nachdenken.«

Ich nickte. Das hörte sich nach einer vernünftigen Option an. Nach genau der Lösung, die ich, Lilian Bailey – einunddreißig, ledig, mit einem Einkommen, das nur knapp die Miete, Fixkosten und das allmittägliche Sandwich abdeckte –, wahrnehmen sollte. Ich hatte jedoch keine Ahnung, wie ich das mit dem »Regeln« angehen sollte – vereinbarte man einen Termin beim Frauenarzt? So schlimm dürfte das Ganze schon nicht werden. Ich würde wahrscheinlich ein bisschen traurig sein. Und vielleicht wäre es ja auch nur wie eine üble Periode? Aber eine üble Periode war mir allemal lieber, als in neun Monaten einen kleinen Menschen zu gebären, der dann die nächsten achtzehn Jahre, wenn nicht länger, das Leben aus mir heraussaugte. Das wäre sogar eine *äußerst* üble Periode.

»Oder«, überlegte Jess weiter, »du bekommst es.«

Ich japste laut vor Lachen und wartete darauf, dass sie fortfuhr. Aber das tat sie nicht.

»Was?«, fragte sie stirnrunzelnd.

»Das wars? Ich habe mehr Optionen erwartet.«

»Mir fällt nichts anderes ein.«

»Tja, aber ich kann es doch unmöglich bekommen, oder? Ich weiß nicht mal, wo ich anfangen soll.« Zur Veranschaulichung streckte ich den kleinen Finger und Daumen aus und führte die Hand so zum Ohr. »›Hi, ist da Max, der berühmte Bergsteiger? Super, hallo, Max, ich bins, Lil. Du weißt schon, die, die du gebumst und dann geghostet hast. Wollte dir nur sagen, dass ich schwanger bin und es behalte. Hoffe, das ist okay. Tschüssiii.‹« Ich ließ meine Hand wieder sinken.

»Wo steckt er überhaupt?«, wollte Jess wissen.

»Max?«

»Nein, der Weihnachtsmann. Ja! Natürlich Max. Verfolgst du seinen Blog?«

Ich erwog kurz, es abzustreiten, aber Jess würde mich durchschauen. Ich hatte die nervige Angewohnheit entwickelt, alle zwei Tage Max' Blog zu checken, meist, wenn ich schon im Bett lag und geistesabwesend auf meinem Handy herumscrollte. Vor ein paar Tagen befand er sich noch im Basislager und löffelte Porridge aus einem Frühstückspäckchen, war aber guter Dinge, dass er am Folgetag mit dem Aufstieg würde beginnen können.

»Jepp«, gab ich zu. »Soviel ich weiß, hat er mit dem Aufstieg begonnen.«

»Das heißt, du könntest es ihm momentan sowieso nicht sagen.«

Ich schüttelte den Kopf. »Zumindest nicht so einfach.«

Das ganze Gespräch über vermied ich es tunlichst, das A-Wort zu erwähnen. Nein, ich war nicht besonders zimperlich. Aber das Wort »Abtreibung« oder auch »Abbruch« klang einfach so brutal, war so negativ aufgeladen. Soldaten brachen Missionen ab, die NASA brach Raketenstarts ab. Und Babys gehörten nun mal nicht in dieselbe Kategorie wie Soldaten und Raketen.

»Dir ist klar, dass es momentan nur ein winziger Punkt ist?«, sagte Jess. »Es ist kein richtiges Baby. Du könntest es mit bloßem Auge noch nicht mal sehen.«

»Ich weiß«, erwiderte ich rasch. »Es ist nur … ich habe bisher nie darüber nachgedacht. Ich meine, ich kenne Frauen, die es getan haben. Mir ist klar, dass es keine große Sache sein muss. Ich weiß, dass die Entscheidung bei uns selbst liegt. Ich … ich hätte einfach nur nie gedacht, dass ich mich einmal in dieser Situation befinden würde.«

»Ich hatte auch schon eine«, sagte Jess und griff erneut nach ihrem Glas.

»Was? Wann?«

»Vor ein paar Jahren. Erinnerst du dich noch an Leo? Den, der immer diesen schrecklichen Hut aufhatte?«

»Inspector Gadget?« Leo war ein Kunststudent gewesen, mit dem Jess eine Zeit lang was hatte und dem wir diesen Spitznamen verpassten, weil er groß und dünn war und immer mit einem schwarzen Filzhut im Pub aufkreuzte, den er dann den ganzen Abend nicht absetzte. Ich weiß noch, wie ich Jess mal gefragt hatte, ob er den Hut auch im Bett aufbehielt.

»Ha, ja. Ich hatte ganz vergessen, dass wir ihn so genannt haben. Aber ja, das ist damals passiert. Ich bin mir nicht ganz sicher, wie. Das Kondom muss geplatzt sein oder so. Ich habe nie ganz kapiert, wie es dazu gekommen ist. Ich habe es auch erst ein paar Wochen später gemerkt, so wie du.«

»Wie alt waren wir da?«

»Soooo … um die fünfundzwanzig? Ich hatte von Anfang an nicht vor, es zu behalten. Also habe ich es Leo erzählt und ihm gesagt, was ich vorhatte, was für ihn in Ordnung ging. Ich glaube ja, er war erleichtert, allerdings ließ er sich danach nicht mehr blicken. Das war alles ziemlich unangenehm.«

Ich versuchte, mich an die Zeit zurückzuerinnern. Ich musste damals mit Jake zusammen gewesen sein. »Warum hast du es mir nicht erzählt?«

Sie zuckte mit den Schultern. »Es war noch ganz früh.

Genauso wie bei dir. Und es war vollkommen ausgeschlossen, dass ich sein Baby austragen würde.«

»Und wo hast du es machen lassen?«

»In einer Klinik in der Nähe der Warren Street.«

»Und war es teuer?«

»Nein, nein, es ist umsonst. Das wird von der Krankenkasse übernommen.«

»Echt?«

Sie nickte. »Ja. Ich musste nur zwei Pillen nehmen. Eine Woche lang gings mir echt mies, weswegen ich das Bett gehütet habe. Clem brachte mir am laufenden Band gezuckerten Kräutertee und irgendwelche abartigen Brühen, die er permanent aufsetzte.« Sie hielt inne. »Und? Denkst du, du wirst es tun?«, fuhr sie fort. »Ich meine, was ich getan habe?«

Ich starrte die Limonade an, die nach wie vor unangetastet auf dem Tisch vor mir stand. »Es gibt eine Million Gründe, es nicht zu tun. Also es nicht …« Ich brachte das A-Wort immer noch nicht über die Lippen. »… *nicht* zu bekommen. Stimmts?«

Sie nickte.

»Aber andererseits bin ich auch einunddreißig und keine einundzwanzig mehr«, fuhr ich fort. »Und ich weiß, dass ich eines Tages Kinder haben möchte. Nicht unbedingt unter diesen Umständen, aber jetzt ist es nun mal passiert, und da ist diese ganz leise Stimme in meinem Kopf, die sagt: ›Warum eigentlich nicht?‹«

Es kam einer Erleichterung gleich, es laut auszusprechen. Vorhin im Bad war ich von der Neuigkeit noch paralysiert gewesen, wie ein Computer, der sich mit rotierendem

Wartecursor aufgehängt hatte. Es war, als würde ein großes blinkendes Schild in meinem Kopf aufleuchten – DU BIST SCHWANGER, DU BIST SCHWANGER! –, was mich davon abhielt, den Gedanken tiefer zu analysieren.

Etwa eine Stunde später hatte sich der anfängliche Schock gelegt, und es gelang mir, das Ganze rationaler zu betrachten. Klar, die Situation, in der ich mich befand, war ein gewaltiges Schamassel, aber was wollte ich dahingehend unternehmen? Mich wieder ent-schwängern, oder aber ein Kind bekommen?

»Weißt du, was?«, sagte Jess plötzlich und griff nach ihrer Handtasche. »Wir setzen eine Liste auf. Mit Pros und Kontras.« Sie glättete mit der Handkante die Rückseite einer Quittung und kramte dann einen Kugelschreiber hervor.

»Was ist das für eine Quittung?«

Sie drehte sie um. »Von Nisa«, lautete ihre Antwort. »Hummus, Milch, Wein, eine Tafel Schokolade.«

»Ich meine, ich glaube, die Tatsache, dass wir diese Liste auf der Rückseite von so was verfassen, gibt doch einen klaren Hinweis darauf, wie geeignet wir beide als Eltern sind.«

Sie überging meinen Einwand. »Das spielt jetzt keine Rolle«, meinte sie und zog in der Mitte des Zettels eine Linie. Auf die linke Seite schrieb sie in ihrer ordentlichen, runden Handschrift *Pro*, auf die rechte Seite *Kontra*. »Okay, fangen wir mit den positiven Punkten an«, sagte sie. »Du willst eines Tages sowieso ein Baby, ja?«

Ich nickte.

Sie notierte *Will sowieso mal Baby* in der Pro-Spalte, dann sah sie wieder zu mir auf. »Was noch?«

»Ähm … es ist ein potenzielles Leben«, sagte ich. »Und was, wenn das meine einzige Chance ist? Was, wenn ich es wegmachen lasse und dann aber aus irgendeinem Grund nie wieder eins haben kann?«

Sie nickte erneut und notierte *Vielleicht die einzige Chance* in die linke Spalte. Ich war mir nicht sicher, ob ich bei diesem Punkt lachen oder weinen sollte.

»Wie wäre es mit ›Ich kann es in lustige Verkleidungskostüme packen‹?«, witzelte ich.

»Das lasse ich jetzt mal weg.«

»Ok, ähm …« Ich hatte Mühe, mir noch etwas einfallen zu lassen. »Wie wäre es mit meinem Alter und der Tatsache, dass ich heutzutage verantwortungsbewusst genug bin, um ein Baby zu haben? So quasi, dass es heute nicht so krass wäre wie vor, sagen wir mal, zehn Jahren.«

Jess senkte den Kugelschreiber und schrieb *alt genug*.

»Okay, können wir jetzt die negativen Punkte machen, weil von denen habe ich jede Menge?«, sagte ich. »Ich kann es mir nicht leisten … Es wäre ein massiver Umbruch in meinem Leben … Wo soll ich wohnen? … Ich müsste es wahrscheinlich alleine großziehen …«

»Das kannst du noch nicht wissen.«

Ich bedachte sie mit einem sarkastischen Blick. »O ja, Mr. Entdecker, der gerade da draußen in Steigeisen einen Gletscher hochkraxelt, ist natürlich der optimale Vater.«

»Stimmt auch wieder«, sagte Jess und notierte *kein optimaler Vater*.

»Ich werde ständig müde sein, meine Nippel werden wund sein, ich werde nie wieder ausschlafen können, ich werde es sowohl meiner Mutter als auch Miss Montague erzählen müssen, und ich weiß nicht, was davon schlimmer ist. Äh …«

»Die Welt ist sowieso schon überbevölkert?«, schlug sie vor.

»Ja, schreib das auf«, sagte ich nachdrücklich und deutete auf die Quittung. »Oh, und wenn ich alleinerziehend bin, werde ich nie wieder einen Mann kennenlernen.«

»Das stimmt doch gar nicht«, protestierte Jess. »Schau dir nur deine Mum und Dennis an.«

»Na gut«, sagte ich mit einem Anflug von schlechtem Gewissen. »Aber wahrscheinlich sind Dates für eine ganze Weile gestrichen, immerhin richtet so eine Geburt ein ziemliches Gemetzel in deiner Vagina an.«

»Ich werde das mal durchgehen lassen, auch wenn ich finde, dass du jetzt etwas melodramatisch wirst«, erwiderte sie und beugte den Kopf wieder über die Liste. Die Spalte auf der rechten Seite war voll, die auf der linken dafür deutlich kürzer.

Als wir zu Hause eintrafen, saß Mum am Küchentisch und las die Zeitung. Kaum dass wir reinkamen, sah sie auf und nahm die Lesebrille ab.

»Okay, ihr zwei, wir müssen reden.«

Ich sah sie stirnrunzelnd an. Das hatte mir gerade noch gefehlt. Eine Moralpredigt, worüber auch immer.

»Über was?«, fragte ich.

Sie wandte sich nach hinten, um etwas von der Kommode zu nehmen, und drehte sich dann wieder zu uns um. Fuuuuuuuuck. Es war die Schachtel vom Schwangerschaftstest.

»Wem gehört das?«

Ich machte den Mund auf, wollte gerade mit einer Erklärung loslegen, doch Jess sprang in die Bresche, bevor ich etwas sagen konnte.

»Das gehört mir, tut mir leid, Jackie. Das ist mir ja so was von peinlich. Ich, äh, hab vorhin einen machen müssen.«

Mum blickte verwirrt drein. »Aber du hattest doch erst ein Date mit ihm.«

Jess nickte. »Ja, ich weiß, gestern Abend. Aber der Test war wegen einer Geschichte davor. War nur etwas paranoid. Alles gut. Ich bin nicht schwanger. Aber ich dachte mir, ich gehe lieber auf Nummer sicher.«

Mum musterte Jess aus zusammengekniffenen Augen, wie um abzuschätzen, ob sie die Wahrheit sagte, dann entspannten sich ihre Gesichtszüge wieder und sie lachte, wobei sie mit der Packung herumwedelte. »Jess, mein Schatz, du solltest besser aufpassen. Es ist nicht eine ganze Generation von Frauen nur zum Spaß für ihr Recht auf Verhütungsmittel auf die Straße gegangen, weißt du.«

»Ich weiß, schon kapiert«, sagte Jess kleinlaut.

»Da bin ich aber erleichtert«, meinte Mum und wandte sich ab, um die Packung im Papiermüll zu entsorgen. »Kurz hatte ich mir Sorgen gemacht. Das Abendessen ist übrigens schon im Ofen, und ich habe Lust auf ein Gläschen. Weißwein gefällig?«

Jess nickte, doch ich lehnte ab, wobei ich Kopfschmerzen vorschützte.

Dann kam Dennis nach Hause.

»Hey«, begrüßte ich ihn und vergrub mein Gesicht an seinem Kragen. Sein Geruch war so tröstlich, dass mir beinahe die Tränen kamen und ich mehrere Male blinzeln musste, bevor ich ihn wieder losließ, damit niemand es mitbekam.

»Hallöchen, Liebes, willkommen zu Hause.«

»Danke«, sagte ich und ließ ihn los. »Wie war das Spiel?«

»Die absolute Katastrophe«, erwiderte er. »Dylan hat in der dreiundachtzigsten Minute noch ein Tor reingelassen, weswegen wir noch mal um drei Punkte abgestiegen sind. Aber so ist es nun mal. Und wie gehts euch, Mädels?«

»Gut«, erwiderte ich und setzte ein möglichst überzeugendes Lächeln auf.

»Hi, Dennis«, sagte Jess und umarmte ihn ebenfalls. »Es ist ewig her.«

»Das stimmt«, bestätigte Dennis. »Wie läuft es so, Jess? Was macht die Porträtkunst?«

»Wir wollten gerade eine Flasche Wein öffnen, Den«, unterbracht Mum, »also lass uns das tun, danach können wir immer noch plaudern.« Sie nahm ihre Schürze ab und hängte sie über die Küchentür.

»Okay, okay, ich ziehe nur rasch die Stiefel aus.« Er grinste Jess und mich an, während er sich auf einem der Küchenstühle niederließ. »Ich weiß ja auch nicht, Mädels, aber manchmal ist es fast so, als würde ich mit Dschingis Khan zusammenleben.«

»Das hättest du wohl gerne«, erwiderte Mum.

Wisst ihr, was ein lustiges Spiel ist für Frauen im Alter zwischen zwanzig und fünfundvierzig, die nachts nicht schlafen können? Fruchtbarkeitsmathematik! Kurz nach zwei Uhr wachte ich auf und begann, begleitet von Jess' Schnarchen, meine Chancen zu berechnen. Sagen wir mal, die durchschnittliche Frau verfügt ganze zweiundzwanzig Jahre lang über knackig frische Eierstöcke und eine knallermäßige Fruchtbarkeit. Das wären nämlich in etwa die zweiundzwanzig Jahre vom achtzehnten bis zum vierzigsten Lebensjahr – auch wenn die Spitzenzeit der Durchschnittsfrau fürs Babykriegen zwischen zwanzig und vierundzwanzig liegt. Ich weiß das, weil ich es gegoogelt habe, während ich da so herumlag.

Also, ein Zeitfenster von zweiundzwanzig Jahren, um Kinder zu bekommen, wobei manchen Frauen etwas mehr, manchen Frauen etwas weniger Zeit bleibt und manche auch überhaupt kein solches Fenster haben.

Was auf mich nicht zutraf, denn schließlich war ich ja gerade schwanger. Ich verfügte also offenbar über ein Fenster. Dennoch hatte ich jetzt schon ein Jahrzehnt davon hinter mir, und es blieben mir nur noch neun Jahre. Hört sich erst mal nach viel an, oder? In neun Jahren kann eine Menge passieren. Kriege. Ganze US-Präsidentschaften. Politische Bewegungen. Es ist eine große Zeitspanne.

Nur nicht, wenn es um die Periode geht. Denn falls mir nur noch neun Jahre Fruchtbarkeit blieben, dann waren das noch hundertsiebzehn Perioden. Oder, um es anders auszudrücken, hundertsiebzehn Gelegenheiten, schwanger zu werden. Und urplötzlich – auf diese präzise Zahl heruntergebrochen – klang es gar nicht mehr nach so viel. Vor allem, wenn die Fruchtbarkeit der Durchschnittsfrau (auch das habe ich gegoogelt) nach fünfunddreißig deutlich abflaut. Was wiederum bedeutete, dass mir im Grunde nur noch vier Jahre mit fitten Eierstöcken blieben, was wiederum genau zweiundfünfzig Perioden oder eben zweiundfünfzig Gelegenheiten, schwanger zu werden, machte.

Das ist nicht *so* viel. Selbst beim Pferderennen in William Hill standen die Chancen besser.

Nehmen wir einmal an, ich ließe dieses Baby wegmachen und machte mich dann daran, einen Mann kennenzulernen, mit dem ich mir ein Baby vorstellen konnte. Das könnte ein ganzes Jahr in Anspruch nehmen, aber gehen wir mal auf Nummer sicher und sagen achtzehn Monate, da meine Flirtfähigkeiten stark beeinträchtigt waren. Dann müssten wir uns noch so richtig verlieben. Das bedeutete ein weiteres Jahr. Ich war schlampig. Ich ließ schmutzige Unterhosen auf dem Schlafzimmerboden liegen und alte Rasierer in der Dusche verrosten. Es konnte durchaus ein Weilchen dauern, bis er meine liebenswerten Eigenschaften entdeckte. Das machte ab jetzt gerechnet also noch zweieinhalb Jahre. Was bedeuten würde, dass ich beinahe vierunddreißig wäre. Was wiederum bedeutete, dass mir in Sachen Fruchtbarkeit nur noch ein gutes Jahr blieb. Zwölf Perioden. Zwölf Chancen, schwanger zu werden.

Darauf lief es also hinaus, überlegte ich, während ich da so im Dunkeln lag. Entweder bekam ich dieses Baby jetzt, oder ich bekam es nicht und lernte im günstigsten Fall in einem Jahr einen Typen kennen und ließ mich innerhalb von zwölf Monaten schwängern. Mir war bewusst, dass es diverse Optionen gab: künstliche Befruchtung, Samenspender, Leihmütter, Adoption. Doch wie ich da schwitzend und mit klopfendem Herzen unter der Decke lag, tippte ich mir mit dem Finger auf die Brust, um meine Fruchtbarkeitsberechnungen noch mal durchzugehen. Dieses Baby zu bekommen, erschien total verrückt, doch es aufzugeben, kam einem extrem riskanten Schachzug gleich.

Am nächsten Tag unterhielten Jess und ich uns kaum darüber, da wir praktisch die ganze Zeit mit meinen Eltern unterwegs waren. Am Morgen halfen wir Mum, dreiundzwanzig Marmeladengläser auf dem Markt zu verkaufen (womit das Eselsheim in Norwich 57,50 Pfund erhielt, was Mum sehr fröhlich stimmte), und nach dem Mittagessen unternahmen wir einen Spaziergang am Strand von Snettisham.

»Wie geht es eigentlich deinem Liebesleben?«, erkundigte sich Mum bei mir, nachdem Jess mehrere Fotos vom Strand geknipst und verkündet hatte, sie an Alexi zu schicken.

Ich sah auf meine Füße hinab, die durch den Kies knirschten. Sollte ich Max überhaupt erwähnen? Erwähnen, dass ich ein Date gehabt hatte? Früher hatte ich ihnen alles über meine Beziehung mit Jake erzählt – von jedem einzelnen unserer Streits, wenn er befördert wurde oder Probleme bei der Arbeit hatte, und auch als wir beschlossen zusammenzuziehen. Dennis war damals extra nach London gekommen, um uns beim Streichen der Wände zu helfen, nachdem wir eine Wohnung in Angel gefunden hatten; und mindestens einmal pro Monat waren Jake und ich in den Zug gestiegen, um das Wochenende bei meinen Eltern zu verbringen und genau diesen Spaziergang zu unternehmen. Wir waren ein glückliches Vierergespann gewesen. Doch ich befürchtete, dass, wenn ich jetzt Max erwähnte, mir irgendwas über die Schwangerschaft rausrutschen würde, und dafür war ich schlicht nicht bereit. Mein Kopf schwirrte noch immer von der Neuigkeit. Ich konnte jetzt keine weiteren Meinungen dazu gebrauchen.

»Kann leider nicht mit Neuigkeiten aufwarten«, erwiderte ich, den Blick immer noch auf die Füße gerichtet, damit Mum mir nicht in die Augen schauen konnte.

Mum schnaubte leise. Dann drehte sie sich zu Jess um. »Jess, hast du nicht ein paar nette Freunde?«

»Jackie«, schaltete Dennis sich ein und legte einen Arm um mich, »ich denke nicht, dass Lil an ihrem freien Sonntagnachmittag verhört werden möchte.«

»Ich verhöre sie doch gar nicht. Ich habe mich … nur gefragt, wie der aktuelle Stand der Dinge ist. Das ist alles.«

»Ich bin mir sicher, wenn es etwas zu erzählen gibt, wird sie es uns schon sagen. Stimmts, Liebes?«, sagte Dennis und bedachte mich mit dem verschwörerischen Grinsen, das wir immer wechselten, wenn es mal wieder mit Mum durchging.

»Ja, natürlich.« Ich griff nach seiner Hand, die auf meiner Schulter ruhte, und drückte sie dankbar.

Später, als wir in den Sonntagabendzug nach London stiegen, erkundigte Jess sich, wie es mir ging, während sie unsere Taschen schwungvoll auf die Gepäckablage beförderte.

»Weiß nicht so recht«, erwiderte ich mit gequälter Miene. Weil ich nämlich immer noch ratlos war. »Bin ich bereit dafür, ein Baby zu bekommen?«, schien mir im Moment eine viel zu ernste Frage, zumal ich mich sonntags um diese Zeit normalerweise nur fragte: »Thailändisch oder doch indisch?«

4

Am Ende ergab sich die Entscheidung aber doch schneller als erwartet, denn am nächsten Morgen wachte ich mit einem pochenden, stechenden Schmerz direkt über meiner linken Hüfte auf – piks, piks, piks. Ich lag im Bett und betastete die Stelle, halb in der Erwartung, eine pulsierende Geschwulst vorzufinden. Doch es fühlte sich ganz normal an. Ich hob mein T-Shirt hoch und inspizierte die Stelle. Nichts. Also tat ich, was wir alle in dieser Situation tun, auch wenn wir wissen, dass wir es tunlichst unterlassen sollten, und googelte einen Satz aus einer wirren Abfolge von Worten – »scharfer Schmerz pochen Unterbauch schwanger«.

Google spuckte Millionen Ergebnisse aus, die so ziemlich alles diagnostizierten – von Verdauungsstörungen bis hin zum plötzlichem Herztod. Doch nachdem ich mich durch mehrere Seiten gescrollt hatte, wobei ich mit den Fingerspitzen immer wieder an meinem Bauch herumdrückte, um abzuschätzen, wie schlimm genau der Schmerz war, war mir klar, dass ich zum Arzt gehen sollte.

Sollten Sie schwanger sein und ein schmerzhaftes Pochen auf einer Seite Ihres Unterbauchs verspüren, stand auf einer besorgniserregenden Website, *könnte das möglicherweise ein Hinweis auf eine extrauterine Schwangerschaft sein und Sie sollten umgehend Ihren Gynäkologen aufsuchen.*

Natürlich ging ich sofort davon aus, dass ich genau das hatte, obwohl ich noch nicht mal wusste, was eine extrauterine Schwangerschaft war. Ich öffnete einen weiteren Tab und recherchierte auch das.

Eine extrauterine Schwangerschaft liegt vor, wenn sich ein befruchtetes Ei außerhalb der Gebärmutter einnistet, meistens in einem der Eileiter, erklärte die Website des nationalen Gesundheitsdienstes.

Das ergab Sinn. Ich war schließlich schwanger mit dem Fötus eines Kletterers; vielleicht befand es sich ja nur auf seiner ersten Gipfeltour in meinem Inneren.

Auuuuuuutsch. Wieder zuckte ich unter einem stechenden Schmerz zusammen. Ich mailte Miss Montague und entschuldigte mich mit dem Hinweis auf ein »dringendes medizinisches Anliegen« und bat, ob nicht Mrs. Peers meine Jungs den Vormittag über bei ihren Zweitklässlern aufnehmen könnte. Dann googelte ich NHS-Gesundheitszentren. Ich war fast nie krank – eine praktische Eigenschaft für eine Lehrerin –, weshalb ich mir nicht die Mühe gemacht hatte, mich nach meinem Umzug nach Brixton bei einem neuen Hausarzt zu registrieren. Doch ich hatte auch keine Lust, ganz London zu durchqueren, nur um zu meinem alten Frauenarzt in Angel zu gehen. Anscheinend konnte ich einfach so im St. Thomas vorbeischauen und würde dort untersucht werden. Ich zog mich gerade an und machte mir Sorgen, dass ich stundenlang im Wartezimmer herumsitzen und wertvolle Unterrichtszeit vergeuden würde, als ich den stechenden Schmerz erneut spürte.

Als ich im St. Thomas ankam, zog ich eine Wartemarke und sah mit einem lauwarmen Kaffee in der Hand zu, wie die Nummern auf der Anzeige weiterblätterten. Es war 10.15 Uhr, als ich aufgerufen wurde. Bestimmt war meine Klasse gerade mit Lesen beschäftigt, dachte ich mit einem Blick auf die Uhr, als ich mich von meinem Stuhl erhob. Die arme Mrs. Peers, ich hatte ein schlechtes Gewissen, weil ich ihr meine Klasse aufs Auge gedrückt hatte. Denn es bedeutete, dass sie die doppelte Anzahl von Büchern durchgehen und gleichzeitig auf Fergus aufpassen musste.

»Hallo«, begrüßte mich ein lächelnder Herr mit Brille, der in einem blauen Hemd in Raum elf an einem Schreibtisch saß. Dann warf er einen Blick auf seinen Computer. »Sie sind also … Lilian Bailey?«

»Genau«, sagte ich, wobei ich mich auf einen Plastikstuhl neben dem Schreibtisch setzte.

»Ich bin Dr. Coleman. Wie kann ich Ihnen helfen?«

Meine Augen wurden feucht und quollen über, sodass die Tränen über meine Wangen kullerten und in meinen Schoß fielen. Ich schätze mal, es lag an der permanenten Anspannung, dem ganzen Hin und Her in meinem Kopf, dem andauernden »Was soll ich tun?«. Ich war mit der Situation überfordert. Ich hatte doch nichts von dem hier geplant! Alles, was ich hatte tun wollen, war einmal auszugehen und nicht an Jake zu denken, mich zu amüsieren und mich darin zu bestätigen, dass ich nach wie vor ein funktionierendes Mitglied der menschlichen Art war.

»'tschuldigung«, murmelte ich und wühlte in meiner Umhängetasche nach einem Tempo oder einer Serviette.

»Bitte sehr«, bot der Arzt an. Ich blickte auf, und er hielt mir eine Schachtel Kleenex hin.

»Vielen Dank«, sagte ich, aber meine Nase war so verrotzt, dass es mehr ein »Biel'n Bank« wurde. »Schuligun«, schob ich hinterher.

»Aber nicht doch«, erwiderte er ruhig, während er geduldig darauf wartete, dass ich mein Problem schilderte.

»Also, es ist so: Ich bin schwanger«, begann ich. »Und heute Morgen, da bin ich aufgewacht und hatte hier Schmerzen.« Ich lehnte mich zurück, zog meinen Pulli ein paar Zentimeter hoch und deutete auf meine Haut.

Er nickte und blickte ernst drein. »In welcher Schwangerschaftswoche sind Sie?«

»Es ist noch ganz früh, ich habe den Test erst dieses Wochenende gemacht.«

Er tippte etwas in seinen Computer. »Wann war der erste Tag Ihrer letzten Periode?«

»Äh …« Ich dachte nach. Das war am ersten Schultag nach den Ferien gewesen, denn ich erinnerte mich noch, wie ich beinahe mit den Müttern losgeweint hätte, als sie ihre Jungs bei mir ablieferten, und dass ich mich mächtig hatte zusammenreißen müssen. »Am 3. September.«

Er tippte erneut etwas. »Was bedeutet, dass Sie … in der sechsten Woche sind.«

Ich nickte stumm. Ich hatte dem bisher nie viel Aufmerksamkeit geschenkt, wenn Freundinnen oder Kolleginnen darüber sprachen, in welcher Phase ihrer Schwangerschaft sie sich befanden. Erst letzte Woche hatte ich rein zufällig so ein Gespräch im Lehrerzimmer zwischen Mrs. Hassan und Miss Cran, zwei Kolleginnen aus dem Naturwissenschaftsbereich, mit angehört. Miss Cran war schwanger und hatte Mrs. Hassan erzählt, dass sie sich gerade im zweiten Trimester befand.

»Ach, das ist der schöne Teil«, hatte Mrs. Hassan erwidert. »Du hast das Schlimmste hinter dir. Ab jetzt geht alles ganz locker.«

Ich weiß noch, wie ich im Stillen bei mir dachte, dass das unmöglich stimmen konnte, zumal Miss Cran in absehbarer Zeit ein Wesen von der Größe einer Bowlingkugel zwischen ihren Schenkeln herauspressen müsste.

»Dürfte ich Ihnen noch ein paar spezifischere Fragen zu dem Schmerz stellen?«, fragte Dr. Coleman.

»Klar«, sagte ich, während ich das feuchte Taschentuch befingerte.

»Wann hat er eingesetzt?«

»Ähm, heute Morgen. Als ich aufgewacht bin.«

»Okay«, sagte er und gab erneut etwas in seinen Computer ein. Er hatte eine beruhigende Art. Ich hatte den Eindruck, ich hätte hier auch mit Symptomen der Beulenpest hereinspaziert kommen können, das Gesicht voller eiternder Pusteln, und Dr. Coleman hätte mich gebeten, Platz zu nehmen, um in Ruhe alles mit mir durchzusprechen.

»Und wie oft spüren Sie diesen Schmerz?«

»Ähm, es ist so eine Art … Kommen und Gehen. Ich spüre das Pochen ein paar Sekunden, dann hört es wieder auf.«

»Wie lange ist es jetzt schon weg?«

»Äh, vielleicht zehn oder fünfzehn Minuten oder so.«

»Und dann kommt der Schmerz wieder?«

»Ja.«

»Gut«, sagte Dr. Coleman. »Ich würde gern eine rasche Untersuchung machen, aber ich denke, Sie sollten auch einen Ultraschall machen lassen. Das ist in einem anderen Flügel des Gebäudes.«

»Oh, gut, okay. Wissen Sie, wie lange das dauern wird?« Ich sah auf meine Uhr. Ich machte mir immer noch einen Kopf wegen meiner Klasse. Wenn die Eltern von St. Lancelot Wind davon bekamen, dass ein Klassenlehrer krankgeschrieben war, bekam Miss Montague umgehend Mails, in denen sie wissen wollten, inwiefern das ihre Söhne im Hinblick auf einen Studienplatz in Oxford zurückwerfen würde.

»Die haben drüben meist ziemlich viel zu tun, also kann es gut sein, dass Sie erst in zwei Stunden drankommen«, meinte Dr. Coleman. »Passt Ihnen das heute rein?«

»Ja, ich denke schon«, erwiderte ich. »Ich würde es lieber, äh, abgeklärt haben. Ich habe meiner Chefin schon gesagt, dass ich heute Vormittag nicht kommen kann, also …« Ich verstummte.

Nachdem Dr. Coleman mich untersucht hatte – mit Fingern so kalt, als hätte mich die Weiße Hexe höchstpersönlich abgetastet –, schickte er mich in die Radiologie in einem anderen Teil des Gebäudes.

Ich navigierte mich durch die labyrinthartigen Korridore von St. Thomas, erst einen Flur entlang, dann mit dem Aufzug runter, am Empfang vorbei, raus zu einem anderen Gebäude, einen anderen Flur entlang, bis ich es schließlich fand. Ich nannte einer Empfangsdame mittleren Alters mit orangefarbenem Haar meinen Namen, setzte mich auf einen freien Platz unter einem Plakat für Grippeimpfungen und holte mein Handy hervor, um Jess zu schreiben.

Minidrama, warte im St.-Thomas-Krankenhaus drüben in Waterloo auf einen Ultraschall. Bist du in der Gegend? Xxxx

Ich wollte sie eigentlich nicht stören, falls sie gerade bei einer Sitzung mit einem Kunden war, aber ich hätte in dem Moment auch nichts dagegen gehabt, nicht allein zu sein. Ich hatte beschlossen, meinen Eltern nichts zu erzählen, bis diese ganze Angelegenheit sich geklärt hätte – auf welche Art auch immer.

Einerseits käme Mum wahrscheinlich mit der Neuigkeit gut klar. Sie war in den Siebzigern bei Pro-Choice-Demonstrationen mitmarschiert, sie hatte Briefe an ihren Abgeordneten bezüglich der Vertretung von Frauen (besser gesagt, deren Mangel) im Parlament geschrieben und um mehr Geld für staatliche Kindergärten in der Gegend gebeten. Sie hatte Ted, den Wirt des örtlichen Pubs, überredet, ein »I'm with Her«-Spendenquiz für Hillary Clinton zu veranstalten, als diese für die Präsidentschaft kandidierte. Sie hatte Mrs. Nibley dazu gebracht, die *Sun* aus dem Sortiment im Zeitungsladen zu nehmen, als diese sich weigerten, ihre Seite-drei-Mädchen abzuschaffen (für ganze zwei Wochen, bis Mrs. Nibley sie wieder reinschmuggelte). Nachdem Mum zunächst eine Onlinepetition gestartet hatte, machte sie sich selbst daran, die Edith-Cavell-Statue vor der Kathedrale von Norwich zu reinigen, da sie mit Vogelscheiße bedeckt war und Mum meinte, dass dies ihren Namen »besudele«. Sie hatte Dutzende Artikel über die Frauenbewegung geschrieben. Im Grunde hatte sie ihre gesamte Karriere den Frauenrechten gewidmet. Dennoch kam ich nicht umhin zu denken, dass es für Verwirrung sorgen würde, wenn ihre Tochter sich bei einem One-Night-Stand plötzlich schwängern ließ – so als hätte ich nicht genug auf meine Rechte achtgegeben.

In der Woche meines sechzehnten Geburtstags hatte Mum einen Termin bei einem Frauenarzt in King's Lynn vereinbart, damit ich die Pille verschrieben bekam. Ich schämte mich zu Tode, als ich in der Praxis saß und kleinlaut den Arzt um ein Rezept bat, obwohl ich erst geschlagene zwei Jahre später meinen ersten Sex haben sollte. Aber Mum wollte, dass ich geschützt war, also willigte ich ein.

Erneut spürte ich dieses Stechen im Unterleib und zuckte zusammen. Auf gewisse Weise war ich sogar dankbar. Eine Eileiterschwangerschaft erschien mir geradezu schicksalhaft. Es bedeutete, dass mir die Entscheidung abgenommen worden war. Dass es kein moralischer Kampf werden würde. Ich würde die »A«-Prozedur zu meiner eigenen Sicherheit durchführen lassen müssen, und danach würde alles wieder seinen normalen Gang gehen.

Aber vielleicht würde ich fortan auf Dates mit irgendwelchen Männern verzichten. Ich könnte mir stattdessen ein Hobby zulegen. So was taten Menschen doch, oder? Sie wurden Spitzenkonditoren oder Strickweltmeister. Sie lernten eine Fremdsprache oder fingen mit Klettern an. Nein, mit Klettern würde ich ganz sicher nicht anfangen. Aber vielleicht sollte ich mich für einen Marathon anmelden? Irgendwie hatte ich den Eindruck, dass die Leute nur noch Marathons machten. Im Lehrerzimmer wurde ständig über Zwischenzeiten und Energie-Gels gefachsimpelt. Mr. Matthews, ein Lehrer der siebten Klasse, hatte erst neulich übers Wochenende an einem Tough-Mudder-Hindernislauf teilgenommen und hatte gar nicht mehr aufgehört, uns damit vollzuquasseln. Fast, als hätte er ein Kind zur Welt gebracht.

»Lilian Bailey?«, rief eine Stimme durch den Warteraum.

Ich blickte auf und sah eine Krankenschwester mit Klemmbrett, also stand ich auf.

»Wenn Sie mir folgen würden«, forderte sie mich mit einem knappen Nicken auf.

Ich folgte ihr in einen kleinen Raum, in dem eine zierliche Frau in weißem Arztkittel an einem Schreibtisch saß und mich anstrahlte, als ich eintrat.

»Miss Bailey?«

»Ja, hallo.«

»Guten Tag, ich bin Dr. Stagg.«

»Hallo«, wiederholte ich und erwiderte nervös ihr Lächeln.

»Sie sind wegen eines transvaginalen Ultraschalls hergeschickt worden?«

Jesus, das klang wie aus einem Horrorfilm. »Dr. Coleman hat nur was von einem Ultraschall gesagt?« Ich hatte mir das wie im Fernsehen vorgestellt, wenn der Arzt so Glibber auf den Bauch einer Schwangeren kleckste und dann mit einem Gerät, das wie ein Epilierer aussah, drüberrutschte.

»Ja, das ist richtig. Ich habe Ihre Unterlagen hier«, bestätigte Dr. Stagg mit einem Blick auf ihren Computerbildschirm. »Sie sind also … in der sechsten Woche schwanger und haben Schmerzen im linken Unterbauch, ist das richtig?«

»Ja.«

»Was bedeutet, dass wir einen internen Scan mit einer Ultraschallsonde machen müssen.«

»Oh. Gut. Okay. Tut das weh?«

»Nicht mehr als ein Abstrich.«

Ich hasste Abstriche – das kalte, schmierige Spekulum, das zwickende Gefühl, wenn es in einem geöffnet wird, das unangenehme Kratzen, wenn der Arzt die Probe abschabt. Erstaunlich, dass wir es zwar schon geschafft haben, einen Mann auf den Mond zu befördern, aber Frauen ihr Inneres immer noch durch etwas untersuchen lassen mussten, das aussah, als hätte man im Mittelalter damit Hexen malträtiert.

»Sie können sich bitte untenrum frei machen und da Platz nehmen, dann schaue ich mir das an«, sagte Dr. Stagg. »Wären Sie denn damit einverstanden, wenn heute ein paar Medizinstudenten bei der Untersuchung zugegen sind?«

Oh, das wurde ja immer besser. Gleich ein ganzes Team, das meine Vagina begutachten kam. Woohooo, Party in Dr. Staggs Büro – alle reinspaziert, es gibt Lils Geschlechtsorgane zu sehen.

»Ja klar, kein Problem«, quietschte ich.

Und wieder ließ ich meine Hose runter und entledigte mich meines uralten Baumwollschlüpfers, ein verblasstes schwarzes Exemplar von Marks & Spencer mit ausgeleiertem Bündchen. Dann lehnte ich mich auf diesem Sessel zurück und breitete eines dieser lächerlichen Papierdeckchen über meinem Bauch und meinen Schenkeln aus. Allerdings machte eine solch züchtige Bedeckung nicht viel Sinn, wenn sich gleich ein ganzer Trupp anschickte, meine Gebärmutter zu inspizieren.

»Kommen Sie herein«, hörte ich Dr. Stagg hinter dem Vorhang sagen, und dann, nur einen Augenblick später, öffnete sich die Tür.

Die Tür schloss sich wieder, und sie legte los. »Guten Morgen, alle zusammen …«

Alle zusammen? Wie viele bitte waren das denn?

Sie fuhr fort. »Wir haben heute eine einunddreißigjährige Patientin, die sich in der sechsten Schwangerschaftswoche befindet und mit einem stechenden Schmerz im linken Unterbauch vorstellig wurde. Es handelt sich um einen wiederkehrenden Schmerz, der heute Morgen einsetzte, weswegen ich sie mit einer Ultraschallsonde untersuchen werde.«

Der Vorhang wurde mit Schwung beiseitegezogen, ich schaute zur Seite und blickte in sechs oder sieben Gesichter.

»Morgen«, sagte ich. Ein chinesischer Student mit kahl rasiertem Kopf lächelte zur Antwort. Niemand sprach. Bis auf Dr. Stagg, die an ein weißes Gerät am Fußende des Sessels griff und eine Art Riesendildo zückte.

»Girish, würdest du bitte herkommen und das halten«, sagte sie zu einem Studenten mit rundem Gesicht und leichtem Oberlippenflaum.

Zögernd begab sich Girish an die Seite von Dr. Stagg.

»Nein, nein, hinter mich, hier herum«, wies sie ihn mit einer Bewegung ihres Kopfes an.

Girish korrigierte seine Position und übernahm pflichtbewusst den Dildo. Als Nächstes riss Dr. Stagg ein kleines Päckchen auf und rollte ein Kondom über den Dildo, dann griff sie nach einer Tube Gleitmittel und gab einen Klecks auf das Kondom.

»Danke, Girish, ich übernehme wieder.« Sie wandte sich an mich. »Nun, Miss Bailey, das könnte jetzt ein biiiissschen kalt werden, aber ich werde versuchen, so behutsam wie möglich zu sein.«

Ich hielt unwillkürlich die Luft an, als ich spürte, wie Dr. Staggs Finger die richtige Stelle fanden und sie den Stab in mich hineinschob.

»Geht das?«, erkundigte sie sich vom anderen Ende des Sessels aus.

»Ahamm«, antwortete ich fiepsend. Ich hielt die Augen fest zur Decke gerichtet. Auf keinen Fall wollte ich dem Blick eines der Medizinstudenten begegnen.

Ein paar Sekunden schwieg Dr. Stagg; ich konnte spüren, wie sich der Stab in mir drehte, während sie mit ihren Fingern auf meinem Bauch herumdrückte. Ich hatte keine Ahnung, wie das weitere Prozedere aussah. Vielleicht würde man mich in eine andere Abteilung schicken, um dort diese Pillen abzuholen, die man dafür nehmen musste. Ich war mir nicht sicher, ob ich mental in der Verfassung wäre, in die Schule zu gehen, falls ich diese Pillen nehmen müsste, aber ich hatte ein schlechtes Gewissen, weil ich den Jungs versprochen hatte, dass wir heute im Rahmen der Erntedankvorbereitungen Vogelscheuchen zeichnen würden.

»Also, Miss Bailey, das sieht doch alles ganz gut aus«, meldete sich Dr. Stagg nach einem Weilchen, wobei sie den Stab weiter hin und her drehte. »Wenn Sie hier auf den Monitor schauen, erkennen Sie eine Zyste an Ihrem linken Eierstock. Sie ist nicht groß. Auch nicht klein, aber keinesfalls riesig. Auf jeden Fall nicht gefährlich.« Sie tippte auf eine dunkle Stelle auf dem Monitor, die wie ein Pilz aussah.

»Oh. Und wo ist mein Eierstock?«, fragte ich.

»Hier«, sagte sie und deutete auf einen kleinen grauen Bereich. »Und hier«, fuhr sie fort und drehte den Stab erneut, »ist Ihr Baby.«

Ich hob eine Hand vor den Mund. Da, auf dem Bildschirm, war etwas, das aussah wie eine dicke Bohne, die auf dem Boden meiner Gebärmutter lag wie in einer gemütlichen Hängematte. Ich konnte den Umriss eines Kopfes ausmachen und darunter einen kleinen länglichen

Körper. Es war eine klar erkennbare Gestalt. Eine kleine Menschengestalt. Mein Blick verschwamm, da mir erneut die Tränen kamen. Es war ein kleiner Mensch. Und schon strömten die Tränen wieder über meine Wangen.

»Herzlichen Glückwunsch«, gratulierte Dr. Stagg und wandte sich mit einem Lächeln zu mir um. »Es gibt keinen Anlass zur Sorge, sieht alles bestens aus.«

»Also ist es keine Eileiterschwangerschaft?«, vergewisserte ich mich durch die Tränen hindurch.

Sie schüttelte den Kopf. »Nein. Wir werden die Zyste zwar im Auge behalten müssen, aber das ist völlig normal. Die bekommen viele Frauen, und meistens verschwinden sie auch von selbst wieder. Ich werde sie nur noch kurz vermessen.«

»Dange dön«, bedankte ich mich verrotzt und lächelte.

»Und sehen Sie das hier?«, fragte Dr. Stagg und fuhr mit dem Cursor zu einem winzigen Punkt in der Mitte der dicken Bohne.

Ich nickte.

»Das ist der Herzschlag Ihres Babys.«

Wenn dies ein Film wäre, würde jetzt klassische Musik erklingen, die Kamera würde mein Gesicht ranzoomen, wie ich auf den Monitor starrte, während die Tränen meine Wangen hinabliefen und sich unter meinem Kinn vereinigten, bevor sie auf meinen Pulli tropften. Rotz und Wasser heulend. Die Augen geschwollen. Nein, es war kein schöner Anblick. Doch im Film würden sie mich weniger abstoßend zeigen.

Aber es war genau dieser Moment, als ich diesen winzigen, flackernden Herzschlag betrachtete, da mir klar wurde, dass ich diese kleine Bohne nicht wegmachen könnte. Da war sie, lümmelte glücklich und zufrieden in meiner Gebärmutter, als wolle sie nach einem langen Arbeitstag nur mal die Füße hochlegen. Wie bitte sollte ich das abtreiben? Jetzt, da ich es gesehen hatte, war es zu spät, um noch irgendeine andere Möglichkeit in Erwägung zu ziehen. Die Bedenken wegen Geld, Wohnung, meinem Singledasein und noch ungefähr einer Million anderer Sorgen verpufften allesamt. Es könnte ja auch in einer Kommodenschublade in meinem WG-Zimmer schlafen. Ich würde das schon irgendwie geregelt bekommen. Das musste ich einfach.

Dr. Stagg entließ die Medizinstudenten und gab mir einen Moment, um mich anzuziehen. Als ich wieder auf dem Stuhl an ihrem Schreibtisch saß, war ich mir meiner Sache so sicher, wie ich es noch nie bei irgendwas gewesen war. Und auch so nervös. Und aufgeregt. Und erschrocken. Und besorgt ob der Frage, auf welche Größe meine Nippel wohl anschwellen würden. Ich hatte schon Freundinnen beim Stillen ihrer Babys gesehen, und ihre Brustwarzen hatten allesamt die Größe und Farbe von Kastanien gehabt. Trotzdem war ich mir sicher, dass meine Entscheidung absolut richtig war.

»Und es ist wirklich alles in Ordnung? Diese … Zyste, die wird doch dem Baby nicht wehtun, oder?«, erkundigte ich mich. Plötzlich machte ich mir mehr Sorgen um diese Bohne in meinem Bauch als um irgendwas sonst in meinem Leben. Mein Beschützerinstinkt hielt stürmisch Einzug. Mir fiel ein, wie ich mit dreizehn auf einem Schulausflug ins Legoland mein Tamagotchi verloren und die ganze Rückfahrt über im Bus geheult hatte. Doch dieses neue Gefühl hier war anders, ursprünglich und überaus heftig. Am liebsten wollte ich meinen Bauch in Luftpolsterfolie packen, um es zu beschützen. Ich wollte auf der Stelle alles googeln, was ich tun musste, um auf diesen Miniaturherzschlag achtzugeben. Ich brauchte unbedingt diese Vitaminpillen, die ich immer auf den Werbeplakaten in der U-Bahn sah, geschmückt von Frauen mit glänzendem Haar, die ihre Babybäuche umfasst hielten wie Demi Moore.

Dr. Stagg beruhigte mich und schob mir eine Broschüre über das erste Schwangerschaftstrimester über den Schreibtisch.

Als ich die Radiologieabteilung verließ, warf ich einen Blick auf die Uhr. Es war kurz nach zwölf. Wenn ich jetzt in die U-Bahn hüpfte, konnte ich in einer halben Stunde in der Schule sein. Doch davor brauchte ich dringend eine Tasse Tee.

Während ich in der Schlange eines nahe gelegenen Cafés anstand, vibrierte das Handy in meiner Hosentasche. Es war Jess. Ultraschall?? Ruf mich an, sobald du kannst. Xxxxx

Rasch tippte ich eine Antwort. Alles ok, fahre gleich zur Schule. Zeit, später zusammen zu essen?

Ja!!!, schrieb sie. Hast du Lust auf Pasta oder so? Ich sage Clem, er soll uns was kochen.

Bei dem Gedanken verzog ich das Gesicht, aber ich schrieb dennoch zurück, dass ich gegen fünf da sein würde.

Jeden Tag durfte meine Klasse um 15.20 Uhr gehen, zehn Minuten vor allen anderen Jahrgängen. Das System war eingeführt worden, um sicherzustellen, dass die kleinsten Schüler sich bereits bei ihren Kindermädchen oder Eltern (oder wahlweise Bodyguards) eingefunden hatten, bevor die größeren Jungs den Schulhof stürmten und sie wie Kegel über den Haufen rannten. An diesem Nachmittag konnte ich es kaum erwarten, meine Schützlinge so schnell wie möglich abzugeben, damit ich endlich Zeit für ein Gespräch mit Steph hatte, aber leider meinten die Schulhofgötter es nicht gut mit mir.

»Hallo, Miss Bailey, ich bin Monica, Hunters Mutter«, stellte sich eine Frau mit amerikanischem Akzent und unbeweglichen Augenbrauen vor. Zwar lächelte sie mich an, doch ich identifizierte es als trügerisches Lächeln. Jene Art von Lächeln, das auch ein Mafiaboss aufsetzen würde, bevor er einen abknallte. Darüber hinaus war sie von Kopf bis Fuß in Lycra gehüllt – die teure Sorte, die nicht dazu gedacht war, sein Work-out darin zu absolvieren. Leggins, die mehrere Hundert Pfund kosteten, eine silberne Bomberjacke, die eine Spur von Dekolleté erahnen ließ, bestickte Gucci-Sneaker.

»Hallo, ja, wir haben uns bei der Einführungsveranstaltung im August kennengelernt. Wie geht es Ihnen? Tschüss, Achilles.« Während ich mich mit ihr unterhielt, versuchte ich gleichzeitig, das richtige Kind an die richtige Aufsichtsperson zu übergeben.

»Gut, danke. Ich habe da nur ein kleines Anliegen, über das ich gerne mit Ihnen reden würde.«

»Natürlich, schießen Sie los«, ermunterte ich sie nach wie vor lächelnd. Es war unabdingbar, sich ein unerschütterliches Lächeln zu bewahren und keinerlei Schwäche zu zeigen, damit sie nicht auf die Idee kamen, dass sie die Oberhand hätten. Dabei ging es bei dieser Art von »kleinem Problem« für gewöhnlich um einen verlorenen Knopf oder eine verschwundene Pokémon-Karte. »Tschüss, George. Bis morgen.«

»Es ist nur so, dass Hunter letzten Freitag nach Hause kam und erzählte, dass es Apfelstreuselkuchen zum Dessert gab.«

»Ja, das war der Nachtisch. Ist das … ein Problem?«, erkundigte ich mich, während ich Arthur winkte, der die Hand seiner Nanny nahm.

Sie sah mich schockiert an. »Das ist einfach viel zu viel raffinierter Zucker. Hunter verträgt Zucker nicht so gut. Es wäre mir wirklich lieber, wenn er kein derartiges Dessert bekommen würde.«

»Natürlich, kein Problem«, erwiderte ich betont ruhig. »Ich kann ihn gerne auf die Allergikerliste setzen, dann bekommt er ein grünes Tischset und der Koch weiß, dass er ihm keinen Nachtisch geben darf.«

Jeder Junge, der an einer Allergie oder Lebensmittelunverträglichkeit litt – seien es Nüsse, Gluten oder Milchprodukte –, erhielt ein spezielles farbiges Tischset zum Mittagessen, sodass Len, der Koch, wusste, was er ihnen auf keinen Fall geben durfte. Der arme Len hatte vor ein paar Monaten versucht, ihnen Kaninchenwürstchen anzubieten, was am darauffolgenden Tag beinahe zu

Ausschreitungen geführt hätte, als gleich mehrere Mütter verlangten, Miss Montague zu sprechen.

Hunters Mutter verzog das Gesicht. »Es wäre mir lieber, wenn er nicht so offensichtlich ausgesondert werden würde. Wären Sie so freundlich, einfach das Dessertmenü im Auge zu behalten und darauf zu achten, dass er nichts allzu Zuckerhaltiges bekommt? Er kann ja einfach einen Apfel essen. Aber keine Banane, deren Zuckergehalt liegt jenseits von Gut und Böse.«

»Sicher«, erwiderte ich um des lieben Friedens willen, woraufhin sie mich von oben herab anlächelte und mit Hunter davonrauschte.

Nachdem ich alle Jungs verabschiedet hatte, legte ich eine Hand auf meinen Bauch und schickte ein Stoßgebet gen Himmel, dass ich nicht irgendwann so eine Mutter werden würde. Dann begab ich mich zum Lehrerzimmer, in der Hoffnung, Steph zu treffen. Jetzt mal im Ernst, dachte ich, ein ausgeprägter Beschützerinstinkt war eine Sache, aber Bananen für heimtückisches Obst zu halten, die uns mit ihrem versteckten Zuckergehalt hereinlegen wollten, eine ganz andere.

Ich erzählte Jess nichts von meiner Entscheidung, bis ich am Spätnachmittag zum Abendessen eintrudelte. Da Clem heute kochte, aß ich schnell noch ein Twix in der U-Bahn, die über die District Line nach Chiswick zuckelte. Ich traf gerade an der Hausnummer neunzehn ein, als auch Clem vollbepackt mit Einkäufen angeschnauft kam.

»Hallo, Lil«, begrüßte er mich und beugte sich zu einem

Wangenkuss vor, während er die Tür aufschloss. »Wie geht es dir?«

Ich war mir nicht sicher, wie ich darauf antworten sollte, da ich nicht wusste, ob Jess Clem über die Folgen meines Dates mit Max aufgeklärt hatte.

»Ähm, ich habe ein paar schräge Tage hinter mir«, antwortete ich vage, bevor ich beschloss, dass ich es ihm auch gleich sagen konnte. »Na ja, ich habe herausgefunden, dass ich schwanger bin …«

Clem riss entsetzt die Augen auf. »Mit einem Baby?«

»Mit was denn sonst …?«

Er runzelte die Stirn. »Weiß nicht. Einem üppigen Mittagessen?«

»Nein, mit einem Baby«, wiederholte ich. »Obwohl es im Moment noch kaum als solches durchgeht. Es ist nicht mehr als ein winziger Fleck.«

Clem blieb wie angewurzelt auf der Schwelle stehen, erstarrt, als hätte er einen Schock erlitten. »Aber, ich meine, wie ist das passiert?«, fragte er schlussendlich.

»Auf die traditionelle Weise«, erwiderte ich trocken. »Ich hatte Sex mit einem Mann, und jetzt haben wir den Salat. Aber mach dir keine Sorgen. Das geht schon in Ordnung. Es war ein Unfall, und ich hatte kurz einen Schock, aber mittlerweile habe ich beschlossen, dass ich mich darüber freue. Und übrigens, das Baby ist von Max. Max Rushbrooke.«

Clem konnte noch nicht mal mehr antworten. Seine Kinnlade klappte herunter, und sein Mund stand offen wie der eines Goldfischs.

»Komm, lass uns reingehen«, sagte ich. »Ziemlich kühl hier draußen.«

»Ja, natürlich«, erwiderte Clem, schon gefasster. »Bitte, nach dir.« Er machte mir Platz, und ich trat ein.

»Puh, das ist ganz schön viel zu verdauen«, bemerkte er hinter mir. »Ich meine, alles was ich diese Woche getan habe, war, einen Terrier namens Alan am Fluss unten Gassi zu führen und im Tesco einkaufen zu gehen. Aber sag, geht es dir denn gut?«

»Ja, glaub schon«, erwiderte ich. »Millionen von Menschen kriegen Babys und scheinen damit klarzukommen.«

»Das ist wohl wahr«, bestätigte er feierlich. »Aber diese Nachricht schreit regelrecht nach einem nahrhaften Festmahl. Ich dachte an Risotto?«

»Lecker«, erwiderte ich so zuversichtlich wie möglich. Ich erwähnte nicht sein Curry – das Curry, das mich möglicherweise geschwängert hatte. Clem war so sensibel, dass er sich bestimmt schlimme Vorwürfe gemacht und dann als Entschuldigung etwas so furchtbar Dramatisches wie einen Heiratsantrag gemacht hätte.

Er schaltete den Fernseher in der Ecke ein und fing an zu summen, während er die Einkäufe im Kühlschrank verstaute.

»Ich schaue mal nach Jess«, sagte ich.

»Okidoki«, erwiderte er und summte weiter vor sich hin.

Ich schleppte mich die vier Stockwerke hoch, wobei das Treppenhaus auf jeder Etage etwas mehr schrumpfte, sodass man, wenn man die oberste Treppe zum Dachboden erreichte, den Kopf wie eine Schildkröte einziehen musste, um durchzukommen.

»Hallo, mein Schatz«, sagte Jess und umarmte mich. Sie sah heute besonders künstlermäßig aus – barfuß, die schlabbrige Jeans an den Knöcheln hochgekrempelt, dazu ein T-Shirt, das wahrscheinlich mal weiß gewesen war, jetzt jedoch aussah wie ein original Jackson Pollock; außerdem hatte sie es irgendwie geschafft, sich nicht nur beide Unterarme, sondern auch die Wangen mit Streifen grüner Farbe zu verschmieren, sodass sie an einen Indianerhäuptling erinnerte. »Wie fühlst du dich? Was gibts Neues?«

Sie strich sich mit dem Unterarm eine Haarsträhne aus dem Gesicht und sah mich erwartungsvoll an.

»Ich behalte es«, verkündete ich, wobei ich sie angrinste.

Sie schlug sich beide Hände an die Wangen und riss den Mund auf. »Ernsthaft?«

Ich nickte.

»O mein Gott, ich muss gleich heulen, komm her.« Jess streckte die Arme zu einer neuerlichen Umarmung aus, und kurz hatte ich Sorge, dass mein Arbeitskleid grüne Farbe abbekommen würde, doch dann ermahnte ich mich, mich locker zu machen. Ich wäre sowieso bald zu dick dafür.

»Ich kanns einfach nicht glauben, ich bin ja so stolz auf dich«, nuschelte sie in mein Ohr.

»Wirklich?« Ich trat einen Schritt zurück und sah sie an. »Weil, ich mache mir vor Schiss in die Hose.«

Sie legt ihre Hände auf meine Schultern. »Lilian Bailey,

das ist eine sehr freudvolle und reife Entscheidung. Wir sind keine Teenager mehr. Wir kriegen das hin.«

Ich nickte zur Antwort, wie immer bestärkt durch ihr unerschütterliches Vertrauen, dass schon alles irgendwie klappen würde. »Ja, ich habe auch das Gefühl, dass es das Richtige ist. Oder?«

Clem und Jess meine Entscheidung mitzuteilen, hatte etwas Unwirkliches – so als hätte ich einen dieser beunruhigenden Träume, in denen ich schwanger war, und aus dem ich kurz darauf aufwachte und eine Woge der Erleichterung verspürte, weil es in Wahrheit nur ein stinknormaler Donnerstagmorgen war, ich kein Kind erwartete, sondern vielmehr duschen und meine Achseln rasieren sollte, um mich einen weiteren Tag mit einem Haufen Fünfjähriger herumzuschlagen. Der einzige Unterschied war, dass ich gar nicht aufwachen wollte. Ich wollte schwanger bleiben.

»Klar ist es das Richtige«, versicherte mir Jess. »Ganz und gar. Lil, ein Baby! Ich bin ja so aufgeregt. Das muss ich gleich mit einem Gläschen begießen. Willst du auch was? Kann sein, dass ich Saft oder so was dahabe. Oder willst du lieber einen Tee?«

Sie ging zu dem Minikühlschrank in ihrem Atelier rüber, von dem sie Clem gegenüber behauptete, dass sie ihn benötigte, um die Milch für ihren Tee, den sie den ganzen Tag über trank, aufzubewahren; doch in Wahrheit enthielt er diverse Flaschen Weißwein – welchen auch immer sie gerade beim Nisa ums Eck im Angebot hatten.

»Nein, nein, für mich nichts, danke«, sagte ich und ließ

mich auf das Sofa unter dem Fenster nieder. »Clem hat unten schon angefangen zu kochen. Es gibt wohl Risotto.«

»Ich bin mir ja nicht sicher, ob du die nächsten Monate irgendwas von dem Zeug essen solltest, das er zusammenrührt«, sagte sie, während sie eine Flasche aufschraubte.

Sie goss sich ein Glas ein und setzte sich dann zu mir aufs Sofa. »Also, wann wirst du es Max erzählen?«

Langsam schüttelte ich den Kopf. »Keine Ahnung. Ich weiß noch nicht einmal, wie ich es ihm sagen soll. Er ist in Pakistan. Was soll ich tun? Ihm eine Mail schicken? Eine SMS? Ein Auberginen-Emoji und dann noch paar Babys hinterher?«

»Hast du den Artikel heute in der Zeitung über ihn gelesen?« Sie sah mich über den Rand ihres Glases hinweg an.

»Was? Nein! Wo?«, überschlug sich meine Stimme.

»Im *Standard*. Hab eine Ausgabe besorgt für den Fall, dass du es nicht mitbekommen hast. Wart mal – und halt das.« Sie reichte mir ihr Weinglas, beugte sich über die Armlehne und kramte die Zeitung aus ihrer Tasche hervor. Dann begann sie zu blättern. »Schau«, sagte sie und tippte mit dem Finger auf ein Foto von Max, der uns in voller Klettermontur angrinste.

BRITISCHER KLETTERER BEGINNT MIT GEWAGTEM AUFSTIEG, lautete die Schlagzeile. Ich wollte nach der Zeitung greifen, doch Jess begann schon, laut vorzulesen.

»Der rekordverdächtige britische Bergsteiger Max Rushbrooke (34) soll heute mit der Besteigung des …« Sie stockte. »Egal, wie auch immer dieser dumme Berg heißt – *beginnen*.«

»Muchu Chhish«, sagte ich. Ich war eindeutig viel zu oft auf seinem Blog gewesen.

Jess fuhr fort: *»Gemeinhin als der höchste noch nicht bezwungene Berg der Welt geltend, befindet sich sein Gipfel auf 7453 Metern über den Tälern Pakistans. Schlechtes Wetter und Lawinen haben in dieser Klettersaison viele Bergsteiger dazu gezwungen, ihre Pläne in der Region auf Eis zu legen, doch Rushbrooke harrte bis heute in seinem Basislager in …«* Sie hielt erneut inne. »Das kann doch kein Mensch aussprechen.«

»Scheiß auf die Namen, was steht da noch?«

»Na, dass er sich eben in diesem Basislager an diesem unaussprechlichen Ort akklimatisiert und auf ein Wetterfenster gewartet hat.« Sie las weiter. *»Rushbrooke und sein Team haben beschlossen, ihre Klettertour zu splitten, indem sie die Nacht auf einem Felsplateau in 5700 Metern Höhe auf halber Strecke verbringen, statt einen eintägigen Vorstoß in Richtung Gipfel zu wagen.* Dann kommt da noch ein Zitat von ihm«, erklärte sie und setzte eine vornehme Stimme auf. *»›Das Wetter ist nicht gerade ideal, und unsere Erfolgschancen sind nicht besonders hoch‹, ließ Rushbrooke am Samstagabend via Satellitentelefon verlauten, ›aber wir sind nicht so weit gekommen, um jetzt aufzugeben.‹«*

»Ist das alles?«

»Nein, da kommt noch was«, sagte sie. *»Im Jahre 2001 versuchte sich eine niederländische Expedition erfolglos an der Bezwingung des Muchu Chhish. 2010 dann verunglückte Ethan Butler, einer der besten Kletterer Amerikas, als er sich an einem nahe gelegenen Gipfel versuchte. Die Umstände blieben ungeklärt,* *aber anscheinend war Butler nicht durch ein Seil gesichert, als eine Schneewehe unter ihm einbrach und er abstürzte.«*

»Das wars? Mehr nicht?«, fragte ich.

Sie nickte und warf die Zeitung auf den Boden.

Seufzend gab ich ihr das Weinglas zurück. »Okay, ich weiß, dass ich es ihm sagen muss, aber ich muss auch überlegen, wie. Und wann. Hat man WhatsApp-Empfang, wenn man Tausende von Metern über dem Boden an einer Bergwand hängt?«

Jess biss sich nachdenklich auf die Unterlippe. »Wir könnten während des Essens eine Nachricht aufsetzen?«

Ich dachte sofort an die »Umwerfender Max«-Nachricht, die sie ihm nach meinem Date geschickt hatte.

»Ja, vielleicht«, sagte ich leichthin und wechselte dann das Thema. »Wie geht es dir denn so?«

Sie nahm einen großen Schluck Wein und nickte zu der Leinwand neben dem Sofa. »Gut. Ich hab den ganzen Nachmittag an dem hier gearbeitet, aber ich krieg den Mund einfach nicht hin.« Eine Frau in grünem Kleid und mit einem Hündchen auf dem Schoß blickte uns mit schiefem Lächeln entgegen.

»Wer ist die Frau?«

»Eine adlige Lady Irgendwas. Ihr Hund hat letzte Woche den Boden vollgepisst, weswegen ich Terpentinersatz drübergekippt habe, aber ich glaube, man riecht es immer noch. Riechst du es?« Sie nickte zu einem dunkleren Fleck auf den Holzdielen. Ich schnupperte, roch jedoch nur Farbe.

»Wie läufts mit Alexi? Wann seht ihr euch wieder?«

Sie lächelte schüchtern. »Oh, Lil, ehrlich, er ist einfach unglaublich. Gerade ist er in Hongkong, deshalb weiß ich es noch nicht. Aber wir haben ungefähr eine Million SMS geschrieben und telefoniert, und er …«

»Lil! Jess! Leute!«, unterbrachen uns Clems aufgeregte Rufe von unten.

»Was ist denn?«, brüllte Jess die offene Ateliertür an, bevor sie wieder zu mir hinübersah. »Im Ernst jetzt, wenn er das Abendessen schon wieder hat anbrennen lassen, kriegt er echt Küchenverbot.«

Plötzlich waren polternde Schritte auf der Treppe zu hören, und dann erschien auch schon Clem, der sich unter der niedrigen Decke bücken musste. Er keuchte schwer und blickte uns panisch an.

»Leute«, begann er atemlos, »es ist überall in den Nachrichten. Ich habs gerade eben gesehen. Lil … Max Rushbrooke ist bei dem Aufstieg verschollen. Sie wissen nicht, wo er ist. Sie haben den Kontakt zu ihm verloren.«

5

Es wurde eine sehr lange Woche. Themen wie Apfelstreuselkuchen oder verbranntes Risotto verblassten zur Bedeutungslosigkeit, während ich verstohlen im Klassenzimmer immer wieder die Nachrichten auf meinem Handy aktualisierte.

»Ich dachte, wir dürfen unsere Handys nicht benutzen, Miss Bailey«, sagte Roman eines Nachmittags, nachdem er sich klammheimlich an meinen Schreibtisch herangepirscht hatte, während ich davon ausgegangen war, dass sie alle friedlich zeichneten. Ich hatte ihm erzählt, dass es sich um einen familiären Notfall handeln würde und dass er sich sofort wieder an seinen Platz begeben sollte. Ganz langsam kehrte er an sein Pult zurück, wobei er noch einen Blick über die Schulter warf. Armer Roman. Ich rief mir in Erinnerung, dass es nicht sein Fehler war, dass bei ihm zu Hause vermutlich nicht alles zum Besten bestellt war. Aber er machte mir jetzt schon zu schaffen. Erst diesen Morgen hatte er den armen Vikram im Kunstraum vom Stuhl geschubst, und ich hatte ein ernstes Wörtchen mit ihm reden müssen.

Ich schaute wieder auf mein Display. Den Nachrichtenmeldungen zufolge hatte Max das Basislager in Begleitung eines Sherpas verlassen, mit dem Ziel, die erste Nacht in einer Schutzhütte auf 5700 Metern Höhe zu verbringen, was ihnen dabei helfen sollte, sich zu akklimatisieren. Sein Team unten im Basislager verlor am nächsten Tag den Kontakt zu ihm, als sich die Wolken über den Muchu Chhish senkten und die Temperatur rapide fiel. Am Tag nachdem ich herausgefunden hatte, dass Max verschollen war, hatte der *Evening Standard* einen Mann namens Lawrence Edwards, den Leiter der Expedition, zitiert: *»Wir haben seit gestern Mittag nichts mehr von ihm gehört, und angesichts der Wetterbedingungen bin ich durchaus in Sorge. Max ist ein erfahrener und geschickter Kletterer, aber wenn sich ein solches Wetter in derartigen Höhen zusammenbraut, dann heißt es nur noch: Mensch gegen Natur.«*

Dann wiederholte der Artikel alles, was ich bereits wusste – der Berg war bisher noch nie bezwungen worden; er hatte zuvor schon Kletterer das Leben gekostet, und auch, dass Pakistan sich weigerte, die Rettungsflugwacht auszusenden, weil das Wetter zu schlecht war. Unter »solch schlimmen Bedingungen« war laut Lawrence selbst eine Bodenrettung ausgeschlossen worden.

Einer der Artikel auf *BBC Online* erwähnte auch die Eltern von Max: *Mutter und Vater des Entdeckers, Viscount und Viscountess Rushbrooke, waren zu keiner Stellungnahme bereit.*

Kein Wunder. Ich meine, man stelle sich nur vor, von einem Journalisten angerufen zu werden, um sich über den vermissten Sohn zu äußern. Dann fiel mir Max' Bruder Arundel ein, der als Teenager verunglückt war. Gab es irgendwas Traurigeres, als ein Kind zu verlieren und sich dann dem Verlust eines weiteren stellen zu müssen? Während ich las, legte ich instinktiv eine Hand auf meinen Bauch, kam mir dann aber albern vor. Und überhaupt: War ich womöglich dabei, einen gewaltigen, verantwortungslosen Fehler zu begehen – dieses Baby zu bekommen, wenn es noch nicht einmal einen Vater hatte? Ich dachte über meine eigene Situation nach. Mum hatte mir einmal erzählt, dass Adrian, mein leiblicher Vater, eine runde Brille trug und »ein bisschen« wie John Lennon aussah, was dazu führte, dass, wann immer ich versuchte, mir Adrian vorzustellen, John Lennon dabei herauskam. Aber so oft stellte ich ihn mir nicht vor, und es war mir auch nie in den Sinn gekommen, ihn zu suchen. Musste ich ja nicht, denn ich hatte immer Dennis gehabt. Es war der liebe, großherzige Dennis gewesen, der mich im Garten mithelfen ließ; der immer schlimme Pupswitze riss und mich zu Norwich-Spielen mitnahm; der mir damals, als ich die Hauptrolle in der Schulaufführung *Die Prinzessin, die niemals lachte* spielte, aus dem Publikum eine lustige Grimasse schnitt. Ich musste auf der Bühne so lachen, dass er danach von Mrs. Gaunt, meiner Klassenlehrerin, einen Anpfiff erhielt. Ich hatte nie auch nur eine Sekunde das Gefühl gehabt, darunter zu leiden, dass ich meinen leiblichen Vater nicht kannte. Aber was, wenn mein Baby *gar keinen* Vater hätte?

Am Wochenende gab es immer noch keine Neuigkeiten von Max, weshalb die meisten Zeitungen gelangweilt das Interesse verloren und sich anderen Themen zuwandten. Bis auf die *Daily Mail*, die ein Interview mit seiner

Ex abdruckte. MEINE FURCHT, MAX ZU VERLIEREN, lautete die Schlagzeile über einem Bild der traurig dreinschauenden Lady Primrose Percy, die auf einem beigen Sofa saß und deren blondes Haar auf ihren ebenso beigen Pullover herabfiel. Ein beiger Hund – so eine Art Handtaschenhund – saß zu ihren Füßen.

»Wir haben uns Anfang dieses Jahres getrennt, weil die Anforderungen von Max' Kletterexpeditionen und meiner Karriere nicht mehr zu vereinbaren waren«, erklärte sie. Anscheinend war sie Hutmacherin mit einem Atelier in Notting Hill. Weiter sagte sie: *»Doch sein Verschwinden hat mir klargemacht, wie sehr ich ihn vermisse.«*

Dann folgte Zeug über ihre Jugend, weil sie und Max seit frühester Kindheit befreundet waren und ihre Familie ebenfalls aus Suffolk stammte. Dann ein Bericht, wie sie zusammengekommen waren (anscheinend beim Royal Wedding, da Max und Prinz William schon an der Militärakademie Sandhurst gute Kumpel gewesen waren und Lady Primrose und Kate sich vom Internat kannten). Außerdem stand da noch, dass Primrose für seine sichere Rückkehr »betete«.

»Ich kenne Max. Er ist der willensstärkste Mensch, dem ich je begegnet bin. Wir müssen einfach nur weiterhin die Daumen gedrückt halten, dass er bald nach Hause kommt.«

Ich seufzte und klappte meinen Laptop zu. Ich war den ganzen Vormittag im Bett geblieben, da mir schlecht war, und hatte mich durch Nachrichtenseiten und Kletterblogs gescrollt, auf denen andere Kletterer darüber spekulierten, was geschehen sein könnte. Nichts davon war gut. Möglicherweise war er nicht gesichert gewesen, oder er war vielleicht auf einer Eisplatte ins Rutschen gekommen. Einige waren auch der Meinung, dass er gar nicht erst hätte dort sein sollen, dass er ein »arroganter Glücksritter« sei, »der Bergsteiger in ein schlechtes Licht« rücke.

Meine Mitbewohnerin Grace, der ich erzählt hatte, dass ich schwanger war, brachte mir immer wieder eine Tasse frischen Ingwertee ans Bett. Bis nachmittags um fünf hatte ich drei halb ausgetrunkene Becher auf meinem Nachttisch stehen.

»Danke, Süße«, sagte ich, als sie mit Tasse Nummer vier auftauchte.

»Nichts zu danken.« Sie setzte sich auf meine Bettkante. »Kann ich dir sonst noch was bringen? Du solltest was essen.«

Rileys Kopf erschien hinter meiner Schlafzimmertür wie der eines Springteufels. »Ich hab mich schlaugemacht«, sagte er. »Es ist wichtig, dass du ausreichend trinkst und deinen Proteinspiegel aufrecht erhältst. Darum dachte ich an einen Avocado-Smoothie, in den ich noch eine ordentliche Portion Blaubeeren und Walnüsse reinhauen würde.«

Allein bei der Vorstellung, einen Smoothie von Riley zu trinken, der Avocados und Nüsse enthielt, wurde mir ganz anders. Ich schüttelte den Kopf und lächelte matt.

»Schon okay, aber danke euch beiden. Ich werde mir was auf Netflix anschauen und dann früh schlafen gehen.«

»In Ordnung. Aber wir sind da«, sagte Grace und drückte tröstend meinen Fuß durch die Bettdecke. »Ruf einfach, falls du etwas brauchst.«

»Mach ich. Und danke noch mal.« Ich wollte mich eben wieder meinem Laptop zuwenden, als mein Handy auf dem Nachttisch vibrierte. Mum.

Ich ging ran: »Hi, Mum.«

»Hallo, du klingst ja schrecklich. Gehts dir gut?«

Ich schob mich mühsam auf dem Kissen höher. Ich wollte es meinen Eltern immer noch nicht erzählen. Ich würde es tun. Klar würde ich es tun. Aber ich dachte mir, dass es persönlich besser wäre, damit sie es beide gleichzeitig erfuhren.

»Jepp. Ich … korrigiere nur ein paar Hausaufgaben.« Es war dieselbe Taktik, die ich auch bei den St.-Lancelot-Müttern anwendete. Immer schön ruhig und heiter bleiben. »Wie geht es euch beiden?«

»Bei uns ist alles bestens. Dennis arbeitet im Schuppen an der Schlacht von Okinawa. Ich wollte nur mal wegen Weihnachten anrufen. Wann glaubst du, wirst du zu Hause sein, Liebes?«

So weit im Voraus hatte ich noch gar nicht geplant. Normalerweise endete die Schulzeit Mitte Dezember, dann kam noch die Weihnachtsfeier vom Kollegium, und danach verbrachte ich noch einen Tag damit, das Klassenzimmer auf Vordermann zu bringen und meine Weihnachtseinkäufe zu tätigen, bevor ich nach Norfolk aufbrach. Ich überschlug rasch in meinem Kopf. Wenn ich jetzt praktisch in der siebten Woche war, dann wäre ich bis dahin ungefähr … in der vierzehnten Woche.

»Ich schätze mal ein paar Tage davor, so wie üblich. Falls das in Ordnung geht?«

»Ja, alles gut. Ich versuche nur ein bisschen zu planen, damit ich Derek meine freien Termine durchgeben kann.«

Wie jedes Jahr spielte Mum beim örtlichen Weihnachtsstück mit. Derek war ein Regisseur, der im Dorf wohnte und vor einigen Jahrzehnten ein Musical im Londoner West End aufgeführt hatte. Das alljährliche Weihnachtsstück von Castleton ging er mit demselben Eifer an – es gab ein Vorsprechen, einen strengen Probenplan und dann drei Vorstellungen über die Weihnachtsfeiertage hinweg. Ich ging normalerweise zur Premiere, während Dennis, goldig und treu, wie er nun mal war, alle drei Vorstellungen besuchte.

»O ja, natürlich, was wird denn dieses Jahr gespielt?«

»*Schneewittchen*. Derek hofft, dass wir Stephen zu einem kleinen Gastauftritt bewegen können.« Sie meinte Stephen Fry, der in der Nähe von King's Lynn wohnte und somit eine lokale Berühmtheit darstellte. Mum hatte ihn einmal bei einem Kuchenverkauf für einen guten Zweck kennengelernt und nannte ihn seitdem nur noch »Stephen«.

Plötzlich spürte ich eine erneute Welle der Übelkeit in mir aufsteigen. »Mum, ich glaub, ich muss wieder mit den Korrekturen weitermachen. Können wir nächste Woche noch mal reden?«

»Natürlich. Recht hast du, Schatz, mach ruhig weiter.«

Ich ließ mein Handy auf die Bettdecke fallen und fühlte mich schlecht, weil ich den beiden so ein großes Geheimnis verschwieg. Aber ich musste einfach noch ein bisschen durchhalten, bis ich mich besser und stärker fühlte. Bis ich in der Lage wäre, mich zu Hause vor die beiden hinzustellen und ihnen zu versichern, dass es mir gut ging. Dass ich die Situation unter Kontrolle hatte und dass sie ein kerngesundes Enkelkind erwarten durften. Ich musste nur erst einmal diese fiese Morgenübelkeit loswerden. Obwohl der Begriff Morgenübelkeit ein Witz war. Den-ganzen-beschissenen-Tag-und-die-ganze-Nacht-Übelkeit käme der Sache schon viel näher.

Am Montagabend ging ich mit Steph und Mike ins Antelope. Es war ein einfacher Pub nur ein paar Straßen von der Schule entfernt, wo wir nach der Arbeit einen hoben, weil es billiger war als in den anderen Lokalen in Chelsea. Und auch, weil sich außer Mr. Herbert, unserem Hausmeister, keiner unserer Kollegen hierherverirrte. Die Tische waren klebrig, und die abgestandene Luft roch nach Zigaretten, die vor hundert Jahren geraucht worden waren. Dafür aber konnten wir hier unbesorgt über den Rest der Belegschaft ablästern. Steph jammerte wegen der Probe-Aufnahmeprüfungen für die weiterführenden Schulen, Mike mokierte sich über die Musik für das Weihnachtskonzert. Ich war einfach nur erleichtert, dass ich mein Nachmittagsprogramm mit dem Thema »Was ich werden will, wenn ich groß bin« hinter mich gebracht hatte. Phineas hatte verkündet, dass er ein »Drachenwächter« werden wollte, was eine angemessene, fantasievolle Antwort war. Cosmo hingegen hatte erklärt, dass er YouTuber werden würde, und Roman meinte, er wolle Fußballer werden – »so wie mein Papa« –, wo bei mir schon wieder die Alarmglocken schrillten.

Was Max anging, gab es immer noch nichts Neues. Gestern Abend hatte ich mir noch einen Blog durchgelesen, in dem es hieß, dass »praktisch keine Chance« bestand, dass man ihn lebend bergen würde. Das Ergebnis war, dass ich für nicht mehr als neunzehn Minuten Schlaf fand. Ich hatte keine Ahnung, was ich glauben sollte.

Steph brachte es, wie immer, knallhart auf den Punkt. »Lil, schau, du wirst dieses Baby doch so oder so bekommen, egal ob er da ist oder nicht. Richtig?«

Ich nickte.

»Und ich weiß, dass das eine krasse Situation ist, die du dir so nicht ausgesucht hast, aber du hast deine Entscheidung getroffen. Du musst also nur für dich planen.«

Ich nahm einen Schluck von meiner Limonade und nickte erneut. Durch meine Beziehung zu Dennis wusste ich, dass zur Vaterschaft mehr gehörte als bloße Biologie, doch Max' Verschwinden hatte der ganzen Sache ein weiteres Level an Kompliziertheit hinzugefügt. Hätte ich diese Entscheidung auch getroffen, wenn ich gewusst hätte, dass ich das Baby ganz allein bekommen würde?

Ich war mir nicht sicher.

Mike öffnete den Mund, hielt dann aber doch inne und sah gequält drein, als hätte er Verdauungsprobleme.

»Was?«, hakte ich nach.

»Die Sache ist die«, wagte er es nun doch, »selbst wenn er hier wäre, was würdest du dann wollen? Möchtest du, dass ihr zusammenkommt?«

Ich legte das Gesicht in meine Hände und stöhnte. »Ich weiß es nicht«, murmelte ich in meine Handflächen.

»Nein, weil er mich nach unserem Date abgesägt hat.« Dann ließ ich meine Hände sinken und verzog das Gesicht. »Aber ein klitzekleiner Teil von mir sagt auch Ja, weil … na ja, ich mochte ihn.« Bisher hatte ich das nicht mal mir selbst eingestanden, geschweige denn laut ausgesprochen. Es schien schwach, zuzugeben, dass ich ihn noch immer mochte, obwohl er abgetaucht war und sich nie wieder bei mir gemeldet hatte. Ich wollte mehr Beyoncé sein, eine total unabhängige Frau. Aber meine Gefühlslage war ein einziges Auf und Ab, wie ein Barometer. War ich morgens noch entschlossen, ihn zu hassen, so checkte ich nachmittags schon wieder mit klopfendem Herzen die Schlagzeilen.

Mike sah mich gespielt streng an. »Tja, ich hoffe nur, er ist besser als dieser Sack auf zwei Beinen, den du deinen Ex nennst.«

»Mike!«, tadelte Steph.

»Ach, komm schon, ist doch wahr«, wehrte sich Mike, bevor sein Blick auf die leeren Gläser vor uns fiel. »Noch eine Runde?«

Es war Freitagnachmittag, als ich endlich von Max hörte. Besser gesagt, ich hörte nicht von ihm, sondern von Mike, der es mir atemlos berichtete. Ich hatte im Vormittagsunterricht Burgen mit den Jungs durchgenommen, und so saßen sie nun an ihren Tischchen und zeichneten ihre jeweilige Version davon. Phineas hatte lautstark verkündet, dass sein Großvater in einer Burg lebte, »mit einer Zugbrücke und mit einem Wassergraben und Pfauen und

ALLEM, Miss Bailey«, woraufhin ich erwiderte, er solle jetzt bitte den Schnabel halten und einfach nur zeichnen.

Kurz darauf erschien Mike an der Klassenzimmertür und klopfte wie ein durchgeknallter menschlicher Specht dagegen.

Ich bedeutete ihm einzutreten.

»Was ist los?«, fragte ich besorgt. Sein Haar war noch zerzauster als sonst, und er war heftig am Schnaufen.

»Sie haben Max gefunden.«

Ich hob beide Fäuste an die Wangen. »O mein Gott.«

»Nein, nein«, sagte Mike immer noch außer Puste. »Er lebt. Sie haben ihn lebend gefunden, er ist auf dem Rückweg zum Basislager.«

»O mein Gott«, wiederholte ich und setzte mich wie betäubt an meinen Schreibtisch. Ich spürte eine Woge der Erleichterung, dicht gefolgt von einem Knoten der Angst. Max war am Leben: gut. Aber das bedeutete auch, dass er bald zurückkommen und ich es ihm sagen müsste: schlecht. Okay, vielleicht nicht gerade schlecht, aber extrem beängstigend. Noch beängstigender als damals, als ich Mum erzählen musste, dass ich den öffentlichen Dienst quittiert hatte, um an einer Privatschule zu unterrichten. Und das war ziemlich schlimm gewesen.

»Ist Mr. Moorhouse Ihr Freund, Miss Bailey?«, wollte Roman wissen und sah dabei Mike an.

Ich ignorierte ihn.

Mike stützte sich mit einer Hand auf meinem Schreibtisch ab. »Tut mir leid, dass ich einfach so hereinplatze, aber ich dachte, du willst das vielleicht wissen.«

»Ja, natürlich, vielen Dank.«

»Wollen Sie, dass Mr. Moorhouse Ihr Freund ist?«, bohrte Roman weiter.

»Würdest du dich bitte auf deine Burg konzentrieren?« Ich wandte mich wieder Mike zu. »Haben sie denn noch etwas gesagt? Gibt es weitere Informationen?«

»Ich habs nicht ganz gelesen. Es kam nur als Eilmeldung. Auf ihrer Website. Also bin ich gleich hergerannt. Gott, ich bin null in Form.«

Aber Roman war noch nicht fertig. »Warum sind Sie nicht verheiratet, Miss Bailey?«

Mike sah zu Roman, dann wieder zu mir. »Ich gehe mal lieber«, sagte er und raunte mir dann zu: »Denn wenn nicht, werde ich diesen Knirps da eigenhändig erwürgen und in sämtlichen Zeitungen landen.«

»Ok, und nochmals vielen Dank.«

»Gern geschehen, bis später.«

Danach wies ich Fergus an, von Pult zu Pult zu gehen und einen Blick auf die Burgen zu werfen, während ich hinter meinem Schreibtisch sitzen blieb und versuchte, so unauffällig wie möglich den BBC-Artikel zu lesen. Max war lebend von einer Drone entdeckt worden; er hatte einige Erfrierungen und »kleinere« Verletzungen davongetragen und war vom Basislager nach Islamabad geflogen worden, um im dortigen Krankenhaus untersucht zu werden, doch man ging nicht davon aus, dass er ernsthaft verletzt sei.

Von ihm selbst stand nichts im Bericht, doch es gab ein weiteres Zitat seines Expeditionsleiters: *»Zehn angespannte Tage liegen hinter uns, doch hiermit möchte ich dem Expeditions-*

team im Basislager am Muchu Chhish für ihre großartige Arbeit danken. Max ist ein harter Knochen mit einem starken Willen, aber auch er weiß, was für ein Glück er hatte, dass man ihn fand. Er selbst wird sich dazu äußern, sobald er aus dem Krankenhaus entlassen wird.«

Ich verstaute mein Handy in der Schreibtischschublade und blähte meine Wangen auf. Okay, er hatte also soeben erst eine Nahtoderfahrung gemacht, und wahrscheinlich ging es ihm nicht besonders prickelnd. Dennoch musste ich Max nun über diese Sache mit dem Baby in Kenntnis setzen. Kein Aufschieben mehr. Auch wenn der bloße Gedanke daran, es ihm zu gestehen, in mir den Wunsch weckte, ich wäre diejenige, die auf einem abgelegenen Berg in Pakistan verschollen war.

Wie bitte beginnt man eine Nachricht, in der man einem Mann, den man nur ein Mal getroffen hat, sagt, dass man ein Kind von ihm erwartet?

Ich öffnete die Notes-App auf meinem Handy. Es schien mir sicherer, als sie direkt in WhatsApp zu tippen – was, wenn ich noch mittendrin war und sie versehentlich abschickte? Und Max dann realisierte, dass diese fremde Frau nicht nur zu blöd zum Verhüten, sondern auch zu beschränkt war, um eine einfache Nachricht zu verfassen? Katastrophe. Also, erst mal in Notes formulieren. Ich saß am Cafétisch und blinzelte angestrengt mein leeres Display an.

Ich saß in einem portugiesischen Café nur ein paar Straßen von meiner Wohnung entfernt. Das machte ich oft, wenn ich am Wochenende Rechtschreibhefte korrigieren musste oder wenn Grace und Riley es zu Hause so wild trieben, dass ich Reißaus nehmen musste, bevor ich meine Trommelfelle mit den Zeigefingern durchbohrte. Es wurde von einem mürrischen Mann geführt, dem ich den Spitznamen Manuel verliehen hatte. Im Laden herrschte chronischer Personalmangel, weshalb der Kaffee eine Ewigkeit auf sich warten ließ, und falls man es doch wagte, etwas zum Kaffee dazuzubestellen – ein Croissant beispielsweise oder einen Keks –, vergaß er es sowieso immer. Weil das Café mit schönen Holztischen ausgestattet war und sie Babychinos machten (würde ich auch eine dieser Frauen werden, die Babychinos bestellte?), war es normalerweise mit Hipster-Müttern überlaufen, die über die Vorzüge von Hafermilch diskutierten.

Wobei es noch nicht mal neun Uhr war, die Mütter also noch nicht einliefen. Am Samstag kamen normalerweise sowieso erst die Väter, die losgeschickt wurden, um Pain au Chocolat zu holen, wobei ein oder mehrere Kinder an ihnen klebten wie Babyäffchen. Danach kamen die Eltern zusammen mit ihren Kindern, und es wurde hektischer, heißer und lauter, bis ich beschloss, dass die Wohnung im Vergleich doch ein relativ friedliches Örtchen war, und mich wieder nach Hause zurückzog. Doch für den Augenblick herrschte Ruhe, also musste ich die Zeit nutzen.

Komm schon, Lil, reiß dich zusammen.

Ich sah wieder auf mein Handy.

Hey Max, tippte ich. Dann löschte ich es wieder. Zu

flapsig. Fast wie: »Hey Alter, was geht ab? Du hast 'ne krasse Woche hinter dir, aber ich hab eine Neuigkeit für dich!«

Scheiße. Wenn ich noch nicht mal eine Begrüßung hinbekam, sollte ich es vielleicht gar nicht erst mit einem Baby versuchen.

Hallo Max, tippte ich und inspizierte die zwei Worte. Ja, doch, das klang in Ordnung.

Ich kämpfte mich voran.

Ich hoffe, dir geht es gut, schrieb ich. Dann löschte ich es wieder. Unmöglich konnte ich das einem Mann schreiben, der noch vor ein paar Tagen in den Bergen Pakistans verschollen gewesen war.

Ich seufzte. In meinem Kopf war es mir am einfachsten erschienen, Max auf WhatsApp zu schreiben. Eine kurze, aber informative Nachricht, die sich auf die bloßen Fakten beschränkte, samt dem Angebot, mit mir zu reden, wenn er wollte. Er hatte nach wie vor kein Statement zu seiner Rettung abgegeben und auch seinen Blog nicht upgedatet, weshalb ich nicht einmal wusste, ob er noch in Pakistan oder bereits zurück in England war. Ich wusste nur, dass ich ihm diese Neuigkeit beibringen musste.

Das Verfassen der Nachricht stellte mich vor eine schier unlösbare Aufgabe. Eine simple Erklärung – ich bin schwanger von dir – erschien mir, sobald ich sie getippt hatte, viel zu brüsk. Ich befand mich, was die Schwangerschaft und meine Gesamtsituation betraf, in einem ständigen Wechselbad der Gefühle, doch mir war absolut klar, dass ich bereits dabei war, das Baby in mein Herz zu schließen. Jede

Faser von mir wusste, dass es richtig war, das Baby zu bekommen, so sicher wie das Amen in der Kirche. Doch ich musste davon ausgehen, dass Max eine solche Verbindung gar nicht spüren konnte. Ich klickte den Entwurf weg und googelte stattdessen die Distanz zwischen Brixton und Pakistan. Es waren 3747 Meilen. Max war 3747 Meilen entfernt und stand kurz davor, eine lebensverändernde Nachricht von einer Frau zu bekommen, die er praktisch nicht kannte. Dieses Pünktchen in meinem Inneren würde für ihn nicht notwendigerweise sein Baby darstellen. Vielmehr eine Katastrophe. Ein Unfall, den er bereuen würde, sobald er von dessen Existenz erfuhr.

Ich seufzte und wechselte wieder zu Notes; ich wünschte, ich könnte den Worten die positive Einstellung einflößen, die ich verspürte. Das Einzige, was ich tun konnte, war ehrlich zu sein.

Hallo Max. Ich weiß nicht wirklich, wie ich diese Nachricht beginnen soll. Und ich hatte Bedenken, dir überhaupt zu schreiben, aber ich wusste nicht, wie ich dich sonst erreichen soll. Übrigens, ich bin Lil, wir hatten im September ein Date in diesem Pub in Vauxhall.

Ich hörte auf zu tippen und las es mir peinlich berührt durch. Aber ich musste klar kommunizieren, wer ich war. Was, wenn er sich mit richtig vielen Frauen getroffen hatte? Oder er meine Nummer überhaupt nicht gespeichert hatte? Oder was, wenn sein Gehirn in Pakistan unter Sauerstoffmangel gelitten hatte und er eine Gedächtnisstütze benötigte? Zufällig wusste ich, dass so etwas passierte. Ich hatte Ben Fogle nach seiner Rückkehr vom Mount Everest in der *The One Show* gesehen, wo er erzählte, dass er nach seiner Heimkehr mehrere Wochen lang nicht mehr derselbe gewesen sei.

Konzentriere dich, Lil. Was hat Ben Fogle gerade in deinem Kopf verloren?

Ich richtete meinen Blick wieder aufs Display.

Jedenfalls, tippte ich, habe ich ein paar Wochen danach festgestellt, dass ich schwanger bin. Das Baby ist von dir. Ich war mir nicht sicher, was ich tun sollte. Doch dann habe ich einen Ultraschall gemacht und beschlossen, es zu behalten. Ich überlasse es dir, ob du daran teilhaben willst oder nicht, das ist deine Entscheidung. Ich möchte nicht, dass du dich auf irgendeine Weise verpflichtet fühlst. Aber ich wollte dennoch, dass du es weißt.

Ich lehnte mich zurück und las es mir noch einmal durch, wobei ich nervös an der Nagelhaut meines Daumens knabberte.

Es gab nicht viel mehr zu sagen.

Ich hoffe, es geht dir nach der ganzen Sache wieder gut, fügte ich hinzu. Du kannst dich jederzeit bei mir melden, um zu reden.

Womit sollte ich die SMS beenden? Ich entschied mich für ein einfaches »Lil«. Dann fügte ich ein Küsschen hinzu. »Lil x«. Dann entfernte ich das Küsschen wieder. Aber nur ein »Lil« wirkte arg knapp. Also hängte ich das Küsschen wieder ran.

So ging es in Ordnung. Nicht zu lang, aber auch nicht zu kurz, und die Botschaft kam klar rüber. Aufgabe erledigt.

Mit flauem Magen kopierte ich die Nachricht aus Notes und rief dann WhatsApp auf. Ich scrollte zu Max' Namen. Ich stöhnte leise auf, als ich die letzte von mir gesendete Nachricht sah – die Nachricht, die ich ihm um 2.03 Uhr morgens geschickt hatte und in der ich ihn rundmachte, weil er sich nach unserer gemeinsamen Nacht nicht mehr bei mir gemeldet hatte.

Auch gut, dachte ich, während ich den Text einfügte und mir plötzlich total mutig vorkam. Zumindest hierauf würde er ja antworten müssen. Ich hielt den Atem an und klickte auf den kleinen grünen Pfeil. Na also. Gesendet. Kurz dachte ich, ich würde gleich das ganze Café vollkotzen, aber ich konnte nicht sagen, ob das die Schwangerschaftsübelkeit war oder doch eher mein Nervenkostüm.

Manuel erschien an meinem Tisch und betrachtete demonstrativ meine leere Kaffeetasse. »Wollen Sie noch einen?« Ich hatte so lange an der Nachricht herumgemacht, dass das Café sich allmählich füllte und er vermutlich den Tisch frei haben wollte.

»Nein danke«, sagte ich. »Ich bin so gut wie weg.«

Er brummte, nahm meine leere Tasse, wischte einmal oberflächlich mit dem Geschirrtuch über den Tisch, wobei er mehrere Croissantkrümel aufwirbelte. Das war noch so eine Sache an diesem Laden – ich schätzte, dass selbst die Jungstoiletten an der Schule sich in einem hygienischeren Zustand befanden.

Ich spazierte mit klopfendem Herzen zur Wohnung zurück und schloss die Hand um mein Smartphone in der

Manteltasche, wobei die eine Hälfte von mir unbedingt checken wollte, ob er es schon gelesen und geantwortet hatte, während die andere Hälfte zu viel Angst hatte und das Gerät am liebsten in die Mülltonne gepfeffert hätte. Vielleicht würde er anrufen, sobald er die Nachricht sah? Ich stieg die Stufen zu unserer Haustür hinauf. Scheiße, was, wenn er einen Videoanruf machte? Ich hatte mein fettiges Haar nur provisorisch zu einem Pferdeschwanz gebunden und kein Fitzelchen Make-up aufgetragen.

Glücklicherweise herrschte in der Wohnung Ruhe. Ich ging in mein Zimmer und setzte mich aufs Bett. Dann zog ich das Smartphone aus der Tasche und lugte mit einem geschlossenen Auge drauf. Eine WhatsApp-Nachricht! Okay, tief durchatmen, Lil, und bloß nicht den Kaffee auf deine Füße kotzen. Ich entsicherte mein Handy und wischte die Benachrichtigung runter.

Es war nicht Max.

Die Nachricht war von Mum, die ein Foto von Ginger, ihrer Katze, geschickt hatte, die unter dem Küchentisch döste und sich dabei mit dem Rücken an Gerald die Schildkröte schmiegte. Darauf folgte eine ganze Armada an Herzchen-Augen-Emojis. Ich meine, das ist ja ganz furchtbar süß, aber doch nicht JETZT, Mum! Ich ignorierte die Nachricht und tippte Max' Namen an. Blaue Häkchen.

BLAUE HÄCKCHEN!

Er hatte es gelesen.

Und dann sah ich, dass er online war, klickte auf der Stelle WhatsApp weg und warf das Handy aufs Bett, als hätte ich mich daran verbrannt. Kurz schloss ich die Augen und seufzte. War eigentlich je ein Mensch so schwach gewesen? Ich atmete mehrmals tief durch, trippelte mit den Fingerspitzen ganz langsam über die Bettdecke auf mein Handy zu.

Komm schon, Lil. Komm schon, komm schon, komm schon. Du wirst mit diesem Mann ein Baby haben. Du solltest also wenigstens dazu in der Lage sein, eine Nachricht von ihm zu lesen.

Ich öffnete WhatsApp. *Max tippt …* wurde angezeigt. Ich saß wie gelähmt auf meinem Bett und hielt die Luft an, obwohl er offenbar eine ganze Weile zum Tippen benötigte, sodass ich schließlich doch ausatmen musste.

Max tippt … blieb da noch einige Minuten länger angezeigt. Es erinnerte mich ans Schachspielen, wenn man darauf wartete, dass der Gegner einen Zug machte. Dennis hatte es mir beigebracht, als ich ungefähr fünf Jahre alt war, und behauptet, dass es sich um eine »wichtige Lektion in Sachen Kriegsführung« handelte, obwohl wir in einem idyllischen Dörfchen in Norfolk wohnten und nicht im England der Tudor-Ära.

Aber dann verschwand *Max tippt …* ein paar Minuten später, und ich stutzte. Huch? Ich beugte mich vor und stützte mich mit den Armen auf die Knie, wobei ich das Smartphone immer noch in den Händen hielt. Er hatte die Nachricht erhalten, dann mit der Antwort begonnen, dann aufgehört und war nun wieder offline gegangen.

Mein Gehirn schwirrte, während ich versuchte dahinterzukommen, was das zu bedeuten hatte. Max konnte diese Nachricht doch unmöglich ignorieren? Selbst wenn man ein herzloser Schuft war, der sich nicht meldete, nachdem er ein Mädchen zu einem stürmischen Rendezvous ausgeführt hatte, so musste man auf solch eine Nachricht doch antworten, oder etwa nicht? Das hier war die Art von Neuigkeit, die man nicht ignorieren konnte.

Warum also dieses Schweigen?

Drei Tage lang hörte ich nichts von ihm. Einmal ging ich zum Abendessen zu Jess und Clem, hatte aber nicht den Nerv für Jess' endlose Schwärmerei über Alexi, weshalb ich Müdigkeit vorschützte und früher nach Hause ging. Ich kam mir verbittert vor. Eine schlechte Freundin. Aber ich merkte, dass mir ihr unablässiges Gequassel über ihn auf den Geist ging – über Alexis Kunstwerke, seine Besessenheit von Francis Bacon, seine Selbstlosigkeit im Bett (anscheinend hatte er sie neulich Nacht gleich viermal zum Höhepunkt gebracht). Ich konnte nicht genau sagen, ob ich so grantig war, weil ich mich ungefähr so sexy fühlte wie eine Genitalwarze. Meine beste Freundin befand sich im absoluten Liebesrausch, während ich jeden Morgen mit fieser Übelkeit aufwachte, schwanger von einem Wildfremden. Natürlich checkte ich in einem fort WhatsApp, um zu sehen, ob vielleicht wieder *Max schreibt …* angezeigt wurde. Aber nichts. Er war ein paarmal online gewesen, ich konnte sehen, wenn er online war. Aber trotzdem keine Antwort.

Anfangs hatte ich mir noch gesagt, dass er ein paar Stunden Bedenkzeit benötigte, um die Nachricht zu verdauen, bevor er sich bei mir meldete. Doch nachdem er auch am Abend nicht geantwortet hatte und auch nicht am nächsten und auch nicht am übernächsten, kippte meine Stimmung. Ich wechselte von einer Art hibbeliger Zuversicht, dass er sich natürlich bei mir melden würde, zu Wut und Unglauben darüber, dass er imstande war, eine solche Nachricht zu ignorieren. Ich war nicht irgendein Mädchen, das versuchte, sich beim Date noch einen Drink zu erschnorren. Ich war schwanger von ihm, erwartete sein Kind. Jetzt mal ernsthaft, gab es wirklich Männer, die so etwas ignorieren konnten?

Es war Dienstag in der großen Pause, als das Handy in meiner Manteltasche vibrierte; ich stand gerade mit Steph auf den Eingangsstufen, von wo aus wir das alltägliche Getümmel, das sich auf dem Schulhof unter uns abspielte, im Auge behielten.

»Ludo Tollemache, wirst du wohl auf der Stelle Ned seinen Schuh zurückgeben?«, brüllte Steph, als einer der Viertklässler mit einem Slipper wedelnd über den Kunstrasen flitzte und seinen Klassenkameraden auf einem Bein hüpfend an der Schaukel stehen ließ.

Vorsichtig zog ich mein Handy halb aus der Tasche und warf einen Blick darauf. Eine WhatsApp-Nachricht. Ich entsperrte das Handy und wappnete mich für ein weiteres Haustierfoto von Mum. Doch wenn es nicht Ginger die Katze war, die mit Gerald der Schildkröte etwas Außergewöhnliches veranstaltete – einen Stepptanz hinlegen oder ihm ein Buch vorlesen –, war ich echt nicht in der Stimmung dafür.

Dann sah ich, dass sie von Max war.

»O mein Gott«, hauchte ich völlig durch den Wind. Ich konnte lediglich die erste Zeile der Nachricht sehen, also tippte ich mit dem Daumen drauf, um den ganzen Text lesen zu können.

Lil, begann die Nachricht, ich verstehe nicht, wie das passiert sein soll. Soweit ich mich erinnere, und ich erinnere mich noch gut daran, meintest du, es wäre »schon okay«. Mir ist klar, dass von Haus aus zwei dazugehören, wenn einer von beiden schwanger wird, aber ich habe damals extra noch gefragt. Tut mir leid, dass ich so kurz angebunden bin, aber ehrlich gesagt weiß ich nicht, was ich dazu sagen soll. In zwei Wochen bin zurück in London, daher schlage ich vor, dass wir uns dann treffen, um die Situation zu besprechen und einen Vaterschaftstest zu machen. Ich rufe dich an.

»Lil? Lil? LIL?«, hörte ich Steph neben mir und spürte dann ihre Hand auf meinem Rücken. »Alles in Ordnung bei dir?«

Ich nickte. »Ja, nein, mir geht es gut, alles in Ordnung, ich brauche nur …«, brabbelte ich, während ich immer noch die Worte anstarrte und versuchte, sie zu verarbeiten. Ein Vaterschaftstest. Ich kam mir so naiv vor. Ich war davon ausgegangen, dass Max schockiert sein könnte oder auch wütend. Mir war schon klar gewesen, dass er mich wahrscheinlich nicht anrufen und sagen würde: »Schatz! Das sind ja großartige Neuigkeiten, lass uns heiraten.« Aber ich war nicht mal auf die Idee gekommen, dass er einen Test verlangen würde, dass er daran zweifeln könnte, dass es sein Kind war. Der Max, den ich von unserem Date in Erinnerung hatte, klang kein bisschen wie der Max in dieser Nachricht – so kalt.

»Du siehst aber gar nicht gut aus. Du bist ganz grün um die Nase. Hey, komm, hock dich dahin«, instruierte mich Steph und trat einen Schritt beiseite, damit ich mich auf eine der Stufen setzen konnte.

»Mir gehts gut«, wiederholte ich, während ich mich langsam niederließ. »Ich habe nur … Ich habe gerade eine Nachricht von Max erhalten. Ich habe es ihm am Wochenende erzählt und bisher nichts von ihm gehört, und er ist …«

Ich verstummte, da Steph erneut die Jungs zusammenschiss. »LUDO TOLLEMACHE, ICH WARNE DICH!« Dann sah sie zu mir runter. »Und er ist was, Süße?«

Ich wusste nicht so recht, wie ich es ausdrücken sollte. »Er ist wohl nicht besonders glücklich«, erklärte ich. »Er glaubt mir nicht. Er will einen Vaterschaftstest. Schau.«

Ich hielt mein Handy hoch, damit sie selbst lesen konnte.

»Rutsch mal«, forderte mich Steph auf, also rückte ich ans Geländer, um Platz für ihren Hintern zu machen. Dann schnappte sie sich mein Handy und hielt es einen Fingerbreit von ihrer Nase entfernt. »Ich habe meine Brille im Lehrerzimmer gelassen«, erklärte sie. »Hmmmm«, machte sie schließlich und gab es mir wieder zurück. »Also positiv wäre zu vermerken, dass er es jetzt immerhin weiß.«

Ich nickte langsam.

»Und dass er sagt, dass er sich bei dir melden wird.«

»Ja.« Ich starrte mit leerem Blick auf den Kunstrasen vor

der Treppe. Die Jungs hätten einander mit ihren gestreiften Krawatten erdrosseln können, und ich bin mir nicht sicher, ob ich es mitbekommen hätte.

»Und was ist schon schlimm an einem Vaterschaftstest?«, fuhr Steph fort. »Es wird nur beweisen, dass es seins ist. Vielleicht ist es so besser. Zweifel ausgeräumt. Dann muss er es akzeptieren und kann sich nicht herauswinden. JEREMY HUNTER, STECK SOFORT DEINE ZUNGE WIEDER REIN, DAS MÖCHTE NIEMAND SEHEN!«

Ich plusterte die Wangen auf und atmete aus. »Ja«, sagte ich abermals nickend und verspürte etwas Trost bei Stephs Worten. »Ja«, wiederholte ich, »du hast recht. So kann er wenigstens nicht daran zweifeln. Und wenn wir uns wiedersehen, kann ich auch erklären, dass es einfach nur ein Unfall war, oder?«

»Ganz genau«, bestätigte Steph. Dann legte sie eine Hand auf meine und fuhr in etwas mitfühlenderem Tonfall fort. »Lil, Liebes, es war klar, dass das nicht ganz unkompliziert wird. Aber lass uns das Positive sehen. Mit ein bisschen Glück ist das hier der schwierigste Teil, bevor ihr beide alles Weitere klärt.«

»Mhm«, murmelte ich, doch mein Kopf schwirrte immer noch. Ein Vaterschaftstest fiel für mich in die Kategorie von Drama, die in Seifenopern passierte, aber doch nicht in meinem eigenen Leben. Ich blieb noch ein paar Augenblicke schweigend neben Steph sitzen, während die Jungs herumbrüllten wie kleine Bravehearts, bevor sie sich ächzend am Geländer hochzog und meinte, es sei an der Zeit, die Horde nach drinnen zu treiben.

6

Während der nächsten Wochen wurde ich durch die Weihnachtsvorbereitungen an der Schule (ein kleines bisschen) abgelenkt. Die Vorweihnachtszeit gehörte mit zu den besten Dingen, wenn man an einer Schule arbeitete. Klar, jeder einzelne Junge hatte eine laufende Nase, und die Ärmel ihrer Pullis waren mit glänzenden Rotzspuren bedeckt, als ob Schnecken an ihnen hochgekrochen wären, denn fünfjährige Jungs sind einfach nicht in der Lage, Taschentücher zu verwenden. Doch ihre Vorfreude auf Weihnachten stellte sich meist schon Mitte November ein und verdoppelte sich jeden Morgen, wenn wir ein weiteres Türchen am Adventskalender öffneten.

Zudem plapperten sie in einem fort über ihre Weihnachtsferien.

»Miss Bailey, wir müssen dieses Jahr schon wieder auf die Malediven«, sagte Roman eines Morgens bekümmert, als wir das nächste Kalenderfenster öffneten.

»Wir fliegen nach Antigua«, meldete sich Dmitri.

»Ich fliege zu den See-Schellen!«, rief Oscar.

»Na, da habt ihr aber alle ein Glück. Ich fahre nach Norfolk, zu meinen Eltern«, sagte ich, um wenigstens ein Fünkchen Bescheidenheit in dieses Klassenzimmer zu bringen.

Auch wenn es keineswegs nur die Jungs waren, die sich wie Besessene auf die weniger heiligen Seiten von Weihnachten stürzten. Das Thema Geschenke kam in der folgenden Woche auf, als wir zusammen im Antelope saßen. Steph und Mike spielten das alljährliche Ratespiel, wer wohl von welchem Elternteil das absurdeste Geschenk bekommen würde. Die Flut an Gaben, die St. Lancelot zu Weihnachten überrollte, war im Kollegium legendär. Diptyque-Duftkerzen, Jo-Malone-Badeöl, Geschenkkörbe von Fortnum & Mason und Champagnerflaschen waren noch das Mindeste. Es war nicht unüblich, dass beim Abholen der Jungs am letzten Schultag Kindermädchen oder Eltern mit blauen Smythson-Taschen auftauchten, die personalisierte ledergebundene Kalender oder Handtaschen enthielten. Oder Bora-Papiertüten, in denen feinste Kaschmirschals steckten. Es gab auch Getuschel über Cartier- und Rolex-Taschen im Lehrerzimmer, als wollte das gesamte Kollegium herausfinden, was die extravaganteste Wundertüte der Welt für sie bereithielt.

Mir waren einige Kollegen bekannt, die den Eltern ihre Privatadresse mitgeteilt hatten, damit diese ihnen ganze Weinkisten zukommen lassen konnten (zu sehr fürchteten sie Miss Montagues Zorn, falls sie derartige Lieferungen an der Schule entgegennehmen sollten). Ferienvillen und Gutscheine für Wellness-Wochenenden waren ebenfalls nicht unüblich. Vor ein paar Jahren erhielt Miss Allen, die Schauspiellehrerin, eine frühe Banksy-Skizze. Letztes Jahr ging das Gerücht, dass Mrs. Hassan übers Wochenende in einem Privatjet nach Venedig geflogen war – eine kleine Aufmerksamkeit eines Pharma-Milliardärs, dessen Sohn ihre Klasse besuchte.

Steph war normalerweise eine der größten Nutznießerinnen, da ihr Jahrgang die allgemeinen Zulassungsprüfungen für die weiterführenden Eliteschulen absolvierte; die Eltern hätten ihr einfach alles gegeben – eines ihrer Autos, eines ihrer Häuser, eines ihrer inneren Organe –, wenn nur die Chance bestand, dass es ihren Sprösslingen eine bevorzugte Behandlung einbringen würde.

Es war auch der Abend, an dem Max anrief.

»Oh, ohhhh«, sagte ich zu den beiden, die vom Thema Geschenke abgekommen waren und sich nun darüber stritten, wer sich auf der Weihnachtsfeier des Kollegiums am schlimmsten volllaufen lassen würde. »Leute, das ist *er*.«

Sie verstummten und sahen mich an. Ich starrte das Telefon an, das auf dem Tisch vibrierte.

»Na los, gucken allein bringt nichts, geh ran«, ermahnte mich Steph.

Also ging ich ran.

»Hi, Max«, sagte ich steif.

»Lil?« Keine Ahnung, warum er es als Frage formulierte. Wer sollte es sonst sein?

»Hallo«, wiederholte ich.

Mike formte stumm etwas mit den Lippen, was ich

nicht entziffern konnte, also wandte ich ihnen den Rücken zu und blickte stattdessen zur Theke.

»Ich bin zurück«, sagte er. »Ich meine, in London.«

»Ach so, okay, cool …« Sofort verdrehte ich gequält die Augen. Warum bitte sagte ich »cool«? Ich wollte gelassen und reif klingen, nicht wie eine Vierzehnjährige beim ersten Date.

Dann folgte ein kurzes Schweigen, bevor Max weitersprach.

»Wann wäre dir ein Treffen denn recht?« Er klang kurz angebunden. Förmlich. Als würde er ein Geschäftsmeeting ausmachen.

Ich dachte nach. Der letzte Schultag war nächsten Donnerstag, und die Weihnachtsfeier fand am selben Abend statt. Doch Donnerstagnachmittag könnte ich es wahrscheinlich einrichten. Dabei sollte ich eigentlich das Klassenzimmer auf Vordermann bringen und die Weihnachtsgeschenke für meine Eltern besorgen. Ich hatte wie üblich noch kein einziges gekauft. Aber nach zwei Stunden Shopping könnte ich wahrscheinlich sowieso eine Pause gebrauchen.

»Würde Donnerstag dir passen?«, schlug ich vor, wobei ich versuchte, mich seinem pragmatischen Tonfall anzupassen und möglichst nicht allzu nervös zu klingen. Denn wenn ich nervös wurde, fing ich an, komisch zu quieken. Jess meinte, es sei, als würde man sich mit einer Fledermaus unterhalten.

»Gut, wo wäre es dir recht?«

»Irgendwo in Chelsea?«, schlug ich vor. »Ich muss an

dem Tag nämlich noch ein paar Sachen in der Schule regeln. Ach ja, und am Tag darauf habe ich meinen Zwölf-Wochen-Ultraschall, falls du …« Ich verstummte, als meine Stimme wirklich begann, ziemlich fledermausartig zu klingen.

»Lass uns das nächste Woche besprechen«, sagte er emotionslos. »Aber Chelsea passt. Irgendein bestimmter Ort?«

Abermals dachte ich nach. Ich wollte nicht riskieren, einem Kollegen über den Weg zu laufen, weshalb hier wohl der diskreteste Treffpunkt wäre.

»Ähm, das klingt jetzt vielleicht ein bisschen komisch, aber wenn es dir nichts ausmacht, würde ich vorschlagen, dass wir uns in einem Pub namens Antelope treffen. Gleich an der U-Bahn Sloane Street. Da ist es ruhig, und wir sind abseits des Weihnachtsgetümmels.«

»Kein Problem. Sagen wir um vier?«

»Ja«, quiekte ich, bevor ich meine Stimme wieder in den Griff bekam. »Ich meine, ja, das passt gut. Bis dann.«

Wir verabschiedeten uns, und ich ließ das Handy in meine Tasche fallen, bevor ich mich wieder zu Steph und Mike umdrehte.

»Ich kann nicht glauben, dass du dich hier mit ihm triffst«, sagte Mike. »Ich werde ja so was von kommen. Ich werde mir eine Schiebermütze aufsetzen, mich an den Tresen setzen und so tun, als würde ich die Zeitung lesen.«

»Denk nicht mal dran«, warnte ich ihn.

»Natürlich wird er das nicht tun«, beschwichtigte mich Steph und warf ihm einen mahnenden Blick zu. »Lief es denn gut?«

Ich rümpfte die Nase. »Nicht wirklich. Er klang wie eine dieser automatisch generierten Nachrichten.« Ich setzte eine Roboterstimme auf: »Hallo. Ich habe eine wichtige Information zu Ihrer Hausratversicherung.«

Mike lachte, und Steph verzog das Gesicht. »Oh, Mäuschen«, sagte sie mitfühlend. »Aber gut, dass du jetzt einen Plan hast.«

»Einen Schlachtplan«, ergänzte Mike.

»Nein, keinen Schlachtplan«, korrigierte Steph ihn rasch. »Nur einen Plan.«

Ich schenkte den beiden ein dankbares Lächeln und öffnete den Kalender auf meinem Handy. *Mit Max was trinken*, notierte ich in das Feld für nächsten Donnerstag. Dann änderte ich *was trinken* ab in *treffen*. Ich nickte stumm, als ich es speicherte und dann mein Handy weglegte. Wenn Max wie so ein Geschäftsmann mit Stock im Arsch daherreden wollte, dann würde ich mich eben genauso reserviert geben.

Am folgenden Donnerstag war ich am Ausflippen, weil ich keine Ahnung hatte, was ich anziehen sollte. Wenn man Fünfjährigen nicht half, schlüpften sie mit dem Fuß immer in den verkehrten Turnschuh. Aber mit einunddreißig weiß man doch für gewöhnlich, wie man sich anzieht, oder? Ich hatte verschiedene praktische* (*langweilige) Kleider für die Arbeit, die meisten davon grau oder dunkelblau. Ich hatte zwei Lieblingsjeans, die ich am Wochenende trug. Ich hatte diverse Oberteile, hauptsächlich von Topshop und Zara, die ungenutzt in meinen Schubladen schlummerten – Spontankäufe, wenn ich mal wieder etwas ausprobieren wollte, was kurzzeitig in Mode war, darunter ein gesmoktes Top, was mit Leopardenmuster, eine blaue Schluppenbluse (okay, die Schluppenbluse war ein echter Tiefpunkt). Aber für gewöhnlich trug ich Jeans und dazu ein paar ausgewählte alte Pullis, die ich mochte, weil ich die Ärmel über die Hände ziehen konnte, eine Gewohnheit, die ich nie abgelegt hatte.

Besagter Donnerstagmorgen war einer jener Momente, in denen ich mir wünschte, meine Garderobe wäre etwas umfangreicher. Was war das richtige Outfit, um meinen Kindsvater zu treffen? Würg, was für ein fieses Wort, ich hörte mich an wie eine Kardashian. Stirnrunzelnd wühlte ich mich durch die Sachen an der Kleiderstange, als könnte mir irgendwas, das ich bisher übersehen hatte, ins Auge springen.

Dann öffnete ich die Schublade darunter. Jeans. Es würde also auf Jeans mit Bluse hinauslaufen. Vielleicht besaß ich ja etwas, das ich vergessen hatte und das passte. Denn darin bestand das andere Problem. Ich war gerade mal drei Monate schwanger, doch wenn ich nackt vor dem Badezimmerspiegel stand, sah ich aus, als hätte ich einen ganzen Sonntagsbraten verputzt. Samt Nachtisch und Käseteller. Ich fühlte mich allmählich wie Brät, das man in eine Wursthülle gequetscht hatte.

Im Übrigen klärte einen niemand über die Blähungen auf, die mit so einer Schwangerschaft einhergingen. Mein Gepupse war geradezu unglaublich. Ein-, zweimal hatte ich mich ernsthaft selbst übertroffen. Ein paar Tage zuvor, als die Jungs gerade über ihren Arbeitsblättern saßen und Fergus und ich unsere Runden im Klassenzimmer drehten, ließ ich versehentlich einen fahren, als ich neben dem armen Cosmo in die Hocke ging, woraufhin ihn Roman lautstark des Furzens beschuldigte, was wiederum dazu führte, dass Cosmo losheulte. Natürlich war ich nicht geständig gewesen, stattdessen hatte ich Roman lediglich ermahnt, ruhig zu sein und weiter die Igel zu zählen. Aber der Gestank war richtig fies gewesen. Er hatte mir förmlich die Tränen in die Augen getrieben. Während ich also systematisch meinen Schrank durchging, betete ich im Stillen, dass dies im Pub mit Max nicht zu einem Problem werden würde.

Schließlich entschied ich mich für eine Jeans und einen rosa Pulli von Zara und stopfte sie in eine Tragetasche. Dann zog ich eins meiner öden Arbeitskleider an und machte mich auf den Weg zur U-Bahn. Da es der letzte Schultag war, mussten die Jungs nur ihre Pulte aufräumen. Dann hängte ich die selbst gemalten Bilder von der Wand ab und verteilte sie, bevor ich *Der Schneemann* in den DVD-Player einlegte, damit sie alle ruhig auf den Sitzsäcken fläzen und die Zeit vor der abschließenden Schülerversammlung totschlagen konnten.

»Hopp, hopp!«, sagte ich, während ich versuchte, sie dazu zu bringen, sich in einer ordentlichen Reihe aufzustellen. Es war, als würde man eine Schar Ameisen hüten.

Als es Zeit zum Abholen war, übergab ich sie an die auf dem Schulhof wartenden Kindermädchen, von denen die meisten mit Geschenktüten für mich gekommen waren. Ich versuchte, sie mit so viel Haltung wie möglich anzunehmen, wobei ich mich zusammenreißen musste, um nicht sofort die dicken Schleifen abzureißen und die Tüten noch vor Ort zu durchwühlen.

»Vielen lieben Dank und frohe Weihnachten, Dmitri!«

»Frohe Weihnachten, Achilles, vielen Dank … frohe Weihnachten, Vikram!« Und so weiter und so fort, bis sie alle weg waren und ich endlich ins Klassenzimmer wanken konnte, um die Ausbeute zu inspizieren.

Die Taschen beinhalteten: einen edlen Raumduft von Harrods, der nach Orangen duftete (vielen Dank, Eltern von Cosmo); ein Paar Hermès-Lederhandschuhe von Hunters Eltern; ein Glas Marmelade von Georges Eltern; und von Dmitri etwas, das auf den ersten Blick wie Schuhcreme aussah. Nein, das war keine Schuhcreme, begriff ich, als ich die Dose umdrehte. Es war Kaviar. Eine 125-Gramm-Dose Beluga-Kaviar von Fortnum & Mason, die anscheinend 843 Pfund kostete (ich googelte es direkt vor Ort). Dann recherchierte ich, wie man das Zeug aß, und Google sagte mir: mit Toast. Etwas derart Teures auf eine Scheibe labbrigen Weißbrots zu klecksen, kam mir reichlich schräg vor, aber ich entschied, es Mum und Dennis mitzubringen. Ich beäugte die Dose mit zusammengekniffenen Augen. Könnte ich die beiden davon überzeugen, dass es sich um ein Geschenk von mir handelte? Nee, darauf würden sie nie im Leben reinfallen.

Während ich wie ein Einbrecher die Taschen durchwühlte, vibrierte mein Handy auf dem Pult. Jess.

»Hi, Puppe«, begrüßte sie mich, als ich ranging. »Bleibt es beim Ultraschall morgen?«

»Jepp, denke schon. Danke, dass du mitkommst. Passt es, wenn wir uns direkt am Empfang vom St. Thomas treffen?«

»Klaro«, erwiderte sie.

»Uuuuund«, sagte ich langsam, »ich treffe mich heute Nachmittag mit Max.«

»Heilige Scheiße, stimmt ja. Wie fühlst du dich?«

»Ganz gut.« Das war gelogen. Jedes Mal wenn ich an das Treffen dachte, hatte ich das Gefühl GANZ dringend aufs Klo zu müssen, doch ich tat mein Bestes, mich nach außen hin zuversichtlich zu geben.

»Mhmm«, machte sie. »Okay, viel Glück. Gibst du mir Bescheid, wie es gelaufen ist?«

»Natürlich.« Dann hörte ich im Hintergrund eine Stimme. »Wer ist das?«, fragte ich. »Alexi?«

»Ja«, bestätigte sie und kicherte los. »Er versucht, mich wieder ins Bett zu locken, aber ich ignoriere ihn.«

»Wann unternehmen wir mal wieder was?«, fragte ich. Wenn man sich Freundschaft wie ein Tortendiagramm vorstellte, dann schienen das Baby und ich im Moment vier Fünftel davon auszumachen, Jess nur ein Fünftel. Ich hatte ein schlechtes Gewissen. Egal, wie nervig Menschen sein konnten, wenn sie frisch verliebt waren, mir war bewusst, dass ich mehr für sie da sein sollte.

»Na, morgen Abend«, sagte sie. »Und da bringe ich ihn mit.«

»Was ist denn mo…?« Fuuuuuuuuuck. Plötzlich fiel es mir ein. Morgen war unsere Uni-Weihnachtsfeier. Sie fand jedes Jahr am letzten Wochenende vor Heiligabend statt. Unser gesamter Bekanntenkreis aus Edinburgh – zumindest diejenigen, die gerade in der Gegend waren – versammelte sich in einem Pub, und alle zogen dem Anlass entsprechend kitschige Weihnachtspullis an. Letztes Jahr waren Jake und ich noch ein Paar gewesen und hatten passende Mr.-und-Mrs.-Snowman-Pullis getragen.

»Scheiße, meinst du, Jake wird auch da sein?« Ich hatte so viel um die Ohren gehabt, dass ich die Party vollkommen vergessen hatte.

»Keine Ahnung. Wahrscheinlich schon?«

»Scheiße«, sagte ich erneut, »das hatte ich total verschwitzt. Aber das mit Alexi ist trotzdem toll. Kann ich mich mit euch beiden in einer Ecke verkriechen?«

»Natürlich. Es werden sowieso nur drei Leute da sein, mit denen ich mich wirklich unterhalten möchte.«

»Okay, abgemacht. Aber gut, geh du mal wieder ins Bett. Wir sehen uns morgen.«

»Und du berichtest mir nachher, wie es gelaufen ist?«

»Jepp, wird gemacht.«

Als Nächstes verpackte ich das Lametta und die Papierengel, die das Klassenzimmer geschmückt hatten, in einer Kiste und trug sie zu Mr. Herbert runter. Der Hausmeister betrat nie das Lehrerzimmer. Er hatte sein eigenes, separates »Büro« (eher ein Kabuff) direkt neben dem Schulhof.

»Hallo, Mr. Herbert, ich hab hier was für Sie«, sagte ich und klopfte mit meiner freien Hand an die Tür.

Er kam in seiner sandfarbenen Jacke zur Tür und nahm die Kiste brummend entgegen. Mr. Herbert war kein Mann großer Worte.

»Okay, dann vielen Dank«, sagte ich. »Bis später auf der Feier?«

Er brummte erneut. Hätte auch ein Lachen sein können.

Nachdem ich das erledigt hatte, mischte ich mich unter die shoppingwütigen Massen, die Chelsea unsicher machten. Das war bei mir immer so, ich schob meine Weihnachtseinkäufe bis auf den letzten Drücker vor mir her und griff dann vor lauter Eile bei den Geschenken komplett daneben. Ich ließ mich von der Menge an Leuten treiben, die irgendwelche Sachen aus den Regalen nahmen, sie mit ängstlich aufgerissenen Augen ansahen, um dann in heller Panik ein L'Occitane-Geschenkset zu erstehen. Nichts gegen L'Occitane, aber wer bitte ist je losgezogen mit dem erklärten Ziel, ein Geschenkset bestehend aus Seife und Handcreme zu kaufen?

Dieses Jahr wusste ich zumindest, was ich Dennis schenken wollte. Es brauchte nicht mehr als einen kurzen Abstecher in die versteckte Buchhandlung an der King's Road, um die neue Biografie von Stalins Lieblingsgeneral zu besorgen, die mir Mr. Hooper, der Geschichtslehrer, für ihn empfohlen hatte. Mum war da schon kniffliger. Zwar sagte sie immer: »Für mich musst du nichts holen«, aber das meinte sie nicht wirklich so. Ich spazierte die King's Road entlang, um mich inspirieren zu lassen, fand allerdings nichts, weshalb ich kehrtmachte und schnell bei Peter Jones reinschneite, um mich schließlich für ein Set bestehend aus vier Frida-Kahlo-Tellerchen zu entscheiden.

Als ich danach durch die Make-up-Abteilung stöberte,

fiel mein Blick auf ein Schild auf einem der Verkaufstresen, darauf stand: *Mach dich startklar für die Party in nur zwanzig Minuten*. Ich sah auf die Uhr. Es war gerade mal 15.15 Uhr, also hatte ich jede Menge Zeit, bevor ich Richtung Pub aufbrechen musste, und mein Gesicht konnte wahrscheinlich eine kleine Auffrischung gebrauchen, bevor ich mich mit Max traf und danach auf die Party ging.

Rückblickend war das nicht die beste Idee. Aber ich war seit Stunden auf den Beinen gewesen und wollte nicht ganz so abgewrackt aussehen. Ich wollte mich weniger wie eine pummelige Schwangere fühlen, die kaum noch ihre Jeans zubekam, sondern mehr wie eine Frau, die ihr Aussehen noch im Griff hatte. Adrett und ordentlich. Mehr wie Lady Primrose Percy. Klar, das mit Max war kein Date, aber aus irgendeinem Grund wollte ich ihn dennoch beeindrucken. Ich wollte mit genug Selbstbewusstsein im Antelope aufkreuzen, um ihm nötigenfalls Paroli bieten zu können, falls er sich querstellte. Gefasst genug, um ihm mitzuteilen, dass ich das auch alleine stemmen könnte, ganz ohne ihn, falls das sein Wunsch sein sollte.

»Hallo«, sagte ich zu einer Dame mit neonblauem Lidschatten, die hinter dem Tresen stand. »Kann ich mich bei Ihnen schminken lassen?« Ich deutete auf das Schild.

»Ganz genau«, bestätigte sie. »Das macht zwanzig Pfund, aber die Kosten für das Schminken können Sie gegen unsere Produkte einlösen.«

»Klar, kein Problem«, sagte ich. Dabei war mir gar nicht klar gewesen, dass es irgendwas kosten würde, aber ich befand, dass es peinlich wäre, einen Rückzieher zu machen.

Dann würde ich mir eben eine neue Wimperntusche kaufen.

Sie deutete auf einen Hocker, und ich setzte mich, wobei ich die Einkaufstaschen zu meinen Füßen abstellte.

»Haben Sie noch in letzter Minute Geschenke gekauft?«, erkundigte sie sich, während sie mit nach Rosen duftenden Baumwollpads über mein Gesicht wischte.

»Mhmm«, bestätigte ich, wobei ich möglichst versuchte, sie nicht anzuatmen.

»Also gut.« Sie trat einen Schritt zurück und betrachtete mein Gesicht. »Was für ein Look schwebt uns denn vor?«

»Nun ja, nachher habe ich eine Weihnachtsfeier mit den Kollegen«, begann ich, »aber davor habe ich ein Treffen mit … äh, ist ja auch egal. Ich habe heute Nachmittag einfach nur ein Treffen, bei dem ich selbstbewusst aussehen muss. Irgendwie … mutig.«

Sie nickte. »Schon verstanden. Ich denke, was wir in diesem Fall benötigen, ist makellose Haut und ein wenig Smokey Eyes?«

»Perfekt, vielen Dank.«

Da ich in Gedanken so mit dem Treffen mit Max beschäftigt war, achtete ich nicht weiter darauf, was sie mit meinem Gesicht veranstaltete. Hätte ich das getan, wäre mir vielleicht nicht entgangen, dass sie ein wahrhaft schillerndes Arsenal an Cremes, Puder, Stiften und Pinseln zum Einsatz brachte. So jedoch war ich einfach froh, dass ich in Ruhe dort sitzen konnte und jemand sich um mein Gesicht kümmerte, während ich mich damit verrückt machte, mir auszumalen, wie Max und ich uns wohl begrüßen würden. Ich hatte einfach keinen blassen Schimmer, wie man jemanden begrüßte, den man zwar nur ein einziges Mal getroffen hatte, dessen Kind man jedoch erwartete. Ein Kuss auf die Wange? Zwei Küsse? Eine Umarmung? Ein High Five? Vielleicht wäre gar keine Begrüßung am wenigsten peinlich. Wenn ich früh genug dort wäre, könnte ich mich schon mal an einen Tisch setzen und ihm nur noch zuwinken, wenn er ankäme.

»So, das hätten wir«, verkündete die Dame überaus selbstzufrieden, wobei sie zurücktrat, um ihr Werk zu mustern. Ich drehte mich auf dem Hocker um, damit ich einen Blick in den Spiegel werfen konnte.

Ach, du heilige Scheiße. Ich sah aus wie Cher in ihrer Disco-Phase. Die Augen waren dick mit Kajal umrandet, darüber so eine Art silbriger Lidschatten und darunter extrem betonte pinke Wangenknochen.

»Oh!«, machte ich.

»Gefällt es Ihnen?«, fragte sie. »Ich dachte, für Ihre Party könnten Sie einen Hauch Glitzer benötigen.«

»Mhmm«, machte ich unverbindlich und warf einen raschen Blick auf meine Uhr. Zehn vor vier. Mir blieb keine Zeit mehr, mein Gesicht in seinen Normalzustand zurückzuversetzen. Ich musst zum Pub.

»Das macht dann also zwanzig Pfund, oder Sie können stattdessen auch eines unserer Produkte erwerben«, sagte sie.

»O ja. Natürlich. Könnte ich die Wimperntusche mitnehmen?«, fragte ich. Ich befand, dass es das am wenigsten abartige Zeug war, das sie mir ins Gesicht geklatscht hatte.

»Aber natürlich«, erwiderte sie und griff schon in den Schrank. »Wobei die Wimperntusche 24 Pfund kostet, also müssten Sie noch die Differenz begleichen.«

»Ach so, okay«, antwortete ich und zückte meinen Geldbeutel.

Alles in allem hatte ich also vier Pfund investiert, um bei diesem Treffen mit Max aufzukreuzen, als hätte einer meiner Schüler mein Gesicht mit Fingerfarben bemalt.

Während ich zum Pub eilte, warf ich immer wieder einen Blick in die Schaufenster. Durch das Gehetze wurde mir warm, und ich wusste, sobald ich mich im Pub hinsetzte, würde mir der Schweiß ausbrechen und das Make-up auf meinem Gesicht verlaufen. Ganz toll.

Als ich ankam, war Max noch nicht da, also eilte ich zu unserem Stammtisch ganz hinten im Eck und legte gerade meinen Mantel und die Einkaufstaschen auf einem Stuhl ab, als ich eine Stimme hinter mir hörte.

»Lil?«

Ich drehte mich um. Er war es. Etwas dünner, als ich ihn in Erinnerung hatte, dafür aber gebräunter. In seinem Bart waren sonnengebleichte, beinahe schon blonde Flecken zu sehen.

»Hi, hallo, tut mir leid, bin auch gerade erst angekommen.« Ich spürte, wie mir Schweißperlen auf die Oberlippe traten.

»Hallo«, erwiderte er steif, worauf eine kurze Pause folgte, bis wir uns zu einer gestelzten Umarmung durchrangen.

Bevor wir uns voneinander lösten, wischte ich mir rasch noch über die Oberlippe, damit er es nicht sah.

»Bitte, ignorier einfach mein Gesicht«, plapperte ich drauflos. »Ich muss später noch auf eine Weihnachtsfeier, und die Make-up-Dame im Kaufhaus … Ach, eigentlich willst du das gar nicht genau wissen.«

»Möchtest du etwas trinken?«

»Oh. Ja, bitte. Ähm, eine Limonade?«

»Okay, ich geh nur kurz …« Er deutete mit dem Kinn Richtung Theke. Mir fiel auf, dass er nervös war.

»Klar, mach das.«

Er ging rüber, und ich setzte mich, wobei ich an unser erstes Date denken musste, als ich eintraf und er schon einen Wodka für mich bereitstehen hatte. Wenn überhaupt, so überlegte ich, als ich seinen Rücken betrachtete, sah er nur noch besser aus. Irgendwie wilder, rauer. Vielleicht lag es daran, dass er ein zurückgekehrter Held war, was ihm eine zusätzliche glamouröse Anziehungskraft verlieh. Kaum dass ich ihn gesehen hatte, hatte ich – ärgerlicherweise – ein Kribbeln verspürt.

Er kehrte mit meiner Limonade und einem Tee für sich an den Tisch zurück, wobei die Tasse und das Tellerchen in seiner Hand geradezu zierlich aussahen.

»Kein richtiger Drink?«, fragte ich und biss mir gleich wieder auf die Zunge.

»Nein«, sagte er. »Es dauert eine Weile, bis man sich wieder an den Alkohol gewöhnt hat. Nach einer Höhenkrankheit.«

»Oh, klar. Natürlich.« Reiß jetzt bloß keine Witze, Lil.

»Es ist, äh, gut, dass du heil zurück bist«, fügte ich, um einen versöhnlichen Tonfall bemüht, hinzu.

»Danke.« Er starrte in seine Teetasse, bevor er wieder zu mir aufsah. »Hör mal, ich, äh … ich … Ich meine, ich … Um ehrlich zu sein, weiß ich nicht, wo ich anfangen soll. Ich schätze, ich bin verwirrt«, gestand er und fuhr, bevor ich etwas sagen konnte, fort: »Denn ich weiß, dass wir getan haben, was wir getan haben, und dafür übernehme ich auch die volle Verantwortung, aber ich hatte angeboten, äh« – er senkte die Stimme – »ein Kondom zu verwenden, und du hast mir gesagt, es wäre auch so okay.«

Ich nickte rasch. »Das war es auch. Ich meine, das hätte es sein sollen. Ich nahm zu der Zeit die Pille.« Schlagartig überkam mich die Absurdität der Situation – hier mit einem Fremden, einem berühmten Fremden noch dazu, in einem schäbigen Pub zu sitzen und solch intime körperliche Details zu diskutieren –, sodass ich beinahe drauflosgelacht hätte. Aber zum Glück tat ich es nicht.

»Aber wie dann, Lil? Wie ist es passiert?« Er blickte mich eindringlich an, wobei er sich nach vorne beugte und mit den Unterarmen auf dem Tisch aufstützte.

»Manchmal passiert es eben einfach.« Ich klang defensiv. »Ich nehme die Pille seit ungefähr fünfzehn Jahren, und es gab nie ein Problem. Aber es ist kein hundertprozentiger Schutz. Den gibt es nicht.«

Max sah wieder in seine Tasse. »Ich muss dich das jetzt fragen. Und es tut mir leid, aber … es war definitiv ein Unfall, ja? Es war nicht …«

Ich unterbrach ihn. »Absicht, meinst du?«

Er nickte langsam und sah mich dabei an.

»Nein, versprochen«, sagte ich. »Ich schwöre es. Du kannst mir glauben, bei einem ersten Date von einem Wildfremden geschwängert zu werden, gehörte nicht zu meinen erklärten Lebenszielen.«

»Und du hast beschlossen, es zu behalten, ohne mich überhaupt in die Entscheidung mit einzubeziehen?«

»Nein«, erwiderte ich bestimmt. »Ich meine, ja, aber du warst gerade irgendwo auf einem Berg, Tausende von Meilen entfernt. Na ja, genau genommen dreitausendsiebenhundert... Ist ja auch egal.« Ich sah auf meine Hände im Schoß, atmete aus und ermahnte mich, Ruhe zu bewahren. Erwecke die Miss Montague in dir, Lil. Ruhe und Selbstvertrauen. Dann sah ich wieder zu ihm auf. »Also ja, ich habe beschlossen, es zu behalten, während du weg warst. Aber ich habe tagelang hin und her überlegt.«

»Tagelang!«, wiederholte Max kopfschüttelnd. »Machst du Witze? Ein paar Tage für etwas, das das Leben anderer Menschen komplett auf den Kopf stellt?«

»Es war keine leichte Entscheidung«, wehrte ich mich und betonte dabei jedes Wort. »Und dann musste ich auch noch einen Ultraschall machen wegen ...« Ich wollte ihm gegenüber meine »Zyste« nicht erwähnen. »Ich musste einen Ultraschall machen lassen, und dabei habe ich den Herzschlag gesehen. Und das war der Moment, in dem die Entscheidung fiel. Du kannst dir dieses Gefühl nicht vorstellen. Du hast es nicht gesehen. Aber es hat alles verändert. Du kannst morgen Mittag zu meinem Zwölf-Wochen-Scan mitkommen, wenn du magst.«

»Ja, das sagtest du bereits«, erwiderte er. »Ich habe mich kundig gemacht, und wir können im humangenetischen Labor des St. Thomas auch Blut abnehmen lassen.«

Dazu sagte ich nichts.

»Für den Vaterschaftstest«, fuhr er fort.

»Gut«, sagte ich kühl.

Er lehnte sich auf seinem Stuhl zurück und fuhr sich mit der Hand durchs Haar. »Mein Gott.« Dann seufzte er und sah mich mit brennendem Blick an. »Du hast also herausgefunden, dass du schwanger bist, hast einen Ultraschall machen lassen und dann beschlossen, dass du das ganz alleine durchziehen willst?«

»Ich wollte das nicht alleine durchziehen, weil ich ursprünglich nämlich gar nicht schwanger werden *wollte*. Aber es ist nun mal passiert«, erwiderte ich, um eine feste Stimme bemüht. »Aber was ich dir heute eigentlich sagen wollte, ist, dass du dabei sein kannst oder auch nicht. Natürlich war es eine Überraschung, sogar eine große Überraschung, aber ich habe für mich die Entscheidung getroffen, dass ich es behalten will. Wobei mir durchaus bewusst war, dass du möglicherweise nicht das Gleiche willst wie ich. Ich kann verstehen, wenn du nichts damit zu tun haben willst. Ich … hatte einfach das Gefühl, die richtige Entscheidung zu treffen.«

»Die richtige Entscheidung für wen?«, wiederholte Max so laut, dass der Barkeeper zu uns rüberschaute. »Jetzt mal im Ernst, wie bitte kann es eine gute Idee sein, ein Kind in die Welt zu setzen, wo wir uns doch nur ein Mal getroffen haben?«

»Es ist das Richtige für das Baby«, beharrte ich. »Du musst dich nicht weiter darum kümmern.«

Erneut schüttelte er den Kopf, und ich spürte, wie sich die Wut in mir regte. Er hörte mir einfach nicht zu.

»Aber willst du denn keine normale Familie?«, fragte er.

»Was heißt schon normal?«, hielt ich dagegen und warf die Hände in die Luft. »Meine Eltern sind es ganz sicher nicht. Und ich wette, deine auch nicht.« Ich würde ganz bestimmt nicht zugeben, dass ich sie gegoogelt hatte. »Es gibt viele Frauen, die das heutzutage so machen.«

»Was? Sich absichtlich schwängern lassen und ein Kind von einem Mann bekommen, den sie nicht kennen?«

Es war wie ein Schlag in die Kehle.

»Ich habe dir bereits gesagt, dass es nicht absichtlich war«, sagte ich mit erstickter Stimme. Tränen, das war nun wirklich das Letzte, was ich brauchte. Tränen, die mein Augen-Make-up auflösten, mit dem diese Irre mich vollgespachtelt hatte, damit ich Max gegenübersaß und aussah wie ein trauriger Clown.

»Tut mir leid«, sagte er und reichte mir seine Serviette. »Ich wollte dich nicht aufregen. Aber du musst es auch aus meiner Perspektive betrachten. Ich lerne jemanden auf einer Dating-App kennen, wir schlafen miteinander, ich gehe ins Ausland, und als ich zurückkomme, erzählt sie mir, dass sie schwanger ist. Ich fühle mich so …« Er hielt inne und ballte seine Fäuste auf dem Tisch. »Ich fühle mich beraubt. Um die Zukunft beraubt, die ich mir wünschte. Dessen beraubt, was ich sein wollte. Der Möglichkeit beraubt, ein richtiger Vater zu sein. Denn das hier ist es nicht,

Lil, das hier ist nicht die richtige Art und Weise, ganz und gar nicht. Du hast mir überhaupt keine Chance gegeben. Darum muss ich auf einen Vaterschaftstest bestehen. Das verstehst du doch, oder?« Er klang fast flehend.

»Du wurdest nicht beraubt«, sagte ich kopfschüttelnd und blinzelte durch meine Tränen hindurch. »Ich wollte das nicht. Es ist einfach passiert. Ich habe mir das doch selbst immer gewünscht – eine Familie gründen, zusammen mit einem Partner. Nicht so.« Jetzt klang meine Stimme doch wie die einer Fledermaus. »Aber das Leben läuft nun mal nicht immer, wie wir uns das denken. Und es tut mir leid, wenn du das hier nicht willst, aber ich, ich will es.«

Ich schnäuzte mich in seine Serviette, und dann wurde mir bewusst, dass ich keine Lust darauf hatte, hier herumzusitzen und zu heulen. Ich hatte ohnehin den Eindruck, dass Max bereits beschlossen hatte, nichts damit zu tun haben zu wollen, und die feindselige Stimmung, die mir über den Tisch hinweg entgegenschlug, weckte meinen Beschützerinstinkt für das Baby nur noch mehr. Ganz so, als ob es diesen Streit über seine Zukunft irgendwie mit anhören könnte.

»Weißt du was, Max«, sagte ich, »lass gut sein. Ich gehe. Du kannst morgen kommen oder auch nicht. Aber ich kann das auch ohne dich durchziehen.«

Ich wollte alleine sein. Ich fühlte mich furchtbar naiv und traurig. Verzweifelter, als ich es je gewesen war, seit ich herausgefunden hatte, dass ich schwanger war. Ich hatte in meinem Kopf gefühlt eine Milliarde Szenarien dieses Treffens mit Max durchgespielt, aber in keinem davon war ich mir derart dumm, derart angeklagt vorgekommen. Ich hatte mich sogar dazu hinreißen lassen, mich zu fragen, ob er zurückkehren und ein paar weitere Dates vorschlagen würde, um zu sehen, wie sich das zwischen uns entwickelte. Beschämt kniff ich die Augen kurz zusammen, während ich mich umdrehte, um meine Einkaufstaschen zusammenzuklauben.

»Lil, warte …« Er packte meinen linken Arm.

Aber mit so viel Würde, wie ich mit diesem Gesicht aufbringen konnte, das aussah, als würde es gleich schmelzen, schüttelte ich seinen Arm ab und machte mich, beladen mit Frida-Kahlo-Tellern und einem dicken Buch über einen russischen General, auf den Weg zur Tür. Ich konnte einfach nicht länger dort sitzen und mich verhören lassen, als hätte ich etwas Verwerfliches getan.

Ich hielt ein Taxi an und ließ mich direkt nach Brixton fahren. Ein ziemlicher Luxus, aber ich konnte, so wie ich aussah, unmöglich die U-Bahn nehmen, und ich wollte einfach nur noch nach Hause. Was Max und seine Reaktion betraf, war ich viel zu optimistisch gewesen. Ich hatte Annahmen über ihn gemacht, ohne ihn wirklich zu kennen. Zum Beispiel hatte ich mir vorgestellt, dass er von den Neuigkeiten überwältigt sein könnte. Ich hatte in Betracht gezogen, dass er mir misstrauen könnte. Aber ich hätte nie gedacht, dass er so wütend oder aufgebracht sein und mich derart ungehalten anfahren würde. Ich schluckte angestrengt, als noch mehr Tränen über meine Wangen rannen.

»Gehts um einen Kerl?«, erkundigte sich der Fahrer, wobei er mir im Rückspiegel einen Blick zuwarf.

Ich schniefte und blinzelte verwirrt.

»Ich merke so was immer«, fuhr er fort. »Da draußen gibt es einen Haufen anderer Männer, Schätzchen.«

»Danke«, sagte ich und schnäuzte mich in die durchweichte Serviette, die ich immer noch umklammert hielt. Ich wollte gerade keine Diskussion vom Zaun brechen, was für Fragen angebracht oder eben unangebracht waren, wenn man eine verheulte Frau hinten in seinem Taxi sitzen hatte. Man kann über Uber sagen, was man will, aber zumindest sind die Fahrer weniger geschwätzig.

Als ich zu Hause ankam, schrieb ich Steph via WhatsApp. Das Treffen war eine Katastrophe, ich glaub, ich lass die Party sausen. Vergibst du mir?

Sie antwortete beinahe augenblicklich. Natürlich, Schatz, aber geht es dir denn gut?

Nicht wirklich, schrieb ich zurück, aber ich werds überleben. Ich will einfach nur noch in die Wanne.

Ich hatte unsere Weihnachtsfeier immer geliebt, weil es war, als wäre man wieder ein Teenager. Sie wurde in der Schulaula abgehalten, und es gab jedes Mal miesen Wein, Würstchen im Schlafrock und jemanden (normalerweise einer von den Naturwissenschaftslehrern), der es übertrieb und darum früher nach Hause musste. Aber andererseits konnte ich dieses Jahr ohnehin nichts trinken, und ich wollte gerade niemanden sehen. Außerdem, so dachte ich, als ich mich im Badspiegel musterte, sah mein Gesicht ziemlich krass aus – die Augen derart verquollen, dass ich kaum aus ihnen hinaussehen konnte, die Wangen mit gut zehn Kilo Kajal verschmiert.

Als ich am nächsten Tag aufwachte, griff ich als Erstes nach meinem Handy. Ich hatte mich gefragt, ob Max mir vielleicht eine Art Entschuldigung hinterhergeschickt hatte oder mir mitteilen wollte, dass er später doch noch zum Ultraschall mitkommen würde. Nope, nichts. Dafür hatte ich aber eine Nachricht auf WhatsApp von Jess, die sich erkundigte, wie das Treffen verlaufen sei, und dann noch eine von Mike mit einem kurzen Video von ihm und Steph, auf dem sie das Tanzbein schwangen. »Wir vermissen diiiiiiich«, schrie er, während im Hintergrund Slade dudelte.

Ich hab euch auch vermisst! Irgendwelcher Tratsch?, schrieb ich zurück.

Dann hievte ich mich aus dem Bett, wickelte mich in ein Handtuch und ging unter die Dusche. Ich sah zu, wie das Wasser über meinen Bauch lief. Ich hatte eine App namens Pregnancy Tracker runtergeladen, die mir täglich lustige Updates in Sachen Schwangerschaft mailte. Anscheinend hatte mein Baby zu diesem Zeitpunkt die Größe einer »kleinen Pflaume«. Aber wenn ich so meinen Bauch betrachtete, dann sah er doch wesentlich geschwollener aus. Und er fühlte sich eher an, als hätte ich eine Melone statt bloß einer Pflaume verschluckt. War das normal? Ansonsten hatte die App mich heute früh aber auch darüber informiert, dass mein Baby nun selbstständig seine Arme und Beine bewegen konnte, was mich unwillkürlich zum Lächeln brachte. Ein richtiger kleiner Mensch, der da drinnen herumtanzte.

Ich machte mich auf zum St.-Thomas-Krankenhaus. Es war ein recht trister Fußmarsch, der mich bis Vauxhall an diversen grauen Pubs und Tankstellen vorbeiführte, doch ab da konnte ich am Flussufer entlangspazieren. Ich kam fünfundvierzig Minuten zu früh im Krankenhaus an, aber das war gar nicht mal so schlecht, da ich vor dem Ultraschall genug Wasser trinken sollte, damit ich eine volle Blase hatte.

Bin da, sitze im Costa Coffee, aber keine Eile, schrieb ich Jess und blätterte dann in einer zerfledderten Ausgabe der *Metro* herum, bis sie etwa eine halbe Stunde später eintraf.

»Hi, Süße«, sagte sie, als sie mich umarmte.

»Ich bin froh, dass du da bist«, gestand ich und drückte sie fest an mich, seltsam gerührt, ein mir vertrautes Gesicht zu sehen. Dann schluchzte ich los.

»Na, na, was ist denn los?«, wollte sie wissen.

Ich hatte ihr noch nichts von dem gestrigen Treffen mit Max erzählt, weil ich es nicht mal ertrug, daran zu denken. Doch nun brach es, unterbrochen von Schluchzern, aus mir heraus.

»Okay«, sagte Jess danach. »Er steht unter Schock. Und führt sich auch ein bisschen arschlochmäßig auf. Wow, Überraschung – noch ein Kerl, der sich als Wichser entpuppt.«

Eine etwas betagtere Dame, die ebenfalls im Costa saß, zuckte auf ihrem Stuhl zusammen und drehte sich mit empörtem Blick zu uns um.

Doch Jess bemerkte das gar nicht. »Aber hör mal, Lil, du hattest doch schon vor seiner Rückkehr vor, das Baby zu bekommen. Noch bevor Max vermisst gemeldet wurde. Du brauchst ihn nicht. Du hast diese Entscheidung getroffen, bevor er überhaupt Bescheid wusste. Und natürlich bist du nicht auf dich allein gestellt, denn ich bin schließlich auch noch da.«

Ich lächelte, während ich meine Wangen mit einer Serviette abwischte. »Danke schön.«

»Gern geschehen. Und jetzt sag mir, wo genau wir hinmüssen. Das hier ist echt aufregend! Meinst du, die werden uns für Lesben halten?«

In Anbetracht dessen, dass sie in ihrer Malerlatzhose ins Krankenhaus gekommen war, hielt ich das sogar für ziemlich wahrscheinlich.

Zum Glück fand der Termin pünktlich statt, denn mittlerweile war meine Blase so voll, dass ich gezwungen war, den Untersuchungsraum o-beinig wie ein Cowboy zu betreten.

Dr. Papadakis war ein kleiner Mann mit rundem Gesicht und ordentlich gebürstetem Haar, der definitiv glaubte, dass Jess und ich ein Pärchen waren.

»Und diese Dame ist Ihre Partnerin, ja?«, erkundigte er sich mit starkem griechischen Akzent, als wir an seinem Schreibtisch saßen, und lächelte Jess an.

»Nein, nein«, sagte ich rasch. »Eine Freundin. Nicht Partnerin.«

»Ach so. Und haben Sie irgendwelche gesundheitlichen Probleme?«, fuhr Dr. Papadakis fort.

»Ohhhh«, machte ich. »Ja, doch, ich habe eine Zyste an meinem linken Eierstock. Aber die Ärztin hat mir gesagt, dass es nichts Schlimmes sei und kein Problem darstellen sollte?«

Dr. Papadakis zuckte mit den Schultern. »Solange Sie sich gut fühlen, sollte es kein Problem sein. Sonst haben Sie keine Beschwerden?«

»Nope.« Ich schüttelte abermals den Kopf. »Keine Beschwerden.«

»Gut, das sind exzellente Neuigkeiten. Dürfte ich Sie bitten, sich auf die Liege hinter mir zu legen, dann können wir uns das Baby ansehen.«

Ich hievte mich langsam auf die Liege, wobei ich echte Angst hatte, dass meine Blase gleich explodieren und eine Riesensauerei auf Dr. Papadakis' Boden anrichten würde. Dann reichte er mir ein Papierhandtuch und demonstrierte mir, wie bei einer Partie Scharade, wie ich das Papier in meine Unterhose stecken sollte. »Das ist wegen des Gels«, erklärte er feierlich. »Um sich vor dem Gel zu schützen.«

Ich steckte das kratzige Papier in meine Unterhose und zog meinen Pullover hoch.

Dr. Papadakis drückte ein Gel auf meinen Bauch, das so kalt war, dass ich nach Luft schnappte. Er griff nach dem Ultraschallgerät und verrieb das kalte Glibberzeug auf meinem Bauch, gefährlich nah an meiner Blase. Wäre ich ein Spion gewesen, der in feindliche Hände gefallen war, und hätten sie diese Methode angewandt, um mich zum Reden zu bringen, hätte ich definitiv jedes Staatsgeheimnis preisgegeben.

Und dann, plötzlich, war da auf dem Bildschirm die Bohne zu sehen. Die Bohne war zwar größer als letztes Mal, aber eben doch immer noch ziemlich bohnenförmig. »Jess, schau!«

Nachdem ich einige Augenblicke einfach nur den Bildschirm angestarrt hatte, drehte ich den Kopf und sah, dass meine Freundin Tränen in den Augen hatte.

»Ziemlich beeindruckend, oder?«

Sie nickte und wischte sich mit den Fingern über ihr Gesicht. »Unglaublich«, flüsterte sie.

»Und hier, das sind die Arme, und das da, das sind die Beine«, erklärte Dr. Papadakis. Er zoomte näher heran. »Und schauen Sie, das ist ihre Nase.«

»Es ist ein Mädchen?«, fragte ich rasch. Seit ich erfahren hatte, dass ich schwanger war, hatte ich das Gefühl, ein Mädchen in mir zu tragen. Heftige Schwangerschaftsübelkeit könne ein Hinweis sein, dass es ein Mädchen wird, hatte mir meine App erzählt.

»Nein, entschuldigen Sie bitte.« Dr. Papadakis hielt inne und betrachtete mit zusammengekniffenen Augen den Bildschirm. »Ich kann das noch nicht sagen. Es ist noch zu früh. Sie wollen das Geschlecht haben?«

»Nein, aber vielen Dank«, sagte ich. Denn obwohl ich so meinen Verdacht hatte, wollte ich doch lieber warten. »Ich möchte, dass es eine Überraschung bleibt.«

Er lächelte. »Das gefällt mir. Ich denke, es ist besser, kein Geschlecht zu haben.«

Aus dem Augenwinkel konnte ich sehen, wie Jess sich stumm vor Lachen schüttelte.

»Ich werde jetzt ein paar Messungen vornehmen«, verkündete er und klickte dabei auf den Monitor. »Nur um zu sehen, dass auch alles gesundheitlich okay ist, aber es sieht schon mal exzellent aus. Und nach meiner Schätzung ist der Termin im Juni, so um den 10. Juni herum.«

»Großartig.« Dann drehte ich den Kopf und zischte Jess zu: »Hör auf damit.«

»Tut mir leid, es ist alles einfach nur so surreal. Lil, das ist dein Baby«, sagte sie ehrfurchtsvoll. »Schau sie dir an. Sie sieht aus wie E.T.«

»Jess!«

»Was? E.T. ist ein nettes Alien.«

Ich rollte mit den Augen. »Ja, okay, schon. Aber glaubst du auch, dass es ein Mädchen ist?«

»Na ja, ich bin keine ausgebildete Medizinerin, aber es muss so sein. Denn das Letzte, was wir auf diesem Planeten brauchen, ist ein weiterer Mann.«

Dann klopfte es an der Tür. Eine Krankenschwester streckte den Kopf zur Tür herein. »Es tut mir leid zu stören, Dr. Papadakis, aber Daddy ist auch da.«

Mein erster Gedanke war, dass sie über ihren Daddy sprach, was ich reichlich schräg fand. Was dachte sich diese Krankenschwester dabei, ihren Dad in meine Ultraschalluntersuchung zu schleifen? Dann dämmerte mir, dass sie gar nicht von ihrem Vater sprach, und ich dachte kurz, dass es Dennis war – aber was sollte er hier? Er wusste doch nicht einmal, dass ich schwanger war. Dann erschien Max in der Tür, und ich war so überrumpelt, dass ich nicht wusste, was ich sagen sollte. Ich blinzelte ihn einfach nur verdattert an, während Dr. Papadakis weiterhin auf dem Monitor herumklickte.

Als Nächstes überkam mich die Panik, dass er die Schamhaare sehen könnte, die vereinzelt unter dem Papiertuch hervorlugten.

»Hi«, sagte er und blieb unbeholfen dort stehen, halb im Zimmer, halb draußen.

»Hi«, erwiderte ich.

»Ist das Ihr Vater?«, fragte Dr. Papadakis mit einem stirnrunzelnden Blick über die Schulter.

»Nein, nein, das ist der Vater des Babys«, erklärte ich.

»Oh, herzlich willkommen, hereinspaziert. Wie sagt man noch? Je mehr, desto bester?«

»Desto besser«, korrigierte ich ihn, obwohl ich mir nicht sicher war, ob das in diesem Fall auch zutraf.

»Hi«, begrüßte er Jess und streckte die Hand aus. »Ich bin Max.«

»Jess. Und ja, das dachte ich mir schon«, erwiderte sie, wobei sie seine Hand einen Moment in der Luft schweben ließ, bevor sie sie schüttelte. Sie erhob sich und bedachte mich mit einem bedeutungsvollen Blick. »Ich gehe mal raus und lass euch allein.«

Max trat beiseite, um sie durchzulassen.

»Setz dich, wenn du magst?«, bot ich an und deutete auf den leeren Stuhl.

Er nahm Platz, und wir sahen schweigend zu, während Dr. Papadakis weiterhin eifrig herumklickte. Die peinliche Stimmung schien völlig an ihm vorbeizugehen. »Und das ist das Herz von Ihrem Baby«, sagte er und zeigte auf einen kleinen blinkenden Bereich.

Ich schaute zu Max. Er starrte wie paralysiert auf den Monitor.

»Max? Alles in Ordnung?«

»Alles bestens«, sagte er nickend, wobei er immer noch auf den Bildschirm schaute. »Ich hätte mir nie vorstellen können … Es ist so seltsam, das zu sehen. Ich hätte nie gedacht …« Er verstummte.

Eine Zeit lang betrachteten wir in friedlicher Stille den Monitor. Ich spürte so etwas wie Erleichterung – nicht nur, weil er gekommen war, sondern auch wegen seines Tonfalls. Er war nicht anklagend oder vorwurfsvoll. Max klang sanfter, nicht mehr wütend. Ich blickte kurz vom Bett zu ihm rüber, und sein Ausdruck war so ziemlich der gleiche wie meiner beim ersten Ultraschall – ein ungläubiges Staunen ob des kleinen flackernden Herzschlags.

»Können Sie es schon sehen …? Ich meine, wissen Sie schon, ob es ein Junge oder ein Mädchen wird?«, fragte Max, löste den Blick vom Monitor und schaute zu Dr. Papadakis.

Dr. Papadakis sah zunächst mich, dann wieder Max an. »Ich habe mit Ihrer Ehefrau gesprochen, bevor Sie gekommen sind, und sie sagte, dass Sie beide es nicht wissen wollen.«

»Nicht Ehefrau!«, warf ich so laut ein, dass Dr. Papadakis auf seinem Hocker zusammenzuckte. »Nur, ähm, eine Freundin.« Dann drehte ich den Kopf zu Max. »Ich dachte, es wäre besser, wenn es eine Überraschung bleibt?« Ein kleiner Teil von mir wollte noch hinzufügen: »Außerdem bist du ja gerade erst auf der Party aufgetaucht«, aber ich dachte, dass es die friedliche Stimmung ruinieren könnte.

»Oh. Klar, klingt vernünftig«, bestätigte er.

Ich schenkte ihm ein zaghaftes Lächeln. Er wirkte heute wie ausgewechselt, viel mehr wie der Max von unserem ersten Date. Was mich beinahe schon wehmütig machte. Konnte es denn irgendwas Schöneres geben, als das hier mit jemandem zu erleben, den man liebt?

»Ok, alles erledigt. Es schaut alles gut aus. Ihr nächster Ultraschall ist in Woche zwanzig«, sagte Dr. Papadakis. »Sie können sich wieder anziehen. Hier haben Sie noch Papier für das Gel.«

»Vielen Dank.« Ich blickte nervös zu Max, während ich versuchte, mich abzuwenden, damit er nicht sehen konnte, wie ich das Glibberzeug vom Bündchen meiner Unterhose wischte. Dann zog ich den Reißverschluss meiner Jeans hoch und schwang die Beine von der Liege. Max starrte derweil hoch konzentriert zu Boden.

»Und hiermit präsentiere ich Ihnen das Foto«, sagte Dr. Papadakis und hielt es uns vor die Nase. Ich zögerte, da ich es mir nicht einfach so schnappen wollte.

»Nimm du es«, sagte Max.

»Sicher?«

»Soll ich zwei machen?«, schlug Dr. Papadakis vor.

»Nur wenn es keine Umstände bereitet?«, antwortete Max höflich.

»Pffff«, machte Dr. Papadakis und warf eine Hand in die Luft. »Überhaupt gar keine Umstände. Das müssen wir die ganze Zeit machen. Die Leute wollen Bilder für ihre Oma, Opa, Tantchen, Cousinen, die Katze. Kein Problem.« Wir warteten stehend, während er ein weiteres Bild ausdruckte und Max aushändigte, dann verabschiedeten wir uns von ihm und verließen den Raum.

»Ich glaube, da geht es lang«, sagte ich und deutete mit dem Kinn den Flur entlang Richtung Wartebereich.

Max nickte, doch dann blieb er abrupt stehen, als ob er nicht gleichzeitig gehen und reden könnte. »Hättest du Zeit für einen Kaffee?«

»Jetzt?«

»Äh, ja.«

Urplötzlich fiel mir wieder das humangenetische Labor ein. »Aber was ist mit dem Bluttest?«

»Könnten wir zuerst einen Kaffee trinken?«

»Ja, okay, lass mich nur kurz Jess Bescheid geben.«

Außerdem musste ich echt dringend pullern. Wenn ich nicht bald irgendwo pinkeln konnte, würde es hier bald einen jener Unfälle geben, die sich normalerweise nur in meinem Klassenzimmer ereigneten.

»Lass uns unten im Costa Coffee treffen, ja?«, schlug ich vor. »Das ist gleich beim Haupteingang.«

Er nickte und ging durch den Wartebereich davon, während ich zu Jess hinüberflitzte.

Sie sah von ihrem Platz auf. »Alles, was ich sagen kann, ist, dass dein Baby unglaublich schön wird.«

Ich lachte. »Ein Riese mit dunklem Lockenkopf?«

»Ja. Echt, Lil, ich hasse ihn, aber er sieht unfassbar gut aus. Ich glaub, ich würde auch gern sein Baby austragen.«

Ich verzog das Gesicht. »Er hat gefragt, ob ich einen Kaffee mit ihm trinke. Würde es dir was ausmachen, wenn ich mit ihm gehe? Tut mir leid, ich komme mir echt mies vor, dich sitzen zu lassen, aber ich glaube, wir sollten reden.«

»Natürlich, kein Problem«, sagte sie und klappte ihr Buch zu.

»Okay, super, ich rufe dich später an. Und noch mal vielen Dank fürs Mitkommen, du bist die Beste.«

»Red keinen Quatsch, für nichts in der Welt hätte ich das verpassen wollen. Und auch nicht diesen lustigen Arzt.«

Wir umarmten uns, dann humpelte ich mit zusammengepressten Beinen zur nächstgelegenen Toilette. Oh, dieses herrliche Gefühl, wenn man so dringend muss, dass man schon Angst hat, dass die Blase gleich platzt wie ein Ballon (ich hatte mich immer schon gefragt, ob das möglich wäre, aber dann doch nie gegoogelt), und wenn man dann ein Klo findet. Besser als Sex.

Max bestand darauf, sich bei Costa an der Bar anzustellen, während ich am Tisch sitzen blieb, als könnte ich auf einmal keine fünf Minuten mehr stehen. Ich betrachtete die Ultraschallaufnahme – es war, als würde ich eine Comicfigur in mir herumtragen. Großer Kopf, dazu ein kleiner Körper mit einem runden Bäuchlein, das einem Tennisball glich, und zwei winzige Beinchen, die sich in die Luft reckten. Jess hatte recht, sie sah echt ein bisschen wie E. T. aus.

Max kam mit zwei Bechern Tee zurück. Dann atmete er vernehmlich aus. »Okay, also gut, können wir noch mal von vorne anfangen? Es tut mir leid wegen gestern.«

Ich betrachtete ihn verdutzt und kämpfte gegen den Impuls an, sofort einzuknicken. Werd nicht gleich weich, Lil, nur weil er hier vor dir sitzt und riecht wie ein sexy Holzfäller.

»Ich kapiere es nicht ganz«, begann ich schließlich. »Ich habe nicht erwartet, dich hier zu sehen, und auch nicht, dass du kommen willst. Und … ich verstehe es einfach nicht. Bist du jetzt auf einmal mit alldem einverstanden?«

Max schwieg einen Moment nachdenklich. »Ich weiß nicht«, gestand er letztendlich. »Ich weiß nicht, was ich denken soll. Aber ich schätze, es war wie bei dir, als du sagtest, dass du wusstest, dass es richtig ist, das Baby zu behalten. So wusste ich heute Morgen auch, dass es das Richtige war hierherzukommen.«

Ich angelte den Teebeutel aus dem Becher und ließ ihn in den Plastikdeckel daneben fallen. »Was mich gestern am meisten aufgeregt hat, war, dass du dachtest, das hier wäre absichtlich geschehen«, sagte ich. »Das ist es wirklich so ganz und gar nicht. Mir ist klar, dass das hier irgendwie strange ist, aber es war auch mein voller Ernst, als ich sagte, dass du nichts damit zu tun haben musst. Wenn du das nicht willst, geht das in Ordnung.«

Max lehnte sich auf seinem Stuhl zurück und ließ den Blick zu einem Pfleger im Kittel schweifen, der neben uns an seinem Pappbecher nippte. Dann sah er wieder zu mir. »Ich glaube, ich brauche im Grunde nur etwas Zeit, um nachzudenken und mich innerlich zu sortieren«, sagte er schließlich. »Es war schon ein reichlich schräger Monat. Eigentlich gleich mehrere schräge Monate. Die Vorbereitung für die Klettertour, die Tour selbst, das hier, meine Eltern …«

»Du hast ihnen davon erzählt?« Angesichts der Tatsache, dass ich es meinen Eltern erst an Weihnachten erzählen wollte, überkam mich abermals das schlechte Gewissen.

»Nein, o Gott, nein«, erwiderte Max entsetzt. »Ich bin noch am Überlegen, wie ich das am besten anstellen soll.«

»Werden sie … sauer sein?«

»Bin mir nicht sicher«, sagte er nach einer langen Pause. »Ich habe ein recht angespanntes Verhältnis zu meinen Eltern. Mein Bruder starb, als ich noch ein Teenager war. Es war ein Skiunfall in Frankreich. Er war zu schnell unterwegs, stürzte und traf mit dem Kopf auf. Deshalb hassen meine Eltern es, dass ich in den Bergen rumkraxle. Sie verstehen nicht, warum ich ihre Nähe suche.«

»Das tut mir leid«, murmelte ich, wobei ich so tat, als wüsste ich das alles nicht schon längst von meinen ausgedehnten Internetrecherchen.

Er schüttelte den Kopf. »Ist schon okay. Del, so hieß mein Bruder – na ja, eigentlich, Arundel, aber er kürzte seinen Namen lieber ab –, er hat es dort oben geliebt. Jede Höhe, jeden Gipfel. Ich glaube, das ist der eigentliche Grund, warum ich tue, was ich tue. Ich fühle mich ihm am nächsten, wenn ich mich auf einem Berg befinde. Ich könnte mir nicht vorstellen, an einem Schreibtisch zu sitzen oder irgendeine Businesskarriere in der City zu verfolgen. Ich wollte nie irgendwo eingepfercht sein, aber mein Vater möchte, dass ich nach Suffolk zurückziehe. Wir haben da dieses … Haus.«

Erneut versuchte ich, ganz unschuldig auszusehen, als ob das alles total neue Informationen für mich wären.

»Jedenfalls«, fügte Max düster hinzu, »möchte er, dass ich es übernehme.«

»Aber du willst nicht?«

»Nein, zumindest nicht jetzt.« Dann machte er eine Pause und seufzte. »Ich weiß nicht. Vielleicht bin ich ja zu egoistisch.« Er verzog zerknirscht das Gesicht. »Ich hatte übrigens nicht vor, dich zu ignorieren. Danach. Ich habe nicht auf deine Nachrichten geantwortet, und das tut mir leid. Es war nicht … meine Absicht. Es war einfach alles nur so hektisch, die Tour zu planen und alles darauf zu fokussieren. Abgesehen davon bin ich kein Experte in Sachen Dating. Es ist noch nicht so lange her, dass meine Ex und ich uns getrennt haben.«

»Ist schon okay«, sagte ich schulterzuckend, auch wenn ich dankbar war für die Entschuldigung. »Das ist jetzt auf gewisse Weise auch nicht mehr so wichtig.«

»Ja«, sagte er und nickte bedächtig, bevor er weitersprach. »Schau, ich bin von Beruf Bergsteiger, Entdecker. Ich bin nicht so gut mit Emotionen. Ein Therapeut würde dir wahrscheinlich erzählen, dass ich in der Schule zurechtgestutzt wurde.« Er machte eine Pause und verdrehte die Augen. »Es könnte eine Weile dauern, bis ich mit dem Ganzen klarkomme. Aber ich möchte nicht, dass du das Gefühl hast, vollkommen auf dich allein gestellt zu sein.«

Es hörte sich wie ein kleines Zugeständnis an. »Aber was ist mit dem Vaterschaftstest?«

Ein Anflug von Scham huschte über Max' Gesicht. »Es tut mir leid. Ich vermute, das war der Schock. Ich denke nicht … Ich meine, na ja, ich schätze …« Sein Blick fiel auf den Tisch, dann richtete er sich wieder auf mich.

»Hör mal«, begann ich, »lass ihn uns doch einfach machen, ja? Dann weißt du es. Dann hast du Gewissheit.« Ich konnte kaum glauben, dass ich diejenige war, die das forcierte, aber plötzlich war es mir wichtig, dass für Max kein Zweifel bestand. Ich wollte, dass er wusste, dass es sein Baby war.

Er streckte seine Hand aus und spielte verlegen an dem Plastikdeckel meines Bechers herum. »Es tut mir leid«, entschuldige er sich erneut, und sein Blick huschte empor. »Ich weiß, dass es ziemlich arschlochmäßig rüberkommt, das zu verlangen. Aber wenn es dir nichts ausmacht und du gerade nichts anderes vorhast?«

Ich schüttelte den Kopf. »Ist schon okay. Lass es uns tun, wo wir schon mal hier sind. Es wird nicht lange dauern, oder?«

»Nein, ich glaube nicht«, sagte er, ließ den Deckel fallen und griff nach seinem Handy. »Ich weiß nicht mehr genau, was sie gesagt haben. Einen Moment …«

Schweigend saßen wir da, während er auf seinem Display herumtippte. Da war ich also und saß wie Humpty Dumpty einem Mann gegenüber, den ich so gut wie gar nicht kannte, um gleich einen Test zu machen, der bewies, dass ich sein Baby in mir trug. Trotzdem hatte unser Gespräch mich etwas optimistischer gestimmt. Er wollte sich nicht drücken, er wollte Teil hiervon sein. Wir mussten einfach nur herausfinden, wie genau das in der Praxis aussehen sollte.

»Entschuldigung.« Er legte sein Handy auf den Tisch. »Ich habe die ganze Zeit nur von mir gesprochen und mich noch nicht einmal erkundigt, wie du dich fühlst. Ob es dir gut geht? Spürst du schon, äh, etwas?«

»Nein, nicht wirklich. Ich bin ein bisschen müde, aber sonst geht es mir gut. Mir war eine Weile ziemlich übel, aber das ist jetzt vorbei.«

»Aber die Übelkeit ist nichts Schlimmes, oder?«, fragte er stirnrunzelnd. »Das ist normal, ja?«

»Ja«, sagte ich lächelnd. »Ja, total normal.«

»Okay.« Er nickte, wie um sich selbst zu versichern.

»Bist du bald wieder unterwegs?«, fragte ich. Ich gab mir Mühe, so lässig wie möglich zu klingen – wie ein Friseur, der sich nach den anstehenden Urlaubsplänen erkundigt.

»Nein, erst mal nicht. Ich muss eine ganze Weile hierbleiben. Na ja, zwischen hier und Suffolk zumindest.«

»Und dir geht es so weit gut?«

»Mir? Wie meinst du das?« Max wirkte verdutzt, als ob ihn das noch nie jemand gefragt hätte.

»Na, du weißt schon, nach der Klettertour und so.«

Den Becher in beiden Händen, zog er die Schultern hoch. »Ich denke schon«, erwiderte er nach einer kurzen

Pause. »Ich hatte nicht geglaubt, dass wir es zurückschaffen, aber wir haben es geschafft. Und ich bin immer noch froh, dass ich es versucht habe.« Dann sah er mich grinsend an. »Das nächste Mal werde ich ihn ganz besteigen.«

»Das soll wohl ein Witz sein?«

Er zuckte die Achseln. »Das war nur das schlechte Wetter, wir hatten Pech. Sonst hätte ich den Gipfel erreicht.«

»Männer, echt«, sagte ich kopfschüttelnd. »Völlig irre.« Ich empfand es als Erleichterung, dass wir uns über etwas anderes als die Schwangerschaft unterhielten, dass wir ein anderes Gesprächsthema hatten.

»Ja, wir sind ziemlich irre«, gestand er. »Aber wo ich nun ein Weilchen in London bin, könnten wir uns ja vielleicht öfter treffen?« Ich musste wohl die Stirn gerunzelt haben, da er sich rasch berichtigte. »Ich meine, um einander besser kennenzulernen. Besser als bisher.«

»Als Freunde?«, platzte es aus mir heraus. Ups, ich hätte mir am liebsten in den Hintern gebissen. Ich hatte zu diesem Zeitpunkt keinen Schimmer, was ich für Max empfand, aber vergraulen wollte ich ihn ganz sicher nicht.

Max blickte peinlich betreten drein. »Ähm, ja … Ich meine … Ich weiß nicht, was … oder wie die Sachen sich …«

»Entschuldige, bitte«, unterbrach ich ihn und fuchtelte mit den Händen abwehrend durch die Luft, um sein Gestammel zu beenden. »Mach dir keinen Kopf. Wir schauen, wie sich alles entwickelt, wenn es so weit ist, okay?«

Dankbar lächelte er. »Guter Plan.«

»Okay, cool«, sagte ich, bevor mein Blick auf die Wanduhr hinter ihm fiel. »Ich müsste nur gegen drei zu Hause sein, sollen wir also los?«

Für einen Krankenhaustermin ging es ziemlich schnell über die Bühne. Die humangenetische Abteilung befand sich in einem anderen Gebäude; es ging erneut mit einem Aufzug hoch und einen Korridor mit quietschendem Linoleum entlang. Doch als wir dann mal dort waren, wurden wir sofort empfangen.

Max und ich saßen nebeneinander im Wartebereich und füllten jeweils ein Formular aus. Ich hakte die diversen Kästchen an. Keine bekannten Herzerkrankungen. Nichtraucher. Anzahl von Alkoholeinheiten pro Woche: leider null.

Danach wurden wir von einer großen, stämmigen Krankenschwester namens Abigail in einen kleinen Raum geführt.

»Oje, ich fürchte, ich bin etwas zu korpulent, es bleibt ja kaum noch Platz im Raum«, stellte sie lachend fest, während sie einen Rollwagen in die Ecke schob und eine Schublade öffnete, um verschiedene Plastikpackungen zu entnehmen. Ich zuckte zusammen und wandte den Blick ab. Ich war nicht so gut mit Nadeln. Bei der Tuberkuloseimpfung damals hatte ich so geweint, dass Dennis mich von der Schule abholen musste, und ich hörte erst auf zu weinen, als er mir auf dem Heimweg eine Tüte Haribo-Erdbeeren kaufte.

»Wer zuerst?«, fragte Abigail mit strahlendem Lächeln.

»Lil«, sagte Max und trat zurück. »Nach dir.«

Ich setzte mich auf den Stuhl neben dem Rollwagen und krempelte meinen Ärmel hoch, dann legte ich meinen Arm in der gepolsterten Mulde auf der dafür vorgesehenen Lehne ab.

»Okay, meine Liebe, dann legen wir mal los«, verkündete Abigail. Als sie den Venenstauer um meinen Arm befestigte, beugte sie sich so weit zu mir runter, dass ich einzelne, sich kräuselnde Härchen an ihrem Nacken sehen konnte und ein kleines goldenes Kruzifix, das vor meinem Gesicht baumelte. Dann schnappte Abigail sich eine Plastikverpackung und riss die Rückseite auf. Ich blickte zur gegenüberliegenden Wand.

»Alles okay bei dir?«, erkundigte sich Max.

»Ja«, antwortete ich angespannt, »ich schau einfach nur nicht hin.«

»Jetzt tief durchatmen, und dann gibt es einen gaaannz kleinen Pikser«, trällerte Abigail.

Ich hielt den Atem an, als ich den Stich in meiner Haut spürte.

»Das wars schon«, sagte sie einige Sekunden später. Ich schaute wieder auf meinen Arm, doch die Einstichstelle war bereits mit einem Pflaster bedeckt. »Braves Mädchen.«

Max und ich tauschten die Plätze, und Abigail nahm auch ihm Blut ab. Ich hatte mich erneut so abgewandt, dass ich die Nadel nicht sehen musste.

»So, meine Hübschen, alles erledigt«, sagte Abigail. »Wenn Sie das einfach zum Empfang mitnehmen würden.«

»Genial, vielen Dank«, sagte Max und nahm einen Papierbogen von ihr entgegen.

Zurück im Wartebereich nahm ich Platz und tat so, als würde ich auf meinem Handy lesen, während Max den Papierkram am Tresen erledigte.

»Lass uns gehen«, sagte er und drehte sich zu mir herum.

»Wann bekommen wir die Ergebnisse?«, fragte ich, während er mir die Tür zum Linoleum-Flur aufhielt.

»Normalerweise dauert es zehn Werktage, aber sie meinten, dass es wegen der Weihnachtsfeiertage vielleicht auch erst im neuen Jahr so weit ist.«

Wir erreichten den Aufzug, und er drückte den Knopf nach unten. Ich antwortete nicht. Vielmehr war ich damit beschäftigt, mich zu fragen, ob Joseph, der Zimmermann, wohl einen Vaterschaftstest von Maria verlangt hätte. In ihrem Fall wäre es sogar verständlicher gewesen. Wenigstens versuchte ich nicht zu behaupten, mein Baby wäre Gottes Sohn. Ich warf Max einen raschen Blick zu, als wir mit dem Aufzug hinunterfuhren, und überlegte, ob ich ein Witzchen darüber reißen könnte. Eher nicht, beschloss ich. Zu früh für so was.

Als wir vor dem Haupteingang des Krankenhauses standen, drehten wir uns zueinander um.

»Tja, dann heißt es jetzt wohl frohe Weihnachten«, sagte ich unbeholfen. Wie verabschiedete man sich nach so einem Nachmittag? Ich fühlte mich, als hätte ich einen emotionalen Hindernisparcours durchlaufen. Plötzlich wollte ich nur noch nach Hause und ein Nickerchen halten, bevor am Abend die Weihnachtsparty anstand.

»Ja.« Max lächelte ebenfalls. »Frohe Weihnachten, Lil.«

Er beugte sich vor, und für den Bruchteil einer Sekunde

hatte ich Panik, dass er sich auf mich stürzen würde, doch er küsste mich nur sanft auf beide Wangen. »Wir sehen uns im Januar.«

Am Spätnachmittag erwachte ich groggy aus einem versehentlich zu lang geratenen Mittagsschläfchen, total kaputt und mit diesem Gefühl, weder den eigenen Namen zu kennen noch zu wissen, welches Jahrzehnt gerade war. Trotzdem zerrte ich meinen Mrs.-Snowman-Pullover aus dem Bettkasten und schaffte es tatsächlich, eine Stunde später vor dem vereinbarten Pub in Notting Hill zu stehen.

Ich trat nervös hinein, stellte jedoch erleichtert fest, dass Jake noch nicht da war; dafür entdeckte ich Jess, die mit dem Rücken zu mir an der Bar stand.

»Hallo, Weib«, sagte ich, trat auf sie zu und legte meine Hand auf ihre Schulter.

Sie wirbelte zu mir herum. »Hallo, mein Liebling. Ich möchte jedes Detail von heute Nachmittag hören, aber nur ganz schnell: Was trinkst du? Ich stehe hier schon so lange an, dass ich bald an Altersschwäche krepiere.«

»Ähm«, ich warf einen Blick hinter die Theke, »das Übliche bitte, also eine Limo.«

»Okay, nimm du das«, sagte sie und nickte zu der Flasche Rotwein, die der Barkeeper vor uns abgestellt hatte, »ich bringe deine Limo und die Gläser.«

»Wo ist Alexi?«

»Hängt noch bei der Arbeit fest, aber er meldet sich, sobald er unterwegs ist.«

Ich folgte Jess zu einem Tisch ganz hinten im Pub, wo unsere ehemaligen Mitbewohnerinnen aus Edinburgh saßen – Nats, Bells und Lucy.

Die letzten zwei Jahre an der Uni hatten wir zusammengewohnt und waren ein unzertrennliches Fünfergespann gewesen. Erst in den letzten Jahren hatten wir uns in zwei Gruppen aufgeteilt, weil Nats, Bells und Lucy geheiratet hatten und über Nacht deutlich erwachsener geworden waren. Zum Beispiel gaben sie mittlerweile Dinnerpartys mit Leinenservietten und verschiedenen Gläsern für Rot- und Weißwein, wohingegen Jess und ich weiterhin in Pubs Chips futterten und uns den billigen Hauswein reinkippten.

Wir umarmten uns reihum und wechselten die üblichen Begrüßungen – »Es ist ewig her«, »Wo hast du gesteckt?«, »Wie gehts dir?« –, während Jess den Wein eingoss.

»Nats, wie gehts Rosie?«, erkundigte ich mich, erleichtert, dass ich mich an den Namen ihrer einjährigen Tochter erinnerte. Ab einem bestimmten Punkt, wenn sich das Blatt wendet und man mehr verheiratete als unverheiratete Freunde hat und in den sozialen Medien überall kleine kahle Babys wie Pilze aus dem virtuellen Boden schießen, wird es ziemlich schwierig, sich alle Namen zu merken.

Nats schwärmte ein paar Minuten von der kleinen Rosie, dann legte Jess mit Alexi los. »Wir haben uns bei einer Vernissage kennengelernt«, berichtete sie, »und er hatte einfach dieses gewisse Etwas an sich. Stimmts nicht, Lil? Sie war dabei«, erklärte sie dem Rest.

»Jepp«, bestätigte ich nickend. »In dem Moment, als ich euch beide miteinander reden sah, war mir alles klar.«

»Er ist die ganze Zeit geschäftlich unterwegs, daher ist er oft nicht da, aber, ja, ich bin einfach nur glücklich. Oh, über Silvester hat er mich nach Venedig eingeladen. Hab vorhin ganz vergessen, es dir zu erzählen«, sagte sie an mich gewandt.

»Oooooh, wie romantisch«, quietschte Bells. »Was, wenn er dir einen Antrag macht?«

Jess grinste und schüttelte den Kopf. »Auf keinen Fall, viel zu früh.«

»Aber würdest du Ja sagen?«

Sie biss sich beim Nachdenken auf die Lippe. »Ich meine, es wäre verrückt. Aber wahrscheinlich schon. Ich denke, in dieser Phase spielen wir keine Spielchen mehr, oder? Wir sind schließlich erwachsen. Wir wissen heute genauer, was wir wollen, als, sagen wir mal, noch vor zehn Jahren, als wir im Voltaire herumsaßen und Apple Sour tranken.«

»Uh, fies, bitte erwähn diesen Ort nie wieder«, bat Lucy und tat so, als würde sie erschaudern. Es handelte sich dabei um den Nachtclub in Edinburgh, wo wir unsere Studienkredite verballert hatten – außerdem hatte ich immer den Verdacht gehegt, dass man sich auf den Klobrillen problemlos Geschlechtskrankheiten einfangen konnte. Irgendeine von uns trank immer zu viel, eine kotzte immer, eine heulte immer. Allesamt Qualitätsmerkmale einer erstklassigen Studentennacht.

»Was ist eigentlich mit dir, Lil?«, fuhr Luce fort. »Was gibts Neues? Wie läuft es an der Schule?«

»Endlich Ferien«, sagte ich. »Aber dieses Jahr sind die meisten süß. Abgesehen von Luke Walkers Sohn, Roman, der ein kleiner Rowdy ist.«

»Nein, hör auf, Luke Walkers Sohn ist in *deiner* Klasse?«, hakte Bells nach.

Scheiße, ich hatte nicht nachgedacht. Sie arbeitete als Reporterin für *The Sun*.

»Ja, aber mehr erzähle ich dir nicht über ihn, also denk gar nicht erst dran«, warnte ich sie und kniff die Augen zusammen.

»Laaaaaangweilig«, sagte sie und gab mir einen Klaps auf den Arm.

»Ach ja, und die andere kleine Neuigkeit, die ich habe, ist: Ich bin schwanger«, schob ich hinterher.

Bells, Nats und Lucy erstarrten. Jess prustete los.

»Ja, und das ist genau die Reaktion, auf die ich gehofft hatte«, bemerkte ich trocken und nahm einen Schluck von meiner Limonade.

»Wow«, staunte Bells. »Also, ich meine, herzlichen Glückwunsch!«

»Danke«, erwiderte ich.

»Ich kann nicht glauben, dass ich dich so lange nicht mehr gesehen habe. Ich hatte ja keine Ahnung, dass du wieder mit jemandem zusammen bist«, sagte Nats. »Aber … ich meine … scheiße, klar bist du das. Was echt toll ist. Nur … wer ist er?«

»Das ist der lustige Teil der Geschichte«, erwiderte ich.

Jess lachte erneut, und die anderen drei sahen mich mit gerunzelter Stirn an.

»Was soll das heißen?«, fragte Lucy.

»Ich bin eigentlich mit niemandem zusammen. Es war ein One-Night-Stand.«

»Fuuuuuuck«, sagte Bells.

»Himmel!«, zog Nats nach. »Habt ihr Kontakt? Weiß er es?«

»Jetzt ja. Aber zuerst hatte ich es ihm nicht erzählt, weil ich mir nicht sicher war, was ich tun sollte.«

»Von welchem Monat reden wir hier?«, fragte Lucy.

»Knapp über drei Monate, ich hatte heute meine Ultraschalluntersuchung.«

»Und, alles gut?«, wollte Nats wissen.

Ich nickte und lächelte. Dann griff ich in meine Tasche nach dem Bild und hielt es hoch. »Leute, darf ich euch E. T. vorstellen?«

»Lilian Bailey, du kannst dein Baby doch nicht E. T. nennen«, sagte Nats und schnappte nach dem Bild.

»Was habt ihr alle eigentlich?«, fragte Jess empört. »E. T. war ein netter Alien.«

Nats ignorierte ihren Einwand und fuhr fort: »Unglaublich, Lil, ich fass es einfach nicht! Ist der Vater, wie auch immer er heißt, denn zum Ultraschall mitgekommen?«

Ich sah zu Jess. »Nicht wirklich, nur meine Lebensgefährtin hier.«

»Warum nicht?«, fragten Nats und Lucy einstimmig. »Ist er denn nicht damit einverstanden?«

Ich fragte mich, wie ehrlich ich sein sollte. Aber sie waren enge Freundinnen, und ich sah keinen Grund, weshalb ich ein großes Geheimnis daraus machen sollte.

»Okay, wenn ich euch jetzt etwas anvertraue, bleibt das dann auch unter uns? Bells, ich meine damit dich. Das darf wirklich nicht nach draußen dringen.«

»Natürlich«, sagte Lucy.

»Bells? Versprochen?«

»Ja, natürlich, jetzt rück endlich raus damit, das hört sich ja an, als würdest du gleich sagen, dass es Prinz William ist«, erwiderte sie.

»Nein, der nicht, obwohl ich glaube, dass sie witzigerweise Kumpels sind … Es ist dieser Bergsteiger, der, der vor Kurzem als verschollen gemeldet wurde, Max Rushbrooke.«

Wie nicht anders zu erwarten, antwortete Bells als Erste: »Heilige Scheiße, nicht wahr!«

Dann Luce: »Willst du mich VERARSCHEN?«

Dann Nats: »Wer ist das?«

»Nats, bitte *versuch* doch wenigstens, die Nachrichten zu verfolgen«, legte Bells ihr nahe. »Das ist der, der letzten Monat in Pakistan als vermisst gemeldet wurde, er verscholl bei einer Bergtour. Aber dann wurde er wiedergefunden, und alles wurde gut und bla, bla, bla … Aber Moment mal, wenn er durch die pakistanischen Bergen scharwenzelt ist, wie hatte er dann die Zeit, irgendwelche Frauen in London zu schwängern?«

»Es ist kurz vor seiner Abreise passiert.«

»Wie habt ihr euch kennengelernt?«

»Dating-App.«

»O nein, tut mir leid, Leute, Alexi schafft es heute nicht mehr«, warf Jess plötzlich ein und sah dabei auf ihr Handy.

»Warum denn nicht?«

»Keine Ahnung, irgendein Geschäftsabschluss.« Sie sah mich an und schob die Unterlippe vor.

Ich verzog ebenfalls das Gesicht. »Das tut mir leid, Süße.«

»Würde eine weitere Flasche Abhilfe schaffen?«, fragte Bells.

»Ja, bitte, unbedingt«, sagte Jess, obwohl sie traurig aussah.

»Du hast immer noch Venedig«, tröstete ich sie, als Bells aufstand. »Denk doch daran.«

Sie nickte und lächelte. Dann schweifte mein Blick zur Tür, genau in dem Moment, als Jake hereinkam und hinter ihm: India. Sie war winzig, wie so eine menschliche Puppe. Ihre blonde, pseudonatürlich gewellte Mähne war halb in den Mantelkragen gesteckt, halb ergoss sie sich darüber.

»Oh, schaut, wer da ist«, sagte ich zu den anderen am Tisch und neigte den Kopf in ihre Richtung.

Jake und Indy steuerten direkt die Bar an.

»Wie steht es denn jetzt zwischen euch?«, wollte Lucy wissen und wandte sich wieder mir zu.

»Keine Ahnung. Ich hab ihn seit seinem Auszug nicht mehr gesehen.«

»Wirst du es ihm erzählen?«

»Das mit E.T.?«

»Ja, das mit deinem Baby.«

Ich sah zur Theke hinüber, wo Jake, den Arm um Indy gelegt, dastand und sie gemeinsam über etwas lachten, das der Barkeeper gesagt hatte. »Ich bin mir noch nicht sicher.«

»Lil«, ermahnte mich Jess.

»War nur ein Scherz«, beschwichtigte ich sie. »Du weißt doch, dass ich nicht mutig genug bin, um eine Szene zu machen.«

Wir plauderten weiter an unserem Tisch; hin und wieder kam jemand von früher vorbei, um Hallo zu sagen, und zog dann wieder ab. Ich erzählte mehr von Max, von unserem gestrigen Treffen und dann der heutigen Ultraschalluntersuchung sowie dem Bluttest. Was für ereignisreiche vierundzwanzig Stunden doch hinter mir lagen.

»Wahrscheinlich dachte er, du wärst so eine Samenräuberin«, meinte Bells.

»Wie bitte?«

»Na, Samenräuberin«, wiederholte sie. »Das heißt so. Wahlweise auch Spermajägerin, Spermadiebin, Sperma…«

»Abartig, würdest du bitte aufhören, das Wort Sperma zu sagen?«

»Zu ›Samenraub‹ gibt es tatsächlich einen Eintrag auf Wiki«, fuhr sie fort, tippte was auf ihrem Handy und las laut vor: *»Beschaffung von Sperma eines Mannes durch eine Frau in der Absicht, es ohne dessen Zustimmung zur Befruchtung eigener Eizellen zu verwenden.«*

Ich seufzte. »So war es aber nicht.«

»Wir wissen das«, sagte Bells, »denn wir kennen dich. Aber ihm ist das nicht unbedingt bewusst. Promis passiert das ständig. Angeblich ist genau das Boris Becker mit dieser Frau in der Besenkammer widerfahren. Sie hat ihm einen geblasen und das Zeug dann wieder hochgewürgt.

Einige Monate später teilte sie ihm mit, dass sie schwanger sei.«

»Echt jetzt?«, sagte Nats. »Und dieses Wort gibt es wirklich?«

»Ja, Samenraub«, wiederholte Bells in gewichtigem Tonfall, »oder Spermadiebstahl, Samenklau. Es bedeutet im Grunde alles dasselbe, nämlich jemandem ein Baby anzuhängen.«

»Tja, aber ich habe das nicht getan«, sagte ich energisch. »Es war ein Unfall.«

»Und wie wird es jetzt weitergehen?«, fragte Lucy. »Ich meine, mit ihm?«

Ich zuckte mit den Schultern. »Wir wollen schauen, wie sich alles entwickelt.«

»Also seid ihr nicht zusammen?«

Ich schüttelte den Kopf. »Nee. Es verkompliziert die Sache nun mal etwas, wenn man direkt vom ersten Date zur Schwangerschaft übergeht.«

»Ach, Süße«, sagte Nats und legte ihre Hand auf meine. »Das tut mir leid, was für ein Albtraum. Auch wenn es das gar nicht ist«, fügte sie schnell hinzu, »denn schließlich erwartest du ein Baby. Aber lass uns auf jeden Fall wissen, falls wir irgendwie helfen können, ja?«

»Danke, Team«, sagte ich lächelnd.

Sie einigten sich darauf, noch eine Flasche Wein zu bestellen, und wir wandten uns anderen Themen zu. Die Witze gingen im Wesentlichen zulasten von Ehemännern, statt Freunden und Lovern, aber ansonsten hätten wir genauso gut wieder in Edinburgh sein können. Es hatte etwas Tröstliches. Wir hätten uns auch zehn Jahre nicht sehen können, nur um uns wiederzutreffen und bei den gleichen Geschichten anzugelangen: »Wisst ihr noch, wie Jess sich bei dem Typen auf der WG-Party im Bad eingesperrt hat und sie die Feuerwehr rufen mussten?«

Gegen elf Uhr war ich dann aber doch müde und zu allem Überfluss nüchtern, wohingegen der Rest der Truppe anfing, Weihnachtslieder zu schmettern, also entschied ich, dass es an der Zeit war, mich nach Hause zu verziehen. Doch bevor ich ging, wollte ich mich bei Jake melden, der auf der anderen Seite des Pubs mit ein paar Leuten von früher zusammensaß, hauptsächlich Jungs aus seiner Fußballmannschaft. Selbst wenn es nur ein simples Hallo war, so wollte ich ihn doch zumindest begrüßen. Es kam mir kindisch vor, ihn zu ignorieren.

Ich umarmte die Mädels und versprach, sie auf dem Laufenden zu halten. »Frohe Weihnachten, mein Schatz«, wünschte ich Jess. »Wir hören uns.«

»Klar, und pass gut auf E.T. auf. Ich freue mich schon auf nächstes Jahr, wenn wir sie als Weihnachtswichtel verkleiden dürfen.«

Ich verließ die Mädels, während sie »Stille Nacht« anstimmten, wappnete mich für das Kommende und ging zu Jakes Tisch rüber.

»Hey«, sagte ich und winkte ihm matt zu.

Soeben hatten sie alle noch gebrüllt vor Lachen, doch das erstarb urplötzlich. Jake erhob sich rasch und quetschte sich hinter dem Tisch vor, um zu mir zu kommen. Er trug ebenfalls seinen Mr.-Snowman-Pulli, und es freute mich ein *klitze*kleines bisschen, als ich darunter einen leichten Bauchansatz erkannte. Nicht dass es bei mir so viel anders aussah.

»Netter Pulli«, sagte ich, als er mir zur Begrüßung einen Kuss auf die Wange gab. Schon seltsam, aber er roch immer noch genau gleich. Die damit verbundenen Erinnerungen brachten mich direkt zurück in unser Schlafzimmer in Angel.

»Danke«, sagte er. »Jemand mit ausgezeichnetem Geschmack hat ihn für mich ausgesucht. Wie geht es dir?«

»Bestens«, sagte ich mit möglichst breitem Lächeln. »Morgen gehts nach Hause. Erst die Weihnachtsaufführung, dann das Norwich-Spiel mit Dennis, das Übliche eben.«

»Natürlich. Welches Stück geben sie dieses Jahr?«

»Schneewittchen«, erwiderte ich. »Mum spielt Zwerg Brummbär.«

Er warf den Kopf in den Nacken. »Ha, großartig.«

»Wie geht es dir?«

»Auch gut.« Dann wandte er sich plötzlich wieder zum Tisch. »Entschuldigung, Lil, das ist Indy; Indy, das ist Lil.«

Sie blieb am Tisch sitzen, streckte aber eine Hand aus. »Hallo«, sagte sie. »Schön, dich kennenzulernen.« Obwohl ihr Gesicht sie verriet, denn sie sah kein bisschen so aus, als ob sie das hier schön fand. Sie blickte drein, als hätte sie gerade an der Kanalisation geschnuppert.

»Hallo«, erwiderte ich und schüttelte ihre Hand. »Wirklich toll, dich kennenzulernen.« Ich log ebenfalls. Ich hätte lieber mit Putin abgehangen.

»Hör mal, ich bin schon auf dem Sprung nach Hause, also lasse ich euch weiterfeiern«, sagte ich zu Jake. »Ich wollte nur Hallo sagen und frohe Weihnachten wünschen.«

Er beugte sich vor und umarmte mich. »Frohe Weihnachten.« Meine Wange an seine Schulter gepresst, atmete ich abermals seinen Geruch ein. Dann lösten wir uns wieder.

»Bis dann, Leute«, verabschiedete ich mich und wandte mich Richtung Tür.

Es war nicht der Moment, um ihm von E. T. zu erzählen. Das konnte warten. Oder vielleicht musste er es auch gar nicht wissen. Vielleicht hatten wir das alles schon hinter uns gelassen. Wann hörte man eigentlich damit auf, dem Ex von den großen Veränderungen seines Lebens zu berichten? Wann wurden sie schlicht und ergreifend zu einem weiteren Menschen, den man früher einmal gekannt hatte? Wie ich da in der U-Bahn nach Hause saß, wurde mir klar, dass Jake und ich diesen Punkt womöglich längst überschritten hatten.

Ich konnte lange nicht einschlafen, weil ich unentwegt über dieses Wort, Samenraub, nachdenken musste. Also recherchierte ich Bells Definition auf meinem Handy. Sie führte mich direkt in die Untiefen des Internets. Zunächst las ich einen längeren Artikel mit dem Titel *Frauen gestehen: »Ich habe jemandem ein Kind angehängt«*. Ihre Geschichten variierten ziemlich – manche befürchteten, dass ihre langjährigen Partner sie verlassen würden; andere wollten sich einen reichen Daddy für ihr Baby angeln; eine

Frau stach Löcher in ein Kondom, um schwanger zu werden und so ihren Lover dazu zu überreden, seine Frau zu verlassen; eine andere behauptete, die Pille zu nehmen, und ließ sich schwängern, damit ihr Auserwählter ihr einen Antrag machte. Bei der letzten Geschichte schauderte mich. Sie stammte von einer Frau namens Veronica, die berichtete: *»Er hatte mir gesagt, dass er immer für mich da sein würde, falls ich schwanger werden sollte, also sorgte ich genau dafür, um ihn für immer an mich zu binden.«*

In einem anderen Tab scrollte ich mich durch einen ewig langen Diskussionsthread in einem Forum – allesamt Antworten auf den ursprünglichen Post einer Mutter, die die Befürchtung hegte, dass man ihrem zweiundzwanzigjährigen Sohn bei einem One-Night-Stand absichtlich ein Kind angehängt hatte; nun machte sie sich Sorgen um die rechtlichen Konsequenzen. Anscheinend hatte die Frau ihm erzählt, dass sie die Pille nahm. Die Kommentare darunter waren alles andere als hilfreich.

»Babys sind eine wohlbekannte Nebenwirkung von Geschlechtsverkehr«, höhnte eine gewisse Mrs. Pestilence.

»Ich bin in einer ähnlichen Situation gezeugt worden, denn mein Vater wollte mich gar nicht. Meine Mutter hatte behauptet, sie würde verhüten. Es ist wirklich beschissen, ein ungewolltes Kind zu sein, und mein Leben war deswegen sehr schwierig«, schrieb jemand anderes.

»Frauen steht es frei, sich einen Ausweg aus der Schwangerschaft auszusuchen. Von Männern wird erwartet, dass sie es klaglos hinnehmen«, sagte Aquafresh16.

Ich las und las. Es gab fünfzehn Seiten voller Kommentare zu diesem einen Beitrag; in den meisten wurde der Sohn von besagter Frau dafür kritisiert, dass er seinem One-Night-Stand geglaubt hatte, zudem wurden beide harsch dafür angegangen, so »verantwortungslos«, »unreif« und »dumm« gewesen zu sein.

War es das, was Max dachte?, fragte ich mich, als ich mich endlich dazu zwang, das Handy wegzulegen. Glaubte er wirklich, ich wäre derart berechnend? Und würden andere Leute das ebenfalls denken?

7

Am nächsten Morgen nahm ich den Zehn-Uhr-Zug vom Bahnhof Liverpool Street. Ich war froh, aus London wegzukommen – mal ehrlich, wir sind doch alle froh, es endlich geschafft zu haben, oder? Wir haben Wochen des Saufens auf irgendwelchen Weihnachtsfeiern hinter uns, Wochen der unfreiwilligen Geselligkeit mit Kollegen, Papierhütchen und trockenem Truthahn. Alle Diäten waren für die Katz. Alle sind erkältet. Und auf einmal ist es akzeptabel, sich zum Frühstück Würstchen im Schlafrock reinzupfeifen. Wir können uns nicht mehr erinnern, wann wir das letzte Mal ohne Kater aufgewacht sind.

Für mich war es dieses Jahr ganz offensichtlich anders gelaufen, doch ich konnte die Beweise, dass wir jene finalen, verzweifelten letzten Tage vor Weihnachten erreicht hatten, überall auf dem Bahnhof erblicken. Die Leute sahen aus wie die Vorher-Version ihrer selbst – bleich, verquollen, schniefend. Reisende umklammerten ihre Kaffeebecher, als enthielten die das ultimative Unsterblichkeitselixier und nicht einen Milchkaffee. Die Schaufenster der Boots-Apotheke waren mit Lametta und riesigen Werbeplakaten für Wick-Nasenspray dekoriert. Last-minute-Einkäufer besorgten panisch noch Geschenke im Hotel Chocolat.

Die Fahrt nach Hause fühlte sich an wie der erste friedliche Moment der Woche. Meine Hände umschlossen einen heißen Becher Tee, während ich durch das Zugfenster auf London hinausblickte, das allmählich hinter mir verschwand, und ich mir Pläne zurechtlegte, wie ich es meinen Eltern sagen sollte. Ich musste es ihnen sagen. Keine Ausflüchte. Ich hatte mir selbst das Versprechen abgenommen, es ihnen über die Feiertage schonend beizubringen, nachdem ich meinen ersten Ultraschall hatte und mir sicher sein konnte, dass das Baby über die korrekte Anzahl von Armen und Beinen verfügte. Ich überlegte, ob ich es ihnen nicht als Weihnachtswunder verkaufen sollte?

»Hey, Leute, wisst ihr was? Maria ist dieses Weihnachten nicht die Einzige, die einen Braten in der Röhre hat!«

»Hey, Leute, dieses Jahr habe ich eine echte Bescherung für euch!«

Letzten Endes platzte ich, kaum angekommen, direkt vor dem Mittagessen damit heraus, als Dennis mir gerade ein Glas Wein einschenken wollte.

»Aber es ist Weihnachten«, wunderte er sich, als ich meine Hand über den Glasrand legte. »Ist auch alles in Ordnung mit dir?«

»Haha, sehr witzig«, erwiderte ich, während ich einen Adrenalinschub verspürte, da mir bewusst war, was ich gleich sagen würde. »Ehrlich gesagt trinke ich nur nicht, weil ich schwanger bin.«

Mum, die gerade die vorgewärmten Teller aus dem Ofen zog, stellte sie mit einem lauten Scheppern auf der Arbeitsplatte ab. Dennis erstarrte, als würde er eine Runde Stopptanz spielen, die Weinflasche halb über sein Glas geneigt.

»Wie bitte?«, entfuhr es Mum.

Ich verzog zerknirscht das Gesicht. »Ja. Tut mir leid. Muss ein kleiner Schock sein. Aber ich dachte, ich sag es euch besser gleich. Überraschung!«

Dennis stellte die Flasche ab.

»Nimm einen Stuhl, Den, schnell, bevor du umkippst«, sagte Mum, die sich mit einem Ofenhandschuh Luft zufächelte. »Lil, Liebes, wie ist denn das passiert? Und ich meine das nicht wertend«, fügte sie rasch hinzu und hielt eine Hand hoch. »Ich wusste nur nicht, dass du … was in Planung hattest.«

»Hatte ich auch nicht«, erwiderte ich, »das ist ja die Sache. Es war ein Unfall.«

»Mit wem?«, fragte Mum mit schriller Stimme.

»Niemand, den du kennst. Na ja, fairerweise kenne ich ihn auch nicht richtig. War so eine einmalige Sache.«

»O mein Gott«, sagte Dennis und ließ sich vorsichtig auf einen Küchenstuhl nieder.

»Aber es ist alles gut, und ich bin glücklich, und ich hatte gestern meinen Zwölf-Wochen-Ultraschall, und das Baby ist tipptopp«, sagte ich. »Also bitte, macht euch jetzt keine Sorgen, dass das eine Katastrophe ist, denn es ist keine. Also eigentlich, schaut her …«

Ich zog das Bild von E.T., das bereits etwas zerknittert und mit Fingerabdrücken verschmiert war, aus meiner Handtasche.

Mum nahm das Bild und legte sich die Hand vor den Mund. »Oh, Lil, schau ihn dir an. Den, schau doch. Oh, du brauchst deine Lesebrille. Nein, bleib da, ich hol sie dir. Wo ist sie?« Sie verschwand im Wohnzimmer, und Dennis griff nach meiner Hand.

»Aber dir gehts gut, ja?« Er beäugte mich mit geneigtem Kopf, so als versuche er, durch meine Schädeldecke in mein Hirn zu gucken.

»Total gut, versprochen. Es tut mir nur furchtbar leid, euch beide so zu überrumpeln.«

Mum kam zurückgewetzt. »Hier ist sie. Sie ist dreckig, du musst sie mal putzen.«

»Gib her.« Dennis setzte die Brille auf, und Mum reichte ihm das Bild. Er inspizierte es und blickte dann über den Brillenrand zu mir auf. »Sieht ganz genauso aus wie du«, stellte er fest.

Ich lachte. »Eine Garnele mit Riesenkopf?«

»So in der Art, ja«, erwiderte er mit einem Zwinkern und reichte mir das Bild wieder.

»Aber wer ist der mysteriöse Vater?«, hakte Mum erneut nach.

»Er ist ein Entdecker und Bergsteiger namens Max.« Ich hatte gerade nicht den Nerv, sie über seine adelige Herkunft aufzuklären. Ich war mir nicht sicher, ob sie das so gut fänden. »Ich hab euch nicht von ihm erzählt, weil wir … nur eine Nacht miteinander verbracht haben.«

Mum stemmte die Hände in die Hüften und blickte mich tadelnd an. »Ja und? Lilian Bailey, habe ich dir etwa nicht beigebracht, wie man auf sich aufpasst?«

»Doch, und ich war ja auch auf der Pille«, warf ich rasch ein. »Aber irgendwie ist es trotzdem passiert.«

Der tadelnde Blick blieb.

»Hör mal, ich bin einunddreißig, nicht siebzehn. Das ist keine Vollkatastrophe. Ich werde mich bald um eine neue Bleibe kümmern müssen, und ich habe der Schule noch nicht Bescheid gesagt. Aber es ist ja nicht so, als ob Frauen das heutzutage nicht alleine stemmen könnten.«

Mum und Dennis wechselten einen Blick.

»Ich weiß, dass es nicht unbedingt konventionellen Vorstellungen entspricht, aber seit wann zählen in unserer Familie Konventionen?« Als ich das sagte, fiel mein Blick auf das Foto, das Mum über dem Küchentisch aufgehängt hatte. Ich war darauf acht Jahre alt und ging zum Welttag des Buches als Virginia Woolf verkleidet zur Schule – samt Talkumpuder im Haar, damit es grau aussah. Es war Mums Idee gewesen, da sie wollte, dass ich als »starke Frau« ging, aber ich fühlte mich dämlich, da alle anderen als Pippi Langstrumpf oder Tinker Bell kamen.

»Auch wieder wahr …« Dann brach ihre Stimme, als ihr die Tränen in die Augen stiegen. »Oh, lass uns doch noch mal das Ultraschall anschauen. Ich werde Oma!«

Dennis blickte vom Tisch zu mir auf. »Lil, Liebes, wenn du glücklich bist, sind wir es auch.« Dann nickte er in Richtung meines Bauchs. »Ich hoffe bloß, dass er ein Norwich-City-Fan wird.«

»Ich habe das komische Gefühl, dass es ein Mädchen wird.«

»Ach so, na dann hoffe ich bloß, dass sie ein Norwich-City-Fan wird«, sagte er. »Dritte Generation«, fügte er hinzu und strahlte mich an. Und ich konnte es zwar nicht ganz erkennen, aber es sah aus, als würden Dennis' Augen hinter den Brillengläsern verdächtig ins Schwimmen geraten.

Die erste von Mums Weihnachtsaufführungen fand gleich an diesem Abend statt, daher ging sie nach dem Mittagessen zu einer letzten Probe sowie Haar und Maske in den Gemeindesaal rüber.

»Also, wenn du Brummbär spielst, kannst du doch eigentlich auch so gehen, wie du bist?«, witzelte Dennis – einer seiner weniger guten Scherze.

Er und ich gingen vor der großen Premiere noch schnell was im Fox & Cushion trinken. Das war eines unserer Rituale. So hatten wir das gemacht, seit ich klein war. Ich trank immer eine Cola, während Dennis sich ein kühles Blondes genehmigte und mir beibrachte, wie man Bierdeckel an der Tresenkante schnippte. Es war auch der Ort, wo ich mein erstes Bier überhaupt probierte, an einem Weihnachten, als ich ungefähr sieben oder acht war und Dennis mich von seinem nippen ließ. Ich spuckte es direkt wieder ins Glas zurück.

»Hiya, Ted«, grüßte ich und kraxelte auf einen Barhocker. Ted war der Wirt, eine regelrechte Institution im Dorf und ein Riese von einem Mann, der den Pub schmiss, seit ich denken konnte – womöglich schon seit viktorianischen Zeiten.

»Willkommen daheim, Lil, was darfs sein?«

»Limonade, bitte.«

»Für mich ein Pint vom Beeston, Ted«, bestellte Dennis. »Und bitte eins von den Programmheften.«

Ted reichte Dennis ein *Schneewittchen*-Programm von einem Stapel, der am Ende der Theke lag; Dennis reichte ihn mir weiter.

Ich überflog die Rollenbesetzung. Stephen Fry war natürlich nicht mit von der Partie, aber ich lachte laut, als ich bei *Zwerg Brummbär – Jackie Bailey* ankam.

»Und sonst gehts dir gut?«, erkundigte sich Dennis, ließ das Glas sinken und schmatzte genüsslich.

Ah, ich hatte eins von Dennis' Lebensgesprächen vor mir. Der Gute. Wir hielten diese Pläuschchen üblicherweise immer im Pub ab, wenn er spürte, dass ich Redebedarf hatte. Mum war toll, was rabiate, pragmatische Ratschläge anging. Aber wenn sie mir dann Tipps zur Lebensführung gab, musste ich sie auch annehmen, sonst grummelte sie tagelang herum, dass ich sowieso nie auf sie hörte. Dennis war besser in sanfter Gesprächsführung, darin, mich in die richtige Richtung zu stupsen, mich jedoch nicht dorthin zu zwingen.

»Mir gehts super«, antwortete ich mit Nachdruck. »Es war zwar … ein Schock. Und ich weiß nicht, wie sich das alles entwickeln wird, aber …«

»Wie willst du denn, dass es sich entwickelt?«, wollte er wissen.

»Ähm, ganz ehrlich? Ich weiß auch nicht. Ich will, dass er ebenfalls an E.T.s Leben teilhat. Sie gehört immerhin halb zu ihm. Ich will, dass sie ihren Vater kennt … Nicht dass die DNA alles bedeuten würde«, schob ich rasch hinterher.

»Magst du ihn denn?«

»Du meinst auf die romantische Art?«

Dennis zuckte die Achseln. »Ja, vielleicht, aber auch als Mensch. Als den zukünftigen Vater deines Kindes. Und als jemand, der nun auf gewisse Art für immer in deinem Leben sein wird.« Er hob erneut sein Glas. »Oder zumindest für die nächsten achtzehn Jahre.«

Ich überlegte. »Hm, ich glaube schon. Als Mensch meine ich. Ich hatte da dieses Gefühl bei ihm, als wir uns das erste Mal trafen. Als würde ich ihn wiedererkennen. Ich meine, nicht vom Aussehen her. Ich hatte ihn ja davor noch nie gesehen. Aber es war, als hätte er etwas an sich, das ich irgendwie … kapierte, wo ich das Gefühl hatte, es zu verstehen. Weißt du, was ich meine?«

Dennis nickte über sein Glas hinweg.

»Aber dann ging er klettern und tauchte ab«, fügte ich hinzu.

Ich hatte Mum direkt nach dem Mittagessen darüber aufgeklärt, wer Max war und was er so machte. Mums linkspolitische Befindlichkeiten sträubten sich bei der Enthüllung, dass er der Sohn eines Viscounts war, aber dann googelte ich ein Foto von ihm, und sie hörte auf sich darüber zu ereifern, dass Großbritannien ebenfalls eine Revolution hätte haben sollen – »so wie die Franzosen damals« –

und fing stattdessen an zu schwärmen, wie hübsch doch dieser Max war.

»Aber zum Ultraschall ist er mitgekommen, und er will helfen?«, fragte Dennis.

»Ja«, sagte ich, bevor ich es wiederholte. »Ja, doch. Für ihn war es natürlich ebenfalls ein Riesenschock. Aber wir haben uns darauf geeinigt, dass wir einfach schauen, wie sich alles entwickelt, und es dementsprechend handhaben.«

»Das klingt doch sehr vernünftig.«

»Und falls doch eine Katastrophe eintritt, nun ja, Mum hat die erste Zeit ja auch allein gestemmt. Mit mir, meine ich. Bevor du kamst und uns gerettet hast.« Ich grinste ihn an.

»Du wirst nie allein sein, Liebes, du hast doch uns«, erwiderte er und drückte meine Hand.

»Glücklicherweise«, sagte ich und drückte zurück.

Eine halbe Stunde später füllte sich so langsam der Gemeindesaal. Dennis hatte uns Plätze am Gang ergattert – »Falls du kurz mal rausmusst, für kleine Königstigerinnen.« Die Stimmung war, wenn auch nicht so aufregend wie bei einem Premierenabend im West End, dennoch ausgelassen und fröhlich; der Geruch von heißem Glühwein waberte durch den Saal, da Teds Sohn, Al, einen kleinen Stand hinten aufgebaut hatte, wo er ihn in Pappbechern verhökerte.

Dann war Showtime, und die Vorhänge des Gemeindesaals hoben sich. Für mich war das der eigentliche Beginn von Weihnachten, dieser Amateurauftritt. Die Kulisse war aus Pappe gemacht, die Bärte aus weißer Watte, und es gab immer mindestens einen, der seinen Text vergaß. Aber Dennis und ich heulten jedes Mal Tränen vor Lachen.

In einem Jahr hatten sie *Peter Pan* aufgeführt. Ich kann mich nicht mehr erinnern, wen Mum spielte – ich war etwa sechs –, aber Tinker Bell wies alle, die an Feen glaubten, an, sich auf die Stühle zu stellen, dreimal zu drehen und Feenstaub zu verstreuen. Dennis stieg sofort auf seinen Stuhl, wobei er mich mit sich hochzog, und wir drehten uns dreimal im Kreis und warfen mit Glitter herum. Ich weiß noch, dass ich so sehr lachte, dass ich dachte, ich würde umkippen.

Auch an diesem Abend schüttelten wir uns bei Mums Text vor Lachen. Bekleidet mit einem braunen Filzwams, kurzer Hose, weißen Strümpfen, schwarzen Schnallenschuhen und einer braunen Zipfelmütze, stapfte sie übellaunig über die Bühne, beschwerte sich, dass es zum Frühstück »schon wieder« Haferschleim gab, und weigerte sich, ein Bad zu nehmen, bis die anderen Zwerge sie in die Wanne tunkten; an einer Stelle beschimpfte sie die böse Stiefmutter wegen ihrer »Sparpolitik«, wobei sie ein verschwörerisches Zwinkern ins Publikum warf. Typisch Mum eben.

Am Weihnachtsmorgen wachte ich in demselben schmalen Bett auf, in dem ich seit meinem dritten Lebensjahr schlief. Mein Zimmer hatte sich, seit ich zum Studieren weggezogen war, nicht verändert. Es enthielt immer noch besagtes Bett, eine mit Stickern vollgeklebte Kommode, eine Lavalampe, die ich mir zum fünfzehnten Geburtstag gewünscht hatte, ein Poster von Leonardo DiCaprio von *Titanic*, ein Bücherregal, das eine bunte Mischung enthielt, von *Wilbur und Charlotte* über *Pippi Langstrumpf* bis hin zu meinen Uni-Büchern, darunter zerlesene, über und über mit Anmerkungen vollgekritzelte Ausgaben von *Beowulf* und *Paradise Lost*. All diese Kindheits- und Jugendandenken machten es zu einem denkbar schrägen Ort, um zu masturbieren. Außerdem befand sich das Schlafzimmer meiner Eltern auf der anderen Seite des Bads, das zwischen unseren Zimmern lag. Aber ich fühlte mich zurzeit sexuell frustrierter denn je. Tut mir leid, nicht sehr heilig und weihnachtlich, doch so war es nun mal.

In den Ratgeberbüchern stand, dass das passieren konnte. Nach den schrecklichen ersten drei Monaten kam ein massiver Hormonschub. Doch während die meisten schwangeren Frauen sich kurz rüberrollen und ihrer besseren Hälfte auf die Schulter tippen konnten, war ich auf mich allein gestellt und musste zusehen, wie ich zurechtkam. Zu allem Ungemach hatte ich meinen Vibrator zu Hause gelassen (irgendwie nicht so feiertagsmäßig, Sexspielzeug einzupacken, um Weihnachten bei den Eltern zu verbringen), also würde ich es manuell angehen müssen. Quasi als Frohe-Weihnachten-an-mich-selbst-Special.

Ich lag da und überlegte, worüber ich fantasieren könnte. Dann dachte ich an Max und die Nacht, als wir zu ihm gegangen waren, an sein sinnlich-träges Tempo, die Art, wie er mich auf dem Bett herumdrapiert hatte. Nur dass ich dabei zu schnell voranpreschte – ich konnte noch nicht über den eigentlichen Sex-Teil nachdenken, weil das hier normalerweise eine Weile dauerte. Ich benötigte mehr Vorarbeit. Bei einem Versuch, etwas Spannung in unser Sexualleben zu bringen, hatten Jake und ich mal auf seinem Laptop im Bett einen Porno geguckt. Aber er hatte einen Clip ausgesucht, der zum Großteil aus Nahaufnahmen von einem Typen bestand, der, auf einer echt hässlichen Bettwäsche, seinen geäderten Penis in eine Frau rammte. Die arme Frau versucht ja, dankbar zu klingen, aber angesichts dessen, was er ihr da antat, konnte sie es gar nicht sein. Außerdem sah er ein bisschen aus wie Mr. Hooper von der Schule, und Mr. Hooper funktionierte bei mir einfach nicht.

Ich schob meine Hand zwischen meine Schenkel und dachte an den Moment mit Max im Pub, als er mich so angesehen und gefragt hatte: »Darf ich dich küssen?« Daran, wie er sich nach vorne gelehnt, meinen Hinterkopf umfasst und mich zu sich gezogen hatte. Da, ja, das wars … sanft umspielte ich mit den Fingern meine Klit, wobei ich ein leichtes Kribbeln verspürte.

Ich machte weiter, während ich daran dachte, wie wir im Pub gesessen und uns geküsst hatten, sein Bart mein Kinn gekitzelt hatte, eine Hand in meinem Haar, die andere an meinem Schenkel. Ich erhöhte den Druck, wurde schneller und begann, mit den Hüften über die Matratze zu reiben.

Dann, plötzlich, waren wir in Max' Haus, denn in Fantasien kann man das schließlich tun – man muss sich nicht um praktische Fragen kümmern, zum Beispiel, ob man nun die U-Bahn oder das Taxi nehmen sollte. Wir befanden uns auf seinem Sofa, ich saß rittlings über ihm, meine Knie zu beiden Seiten seiner Schenkel. Wir waren vollständig bekleidet, doch schon begann er damit, meine Bluse aufzuknöpfen. Aaaah, fühlte sich das guuuuuuut an.

Auf einmal hörte ich das Knipsen des Lichtschalters im Bad und die Sauglüftung, die surrend anging. Dann folgte das Geräusch von plätschernden Wasserhähnen und Mum, die vor sich hin summte. Herrgott noch mal. Das war nicht Teil meiner Fantasie. Ich zog meine Hand kurz hoch, um nach den Ohrstöpseln auf meinem Nachttisch zu greifen und sie mir reinzustecken.

Zurück zur Sache.

Ich saß also rittlings auf Max, während er meine Bluse langsam aufknöpfte und den BH dann etwas ruppiger runterriss, aber nicht so ruppig, dass er den hübschen BH kaputt gemacht hätte; sogleich begann er, abwechselnd an meinen Nippeln zu saugen, woraufhin ich den Kopf in den Nacken warf und nach Luft schnappte. Jepp, das wirkte Wunder. Meine Finger nahmen wieder Fahrt auf und glitten tiefer, wo ich spürte, wie ich feuchter wurde, und dann wieder hoch, während ich mir weiter vorstellte, dass Max und ich plötzlich in derselben Position auf dem Sofa waren, aber nackt. Und wieder etwas, das man in der Fantasie hinbekam – der mechanische Prozess des Ausziehens war weniger unbeholfen, und Klamotten konnten sich einfach in Luft auflösen. Wir wiegten uns gemeinsam vor und zurück, während er seine Zunge über meine aufgerichteten Nippel schnellen ließ. Fuuuuck, mein Körper wölbte sich fester gegen meine Finger, und dann …

»Das Bad gehört dir, Den, aber ich würde noch ein, zwei Minütchen warten!«, hörte ich Mum durch meine Ohrstöpsel brüllen.

Herr im HIMMEL!

Ich kniff die Augen fester zusammen und versuchte, bei dem Bild von mir und Max zu bleiben. Uns wiegend, ihn reitend, schwer atmend. Er griff um mich und hielt mit den Händen meinen Hintern gepackt, während wir uns küssten. »Du bist so feucht«, raunte er in mein Ohr. »Das wolltest du doch, nicht wahr? Das brauchtest du, du wolltest mich in dir.«

Und wieder: Im echten Leben war Max ein wohlerzogener Junge, der nicht so daherredete. Doch in meinem Kopf hatte er den Akzent eines Eton-Privatschulknaben und das Vokabular eines Hafenarbeiters, und das trieb mich weiter und immer weiter. Meine Finger rieben meine Klit nun so fest und so schnell, dass mein Arm wehtat, aber ich wusste, ich war nur Sekunden vom Ziel entfernt.

»Du schmutziges, schmutziges Mädchen«, wisperte Max weiter in mein Ohr.

Da hörte ich Dennis vor dem Badezimmer brüllen. »Setz schon mal den Wasserkocher auf, Jacks! Ich brauch nur zehn Minuten.« Kurze Pause. »Vielleicht fünfzehn.«

Dann fiel die Badezimmertür zu, und das Surren der Lüftung hob wieder an.

HERRGOTT noch mal. Ich ließ von jeglicher Aktivität unter der Bettdecke ab. Das war hoffnungslos. Ich konnte das hier nicht tun, solange Dennis auf der anderen Seite der Wand auf dem Klo hockte. Es würde warten müssen.

»Frohe Weihnachten, mein Schatz«, begrüßte mich Mum, als ich ein paar Minuten später in Jogginghose und meinem alten Bademantel unten erschien. Ich umarmte sie und wusch schnell meine Hände in der Küchenspüle, da Dennis oben immer noch das Bad okkupierte und wir am Weihnachtsmorgen traditionell Räucherlachs und Spiegelei auf Toast aßen und ich nicht mit schmuddeligen Fingern Toastscheiben rüberreichen wollte. Mum hatte Radio 4 im Hintergrund laufen, und der Klang eines Chors, der »Vom Himmel hoch, da komm ich her« sang, wetteiferte mit dem Pfeifen des Wasserkessels.

»Wir müssen auch den Kaviar probieren«, erinnerte ich Mum, als sie den Lachs aus dem Kühlschrank holte.

»O ja!«, sagte sie. »Wie aufregend.« Sie wühlte hinten im Kühlschrank herum und angelte eine Dose hervor, auf der *Kitekat* stand.

»Mum, das ist Gingers Fresschen.«

Sie beäugte blinzelnd das Etikett. »Stimmt, hast recht, Moment …« Dann holte sie den Kaviar hervor. »Wir sollten auf Dennis warten. Ich weiß nicht, was er so lange da oben macht.«

Darauf antwortete ich nicht. Besorgt überlegte ich, ob ich Kaviar überhaupt essen durfte. Sushi war tabu, das wusste ich, aber wie sah es mit Fischeiern aus?

»Ich weiß nicht, ob ich das essen darf«, sagte ich und griff nach meinem Handy, um es zu googeln.

Dürfen Schwangere Kaviar essen?, tippte ich.

O ja, geht in Ordnung, wenn er pasteurisiert ist«, las ich von meinem Display ab.

»Na, dann lass uns die Dose aufmachen. Wo ist denn dieser Mann? DENNIS, MACH HIN, WIR ÖFFNEN GLEICH DEN KAVIAR!«

Ich hörte Schritte über der Küche, was bedeutete, dass Dennis unterwegs war. Ein paar Sekunden später tauchte er in demselben Pulli auf, den er jedes Weihnachten trug – ein Wollpulli aus den Achtzigern, in den weiße Berge und grüne Tannen gestrickt waren.

»Oh, schau einer an, die Jungfrau Maria«, begrüßte er mich mit ausgebreiteten Armen.

»Frohe Weihnachten«, sagte ich und umarmte ihn.

»Frohe Weihnachten, meine Süße«, erwiderte er. »Und, wo ist jetzt dieser Kaviar?«

»Ich öffne ihn gleich«, sagte Mum. »Lil, deck den Tisch. Den, du machst den Kaffee. Oh, und köpf auch gleich den Champagner, der ist im Kühlschrank.«

Wir erledigten jeweils unsere Aufgaben und stellten ein paar Minuten später den Kaviar in die Mitte des Tisches wie eine Opfergabe.

»Und wie essen wir das jetzt?«, fragte Dennis.

»Ich glaube, einfach mit einem Löffel«, erwiderte Mum, wobei sie die Dose nervös beäugte. »Lil, du als Erste.«

Ich versenkte meinen Teelöffel in der Dose. Die Konsistenz war weicher als gedacht, als würde man einen Löffel durch einen Becher Joghurt ziehen. Die kleinen schwarzen Eier sahen wie schleimige Mohnsamen aus, die an der Löffelspitze zusammenklebten. »Los gehts«, sagte ich, bevor ich kostete.

Erst war der Geschmack überwältigend fischig, doch

dann veränderte er sich und wurde feiner. Irgendwie buttrig und üppig. Ich wollte sofort noch einen Löffel von dem Zeug, aber Mum hatte sich die Dose schon gekrallt.

»Ist ziemlich lecker, oder?«, bemerkte sie, bevor sie sich über die Zähne leckte. »Ich bin nicht sicher, ob ich Tausende von Pfund dafür zahlen würde, aber es schmeckt in der Tat sehr angenehm.«

»Nee, nichts für mich«, befand Dennis, der einen winzigen Klecks von seiner Löffelspitze probiert hatte.

Ich aß noch zwei volle Löffel, musste jedoch aufgrund der Reichhaltigkeit kapitulieren.

»Wir geben den Rest einfach Ginger«, beschloss Mum. Und so kam es, dass unsere Katze am Weihnachtsmorgen Kaviar im Wert von 843 Pfund aus einer Schüssel schlabberte, auf der stand: *Bitte füttern, sonst muss der Goldfisch dran glauben*.

Der Rest des Tages verlief wie immer. Mum weigerte sich, in die Kirche zu gehen, weil sie nicht gläubig war. Nicht dass ich an Gott glaubte, aber Dennis ging wegen der Weihnachtslieder gerne hin, also begleitete ich ihn. Die Kirche von Castleton, St. Mary's, war winzig und kalt, daher musste man früh kommen, wenn man auf einer Bank hocken wollte und nicht auf einem der staubigen Klappstühle hinten. Ich sang brav, wenn auch gehemmt, alle Weihnachtsklassiker mit und schüttelte Pfarrer Peter danach die Hand, wobei ich mich sofort schuldig fühlte, weil ich, wie immer, vergessen hatte, Kleingeld für die Kollekte mitzubringen.

Danach stand die Bescherung an. Mum klatschte vor

Freude in die Hände, als sie die Frida-Kahlo-Tellerchen sah; Dennis drückte mir einen Kuss auf den Kopf, nachdem er sein Buch ausgepackt hatte, und meinte, es sei genau das, was er sich gewünscht hatte.

Ich bekam von Mum und Dennis eine blaue Fischgrätendecke für mein Bett in Brixton und eine neue Biografie von Maya Angelou; von Ginger gab es eine Flasche erlesenen Olivenöls, von Gerald ein Schaumbad und von den Hühnern einen Schlüsselanhänger in der Form eines Huhns.

»Das ist ja sehr clever von ihnen, woher wussten sie, dass ich einen brauche?«, fragte ich Mum grinsend.

»Meine Hühner sind hochintelligent«, erwiderte sie.

Die allergrößte Überraschung des Tages jedoch war, dass ich eine Nachricht von Max bekam. Okay, es stand nicht viel drin – Frohe Weihnachten, Lil, hoffe dir und dem kleinen Menschen gehts gut. X –, dennoch kam es mir bedeutsam vor, dass er an Weihnachten an mich dachte, dem Tag, an dem man sich nur bei Leuten meldete, die einem wirklich am Herzen lagen.

Ich hatte mich nicht getraut, Max zu schreiben, weil Weihnachtswünsche mir zu intim vorkamen. Ich hatte versucht, ihn mir in seinem Zuhause in Suffolk vorzustellen, in dem riesigen Herrenhaus, das ich auf Google gesehen hatte. Ich hatte mich gefragt, ob er und seine Eltern an so einer langen Tafel saßen wie in *Die Schöne und das Biest* – Max auf einer Seite, seine Mum und sein Dad an den Kopfenden, ein paar Kerzenständer entlang der Mitte. Mein eigenes Weihnachten war ganz anders. Ich verbrachte den Rest des Abends damit, auf dem Sofa eine

Antwort zu formulieren, während Dennis über den neuen *Star Wars*-Film murrte, der im Fernsehen gezeigt wurde. Ich setzte sechs verschiedene Nachrichten in Notes auf (wieder), damit ich nicht versehentlich eine abschickte, und beschloss schließlich, dass ich mich kurz halten, aber einen Witz einstreuen sollte.

Frohe Weihnachten! Hoffe, du hattest einen schönen Tag. Ich habe so viel gegessen, dass ich mich fühle, als wäre ich im achten Monat, nicht im dritten. Xxx

Eine noch unweihnachtlichere Nachricht bekam ich nur noch von Jess, die mir über WhatsApp Fotos von all den Dessous schickte, die sie sich für ihren Silvestertrip nach Venedig mit Alexi gekauft hatte, einschließlich eines schwarzen Spitzen-BHs, der vorne Löcher drin hatte, durch welche die Nippel lugten. Ich blickte auf meine eigenen Brüste runter, die aus dem T-Shirt-BH quollen, und machte mir innerlich eine Notiz, Umstandsklamotten kaufen zu gehen, sobald ich zurück in London wäre.

Die Tage zwischen Weihnachten und Neujahr verschwammen ineinander, während ich mir weitere 76 000 Kalorien einverleibte, mich mit alten Schulfreunden im Pub traf, mit Mum am Strand spazieren und mit Dennis zu einem Norwich-Spiel ging. Mum hatte noch nie Interesse an Fußball gehabt, daher war immer ich an ihrer Stelle mitgekommen. Die untere Kommodenschublade in meinem alten Zimmer enthielt meine Sammlung alter T-Shirts und Trikots in Knallgrün und Kanariengelb; und zu einer meiner frühesten Erinnerungen gehört, wie Dennis mir heiße Schokolade von einem Mann kaufte, der immer ein Wägelchen um den Spielfeldrand schob und den Kakao aus einem Kaffeespender in die Becher goss.

»Werden wir diesen Max denn auch mal kennenlernen?«, fragte Dennis mich auf dem Heimweg vom Spiel. Wir hatte 4:1 gegen Hull verloren, daher wusste ich, dass Dennis sich gedanklich ablenken wollte.

»Klar werdet ihr«, sagte ich, obwohl ich keine Ahnung hatte, wann. Irgendwie fühlte es sich an, als würde ich mein Leben rückwärts führen: ein Baby mit einem Mann kriegen, den ich kaum kannte und den ich noch nicht meinen Eltern vorgestellt hatte.

Auf eine fröhliche, unbeschwerte Art war ich immer davon ausgegangen, dass ich mal Kinder haben würde. Ich konnte sie mir nicht ausmalen oder so, aber als ich noch jünger war, hatte ich geglaubt, dass ich an einem gewissen nebulösen Tag in der Zukunft jemanden treffen und von da an all das tun würde, was ich auch meine Freunde hatte tun sehen. Ein, zwei Jahre mit jemandem zusammen sein, gemeinsam in ein Häuschen mit hübschen Lampen ziehen. Irgendwo einen heißen Strandurlaub einlegen – Italien? Südafrika? – und so tun, als wäre ich überrascht, wenn er um meine Hand anhielt. Das machten Frauen nämlich oft. »Ich hatte ja keine Ahnung!«, schworen sie dann, obwohl sie auf ihren Verlobungsfotos auf Instagram – die Münder sperrangelweit aufgerissen – perfekt manikürte Fingernägel hatten, was auf eine vorab gut durchdachte Planung schließen ließ.

Jedenfalls würde ich all das tun (nur etwas weniger nervtötend diesbezüglich sein) und dann, hoffentlich, ein

Baby bekommen. Vielleicht auch zwei. Geschwister wie Jess und Clem schienen über ein unsichtbares Band zu verfügen, nach dem ich mich sehnte. Ich legte eine Hand auf E. T. und blickte aus dem Autofenster in den dunkelblauen Himmel, dessen Licht hinten am Horizont verblasste. War die Entscheidung, E. T. zu behalten nur eine Wiederholung meiner eigenen Geschichte? Ein Muster, dem ich bestimmt war zu folgen?

»Und? Wie lauten denn nun unsere guten Vorsätze?«, fragte Mum zwei Abende später an Silvester. Wir waren im Pub. Wir gingen am Silvesterabend immer in den Pub und blieben bis etwa fünf nach Mitternacht, bevor wir wieder nach Hause trotteten. Obwohl ich mir nicht sicher war, ob ich dieses Jahr bis Mitternacht durchhalten würde.

»Ich werde mein verflixtes Buch fertig schreiben«, sagte Dennis. »Und Norwich wird Erster in der Liga.«

»Das ist ein Wunsch, Den, kein Vorsatz«, erwiderte Mum schnippisch.

»Ich weiß, aber wir können ja auch Dinge nennen, auf die wir hoffen, oder?«

»Also gut, in dem Fall möchte ich beim Tai-Chi besser werden und eine Frau als US-Präsidenten haben. Lil?«

»Ähm, das Baby bekommen und dass alles gut wird?«

»Klar wird alles gut«, sagte Dennis und legte mir einen Arm um die Schulter.

Jess schickte mir gleich nach Mitternacht ein Selfie von sich und Alexi mit Champagnerflöten aus Venedig.

Ich schickte ein Selfie von mir und meinem wichtigsten Mann (Dennis) aus dem Pub.

8

Zurück in London hatte ich – endlich – etwas Privatsphäre. Nach den Ferien in Norfolk bekam mein Vibrator um einiges mehr Aufmerksamkeit als mein Handy, außerdem hatte ich zwei Packungen Batterien gekauft, die in der Schublade daneben ruhten, damit sie mir ja nie ausgingen. Zwei Abende zuvor jedoch hatte ich an mir herabgeschaut, als ich gerade in Aktion war, und war in Depressionen verfallen. Ich sah aus wie ein masturbierender Hüpfball.

Es war zwecklos, meinen Bauch weiterhin verstecken zu wollen. Geschweige denn meinen Vorbau, der mittlerweile einen Raum Minuten vor dem Rest von mir betrat. Meine neue Figur bedeutete auch, dass ich es Miss Montague beichten musste. Das wollte ich am Tag vor der Rückkehr der Schüler erledigen, um etwaigem Lehrerzimmertratsch zuvorzukommen. Ich schrieb ihr eine Mail, um einen Termin auszumachen, und sie bestellte mich für fünfzehn Uhr ein. Ich zog meine weiteste Bluse über meiner nachgiebigsten Stretchjeans an und verwendete so viel Zeit auf mein Make-up, als ginge ich auf ein Rendezvous. Ich wollte aussehen, als hätte ich alles total im Griff.

»Treten Sie ein«, sagte sie, als ich an diesem Nachmittag an die Tür klopfte.

Ich schob die Tür auf und setzte mein breitestes Lächeln auf. »Frohes neues Jahr!«

Sie schrieb gerade etwas und schaute daher nicht von ihrem Schreibtisch auf. »Verzeihen Sie mir, wenn ich das nicht erwidere«, schnaubte sie immer noch schreibend. »Ich persönlich finde es äußert mühsam, die erste Januarhälfte sechsundneunzigmal am Tag ›Frohes neues Jahr‹ sagen zu müssen, also mache ich es auch nicht.«

»Sehr vernünftig«, sagte ich und setzte mich auf den Stuhl vor ihrem Schreibtisch.

»Nun«, fuhr sie in demselben knappen Tonfall fort, »womit kann ich Ihnen behilflich sein?«

»Na ja, das könnte jetzt etwas überraschend kommen«, begann ich, »aber ich bin schwanger.«

Miss Montague blinzelte zweimal verdutzt und legte dann die Stirn in Falten. Als Nächstes versuchte sie es mit etwas, das wohl ein Lächeln werden sollte, aber mehr zu einer Grimasse geriet. »Das ist tatsächlich eine Überraschung. Meinen Glückwunsch.«

»Vielen Dank«, sagte ich.

»Mir war nicht bewusst, dass Sie …« Und da verdüsterte ihre Miene sich plötzlich. »Miss Bailey, es ist aber keiner unserer Väter, oder?« Dann schnappte sie nach Luft. »Meine Güte, doch nicht Mr. Walker?«

Ich biss mir in die Wange, um nicht laut loszuprusten. »Nein, nein. Es ist nicht, äh, Mr. Walker.«

»Natürlich dürfen Arbeitgeber solche Details gar nicht erfragen, aber wie Sie wissen, betrachte ich es als meine Pflicht, über das St.-Lancelot-Kollegium informiert zu sein«, fuhr sie ruhig fort.

»Mhm, natürlich«, erwiderte ich nickend.

»Und haben Sie bereits eine grobe Vorstellung, wann etwa Sie sich in den Mutterschaftsurlaub verabschieden wollen?«

»Na ja, ich bin bald in der sechzehnten Woche. Termin ist im Juni. Also dachte ich mir, ich versuche, bis mindestens Mitte Mai zu bleiben.«

Miss Montague nickte. »Schön. Und war sonst noch was?«

»Öh, nein. Nein, ich glaube, das sind alle Neuigkeiten meinerseits.«

»Dann darf ich also davon ausgehen, dass mein Neffe sich gut macht?«

»Fergus? Oh, äh, ja«, antwortete ich mit allem Enthusiasmus, den ich angesichts von Fergus' IQ, der dem eines Butternut-Kürbis entsprach, aufbringen konnte. »Er macht seine Arbeit großartig.«

»Wunderbar. Dann sehen wir uns morgen früh.«

Ich lachte in mich hinein, als ich das Schulgebäude verließ und den 137er nach Hause nahm. Mr. Walker, na klar. Ich konnte es kaum erwarten, das Steph zu erzählen.

In der ersten Woche nach Schulbeginn berichtete ich auch meinen Jungs, dass ich ein Baby erwartete, bereute es jedoch augenblicklich, weil ihre Reaktionen noch schräger waren als die von Miss Montague.

»Aber wie ist das Baby in Sie reingekommen, Miss Bailey?«, fragte George, während die versammelte Runde vor mir auf dem Teppich saß. »Mussten Sie es essen?«

»Nein, George«, antwortete ich, wobei ich mir große Mühe geben musste, nicht zu lachen. »Ich habe mein Baby nicht gegessen.« Dann hielt ich inne und überlegte. Aufklärungsunterricht war eigentlich nicht mein Gebiet. Der arme Mr. Knight musste sich in der siebten Klasse damit herumschlagen und den Jungs ein Video zeigen, das aussah, als wäre es in den Siebzigern aufgenommen worden. Letztes Jahr kam er während der Pause mit einem Kondom, das hinten an seiner Hose klebte, ins Lehrerzimmer, weil er den Jungs ein paar Päckchen zum Anfassen mitgebracht hatte, was damit endete, dass sie sie durchs Zimmer schnippen ließen wie Gummibänder.

Also, nein, theoretisch war es nicht meine Aufgabe, hier das Gespräch über das Wunder des Lebens auf den Tisch zu bringen. Aber ich wusste auch nicht so richtig, wie ich George antworten sollte, und ich fand schon immer, dass es sehr irreführend war, Kindern zu erzählen, »Störche« würden die Babys bringen. Ich war Lehrerin geworden, weil ich wollte, dass sie etwas lernten, nicht, damit sie durch Unwahrheiten verwirrt wurden.

»Wer von euch hier hat ein Haustier?«, fragte ich also.

Fünf kleine Hände schossen in die Höhe.

»Achilles, was hast du denn?«

»Wir haben eine Schlange namens Boris«, sagte er.

Mist. Ich hatte vergessen, dass Achilles eine Schlange hat. Ich hatte auf einen Hund oder eine Katze spekuliert. Schlangen waren kniffliger. Die legten Eier.

»Okay«, fuhr ich fort, »lassen wir mal Boris beiseite. Phineas, was habt ihr daheim?«

»Magic«, sagte er. »Das ist ein Spaniel. Er ist zwei.«

Super, mit einem Spaniel konnte ich arbeiten.

»Okay, und erinnerst du dich noch daran, als Spaniel ein Welpe war?«

Er nickte. »Ja. Mum war ziemlich sauer, weil er immer unsere Schuhe anknabberte.«

»Das war ja sehr ungezogen von ihm. Aber gut, Magic ist im Bauch seiner Mutter gewachsen, ein bisschen so, wie mein Baby in meinem Bauch wächst.«

»Und dann ist er aus ihrem Po rausgekommen«, erklärte Phineas bestimmt. »Es gab ganz viele Welpen, die aus ihrem Po rausgekommen sind, und wir durften sie uns alle anschauen, und ich hab mir Magic ausgesucht.«

»Mhm«, machte ich, während ich mich fragte, wie viele Minuten es wohl noch bis 15.20 Uhr waren. »Ja, das stimmt, Hunde haben viele Welpen, wohingegen Menschen normalerweise nur ein Baby kriegen. Oder vielleicht zwei.«

»Wie viele Babys haben Sie?«, wollte Phineas wissen.

»Ich habe eins. Und es wird in etwa fünf Monaten rauskommen.«

»Haben Sie denn nackig gekuschelt, Miss Bailey?«, meldete sich Oscar. »Meine Mum hat gesagt, dass sie nackt mit meinem Dad gekuschelt hat, und so hat sie dann Molly bekommen.« Molly war seine Schwester.

»Ganz genau«, sagte ich erleichtert. »Ich habe auch nackt gekuschelt, und jetzt bekomme ich ein Baby.«

»Aber Sie sind doch gar nicht verheiratet. Mit wem haben Sie dann nackig gekuschelt?«, hakte Oscar stirnrunzelnd nach.

Ich blickte hinter mich auf die Wanduhr. 15.04 Uhr.

»Mit einem Freund«, sagte ich. »Manchmal kann man auch mit einem Freund nackt kuscheln, und dann kriegt man auch ein Baby.«

Oscar drehte seinen Kopf und schaute zweifelnd George an, der neben ihm saß. »Können Daddys auch nackt mit anderen Daddys kuscheln?«

»Ähm, sie können, wenn sie wollen«, antwortete ich vorsichtig. »Aber so kriegt man kein Baby in den Bauch.«

»Ich kenne zwei Daddys, die ein Baby haben«, sagte Roman.

»Manchmal haben zwei Daddys ein Baby, und manchmal haben zwei Mummys ein Baby. Und das ist auch gut so. Aber nur eine Mummy kann ein Baby in ihrem Bauch machen. Also gut, wollen wir dann *Das kleine Gespenst* weiterlesen?«, fragte ich rasch.

Glücklicherweise wurden die Jungs durch den bevorstehenden Ausflug zum Naturkundemuseum vom Babythema abgelenkt, da wir dieses Halbjahr ein Projekt über Dinosaurier machten. Was einen Haufen Papierkram wegen Versicherungsfragen mit sich brachte sowie mehrere E-Mails an die Eltern, dass jeder der Jungs nur ein Maximum von zehn Pfund zum Ausgeben mitnehmen dürfe – »nicht mehr«. Woraufhin mehrere E-Mail-Antworten von gewissen Müttern zurückkamen, die wissen wollten, was in den von der Schule bereitgestellten Lunchpaketen drin wäre.

Zu meinem großen Erstaunen war Fergus (der andere »verantwortungsbewusste« Erwachsene bei diesem Ausflug) am Freitagmorgen pünktlich. »Ich liebe das Naturkundemuseum«, erklärte er, als wir die Jungs in den Minibus scheuchten. Zu dem Anlass hatte er sich wie ein Musterknabe der Tory-Partei gekleidet – braune Cordhose, braune Lederschnürschuhe, beiger Pulli und ein dünner grüner Regenmantel. »Tante Venetia nahm mich zur Belohnung für das Halbjahreszeugnis immer dorthin mit, und danach gab es Rosinenschnecken im Café.« Plötzlich schaute er betreten drein, als hätte er gerade Staatsgeheimnisse über Miss Montague ausgeplaudert.

»Süß«, erwiderte ich, bevor ich mich hinten in den Bus beugte, wo ich bereits das Gekabbel um die Sitzplätze hören konnte. »Also schön, Jungs, bitte anschnallen. Roman, setz dich. Nein, es ist mir egal, ob du am Fenster sitzen willst. Es ist keine lange Fahrt. Setz dich jetzt da hin und schnall dich an. Sonst wird gar keiner fahren, und wir dürfen alle im Klassenzimmer bleiben. Wer will das?«

Schweigen.

»Dachte ich mir.«

Ich stieg vorne auf einen der Beifahrerplätze, Fergus

kraxelte hinterher und setzte sich neben mich, während Mr. Herbert, der Fahrer, die hintere Tür zuschob.

»Ich muss mal!«, schrie Arthur von hinten, keine zwanzig Sekunden nachdem wir von der Schule losgefahren waren.

Ungefähr eine Stunde später saßen die Jungs (relativ) friedlich in der Ecke eines Ausstellungssaals und füllten Arbeitsblätter aus.

»Miss Bailey, auf was haben denn Dinosaurier geschlafen?«, fragte George und starrte mit rätselnder Miene auf sein Blatt.

»Ich glaube, das ist eine Frage für Mr. Lawrence«, sagte ich und schaute zu dem Assistenten, der uns im Museum rumführte.

Mr. Lawrence schob die Brille auf der Nase etwas höher und hob zu einer Rede über die Schlafgewohnheiten von Dinos an. Ich ließ meine Gedanken zu Max und der Frage schweifen, ob ich ihm schreiben sollte. Ich hatte schon die ganze Woche hin und her überlegt. Der Vaterschaftstest musste mittlerweile durch sein, aber ich wollte ihn nicht drängen, so als wäre ich nervös wegen der Ergebnisse. Und doch hatte er gemeint, »lass uns mal treffen«. Sollte ich ihm also schreiben? Oder darauf warten, dass er sich zuerst bei mir meldete?

Meine Bedenken, ob ich Max zuerst schreiben sollte oder nicht, erinnerten mich daran, wie es war, wenn man anfing, jemanden zu daten. Man brütet über jeder Nachricht, die man schickt (zu viele Emojis? Zu viele Ausrufezeichen? Zu viele Küsschen? Nicht genug Küsschen?).

Man zerbricht sich den Kopf, was man anziehen soll, wenn man ihn das nächste Mal trifft, über jedes einzelne Kleidungsstück, von Schuhen über Socken bis hin zum Höschen. Man verbringt gefühlt neunzehn Stunden damit, sich zu frisieren und zu schminken, auch wenn es am Ende so aussehen soll, als wäre man überhaupt nicht geschminkt. Man sorgt sich, was man sagen soll, wenn man ihn sieht. Und danach: Warst du witzig genug? Interessant genug? Warum genau hast du diesen schrägen Sexwitz gerissen?

Abgesehen davon hatte E.T. meiner App zufolge mittlerweile die Größe einer Steckrübe. Ich hatte diese Woche in der Badewanne das erste Mal gespürt, wie sie sich bewegte, und mich innerlich jubelnd selbst beglückwünscht. Es fühlte sich gar nicht wie ein Tritt an, mehr so wie eine Art Geblubber, als hätte ich Verdauungsprobleme. Eigentlich wollte ich Einzelheiten wie diese mit Max teilen, aber ich wusste nicht, wo beim »Co-Parenting« die Grenze verlief – vor allem bei einem Co-Elternteil, in den man ein klitzekleines bisschen verschossen war, weil er aussah, als wäre er direkt einer Unterwäschewerbung entsprungen. Also: ihm alle meine Körperfunktionen mitteilen – ja oder nein?

Ich wusste nicht genau, was ich am besten schreiben sollte. Ich wollte nicht zu pärchenmäßig klingen – »Rate mal was, unser Baby hat sich bewegt!« Aber ich wollte auch nicht zu distanziert klingen – »Hi Max, wollte nur Bescheid geben, dass das Baby sich letzte Woche bewegt hat, was sich ein bisschen wie Blähungen anfühlte, und sie mittlerweile die Größe eines Wurzelgemüses hat. Hoffe, dir gehts gut.« Das klang doch schräg.

Ich seufzte. Herrgott noch mal, Lil! Tus einfach. Während die Jungs also mit Ausmalen beschäftigt waren, tippte ich eine Nachricht.

Hey Max, wollte dich nur wissen lassen, dass alles gut ist und ich sie letzte Woche habe herumstrampeln spüren. Es war unglaublich! Und sie hat mittlerweile die Größe einer Steckrübe, obwohl sie hoffentlich nicht wie eine ausschauen wird! X

Ich drückte auf Senden und steckte das Handy weg.

Danach aßen wir im Picknickbereich unten zu Mittag, bevor die Jungs sich um einen Tisch versammelten und eine Stunde damit verbrachten, Fossilien zu wiegen. Irgendwann zauberte Mr. Lawrence etwas hervor, das »Koprolith« hieß, oder anders: versteinerte Dinosaurierkacke. Die Jungs hörten sofort auf durcheinanderzuplappern, während sie das Ding ehrfurchtsvoll bestaunten.

»Dürfen wir dran schnüffeln?«, fragte George nach einer Weile.

»Klar dürft ihr«, sagte Mr. Lawrence und hielt ihnen das Fossil hin.

»Nicht drängeln«, mahnte ich, als sie anfingen, sich um die Spitzenschnüffelposition zu schubsen.

»Das riecht gar nicht nach Kacke«, befand George naserümpfend.

»Das liegt daran, dass sie schon zweihundertzwanzig Millionen Jahre alt ist«, erklärte Mr. Lawrence.

»Das ist aber alt«, sagte Phineas staunend. »Mein Dad ist erst zweiundvierzig.«

Wir mussten am Nachmittag zur üblichen Abholzeit an der Schule sein, daher ermahnte ich zehn Minuten vor Aufbruch die Klasse, ein letztes Mal pinkeln zu gehen. Natürlich mussten sie alle. Also beförderten Fergus und ich sie abwechselnd hinein und wieder hinaus. Den Minibus konnten wir für die Rückfahrt nicht haben, weil er die Achtklässler zum Schwimmunterricht brachte, daher wollten wir – als weiteres Extra der heutigen pädagogischen Erfahrung – die Metro nehmen, um die eine Haltestelle von South Kensington nach Sloane Square zurückzulegen.

»Also gut, Jungs, in Zweierreihen aufstellen. Alles okay bei euch? Arthur, wo ist deine Jacke?«

Es brauchte eine Weile, bis sie sich ordentlich aufgestellt hatten, doch schließlich befanden wir uns in Reih und Glied und spazierten langsam durch die Unterführung zur Haltestelle.

Ich ging ganz vorne und führte Achilles und Dmitri, die beide einen Plastikdino aus dem Souvenirshop in der jeweils freien Hand hielten und diskutierten, welcher von beiden einen Kampf gewinnen würde. Fergus bildete das Schlusslicht, wobei er Roman und Vikram vor sich herscheuchte.

Als wir uns der Haltestelle näherten, blieb ich stehen und drehte mich um. »Jungs, ihr müsst mir jetzt sehr aufmerksam folgen. Ich will niemanden verlieren. Könnt ihr einander bitte alle an der Hand nehmen? Roman? Ich kann dich sehen. Vikrams Hand, bitte. Fergus? Fergus!« Er glotzte auf sein Handy, während der arme Vikram den

Hals verrenkte, um Roman auszuweichen, der mit seinem neuen T-Rex vor dessen Nase rumfuchtelte. Der Dino brüllte, wenn man auf einen Knopf drückte, und Roman drückte natürlich immer wieder drauf und ließ die Klauen über Vikrams Nase witschen.

»Fergus!«, zischte ich betont ruhig. Ich hatte keine Lust, dass die anderen U-Bahn-Passagiere den Eindruck einer Lehrerin am Rande des Nervenzusammenbruchs bekamen.

»Ja?«, Fergus schaute auf.

»Kannst du bitte ein Auge auf die zwei haben?«

Er ließ mit gequälter Miene das Handy in die Hosentasche gleiten wie ein beleidigter Teenager, doch ich drehte mich ungerührt um, um die Truppe durch den Behinderteneingang zu befehligen. »Kommt schon, Jungs, ja, so ist gut. Oscar, konzentrier dich. Links, rechts, links, rechts.«

Wir bewegten uns in einer Schlangenlinie die Stufen runter zum Gleis.

»Okay, Jungs, wir wollen auf diese Seite. Der Zug fährt in« – ich blinzelte zur Anzeige hoch – »einer Minute ein. George, hör auf damit. Lass bitte Oscars Haar in Frieden. Roman, ich warne dich, wenn du Vikrams Hand nicht festhältst, wirst du meine nehmen müssen.«

Schmollend schob Roman sich den T-Rex unter einen Arm und nahm Vikrams Hand.

Als der Zug einfuhr, behielt ich das Gleis im Blick und streckte meine Arme wie eine Barriere aus. »Bleibt zurück, Jungs. Und wartet bitte, bis alle Leute ausgestiegen sind, bevor wir einsteigen. ROMAN, das wars, ich habe dich gewarnt! Fergus? Fergus? Im Ernst jetzt, kannst du ein Auge auf Roman haben? Und würdest du jetzt einfach mal das Scheißhandy wegtun und dich *eine* Minute konzentrieren? Kannst du Roman im Griff behalten?«

»MISS BAILEY, SIE HABEN SCHEISSE GESAGT!«, johlte Roman und sprang wieder mit dem Dinosaurier wedelnd herum. »SCHEISSE, SCHEISSE, SCHEISSE, SCHEISSE, SCHEISSE!«

Ich wollte ihn nicht anschreien, da Fahrgäste aus der U-Bahn strömten und grob drängelten, um sich aus dem Gemenge im Waggon zu befreien. Er war brechend voll. Ich schaute zur Anzeige hoch. Die nächste Bahn kam in zwei Minuten. Wir würden auf sie warten müssen; ich konnte die Jungs unmöglich in die hier reinquetschen. Vor allem nicht, solange Roman herumkreischte wie ein kleiner Ausbrecher aus einem Tollhaus. Wer waren bloß all diese Menschen, die an einem Dienstag um fünfzehn Uhr die U-Bahn nahmen? Warum waren sie nicht bei der Arbeit? Ich spürte diese vertraute Wut in mir aufwallen, die von Unterzuckerung herrührte und in mir den Wunsch weckte, jemanden umzubringen. Vielleicht einfach mich selbst.

»Fergus, wir werden warten müssen!«, rief ich mit einem erneuten Blick in den Waggon. »Wir nehmen die Nächste, die hier ist zu voll. Jungs, wir müssen noch mal zwei Minuten auf den nächsten Zug warten. Alles in Ordnung bei euch?«

»Ich muss mal«, quengelte Arthur.

»Oh, Arthur, könntest du noch warten, bis wir an der Schule sind? Das dauert auch nicht lange.«

Die Türen piepsten los, um die Fahrgäste zu warnen, dass sie gleich schlossen.

»Okay, alle miteinander, einen Schritt zurück, der Zug fährt los.«

»Ich muss wirklich mal«, sagte Arthur. Er hatte die Knie zusammengepresst und wippte auf der Stelle.

»Ich verspreche, dass wir in« – ich blickte auf meine Armbanduhr und ging in die Hocke – »fünfzehn Minuten in der Schule sind. Vielleicht auch weniger. In Ordnung?«

Es waren die Sekunden, die ich mich um Arthurs Blasenprobleme kümmerte, in denen ich nicht mitbekam, was am anderen Ende der Schlange passierte.

»Miss Bailey! Miss Bailey!«, kreischte Fergus plötzlich hysterisch.

»Was?«, fragte ich und richtete mich auf.

Er zeigte auf die U-Bahn-Tür vor sich, und ich erblickte Roman auf der anderen Seite, der mit seinem T-Rex hinter der Scheibe wedelte, während der Zug anfuhr.

Scheiße. Scheiße. Scheiße. Scheiße. Scheiße. SCHEISSE.

»Er hat meine Hand losgelassen und ist reingesprungen«, sagte Fergus. »Es tut mir leid. Es tut mir so leid.«

Einen Moment lang war ich wie erstarrt, unsicher, was ich tun sollte. Rufen? Brüllen? Ich sah das Ende des Zuges im Tunnel verschwinden.

»Bleib hier, pass auf sie auf«, wies ich Fergus an, bevor ich über den Bahnsteig auf einen dünnen, glatzköpfigen Mann in orangefarbener Warnweste zusprintete. »Entschuldigen Sie, ein Schüler aus meiner Klasse ist gerade ohne uns in den Zug gesprungen. Können Sie ihn aufhalten?«

Er schüttelte den Kopf. »Aber ich gebs über Funk durch«, sagte er rasch, schlüpfte geschwind in die Kabine hinter uns und schnappte sich sein Walkie-Talkie. Dann streckte er den Kopf wieder raus. »Können Sie ihn mir beschreiben?«

»Blondes Haar, grüne Schuluniform, heißt Roman. Hat einen Dinosaurier bei sich. Ein Spielzeug. Er ist fünf.« Ich spürte mein Herz gegen mein Brustbein hämmern.

Der Mann sprach nickend in sein Walkie-Talkie. Ich stand einfach nur da, den Blick starr auf ihn gerichtet. Ich fühlte mich ziemlich hilflos. Und sauer – sowohl auf Roman als auch auf Fergus. Aber vor allem panisch. Und verantwortlich. Die Jungs unterlagen alle meiner Verantwortung. Bitte, bitte, mach, dass er am Sloane Square abgefangen wird. Bitte mach, dass es ihm gut geht. Und bitte, bitte, mach, dass ich nicht gefeuert werde.

Ich blickte hinter mich auf meine kleine Schülerschar. Arthur weinte. Fergus schaute verängstigt in meine Richtung.

Der Warnwesten-Mann streckte wieder den Kopf raus. »Da wartet schon jemand auf dem Gleis in Sloane Square, er wird den Zug aufhalten.«

»Aber was, wenn sie ihn nicht finden? Oder was, wenn er aussteigt und verschwindet?«

»Ist es Ihr Sohn, Ma'am?«

»Nein. Nein, er ist mein Schüler. Ich bin seine Lehrerin.«

Er musterte mich etwas skeptisch, als würde er meine Tauglichkeit, mich um anderer Leute Kinder zu kümmern, abwägen. Dann fiel sein Blick auf meinen Bauch, und ganz instinktiv legte ich meine Hand darauf.

»Keine Sorge. Sie werden ihn schon finden. Ist nicht das erste Mal, dass sowas passiert.«

Ich nickte, und dann standen wir herum und warteten, während ich das Knistern des Walkie-Talkies herbeisehnte, um endlich Nachricht zu erhalten.

Als der nächste Zug am Gleis einfuhr, blickte ich nervös zu Fergus zurück, der die Jungs jedoch vom Rand weggescheucht hatte.

Der Warnwesten-Mann schlüpfte wieder in seine Kabine. Seine nasale Stimme erklang über die Lautsprecheranlage. »Bitte zurücktreten und aussteigen lassen. Es fährt ein die District Line Richtung Upminster, mit Halt an allen Stationen bis Upminster.«

Die Minuten verstrichen, als auch dieser Zug davonfuhr. Wenn es Roman gut ging, so schwor ich mir, würde ich mich im Antelope nie wieder über ihn beschweren.

Ich kehrte zu Fergus und den anderen Jungs zurück, um mit ihnen zu warten.

»Es tut mir furchtbar leid«, wiederholte Fergus in einem fort. »Er hat sich einfach losgemacht und ist reingehüpft, bevor ich wusste, wie mir geschah. Es tut mir wirklich leid. Tante Venetia wird mich umbringen.«

»Ist schon gut«, sagte ich und versuchte, vor den Augen meiner acht Schüler die Ruhe zu bewahren. »Jungs, wir müssen nur warten, bis der nette Herr da – seht ihr ihn? In der orangenen Warnweste? – Roman gefunden hat. Danach können wir zur Schule zurück. Geht es allen gut?«

»Ich muss immer noch pullern«, piepste Arthur mit tränenfeuchten Augen.

Ich legte eine Hand auf seinen Kopf. »Es tut mir leid, mein Schatz. Aber ich verspreche, dass wir bald zurück sind.« Die anderen standen ganz ruhig da, mucksmäuschenstill, da sie wussten, dass etwas Ernstes passiert war.

Ich blickte zurück zu der Kabine, und da reckte mein Retter in Orange auf einmal den Daumen. Diese Erleichterung! Am liebsten wollte ich hinrennen und ihm einen Antrag machen, ihm meine unmittelbare Liebe erklären und vorschlagen, zusammen durchzubrennen.

Er kam auf uns zu. »Sie haben ihn, Ma'am«, erklärte er. »Gleis zwei am Sloane Square. Sie werden ihn solange dortbehalten. Wenn Sie den nächsten Zug nehmen, bringt der Sie direkt dorthin.«

»Ich bin Ihnen so dankbar«, sagte ich. »Ich kann Ihnen nicht genug danken. Im Ernst. Sie sind mein Held. Ich bin Ihnen so unglaublich dankbar.«

Er errötete. »Nichts zu danken, Ma'am. So was passiert.«

Ach, wirklich? Klar, diverse Kollegen an der St. Lancelot zogen in der Sicherheit des Lehrerzimmers regelmäßig über einzelne Jungs her, aber ich hatte noch nie von jemandem gehört, der eines der Kinder verloren hatte.

Während der Fahrt nach Sloane Square – ich zählte wie besessen die Köpfe der Jungs – fühlte ich mich erbärmlich und inkompetent. Wenn ich nicht mal für die Sicherheit eines Fünfjährigen sorgen konnte, wie sollte ich dann mit einem Säugling klarkommen?

Roman stand heulend auf dem Bahnsteig, der T-Rex schlaff in seiner Hand baumelnd, während ein anderer Mann in Warnweste geduldig neben ihm wartete.

»Vielen Dank«, sagte ich zu dem Mann und bedachte ihn mit einem zutiefst erleichterten Blick. Dann nahm ich Romans freie Hand und ging in die Hocke. »Es tut mir leid.« Ich strich ihm das Haar aus der Stirn. »Geht es dir gut?«

Er nickte, aber die Tränen kullerten weiter über seine Wangen und tropften auf seinen Schulblazer.

»Komm mit, du kleiner Rabauke, lass uns zur Schule zurückkehren. Wer holt dich heute ab?«

»Ich w-w-w-weiß es nicht«, stammelte er durch die Tränen hindurch. »Ich glaube, vielleicht AJ.« Er gehörte zum Sicherheitsteam der Walkers, ein ehemaliger Soldat, der sich nun als Bodyguard verdingte und aussah wie ein Ochsenfrosch. Der Nacken so breit wie sein Kopf, die Beine kurz und stämmig.

»Also gut, dann kehren wir jetzt zurück und warten auf ihn, und dann ab nach Hause. Okay?« Ich schaute zu den anderen. »Fergus, kannst du Vikrams Hand nehmen? Ich kümmere mich um Roman. Dann haben wir es auch fast schon. Kommt schon, ab, marsch!«

Während wir zur Schule spazierten – neun Paar kleiner Beine, die nach einem langen Tag plötzlich drohten schlappzumachen –, wägte ich meine Optionen ab.

Rückblickend betrachtet hätte ich es Miss Montague sofort erzählen sollen, sobald ich die Jungs an dem Nachmittag abgegeben hatte. Aber ich tat es nicht. Ich wollte einfach nur heim und mir auf dem Sofa ein Dutzend

Scheiben Toastbrot reinpfeifen. Ich hatte immer noch nichts von Max gehört, und obwohl das Warten auf seine Antwort sich allmählich beinahe vertraut anfühlte, machte es mich doch gereizt. Ich dachte, der Tag zusammen im Krankenhaus vor Weihnachten hätte gezeigt, dass er das hier in Zukunft ernsthafter angehen wollte.

»Fergus, können wir bitte morgen drüber sprechen?«, sagte ich daher, als alle gegangen waren.

Er nickte, blickte aber immer noch betroffen drein.

»Ich bin nicht sauer auf dich. Es war ein Versehen.«

»Okay. Und noch mal Entschuldigung«, stammelte er.

Ich ließ ihn in seinem altmodischen Regenmantel im Klassenzimmer stehen.

Am nächsten Morgen hatte ich immer noch keine Antwort von Max. Außerdem hatte ich schlecht geschlafen, war gegen vier aufgewacht und hatte Löcher in die Zimmerdecke gestarrt, während ich im Geist übte, wie ich Miss Montague den Vorfall am besten beibringen sollte. Letzten Endes kam Miss Bowen, die Schulsekretärin, mir zuvor. Sie tauchte neben mir auf, als ich gerade vor dem Wasserkocher im Lehrerzimmer stand, und verkündete, dass Miss Montague in ihrem Büro ein Wörtchen mit mir zu reden habe.

Ins Rektorat zitiert zu werden, war als Erwachsener leider genauso schlimm wie als Kind. Sofort schwitzten meine Handflächen wie verrückt. Ich ging los und wischte die Hände an meinem Kleid ab, bevor ich an ihre Tür klopfte.

»Herein!«

»Ähm, guten Morgen«, grüßte ich, betrat Miss Montagues Büro und setzte mich.

»Miss Bailey«, sagte sie, legte ihren Füllfederhalter ab und beäugte mich.

Ich versuchte abzuschätzen, wie ernst sie aussah. Ziemlich ernst. Aber das konnte genauso gut ihre übliche Miene sein. Heiter und unbekümmert hatte sie nicht im Repertoire. Sie gab mehr so die strenge Gefängniswärterin.

»Nun denn«, begann sie. »Könnten Sie mir Näheres zum gestrigen Museumsausflug erzählen?«

»Geht es hier um Roman und die U-Bahn-Sache?«, fragte ich.

»In der Tat, ja.«

Ich seufzte. »Es tut mir leid«, sagte ich. »Sehr leid. Es war ein unglückliches Versehen. Es passierte innerhalb von Sekunden – in einem Moment stand er noch auf dem Gleis, im nächsten war er in den Zug gesprungen. Er hatte schon den ganzen Tag für Unruhe gesorgt. Er ist eben nicht … so einfach.«

»Und warum haben Sie mir nicht davon berichtet, als Sie zurückkamen?«

Ich sog meine Unterlippe zwischen die Zähne. »Auch das tut mir leid. Ich weiß, dass ich es hätte tun sollen, aber es war ein langer Tag und …« Ich glaubte nicht, dass meine Erklärung, dass ich auf eine WhatsApp-Nachricht von meinem Kindsvater gewartet hatte, mir viel Verständnis einbringen würde.

Miss Montague blinzelte ungerührt. »Nun, ich hatte

heute früh bereits Mrs. Walker am Telefon«, fuhr sie fort. »Roman war gestern Abend äußerst aufgewühlt, und wie nun bekannt wurde, hat jemand die gesamte Szene mit dem Smartphone aufgenommen.«

»Wie bitte?«, fragte ich schrill.

»Jemand an der U-Bahn-Haltestelle hat ihn offenbar erkannt. Oder zumindest gehört, wie Sie seinen Namen sagten. Und nun hat diese Person ein Video und droht damit, es an die Presse zu verkaufen.«

»O Gott!«

»Unglücklicherweise kann der uns hierbei auch nicht helfen. Ich denke, Mr. und Mrs. Walker werden das Video kaufen, damit es keine größeren Kreise zieht, aber nichtsdestotrotz werde ich etwas unternehmen müssen.«

»Und was?«

»Ich denke, fürs Erste ist es das Beste, wenn Sie nach Hause gehen.«

»WIE BITTE? Was ist mit meinen Schülern?«

»Mrs. Peers kann für ein paar Tage übernehmen.«

»Nein, Miss Montague, bitte. Es ist doch niemandem was passiert, es war ein Versehen. Dürfte ich mit Mrs. Walker reden? Wenn ich ihr erkläre, dass es kein …«

Sie schüttelte den Kopf. »Tut mir leid, Miss Bailey, aber eine zeitweilige Suspendierung ist alles, was ich tun kann, um zu verhindern, dass die Sache noch schlimmer wird.«

Ich schloss die Augen und seufzte. Suspendiert.

»Wenn Sie ›zeitweilig‹ sagen, wissen Sie dann schon, wie lange ich …«

»Ich werde persönlich mit den Walkers sprechen«, unterbrach mich Miss Montague. »Aber bis dahin kann ich nichts weiter tun. Ich muss dabei auch an den Ruf der Schule denken.«

Als ich ihr Büro verließ, fühlte ich mich ungefähr drei Millimeter klein. Suspendiert. Ich war eine schlechte, schlechte Lehrerin. Verantwortungslos. Bei der Scham, die ich verspürte, wollte ich mich am liebsten in Luft auflösen. Und als wäre ich selbst ein kleines, verheultes Kind, verspürte ich den dringenden Wunsch, heim zu meinen Eltern zu fahren, um mir eine Umarmung von Dennis und einen Rat von Mum abzuholen. Ich schlich mich ins Lehrerzimmer, um meine Handtasche zu holen, und entschied, nur schnell in der WG vorbeizuschauen, ein paar Klamotten einzupacken und dann direkt zum Bahnhof Liverpool Street zu fahren, um den erstbesten Zug zu nehmen.

Wie ich da mutlos zur U-Bahn trottete und mir Mühe gab, die Tränen zurückzuhalten, klingelte mein Handy. Max. Ich betrachtete kurz verdutzt das Display, dann ging ich ran.

»Hi«, meldete ich mich mit belegter Stimme.

»Hallo«, grüßte er fröhlich. »Entschuldige, dass ich mich auf deine Nachricht nicht früher gemeldet habe. War ein irre stressiger Tag gestern. Aber ich wollte dich zum einen anrufen, um dir zu sagen, dass … ähm, die Testergebnisse gerade gekommen sind. Der Arzt hat mich angerufen. Und die Resultate … ähm, bestätigen alles. Also wollte ich dir Bescheid geben.«

»Okay.« Ich war währenddessen in einen Häuserdurchgang neben der Haltestelle geschlüpft, um mich gegen eine Wand zu lehnen. Tränen rannen meine Wangen hinab, aber ich wollte nicht, dass er mitbekam, dass was nicht stimmte.

»Außerdem wollte ich dich fragen, ob du Lust hättest, mich nächste Woche oder so mal zu treffen?«, plapperte Max weiter. »Ich wollte mich eigentlich schon eher melden, aber bei der Arbeit gings drunter und drüber, und nach meiner Kletterkatastrophe neulich ist sogar ein Buch im Gespräch, also bin ich gerade dabei, mir die nächsten Schritte zu überlegen und … Lil?«

»Nein, nein, ich bin hier, und ein Treffen wäre super«, erwiderte ich durch meine verstopfte Nase.

Er schnallte es sofort. »Stimmt was nicht? Geht es dir gut?«

»Jepp«, sagte ich. »Ich hab nur 'ne Erkältung.« Ich schniefte laut ins Handy und wischte mir mit dem Daumen über das nasse Kinn.

»Hey«, sagte Max sanfter, »was ist los?«

Da entfuhr mir dort in der Gasse ein lauter Schluchzer, und ich platzte mit der ganzen Geschichte raus. Der Klassenausflug. Wie ich Roman verloren hatte. Das Video von ihm. Die Suspendierung. Mein Plan, nach Norfolk zu fahren. Max hörte geduldig zu. Ruhig. Unterbrach mich nicht.

»Warum fährst du nicht bei mir mit?«, sagte er, als ich endlich aufgehört hatte, in die Leitung zu rotzen.

Ich zog die Nase hoch. »Hä?«

»Ich fahr dich hin«, meinte er schlicht. »Ich wollte morgen sowieso nach Suffolk. Also kann ich dich genauso gut bei deinen Eltern absetzen und dann zu meinen weiterfahren. Total easy. Sag mir einfach, wo ich dich abholen soll, und ich komme gleich vorbei.«

»Nein, Max, ist schon gut, ich kann den Zug nehmen, ist kein Problem. Ehrlich, das ist total lieb von dir, aber du musst mich nicht fahren. Ich muss einfach nur heim, meine Tasche packen und dann …«

»Ich weiß, dass ich dich nicht fahren muss«, sagte er, »aber ich würde gerne. Im Ernst. Sag mir einfach, wo ich dich aufgabeln soll, und ich bin in grob …« – er überlegte – »einer Stunde da. Kommt auf den Verkehr an. Dieser verflixte Londoner Stadtverkehr. Genau deswegen will ich in die grünen Hügel ziehen wie Bilbo Beutlin.«

»Na gut.« Auf einmal musste ich so lachen, dass mein Rotz kurz eine Blase an meiner Nase bildete, bevor er platzte. »Ich meine, danke schön.« Ich gab ihm meine Adresse in Brixton und nahm die nächste U-Bahn, wobei ich hoffte, dass mein Gesicht etwas weniger verquollen wäre, bis er eintraf.

Ritter in strahlender Rüstung existieren nicht, Lil, ermahnte ich mich, während ich auf der Victoria Line Richtung Süden tuckerte. Sei nicht albern und flipp jetzt bloß nicht aus deswegen. Er tut dir nur einen Gefallen, und du sparst dir nebenbei die 37,50 Pfund für das Zugticket nach King's Lynn.

Und doch, trotz meines schlechten Gewissens, weil ich gestern Roman verloren hatte, und des ganzen Dramas am heutigen Vormittag fühlte ich mich seltsam getröstet bei der Vorstellung, ihn wiederzusehen.

9

Knapp eine Stunde später läutete es an der Tür, und nervös ging ich mit meiner geschulterten Reisetasche nach unten. Ich hatte in so einem wirren Zustand gepackt, dass ich den Eindruck hatte, nur zwei Höschen und drei nicht zusammenpassende Schuhe mitgenommen zu haben, aber wenigstens hatte ich es geschafft, zu duschen und mein Gesicht zu richten, bevor er kam.

»Ihr Chauffeur, Madam«, sagte er, als ich die Haustür öffnete. Max, der in Jeans und Schaffelljacke lächelnd dastand wie ein Typ aus einer Belstaff-Werbung, sah so fehl am Platz aus zwischen den ganzen leeren Big-Mac-Schachteln und grünen Mülltonnen in der Straße, dass ich nicht gleich antwortete. »Alles okay bei dir?«, fragte er stirnrunzelnd.

»Jaja, entschuldige, mir gehts gut. Danke fürs Abholen und alles. Ich hätte wirklich auch den Zug …«

»Papperlapapp«, unterbrach er mich und streckte den Arm aus. »Komm, gib mir deine Tasche, dann können wir auch schon los.«

Ich zog den Riemen von meiner Schulter und reichte sie ihm. Mit seiner freien Hand öffnete er mir die Beifahrertür des riesigen schwarzen SUVs, der direkt vor der Tür parkte. »Hüpf rein.«

»Nette Reifen«, bemerkte ich und kletterte hinein. Der Wagen sah aus wie einer dieser dicken Schlitten, in denen man die neureichen Playboys durchs schnieke Knightsbridge cruisen sah. Getönte Scheiben, Ledersitze, ein Armaturenbrett mit einer irren Anzahl von Schaltern und Knöpfen.

»Die sponsern mich«, erklärte er beinahe entschuldigend. »Die Karre ist quasi ein Bonus obendrauf.« Er schloss meine Tür, legte die Tasche auf den Rücksitz und ging dann zu seiner Seite rüber. Ich überprüfte rasch mein Aussehen im Außenspiegel. Meine knubbelige Nasenspitze war zwar immer noch rosa, aber ich hoffte darauf, dass Max sich vornehmlich auf die Straße konzentrieren würde.

»Also gut«, sagte er, während er seine Jacke abstreifte und nach hinten schmiss. »Dann fahren wir mal los.« Er warf einen Blick über die Schulter und fuhr aus der Lücke. »Wir sollten in etwa zweieinhalb Stunden da sein. Höchstens drei. Hast du's auch bequem?«, fragte er mit einem Blick zur Seite. Ich fummelte an meinem Gurt herum und überlegte, ob es wohl eine schlechte Idee war, ihn über meinen Bauch zu spannen.

»Jepp«, erwiderte ich und beschloss, ihn unterhalb von meiner Babykugel zu verlegen. »Alles gut. Und danke noch mal.«

»Jetzt aber Schluss mit der Dankbarkeit. Ich wollte sowieso heimfahren, und ich wollte dich sehen, also ist es die perfekte Lösung. Tut mir übrigens leid wegen der Sache mit der Arbeit«, schob er schnell hinterher. »Auch wenn mir das Ganze reichlich übertrieben erscheint, wenn es dem Jungen gut geht und niemand zu Schaden kam.«

Ich ließ den Kopf gegen die Stütze sinken und seufzte. »Ja. Aber da dieses Video aufgetaucht ist, wird von der Schule erwartet, dass sie etwas unternehmen. Die Ironie am Ganzen ist, dass ich mir nicht mal sicher bin, ob die Walkers so sehr um ihren Sohn besorgt sind. Ich habe seine Mutter nur ein einziges Mal getroffen.«

»Oje.« Max schüttelte den Kopf. »Warum überhaupt Kinder kriegen, wenn man sich nicht um sie kümmern will?«

Ich drehte den Kopf zu ihm und hob eine Augenbraue.

»Was?« Er schaute zu mir, dann wieder auf die Straße.

Ich antwortete nicht, sondern legte nur jeweils eine Hand seitlich an meinen Bauch und blickte ihn weiter nachdrücklich an.

Max lachte. »Na schön. Aber ich verstehe Menschen nicht, die Kinder nur um des Kinderkriegens willen bekommen. Es in einer gewissen Lebensphase einfach nur tun, weil alle andere es auch tun.«

»Du wolltest also keine Kinder?«, fragte ich alarmiert.

»Doch, doch, ich will welche. Wollte ich schon immer«, erwiderte er. »Aber so wie meine eigene Kindheit verlaufen ist und nach Dels Unfall wollte ich es richtig machen. Ich schätze, deswegen habe ich am Anfang auch so … unschön reagiert.«

»Was war denn mit deiner Kindheit?«, fragte ich. »Vor dem mit deinem Bruder, meine ich?« Uups, ich hatte gar nicht vorgehabt, wie ein Elefant im Porzellanladen in derart sensible emotionale Gefilde zu stampfen. Zu spät.

Max schwieg ein paar Sekunden, als versuche er, seine Antwort zu formulieren. »Ich weiß nicht, wie viel du über meine Familie weißt«, sagte er schließlich.

Ich errötete, als ich an meinen Internetsuchverlauf dachte. Falls Max den je sah, müsste ich auf den Mond auswandern. Geistige Notiz: Suchverlauf sowohl auf Handy als auch auf Laptop löschen.

»Nicht viel«, log ich mit leicht quietschiger Stimme, erleichtert, dass wir nebeneinandersaßen und er meine knallrosa Wangen nicht sehen konnte.

»Okay, wir haben da dieses Anwesen mit Herrenhaus in Suffolk«, begann er. »Und ein paar andere Häuser und auch etwas Land ...« Er verstummte, als wäre es ihm peinlich. »Es klingt idyllisch, und das war es wohl auch früher. Doch dann ist Del verunglückt. Meine Mutter ist daran zerbrochen und blieb monatelang im Bett. Mein Vater konnte nicht damit umgehen, also verbrachte er die ganze Zeit draußen. Und ich blieb irgendwo dazwischen hängen. Ich hasste zwar das Internat, aber nachdem Del fort war, hasste ich es zu Hause noch mehr.«

»Wie sind sie denn heute so? Deine Eltern, meine ich?«

Max lachte erneut, aber es war kein glückliches Lachen. Es war bitter. »Genauso. Mum lebt im Grunde wie eine Einsiedlerin, und Dad ist einer dieser zornigen alten Männer geworden, wütend auf alles und jeden.«

»Aber du fährst sie trotzdem besuchen?«

»Natürlich«, sagte er, »wenn auch teils wegen des schlechten Gewissens, weil ich so oft unterwegs bin. Aber es ist dennoch mein Zuhause. Und irgendwann werde ich zurückkehren und es übernehmen müssen.« Wir hielten an einer roten Ampel. »Deswegen also war ich, was das Thema Kinder angeht, so entschlossen, dass sie es absolut perfekt haben.« Er schaute zu mir rüber. »Du weißt schon, erst die Hochzeit, dann die Babys.«

»Wer sagt denn, dass das perfekt ist?«

»Zumindest sind es geordnetere Verhältnisse, oder?«, erwiderte Max. »Aber egal, genug von mir, was ist mit dir?«

»Was meinst du?«

»Na ja, du scheinst ziemlich geordnet, kompetent, vernunftbegabt. Irgendwas haben deine Eltern offenbar richtig gemacht.«

»Ha! Ja, total geordnet. Schwanger und womöglich arbeitslos.«

»Stimmt, wenn du es so sagst«, erwiderte er mit einem Grinsen. »Aber im Ernst. Ich erinnere mich noch, wie wir uns das erste Mal trafen und ich dachte, dass du wie jemand wirkst, der sein Leben auf die Kette kriegt. Du machst eine Arbeit, die du liebst, du bist intelligent, du bist witzig, du stehst für dich ein. Womöglich fühlt es sich für dich nicht so an, aber du scheinst mir ziemlich tough.«

»Danke«, murmelte ich. Ich war noch nie gut darin, Komplimente anzunehmen. »Ich, äh, dachte irgendwie das Gleiche über dich.«

»Dass ich tough bin?« Max runzelte erstaunt die Brauen.

»Na ja, nicht nur das«, erwiderte ich, während ich überlegte, wie ehrlich ich ihm gegenüber sein konnte. »Ich fand dich klug, und du hast mich zum Lachen gebracht, und du warst ziemlich charmant. Bis ich am nächsten Morgen aufwachte und du weg warst.« Das sagte ich mit einem breiten Grinsen, woraufhin Max kurz kapitulierend die Hände vom Lenkrad hob.

»Ich gebe zu, das war nicht die feine Art.«

»Herzensbrecher«, gab ich neckend zurück.

»Gar nicht«, erwiderte er, diesmal wieder ernst. »Ich war ein paar Jahre in einer festen Beziehung, dann hatte ich ein Date mit dir, und nun sitzen wir hier. Na gut, ganz früher, da hatte ich eine wildere Dating-Zeit, in der ich auch etwas über die Stränge geschlagen habe.« Er blickte zu mir, als würde er ebenfalls abschätzen, wie viel er zugeben konnte. »Das war kurz nachdem ich das Militär verlassen hatte. Außerdem glaube ich, dass ich diese ganze Sache mit Del nicht richtig verarbeitet hatte. Aber dann kam ich mit Prim – meiner Ex – zusammen, und sie rettete mich quasi.«

Ich blickte durch die Windschutzscheibe, da mir die Erwähnung ihres Namens etwas unangenehm war.

»Entschuldige«, sagte Max, »ist es schräg, über all das zu sprechen?«

»Nein«, erwiderte ich, als mir bewusst wurde, dass es ganz das Gegenteil war. Es fühlte sich verbindend an, geradezu erleichternd. »Aber wie meinst du das, sie rettete dich?«

Max seufzte, als er auf die Überholspur wechselte und

an einem roten Auto mit *Prinzessin an Bord*-Aufkleber vorbeizog.

»Ach ja, ich verbitte mir, dass wir uns jemals so einen Sticker zulegen«, sagte er mit einem Kopfnicken.

»Okay, abgemacht«, sagte ich, wobei ich mich albernerweise freute, dass er »wir« und »uns« gesagt hatte. Trotzdem wollte ich, dass er noch mal zu dieser Sache mit Primrose zurückkehrte.

»Ich habe damals zu viel gefeiert und mich schlimm aufgeführt«, fuhr er fort. »Doch dann wurde aus Prim und mir ein Paar – obwohl unsere Eltern befreundet waren und wir uns schon ewig kannten –, und sie half mir, wieder auf die Spur zu kommen. Herauszufinden, dass ich ernsthaft klettern wollte. Anfangs hat sie mich dabei richtig unterstützt.«

»Und wie kam es dann, dass ihr euch getrennt habt? Wenn es so gut lief?«

Er seufzte erneut. »Am Anfang lief es gut. Aber eben nie wirklich toll. Damals dachte ich noch, es könnte funktionieren. Es erschien mir wie die richtige Beziehung, weißt du? Ich hielt sie für die Art Mensch, mit der ich zusammen sein sollte. Meine Eltern waren mit ihr einverstanden, wir hatten denselben Freundeskreis, so Zeug eben. Aber wenn ich heute zurückblicke, war es nicht richtig. Zumindest für mich nicht.«

»Und was ist mit ihr?«

Er verzog gequält das Gesicht. »Für sie war es anders, glaube ich. Sie wollte heiraten und all das. Spätestens da wurde mir klar, dass ich es irgendwann beenden musste.

Es gab jedoch … Komplikationen. Es brauchte eine Weile. Aber, ja, danach trennten wir uns, und ich lud mir Kindling runter, weil man das heutzutage so macht, oder? Und dann traf ich dich.« Er lachte unsicher. »Entschuldige, das war bestimmt etwas arg geradeheraus.«

»Nein, ist es nicht. Ich verstehe das. Wenn ich auf mich und Jake, meinen Ex, zurückblicke, dann war es gar nicht so viel anders. Damals dachte ich, es wäre perfekt, aber heute ist mir klar, dass es das nicht war. Dass wir zu unterschiedlich waren.«

»Wie hat es geendet?«

»Übel. Er hat mich mit einer jüngeren Kollegin betrogen.«

»Autsch. Tut mir leid, was ein Arsch«, sagte Max mitfühlend. »Willst du, dass ich ihn für dich verprügle?«

»Nee, ist schon gut. Ich glaube, wir sind da drüber hinaus.«

»Habt ihr noch Kontakt?«

»Nope. Ich hab ihn nur mal ganz kurz vor Weihnachten auf einer Feier gesehen und Hi gesagt.« Dann hielt ich inne, bevor ich eine möglichst unbefangene Stimme aufsetzte. »Was ist mit dir und Primrose? Redet ihr noch?«

»Ähmmm …«, begann Max. Er klang etwas angespannt. »Sie hat sich bei mir gemeldet, als ich aus Pakistan zurückkam, aber sonst eigentlich nicht, nicht wirklich.«

Ich nickte langsam. Streckenweise fühlte sich dieses Gespräch unangenehm an, als würden wir auf den Schatten des jeweils anderen treten. Aber hauptsächlich freute ich mich, hier zu sitzen und offen über unsere Vergangenheit zu reden. Es schien mir wie ein Gespräch, das man bei einem zweiten oder dritten Date führen würde, wenn man dem anderen behutsam auf den Zahn fühlte. Zumindest wenn wir in einer Bar gesessen hätten, nicht in einem Auto. Und wenn ich mich nicht auf dem Weg nach Hause befunden hätte, nachdem ich meinen Job losgeworden war. Und wenn wir in ein paar Monaten nicht die Eltern eines Babys würden. »Nein, Co-Eltern«, rief ich mir selbst in Erinnerung, während wir die M11 entlangdüsten.

»Was?«, fragte Max.

Mist, ich hatte es wohl laut gesagt.

»Nichts«, erwiderte ich rasch. »Nur, äh, meine Eltern. Sie freuen sich schon darauf, dich kennenzulernen.« Ich hatte beim Packen Mum geschrieben, dass ich nach dem Fiasko bei der Arbeit vorbeikommen wolle, aber alles gut sei und ich es erklären würde, sobald ich da wäre. Ich hatte hinzugefügt, dass Max mich fuhr, weswegen Mum die Sache mit der Arbeit komplett ignorierte und mit einer ganzen Reihe Partyknaller-Emojis antwortete und ankündigte, zum Tee extra ein neues Marmeladenglas anzubrechen.

»Super«, sagte Max breit grinsend. »Mütter lieben mich.«

»O mein Gott, eingebildet bist du aber gar nicht, oder?«, erwiderte ich lachend und gab ihm einen Klaps auf den Arm.

»War nur Spaß«, sagte er immer noch grinsend. »Ich hoffe nur, dein Dad reißt mir nicht den Kopf ab.«

»Wird er nicht. Außerdem ist er theoretisch nicht mein

richtiger Dad. Mum hatte ein Techtelmechtel an der Uni, und ich war das Ergebnis, aber mit Dennis kam sie erst ein paar Jahre später zusammen. Obwohl Dennis, bis auf den Nachnamen, im Grunde schon mein Dad ist.«

»Wow«, sagte Max. »Aber gut. Schön. Dennis und …?«

»Jackie«, sagte ich.

»Okay, Dennis und Jackie«, wiederholte er. »Ich habs. Kennst du deinen echten Dad dann überhaupt?«

»Nee«, antwortete ich, »irgendein Gitarrist namens Adrian.«

Max warf mir erneut lächelnd einen Blick zu. »Familien, was?«

»Ganz genau«, erwiderte ich. »Siehst du? Nichts ist perfekt.«

Die Zeitspanne zwischen dem Moment, als Max den Motor abstellte und Mum vor dem Haus auftauchte, betrug grob geschätzt anderthalb Sekunden. Sie musste mit dem Ohr an der Haustür geklebt und dort auf uns gewartet haben.

»Hi, Mum«, begrüßte ich sie mit einer Umarmung.

»Oh, mein Schatz, komm her«, sagte sie und umschlang mich so fest, dass ich kaum noch Luft bekam. »Ich habe schon Teewasser aufgesetzt.«

»Danke, Mum.« Ich trat einen Schritt zurück und schnappte nach Luft wie ein Freitaucher, der gerade an die Oberfläche kommt. »Und, äh, das ist Max.«

»Hallo, sehr erfreut. Wie geht es Ihnen?«, sagte Max, der hinter mir hervortrat und seine Hand ausstreckte.

»Danke, mir geht es blendend«, meinte Mum und schüttelte seine Hand. »Möchten Sie eine Tasse Tee mit uns trinken?«

»Sehr gerne sogar«, erwiderte Max.

In der Küche herrschte das übliche Durcheinander. Ginger, die normalerweise alle Männer bis auf Dennis hasste, schlängelte sich um Max' Beine herum, während Gerald die Schildkröte in der Ecke an einem Stück Melone nuckelte.

»Setzen Sie sich doch, Max«, sagte Mum, nahm einen Stapel Papierkram von der Bank und legte ihn auf die Kommode, wo sich bereits anderer Papierkram häufte.

Dennis kam aus dem Gartenschuppen in die Küche. »Lil!«, rief er und öffnete die Arme. »Willkommen daheim, Kleines, du musst uns alles erzählen!«

»Hallihallo«, grüßte ich zurück und umarmte ihn, bevor ich Max vorstellte.

»Max, freut mich sehr, Sie kennenzulernen«, sagte Dennis. »Ich habe natürlich schon über Sie gelesen. Sehr mutig von Ihnen. Wirklich sehr mutig.«

»Oh, vielen Dank, Sir«, sagte Max. Ich fand ja das »Sir« etwas dick aufgetragen – wir hatten schließlich nicht 1849 –, aber Dennis lief vor Freude rosa an.

»Nun, ja, außerordentlich mutig und auch sehr heldenhaft«, fuhr Dennis fort, der sich plötzlich an den Papierstapeln auf der Kommode zu schaffen machte.

»Ich habe uns Scones gemacht«, verkündete Mum, die ein Tablett zum Tisch trug. Dann holte sie vier Becher aus dem Geschirrschrank. »Schauen Sie lieber noch mal nach, ob nicht Haare von Ginger drin sind, die landen wirklich überall«, meinte sie an Max gewandt, als sie ihm einen der Becher reichte.

Er pustete hinein. »Alles paletti«, sagte er mit einem Lächeln zu Mum, die ebenfalls knallrosa anlief.

Meine Eltern, echt jetzt. Sozialrevolutionäre, bis man ihnen ein schneidiges Mitglied der Aristokratie vorstellte, und schon überschlugen sie sich vor Begeisterung.

Dennis setzte sich, während Mum fortfuhr, den Tisch mit einer Kaffeekanne, Butter, Messer und Tellern sowie einem Glas Brombeermarmelade zu bestücken, die angeblich zu sauer geraten war, weil sie nicht genug Einmachzucker verwendet habe, doch Max befand, es sei die beste Brombeermarmelade, die er je gekostet hatte.

Er stellte interessierte Fragen zu Dennis' Büchern und Mums letztem wissenschaftlichen Artikel – *Evolutionärer Feminismus in der weiblichen spätviktorianischen Lyrik*.

»Das klingt ja faszinierend«, sagte Max mit aufrichtig wirkender Begeisterung. »Wie sind Sie auf das Thema gekommen?«

Hin und wieder beäugte ich ihn, um abzuschätzen, ob er nur höflich war oder gefällig sein wollte. Aber er wirkte ganz zu Hause in der klapprigen, alten Küche, wie er da seinen vierten Scone verdrückte, während er sich mit Mum über die Dichterin Christina Rossetti unterhielt.

Sie wiederum erkundigten sich bei Max über Suffolk und seine Pakistan-Expedition. Niemand rührte das E. T.-Thema an – der kleine Elefant im Raum.

Doch dann fiel Mum plötzlich ein, dass ich eigentlich

gar nicht hier sein sollte. »Was ist denn an der Schule vorgefallen?«, wollte sie wissen.

»Lange Geschichte.« Ich seufzte schwer, bevor ich die Sache mit dem Klassenausflug und der U-Bahn-Fahrt so kurz und bündig wie möglich erklärte.

»Aber es erscheint mir doch sehr unfair, dir die Schuld zu geben«, meldete sich Max, als ich Mum und Dennis auf den neuesten Stand gebracht hatte. »Wenn du mich fragst, sollte Fungus dafür geradestehen.«

Ich verzog den Mund. »Ja, aber die Hauptverantwortung lag bei mir, also kriege ich alles ab.«

»Na ja, ich freue mich zumindest, dass du wieder bei uns bist«, sagte Dennis und strahlte mich an.

Etwa eine Stunde später nippte Max ein letztes Mal an seiner Tasse und leerte sie erneut. »Also gut«, sagte er und stellte sie auf dem Tisch ab. »Ich sollte langsam los.«

»Ich an deiner Stelle«, sagte Dennis, während er aufstand und Max' leeren Becher nahm – sie waren im Verlauf des Gesprächs zum Du übergegangen –, »würde über Thetford fahren und Norwich meiden. Um diese Zeit ist dort meist die Hölle los.«

»Alles klar«, sagte Max. Er lächelte und streckte Dennis zum Abschied die Hand hin, woraufhin Dad ihn jedoch in einer Umarmung an sich zog und die beiden sich auf diese Männerart auf die Schulter klopften.

»Ja, lass dich umarmen«, sagte Mum, die förmlich hinter Dennis klebte. »Und bitte, komm gerne jederzeit wieder. Wir sind immer hier. Lil kommt sowieso nicht oft genug heim, also danke, dass du sie hergefahren hast.«

»Schon gut, schon gut«, intervenierte ich. »Jetzt lasst den armen Max mal gehen, bevor wir wieder Weihnachten haben.«

Mum und Dad blieben in der Küche zurück, während ich Max nach draußen begleitete und mich dort von ihm verabschiedete.

»Danke«, sagte ich. »Fürs Fahren. Und für das hier.«

Es war wirklich ein merkwürdiger Tag gewesen. Eigentlich hätte ich mich wegen meiner Suspendierung mies fühlen müssen, deprimiert, wieder in meinem alten Kinderzimmer bei meinen Eltern zu hocken. Aber das tat ich nicht. Mehr Zeit mit Max zu verbringen, hatte mich optimistisch gestimmt. Dass er mich abgeholt, mich in seinem Gangster-SUV gerettet und heimgebracht hatte, enthüllte eine fürsorgliche Seite an ihm, die ich zuvor nicht gesehen hatte. Statt mir also bezüglich der nächsten Monate Sorgen zu machen, hatte die Fahrt hierher – und unser Teekränzchen – mich hoffnungsfroh gestimmt, dass wir unseren Weg finden würden.

»Gern geschehen«, sagte Max. Dann grinste er. »Dabei war es nicht ganz uneigennützig.«

»Wie meinst du das?«

»Na ja, jetzt, wo ich deine Eltern kennengelernt habe, was hältst du davon, meine kennenzulernen?«

Den Großteil des Wochenendes verbrachte ich damit, zu Hause herumzusitzen, im Netz durch Stellenangebote für Lehrer zu scrollen und mich zu fragen, ob ich, falls alles andere schiefging, vielleicht in Manuels Café in Brixton jobben könnte. Steph simste, um nachzufragen, ob es mir gut ging. Mike schickte mir einen sprachgewandten Kommentar zu Romans Eltern: Walker, die Promis? Wohl eher Prollis. Jess schrieb, um sicherzugehen, dass ich zu ihrem Geburtstag in zwei Wochen wieder zu Hause wäre. Ich hoffe doch, erwiderte ich. Dabei hatte ich nichts mehr von Miss Montague gehört, daher wusste ich auch nicht, wie lange die »zeitweilige Suspendierung« dauern würde. In der Zwischenzeit befand ich mich völlig in der Schwebe, wusch alle zwei Tage abwechselnd meine Höschen und unterbrach meine Jobsuche hin und wieder, um in einem Schwangerschaftsbuch zu blättern, das meine Mum mir gegeben hatte und das den erquicklichen Titel *Schwanger und allein* trug.

»Aber sie hat doch uns, Jackie«, hatte Dennis gesagt, als er das Buch auf dem Sofa liegen sah. »Und natürlich Max«, schob er eilig hinterher. »Also, ich mochte ihn ja«, fügte er zum gefühlt zweiundfünfzigsten Mal seit dem Teekränzchen in der Küche hinterher.

Am übernächsten Morgen gingen Dennis und ich zum örtlichen Postamt, um die Zeitung zu kaufen. »Oh, Lilian, du siehst … gut aus!«, begrüßte mich Mrs. Nibeley, als sie meinen Bauch bemerkte.

»Das liegt daran, dass ich schwanger bin«, erwiderte ich mit einem breiten Lächeln.

Mrs. Nibeleys Augen zuckten zu meiner linken Hand, dann wieder zu meinem Gesicht, wobei Verwirrung ihre Stirn kräuseln ließ.

»Ich habe nicht geheiratet«, verkündete ich heiter. »Es war ein Unfall.«

»Einmal die *Times* bitte, Mrs. Nibeley«, sagte Dennis nachdrücklich. »Wie geht es Ihnen sonst? Alles gut?«

Danach, auf dem Rückweg, sagte er: »Arme Mrs. Nibeley. Ich weiß nicht, ob sie auf dem neuesten Stand ist, was moderne Elternschaftskonzepte angeht.«

»Entschuldige, ich wusste nicht, ob du und Mum es irgendwem erzählt habt.«

»Du musst dich nicht bei mir entschuldigen. Bei niemandem, wenn wir schon dabei sind. Ich kann es kaum erwarten, Opa zu werden. Ich kann es kaum erwarten, die Kleine durchs Dorf und zu Mrs. Nibley zu schleifen, um ihr Süßigkeiten zu kaufen und sie generell nach Strich und Faden zu verwöhnen. Guten Morgen, Howard.« Er hobt die Hand, um unseren Nachbarn von gegenüber zu grüßen, der seinen dicken, watschelnden Labrador an der Leine Gassi führte. Dann senkte er die Stimme. »Aber du weißt ja, wie manche Leute hier sind. Viel voreingenommener. Wie aus der Urzeit. Wenn du Mrs. Nibeley ohne Klamotten sehen würdest, hätte sie wahrscheinlich Schuppen auf dem gesamten Rücken.«

»Iiiih, hör auf!«

»Du weißt, was ich meine«, fuhr er fort. »Es gibt hier eine gewisse Art und Weise, den Leuten Dinge beizubringen. Und deine Mutter und ich dachten, es wäre sowieso an dir, die Neuigkeit zu verkünden.«

»Angsthasen«, zog ich ihn auf und knuffte ihn sanft.

Das war auch der Tag, an dem Max mir schrieb und fragte, ob ich Ende der Woche Zeit hätte, seinen Eltern einen Besuch abzustatten.

Passt Freitag bei dir? Vormittags? Ich kann jederzeit vorbeikommen und dich abholen, schrieb er.

Freitag ist perfekt. Und keine Umstände, ich fahre selber. Xxx, erwiderte ich, wobei ich selbstbewusster klang, als ich mich fühlte. Was sollte ich bloß zu einem Treffen mit einem waschechten Viscount anziehen? Und wie sollte ich die beiden anreden? Vor allem aber: Würden sie mich für so eine geldgeile Hyäne halten, die ihren Sohn absichtlich in die Falle gelockt hatte?

Bevor ich losfuhr, googelte ich noch mal Bilder von Little Clench Hall. Der Familiensitz war riesig, ein langer elisabethanischer Bau aus hellem Sandstein mit Spitzbogenfenstern, welche auf vierhundert Morgen üppiger grüner Parklandschaft hinausblickten, die Weidefläche für mehrere Hundert Hirsche bildete. Außerdem verfügte es über ein eigenes Gartenlabyrinth. Anscheinend hatte Queen Victoria einst auf ihrem Weg nach Sandringham in dem Herrenhaus genächtigt und einem Urahnen von Max gegenüber bemerkt, dass sie Little Clench Hall all ihren eigenen Residenzen vorzog.

Wikipedia hatte sich als nützlich erwiesen, was statistische Daten anging – das Herrenhaus in Suffolk verfügte über 127 Räume (davon 22 Schlafzimmer), und die Familie besaß neuntausend Morgen Land drumherum. Die Rushbrookes gehörten zu jenen ersten normannischen Familien, die mit William dem Eroberer nach England rübergekommen waren, und der achte Viscount von Rushbrooke war ein Mäzen von Thomas Gainsborough gewesen, weswegen das Gebäude auch über eine Galerie mit zwölf Landschaftsgemälden verfügte, die der Künstler vom Park angefertigt hatte, dazu mehrere Porträts der Familie. Angeblich von unbezahlbarem Wert.

Little Clench Hall war nur eine Autostunde entfernt, kurz nach der Grenze zu Norfolk, direkt hinter Lowestoft. Dennis bot an, mich zu fahren, doch ich beschloss, es wäre unkomplizierter, es alleine zu tun und mir seinen Wagen zu leihen. Obwohl ich, als ich näher kam und das braune Schild zum Herrenhaus sah, mir schon wünschte, Dennis wäre dabei. Er hätte mich immerhin mit irgendeiner ominösen Seeschlacht um 1870 zutexten können, um mich abzulenken.

»Los gehts, E. T.«, sagte ich, als ich links abbog und durch ein riesiges eisernes Tor mit steinernen Pfeilern zu beiden Seiten fuhr. Die Zufahrt wand sich mehrere Minuten um Bäume und durch eine liebliche Landschaft hindurch. Ich verlangsamte, als ich eine Herde Hirsche an einer Hügelflanke erblickte. Sie standen mit gesenkten Köpfen zu Dutzenden zusammen und kauten gemächlich ihr Gras.

Und dann bog ich um eine Kurve und sah Little Clench Hall. Sofort fühlte ich mich wie Lizzie Bennet, die zum ersten Mal Pemberley sieht, wenn auch etwas weniger eloquent.

»Heeeeeeeeilige Scheiße«, entfuhr es mir, während ich die schiere Größe des Baus auf mich wirken ließ. Die komplette Fassade war mindestens so lang wie der Buckingham Palace. Das Gebäude war aus blassgelbem Sandstein errichtet und verfügte über mehrere Säulen, die sich um den Haupteingang gruppierten und über die gesamten drei Stockwerke erstreckten. Davor befand sich ein großer Brunnen. Selbst aus dieser Entfernung konnte ich die Wasserfontäne sehen, die in die Höhe schoss.

Ich versuchte mir vorzustellen, wie es wohl war, an so einem Ort zu leben. Was, wenn dein Schlafzimmer ganz oben links war, aber das Frühstück im Erdgeschoss ganz rechts serviert wurde? Man brauchte doch ewig, um dorthin zu gelangen. Und kaum dass du dich mit einer schönen Scheibe Toast hingesetzt hast, fällt dir prompt ein, dass du dein Handy oben liegen lassen hast. Ein Albtraum!

Ich drückte behutsam aufs Gas und fuhr weiter, wobei ich dem Kiesweg folgte, bis ich ein Schild mit der Aufschrift *Besucher* sah, das mich zu einem Parkplatz hinter dem Haus wies. Dort überprüfte ich erst mal mein Gesicht im Rückspiegel. Alles gut. Mehr Sorgen machte ich mir um mein Outfit. Mum und ich hatten den gestrigen Abend damit verbracht, ihren Kleiderschrank zu durchwühlen, weil ich nichts Sauberes aus London mitgenommen hatte.

Ich war in der am wenigsten schlimmen Option gelandet – ein wallendes wadenlanges lila Kleid, das ich mit einem dünnen schwarzen Gürtel über meinem Bauch raffte. Dazu eine schwarze Strumpfhose und meine flachen schwarzen Ankle-Boots. Ich sah aus wie eine Hippie-Tante, die versuchte, für einen Theaterabend halbwegs respektabel auszusehen.

Ich parkte den Wagen, schrieb Max – Bin da, auf dem

Parkplatz – und stieg aus, wobei ich mir die Croissantkrümel von meinem Schoß klopfte (ich hatten zum Frühstücken einen Zwischenstopp bei Wild Bean eingelegt). Oje, der lila Sack, den ich trug, war während der Fahrt komplett zerknittert.

Ich erblickte Max, der durch einen steinernen Bogengang auf mich zukam. Er winkte. Ich unternahm einen letzten Versuch, die Croissantkrümel von meinem Kleid zu fegen, und winkte zurück. Dann ging ich auf ihn zu.

»Hi«, grüßte er und beugte sich vor, um mich auf die Wange zu küssen. »Wie war die Fahrt?«

»Easy.«

»Und, bist du bereit für das hier?«, fragte er, kniff die Augen zusammen und grinste.

»So schlimm können sie nicht sein, oder?«

»Komm, hier entlang«, überging er meine Frage und spazierte wieder auf das steinerne Tor zu, das sich zu einem großen kopfsteingepflasterten Hof öffnete. »Die alten Stallungen«, erklärte Max, »aber wir haben keine Pferde mehr, daher sind sie jetzt voller reparaturbedürftiger Möbel.«

Vor uns, am oberen Ende von ein paar Steinstufen, ging plötzlich eine braune Holztür auf, und eine uralte Frau tauchte dahinter auf. Sie hatte ein Gesicht so braun und runzlig wie eine Walnuss. Krass, Max' Mutter war älter, als ich erwartet hatte! So um die neunhundert Jahre älter.

»Nanny, komm nicht raus, es ist kalt. Bleib drinnen«, sagte Max, der stehen blieb, damit ich als Erste die Stufen hochsteigen konnte.

Ich überlegte, ob es für einen Mann Mitte dreißig unsexy war, jemanden »Nanny« zu nennen, aber dann warf ich einen Blick über die Schulter zu Max und stellte fest, dass er attraktiv genug war, um damit durchzukommen. Scheiße, er hätte selbst mich Nanny nennen können, wenn er wollte, und es hätte mir wahrscheinlich nicht allzu viel ausgemacht.

»Hallo«, sagte ich und streckte der Walnussdame die Hand hin. »Ich bin Lil.«

Sie nahm meine Hand zwischen ihre und strahlte mich an. »Hallo, meine Liebe, es ist mir eine Freude, dich kennenzulernen.«

»Lil, das ist der wichtigste Mensch hier für mich, und ich wollte, dass du ihn kennenlernst«, sagte Max. »Nanny ist mein ehemaliges Kindermädchen, und davor war sie bereits das Kindermädchen meines Vaters. Sie lebt schon in dem Haus, seit … oh, schon vor dem Krieg, stimmts nicht, Nanny?«

Sie nickte. »Ich hab den nackten Hintern dieses Knaben öfter gesehen, als mir lieb ist.«

»Nanny pflegt einen ganz besonderen Charme«, sagte Max zu mir, bevor er sich wieder an sie wandte. »Wo sind Mum und Dad?«

»Lady Rushbrooke befindet sich im Salon, aber deinen Vater habe ich nicht gesehen. Vielleicht ist er unten im Garten.«

»Aber er weiß, dass Lil kommt, ja?«

»Aber ja, ich habe ihn heute früh noch mal daran erinnert.«

Max runzelte kurz die Stirn. »Na gut, dann gehen wir in den Salon.«

Als wir in eine riesige Eingangshalle traten, erschrak ich prompt vor zwei silbernen Rüstungen, die die Tür bewachten. Auf der gegenüberliegenden Wand hing eine Auswahl alter Musketen, die fächerförmig in einem Kreis angeordnet waren. Links und rechts von einem Durchgang, der aus der Halle führte, waren Schilder angebracht, und eine zerfledderte alte Flagge mit einem Löwen drauf hing von einer Stange darüber.

»Ist alles alter Familienkram«, erklärte Max, als er mein Gesicht sah, und bedeutete mir, ihm durch eine andere von Schildern flankierte Tür zu folgen. Dann ging es einen langen, mit Läufern ausgelegten Korridor entlang, der zu beiden Seiten von Spiegeln gesäumt war, sodass man, wenn man den Kopf drehte, sich gleich dutzendfach darin gespiegelt sah. Max blieb stehen und schob eine große Mahagonitür zu seiner Rechten auf.

Dahinter befand sich ein Raum, der aussah wie ein Prunksaal in Versailles: rote Seidentapeten und Gemälde mit grausigen biblischen Szenen in vergoldeten Rahmen an den Wänden, ein Kamin, so groß, dass man einen Menschen darin hätte rösten können, sowie mehrere Kronleuchter, die von der hohen Decke hingen. Ich war so überwältigt, dass ich die weißhaarige Frau, die mit dem Rücken zu uns auf einem Sofa saß, zuerst gar nicht bemerkte.

»Mum, hallo, wie geht es uns denn?«, erkundigte Max sich in dem sanften Tonfall, den ich oft bei meinen Schülern anwandte.

Der weiße Kopf wirbelte herum. »Ach herrje, es tut mir ja so leid, mein Schatz! Ich habe dich nicht reinkommen hören.« Max' Mutter erhob sich und drehte sich um. Sie war überhaupt nicht, wie ich mir eine Viscountess vorgestellt hatte. Sie sah aus wie ein vornehmer Bohemien. Etwas gebückt zwar, aber elegant. Sie trug einen langen grauen Rock, und den dünnen grauen Strickpulli hatte sie in den Saum gesteckt. Ihr schulterlanges weißes Haar hing ihr in Wellen ums Gesicht; sie war so dünn, dass es aussah, als hätte man ihr die Haut über die Wangenknochen gespannt.

»Das ist Lil«, stellte Max mich vor, und ich spürte, wie er eine Hand auf meinen Rücken legte, als ich vortrat, um sie zu begrüßen.

Sie bot mir ihre zerbrechliche Hand an, die Finger mit schweren Ringen bestückt. Ich schüttelte sie und lächelte nervös. »Hallo.«

Sie erwiderte kurz mein Lächeln, dann sah sie zu Max. »Liebling, wir sollten einen Tee trinken. Würdest du Jeremy bitten, uns einen zu bringen?«

»Natürlich. Lil, Tee?«

»Klar, warum nicht«, sagte ich, bevor ich mich peinlich berührt berichtigte. »Entschuldige. Ich meine, ja, sehr gerne.«

Max ging davon, woraufhin ich mit der Viscountess allein blieb.

»Bitte, setzen Sie sich doch.« Sie deutete auf das Sofa gegenüber vom Kamin.

Wir setzten uns, und es entstand eine unangenehme Stille, daher schaute ich auf einen Tisch, auf dem mehrere

Fotos von einem jüngeren Max standen: mit einem dunklen Haarschopf grinste er zwischen den Zweigen eines Baums hindurch; dann wieder von einem Traktor runter; auf einem anderen saß er mit einem viel zu großen Feuerwehrhelm auf dem Kopf auf einem Teppich.

»Wie niedlich«, bemerkte ich.

Sie folgte meinem Blick. »O ja, Arundel war so ein lieber, süßer Junge.«

Scheiße. Gut gemacht, Lil. Du bist keine zwei Minuten da und hast schon das Thema auf den toten Sohn gebracht.

Glücklicherweise kam in dem Moment Max wieder durch die Tür. »Der Tee ist unterwegs.« Dann setzte er sich zu mir aufs Sofa. »Wo ist Dad?« Ich hatte nicht das Gefühl, dass das Gespräch für ihn sonderlich einfacher war. Seine Mutter schien wie in Trance – körperlich anwesend, aber geistig im Urlaub. Einfach ausgecheckt.

Sie wedelte mit einer dünnen, vogelhaften Hand durch die Luft, wobei ihre Ringe aufblitzten. »Ich weiß es nicht, mein Schatz. Du kennst doch deinen Vater.«

Dann, plötzlich, ertönte aus dem Flur Gebrüll.

»Wo in drei Teufels Namen steckt Jeremy? Jeremy! JEREMY!« Ein großer Mann mit einem Schädel wie eine Rote-Bete-Knolle kam in den Salon gestapft. »Wo ist er?«, bellte er mit erbostem Blick Richtung Max. Er trug immer noch Jacke und Gummistiefel.

»In der Küche, glaube ich. Macht Tee«, erwiderte Max. »Warum?«

»Ich finde meine Herztabletten nicht.«

»Warum begrüßt du nicht Lil und setzt dich eine Minute hin? Das wird deinem Herz viel besser tun, als hier herumzubrüllen.«

»Ich brülle NICHT!«, brüllte er.

Max seufzte. »Lil, das ist mein Vater.«

Ich stand auf und streckte meine Hand aus. Der Viscount kam in seinen Stiefeln auf mich zugestapft und schüttelte sie, als wollte er meine Mittelhandknochen zermalmen. Er hatte dichtes graues Haar, das ihm wie ein Vorhang in die Stirn hing, und Augenbrauen, die aussahen wie dicke Raupen. »Sehr erfreut, wie geht es Ihnen?«, fragte er. Doch ohne eine Antwort abzuwarten, drehte er sich zur Viscountess auf dem Sofa um. »Hast du Jeremy gesehen?«

»Dad, ich hab dir doch gesagt, dass er in der Küche ist. Hör zu, warum gehst du nicht deine Jacke ausziehen und trinkst einen Tee mit uns?«, schlug Max vor.

Der Viscount sah an sich hinunter, als wäre er überrascht, dass er immer noch in seiner Jacke steckte, dann wirbelte er herum und stürmte aus dem Zimmer. Max setzte sich wieder. Ich ebenso. Kein Wunder, dass er Bergsteiger geworden war, um so weit wie möglich von zu Hause wegzukommen. Ich an Max' Stelle hätte sogar eine Karriere in der Raumfahrt in Erwägung gezogen.

»Mum, Lil ist hergekommen, um dich kennenzulernen und von dem Baby zu erzählen«, führte Max die Konversation beharrlich fort.

»O ja, das Baby«, sagte die Viscountess und schaute zu mir, wobei ihr Blick sanfter wurde. »Wissen Sie schon, ob es ein Mädchen oder ein Junge wird?«

»Ähm, nein, noch nicht«, erwiderte ich.

»Ich wollte früher immer noch ein Mädchen zu meinen beiden Jungs haben.«

»Ich glaube ja, es könnte ein Mädchen werden«, sagte ich. »Jedenfalls war mir am Anfang ziemlich oft übel, und es heißt doch, dass Morgenübelkeit ein Zeichen sein kann, dass es ein Mädchen wird.«

»Heißt es so? Ich erinnere mich nicht mehr. Es ist so lange her«, erwiderte sie. »Ich war so gerne schwanger. Mit euch beiden.« Sie schaute zu Max. »Es war so eine glückliche Zeit. Ich machte mir solche Sorgen, als du auf die Welt kamst – darüber, wie Arundel es aufnehmen würde –, aber dann warst du da, und es störte ihn kein bisschen. Er freute sich vielmehr, dass er jemanden zum Spielen hatte, glaube ich. Er hat dich gern verkleidet, weißt du noch?«

Max nickte nachsichtig lächelnd, als würde er ein kleines Kind beschwichtigen. »Ja, ich war Dels Spielzeug. An einem Tag Soldat, am nächsten sein kleiner Hauskater.«

Das Schwelgen in Erinnerungen wurde durch das Wiederauftauchen des Viscounts unterbrochen – Jacke und Stiefel nun ausgezogen – sowie eines älteren Herrn in Uniform, der ein silbernes Tablett mit Teezubehör hereintrug.

»Danke, Jeremy«, sagte Max, als er das Tablett auf einem Tisch vor dem Sofa abstellte.

»Sehr gerne, Sir. Möchten alle einen Tee?«

»Ich denke schon. Dad? Tee?«

Der Viscount starrte durch ein Fenster in den Garten. »Ja«, sagte er knapp. Dann wandte er sich vom Fenster ab und setzte sich zur Viscountess aufs Sofa.

Ich spürte, wie mein Herzschlag sich beschleunigte und

feuchte Flecken unter meinen Achseln aufblühten. Ich hoffte, dass dieser Lilaton Schweiß kaschierte. Klemm einfach die Ellbogen schön an die Seite, sagte ich mir, während ich versuchte, eine Tasse Tee von Jeremy entgegenzunehmen, ohne die Arme anzuheben.

»Nun, Lil«, begann der Viscount, der ebenfalls eine Tasse von Jeremy entgegennahm, »wo kommt denn Ihre Familie her?«

»Meine Eltern leben in Norfolk, aber ich wohne in London.«

»Und wo in London?«

»In Brixton?«

Seine Augenbrauen hüpften über den Rand seiner Teetasse, als er gerade einen Schluck nahm. »Brixton. Grundgütiger. Ist es da überhaupt sicher? Und da wollen Sie wohnen bleiben, wenn unser Enkelkind kommt?«

In dem Satz waren gleich so viele Dinge enthalten, die mir sauer aufstießen, dass ich nicht wusste, wo ich anfangen sollte.

»Ich, äh, ich …« Ich schaute zu Max. »Das werde ich dann noch sehen.«

Er brummte. »Und wo in Norfolk leben Ihre Eltern?«

»In einem kleinen Dorf namens Castleton, gleich hinter King's Lynn. Sie wohnen dort schon immer. Sie sind Akademiker und arbeiten beide an der Uni in Norwich. Sie schreiben Bücher und so …« Beim missmutigen Blick des Viscounts verebbte meine Stimme.

»Bücher!«, rief er aus, als ob Bücher eine äußerst verdächtige Angelegenheit wären. »Was für Bücher?«

»Meist über Militärgeschichte.«

»Dann ist Ihr Vater beim Militär?«, fragte er, und sein Gesicht hellte sich auf.

»Nein.« Ich schüttelte den Kopf. »Er ist Schriftsteller.«

»Oh.« Sein Gesicht erschlaffte. »Ich habe mir ja gewünscht, dass Max seine Militärlaufbahn weiterverfolgt, aber er weigert sich. Stattdessen besteigt er den lieben langen Tag irgendwelche vermaledeiten Berge.«

»Dad«, unterbrach Max ihn, »Lil ist freundlicherweise heute hergefahren, um euch beide kennenzulernen. Gibt es da irgendwas, das ihr besprechen wollt?«

»Nun ja, es ist eine äußerst unglückliche Angelegenheit«, sagte der Viscount. »Nicht wie man es üblicherweise angeht. Aber wir müssen wohl das Beste daraus machen.«

Ich presste die Kiefer aufeinander und fragte mich, wie lange ich noch hier sitzen und mir das anhören musste.

»Es ist nichts unglücklich daran«, sagte Max entschieden.

»Aber wenn Sie sich an jemanden binden wollen, der so verantwortungslos ist wie mein Sohn, ist das Ihre Entscheidung«, fuhr der Viscount fort.

»Als an ihn binden würde ich das nicht nennen«, sagte ich. Ich war hin- und hergerissen, ob ich dem aufgeblasenen alten Sack gegens Schienbein treten oder losheulen sollte. Auf keinen Fall konnte ich heulen. Das musste ich mir fürs Auto aufheben.

Die Viscountess sagte nichts, starrte nur mit leerem Blick in den Kamin.

»Zu meiner Zeit, wenn so etwas passierte, mussten die

Beteiligten heiraten«, fuhr der Viscount wutentbrannt Max an. »So ist es viel besser für das Kind.«

»Und du weißt natürlich, was richtig ist für ein Kind, nicht wahr? Wo du doch nach Dels Tod sämtliche väterliche Verantwortung abgegeben hast?«, entgegnete Max, der nun ebenfalls die Stimme hob.

»Zieh jetzt JA NICHT deinen Bruder mit hinein!«, donnerte der Viscount und funkelte Max so wütend an, dass ich mich fragte, ob gleich Rauch aus seinen Nüstern aufsteigen würde. »Wenigstens habe ich einen Begriff von Verantwortung, von den Pflichten, die ein Mann hat, anstatt sie in den Wind zu schießen und im Ausland herumzuvagabundieren.« Sein Gesicht hatte nun die Farbe einer Aubergine, und selbst ich machte mir Sorgen wegen seiner Herztabletten.

»Bitte, kein Geschrei«, wisperte die Viscountess mit flatternden Lidern.

»Hören Sie mal«, sagte ich laut, womit ich alle aufschreckte. »Mir ist klar, dass das eine schwierige Situation ist. Ich weiß, es ist wahrscheinlich nicht das, was Sie geplant hatten. Ich hatte es auch nicht geplant. Aber nun ist es passiert, und ich habe beschlossen, es durchzuziehen. Ich fordere rein gar nichts von Ihnen, aber ich würde mir wünschen, dass E… dass das Baby seine Großeltern kennenlernt.« Nun ja, zumindest die Großeltern mütterlicherseits, dachte ich bei mir. Die normaleren.

Der Viscount brummte wieder etwas und stand auf. »Ich hole meine Pillen und gehe dann runter in den Garten. Hat mich gefreut, Sie kennenzulernen«, sagte er, obwohl ich mir ziemlich sicher war, dass er es nicht ernst meinte. Dann ging er.

»Liebling, ich denke, ich werde ebenfalls nach draußen gehen. Die Birnenbäume müssen beschnitten werden«, verkündete die Viscountess und erhob sich auch.

Max seufzte. »Na schön.«

»Geben Sie gut auf sich acht.« Sie kam zu mir rüber, nahm meine Hände in ihre und schaute mich an. Max hatte ihre blauen Augen geerbt. »Und geben Sie auf das Baby acht.«

Ich nickte. »Natürlich.« Dann ging auch sie, entschwand aus dem Zimmer wie ein Geist.

»Es tut mir leid«, sagte Max seufzend und lehnte sich auf dem Sofa zurück. »Ich dachte, es könnte helfen, einander kennenzulernen.«

Ich wandte mich zu ihm. »Ist schon gut.« Mein Blick fiel erneut auf eines der Fotos von Del. Er musste darauf im Alter meiner Jungs sein, da er so starr und breit grinste, wie nur kleine Kinder es vor der Kamera tun; außerdem fehlten zwei seiner Schneidezähne. »Ist schon gut«, wiederholte ich. »Ich kann durchaus sehen, wie das Ganze aus ihrem Blickwinkel ausschauen muss. Und der ist … anders.«

»Meine Familie …« Er schüttelte langsam den Kopf. »Ich kann mich kaum mehr erinnern, wann es anders war.«

»Hey, jede Familie hat ihre Probleme.«

»So schlimm wie diese?«, erwiderte er und sah mit so bekümmerter Miene zu mir auf, dass ich meine Hand ausstrecken und sein Gesicht streicheln wollte. »Deine Familie scheint toll zu sein«, fügte er hinzu.

Ich dachte daran, wie Mum mich früher immer in eine Minisuffragette verwandeln wollte und wie Dennis unzählige Stunden, ja ganze Tage, in seinem Schuppen verbrachte und Militärformationen studierte. »Ich kann dir versprechen, dass auch meine Eltern ihre schlechten Tage haben.«

Max sah mich blinzelnd an, dann plötzlich fragte er: »Hast du Zeit für einen Spaziergang?«

»Einen Spaziergang?«

»Ja, du weißt schon, erst ein Bein nach vorne, dann das andere, und dann wieder das erste. Du wirst es im Handumdrehen raushaben«, witzelte er. »Es gibt da etwas, das ich dir zeigen möchte.«

»Klar«, erwiderte ich schulterzuckend.

»Dann komm mit.« Er stand auf und hielt mir die Hand hin, um mich hochzuziehen. Sobald ich stand, ließ ich sie gleich wieder los.

»Danke.«

»Gern geschehen, Madam. Hier entlang.«

Er führte mich den Korridor zurück in den Saal, der aussah wie eine mittelalterliche Waffenkammer, dann fiel sein Blick auf meine Füße.

»Welche Größe trägst du?«, fragte er und deutete auf die fein säuberlich aufgestellte Reihe von Gummistiefeln neben der Tür.

»Keine Umstände«, winkte ich ab, da ich ohnehin Zweifel bezüglich meines Outfits hatte. Wenn es eine Sache gab, die Mums Eso-Tanten-Kleid noch schlimmer machen konnte, dann ein Paar kotzgrüne Gummistiefel. »Die hier sind superalt«, fügte ich mit einem Blick auf meine Ankle-Boots hinzu. »Das passt schon.«

»Probier mal die an.« Er griff nach einem Paar und hielt es mir hin. »Komm schon, es kann ziemlich matschig werden.«

Ich rollte mit den Augen, streifte jedoch meine Boots ab und stieg in die Gummistiefel.

»Und die hier«, sagte er, nahm eine Tweedjacke vom Garderobenhaken und reichte sie mir.

»Echt jetzt? Ich werde komplett lächerlich aussehen.«

»Es ist kalt, und du siehst sensationell aus.« Er grinste, dann öffnete er die Tür. »Nach dir.«

»Wohin gehen wir?«, fragte ich und zog den Reißverschluss der Jacke hoch, als wir über den Hof und wieder durch den steinernen Bogengang gingen. Wir spazierten links durch ein kleines eisernes Tor und einen gekiesten Pfad entlang, der vom Haus wegführte und zwischen weiten Rasenflächen und gewaltigen Bäumen, deren Kronen sich über unseren Köpfen wiegten, verlief.

»Es ist einfach nur ein Ort, den ich mag«, sagte Max. »Außerdem dachte ich, es könnte etwas erklären.«

»Was?«, wollte ich wissen. Der Pfad machte eine Biegung und enthüllte plötzlich einen großen See etwas unterhalb von uns. »Oh, wow«, staunte ich blinzelnd, da die Sonne sich auf der trüben Oberfläche spiegelte. Er war komplett von üppigen grünen Rhododendronbüschen umgeben, bis auf eine kleine Lichtung auf der anderen Seite, wo man Platz für ein helles Steinbänkchen gemacht hatte.

»Dort ist es.« Max nickte in Richtung der Bank und führte mich den Pfad entlang, der sich zwischen den wachsig glänzenden Rhododendren hindurchschlängelte und um das Ufer zog. »Del und ich verbrachten früher Stunde um Stunde hier unten ... bauten Verstecke in den Büschen und schwammen im Sommer im See.«

Es erschien mir unsensibel, mit einer abgeschmackten Plattitüde à la »süß!« oder »wie nett!« zu antworten, als hätte Max mir gerade das Foto eines Kätzchens gezeigt. Ich wollte, dass Max merkte, wie sehr es mich berührte, wenn er Del erwähnte, wie geehrt ich mich fühlte, dass er mit mir über seinen Bruder sprach. Doch bevor ich mir eine angemessene Antwort überlegen konnte, hatten wir die Bank erreicht, und Max blieb stehen.

»Das ist es, was ich dir zeigen wollte.« Er deutete auf einen riesigen Baum direkt hinter ihm. »Und ich hoffe, du findest es jetzt nicht zu viel oder zu emotional, aber ...« Er hielt inne. »Da du die Mühe auf dich genommen hast herzukommen, wollte ich, dass du es siehst.«

Mein Blick folgte mehreren hölzernen Sprossen, die am Stamm festgenagelt waren und zu einem Baumhaus führten, das wie die Miniaturausgabe eines Schweizer Chalets aussah, samt einer kleinen Plattform davor, die über den See hinausragte.

Es war idyllisch, ein echter Kindheitstraum, aber ich begriff nicht ganz. Wollte Max, dass ich da raufkletterte? War das so eine Art Initiationstest?

»Gehen wir da hoch?«, fragte ich nervös. Kleine Jungs mochten das ja hingekriegt haben, aber für mich schienen die modernden Holzsprossen ungefähr so stabil wie Zahnstocher.

»Nein, nein«, sagte Max und trat rasch vor, um schützend den Arm zwischen mich und den Baumstamm zu halten. »Entschuldige, ich habe mich nicht besonders gut ausgedrückt. Ich komme nur jedes Mal hierher, wenn ich zu Hause bin, weil wir hier Dels Asche verstreut haben.«

»Oh.« Meine Hand flog unwillkürlich an meine Wange, so gerührt war ich, dass dies der Grund war, warum er mich hergebracht hatte.

Als ich acht war, hatten Mum, Dennis und ich ihre Mutter, also meine Oma, auch verstreut, am Strand von Holkham. Der Wind jagte an jenem Tag wie wild über die Dünen, weswegen ich mich an einem Mundvoll Oma verschluckte, das zu mir zurückgeweht wurde, aber ich hatte das Gefühl, es war nicht der Moment, das zu erwähnen.

»Willst du dich ein bisschen setzen?« Er neigte den Kopf zur Bank.

»Klar.«

»Meine Eltern sind schwierig«, begann er, als wir saßen. »Das ist mir durchaus klar. Es tut mir leid, dass der Empfang für dich nicht angenehmer oder freundlicher ausgefallen ist.«

»Ach, das ist schon okay«, erwiderte ich. »Ich bin eben eine Fremde, oder nicht?«

»Für sie vielleicht«, sagte er und bedachte mich mit einem schiefen Lächeln. »Aber es war nicht immer so, weißt du. Deshalb wollte ich dich herbringen. Eine Weile hatten wir die perfekte Kindheit. Bis zu dem Unfall. Danach übernahm Nanny, und meine Eltern und ich haben seitdem kaum noch zusammen im selben Raum gegessen.« Er drehte den Kopf, blickte zum Baumhaus hoch und dann wieder zu mir. »Ich könnte es nicht ertragen, meinem Kind nicht nahe zu sein. Oder meinen Kindern. Und das werde ich auch nicht. So ein Vater kann und will ich nicht sein.«

»Dann sei es nicht«, sagte ich sanft. »Es gibt keinen Grund, dass du es wirst. Die Geschichte muss sich nicht wiederholen.«

»Bist du dir immer so sicher?« Er sah mich fragend an.

»Bei was?«

»Bei allem«, erwiderte er, woraufhin ich so laut lachen musste, dass es um das Ufer des Sees hallte.

»Nein, eigentlich nicht«, antwortete ich. Etwa dreimal die Woche war ich mir morgens nicht mal sicher, ob ich saubere Unterhosen für die Arbeit hatte.

Wir saßen in geselligem Schweigen ein paar Minuten so da, blickten vor uns aufs Wasser. Hin und wieder zuckte und zappelte etwas unter der Oberfläche und ließ sie kräuseln.

»Danke«, sagte ich leise.

»Für was?« Max drehte sich zu mir um.

»Dafür, dass du mich hergebracht hast.«

Er lächelte, und wir senkten unsere Blicke nicht. In den letzten Wochen Zeit mit Max zu verbringen, unsere Familien kennenzulernen und auf dieser Bank zu sitzen und zu plaudern, hatte ihn mir nur noch sympathischer gemacht. Und ich rede hier nicht von großen Herzchenaugen. Mir war klar, dass ich vorsichtig sein musste, dass ich versuchen sollte, jegliche versponnenen romantischen Gefühle zu zügeln, für den Fall, dass sie unsere Situation nur weiter verkomplizierten. Aber ich mochte ihn mehr und mehr. Er war nicht nur ein vornehmer Kerl mit schicker Frisur und einem krassen Auto. Er war zudem klug und witzig, engagiert und emotional zugänglich. Er war … O Herrgott noch mal, Lil, reiß dich am Riemen.

»Also gut«, verkündete ich und klatschte mir auf die Oberschenkel wie ein Sumoringer, womit der schöne Moment verpuffte. »Ich sollte langsam los.«

Max wirkte kurz verdutzt. »Oh, okay. Fährst du nach Norfolk zurück?«

»Ja. Und du?«

»Ich fahre später wieder nach London.«

»Cool.«

»Dann komm, ich bringe dich zum Auto.«

Wir schlenderten über den Pfad zum Haus zurück. Als wir näher kamen, konnte ich die Viscountess mit Gärtnerhandschuhen neben einem Blumenbeet knien sehen. Prinz Charles redet doch auch mit seinen Pflanzen, oder? Vielleicht macht das der ganze Adel, überlegte ich. Vermutlich pflegten sie engere Bande mit unbeseelten Pflanzen als mit den Mitgliedern ihrer eigenen Familie.

Als ich auf der Heimfahrt tankte, klingelte mein Handy. Es war eine unbekannte Nummer, was mich immer nervös macht. Hatte ich irgendwas verbrochen? Ich meldete mich mit meiner offiziellen Telefonstimme. »Hallo?«

»Miss Bailey?« Es war Miss Montague. »Können Sie mich hören?«

»Oh, hallo, ja, klar und deutlich«, sagte ich. Es war nie schwierig, Miss Montague am Telefon zu hören. Sie bellte in den Hörer wie ein Stabsfeldwebel.

»Ich will Sie auch nicht lange stören«, schrie sie. »Aber ich wollte Sie bezüglich der ganzen Roman-Walker-Angelegenheit auf den neuesten Stand bringen.«

»Okay«, erwiderte ich langsam. Bitte, bitte, mach, dass ich nicht gefeuert werde.

»Es ist so, dass ich gerade mit den Walkers, aber auch mit Fergus gesprochen habe, und ich fürchte, dass meine Reaktion womöglich etwas überstürzt war. Wenn ich das recht sehe, war es an Fergus gewesen, besser achtzugeben. Es tut mir leid, Miss Bailey, aber wie Sie wissen, hat die Sicherheit der Jungs bei mir oberste Priorität, und genau die war es, um die ich mir dabei die größten Sorgen machte.«

»OKAAAAY«, sagte ich erneut und atmete ein klein bisschen aus. Auch wenn es nach einer Entschuldigung klang, war mir unklar, in welche Richtung das hier führte.

»Daher erwarte ich Sie so schnell wie möglich an der Schule zurück.«

»Oh, also, äh, okay …« Ich war so überrumpelt und dankbar – und so emotional ausgelaugt nach dem Treffen mit Max' Eltern –, dass ich nicht die Energie hatte, einen auf beleidigt zu machen. »Super.«

»Montag, wenn möglich?«

Ich wusste, dass es keine wirkliche Frage war.

»Sicher doch«, sagte ich.

»Wunderbar. Dann sehen wir uns also am Montag, Miss Bailey.«

Sie legte auf, ohne sich zu verabschieden, und ich schaute auf meine Anrufliste. Ich wollte sofort Max anrufen, um es ihm zu erzählen. Aber dann erinnerte ich mich daran, dass ich aufpassen musste, dass ich in meiner Wachsamkeit nicht zu sehr nachlassen durfte, also bezahlte ich das Benzin und beschloss, stattdessen Jess anzurufen. Sie würde sowieso jede Menge Fragen über Max' Eltern haben, das wusste ich. Zum Beispiel, ob ich einen Knicks vor ihnen hatte machen müssen und solchen Blödsinn.

10

Da die St. Lancelot straff wie eine Militärorganisation geführt wurde, gliederte ich mich an meinem Platz ein, als wäre ich nie weg gewesen. Miss Montague nickte mir im Lehrerzimmer zu, als wäre es einfach nur ein weiterer Morgen. Die Naturwissenschaftslehrer blickten kaum aus ihrem Eck auf, im anderen schlürfte die Fremdsprachenabteilung ungestört ihren superprätentiösen Kaffee (sie brachten immer ihre eigenen frisch gemahlenen Bohnen mit und veranstalteten jedes Mal eine Riesensauerei mit einer French Press, indem sie überall auf dem Teppich Kaffeepulver verstreuten). Mike saß neben Steph und stöhnte nach dem Bier zu viel vom Vorabend. »Ich habe heute die vierte Klasse für ihre erste Blockflötenstunde an der Backe. Warum ich? Warum ich, o Herr im Himmel?«, sagte er und hob die Hände zur Decke.

Steph rollte mit den Augen und ignorierte ihn. »Wie fühlst du dich?«, fragte sie an mich gewandt.

Ich atmete langsam aus, wobei ich mich im Raum umsah. »Ganz gut. Ich habe immer noch meine Arbeit. Ich sitze nicht schwanger auf der Straße wie so ein gefallenes Mädchen.«

Steph schnaubte. »Als ob das je passiert wäre. Jetzt mal im Ernst, was für ein Theater … Hast du den Burschen denn immer noch in deiner Klasse?«

Sie meinte Fergus, und ja, er war immer noch da. Auch wenn er zerknirscht dreinschaute und versuchte, mit mir zu reden, als die Jungs gerade ihren Wortschatz übten.

»Ähm, Miss Bailey«, sagte er, als ich neben Achilles' Pult hockte.

»Einen Moment«, sagte ich. »Okay, Achilles, was ist da vor dem Haus geparkt?«, fragte ich und zeigte mit meinem Stift auf eine leere Stelle.

Achilles dachte eine Minute nach, dann sah er mich an. »Bentley?«, schlug er vor. Sein Gesicht sah dabei so engelsgleich aus, dass ich ein Lachen runterschlucken musste.

»Auto«, korrigierte ich ihn. »Schau, da, kriegst du das hin?«

Er nickte und wandte sich wieder seinem Arbeitsblatt zu, wobei er vor Anstrengung fast schon ins Schwitzen geriet.

Ich seufzte und erhob mich. »Also gut, Fergus, alles in Ordnung bei dir?«

»Ja, äh, ich wollte mich nur entschuldigen für alles. Für, äh, das ganze Durcheinander und die … äh, na ja, für Tante Venetia. Ich meine, Miss Montague und, äh, alles.«

Er war bei seiner Ansprache puterrot angelaufen, und mir kam, wieder einmal, der Gedanke, dass ich eigentlich zehn Jungs in meiner Klasse betreute, nicht neun.

»Ist schon gut. Ich war diejenige mit der Aufsichtspflicht. Es war ein unglückliches Versehen. Solche Dinge passieren.«

»Das ist wirklich furchtbar nett von Ihnen«, sagte er immer noch mit hochroten Wangen. »Ich werde nie wieder zulassen, dass so etwas passiert. Das habe ich Tante Ve… ich meine, Miss Montague, versprochen.«

»Super. Sollen wir dann noch mal von vorne anfangen?«

Fergus strahlte. Falls meine Kollegen und Schüler nicht richtig mitbekommen hatten, dass ich weg gewesen war, so hatten es die Mütter dafür gewiss. An diesem Tag waren es zwar zumeist die Nannys, die am Nachmittag zum Abholen kamen, aber Hunters Mutter, die Apfel-Crumble-Fanatikerin, warf mir einen prüfenden Blick zu.

»Miss Bailey, wie schön, dass Sie wieder da sind«, sagte sie, als sie Hunters Schulranzen entgegennahm. Sie war, wie immer, von Kopf bis Fuß in Lycra gehüllt, ihre Sportschuhe so makellos weiß, dass sie einen beinahe blendeten. Auch wenn das heutige Highlight definitiv ihre Leggins waren, die an den Seiten Netzeinsätze hatten, welche die straffe Haut ihrer Oberschenkel entblößten.

Ich lächelte so breit, wie ich konnte, wobei ich mir Mühe gab, nicht auf ihre Beine zu glotzen. »Vielen Dank. Ich hatte nur ein paar Tage frei wegen dem da.« Ich legte meine Hände auf den Bauch. Würde ich in die Hölle kommen, dafür dass ich mein Ungeborenes für eine faule Ausrede benutzte? Zu spät.

»Oh! Herzlichen Glückwunsch! Ich hatte ja keine Ahnung!«, sagte sie. »Wann ist es denn so weit?«

»Im Juni … Tschüss, Cosmo!«, rief ich und winkte ihm und seiner Nanny zu.

Hunters Mutter kniff die Augen zusammen. »Welchen Geburtsvorbereitungskurs besuchen Sie?«

Ein Geburtsvorbereitungskurs stand tatsächlich auf meiner To-do-Liste. Ich war nur noch nicht dazu gekommen. Außerdem hatte ich mitbekommen, dass so ein Kurs 300 Pfund kostete. Dreihundert Kröten, nur um zu einem Kurs zu gehen und zu lernen, wie man durch die Vagina atmete oder was auch immer sie einem da beibrachten. Ich hatte in meiner grenzenlosen Naivität angenommen, dass die Kosten von der Krankenkasse übernommen würden.

»Ähm, ich weiß noch nicht so genau«, sagte ich daher.

Sie schüttelte den Kopf. »Sie müssen unbedingt einen Platz im Happy-Baby-Kurs bekommen, das ist der einzige, der infrage kommt. Meine Freundin Emily macht den. Überlassen Sie das mir.«

Ich versuchte zu protestieren. »O nein, ehrlich, ist schon okay, ich …«

»Nichts da«, unterbrach sie mich und wedelte mit der manikürten, barbierosa lackierten Hand durch die Luft. »Betrachten Sie es als kleines Geschenk von Hunter. Komm, mein Süßer«, sagte sie und schnappte seine Hand. »Dein Mandarin-Lehrer wird daheim sicher schon warten.«

Ende der Woche jedoch lag ich erst einmal auf dem Teppich unserer WG, während Grace ihren Ehering, den sie an einem Stoffstreifen befestigt hatte, über meinem Bauch baumeln ließ. Das war ihre Idee gewesen – ein Ammenmärchen, das versprach, das Geschlecht des Babys zu verraten.

»Willst du denn nicht erfahren, was es wird?«, hatte sie gefragt, als ich meinen zweiten Ultraschall in der zwanzigsten Woche erwähnte.

»Ich bin mir sicher, dass es ein Baby wird.«

»Du weißt, was ich meine, Süße. Also, was tippst du?«

Ich zuckte die Achseln. »Ganz ehrlich, keine Ahnung, aber ich habe das komische Gefühl, dass es ein Mädchen wird.«

Weswegen ich nun also auf dem Rücken ausgestreckt auf dem Boden lag. Ich drehte den Kopf zur Seite und betrachtete die Staubmäuse und Haare unter dem Sofa, das wir gegen die Tür geschoben hatten, um Platz zu schaffen.

»Wir sollten echt mal wieder saugen«, merkte ich an.

»Konzentriere dich«, sagte Grace, die neben mir kniete.

»Ich bin mir ja nicht sicher, ob das mit dem Ehering von jemand anders funktioniert.«

»Pssssst, ich hab das mal bei meiner Cousine ausprobiert, und es hat voll funktioniert.«

»Was hat sie denn bekommen?«

»Einen Jungen. Declan.«

Wie ich so auf dem Boden lag und E.T. mir direkt auf der Blase hockte, überkam mich ein fieser Drang zu pinkeln.

»Also, wenn es sich im Kreis bewegt, wirds ein Junge«, erklärte Grace, »und wenn es mehr so hin und her baumelt, wirds ein Mädchen.«

Wir beobachteten beide den Ring, der direkt über meinem Bauchnabel hing, der wiederum erst neulich rausgeploppt war, sodass es, wenn ich beim Duschen runterschaute, immer aussah, als würde eine Nase aus meinem Bauch lugen.

Der Ring rührte sich nicht.

»Wie lange braucht das denn? Ich muss mal«, meckerte ich und wölbte den oberen Rücken.

»Warte noch«, befahl Grace. »Schau, er bewegt sich.«

»Das machst doch du«, brummte ich, als der Ring anfing, von einer Seite zur anderen zu schwingen.

»Mach ich nicht«, sagte sie. »Schau! Ich glaub, du hast recht, es ist ein Mädchen.«

Plötzlich gab es einen lauten Knall, bei dem Grace den Ring fallen ließ. Es war Riley, der versuchte, durch die Wohnungstür zu kommen.

»Was ist denn hier los?«, rief er aus dem Hausflur.

»Zwei Sekündchen«, zwitscherte sie, stand auf und klopfte sich den Staub von den Schienbeinen.

Ich rollte mich auf die andere Seite und stand ebenfalls auf, hauptsächlich, damit Grace das Sofa zurückschieben könnte, aber auch weil ich sonst womöglich auf den Teppich gepinkelt hätte.

Grace ließ ihn herein und erklärte: »Wir haben einen Test gemacht, um zu sehen, ob sie einen Jungen oder ein Mädchen kriegt.«

»Und?«, fragte Riley.

»Wir glauben, es ist ein Mädchen.«

»Tolle Neuigkeiten«, erwiderte er. »Kannst du sie trotzdem Riley nennen?«

»Vielleicht«, sagte ich unverbindlich und schloss die Badezimmertür hinter mir.

Beim Pinkeln googelte ich diesen ominösen Test. Wie sich herausstellte, hatte Grace sich die ganze Sache sowieso falsch gemerkt. Angeblich wird es ein Mädchen, wenn der Ring sich im Kreis bewegt, und wenn er seitlich schwingt wie bei einem Pendel, wird es ein Junge. Da war wirklich eine Hexenmeisterin an ihr verloren gegangen.

»Und Sie wollen nicht herausfinden, welches Geschlecht das Baby hat?«, fragte Dr. Papadakis am folgenden Freitagnachmittag, als ich wieder in dem kleinen Raum lag, wo ich meinen ersten Ultraschall hatte machen lassen.

Ich drehte den Kopf und hob die Augenbrauen Richtung Max, der neben mir saß. Er schüttelte den Kopf.

»Nee«, sagte ich. »Immer noch nicht.«

»Dann sollte ich besser nicht erwähnen, dass es ein Junge ist«, erwiderte er.

»WAS?!«, riefen Max und ich einstimmig.

»Haha, ich erlaube mir nur einen Scherz mit Ihnen«, sagte er. »Das Baby hat die Beine hoch, also kann ich es sowieso nicht sehen.«

Ich atmete auf und entspannte mich wieder auf der Liege, die Augen auf den körnigen Bildschirm gerichtet.

»Alle Finger und Zehen sind korrekt«, stellte Dr. Papadakis fest. »Und das Herz, es sieht exzellent aus.«

Ich betrachtete E. T.s Händchen, das sie zur Faust geballt und vor der Brust gereckt hatte, als würde sie sich für einen Boxkampf wappnen. Ich liebte sie jetzt schon so vollkommen und bedingungslos. Im Grunde vielleicht sogar mehr, als wenn sie geplant und das Ergebnis einer »erwachsenen« Entscheidung gewesen wäre. So erschien sie mir noch besonderer, wie ein Wunder.

Ich blickte zu Max, der auf seinem Stuhl nach vorne gerückt war und schweigend den Monitor betrachtete. »Und ihre Wirbelsäule ist auch in Ordnung? Und was ist mit ihren Nieren?«

»Es ist alles ganz so, wie es sein soll«, beruhigte ihn Dr. Papadakis.

»Ich habe ein bisschen recherchiert«, erklärte Max auf meine überraschte Miene hin.

»Ach ja?«

»Ja. Und ich habe mir eine dieser Schwangerschafts-Apps runtergeladen, also kriege ich tägliche Updates, die mir sagen, dass mein Baby nun die Größe einer Banane hat.« Er lehnte sich zurück und tätschelte seinen Bauch. »Und dass ich womöglich an üblen Verstopfungen leide. Hast du Verstopfungen, Lil?« Er scherzte nur, doch ich wurde sofort knallrot und legte mir die Hände an die Wangen.

»O mein Gott, ich kann nicht glauben, dass du mich das grad gefragt hast.«

»Das ist doch alles total natürlich«, sagte Max immer noch grinsend. »Du solltest mehr Ballaststoffe zu dir nehmen.«

»Sie haben Verstopfung?«, fragte Dr. Papadakis, drehte sich auf seinem Stuhl herum und sah mich besorgt an.

»Nein!«, erwiderte ich nachdrücklich. »Alles gut.«

»Falls Sie Gase haben«, fuhr Dr. Papadakis fort, »das ist auch ganz normal.«

»O mein Gott«, sagte ich und bedeckte meine Augen. Wenn ich mit meinem langjährigen Lebensgefährten oder Ehemann, der wusste, dass ich im Bett furzte, hier gewesen wäre, hätte es mir ja nichts ausgemacht. Aber Max war heute zu allem Überfluss in einem schlichten weißen T-Shirt, das sich über seinen ansehnlichen Brustmuskeln spannte, zum Arzttermin erschienen, und der Anblick hatte mir ein komisch kribbeliges Gefühl zwischen Bauchnabel und Schritt beschert. Wie bitte sollte ich also hier in seiner Gegenwart Blähungen diskutieren? Es war einfach zu peinlich.

»Lil«, hörte ich Max neben mir mit spöttelnder Stimme sagen. »Hast du Gasprobleme?«

»Nein«, murmelte ich leise, obwohl das gelogen war. Ich fühlte mich nach wie vor wie ein menschliches Pupskissen. Neulich Nacht hatte ich so schlimm einen fahren lassen, dass mir selbst übel davon geworden war und ich hatte aufstehen müssen, um ein Fenster zu öffnen und meine Bettdecke zu lüften. Der Gestank hätte ein Nashorn umbringen können.

»Manchmal es ist nur eine Phase, und es geht vorbei«, sagte Dr. Papadakis, der sich wieder dem Monitor zuwandte. »Aber manche Frauen haben die ganze Schwangerschaft über Probleme mit ihren Gedärmen.«

»Meinen Gedärmen geht es super«, sagte ich. »Absolut keine Probleme.«

»Danke fürs Mitkommen«, sagte ich zu Max, als wir eine halbe Stunde später vor dem Krankenhaus standen.

»Ist doch selbstverständlich«, sagte er. »Also, was steht als Nächstes an?«

»Ähm, also, ich fange bald mit einem Geburtsvorbereitungskurs an, und es gibt da auch eine Väterstunde, die wir theoretisch alle zusammen machen, falls du Lust hast?«

Hunters Mutter hatte mir diese Woche auf dem Schulhof Infomaterial für den Geburtsvorbereitungskurs gegeben und gesagt, sie hätte Emily überredet, einen Platz für mich in einem ihrer nächsten Kurse frei zu halten – als »besonderer Gefallen« quasi. Ich hatte versucht zu protestieren, doch sie blieb beharrlich.

»Meine Liebe, das geht auf mich«, hatte sie gesagt. Es war mir unangenehm, so als stünde ich ab sofort für die nächsten Jahre in ihrer Schuld. Mit Gefälligkeiten wie extra Mathe-Nachhilfe oder spezieller Unterrichtsbefreiung für Hunter, damit die Familie spontan einen Urlaub auf Sansibar einlegen konnte oder so.

»Okay, cool«, erwiderte Max. »Wann?«

»Weiß noch nicht genau. Ich schaue nach und gebe dir Bescheid.«

»Super. Oh, und hör mal, ich habe nachgedacht – brauchst du vielleicht irgendwelches Babyzeug?« Max blickte über den Fluss zum Westminster Palace, dann wieder zu mir. »Ich habe nur überlegt, dass ich auch welches besorgen sollte … für meine Wohnung.«

»Was zum Beispiel?« Ich sah ihn fragend an.

»Na ja, ich sollte wahrscheinlich ein Gitterbett besorgen, oder? Also für die Zeit, wenn sie bei mir ist. Und einen Kinderwagen. Und einen Kindersitz fürs Auto. Und, na ja, die ganzen anderen Dinge, die in diesen ganzen Ratgebern vorgeschlagen werden.«

»Klar«, erwiderte ich schwach. Es war nicht nur der Gedanke, E. T. nicht bei mir zu haben. Mit nur wenigen Worten war ich daran erinnert worden, was für getrennte Leben wir führen würden, sobald sie auf der Welt war.

»Ich weiß, dass wir noch nicht darüber gesprochen haben, wie wir es handhaben wollen«, fügte er rasch hinzu. »Und natürlich wird sie mindestens die ersten Wochen komplett bei dir sein. Aber ich dachte mir, dass es besser wäre, vorbereitet zu sein und so.« Er blickte wieder auf die Themse hinaus.

»Klar«, erwiderte ich. »Ja, wir können jederzeit einkaufen gehen.« Mum hatte mich seit Wochen gelöchert, wann sie kommen könnte, um Kisten alter Babyklamotten aus Norfolk vorbeizubringen. Und ich hatte es vor mir hergeschoben, etwas Neues zu kaufen, weil die Kosten mir Sorgen machten. Ich hatte eigentlich vorgehabt, eine neue Kreditkarte zu beantragen, aber das war eine dieser öden offiziellen Erledigungen, die schon seit Wochen auf meiner To-do-Liste standen.

»Wohin gehst du jetzt?«, erkundigte er sich.

»Zu einer Freundin nach Chiswick. Oh, du hast sie schon getroffen. Jess. Beim ersten Ultraschall?« Heute war Jess' und Clems Geburtstagsparty, ein alljährliches Event, das sie zu Hause schmissen und bei dem Jess immer auf Verkleidungen bestand. Dieses Jahr – nach viel Gezanke zwischen den Zwillingen – lautete das Motto: *Komm als Kunstwerk*. Ich hatte »schwangere Frau Kunstwerk« gegoogelt und mich dafür entschieden, als Jungfrau Maria zu gehen – in einem blauen Maxikleid, das ich mir von Grace geliehen hatte, sowie einem weißen Bettlaken, das ich mir wie einen Umhang um den Kopf drapieren wollte.

»Soll ich dich dort abladen?«, bot Max an.

»Musst du nicht tun, das ist meilenweit weg«, protestierte ich, wenn auch recht zaghaft. »Ich wollte grad zur U-Bahn.«

»Ach was, ich kann dich doch einfach fahren, oder? Ist nicht weit. Komm, ich hab meine Pimp-Karre direkt ums Eck geparkt.«

»Was hast du denn heute Abend noch vor?«, fragte ich ihn, als wir im Schneckentempo den Hammersmith-Kreisverkehr umrundeten.

Max klopfte auf dem Lenkrad zu einem Ace-of-Base-Song mit, der auf Magic Radio lief. Er hatte einen schrecklichen Musikgeschmack, wie ich mit Freude feststellen durfte, denn Jake hatte immer so getan, als ob er total »in der Musikszene« drin wäre, wie er es nannte, und immer nur Indie-Sender laufen lassen. Doch auf 6 Music hört man nie »All That She Wants«.

»Nicht viel«, sagte er schlicht. »Morgen früh geht es zum Klettertraining nach Wales, also hol ich mir wahrscheinlich was zu Essen und hau mich aufs Ohr.«

»Hast du Lust, auf ein kleines Bier mit reinzukommen?«, schlug ich vor, als er in Jess' und Clems Straße bog.

»Ähmmm …« Max zögerte, und sofort fühlte ich mich bescheuert. Als wäre ich zu weit gegangen. Ich hatte eigentlich nur gefragt, weil ich die Vorstellung traurig fand, dass er an einem Freitagabend allein zu Hause herumsitzen musste, aber auch, weil ich dachte, dass es womöglich eine gute Gelegenheit wäre, die Situation zwischen uns zu normalisieren. So normal wie eine Situation eben sein kann, wenn man als Jungfrau Maria auf eine Party geht.

»Du musst nicht«, sagte ich rasch. »War nur so eine Idee. Ich bleibe wahrscheinlich auch nicht lange. Aber Jess' neuer Freund wird da sein, und ich sollte ihn mal kennenlernen, weil ich noch nie richtig mit ihm geredet habe und …«

»Lil«, unterbrach Max mich.

Ich drehte den Kopf zu ihm. »Hä, ja?«

»Ich würde sehr gern, du Vogel, deswegen musst du nicht ins Quasseln geraten«, meinte er grinsend. »Ich kann wahrscheinlich auch nicht lange bleiben, aber falls es … Entschuldige, wie hieß sie gleich noch mal? Also, falls es deine Freundin nicht stört, dass ein Last-minute-Gast kommt, dann supergerne.«

»Ich habe gar nicht gequasselt«, sagte ich pikiert. »Und sie heißt Jess. Sie hat einen Zwillingsbruder namens Clem. Sie feiern ihren Geburtstag. Und ihr neuer Freund heißt Alexi.« Mein Magen vollführte plötzlich Purzelbäume. War es wirklich eine so gute Idee, Max auf eine Kostümparty mitzuschleifen? Eine Party, die normalerweise zu einer Studentenfete eskalierte, inklusive eingetrockneter Hummus-Reste in der Küche, Zigarettenkippen auf dem

Teppich und einer verstopften Toilette? Es gab *immer* eine verstopfte Toilette.

»In welchem Haus wohnen sie?«, fragte Max, der verlangsamte und zu den Hausnummern rausspähte.

»Die Neunzehn«, piepste ich aufgeregt und zeigte dann auf den rostigen Zaun direkt vor uns. »Das da ist es.«

»Das ist die Sechzehn«, merkte er an und musterte die kleine Metallneun, die kopfüber hing.

»Ja, mach dir da mal keinen Kopf. Es ist … ach, du wirst schon sehen«, erwiderte ich, wobei ich mich fragte, welches Level von Vor-Party-Chaos uns im Inneren erwarten würde.

Wir waren früh dran. Es war gerade mal sieben, weswegen das Haus ganz still schien, als wir auf der Schwelle standen und klopften. Na ja, relativ still.

»CLEM, KANNST DU MAL AUFMACHEN?«, hörte ich Jess innen brüllen. »ICH BIN QUASI NACKT!«

»Ganz meine Art von Party«, meinte Max neben mir.

»Sie sind ein bisschen gestört«, klärte ich ihn auf, während meine Nervosität zunahm. »Wunderbar, aber gestört.«

»Guten Abend!«, rief Clem, riss schwungvoll die Haustür auf und erstarrte, sobald er Max sah. »Ach, du liebe Güte!«

»Hallo«, sagte ich rasch. »Clem, darf ich vorstellen, Max. Er hat mich hergefahren, also hab ich ihn gefragt, ob er nicht auf einen Drink mit reinkommen will. Ist doch okay, oder?«

»Klar«, sagte Clem, der Max immer noch aus weit aufgerissenen Augen anstarrte. »Kommt herein, und ich besorg euch ein Bierchen. Max, Bier? Trinkst du Bier? Du musst kein Bier trinken. Wir haben auch andere Getränke: Wein, Schnaps und einen Punsch, den ich übrigens selbst gemacht habe. Er schmeckt ein bisschen süß, aber ich hoffe, es fällt niemandem auf.«

»Ein Bier wäre super«, sagte Max mit einem belustigten Ausdruck im Gesicht. »Aber dürfte ich dich nur kurz fragen, warum du so angezogen bist?«

Clem trug einen weiten Samtumhang, eine Samtmütze sowie eine Samtpluderhose mit weißen Strümpfen darunter, und um seinen Hals hing eine riesige Goldkette.

»Oh, hat Lil dir das nicht gesagt?«, erwiderte Clem. »Das ist eine Verkleidungsparty. Motto ist: *Komm als Kunstwerk*. Also bin ich Holbeins Porträt von Heinrich VIII. Obwohl es in der Kluft verdammt heiß ist. Aber gut, kommt mit in die Küche, und ich organisiere uns was zu trinken.«

»Nein«, sagte Max und pikste einen Finger in meinen Rücken. »Nein, das hat mir Lil nicht gesagt.«

Glücklicherweise wurden wir auch schon von einem glänzenden Etwas abgelenkt, das die Treppe runterkam. Es war Jess in einem wahrhaft außergewöhnlichen Outfit. Sie wollte als David auf der Party erscheinen – David wie Michelangelos Skulptur eines wohlgeformten nackten Mannes. Also hatte sie sich silberne Bodypainting-Farbe gekauft und sich komplett mit dem Zeug vollgepinselt – ihr Haar inklusive. Dazu trug sie eine dieser albernen Scherzschürzen, die mit dem muskelbepackten Torso eines Mannes samt Marmorpenis bedruckt war.

»Sieht das okay aus? Seid ehrlich«, fragte sie, bevor sie Max bemerkte. »Oh, hallo, was tust du denn hier?«

»Hi«, sagte Max, der immer noch amüsiert dreinschaute.

»Das ist schon ziemlich verwirrend, Schwesterherz«, befand Clem, der aus zusammengekniffenen Augen erst die Schürze, dann ihr Gesicht musterte. »Du siehst aus wie eine Kreatur aus der griechischen Mythologie – halb Mann, halb Frau.«

»Ganz genau. Witzig, oder?«, sagte sie verzückt. »Nicht übel für 7,99 Pfund auf eBay.«

Clems Augen verharrten auf dem Schürzenpimmel. Er sah erschreckend lebensecht aus.

»Ist dein Hintern etwa nackt?«, fragte ich Jess. »Was geht hinten ab?«

»Nein!« Sie wirbelte herum, um eine silberne Hotpants und einen fleckigen Rücken zu enthüllen, wo sie nicht richtig mit der Körperfarbe rangekommen war. »Lil, kannst du mich fertig anmalen?«

»Ja klar.«

»Ich geh nur schnell die Farbe holen.«

»Weißt du was, ich komm mit und zieh mich auch gleich um«, sagte ich. »Clem, du kümmerst dich um die Getränke.«

»Klaro«, sagte Clem. »Obwohl ich ja eigentlich der König bin und ihr tun solltet, was ich sage. Aber komm mit, Max, wir kümmern uns um das Bier.«

Clem drehte sich um und verschwand mit klimpernder Goldkette in die Küche. Max folgte ihm. Ich ging mit Jess nach oben.

»Wie kommt es, dass er hier ist?«, raunte sie, kaum dass wir in ihrem Atelier standen.

»Stört es dich? Er hat mich nach dem Ultraschall hergefahren.« Ich zog mich beim Reden um, schälte mich aus meiner Jeans und dem Pulli und zog mir Grace' Kleid über den Kopf.

»Tut mir leid, hatte ich ganz vergessen. Und nein, natürlich stört er mich nicht. Ich bin ganz begeistert. Solange du glücklich bist, sowieso. Ist er nett? Unterstützt er dich? Schau, das ist die Farbe.« Jess wartete, bis ich mein Kleid zurechtgezupft hatte, dann reichte sie mir ein Döschen, wandte mir den Rücken zu und hob das Haar vom Nacken hoch.

»Ja, alles gut an der Ultraschallfront. Und Max ist wirklich nett. Ich glaube, das Treffen mit seinen Eltern hat etwas geholfen. Das Ganze fühlt sich so irgendwie normaler an.« Ich schüttelte die Dose und fing an, die Farbe zwischen ihren Schulterblättern zu versprühen.

»Und was seid ihr beide jetzt? Nur Freunde? Uff, ist das kalt.«

»Ich schätze schon? Ich weiß immer noch nicht, in welche Kategorie ›Fremde, die zusammen ein Baby bekommen‹ fallen.«

»Schwangere Fuck-Buddys?«

»Nein! Igitt. Ich hasse den Ausdruck.«

»Also gibt es keine Chance auf was Romantisches?«

Ich verzog den Mund, während ich weiter die hautfarbenen Lücken auf ihrem Rücken zukleisterte. »Ich weiß nicht. Aber andererseits weiß ich auch nicht, ob ich was

Romantisches will. Vielleicht würde es alles nur verkomplizieren? Außerdem fühlt es sich irgendwie verkehrt herum an – jemanden zu daten, der einen schon geschwängert hat. Ich meine, stell dir vor, wir gehen auf ein zweites Date, und er schlägt mir vor, mit ihm heimzugehen – was sollte ich dann sagen? ›O nein, sorry, ich glaube, das ist mir noch etwas zu früh‹?«

Jess lachte. »Ha. Aber es hätte zumindest den Vorteil, dass du dich nicht mehr um Verhütung kümmern müsstest.«

»Wie läuft es eigentlich bei dir?«, wechselte ich das Thema. »Ist Alexi schon da?«

»Keine Ahnung, er gab sich sehr mysteriös, wie immer.«

»Du hast vor Ewigkeiten mal gesagt, dass du dich nach etwas Mysteriösem sehnst«, erinnerte ich sie.

»Wann?« Sie wirbelte zu mir herum.

»Halt still«, sagte ich. »Zum Beispiel, als ich nach meinem One-Night-Stand mit Max rüberkam und du dich über Walt beschwert hast.«

»O ja. Tja, vielleicht gibt es auch ein Zuviel des Mysteriösen.«

»Im Ernst, warum sind wir nie zufrieden?« Ich schüttelte die Dose ein letztes Mal und sprühte ihre Wirbelsäule runter. »Aber gut, du bist fertig.«

»Dann lass uns zum Tanz gehen«, verkündete sie, drehte sich um und hakte sich bei mir unter.

»Vorsicht«, sagte ich und wischte etwas Silberfarbe von meinem Kleid. »Ich glaube nicht, dass die Heilige Jungfrau einem nackten Mann zu nahe kommen sollte.«

»Zu spät«, meinte sie und zeigte auf meinen Bauch.

Eine Stunde später waren die ersten beiden Stockwerke des Hauses voller Menschen in schrägen Outfits, die Bierflaschen kippten oder Wein aus Plastikbechern tranken. Es gab gleich eine ganze Truppe an Degas-Ballerinas. Eine Frau, die ich nicht kannte, stand in der Küchenecke als Sonnenblume verkleidet – gelbes Gesicht und gelbe Filzblütenblätter um den Kopf – und unterhielt sich mit einem Mann, der als Campbells Suppendose gekommen war – mit zwei großen bemalten Kartons, die vorne und hinten an Schnüren von seinen Schulter hingen.

Max hatte Mut bewiesen und schien sich nicht daran zu stören, dass er als Einziger in Jeans und T-Shirt rumlief, während lauter Kunstinstallationen um uns herumschwirrten. Ich hatte ihn den Ballerinen vorgestellt, und wir hatten alle kurz geplaudert, bis ich verkündete, dass ich mich setzen müsse. Und so zogen er und ich uns in die Küche zurück, wo wir uns auf den Tisch setzten, die Füße auf den Stühlen abgestellt, und uns eine Schüssel Doritos teilten.

»Das sind also zum Großteil Freunde von der Uni?«, fragte Max und hielt mir die Schüssel hin.

Ich nickte. »Ja, und Clems Kumpel und Jess' Kollegen vom Kunstinstitut. Also auch viele Leute, die ich nicht kenne. Aber die meisten vom Studium.«

»Ist dein Ex auch da?«

Ich war so überrumpelt von der Frage, dass ich nicht sofort antwortete. »Oh, äh, nein. Er hatte an der Uni mehr mit einer anderen Clique zu tun.«

»Entschuldige«, sagte Max, der wohl mein Zögern gespürt hatte. »Ich wollte nicht neugierig sein. Hab mich nur gefragt, ob er wohl kommt und ich ihn dann zum Duell herausfordern muss.«

Er grinste, und ich musste laut lachen, dann bekam ich sofort Angst, dass ich gerade einen Schwall Dorito-Atem direkt in sein Gesicht geblasen hatte. »Nein. Keine Sorge. Kein Duell nötig.« Wir saßen schweigend da, unsere Beine berührten sich beinahe, während ich mich insgeheim seltsam erfreut fühlte über sein ritterliches Angebot, es mit Jake aufzunehmen.

»Ich glaube, es ist immer schwierig, danach mit ihnen befreundet zu bleiben, stimmts?«, fragte ich nach einer Weile.

»Was? Mit den Ex-Partnern?«

»Ja, schon.«

»Ähm, ich glaube, manchmal geht es schon«, sagte Max nach einer kurzen Pause. »Je nachdem, wie kompliziert die Sache war.« Er öffnete den Mund, als wolle er noch etwas sagen, entschied sich dann aber dagegen.

»Was?«, fragte ich. Sein Ausdruck verunsicherte mich, und ich wollte, dass er weiterredete, doch wir wurden von Jess unterbrochen, die auf uns zukam und Alexi an der Hand hinter sich herzog.

»Lil! Alexi, du erinnerst dich doch noch an Lil von der Vernissage-Party.«

»Natürlich«, sagte Alexi. »Die berühmte Lil, wie geht es dir?«

Er beugte sich vor und küsste mich auf beide Wangen.

Ich hatte vergessen, dass er so einen krassen russischen Akzent hatte. Jess liebte ausgeprägte Akzente.

»Mir gehts gut. Na ja, ein bisschen müde. Ich bin mir nicht sicher, ob die Jungfrau Maria so ein Partytier ist«, erwiderte ich. »Und das ist Max.«

Sie schüttelten sich die Hände, und ich erkundigte mich, als was Alexi gekommen war. Er war ganz in Schwarz gekleidet, so wie ich ihn das erste Mal getroffen hatte. Langärmliges schwarzes Shirt, schwarze Jeans, schwarze Chucks.

Alexi verzog schuldbewusst das Gesicht. »Ich hab das mit dem Verkleidungsmotto vergessen.«

»Dummerchen«, sagte Jess und gab ihm einen Klaps auf den Arm.

Er zuckte die Achseln. »Ich weiß, tut mir leid. Vielleicht kann ich ja *Der Schrei* sein.« Er reichte Jess seine Zigarette, legte sich beide Hände ans Gesicht und sperrte den Mund weit auf.

»Hör auf, du Trottel, das ist ja grässlich«, sagte sie grinsend.

Er beugte sich vor und küsste sie auf die Wange. »Vergib mir, mein schöner David.«

»Wie peinlich«, sagte Jess und verdrehte die Augen. »Doch nicht vor den beiden hier.«

»Hey, wegen mir müsst ihr nicht aufhören«, sagte Max. »Ich bin einfach nur froh, dass noch jemand ohne Verkleidung da ist.«

»Wo ist dein Getränk, Max?«, fragte Jess.

»Schon okay, danke, ich muss noch fahren.«

»Gut, also ich hole mir jetzt was. Sonst noch jemand?«

Wir schüttelten alle den Kopf, und Jess kämpfte sich an der Sonnenblume vorbei zum Kühlschrank.

»Schön, dich noch mal in Ruhe zu treffen«, sagte ich zu Alexi. »Du bist viel unterwegs, stimmts?«

»Ja«, sagte er. »Ständig im Flieger hierhin und dorthin. Aber es gefällt mir. Besser, als den ganzen Tag im Büro zu sitzen.«

»Das kann ich mir vorstellen.«

»Und du bist Lehrerin, ja?«

»Jepp. Eine Schule in Chelsea namens St. Lancelot. Fünfjährige Satansbraten. Na ja, ein paar davon. Aber die meisten liebe ich.«

»Wo noch mal?«, fragte er und hustete mir seinen Rauch ins Gesicht.

»Die Schule heißt St. Lancelot«, wiederholte ich. »Eine Privatschule. Zum Großteil Söhne von Bänkern. Und Promis. Manchmal habe ich ja das Gefühl, ich sollte was Engagierteres machen, Kinder unterrichten, die meine Hilfe mehr benötigen«, spulte ich die Rede ab, die ich immer gab, wenn ich jemandem erklärte, wo ich arbeitete, so als müsse ich mich dafür rechtfertigen. Mich für meinen Job bei der St. Lancelot zu entschuldigen, war eine schlechte Angewohnheit, die ich mir zugelegt hatte, da manche Leute ein Problem mit dem Konzept von Eliteschulen hatten. Obwohl, fairerweise musste man sagen, dass Alexi Kunstwerke im Wert von Millionen handelte, also störte es ihn vermutlich nicht.

Alexi klopfte sich ein letztes Mal hustend auf die Brust, und wir machten weiter Small Talk. Besser gesagt, Max und ich stellten Alexi eine Reihe von Fragen, und er antwortete knapp. Er war nicht besonders mitteilsam.

Ich fragte Alexi, wo er wohnte (Kensington), Max fragte, wo er aufgewachsen war (Sankt Petersburg), ich fragte ihn, wo er studiert hatte (London), Max fragte ihn, was für Kunst er mochte (»kommt darauf an«). Ich suchte krampfhaft nach was anderem, als Jess mit einem Glas Rotwein wiederauftauchte. »Entschuldigt, bin an einem von Clems Musikerfreunden hängen geblieben. Hoffnungslos. Rutscht mal, kann ich mich dazuquetschen?«, fragte sie mit Blick auf den Küchentisch.

»Du kannst meinen Platz haben«, sagte Max. »Ich sollte los.«

»O nein.« Jess sah ihn an und zog ein trauriges Gesicht. »Ich wollte dich nicht vertreiben.«

Max schüttelte den Kopf. »Nein, überhaupt nicht. Danke, dass ich vorbeischauen durfte, aber ich muss morgen extrem früh raus.«

»Danke dir fürs Kommen«, erwiderte sie. »Lil, du gehst aber noch nicht, oder?«

»Nope«, sagte ich, obwohl ich etwas enttäuscht war, dass Max ging, und ich eigentlich selber gerne nach Hause wollte. Aber ich sollte wohl noch eine Stunde oder so ausharren. Ist nun mal nicht sehr gesellig, vor zehn abzuhauen – schwanger hin oder her. »Wart kurz hier und halt mir den Platz frei, ich begleite Max zur Tür.«

»Alexi, hat mich gefreut«, sagte Max und bot wieder seine Hand an.

»Auf Wiedersehen«, sagte Alexi kühl und stieß den Rauch der nächsten Zigarette in die Luft.

Max und ich quetschten uns durch die wandelnden Kunstwerke zur Haustür und traten hinaus. Ich ließ die Tür ein Stück weit offen, damit sie nicht zufiel.

»Gib mir wegen des Geburtsvorbereitungskurses Bescheid«, sagte er.

»Klar, mache ich.«

Er beugte sich zu mir und zog mich in einer Umarmung an sich. Mein Gesicht an seiner Schulter vergraben, sog ich seinen Geruch ein, während er mich hielt. Sein Duft wurde mir langsam vertraut. Aber dann musste ich die Pobacken zusammenkneifen, weil ich spürte, wie ein Pups zu entfleuchen versuchte, und wenn ich den entkommen ließ, gäbe es für mich nur noch eins: Ich müsste mich wohl oder übel über die Mauer auf der Straßenseite gegenüber schwingen und in den Fluss werfen.

11

Ich hatte den »Happy-Baby-Kurs« vor meiner ersten Stunde natürlich gegoogelt, und es kamen gleich mehrere Zeitungsartikel dazu. Wie sich herausstellte, war es der »exklusivste« Geburtsvorbereitungskurs von ganz London mit einer Warteliste von mehreren Monaten. Es ging das Gerücht, dass Pippa Middleton ihn besucht hatte, genauso wie Keira Knightley und Carey Mulligan. Das machte mich nervös. Was würde ich vor diesen perfekten schwangeren Frauen enthüllen müssen? Ich wollte sicherlich nicht fragen, ob ich mich während der Geburt vollkacken würde.

Natürlich fanden die Sitzungen in einem Privathaus im vornehmen Knightsbridge statt, sodass ich praktischerweise von der Schule in knapp zwanzig Minuten rüberwatscheln konnte.

Als ich an jenem Donnerstagabend zu meiner ersten Stunde eintraf, überprüfte ich gleich dreimal die Adresse – 5 Drayton Avenue –, indem ich zu meinem Handy runterschaute und dann wieder an dem riesigen weißen Haus vor mir hochblickte, dessen Eingangsstufen zu beiden Seiten von dicken Säulen flankiert wurden.

Ja, das wars definitiv, befand ich, checkte die Adresse ein letztes Mal und blickte mich um, um zu sehen, ob sich irgendwelche anderen schwangeren Frauen in meine Richtung schleppten. Es war eine ruhige Straße, und all die anderen Häuser sahen exakt gleich aus, etwa fünf bis sechs Stockwerke hoch mit imposanten weißen Säulen links und rechts vom Eingang. Vor den meisten parkten Range Rover und schnittige Sportflitzer.

Ich erklomm die Stufen und klingelte an der Tür. Eine kleine Frau in blauer Uniform öffnete.

»Entschuldigung, ich glaube, ich habe die falsche Adresse erwischt«, sagte ich verwirrt. Wo zum Henker war dieser Kurs? Vielleicht gab es ja ein Untergeschoss? Ich spähte über das Geländer zu meiner Rechten.

»Nein, nein«, sagte die Frau in Uniform. »Sie sind wegen des Babykurses hier?«

»Der Happy-Baby-Kurs?«, fragte ich hoffnungsfroh.

»Ja, ja, der Babykurs. Bitte, bitte, treten Sie ein.« Sie führte mich ins Haus, und ich trat in einen Eingangsbereich mit grauem Marmorboden. Dann, nachdem sie mir meinen Mantel abgenommen hatte, geleitete sie mich den Flur entlang, als würde sie eine Herde Schafe vor sich hertreiben, und deutete schließlich mit ausgestrecktem Arm zu einem Durchgang hinter der Treppe. »Bitte, bitte, da entlang, bitte.«

Ich stieg in ein riesiges Wohnzimmer hinab. Cremefarbene Sofas, cremefarbener Teppich, cremefarbene Vorhänge, cremefarbene Sessel. Das Einzige, was nicht irgendwie beige war, war ein gewaltiges Schwarz-Weiß-Foto von einer splitterfasernackten hochschwangeren Frau, das an der Wand gegenüber hing. Es war beinahe lebensgroß. Ich glotzte es ein paar Sekunden verblüfft an. Die Frau stand aufrecht da, das Haar in dunklen Locken über den Rücken fallend, die Hände auf die Hüften gelegt, und blickte direkt in die Kamera. Aber der Blick wurde nicht sofort zu ihrem Gesicht gezogen. Stattdessen wurde er von ihrem Bauch angezogen, der so prall und groß war, dass ich nicht kapierte, wie sie überhaupt aufrecht stehen konnte, aber auch von ihren Riesenmöpsen. Die Brustwarzenvorhöfe auf den Dingern hatten den Durchmesser von Prinzenrollen. Ich blickte auf meine eigene Brust runter. Meine Vorhöfe hatten bisher noch eine akzeptable Größe, in etwa wie Fünfzig-Pence-Stücke. Aber würden sie am Ende auch so ausschauen?

»Hallo und willkommen, darf ich Ihren Namen von der Liste haken?«, meldete sich eine trällernde Stimme hinter mir.

Ich drehte mich um und sah mich der Frau vom Foto gegenüber.

»Hallo«, sagte ich überrascht. »Ich bin Lil Bailey.«

»Lillllll«, sagte sie lächelnd. »Aber natürlich. Ich bin Emily. Wie schön, Sie kennenzulernen. Möchten Sie sich setzen? Felicia nimmt gerne Ihre Getränkebestellung auf. Feliciaaaaa?«

Eine andere Frau in Uniform tauchte hinter einer Tür auf, die von dem cremefarbenen Wohnzimmer abging. »Ja, Madam?«

»Würden Sie sich darum kümmern, was Lil trinken möchte?«

»Oh, äh, einen Tee, bitte«, sagte ich.

»Was für einen Tee, Madam? Wir haben English Breakfast, Earl Grey, Lady Grey, Lapsang, Souchong, Grünen Tee, Minze, Kamille, Fenchel sowie Zitrone und Ingwer.«

»English Breakfast wäre toll, danke. Mit einem Schuss Milch?«

Sie nickte und entschwand wieder durch die Tür. In der Zwischenzeit konnte ich die anderen Frauen eintrudeln hören, die von Emily, die nach oben gegangen war, begrüßt wurden. Sie hatte eine affektierte Stimme, irgendwie künstlich. Gehaucht und gewollt sanft, beinahe roboterhaft. »Hallooooo«, flötete sie, »bitte, gehen Sie doch schon mal nach unnnnnten.«

Ich sicherte mir rasch einen Platz am äußersten Ende eines der Sofas. Ich war aufgeregt wie beim ersten Schultag.

»Hallo«, grüßte ich mit einem kleinen Wink, als die anderen Frauen eine nach der anderen eintrudelten und sich unsicher auf den Sofas niederließen. Wir lächelten einander verlegen an, während Felicia herumwuselte und Getränkebestellungen aufnahm.

»Welche Milchalternativen haben Sie?«, erkundigte sich eine Frau, die sich ans andere Ende meines Sofas gesetzt hatte. Sie sah original aus wie eine St.-Lancelot-Mutter – enge Jeans, kniehohe Stiefel, Lederjacke, das pechschwarze Haar zu einem superglatten, perfekten Pferdeschwanz zusammengebunden, aus dem kein Härchen hervorstand. Die Stirn so glatt wie eine Schüssel Vanillesoße. Ich blickte mich im Raum um. Die meisten sahen so aus – entweder wallende Designerkleider, die ihre ballonartigen Bäuche betonten, oder Jeans und Jäckchen, die vom Design her total schlicht und lässig wirken sollten, aber wahrscheinlich mehrere Tausender gekostet hatten. Zu ihren Füßen die obligatorischen Chaneltaschen. Ich blickte auf meine Leggins und vergilbten Chucks runter und hoffte, dass wir unsere Schuhe nicht ausziehen müssten. Meine Füße würden sicher übel müffeln.

Endlich hatten alle Tassen samt Untertassen in den Händen, und Felicia stellte einen Teller mit Shortbread auf dem Tisch in der Mitte des Raumes ab. Ich stand auf und griff mir einen, dann fiel mir ein, dass ich sie vielleicht den anderen anbieten sollte. Ich hob den Teller hoch und deutete damit in die Runde.

Sie schüttelten allesamt den Kopf.

Ich setzte mich wieder und versuchte, mein Shortbread leise zu essen, doch das einzige Geräusch im Raum war mein Geknusper. Außerdem krümelte ich meine Leggins voll.

»Ladyyyyys«, meldete sich Emily, die von oben auftauchte. »Wir sind fast alle versammelt. Es fehlt nur noch eine Teilnehmerin, aber« – sie sah auf ihre Uhr – »ich denke, wir fangen trotzdem an. Also, was wir als Erstes tun werden, ist, uns der Reihe nach vorzustellen, mit unserem Geburtstermin und …«

Und dann sagte sie das, was wir alle in Begrüßungsrunden mit einem Haufen Fremder fürchten: »… einer lustigen oder ungewöhnlichen Anekdote über uns selbst.«

Schlimmer noch, sie schaute direkt mich an. »Warum fangen wir nicht auf dieser Seite an? Lil, du als Erste.«

Ich kicherte nervös. »Okay, äh, hallo zusammen. Ich bin Lil. Mein Termin ist am 10. Juni, und, ähm, eine ungewöhnliche Anekdote … Ich schätze, die Tatsache, dass ich das Baby bei einem One-Night-Stand gezeugt habe, ist ziemlich ungewöhnlich. Haha!« Ich hatte es in einem scherzhaften Tonfall gesagt, doch mir schlug bloßes Schweigen entgegen. Die anderen Frauen blickten betont in ihre Tassen runter.

Emily schaltete sich ein und verkündete mit aufgesetzt heiterer Stimme: »Meine Güte, ja, das ist aber ungewöhnlich. Danke dir, Lil. Cecilia, du bist die Nächste.«

Cecilia war die mit dem perfekten Pferdeschwanz. Sie war zwei Wochen vor mir fällig und meinte, das Witzige an ihr sei, dass sie »hyperflexible Knochen« hätte.

WIE BITTE? Das war weder witzig noch ungewöhnlich.

Und so ging es der Reihe nach im Raum herum. Eine Frau namens Amanda verkündete, das Witzige an ihr sei, dass sie Angst vor Wackelpudding hätte. Eine andere, sie hieß Daisy, meinte, sie spräche fünf Sprachen, »darunter Swahili«. Sie wirkte diesbezüglich äußerst zufrieden mit sich selbst. Wir legten kurz eine Pause ein, als die letzte Teilnehmerin eintraf und sich unter lauten Entschuldigungen auf den verbliebenen Platz zwischen mir und Cecilia setzte. Ich war erleichtert, als ich sah, dass sie etwas aufgelöst und verschwitzt daherkam, weniger aufgebrezelt als die anderen. Mehr wie ich. Außerdem hatte sie einen Rucksack statt einer Handtasche. Ich fühlte mich ihr sofort verbunden.

Sie war auch als Letzte dran. »Hey, alle zusammen, ich bin Beth, und ich bin Anfang Juni fällig. Und mein Funfact ist, dass ich mal Prinz Harrys Arsch angefasst habe.«

Ich prustete laut los.

»Ja, gut, oder?«, meinte Beth und drehte sich grinsend zu mir.

Alle anderen lächelten betreten vor sich hin.

»Meine Güte«, sagte Emily mit ungerührter Miene, »wie ist denn das passiert?«

»Nur so eine Wette vor ein paar Jahren auf einer Party.«

»Nun gut«, fuhr Emily fort. »In diesem Sinne sollten wir wohl anfangen. Willkommen im Happy-Baby-Kurs, der Sie über die nächsten Wochen auf das Abenteuer der Elternschaft vorbereiten wird.« Sie plapperte eine Weile so weiter – über das »Wunder der Geburt«, den »magischen Augenblick«, wenn man zum erste Mal sein Kind in den Armen hielt, selbst die »freudige Aufregung« der ersten Windel.

»Nur nicht schüchtern, meine Damennnn. Bis zum Ende des Kurses werden wir alle beste Freundinnen sein, nachdem wir sämtliche äußerst intimen Details unserer Körper besprochen haben. Daher schlage ich auch vor, dass wir nunmehr zum Du übergehen. Also, werdet ihr die Dehnungsstreifen wieder los? Nicht wirklich. Werdet ihr während des Geburtsvorgangs kacken müssen? Wahrscheinlich ja.«

Bingo, dachte ich, damit wäre ja meine dringlichste Frage beantwortet.

Emily fuhr fort: »Wird meine Vagina dabei einreißen? Und wieder ein Ja, wahrscheinlich, aber heute werden wir darüber reden, was ihr machen könnt, um das weniger wahrscheinlich zu machen.«

Dann setzte sie zu einem Vortrag darüber an, wie wir die Kraft unserer Beckenbodenmuskulatur verbessern könnten. »Stellt euch vor, ihr pinkelt, dann spannt ihr an, um zu stoppen. Genau das, das ist euer Beckenboden. Sehr wichtig für die Geburt eines Kindes. Oh, sehr gut, Lil, du machst gerade deine Übung, ich sehe es den Teilnehmerinnen immer an.« Sie zwinkerte mir zu, und ich hörte sofort auf mit Anspannen. Dann schaute ich auf die Uhr. Es war erst zwanzig nach sechs, was bedeutete, dass wir noch eine Stunde plus achtundvierzig Minuten vor uns hatten. Und das war erst die erste Sitzung. Von sechs. Ich sank gegen das Polster zurück und machte mir eine geistige Notiz, Max die witzigen (und weniger persönlichen) Details dieses Kurses auf unserem Shoppingausflug am nächsten Tag zu erzählen.

Das erste Mal, dass Jake und ich je shoppen gingen, war in einem Sexshop. Es muss bei unserem sechsten oder siebten Date in Edinburgh gewesen sein, und wir stolperten aus Spaß und hackedicht hinein. Wir gackerten wie blöd angesichts der unglaublichen Vielfalt von angebotenen Pornokategorien und betrachteten staunend die immense Auswahl an Dildos, bevor wir uns für einen eher bescheidenen rosa Dildo von der Größe einer Chipolata-Wurst entschieden. Es war derselbe Vibrator, den ich heute noch benutzte. Jess meinte zwar, es sei ganz mieses Voodoo, einen Vibrator zu behalten, den man mit einem Ex genutzt hat, aber mir schien das nicht logisch. Vibratoren waren teuer. Machte doch keinen Sinn, ein bestens funktionierendes Gerät wegzuwerfen.

Der Shoppingausflug, den ich mit Max zur Babyabteilung des Peter-Jones-Kaufhauses am Sloane Square unternahm, unterschied sich ziemlich davon. Ich hatte ja das Westfield-Einkaufszentrum vorgeschlagen, aber Max meinte, Chelsea sei näher bei Brixton und er könne im Anschluss gleich alles zu mir fahren.

Wir trafen uns in der vierten Etage, blieben direkt neben einer Rolltreppe stehen und betrachteten staunend das Heer von Kinderwagen vor uns. Vor dem Ausflug hatte ich mich fünf Minuten durch ein Mama-Forum gescrollt, wo die Nutzerinnen die Vorzüge von Bugaboo-Buggys gegenüber etwas namens iCandy diskutierten – und das mit geradezu religiösem Eifer. Bei mir hingegen weckte die Diskussion allerdings mehr den Wunsch, mir Reißzwecken unter die Fingernägel zu schieben, also hatte ich die Seite weggeklickt und beschlossen, eine Entscheidung vor Ort zu treffen. Irgendwas mit Rädern, das keine vier Millionen Pfund kostete. Das war alles, was ich brauchte.

»Kann ich Ihnen behilflich sein?«, fragte eine käsigbleiche Frau mittleren Alters, die auf uns zukam, als wir da so unschlüssig herumstanden. Das Schildchen verriet uns, dass sie Marjorie hieß.

»Ah, Marjorie, ja, bitte«, sagte Max. »Was wir gerne sehen würden, ist der Baby Wagon 4000 mit der Babytrage.«

»Eine exzellente Wahl, Sir«, bemerkte Marjorie

anerkennend. »Der ist gleich hier drüben, wenn Sie mir folgen würden.«

»Was?«, zischte ich schockiert Max zu, als wir ihr hinterhereilten. »Woher kennst du dich so gut mit Kinderwagen aus?«

»Tja, manche von uns haben ihre Hausaufgaben gemacht«, erwiderte er und knuffte mich leicht in die Seite. »Das soll das beste Modell sein.«

»Du krasser Nerd«, flüsterte ich, insgeheim verzückt, bevor wir vor einem grauen Buggy stehen blieben. Marjorie fuhr mit der manikürten Hand darüber, als wäre es ein edles Rennpferd.

»Pssst.« Er zwinkerte mir zu. »Hör lieber Marjorie zu.«

»Dies ist unser vielseitigster Buggy«, begann sie. »Ideal sowohl für London als auch für ländliche Gebiete und ein unglaubliches Leichtgewicht, sodass man ihn mühelos im Wagen verstauen und wieder rausholen kann. Auch das Fahrgestell ist äußerst robust.«

»Hörst du, Lil? Ein sehr robustes Fahrgestell«, sagte Max.

»Mhm, hmm.« Ich presste die Lippen zusammen, um nicht versehentlich loszulachen.

»Dieses Modell begleitet das Baby vom Säuglings- bis zum Krabbelalter und kommt in einer Auswahl verschiedener Farben daher«, schwärmte Marjorie weiter. »Wintergrau, Himbeerrot, Sommerblau oder Mitternacht. Das Ganze natürlich mit einer Zweijahresgarantie.«

»Wunderbar, also ich finde, wir sollten den nehmen. Welche Farbe?«, fragte Max und wandte sich mir zu.

Ich hatte gerade erst das Preisschild bemerkt, das an der Lenkstange hing: *£1.104*. Jess hatte gemeint, sie hätten irgendwo im Haus noch einen alten Kinderwagen stehen, den ich haben könnte, aber ich müsste dennoch eine neue Matratze kaufen, nebst einem Tragekörbchen, Milchfläschchen, Mulltüchern, einer Babybadewanne, einem Dampfsterilisator, einer Wickelmatte sowie grob geschätzt sechzig Millionen Windeln, Babyfeuchttücher und so weiter und so fort. Und das waren nur die Basics. Ich konnte nicht über tausend Pfund für einen Buggy ausgeben.

»Ähm, das ist etwas außerhalb unserer Preisvorstellung. Haben Sie auch etwas im Bereich um die dreihundert Pfund?«, fragte ich und blickte Marjorie an.

»Nein, nein, mach dir da keinen Kopf«, schaltete Max sich ein, und ich spürte seine Hand auf meinem Rücken. »Ich übernehme das alles.«

Ich drehte mich um und versuchte zu protestieren: »Max, komm schon, auf keinen Fall, wir teilen.«

»Ganz sicher nicht«, sagte er. »Ich habe gerade erst eingewilligt, eine absurd reiche Truppe chinesischer Geschäftsmänner einen Berg in der Mongolei hochzuschleifen, also geht das auf deren Kosten.«

»Max …«

»Keine Diskussion. Einen Baby Wagon 4000, bitte, Marjorie. Und welche Farbe, Lil?«

Ich knickte ziemlich schnell ein. »Okay, also, wenn du dir ganz sicher bist, dann danke. Wie wäre es mit Mitternacht?«

»Dann soll es Mitternacht sein. Was ist als Nächstes dran?«

Max, wie ich erstaunt feststellen durfte, war ein begeisterter Einkäufer. Wir rauschten durch die Babyabteilung und bestellten so viel Kram, als würden wir eine Kita eröffnen. Eine hypoallergene Babymatratze, eine Wickelauflage mit kleinen Entchen drauf, ein Babyphone mit einer Kamera, sodass ich E. T. beim Schlafen sowohl hören als auch sehen konnte, eine Babybadewanne in der Form eines Blauwals, Dutzende weißer Mulltücher, Strampler, ein Babytragetuch, einen Sterilisator und mehrere Fläschchen. Marjorie, wie sich wiederum herausstellte, war in Ipswich aufgewachsen, also unterhielten sie und Max sich lang und breit über die Vorzüge von Suffolk, während wir durch die Abteilung bummelten.

»Und werden Sie vielleicht eine von diesen hier brauchen, Madam?«, unterbrach Marjorie ihr angeregtes Gespräch über die Küste von Ipswich und blieb neben einem Regal mit Brustpumpen stehen.

Max schaute auf die Schachtel und dann auf meine Brust, wobei seine Augen hervorquollen. »Jesus, du willst sie doch nicht noch größer haben, oder?«

Ich brauchte einen Moment, bis ich begriff, was er meinte. Dann brüllte ich beinahe los vor Lachen.

»Nein, du Dödel«, brachte ich kopfschüttelnd hervor. »Die sind nicht, um sie größer zu machen. Die sind für die Milch. Also um die Milch von hier« – ich wedelte vage vor meiner Brust herum – »in ein Fläschchen zu bekommen. Aber danke, dass es dir aufgefallen ist.«

»Oh, klar«, sagte Max. »Ich verstehe. Verflixt.« Er beugte sich vor und musterte die Schachteln. »Echt schräg. Die sehen aus wie Gasmasken.«

Meine Möpse waren riesig, Max hatte recht. Einst eine 80B – eine wenig erquickliche Größe, da es einen breiten Brustkorb, aber ungerecht kleine Tittchen bedeutete –, war ich nun eine stattliche 85E. Das gehörte zu den angenehmsten Seiten der Schwangerschaft. Ja, klar taten sie weh. Aber immer wenn ich in letzter Zeit in der Badewanne lag, begutachtete ich sie mit enormer Freude. Ich hatte mich gewandelt, von einer Frau, die nicht mal die Spur eines Dekolletés zaubern konnte (außer ich presste sie mit beiden Händen zusammen), zu einer wahren Marilyn Monroe. Früher betrachtete ich voller Wehmut die Frauen im Fernsehen oder im Pub mit ihrer üppigen Oberweite – große Handvoll Brust, die Männer dazu brachte, ihnen hinterherzupfeifen. Wie sehnte ich mich danach, dass mir jemand hinterherpfiff. Sorry, ich weiß, ich bin eine Schande für Feministinnen weltweit, und meine Mutter wäre entsetzt. Aber bis ich schwanger wurde, hatten meine Brüste die Größe zweier sehr durchschnittlicher Mandarinen gehabt, und wegen solchen flippt nun mal niemand aus, oder?

Marjorie unterbrach meine Überlegungen, indem sie mir zu den elektrischen Brustpumpen riet, die besser seien als die manuellen – »erspart Ihnen die Handschmerzen« –, also kam auch das zu unserem wachsenden Haufen an Artikeln, bevor wir abermals stehen blieben, um uns ein kleines grünes Objekt von der Größe eines Avocadokerns anzuschauen, das auf dem nächsten Regal ausgestellt war.

Stärken Sie Ihren Beckenboden, stand auf einem Schild darüber.

»Heiliger Bimbam, ist das etwa ein Vibrator?«, fragte Max. Fairerweise musste man ihm zugestehen, dass es ein bisschen wie ein Minidildo geformt war. Außerdem hing eine anschauliche Zeichnung daneben, welche die Käuferin anwies, den »Avocadokern« in der Vagina zu platzieren und mit einer Trainings-App auf dem Smartphone zu verbinden.

»Nein«, korrigierte ich ihn rasch, »das ist, um, äh, die Sachen da unten wieder zu straffen. Nach der Geburt.«

»Es ist wiederaufladbar und hundert Prozent wasserdicht«, klärte Marjorie uns auf, die neben mir stehen geblieben war.

»Ganz ehrlich, ich glaube, das wars«, sagte ich rasch. »Ich bin mir sicher, wir haben alles.« Da ich mir zudem ziemlich sicher war, dass ich nie wieder Sex haben würde, glaubte ich nicht, dass mein Intimbereich ein persönliches Training benötigte. Trotzdem musste ich während der Heimfahrt, der Kofferraum vollgestopft mit unseren Einkäufen, immer noch (innerlich) über Max' Verwirrung lachen. So wie es aussah, gab es doch eine kleine Parallele zu meinem ersten Shoppingtrip mit Jake.

Am folgenden Tag gingen Mike, Steph und ich nach der Schule ins Antelope. Steph und ich hatten einen Haufen Halbjahresbewertungen zu schreiben, und Mike war damit beschäftigt, das Programm für das anstehende Konzert – St. Lancelot's Got Talent – durchzugehen.

»Scheiße. Was könnte ich bloß über Achilles sagen?«,

überlegte ich, wobei ich mit dem Stift gegen die Tischkante klopfte und an letzte Woche dachte, als ich ihn dabei erwischt hatte, wie er auf seinem Pult einem Marienkäfer die Flügel ausrupfte.

»›Erfrischend herausfordernd‹?«, schlug Steph vor. »Das benutze ich oft. Oder ›bemerkenswert eigenständig‹. Den Spruch mögen die Eltern immer gern.«

Ich senkte den Kopf und schrieb beide von Stephs Vorschlägen auf Achilles' Bewertung, bevor ich hinzufügte, dass er ein »eifriges Interesse an Flora und Fauna« zeige.

Da schaute Mike auf. »Steph, hier steht, dass Alex Saunders einen Rapsong mit dem Titel ›Lollipop‹ zum Besten gibt?«

»Ja, das stimmt«, sagte Steph, ohne von ihrem Bericht aufzuschauen.

»Ich wollte nur sichergehen, dass du weißt, dass es ein Song über einen Blowjob ist?«, hakte Mike nach.

»Nein, das wusste ich nicht.« Steph hob nun doch den Kopf und verdrehte die Augen. »Oh, dieser Junge! Ich werde gleich morgen mit ihm sprechen.«

So machten wir eine Weile weiter. Steph und ich warfen hin und wieder ein brauchbares Wort ein, um einander auszuhelfen, als würden wir ein Kreuzworträtsel lösen.

»Anstrengend?«, fragte ich in Stephs Richtung.

»›Quirlig‹«, schlug sie vor.

»Brüllt so laut rum, dass ich manchmal rausgehen und nie wieder zurückkommen will?«, fragte sie ein paar Minuten später.

»›Ausdrucksstark‹?«

»Wird es nie an die Eton schaffen. Sollte stattdessen auf ein Fenstersims gestellt und zweimal die Woche gegossen werden?«, schob sie beim nächsten Bericht angelangt hinterher.

»›Sehr bemüht‹?« Und so weiter.

»Fertig«, verkündete ich eine halbe Stunde später und lehnte mich zurück, als genau in dem Moment E. T. mir direkt in die Rippen trat. »Auuuutsch.« Ich zuckte zusammen und legte eine Hand auf meinen Bauch. Ich liebte es, wenn ich sie in meinem Inneren herumkugeln spürte – es war wie eine Privatparty, zu der nur sie und ich eingeladen waren. Aber manchmal übertrieb sie es mit einem kleinen Fuß oder Fäustchen.

»Alles okay?«, fragte Steph.

»Ja, sie turnt zurzeit nur viel herum. Es ist, als würde ich eine Akrobatin beherbergen.« Ich beugte mich nach vorn, als ich sie wieder zutreten spürte.

»Dann kommt sie also ganz nach dem Vater?«, bemerkte Mike.

»Wie meinst du das?«

»So sportlich aktiv eben«, erklärte er. »Ich mag dich echt, Lil, aber du rennst noch nicht mal, um einen Bus zu erwischen.«

»Wie geht es ihm überhaupt?«, mischte sich Steph ein.

»Max?«

»Mhm.«

»Gut. Wir waren gestern die ganze Babyausrüstung shoppen. Buggys und der ganze Kram. Es war eigentlich nett. Richtig nett.«

»Oh, oh«, machte Steph und sah mich an.

»Was?«

»Du bist total verschossen in ihn.«

»Bin ich nicht. Echt nicht. Ich bin nur froh, dass wir so gut miteinander klarkommen.« Das war ein klitzekleines bisschen geflunkert. Gestern Nacht, nach unserem Shoppingausflug, hatte ich einen Sextraum mit Max gehabt. Ich saß in seinem Wagen rittlings auf ihm, was unfassbar unrealistisch war, da es absolut ausgeschlossen war, dass E. T. und ich zwischen Max und das Lenkrad passen könnten, aber wen juckte schon die Logik. Wie ich mich also auf Max bewegte, ihn ansah, nur Zentimeter von seinem Gesicht entfernt, hatte mein Traum sich so echt angefühlt, dass ich beinahe im Schlaf gekommen wäre. Nur um in genau dem Moment aufzuwachen, in dem ich kurz davor gewesen war zu explodieren, wobei meine Beine wie wild unter der Bettdecke herumzuckten. Es war die größte Enttäuschung seit 1991, als ich das mit dem Weihnachtsmann herausgefunden hatte. Aber das musste ja Steph nicht wissen.

»Du bist echt so eine schlechte Lügnerin«, schnaubte Steph, bevor sie nach dem nächsten Bericht griff. »Also gut, Jeremy Parry, du kleine Furunkel, was könnte ich über dich sagen?«

Das war auch die Woche, in der ich mit der Wohnungsjagd anfing. Ich hatte es so lange wie möglich vor mir hergeschoben, weil ich Grace und Riley so gerne mochte. Na ja, ich mochte Grace. Aber ich konnte nicht mehr so tun, als würde ich, wenn E. T. erst mal auf der Welt wäre, weiterhin mit einem sexbesessenen australischen Pärchen zusammenleben. Brixton jedoch war außen vor. Zu teuer. Genauso wie Streatham. Also hatte ich angefangen, in Gegenden weiter südlich zu suchen.

Diese Mission hatte mich zu einem Immobilienmakler namens Daniel geführt, der mich am Dienstag nach Feierabend durch diverse Einzimmerwohnungen in Norwood führte.

Als ich vierzehn war, flogen Mum, Dennis und ich nach San Francisco. Mum stellte dort eine wissenschaftliche Arbeit vor, also kombinierten wir es mit unseren Sommerferien. Ich erinnerte mich noch lebhaft an die Beengtheit der Zellen in Alcatraz, das klaustrophobische Innere der kleinen rechteckigen Räume, gerade mal groß genug für ein schmales Bett, ein Klo und ein Waschbecken. Einige hatten Fenster, andere nicht. Doch als ich mir an dem Abend meine fünfte potenzielle Wohnung anschaute, erschienen mir diese Zellen im Vergleich allmählich richtig geräumig.

»Und hier ist das Schlafzimmer«, sagte Daniel und vollführte eine schwungvolle Geste mit seinem Arm, als würde er mir eine Suite im Ritz zeigen. Das Zimmer hatte die Größe einer Wäschekammer.

»Und wo käme das Bett hin?«, fragte ich.

»Genau dahin«, sagte er und deutete auf ein Fleckchen karamellbraunen Teppichs mit Schnörkelmuster.

»Ein Doppelbett?«, fragte ich skeptisch.

»Ja, absolut.« Er nickte. »Da ist definitiv genügend Platz für ein Doppelbett.«

»Okay, dann legen Sie sich hin und zeigen mir, wo ich das Bett hinstellen würde.«

Daniel blickte betreten drein.

»Bitte«, sagte ich, »nur damit ich es mir besser vorstellen kann. Sie legen sich auf den Boden und zeigen es mir.«

Er kniete sich auf den Teppich, dann drehte er sich um und streckte sich auf dem Rücken aus. »Hier ungefähr?«, sagte er zu mir aufschauend. Seine Knie waren angewinkelt und enthüllten, dass er Socken mit Minions drauf trug.

»Strecken Sie Ihre Beine aus«, sagte ich.

Doch er konnte nicht, weil das Zimmer nun mal zu klein war.

»Ja, dachte ich mir schon. Man kriegt hier kein Bett rein«, sagte ich und spazierte aus der Wäschekammer, während Daniel sich aufrappelte.

»Ich habe ein ganz reizendes Apartment gleich hier ums Eck«, sagte er, wobei er sich die Teppichflusen von seinem glänzenden Anzug wischte.

»Versprechen Sie's mir?«

»Versprochen.«

»Ist es besser als die anderen, die wir heute gesehen haben?«

»Ist es«, sagte er und grinste wie ein Dorftrottel.

»Ist es auch in der unmittelbaren Nähe?«

»Gleich ums Eck, wir können laufen.«

Ich wusste, dass ich mir die Mühe nicht hätte machen müssen. Es war noch schlimmer. Es ging fünf Stockwerke hoch (ohne Aufzug), wo ich doch Daniel vorgewarnt hatte, dass ich bald ein Baby bekommen und Probleme mit allzu vielen Treppen haben würde. Und es gab kein richtiges Bad, nur eine Duschkabine in der Küche.

»Daniel«, war ich versucht zu sagen, als wir uns wieder die Treppen runterschleppten, »ich habe schon Regenwürmer gesehen, die über mehr Intelligenz verfügten als Sie. Bitte nehmen Sie mich von Ihrer Mailingliste runter und melden Sie sich nie, nie wieder bei mir.«

Nur dass ich es nicht tat, weil ich nun mal verzweifelt war. »Könnten Sie mich anrufen, sobald was Neues reinkommt?«, bat ich, bevor ich zur U-Bahn ging. Daniel versicherte es mir und düste in seinem Wagen davon. Ich konnte förmlich die Axe-Wolke sehen, die er dabei hinterließ.

Zwei Wochen später stand bei meinem Kurs die »Mummys-&-Daddys-Stunde« an (würg!). Es war die einzige Sitzung, bei der »Partner« erwünscht waren. Natürlich kleidete ich mich für diese Stunde sorgfältiger. Keine Leggins und müffeligen Chucks. Es war einer dieser strahlenden Frühlingstage, frisch, aber mit blauem Himmel, also entschied ich mich für ein rotes Kleid, das ich neulich bei H&M gekauft hatte und das man mit einer Kordel über dem Bauch gürtete, sowie ein Paar neuer blitzweißer Sneaker. Dazu ein lässiger schwarzer Zara-Blazer. Geht doch, dachte ich, als ich in den Toilettenspiegel in der Schule blickte. Ich sah zwar dick, aber adrett aus. Beieinander. Gepflegt. Fast wie eine schwangere Middleton.

Ich hatte mit Max ausgemacht, uns ein paar Minuten vor Kursbeginn vor der Drayton Avenue Nummer fünf zu treffen, und da stand er auch schon, als ich anspaziert kam, und lehnte an einer der Säulen. Selbst aus dieser Entfernung konnte man sehen, dass er heiß war. Womöglich lag es an seiner Haltung, an der Art, wie er selbstbewusst auf der obersten Stufe stand, in Jeans und einer schwarzen Jacke, kein bisschen krumm oder schluffig. Oder vielleicht musst du auch nur ganz dringend flachgelegt werden, sagte eine leise Stimme in meinem Kopf.

Ich brachte die Stimme zum Schweigen und ging die Stufen hinauf. »Hallo.« Ich winkte ihm zu. Warum winkte ich wie so eine Vierjährige?

Er grinste. »Selber hallo. Du siehst toll aus.« Er beugte sich vor und küsste mich auf die Wangen.

Natürlich errötete ich sofort.

»Oh, danke.« Ich klingelte an der Tür. »Mach dich auf was gefasst«, warnte ich ihn vor.

»Ich habe schon ein paar reingehen sehen«, sagte er lächelnd. »Ich bin wirklich *sehr* neugierig.«

Wie üblich öffnete die uniformierte Dame und geleitete uns nach unten. Heute war bereits die Hälfte der Frauen samt Partnern eingetroffen. Zusätzliche Stühle waren zu dem Sofakreis hinzugefügt worden, sodass alle sich setzen konnten. Ich stellte Max Emily vor und hoffte, dass sie mein Geständnis aus der ersten Stunde nicht erwähnen würden.

»Emily, hi, das ist Max. Max, das ist Emily, sie gibt den Kurs.«

»Maaaaax, hiiiii«, sagte Emily. »Himmlisch, dich kennenzulernen, bitte, setzt euch doch beide.«

Ich steuerte das Sofa an, das am weitesten entfernt und frei war, und ließ mich darauf nieder. Max setzte sich auf den Stuhl daneben.

»Ist sie das?«, fragte er leise und nickte zu dem überdimensionierten Aktfoto.

»Mhm«, murmelte ich.

Ich hatte den Eindruck, als würden mehrere der Frauen Max anglotzen. Entweder lag es daran, dass sie ihn erkannten, oder daran, dass sie sich an meine Anekdote mit dem One-Night-Stand erinnerten. Oder einfach daran, dass er mit Abstand der attraktivste Mann im Raum war. Ich musterte unauffällig die verschiedenen Ehemänner – die meisten in Nadelstreifenanzügen, als wären sie direkt von ihrem Finanzjob in der City gekommen. Gerötete Nasen, Bäuche, die von teuren Geschäftsessen über die Gürtel quollen, und das Haar lichter werdend. Okay, ich hatte den Typen neben mir zwar nur ein Mal gevögelt, aber ich saß Millionen Mal lieber neben ihm als neben irgendeinem von den anderen.

Dann kam Beth und stellte ihre Begleitung vor, woraufhin alle das Interesse an Max verloren.

»Hey, Emily, das ist meine Frau, Carmen.«

»Carrrrrmen, wie schön dich kennenzulernen. Bitte, setzt euch doch beide.«

Beth steuerte umgehend mein Sofa an (wir waren über die letzten Wochen Verbündete geworden), und die zwei setzten sich. Beth neben mich, Carmen zu ihrer anderen

Seite. Ich blickte mich im Rest der Runde um. Den verzückten Mienen der Ehemänner nach zu urteilen, musste ich davon ausgehen, dass sie einer Lesbe nie näher gekommen waren als im Internet. Zugegebenermaßen sah Carmen einfach nur sensationell aus – gebräunte Haut und zahlreiche Armreife, die an ihren Handgelenken klimperten. Sie trug ein schwarzes Shirt über einer Zebraprint-Leggins, dazu Overkneestiefel aus Wildleder, und ihre Mähne hatte sie mit einem roten Bandana hochgebunden.

»Nun, da wir alle da sind, lasst uns anfangen, ja?«, verkündete Emily.

Der rührendste Moment des Abends für mich war, als Max und ich unser künstliches Baby badeten. Jedes Pärchen hatte eine Puppe und eine Plastikwanne bekommen und musste Emily demonstrieren, dass wir das Ding baden konnten, ohne es zu ertränken. Max dabei zuzusehen, wie behutsam er das Plastikbaby in den Armen hielt, klappte irgendeinen mütterlichen Schalter in mir um, und ich spürte, wie mir die Tränen in die Augen schossen. Also biss ich schnell die Zähne aufeinander und dachte an den Vortrag über Schleimpfropfen, den wir gerade bekommen hatten (darüber, wenn sich kurz vor der Geburt buchstäblich ein blutiger Schleimpfropfen vom Muttermund löst), und das brachte mich sofort wieder auf den Boden zurück.

»Wie sollen wir es nennen?«, fragte Max, der immer noch die Puppe in ihrer Wanne wusch.

»Keine Ahnung. Aber ich hatte als Kind eine Puppe, die ich Arielle nannte, weil ich von *Arielle – Die kleine Meerjungfrau* besessen war.«

Er schaute grinsend zu mir auf. »Nein, ich meinte unser Baby.«

»Oh.« Es war das erste Mal, dass er von E. T. als unserem Baby gesprochen hatte, und ich verspürte einen Schwall der Freude. Es klang mehr wie ein Gespräch, das ein Pärchen in dieser Situation führen würde, nicht zwei Fremde. »Über Jungsnamen habe ich noch nicht wirklich nachgedacht. Nur Mädchen.«

»Und?«

»Okay, lach nicht, aber was hältst du von Eve?«

Er verzog das Gesicht.

»Oder Iris?«

Er kräuselte die Nase.

»Oh, okay, Mr. Wählerisch, wir wäre es mit Olive?«

Er legte die Stirn in Falten.

»O mein Gott, ich gebe auf. Was für Namen …?«

»Nein, ich mag Olive.«

»Hast du dir denn welche überlegt?«

Er schüttelte den Kopf. »Nein, nicht wirklich. Ich meine, theoretisch gibt es da diese alte Familienregel, dass die Rushbrooke-Männer über die Generationen abwechselnd Randolph, Arundel, Randolph, Arundel und so weiter heißen müssen.«

Ich hob eine Augenbraue. »Nur gut, dass wir nicht verheiratet sind, oder?«

Er lachte.

»Ja, wahrscheinlich. Del hasste es, wenn die Lehrer ihn in der Schule Arundel nannten.« Dann schaute er runter und begann wieder, Wasser über das Baby zu schöpfen, aber nach ein paar Sekunden fingen seine Schultern an zu beben. Oh, verdammt, er weinte.

Ich biss mir auf die Lippe und blickte mich im Raum nach den anderen um, die ihre Babys badeten. Ich überlegte, ob ich Tempos in meiner Handtasche hatte. Ich wollte gerade danach greifen und irgendwas hervorkramen, sei es auch nur eine gebrauchte Serviette, als ich merkte, dass Max gar nicht weinte, sondern in sich hineinlachte.

»Was ist so witzig?«, fragte ich erleichtert.

Er blickte auf, die Augenwinkel gekräuselt. »Ich habe nur seit Ewigkeiten nicht mehr richtig an Del gedacht, und mir fiel ein, wie irre er das hier fände. Ich, wie ich diese … Plastikpuppe wasche.« Da musste ich ebenfalls lachen, und wir beide kicherten gemeinsam, als wäre eine große Anspannung abgefallen. Es war diese Art von Lachen, bei der es einen schüttelt und man nach Luft schnappen muss. Die Gesprächsfetzen, die wir um uns herum aufschnappten, machten es nicht besser.

»Nein, James, so hält man es nicht.«

»Pass auf den Kopf auf, Harry!«

Max und ich kicherten hysterisch weiter, bis Emily vorbeikam und sich recht frostig erkundigte, ob alles in Ordnung sei.

»Jepp«, sagte ich und versuchte, mich zu beherrschen, als Max meinen Blick auffing. »Alles gut.«

»Hast du Lust, noch was essen zu gehen?«, fragte er, als wir nach dem Kurs hinaustraten und die Stufen runtergingen.

Mittlerweile war es dunkel und damit kühl geworden, weswegen ich mit den Zähnen klapperte. Mein Outfit mit Kleid und Blazer war sehr optimistisch gewesen. Es war definitiv noch zu früh im Jahr für nackte Beine.

»Da«, sagte er, nahm seine Jacke ab und legte sie mir um die Schultern. »Nimm die.«

»Nein, nein, ist schon gut, ehrlich, ich …«

»Komm schon. Ich war auf Achttausendern unterwegs. Da komme ich mit Knightsbridge auch klar.«

»Angeber. Aber danke schön. Und ja, ich habe Lust, was zu essen. Wo würdest du gern hin?« Ich hatte eigentlich vorgehabt, nach Hause zu gehen, ein Bad zu nehmen und mich früh aufs Ohr zu hauen, aber seltsamerweise war der Plan im Nu vergessen.

»Ich weiß was. Hier entlang«, sagte er. »Ist auch nicht weit. Es gibt da einen Laden, wo ich früher mit Prim…« Er verstummte und schloss kurz die Augen, als würde er sich innerlich ermahnen, dann grinste er verlegen. »Einfach nur ein guter Italiener, den ich kenne.«

Schweigend spazierten wir die nächste ruhige Straße mit vornehmen Häusern entlang, während ich mich ermahnte, mich nicht an Max' Erwähnung von Primrose aufzuhängen. Sei nicht eins dieser Mädchen, Lil. Lass nicht zu, dass die Paranoia über eine Ex sich in deinem Kopf festkrallt. Du bist nicht mal mit ihm zusammen.

»Da sind wir schon«, sagte Max plötzlich und blieb vor einem Restaurant namens »Da Nonna« stehen. »Pasta? Pizza?«, fragte er.

»Perfekt«, sagte ich.

Er öffnete die Tür und ließ mir den Vortritt. Der Laden war winzig, nur fünf Tische, die allesamt belegt waren.

»Sieht voll aus«, bemerkte ich über die Schulter hinweg.

»Keine Sorge«, sagte er, als der Kellner uns auch schon erblickte und herübergeeilt kam, wobei er sich gewandt zwischen den Tischen hindurchschlängelte.

»Signor Maximiliano! Es ist lange her.« Dann rief er nach hinten ins Restaurant. »Francesco? Francesco! Signor Maximiliano ist hier!«

Ein anderer Kellner – sein Bauch fast so voluminös wie meiner – tauchte hinter dem Tresen auf, rief etwas auf Italienisch und bedeutete uns, zu ihm zu kommen.

Ich schob mich vorsichtig zwischen den Tischen zum Tresen vor, wobei ich drauf achtgab, die Weinflaschen der anderen Gäste nicht mit E. T. oder Max' Jacke von den Tischen zu fegen.

Der dicke Kellner umarmte Max und wies uns einen Tisch zu, der seitlich hinter dem Tresen versteckt gewesen war.

»Ist das okay?«, fragte Max an mich gewandt.

Ich nickte. »Ja, super.« Auch wenn danach ein paar peinliche Momente folgten, in denen der dünne Kellner den Tisch ein Stück vorschieben musste, damit ich mit meinem Kugelbauch überhaupt auf dem Stuhl Platz fand. Sexy ohne Ende.

Während Max sich setzte, sah ich mich um. Das Interieur war richtig schöner italienischer Kitsch – rot-weiß karierte Tischdecken, die von Kerzen in Flaschen schummrig erleuchtet wurden, dazu zwei enthusiastische Kellner, beide mit dunklem Schnurrbart.

»Signorina, die Speisekarte für Sie«, sagte der Dicke und reichte sie mir mit einer schwungvollen Verbeugung. »Und, Signor Maximiliano, für Sie ebenfalls eine.«

»Lil, willst du was trinken?«, sagte Max und sah mich über den Tisch hinweg an.

Ein kleiner Teil von mir wollte brüllen: JA, BITTE, ICH HÄTTE GERN EIN GLAS WEIN VON DER GRÖSSE EINES HAUSES, WEIL SICH DAS HIER ANFÜHLT WIE EIN DATE, UND ICH BIN MEGANERVÖS.

Ich tats nicht. »Für mich nur ein Wasser.«

Öde.

»Klar. Francesco, eine Flasche stilles Wasser bitte, und für mich ein Glas von dem Barolo.«

Francesco nickte. Womöglich zwirbelte er sich noch die Schnurrbartspitze. So ein Laden war das.

»Das Essen hier ist unglaublich.« Max klappte seine Speisekarte auf. »Jedes Mal wenn ich auf einem Berg rumkraxle und mir Proteinriegel reinpfeife, träume ich von der Bolognese hier.«

»Was war das Schlimmste, was du auf einem deiner Trips bisher gegessen hast?«

»Meerschweinchen in Ecuador«, erwiderte er wie aus der Pistole geschossen. »Obwohl ich demnächst in der Mongolei wahrscheinlich Pferd angeboten bekomme. Würg.« Er schauderte.

»Oh, stimmt, den Trip hatte ich ganz vergessen.« Er hatte seine Mongolei-Expedition beim Shoppen erwähnt, und ich hatte ihn weiter danach fragen wollen, war dann aber von Buggys und Brustpumpen abgelenkt worden. »Wann geht es los?«, fügte ich hinzu, wobei ich versuchte, den Stich zu ignorieren, den ich bei dem Gedanken verspürte, dass Max für die nächste Klettertour um den halben Globus flog. Ich fragte mich, ob die Berge in der Mongolei so gefährlich waren wie die in Pakistan.

»Übernächste Woche«, sagte er.

»Toll«, quiekte ich und studierte intensiv die Speisekarte, damit mein Gesicht meine Gefühle nicht verriet.

»Lil, mach dir keine Sorgen.« Er streckte den Arm über den Tisch und legte die Hand auf meine Speisekarte, damit ich zu ihm aufschaute. »Das wird eine ganz leichte Tour. Ich werde zwei, maximal drei Wochen weg sein. Kommt auf das Wetter an. Und ich werde ein Satellitentelefon dabeihaben. Falls also was sein sollte, rufst du einfach an. Wann immer du magst.«

Ich erwiderte sein Lächeln, während ich so tat, als würde ich die Erleichterung, die ich bei Max´ beruhigenden Worten verspürte, nur um E. T.s willen spüren. Hat rein gar nichts mit etwaigen Gefühlen meinerseits zu tun, sagte ich mir. Ich sorge mich einfach nur um den Vater meines Kindes.

»Bist du eigentlich viel gereist?«, wechselte er das Thema und zog seine Hand zurück.

Ich schüttelte den Kopf. »Nicht wirklich. Keine so richtigen Reisen, wo man für mehrere Monate mit dem Rucksack loszieht und mit diversen Tattoos und einer Geschlechtskrankheit zurückkommt.«

Er blickte mit erhobenen Augenbrauen zu mir auf.

»Was?«, meinte ich lachend. »Hab bloß gehört, so was soll passieren.«

Früher, als ich noch studierte, arbeitete ich in den Semesterferien im Café des örtlichen Sportvereins in Norfolk und schob Backkartoffeln in die Mikrowelle, während meine Kommilitonen durch Indien, Südamerika und Indonesien reisten. Und später wollte Jake wiederum nie weiter als nach Südfrankreich fliegen – zum Skifahren im Frühjahr und dann gleich wieder im Sommer, um am Pool zu liegen und Rosé zu schlürfen. Hin und wieder schlug ich vor, einen etwas abenteuerlicheren Ort zu bereisen – und damit meinte ich nicht den Jemen, sondern irgendwas wie Sizilien vielleicht oder die griechischen Inseln –, doch Jake zog dann immer nur eine Schnute und meinte, dass er sich aber schon darauf freute, wieder in seine Stammrestaurants zu gehen. Und so taten wir das auch. Ich schüttelte den Kopf und lächelte in mich hinein, als ich daran dachte. Ich war bei ihm immer so furchtbar nachgiebig gewesen.

»Was ist so lustig?«, fragte Max.

»Ach, gar nichts«, erwiderte ich, »einfach nur ... die Gesamtsituation, schätze ich.«

In diesem Moment kam Francesco mit den Getränken, goss uns beiden ein und fragte, ob wir zu bestellen wünschten.

»Lil, weißt du schon?«, fragte Max.

»Jepp«, sagte ich und blickte zu Francesco auf. »Könnte ich bitte die Pizza Fiorentina haben?«

»Aber sicher! Und Signor Maximiliano?«

»Bitte die Bolognese, wie üblich, Francesco. Dazu einen gemischten Salat?«

Er nickte und ging wieder davon, während ich mich nach seiner Bestellung irritiert fragte, wie oft er und Primrose wohl hier gewesen waren. Vielleicht war es »ihr« Lokal gewesen? Womöglich waren sie zu ihren Jahrestagen hergekommen? Und zum Valentinstag? Und vielleicht hatten die Kellner sie Signorina Primrose genannt, und sie hatte immer …?

»Ist schon witzig«, unterbrach Max lächelnd meinen Anfall von Unsicherheit. »Wenn jemand mir vor einem Jahr gesagt hätte, dass ich hier sitzen würde und …«

»Was? Ein Kind mit jemandem bekämst, den du kaum kennst?«, witzelte ich.

»Autsch.« Er lehnte sich auf seinem Stuhl zurück und presste sich die Hand auf die Brust, als wäre er gerade von einem Scharfschützen erwischt worden. Dann beugte er sich wieder vor und stützte sich mit den Unterarmen auf dem Tisch ab. »Aber ich kenne dich doch ein bisschen.«

Ich verdrehte die Augen.

»Ich meine nicht so«, sagte er. »Na ja, ich schätze schon auch ein bisschen so. Aber was ich eigentlich meinte, ist, dass ich dich bewundere. Vielleicht ist mir das erst heute Abend so richtig bewusst geworden. Dafür, dass du das tust. Außerdem bin ich dankbar.«

Ich runzelte die Stirn. »Für was?«

»Für die Entscheidung, das hier zu tun«, erwiderte er. »Einfach alles. Heute Abend, als wir da lachten und ich an

Del denken musste …« Er hielt inne, um einen Schluck von seinem Wein zu nehmen.

Ich sagte nichts. Ich wollte nicht ins Fettnäpfchen treten, indem ich einen Scherz riss, nur um die Stimmung aufzuheitern.

»Ich mache mir durchaus Sorgen wegen der ganzen Sache. Wegen dem, was auf uns zukommt. Aber heute Abend war ich einfach nur dankbar. Ich *bin* dankbar, sollte ich wohl sagen. Wenn ich die Uhr zurückdrehen könnte … na ja, gerade ist es irgendwie unvorstellbar. Ich würde nichts ändern wollen. Was ich zu sagen versuche – wenn auch etwas ungeschickt –, ist: danke. Das hier ist eine gute Sache, die beste überhaupt.«

»Du nennst das Baby eine ›Sache‹?«, fragte ich lächelnd.

»Entschuldige, ich meinte Randolph. Ich bitte um Verzeihung.«

»Noch schlimmer.«

»Jetzt beleidigst du aber den Namen meines Vaters, ja?«, sagte er.

»Nein, nein, war nur ein Scherz, nur ein dummer Scherz«, ruderte ich zurück. »Ich wollte nur …«

Max prustete los. »Ich hab nur Spaß gemacht, Lil, es ist ein haarsträubender Name. Völlig ausgeschlossen, dass unser Baby so heißen wird.«

Ich grinste zurück. Ich wusste, dass ich aufpassen musste. Ich wusste, die einzige Sache, die Max und mich wirklich verband, war E. T. Aber so, wie wir uns im Verlauf des Abendessens unterhielten, spürte ich meine Wachsamkeit nur noch mehr ins Wanken geraten. Wir redeten nicht über Kleinigkeiten. Sondern die großen Dinge des Lebens.

»Weißt du was?«, sagte er irgendwann. »Ich schaue mir manchmal meine Freunde an, und einige davon sind meine besten Freunde. Sie sind verheiratet, sie haben Kinder. Aber sie sind nicht glücklich. Sie haben diese ganze Hochzeits- und Babysache durchgezogen, weil sie das Gefühl hatten, dass es das ist, was sie tun sollten: die perfekte Freundin finden, zusammenziehen, ein Haus kaufen, ein, zwei Kinder kriegen, glücklich und zufrieden bis ans Ende ihrer Tage leben.«

»Mhmmm«, sagte ich, da ich keine Ahnung hatte, in welche Richtung das hier ging.

»Dabei sind sie im Grunde kreuzunglücklich, zumindest einige von ihnen, und die ersten Scheidungen stehen an. Sind von deinen Freunden schon welche geschieden?«

Ich schüttelte den Kopf.

»Tja, bald wird es losgehen«, sagte er überzeugt. »Und es wird grauenvoll. Alle sind traurig, und die Kinder dürfen dann jedes zweite Wochenende beim Vater verbringen, und meine Freunde, damit meine ich echt toughe Kumpel vom Militär, sind plötzlich nur noch gebrochene Versionen ihrer selbst.«

»Ich habe das Gefühl, wir nähern uns hier wieder gefährlich dem Therapieterrain«, merkte ich an.

Er hatte den Mund gerade voller Bolognese, also schüttelte er nur lächelnd den Kopf. Dann schluckte er. »Nein, tun wir nicht, versprochen. Alles, was ich sagen will, ist, dass das hier vielleicht der bessere Weg ist.«

Ich lachte. »Okay, Sigmund Freud. Vielleicht.«

Eigentlich lachten wir ununterbrochen. Max gluckste, als ich meine Imitation von Miss Montague zum Besten gab. Wir kicherten beide, als wir die Entbindung diskutierten und Max mich fragte, ob ich eine natürliche Geburt wolle.

»Oh, nein«, winkte ich ab. »Ich will die komplette Batterie an Drogen. Oder kannst du dir vorstellen, wie du ohne Schmerzmittel einen Gartengnom durch deinen Hintern presst? Ich denke, doch eher nicht.«

Max grinste. »Es wird alles gut werden«, versicherte er mir. »Ich werde da sein. Du kannst schreien und mich anbrüllen, so viel du willst.«

»Es wird aber nicht schön«, erwiderte ich, plötzlich panisch, als ich mir vorstellte, wie ich mich schwitzend auf allen vieren abmühte und dabei womöglich vollkackte, während Max neben mir stand.

»Ich bin mir sicher, dass ich in meiner Zeit beim Militär Schlimmeres gesehen habe.«

Er lachte auch, als ich meine Pizza Fiorentina genüsslich verputzte, wobei er mich aufzog, dass ich erst alles drumherum aufaß, mir das Eigelb in der Mitte bis zum Ende aufhob und dann mit einem Happs verspeiste. Und wieder, keine sexy Partyeinlage. Aber das war das Entspannte am Schwangersein, wenn man gerade bei einem Abendessen-aber-kein-Date war – ich konnte bestellen, was ich wollte, und es essen, wie ich wollte. Wenn ich ein weiteres Grissini wünschte, bekam ich eins. Ich hätte auch zehn Packungen Grissini haben können, wenn mir danach gewesen wäre. Ich aß meine Pizza hemmungslos mit den Händen und tunkte den Rand in ein Töpfchen mit Knoblauchsoße. Ich bestellte zum Nachtisch Eis und willigte nur ein, es mit Max zu teilen, da wir noch eine extra Schokokugel dazubekamen.

Am Ende versuchte ich (ehrlich, ich bestand sogar ein bisschen drauf), meine Hälfte der Rechnung zu zahlen, aber er wollte nichts davon hören.

»Auf keinen Fall. So billig bin ich bei einem Date noch nie weggekommen.«

»Danke«, sagte ich. Und dann rülpste ich. Es war ein Versehen. Ich hatte es bestimmt nicht darauf angelegt. Es rutschte einfach so raus. Ich biss mir kurz beschämt auf die Lippe, bis Max den Kopf in den Nacken warf und vor Lachen so laut losbrüllte, dass das gesamte Restaurant rüberschaute.

Es war das beste Nicht-Date, das ich je hatte.

Er bestand darauf, mich nach Brixton zu fahren, obwohl ich protestierte und meinte, ich könnte problemlos den 37er-Bus nehmen, der praktisch vor meiner Haustür hielt. Ich lief rot an, als ich mich auf dem Beifahrersitz niederließ und mein Blick auf das Lenkrad fiel, wobei ich sofort an meinen Sextraum denken musste. Gott sei Dank war es dunkel, sodass Max meine rosaroten Wangen nicht sehen konnte.

»Wie meinst du, wird ihr Nachname lauten?«, fragte er, als wir über die Chelsea Bridge fuhren.

»Hä?«, fragte ich. Ich hatte gerade zu Simply Red mitgesummt (auf Magic Radio spielten sie gerade »Stars«), die Lichter der Brücke betrachtet und gedacht, wie romantisch die Szene sein könnte, wenn ich nicht im siebten Monat wäre und mir die ganze Zeit Sorgen machen müsste, dass mir ein bisschen Pipi auf seinem Ledersitz entfleuchte. Das konnte doch gar nicht passieren, oder etwa doch?

»E. T.s Nachname«, erklärte Max. »Welcher soll es sein?«

»Darüber habe ich noch gar nicht richtig nachgedacht«, erwiderte ich. Das stimmte nicht ganz. Ursprünglich war ich automatisch davon ausgegangen, dass es Bailey sein müsste. Aber dann hatte Max sich immer mehr engagiert, und ich hatte kurz überlegt, ob sie nicht Bailey-Rushbrooke heißen sollte. Andererseits war das ein ziemlicher Brocken. Ich wusste nicht, ob ich ein unschuldiges Kind damit belasten konnte. Es klang wie so eine altmodische Automarke. »Oh, schau mal, ein Bailey-Rushbrooke!«

»Keine Eile, ist mir nur gerade eingefallen«, sagte er und bog in meine Straße. »Aber falls du willst, dass sie Bailey heißt, dann kann ich das verstehen.«

»Wirklich?«, entfuhr es mir überrascht, und ich drehte mich zu ihm. »Du willst nicht mit von der Partie sein?«

Er parkte vor meiner Wohnung. »Klar will ich, aber ich habe auch keine Ahnung, welches hier die richtige Lösung ist. Vielleicht sind zwei Namen zu viel? Auf keinen Fall werde ich darauf insistieren, dass sie meinen Namen bekommt. Also … liegt es wohl an dir, schätze ich mal?«

»Okay.« Ich lächelte ihn an und löste den Gurt. »Cool. Sollen wir einfach demnächst mal darüber sprechen? Ich muss ins Bett. Dieses ganze Gerede vorhin über Schleimpfropfen hat mir den Rest besorgt.«

»Ha, ich liebe es, wenn du so schmutzig daherredest«, sagte er, als ich mich vorbeugte, um ihm zum Abschied einen Gutenachtkuss auf die Wange zu geben.

Aber plötzlich war es kein Gutenachtkuss. Es war ein richtiger Kuss. Auf den Mund. Ich bin mir nicht sicher, wer damit angefangen hatte. Okay, womöglich hatte ich seine Wange etwas verfehlt, und womöglich hatte Max seinen Kopf ein klitzekleines Stückchen gedreht. Aber keiner von uns unterband es. Es war ein sanftes Aneinanderstreifen unserer Lippen, das sich in einen langsamen, forschenden Kuss verwandelte – mit Zunge und allem Drum und Dran.

Nach Monaten der wilden Masturbation ging in meinem Höschen sofort ein Feuerwerk los. Es heißt, die Schwangerschaft macht eine Frau so sexy wie einen Klumpen Edamer oder so erotisch aufgeladen wie Madonna. Ich gehörte zur letzteren Fraktion. Nur dazusitzen und Max zu küssen, ließ jede meiner Körperzellen aufjubeln wie ein Trupp Cheerleader.

Doch plötzlich wich er zurück. »Ich, äh, entschuldige. Ich will hier nicht die Spaßbremse sein, aber sind wir uns sicher?«

Sofortige Enttäuschung. »Oh, äh, nein«, stammelte ich. »Ich bin mir nicht sicher. Aber ich hätte nichts dagegen … du weißt schon, gegen eine Proberunde?«

Warum? Warum bitte hatte ich DAS gesagt? Das hier ist Sex, Lil, kein Scrabble.

Max sagte nichts darauf. Er zog einfach mein Gesicht wieder zu sich, eine Hand unter meinem Kinn, und küsste mich erneut, wobei seine Zunge sich gegen meine drängte. Ich erwiderte den Kuss, hart, auch wenn ich mir Sorgen wegen meiner Knoblauchfahne von vorhin machte. Das hier war wie mein Sextraum! Nur besser, weil es echt war. War es doch? Oder träumte ich wieder? Ich öffnete mein linkes Auge ein bisschen, um nachzuschauen. Jupp, da war Max mit seinen Bartstoppeln, die mein Kinn kitzelten. Und da war sein Arm, der sich um mich schlang, um mich näher an sich zu ziehen. Und da waren zwei Männer, die uns vom Gehweg gegenüber anglotzten.

Ich wich zurück. »Willst du mit hoch?«, schlug ich vor, voller Angst, dass er Nein sagen könnte. Falls Grace und Riley oben auf dem Sofa saßen, würde ich sie eben umbringen müssen. Ihnen einfach unsere Riesenpfeffermühle über den Schädel ziehen oder so.

»Ja«, knurrte er, immer noch nur Zentimeter von meinem Gesicht entfernt. »Bitte.«

»Es muss ja nichts ändern«, quasselte ich drauflos, als wir die Treppe hochgingen. »Rein gar nichts. Es ist nur Sex, und wir haben das schon davor getan, und es ist keine große Sache …«

»Ich muss diesen Redefluss womöglich unterbinden«, raunte er in mein Ohr, während ich kurz an der Wohnungstür lauschte, bevor ich sie öffnete. Stille. Hurra, die Hippies waren aus!

»Also, das ist meine Wohnung. Küche, Wohnzimmer, Bad ist da drüben«, zählte ich wie die weltschnellste Immobilienmaklerin auf. Dann nahm ich Max' Hand und führte ihn zu meinem Zimmer. »Und das ist mein Reich.«

Ich machte schnell meine Nachttischlampe an, damit er gar nicht erst auf die Idee kam, den Wandschalter anzuknipsen. Das Deckenlicht war alles andere als schmeichelhaft, und ich hatte keine Lust, dass Max dachte, er würde gleich über ein Michelin-Männchen herfallen.

Dann warf ich meinen Blazer auf den Sessel in der Ecke, schlüpfte aus meinen Schuhen und drehte mich wieder zu ihm um. Wir küssten uns ausgiebig im Stehen, bevor er schließlich meine Hand nahm und mich zu meinem Bett führte.

Frau ist nicht unbedingt am gelenkigsten, wenn sie sich in der dreiunddreißigsten Schwangerschaftswoche befindet. Ich versuchte, mich auf eine sexy, verführerische Weise gegen meine Kissen zu lehnen, aber ich fürchte, ich kam mehr wie eine Vierundneunzigjährige rüber, die sich behutsam in der Badewanne niederlässt. Als ich mich endlich in der angestrebten Position befand, setzte sich Max, vollständig bekleidet, rittlings über meine Beine, während wir uns erneut küssten. Er fuhr mit einer Hand an meiner Schulter und meinem Arm hinab, über meine Hüfte und dann zum Saum meines Kleides. Er zupfte und zerrte daran, bei dem Versuch, es über meinen Bauch zu ziehen.

Oje. Das könnte peinlich werden. Ich übernahm, zog das Kleid unter mir hervor und schälte mich raus. Dann griff ich nach hinten, um meinen riesigen Mutterschafts-BH zu öffnen. In der Zwischenzeit stand Max auf, wobei er den Blick nicht von mir ließ, und zog sein Shirt mit einem Schwung aus, bevor er den Gürtel seiner Jeans löste und auch sie auf den Boden fallen ließ. Ich erinnerte mich, dass er das Gleiche an unserem ersten Abend in seinem Schlafzimmer getan hatte. Es erschien mir eine Ewigkeit her, und seitdem war so viel passiert, dass ich beinahe lachen musste. Aber ich lachte nicht. Ich konnte schließlich nicht losprusten, wenn ein Mann gerade seine Hose auszog. Ich würde nie wieder von ihm hören.

»O mein Gott«, sagte Max, als sein Blick auf meine Nippel fiel. Aber nicht auf die schlechte Art, sondern bewundernd. »Setz dich auf«, wies er mich an, wobei er zur Bettkante nickte.

Ich schwang meine Beine auf den Boden und hockte mich auf den Matratzenrand.

Max kniete sich vor mich hin und schob meine Knie auseinander; dann begab er sich zwischen meine Schenkel und glitt mit den Händen von meinen Schultern über meine Nippel hinab und um meinen Bauch herum. Ich ließ den Kopf nach hinten sinken und keuchte auf. Ich hatte mir für heute Abend lediglich ein Bad und mein Bett vorgestellt – vielleicht noch ein Kapitelchen in meinem Buch, falls ich es schaffte, lange genug wach zu bleiben. Das hier war so viel besser. So. Viel. Besser.

So.

Viel.

Aaaaaah … Max kniete immer noch zwischen meinen Beinen, hatte jedoch den Kopf gesenkt und saugte nun abwechselnd an meinen Nippeln und umspielte sie mit seiner Zunge. Ich fuhr mit meinen Händen durch sein Haar. »Fuck«, wisperte ich. »Fuck, fuck, fuuuuuuuuck.«

»Können wir …?«, fragte er und sah zu mir auf. »Ich weiß nicht, ob ich noch viel länger warten kann.«

»Bitte«, erwiderte ich beinahe wimmernd. »Tu es. Tu es jetzt.«

»Na, sind wir schon am Betteln?«, sagte er neckisch. Er küsste sanft meinen Bauch, bevor er einen Arm unter meine Knie legte und sie aufs Bett herumschwang.

»Nicht auf dem Rücken«, meinte ich kopfschüttelnd. »Ich kann nicht. Zu viel Druck.«

»O nein, ich will dich nicht auf dem Rücken. Ich will dich auf mir«, raunte er. »Ich will jeden Zentimeter von dir sehen.«

Max begab sich in mein Bett. Er lehnte sich halb sitzend, halb liegend gegen die Kissen, dann hob ich, mit so viel Eleganz, wie ich aufbringen konnte (nicht viel), ein Bein über seine Schenkel drüber. Ganz ehrlich, ich hätte nie gedacht, dass ich jemals so glücklich sein könnte, einen Penis zu sehen. Ich nahm ihn in meine rechte Hand, und dann, als wir beide aufstöhnten, glitt ich darauf hinab.

Als ich mich auf ihm bewegte, fühlte ich mich wie jemand, der auf einer sehr langen Diät gewesen war, nur um dann in einem Dunkin'-Donuts-Laden von der Leine gelassen zu werden. Es war das herrlichste Gefühl, an das ich mich überhaupt erinnern konnte – besser noch als die Nacht, in der Max und ich uns kennenlernten, besser als jeder Sex mit Jake und definitiv um Längen besser als mein erstes Mal, als ich meine Jungfräulichkeit in den Dünen von Norfolk an Andrew Duff verlor. Es war sandig gewesen und ich danach komplett wund gescheuert. Gerade scheuerte rein gar nichts, und während Max mit seinen Händen über meinen Bauch fuhr, über E. T., schloss ich mich fester um ihn, wieder und wieder, um ihn zum Stöhnen zu bringen.

Das einzige Problem, wenn man oben war und einen Bauch von der Größe eines Basketballs hatte, war, dass man nicht besonders viel Bewegungsspielraum hatte. Meine Babykugel prallte ständig gegen seinen Oberkörper und hielt mich davon ab, mich weiter nach vorne zu bewegen. Und so, nach mehreren Minuten des Hin-und-her-Wiegens, wobei Max nach oben griff und mir in die Nippel kniff, sagte ich ihm, er solle sich hinter mich knien.

Mich in diese Stellung zu begeben, war ebenfalls kein sonderlich würdevoller Vorgang. Während Max versuchte, sich unter mir zu befreien, fühlte ich mich wie eine Judomeisterin, die gerade ihren Gegner zu Boden gebracht hatte. Aber dann kniete er auf der Matratze und wies mich an, meine Hände an das Kopfende des Bettes zu legen.

Sekunden später spürte ich, wie er sich wieder in mich schob, und heulte vor Lust beinahe auf. Das war um Längen besser als die ungefähr 582 Male, die ich über Sex mit Max fantasiert hatte, denn es passierte wahrhaftig. Zugegeben, ich hatte keine Ahnung, was das mit uns war und wie unsere Co-Elternschaft aussehen sollte, wenn E. T. erst mal auf der Welt war. Aber gerade wollte ich über nichts davon nachdenken. Ich wollte das unfassbar befriedigende Gefühl von Max' Haut auf meiner genießen, seinen Atem in meinem

Nacken, als er immer wieder in mich stieß – eine Hand an meiner Hüfte, um sich zu stützen, die andere meinen Bauch haltend. Schwanger Sex zu haben, fühlte sich so anders an, viel animalischer. Wenn Menschen biologisch dazu angelegt waren, Sex zur Fortpflanzung zu praktizieren, dann ging es doch beim Vögeln während der Schwangerschaft doch um die reine Befriedigung der Frau, oder etwa nicht? Und ich fühlte mich sehr, sehr befriedigt.

Max glitt mit seiner Hand zu meiner Klitoris runter und verlangsamte seine Stöße; er rieb mich sanft, während er nur mit der Spitze in mich hinein- und wieder rausglitt, rein und raus, rein und raus, bis ich diese Hitze durch mein Becken strömen spürte. Ich stieß fest nach hinten gegen ihn und rief »SCHNELLER« und kam in dem Moment, als Max hinter mir laut aufstöhnte und dann über meinem Rücken zusammensackte, wobei er mit einer Hand gegen die Wand vor mir knallte, um sich abzustützen.

So verharrten wir eine Weile schwer atmend, während ich gleichzeitig spürte, wie alle meine Ängste und Sorgen darüber, was wir gerade getan hatten, wie Soldaten aufmarschierten, um in meinem Kopf einzufallen. Was hatten wir uns nur dabei gedacht? Wie würde das alles zwischen uns verändern? Was hatte das hier zu bedeuten? Aber ich zwang sie, sich fernzuhalten, zumindest noch ein kleines bisschen, nur ein paar Sekunden. Oder zumindest so lange, wie Max noch in mir war.

Er übernachtete bei mir, obwohl ich viermal zum Pinkeln aufstehen musste. Mit ihm darin wirkte mein Bett plötzlich extrem schmal, sodass es für uns beide keine besonders geruhsame Nacht wurde. Als ich am nächsten Morgen gegen acht aufwachte und Max erblickte, der aufgestanden war und den Reißverschluss seiner Jeans zuzog, fühlte ich mich ganz schlecht.

»Tut mir leid«, murmelte ich und stützte mich auf einem Ellbogen hoch. »Hast du überhaupt geschlafen?«

»Natürlich«, erwiderte er. »Keine Sorge. Ich habe heute bloß ein paar Dinge zu erledigen, daher wollte ich mich nur schnell rausschleichen.«

Ich nickte und versuchte, ein fröhliches Lächeln aufzusetzen, um dieser Szene eine gewisse Normalität zu verleihen. Ja, nur ein ganz gewöhnlicher Morgen, an dem ein Kerl mit dem Körperbau eines Rettungsschwimmers seine Klamotten von meinem Teppich klaubte.

»Ich rufe dich später an«, sagte er, als er sein T-Shirt übergezogen hatte. Dann beugte er sich runter, um mir einen Kuss auf den Kopf zu geben, wobei ich ihm jedoch mein Gesicht zuwandte, also landete er auf der Spitze meiner knubbeligen Nase.

Genial.

»Entschuldige«, murmelten wir gleichzeitig. Und dann lachten wir zusammen los, was die Anspannung zerstreute. So kam er mir gleich wieder mehr wie Max vor, nicht wie ein Fremder in meinem Schlafzimmer.

»Ich hatte eine schöne Nacht«, sagte er.

»Ich auch.«

»Okay, ich melde mich nachher«, sagte er an der Tür, bevor er sie behutsam hinter sich schloss.

Ich ließ den Kopf aufs Kissen fallen, und sofort hielten die schlechten Gedanken Einzug. Das hier war keine gute Entwicklung.

Ich meine, für ungefähr eine halbe Stunde war es sogar eine sehr, sehr gute Wendung gewesen.

Doch nun war es ein Desaster. Es würde alles zwischen uns verändern, ganz egal, was ich behauptet hatte. Es war so irre. Ich meine, klar, spiel eine Runde Squash mit einem Partner, und nichts wird sich ändern. Das Gleiche galt für Tennis. Für Tischfußball. Für eine beschissene Runde Vier gewinnt. Aber wehe, du ziehst deine Klamotten aus und treibst zwanzig Minuten wilden Matratzensport mit jemandem – es änderte alles. Und das, wo ich gerade einen halbwegs entspannten Umgang mit Max gefunden hatte. Wenn ich es mir recht überlegte, hatten wir ein echt gutes Verhältnis gehabt. Was hatte ich mir nur dabei gedacht, meine Hormone mit mir durchgehen zu lassen, als wäre ich so ein sechzehnjähriger pubertierender Junge? Ich gehörte wirklich aus dem Verkehr gezogen.

Ich griff nach meinem Handy und tippte eine Nachricht an Jess. Hab gestern Nacht mit Max geschlafen, schrieb ich, gefolgt von einem ganzen Strom schreiender Emojis. Quasi als i-Tüpfelchen fügte ich noch die lila Aubergine hinzu.

Sie schrieb sofort zurück. Alles in Großbuchstaben. WILLST DU MICH VERARSCHEN?

Das mit den Großbuchstaben ging noch eine Weile, während sie mich mit Nachrichten bombardierte:

ICH FASS ES EINFACH NICHT!

WIE IST DAS PASSIERT?

WIE WAR ES?

IST MILCH DABEI AUSGETRETEN?

HAST DU ZEIT ZU REDEN? ICH KOMME BEI DIR VORBEI.

Ja, erwiderte ich und schaute auf die Uhr auf meinem Nachttisch. Spazieren und Kuchen essen im Brockwell Park gegen 14 Uhr?

ABGEMACHT, schrieb sie.

Von WhatsApp switchte ich zu meinen Mails. Ich wurde von Daniel und einer Auswahl anderer Makler täglich mit Angeboten zu Wohnungen zugemüllt, die allesamt aussahen, als wären sie erst kürzlich Schauplatz eines grauenvollen Verbrechens gewesen, doch ich hatte noch immer keine Bleibe gefunden. Es war einfach zu deprimierend. Also schloss ich mein Postfach und öffnete meine *Daily Mail Online*-App, scrollte runter, um mich von meinen Gedanken über Max abzulenken. Es war der übliche Kram. Eine Promi-Tussi, die beim Verspeisen eines Kekses von Paparazzi ertappt worden war. Einer der Royals hatte ein Pferd gestreichelt. Noch eine Kardashian, die ein Baby erwartete. Aber dann, etwa auf halber Höhe, prangte eine Schlagzeile, bei der mir der Atem wegblieb.

NUR GUTE FREUNDE? Lady Primrose Percy teilt glücklichen Insta-Schnappschuss mit Abenteurer-Ex Max Rushbrooke.

Ich klickte den Artikel an, wobei ich immer noch die Luft anhielt, und scrollte runter, um mir besagtes Foto anzuschauen. Das Bild zeigte ihren Instagram-Post mit Max, der in die Kamera lächelte und dabei ihr Hündchen an der Leine hielt, das daran zerrte. Er trug dieselbe Jacke, die er mir gestern nach dem Kurs um die Schultern gelegt hatte.

Ich schluckte schwer, holte Luft und begann zu lesen. *Lachend in der Frühlingssonne scheint Max Rushbrooke mehr als glücklich, mit seiner Ex, It-Girl Lady Primrose Percy, und ihrer Französischen Bulldogge, Pumpkin, spazieren zu gehen. Das Paar trennte sich Anfang letzten Jahres, doch wie Lady Primrose in ihrem Post enthüllte, haben ihr abenteuerfreudiger Ex und sie die letzten Wochen wieder mehr Zeit miteinander verbracht. Enge Freunde spekulieren, ob sie wieder zusammen sind.*

Jedes Wort traf mich wie eine Abrissbirne in die Kehle.

Im Artikel wurde weiterhin Max' Expedition in Pakistan erwähnt sowie das Interview mit Primrose, das ich gelesen hatte, als er verschollen war, und in dem sie ihre tiefe Sorge um ihn bekundete. Es folgten weitere Fotos. Ältere Aufnahmen von Max und Primrose, als sie noch ein Paar waren – ein Insta-Selfie vor einem Skilift, ein anderes Foto bei einem Galadinner, auf dem Max den Arm um ihre Taille geschlungen hatte.

Beim letzten Abschnitt hätte ich am liebsten mein Handy durchs Fenster geschmissen.

Eine Quelle, die dem Paar nahesteht, ließ verlauten, dass die beiden wohl versuchten, ihre Differenzen zu begleichen. »Die zwei sind alles füreinander«, versicherte die Bekannte, »und wir alle drücken die Daumen, dass sie schon bald offiziell verkünden, dass sie wieder zusammen sind.«

Wie betäubt vor Entsetzen sank ich in die Kissen zurück. Dann, wie eine Masochistin, die wild entschlossen ist, sich noch tiefer ins Fleisch zu schneiden, öffnete ich

Instagram und suchte ihr Profil. Da war es. Lady Primrose Percy. »Hutmacherin und Humbug-Veranstalterin«, lautete die Biografie unter ihrem Namen. Oh, bitte. Doch sie hatte 159 000 Follower. Wer waren bloß diese Menschen?

Das Foto, auf dem mir ein glücklicher Max entgegengrinste, war ihr neuester Upload und wurde gestern um 14.31 Uhr gepostet und mit Hampstead Heath, dem Park direkt hinter Max' Wohnung, getagged. *Endlich wieder vereint*, hatte sie darunter geschrieben. Ich ließ mein Handy aufs Bett fallen, als hätte es mir einen Elektroschock verpasst. Ich saß da und starrte die Decke an. Warum hatte er mir das nicht erzählt? Warum hatte er nichts davon erwähnt, als wir zusammen essen waren – »Hey Lil, nur damit du es weißt, meine Ex und ich sind ›wieder zusammen‹, hoffe, das ist okay«?

Warum hatte er mit mir geschlafen?

Sofort wurde ich von Wut wie auch verzweifelter Traurigkeit gepackt. Jegliches Hochgefühl, das ich darüber verspürt hatte, dass Max und ich uns angenähert hatten, jeglicher Hauch von Optimismus, den ich bezüglich unserer Zukunft verspürt hatte – dass alles gut werden würde für E. T., für mich, für uns –, verpuffte augenblicklich in meinem Inneren. Wie hatte ich nur so dumm sein können? Warum hatte ich mich verführen lassen? Angesichts des Timings schmerzte der Verrat bloß noch mehr. Wenn ich das hier nur gestern gelesen hätte, vor der gemeinsamen Nacht, würde es jetzt viel weniger wehtun.

Ich blieb etwa eine Viertelstunde reglos so sitzen; mein Kopf schwirrte, während mein Hirn vergeblich versuchte, aus der Situation klug zu werden, es zu lösen wie ein vertracktes Kreuzworträtsel. Hatte es irgendwelche Hinweise gegeben, auf die ich hätte achten können? Ich hatte mein Bestes getan, die nagende Unsicherheit bezüglich Primrose zu unterdrücken, doch ich hatte stets dieses Unbehagen verspürt, wenn Max sie erwähnte.

In seinem Wagen, als er mich nach Norfolk fuhr.

Auf Jess' Party, als wir über unsere Ex sprachen.

Gestern Abend auf dem Weg zum Italiener.

Abgesehen davon hatte sie öffentlich in der Presse geäußert, dass sie ihn vermisste. Primrose wollte ihn aktiv zurück. Und damit nicht genug, war sie alles, was ich nicht war – eine alte Freundin von Max, mit einer ähnlichen Herkunft und Familie. Sie war glamourös, hatte schlanke Beine und auf all ihren Insta-Fotos perfekt geschwungenes Haar. Dieses miese, miese Instagram.

Und überhaupt, hatte Max nicht auffällig ausweichend geklungen, wann immer die Sprache auf seine Ex kam? Hatte da nicht ein gewisser Tonfall mitgeschwungen, eine Spur von Betretenheit, wenn ihr Name fiel? Ich spielte jede Gelegenheit wieder und wieder in meinem Kopf durch, schalt mich selbst dafür, dass ich nicht weiter nachgebohrt hatte, dass ich nicht die Fragen gestellt hatte, die mich beschützt hätten. Und E. T.

Sie verpasste mir einen kräftigen Tritt, den ich als Zeichen nahm.

»Schon okay, ist schon gut«, sagte ich laut und legte beschützend eine Hand auf meinen Bauch, obwohl es eher meiner Beruhigung diente. »Alles ist gut«, wiederholte ich. »Wir kommen klar. Scheiß auf ihn.« Ich stockte kurz. »Dass du mir ja nie dieses Wort benutzt.«

Ich hatte nur kurz in meiner Wachsamkeit nachgelassen, und schau sich einer an, was es mit mir gemacht hatte – ich war schwach geworden, geradezu prädestiniert dafür, verletzt zu werden. Damit war Schluss, beschloss ich. Keine Treffen mit Max mehr, solange ich schwanger war. Es war zu schmerzlich. Ich würde ihn bezüglich etwaiger Krankenhaustermine und der Entbindung auf dem Laufenden halten, aber das wäre auch schon das Äußerste an Interaktion. Wenn er mich wie eine hohle Birne behandeln wollte, dann würde ich es ebenso handhaben. Von nun an wäre er nichts weiter für mich als ein Befruchter, ein reiner Samenspender.

Bis zum Nachmittag hatte ich mich beinahe davon überzeugt, dass diese Entscheidung befreiend war. Es tat weh, aber es war auf gewisse Weise erlösend. Nun musste ich mich nicht mehr fragen, ob je etwas aus uns werden könnte. Es würde mich davon abhalten, über die Zukunft und die Frage, ob sich je etwas Ernstes zwischen uns entwickeln könnte, zu fantasieren. Würde es nämlich nicht. Das wars gewesen.

Und warum sollte er mich überhaupt über seinen Beziehungsstatus auf dem Laufenden halten? Ich war schließlich nicht seine Mutter. Und schon gar nicht seine Flamme. Was war ich eigentlich? Eine gute Freundin? Noch nicht mal das? Eine Bekannte, die zufällig sein Baby erwartete? Eine Art Gefäß?

Genau diese Rede bekam Jess zu hören, als wir später durch den Brockwell Park schlenderten.

»Mir gehts also gut«, sagte ich. »Tatsächlich gehts mir blendend. Es ist besser so. Keine Konfusion mehr.«

Jess wirkte nicht überzeugt. »Du weißt doch gar nicht, ob sie wieder zusammen sind«, gab sie zu bedenken. »Das Bild hat nicht zwingend was zu bedeuten.«

Ich hatte einen Screenshot von dem Instagram-Foto gemacht, um es ihr zu zeigen – so groß war meine Paranoia, es versehentlich zu liken.

»Oh, bitte. Da steht ›meine Jungs‹. Und dann ist da noch das Zitat!«

»Welches Zitat?«

»Na, das in dem Artikel von der Freundin, die meint, dass alle sich wünschen, dass sie wieder zusammenkommen.« Ich dachte kurz an Max' Eltern. Die wären zweifelsohne begeistert, wenn Lady Primrose Percy wieder im Spiel wäre. Immerhin bestünde so keine Chance mehr, dass ich – eine lausige Akademikertochter von niederem Stand – sich an ihren Sohn ranschmiss.

»Hmmm«, murmelte Jess. »Hast du heute noch was von ihm gehört?«

»Nope.«

»Wirst du ihn anrufen?«

»Nope. Ich will nicht mal seine dämliche, schnöselige Stimme hören.«

Jess sagte nichts, während wir uns weiter den Hang zu den Tennisplätzen hochschleppten.

»Ich will ihn gar nicht ausfragen. Ich will das kleinstmögliche Minimum an Kontakt«, fügte ich hinzu. »Ist einfach unkomplizierter so. In zwei Wochen geht er sowieso wieder fort.«

»Wohin denn?«

»In die Mongolei.«

»Die MONGOLEI?«, wiederholte sie, als hätte ich ihr gerade verkündet, dass Max ein Raumschiff besteigen und den Navi Richtung Mars einstellen würde.

»Zu einer Klettertour.«

»Und wie lang bleibt er weg?«

Ich blickte auf und versuchte abzuschätzen, wie lange wir noch bis zum Café brauchten. »Weiß nicht. Er meinte, es hinge vom Wetter ab.«

»Und was ist mit der Entbindung?«, fuhr Jess fort. »Willst du ihn im Krankenhaus dabeihaben?«

Ich öffnete den Mund und schloss ihn wieder. Ich war mir nicht sicher. Bevor ich schwanger wurde, hatte ich eine Phase gehabt, in der ich sämtliche Folgen von *One Born Every Minute* schaute, und die Väter schienen im Kreißsaal ungefähr genauso nützlich wie eine Schüssel Obstsalat.

»Das machst du wirklich gut. Schön atmen, weiteratmen, atmen, atmen …«

»ICH ATME DOCH, VERFICKT NOCH MAL, DU DEPP.«

»Jetzt wahrscheinlich nicht mehr«, sagte ich.

»Und deine Mum?«

»Ja, tja, ich glaube nicht, dass ich sie davon abhalten kann.«

Jess lachte leise und hakte sich bei mir unter. »Eigentlich könntest du dir doch selbst jemanden suchen und auf Dates gehen, weißt du? Du bist eine freie Frau.«

»Was, mit dem Ding da?« Ich legte eine Hand auf meine E. T.-Kugel.

Jess zuckte die Achseln. »Könnte beim ersten Date zwar eine kleine Überraschung sein, aber manche Männer stehen drauf. Ist das nicht auch so ein Fetisch?«

»Pralle Bäuche mit Dehnungsstreifen?«, fragte ich skeptisch. Ich rieb meinen Bauch jeden Morgen nach dem Duschen mit Neutrogena Nordic Berry Bodylotion ein, aber es schien nicht zu helfen.

»Ja«, erwiderte Jess bestärkend.

Ich zog die Schultern hoch, als müsste ich mich körperlich gegen die Vorstellung des Datens wappnen. Ehrlich, ich hätte lieber nackt Räder quer über den Piccadilly Circus geschlagen. Selbst das würde sich weniger entblößend anfühlen, als mich wieder jemandem zu öffnen. Ich hatte gerade erst damit angefangen, Max zu vertrauen, doch dann musste er ja daherkommen und mit seinen ach so tollen, trampeligen Kletterstiefeln unsere Beziehung in Grund und Boden treten. Außerdem konnte ich mir nicht vorstellen, dass ich so bald wieder jemanden finden würde, den ich mochte wie Max – vor allem nicht mit einer Vagina so breit wie ein Windkanal und mit einem Baby auf der Hüfte.

»Danke, Süße. Aber ist doch öde, lass uns über was anderes reden.« Plötzlich fühlte ich mich ganz erschöpft von den emotionalen Turbulenzen dieses Morgens. »Wie läuft es eigentlich bei dir und Alexi?«

Sie zog eine Grimasse.

»Was? Warum so ein Gesicht?«

Sie verzog erneut die Miene. »Ich fühle mich nur ein bisschen schlecht, weil ich dich doch nicht damit volllabern möchte, wie glücklich ich bin, wo du gerade …«

»Sei nicht albern, mir gehts gut«, unterbrach ich sie. »Aber wie lange geht das jetzt? Mit euch beiden, meine ich?«

»Ungefähr sechs Monate.«

»Und glaubst du, er ist es?«, fragte ich. »Glaubst du, du wirst ihn heiraten?«

Normalerweise ärgerte es mich, wenn Leute diese Frage stellten, am besten noch, wenn man jemanden gerade erst zwei Mal getroffen hatte. Mit Mitte zwanzig hätte einen das doch keine Sau gefragt, aber dann – *bämm!* – erreichst du die Dreißig, und plötzlich wollen alle wissen, ob du den Typen, mit dem du am Dienstagabend in einer Kneipe was trinken warst, ehelichen willst. Aber da es Jess war, dachte ich, konnte ich das bringen. Außerdem fühlte ich mich irgendwie jämmerlich, so als liefe ich Gefahr, heute alle Menschen zu verlieren.

Jess zuckte die Achseln. »Er ist extrem eingespannt mit seinem Job, also habe ich meine Zweifel, ob er so bald Nägel mit Köpfen machen will. Aber eigentlich passt mir das ganz gut, weil ich auch nicht wirklich weiß, was ich will. Hierbleiben, eine Weile ins Ausland ziehen, mit ihm herumreisen. Also … keine Ahnung.«

Ich konnte spüren, dass sie mit etwas nicht rausrückte.

»Was?«, fragte sie, als ich meine Augen zusammenkniff.

»Warum habe ich das Gefühl, dass du mir nicht alles sagst?«

Sie schüttelte den Kopf. »Tu ich wohl. Ich fühle mich momentan nur irgendwie in der Schwebe, weil er ständig unterwegs ist. Aber sonst ist alles super. Versprochen.«

»Okay, gut«, sagte ich, als wir oben auf dem Hügel ankamen.

Wir betraten das Café, ein ehemaliges Herrenhaus, um eine Kanne Tee zu trinken, und ich bestellte außerdem zwei Stück Kuchen. Ich war nicht in der Stimmung zu teilen.

Später dann, als ich am Abend auf dem Sofa saß und mit Grace *The Real Housewives of Beverly Hills* schaute, klingelte mein Handy. Max.

»Geh ran, Süße, wir können Pause machen«, meinte Grace. Ich hatte sie über die neuesten Entwicklungen in Kenntnis gesetzt, weswegen sie darauf bestanden hatte, uns Tofu-Asia-Nudeln für einen »gemütlichen Abend daheim« zu machen.

»Ist schon gut«, sagte ich, das Vibrieren in meiner Hand ignorierend. »Hab grad echt keine Lust drauf.«

Sie bedachte mich mit einem nachsichtigen Lächeln. »Irgendwann wirst du dich ihm stellen müssen«, sagte sie. »Noch Tofu-Nudeln?«

»Nein, ich bin pappsatt, danke«, sagte ich, bevor ich mein Handy von Vibration auf lautlos stellte. Ich würde ihm später schreiben. Aber was sollte ich sagen?

12

Natürlich schrieb ich ihm an dem Abend nicht, und schließlich waren zwei Tage vergangen. Er versuchte noch zweimal, mich zu erreichen, aber diese Anrufe ignorierte ich. Es schien mir momentan einfacher, das Gespräch vor mir herzuschieben. Ich wollte nicht die Beherrschung verlieren und ihn am Telefon anbrüllen oder so. Ich wollte einfach nur ein bisschen auf Distanz gehen, um eine klare Grenze zu ziehen. Außerdem hatte ich genug Ablenkung – am Donnerstagabend sah es vor den bedrohlichen schwarzen Toren der St. Lancelot aus, als würde ein Gala-Event stattfinden. Eine dieser A-Promi-Partys. Große schwarze Autos parkten auf beiden Seiten der Straße, mit Chauffeuren, die hinterm Lenkrad fläzten; Frauen schwankten auf mörderischen Absätzen, die ein Albtraum für jeden Podologen waren, durch den Eingang; aalglatte Männer in maßgeschneiderten Anzügen liefen neben ihnen her und blafften in ihre Handys. Hin und wieder war auch ein Bodyguard zu sehen.

Willkommen zum Elternabend.

Nachdem die Jungs am Nachmittag abgeholt worden waren, hatte ich mich an meinen Schreibtisch gesetzt und überlegt, was ich über jeden Schüler sagen könnte. Normalerweise ging ich vor einem Elternabend immer noch mal nach Hause, um zu duschen, mich umzuziehen und mir eine frische Lage Make-up ins Gesicht zu klatschen. Aber ich hatte Kopfschmerzen und wollte nicht mal daran denken, E. T. in der U-Bahn nach Hause zu schleppen, mir ein Kleid auszusuchen, in dem ich weniger wie ein Fußball aussah, und mich zu schminken, bevor ich mich wieder herschleifte. Also blieb ich und ging in meinem Kopf die Strategie für jedes Elternpaar durch.

Phineas. Ein angehender Attenborough, wirklich sehr herzig, aber er könnte seine sozialen Skills noch etwas entwickeln, damit er sich im Umgang mit Menschen genauso wohlfühlte wie mit Tieren. Hier würde ich mit viel Fingerspitzengefühl vorgehen müssen.

Cosmo. Wird entweder mal Premierminister oder Massenmörder. Oder beides. Nein, das konnte ich nicht sagen. Hmmm. Ich würde wohl eher behaupten müssen, dass er »eindeutig Ehrgeiz« besaß.

Was zum Henker konnte ich über Roman sagen? Ich hatte die Walkers seit meiner Rückkehr an die Schule nicht mehr gesehen, da er immer von Bodyguards gebracht und auch abgeholt wurde. Wie könnte ich taktvoll vorschlagen, dass die Eltern mehr Interesse an ihrem Sohn und weniger an Covershootings zeigen sollten? Ach, ich würde mir was überlegen, wenn sie hier wären.

Wir trafen jedes Elternpaar für zehn Minuten in unseren

Klassenzimmern, während die Lehrassistenten draußen im Flur warteten, bereit, an die Tür zu klopfen, sobald die zehn Minuten rum waren. Ich war etwas skeptisch, ob Fergus dieser Aufgabe gewachsen wäre, also hatte ich die Wanduhr hinter meinem Schreibtisch abgehängt und sie auf dem Regal hinten im Zimmer aufgestellt, wo ich einen Blick darauf werfen und den Prozess, falls nötig, beschleunigen konnte.

Kurz vor sechs, als die Korridore der Schule sich plötzlich anhörten, als würde eine Cocktailparty steigen – »Wie war der Skiurlaub?«, »Wundervoll, Verbier war sensationell!«, »Also, wir haben uns dieses Jahr für Klosters entschieden« und so weiter –, schlich ich mich noch mal kurz aufs Klo, weil a) meine Blase mittlerweile die Größe eines Eierbechers hatte und ich b) fand, ich sollte meine Nase und meine Stirn pudern und vielleicht sogar einen auf ganz wild machen und etwas Lipgloss auflegen.

Steph war bereits dort und beugte sich zur Seite, während sie manisch ihr Haar bürstete.

»Na, bereit?«, fragte ich.

Sie stellte sich wieder aufrecht hin, das Haar um den Kopf kräuselig wie der Flaum eines neugeborenen Kükens. »Hast du eine Valium?«

Ich lachte und schüttelte den Kopf. Steph traf es am schlimmsten, weil sich alle Fragen der achten Klasse herunterbrechen ließen auf: »Kriegen Sie meinen Sohn nach Oxford?«

»Einen Versuch wars wert«, meinte sie.

Ich spürte wieder meinen Kopf wummern und stützte mich gequält aufs Waschbecken.

»Alles okay?«, erkundigte sie sich. Ich hatte ihr das mit Max noch nicht erzählt. Erstens versuchte ich, mich darin zu üben, nicht an ihn zu denken, und außerdem konnte ich einfach nicht zugeben, dass Steph recht gehabt und ich mich dummerweise total in ihn verknallt hatte.

Ich nickte. »Mhm. Nur müde, glaube ich. Und Megaschiss vor den Walkers.«

»Das wird schon, Süße. Die können sich doch glücklich schätzen, dass du dich nach wie vor um ihren Sohn kümmerst.«

Ich nahm die Hände vom Waschbecken und griff nach dem Kompaktpuder in meiner Handtasche. Dieser Mythos von wegen strahlende Haut in der Schwangerschaft war total für den Arsch. Meine Nase glänzte so fettig, dass ich mich praktisch darin spiegeln konnte.

Gegen 19.25 Uhr hatte ich sieben Elternpaare abgehakt (nicht die Walkers, die hatten als Letzte auf die Anmelde-Mail geantwortet und daher auch den letzten Termin um 20.30 Uhr bekommen) und musste superdringend pinkeln. Schon wieder.

Ich eilte den Korridor entlang, an Stephs Klassenzimmer vorbei, auf dem Weg zur Lehrertoilette, als es passierte. Zuerst sah ich nur ein Pärchen beieinanderstehen. Sie hielten Händchen, amüsierten sich lachend über einige der selbst gemalten Bilder der Jungs an einer Pinnwand vor ihnen. Erst als der Mann sein Gesicht drehte, um die Frau auf den Kopf zu küssen, sah ich, wer es war. Alexi.

Alexi, der dastand, die Hand einer Frau in seiner, und sich auf beschützende, vertraute Art über sie beugte.

Es war, als hätte die Zeit sich verlangsamt. Ich sah ihn, bevor er mich erblickte, und mein Gehirnprozess verlief in etwa so: Ich kenne den Typen … Oh, das ist Alexi, Jess' Freund. Aber was tut er hier? Das ist schräg. Und warum hält er die Hand dieser fremden Frau? O mein Gott. Er ist einer der Väter. Das muss seine Frau sein. O mein Gott. Was mache ich jetzt bloß?

Mein Hirn brauchte etwa ein, zwei Sekunden, um obigen Gedankengang zu durchlaufen, während ich näher kam, und gerade als es Klick machte, schaute Alexi auf und begegnete meinem Blick.

Flüchtig, ganz flüchtig konnte ich Panik in seinem Blick sehen, ein leichtes Aufflackern von Angst, das über sein Gesicht huschte. Dann wandte er sich ab und musterte erneut die Pinnwand, während ich wortlos vorbeiging.

Ich erreichte die Toilette und setzte mich mit hämmerndem Herzen aufs Klo, während ich fieberhaft nachdachte. Wie war noch mal Alexis Nachname? Es war etwas Russisches. Volga? Volotov? Volkov? Ja, das wars. Und es war Mr. Knight, der die siebte Klasse betreute. Ich versuchte, mich an die Jungs in seiner Jahrgangsstufe vom Schulhof zu erinnern. Er hatte einen Philipp in seiner Klasse. Und einen Euripides. Aber mir wollte kein Nachname einfallen.

Wie ich da so auf dem Klo saß und mein Hirn von einem Gedanken zum nächsten jagte wie die Kugel in einem Flipperautomaten, passierte es. Meine Kopfschmerzen nahmen brutal zu, als würde mein Gehirn sich wie ein Ballon in meinem Schädel ausdehnen, und plötzlich sah ich weiße Flecken vor meinen Augen schweben wie Staubkörnchen, die sich im Sonnenlicht brechen. Ich beugte mich auf der Klobrille nach vorne und legte meinen Kopf in die Hände. Das war das Letzte, woran ich mich erinnerte.

Es war Fergus, der mich fand, nachdem ich nicht zum Klassenzimmer zurückkam; anscheinend traf keine vier Minuten später ein Krankenwagen an der Schule ein (ein willkommener Quell der Aufregung für die Eltern, wie Mike mir später erzählte). Noch mal zehn Minuten später war ich im Krankenhaus, wo ich auf einem Bett in der Notaufnahme lag und meinen Arm anstarrte, während die Pflegerin meinen Blutdruck maß. Ich hatte bis dahin nie groß auf die Zahlen achtgegeben. Ich meine, die blasen dir diese weiße Wurst um den Arm auf, schauen auf das Gerät, leiern irgendwelche unverständlichen Werte runter, und normalerweise ist alles super. Aber dieses Mal waren sie wohl irre hoch.

Man nahm mir Blut ab. Man machte einen Ultraschall von E. T., um die Herzfrequenz zu überprüfen. Man hängte mich an einen Tropf. Alle fünf Sekunden tauchte jemand anderes hinter dem Vorhang auf. Irgendwann kam auch Steph vorbei. Ich hatte keine Ahnung, wie lange ich bereits dort war, da mein Kopfschmerz sich nicht gelegt hatte und ich mit geschlossenen Augen dalag, aber ich hörte ihre Stimme.

»Oh, Lil, Süße, wie fühlst du dich?«

»Mir gehts gut.« Ich versuchte zu lächeln, als sie an mein Bett trat, meine Hand nahm und sie festhielt. Dann runzelte ich die Stirn und gab mir Mühe, die Worte zu finden, wobei ich den stechenden Schmerz hinter meiner Stirn ignorierte. »Steph, in Mr. Knights Klasse, weißt du, ob er einen Schüler mit dem Nachnamen Volkov hat?«

Sie nickte. »Luka Volkov, ja. Warum?«

Eine andere Ärztin erschien mit einem Klemmbrett im Arm.

»Hallo, Lilian, wie fühlen Sie sich?« Sie lächelte, und ich fühlte mich umgehend beruhigt von ihrer sirupartigen Stimme.

»Ganz gut«, sagte ich und gab mir Mühe, das Lächeln zu erwidern. »Aber wissen Sie denn schon, was nicht stimmt?«

»Noch nicht«, sagte sie. »Aber bitte, machen Sie sich keine Sorgen, versuchen Sie, sich zu entspannen. Leichter gesagt als getan, ich weiß. Dürfte ich Ihnen einige Fragen zu Ihrer familiären Vorbelastung stellen?«

»Klar«, sagte ich, wobei ich immer noch Stephs Hand festhielt.

»Haben Sie irgendwelche Fälle von Autoimmunerkrankungen in der Familie?«

Ich überlegte, aber es war, als würde ich durch ein Moor waten, so langsam funktionierte mein Hirn.

»Ich kann nicht … Ich weiß nicht …« Ich wollte sagen, dass ich es nicht glaubte, aber andererseits wusste ich nichts über Max' medizinische Vorgeschichte oder die seiner Familie. Es ist eine dieser Fragen, die Ärzte einem stellen, aber ich weiß nie, wie weit ich zurückgehen soll. Was, wenn Opa hohes Cholesterin hatte? Oder Großtante Elsbeth eine Herzerkrankung? Wie weit ging man da zurück?

Was musste in Betracht gezogen werden – alles von Lungenkrebs bis zur Gicht? Wieder mal wurde mir bewusst, dass ich rein gar nichts über etwaige Vorerkrankungen meines echten, biologischen Vaters wusste.

Ich versuchte abermals zu sprechen. »Ich weiß nicht …« Aber mein Kopf fühlte sich an, als würde er gleich explodieren.

»Schon gut, machen Sie sich keine Sorgen«, beruhigte sie mich.

Sie maßen alle zwei Stunden meinen Blutdruck, und er sank über Nacht auf Normalniveau zurück. Am nächsten Morgen kamen die Blutwerte zurück, die ebenfalls in Ordnung waren, somit war die Furcht vor einer ernsthaften Sache erst mal vom Tisch, ganz egal, wie meine familiäre medizinische Vorbelastung aussah.

Ich wusste, dass ich Max schreiben musste, und so lag ich in meinem Krankenhausbett und versuchte, eine Nachricht aufzusetzen.

Hi, schrieb ich. Weiter war ich auch eine halbe Stunde später nicht, als ich immer noch dalag und Sätze vor mich hin murmelte. Jemand, der an meinem Bett vorbeigelaufen wäre, hätte meinen können, ich wäre aufgrund eines Falls von geistiger Verwirrung eingeliefert worden.

Ich beschloss, mich kurz zu halten. Hi, wollte dir nur sagen, dass ich gestern umgekippt bin und man im Krankenhaus ein paar Tests gemacht hat. Aber es ist alles gut, und ich darf nachher nach Hause. L.

Kein Kuss.

Keine fünf Sekunden nach Absenden der Nachricht rief er an.

»Lil, was zur Hölle? Gehts dir gut? Geht es E. T. gut?«

»Ja«, sagte ich so ruhig wie möglich, obwohl ich mein Herz unter der Bettdecke klopfen spüren konnte. »Uns gehts blendend. Das war nur hoher Blutdruck, nichts weiter.«

»Aber warum hast du gestern Abend nicht angerufen?«

»Da wurden erst die Tests gemacht. Ich wollte dich nicht beunruhigen.«

»Du wolltest mich nicht beunruhigen?«, rief er. »Machst du Witze? Warum ziehst du dich so zurück? Was zum Teufel ist hier los, Lil? Das ist nicht fair.«

»FAIR?«, entgegnete ich so laut, dass eine Krankenschwester von der Hauptstation rüberschaute. Ich winkte ihr zu, es sei alles gut, und senkte wieder die Stimme. »Fair? Du willst über Fairness reden? Okay! Warum zur Hölle hast du mir das mit Primrose nicht erzählt?«

Ich gebe gerne zu, mein Vorsatz, cool und gefasst zu bleiben, fiel etwas früher als erwartet. Aber ich war so müde.

»Wie bitte? Was um alles in der Welt meinst du?«

»Ich habe das Foto gesehen, Max.«

»Was? Welches Foto? Wessen Foto?«

»Primrose' Foto. Und den Artikel in der *Daily Mail*. Ihr Foto von dir auf Instagram. Das genau an dem Tag aufgenommen wurde. An dem Tag, als wir miteinander geschlafen haben. Du und sie in irgendeinem Hundepark, und darunter hatte sie *Endlich wieder vereint* geschrieben.

Kannst du dir vorstellen, wie es ist, das am Morgen, nachdem wir es gerade getan haben, zu lesen?«

Ich hasste emotional anstrengende Gespräche wie diese. Gespräche, in denen ich in meinem Kopf rational klang, aber dann, sobald ich die Worte aus mir herauspresste, völlig aufgelöst rüberkam.

»Deswegen hast du mich also geschnitten? Deswegen warst du so komisch?«, sagte er.

»Ich war nicht komisch. Ich habe einfach nur beschlossen, dass, wenn du, was dein Privatleben angeht, nicht ehrlich zu mir bist, es das Beste wäre, etwas auf Distanz zu gehen.«

Max atmete am anderen Ende der Leitung schwer aus. »Und ich dachte, du hättest das mit uns bereut … also das, was wir getan haben. Ich dachte nicht … Mir war ja nicht klar …«

»Max, du musst nichts erklären«, unterbrach ich ihn. »Es ist kompliziert, das verstehe ich. Es ist ganz allein deine Sache. Ich habe im Grunde kein Recht, verärgert zu sein oder mich einzumischen. Aber das Letzte, was ich im Moment gebrauchen kann, sind noch mehr Komplikationen. Das verstehst du doch, oder?«

»Es gibt keine Komplikationen …«, begann er, verstummte jedoch wieder. Ich wartete darauf, dass er fortfuhr, und er seufzte abermals. »Okay, das ist nicht ganz wahr. Prim von dieser Sache zu erzählen, von unserer Situation, war nicht gerade einfach …«

»O mein Gott«, murmelte ich und war erleichtert, dass ich schon lag. Meine Traurigkeit wurde nur noch größer, als würde Max' Geständnis mich in all meinen Unsicherheiten bestätigen. Er hatte gelogen. Der Artikel sagte die Wahrheit. Es lief immer noch was zwischen ihnen. Ich schluckte und wappnete mich für das, was ich als Nächstes zu sagen hatte.

»Hör zu ...«, fuhr Max fort.

»Nein«, unterbrach ich ihn und presste mein Handy fester ans Ohr. »Du hörst zu. So ist es leichter für alle. Ich brauche das nicht. Ich denke, es ist einfacher, wenn wir während dieser letzten Wochen eine Pause einlegen.«

»Ich fliege nächste Woche in die Mongolei, Lil.« Seine Stimme klang ganz hohl.

»Schön«, sagte ich. »Ich hoffe, es läuft gut. Und ich gebe dir Bescheid, falls hier etwas passieren sollte. Aber ich glaube nicht, dass wir als Freunde funktionieren oder ... als irgendwas sonst. Überhaupt waren wir eigentlich nie Freunde. Und ein weiteres Mal miteinander zu schlafen, das ... nun ja, das war schlicht dumm.«

»Lil ...«, begann Max abermals.

»Es tut mir leid«, kam ich ihm zuvor. »Ich brauche einfach etwas Zeit für mich. Viel Glück bei der Bergtour.« Ich legte auf und sank in die klumpigen Krankenhauskissen zurück. Die Dinger hätten genauso gut mit Sägemehl gefüllt sein können. Prompt weinte ich schon wieder und hörte erst eine Stunde später auf, als Jess in einer Latzhose mit roten Farbklecksen kam – ein echt verstörender Anblick auf einer Krankenstation –, um mich nach Hause zu bringen.

Sie bestand darauf, mich in einem Rollstuhl aus dem

Krankenhaus zu schieben, um mich dann in ein Taxi zu verfrachten, als hätte ich gerade ein neues Hüftgelenk bekommen. Sie hatte zudem eine alte Decke von zu Hause mitgenommen und mich darin eingepackt. So bleich und mit ungewaschenem Haar hätte ich auch Statistin in einem historischen Film sein können.

»Entschuldigen Sie«, sagte Jess an den Fahrer gewandt, als der gerade losfuhr. »Meine Freundin befindet sich in einem fragilen Zustand, also könnten Sie wohl besonders vorsichtig fahren?«

Er wirkte beunruhigt, nickte ihr jedoch im Rückspiegel zu. Wir krochen in so lahmem Tempo nach Brixton, dass ich mich fragte, ob wir, wenn wir heimkämen, gleich wieder kehrtmachen und ins Krankenhaus fahren müssten, da ich bis dahin im neunten Monat wäre und die Wehen eingesetzt hätten.

Ich lehnte mich zurück und seufzte.

»Alles in Ordnung?«, fragte Jess.

»Ja.« Ich brachte ein Lächeln zustande. »Danke schön.«

»Klar doch«, sagte sie und lächelte mich dabei so lieb an, dass ich mich sofort ganz schlecht fühlte wegen dem, was ich ihr über Alexi zu sagen hatte. Die ganze Fahrt über zerbrach ich mir den Kopf deswegen.

Was sollte ich sagen? Wie sollte ich überhaupt so ein Gespräch beginnen? Gab es irgendeine andere plausible Erklärung für Alexis Anwesenheit im Schulflur? War die Frau womöglich seine Schwester? Hielten Russen mit ihren Schwestern so Händchen? Ich vermutete, eher nicht. Könnte es seine Ex-Frau sein? Und wieder, ich war zwar keine Beziehungsexpertin – ganz offenbar nicht –, aber ich fand nicht, dass man mit einer Ex derart freundlichen Umgang pflegen sollte. Und selbst wenn es gänzlich unschuldig war, warum hatte er sich dann weggedreht und mich ignoriert? Ich hatte die Zeichen doch erkannt. Die geweiteten Augen, das leichte Zucken an seinem Kiefer. Die abwehrende Körperhaltung. Er war schuldig. Verdammte Scheiße, was für eine Seifenoper. Alles, was mir jetzt noch fehlte, war, dass ich nach Hause kam und die Wohnung in Flammen stand – das wäre das ultimative Weihnachtsspecial.

Jess half mir nach oben und in mein Bett. E. T. verhielt sich ganz ruhig, als würde sie schlafen. Also legte ich mich auf die Seite, während Jess sich neben mir aufs Bett setzte.

»Willst du eine Tasse Tee mit Milch?«, fragte sie.

»Ja, bitte«, antwortete ich. »Vielen Dank, Florence Nightingale. Obwohl wir vermutlich nur Mandelmilch dahaben.«

»Kleinen Moment.« Sie stand wieder auf und ging nach nebenan, um Wasser aufzusetzen.

Ich scrollte durch die Nachrichten auf meinem Handy. Eine von Mum, die mich bat, sie anzurufen, sobald ich zu Hause wäre. Ein Gute-Besserung-Gif von Dennis von einem Eisbären, der mit einem Eisbärbaby schmuste (er hatte kürzlich gelernt, wie man Gifs verschickte). Eine Nachricht von Steph, eine weitere von Mike.

Ich hatte im Moment keinen Kopf für Eisbär-Gifs. Ich musste mit Jess reden. Als sie zurückkam, vorsichtig zwei Becher Tee tragend, setzte ich mich mühsam auf.

»Achtung, heiß«, sagte sie und reichte mir einen der Becher.

»Hab ihn, danke.«

»*De nada*. Eines Tages wirst du das Gleiche für mich tun.« Sie setzte sich auf der anderen Seite des Bettes nieder.

Ich spürte, wie mein Mund trocken wurde, während ich nach den richtigen Worten suchte, um das Gespräch zu eröffnen. Ich wollte gefasst und ruhig sein. Ich wollte nicht, dass die Worte mir gedankenlos aus dem Mund purzelten. Ich wollte behutsam anfangen, sie vorsichtig an das Thema heranführen, damit anfangen, dass ich da etwas hätte, worüber ich mit ihr sprechen müsste.

»Jess«, sagte ich. »Ich glaube, Alexi ist verheiratet.«

Solide Arbeit. Mit einem Satz hatte ich meine sensible Einleitung torpediert.

»Was?«

»Entschuldige, das war nicht besonders klar ausgedrückt, aber ich habe ihn am Elternabend mit einer Frau gesehen. In der Schule. Und er hielt mit ihr Händchen. Vor einem Klassenzimmer. Und ich glaube, sie haben dort ihren Sohn. Er heißt Luka.«

Jess saß wie erstarrt da, den Becher Tee zwischen ihren Händen, und starrte mich an. »Er hat einen Neffen namens Luka«, sagte sie langsam. »Er hat ihn auf seinem Handy. Es ist das Hintergrundfoto auf seinem Display.«

»Süße, ich bin mir nicht sicher, ob das sein Neffe ist. Ich glaube, es könnte sein Sohn sein. Die Frau, mit der er da war … das sah nicht aus, als wäre sie seine Schwester. Eher wie … sie sahen aus, als wären sie zusammen.« Ich sagte es so behutsam wie möglich.

Jess schwieg eine Weile, ohne sich zu rühren. Dann schüttelte sie den Kopf. »Das kann nicht sein. Er kann keinen Sohn haben. Er ist viel zu oft unterwegs. Eigentlich ständig. Ich wüsste das bestimmt. Es ist ausgeschlossen, dass er das vor mir … Ich denke nur … Ich wüsste das. So etwas wüsste ich doch. Er wäre nicht in der Lage, ein – was eigentlich? –, ein Doppelleben vor mir zu verbergen. Das ist ausgeschlossen, ganz und gar ausgeschlossen.« Sie schüttelte erneut den Kopf.

»Wann hast du ihn das letzte Mal gesehen?«

»Letztes Wochenende«, sagte sie. »Am Sonntag. Da ist er am nächsten Morgen nach Hongkong geflogen.«

»Er war nicht in Hongkong, Jess, kann er nicht gewesen sein. Er war Donnerstagabend in der Schule. Wann wollte er zurück sein?«

»Noch gar nicht«, flüsterte sie. »Ich dachte, er wäre immer noch dort.« Dann sah ich, wie eine einzelne Träne ihre Wange runterglitt.

Ich legte eine Hand auf ihr Knie. »Es tut mir leid. Es tut mir so leid.« Ich konnte nicht aufhören, es zu wiederholen. »Es tut mir so leid …«

Da entfuhr ihr ein Schluchzer, ein Laut, der so viel brutalen, animalischen Schmerz ausdrückte, dass auch ich nicht mehr an mich halten konnte.

Es ist doch komisch, wie schnell die Dinge sich ändern. Nicht komisch auf die »Haha!«-Art. Komisch wie in: Seltsam, wie unfassbar schnell das Leben umschlagen kann und wie etwas, von dem du glaubtest, es sei sicher und für immer, sich als das genaue Gegenteil entpuppt. In der einen Minute noch kannst du mit jemandem zusammen sein, in der nächsten ist er fort. Durch einen Tod oder durch eine Trennung. Oder eine Trennung, die sich anfühlt wie ein Tod. Jess war mutiger als ich, daher sandte sie noch auf meinem Bett sitzend eine Nachricht an Alexi, in der sie ihn fragte, ob er Frau und Kind habe. Er versuchte, ein paarmal bei ihr anzurufen, dann sandte er eine Nachricht, in der lediglich stand: Es tut mir leid.

Kaum dass ihr Tee auf meinem Nachttisch abgekühlt war, war sie auch schon fertig damit. Die Sache war beendet. Ich hatte Monate damit zugebracht, Jake hinterherzutrauern, hatte mir stundenlang Passanger-Songs reingezogen. Ja klar, wir waren acht Jahre zusammen gewesen, während das mit Jess und Alexi gerade mal sechs Monate ging, aber die Zeit bestimmt nicht über die Intensität einer Beziehung. Ich meine, das gesamte Drama um *Romeo und Julia* erstreckt sich gerade mal über vier Tage. Sie begegnen einander am Sonntagabend, und am Donnerstagmorgen haben sie es schon vermasselt. Völlig verrückt. Und genauso war es schließlich auch mit Max gelaufen. In der einen Minuten noch sah alles rosarot aus; in der nächsten waren wir uns so fern wie eh und je, weil er einfach nicht ehrlich zu mir gewesen war.

Ich hoffte, dass er in der Mongolei Pferdefleisch essen musste. Das geschähe ihm nur recht.

13

Es war Jess' Idee, übers Wochenende wegzufahren. Sie überraschte mich damit. Ende der Woche, als ich gerade in der Schule war, bekam ich eine E-Mail von ihr, in der stand, dass sie uns einen Kurztrip gebucht habe und dass ich bitte eine Tasche mit sauberen Höschen und einer Zahnbürste packen solle, damit sie mich am Freitag direkt an der St. Lancelot abholen könne.

PS: Es ist nicht allzu weit weg, und das John Radcliffe Hospital ist in der Nähe, also keine Panik. Ich schleife dich nicht zum Bungee-Jumping. Es wird uns beiden guttun.

Ich wünschte, ich wäre lesbisch, dachte ich wehmütig, als ich mein Smartphone in die Schublade gleiten ließ. Dann könnte ich mit Jess leben. Wir wären bestimmt glücklich. Doch sosehr ich es auch versuchte, ich konnte mir einfach nicht vorstellen, eine Frau zu lecken, daher fiel diese Option leider weg.

Sie borgte sich für das Wochenende Clems Auto, einen alten lila Seat, der nach Hundeatem roch, und weigerte sich beharrlich, mir zu verraten, wohin wir fuhren, während wir uns durch den Freitagsverkehr quälten, um London zu entfliehen.

»Warts ab, du wirst schon sehen. Aber es wird dir gefallen. Hoffe ich. Egal, sag, wie geht es euch beiden?«

Meine App hatte mir heute früh verkündet, dass E. T. mit ihren vierunddreißig Wochen nun die Größe einer Sellerieknolle hatte, und ich fragte mich, ob da das ganze kräuselige Grünzeug mit einberechnet war oder nur der dicke Knubbel. »Uns gehts gut«, sagte ich, »obwohl ich immer noch nicht so gut schlafe.«

»Ungemütlich?«

»Ja, schon, und na ja, Grace und Riley sind echt toll, aber manchmal habe ich das Gefühl, als würde ich neben dem Affengehege im Londoner Zoo leben.«

Bei der Wohnungssuche hatte ich bisher immer noch kein Glück. Daniel hatte sich diese Woche selbst übertroffen, indem er mir die Daten einer Wohnung geschickt hatte, bei der auf dem Foto noch das Polizeiband an der Eingangstür hing.

»Hör zu, ich habe darüber nachgedacht«, sagte Jess. »Du wirst einfach bei uns einziehen und mit uns wohnen.«

»Was?«

Sie nickte, wobei sie immer noch angestrengt durch die Windschutzscheibe schaute und sich auf den dichten Verkehr konzentrierte. »Jepp. Wir haben doch all die freien Schlafzimmer voller Krempel. Clem kann eins ausräumen, und das wird dann dein neues Heim. Und das von E. T.«

»Jess, du kannst doch nicht …«

»Nichts da. Ich weiß auch nicht, warum ich nicht schon früher darauf gekommen bin. Wahrscheinlich weil in meinem Kopf nur Platz für diesen russischen Dildo war. Aber es ist die perfekte Lösung. Komm schon, erzähl mir jetzt bloß nicht, dass es das nicht wäre.«

»Und was sagt Clem dazu?«

»Er weiß es noch nicht.«

Ich lachte leise. »Jess, im Ernst, ihr zwei braucht bestimmt keinen Säugling im Haus, der euch die Bude zusammenbrüllt.«

»Blödsinn, es ist sogar genau das, was wir brauchen. Und es ist ein guter Anlass, um das Haus mal auszumisten. Ich dachte an das Zimmer unterm Dachgeschoss, da sind zum Großteil nur Omas alte Klamotten und misslungene Gemälde drin. Wir werden es umräumen, vielleicht ein bisschen streichen, neue Vorhänge reinmachen, und es ist deins. Also, wenn du willst?«

Und ob ich wollte. Ich wollte es so sehr. Es wäre natürlich keine normale Situation – ich, E. T., Clem, der in der Küche etwas potenziell Tödliches zusammenrührte, und Jess, die oben laut Nina Simone laufen ließ. Doch es wäre eine moderne Familie. Wir vier zusammen. E. T. hätte andere erwachsene Bezugspersonen um sich herum, nicht nur mich – ich hatte mir ohnehin schon total den Kopf gemacht, ob ich sie nicht von Anfang an in ihrer Entwicklung beschnitt, indem ich sie alleine aufzog. Bei der Vorstellung, dass wir nicht auf uns allein gestellt in einer Wohnung mit Polizeiabsperrung wohnen mussten, zog sich mir vor Rührung die Brust zusammen.

»Dürfte ich echt einziehen?«, fragte ich mit zittriger Stimme.

»Ja klar«, erwiderte sie. »Aber jetzt bloß keine Tränen. Sollen wir einen Versuch starten? Achtundvierzig Stunden, in denen keine von uns beiden flennt?«

»Abgemacht.« Ich nickte. »Aber du klärst das noch mit Clem, oder? Ich will nicht, dass er sich verpflichtet fühlt, Ja zu sagen.«

Sie wedelte mit der Hand durch die Luft, als würde sie eine imaginäre Fliege verscheuchen. »Der wird schon einverstanden sein. Denk nur, wie aufgeregt er sein wird, wenn er all die Babybreichen kochen darf.«

Zwei Stunden später bogen wir in eine gekieste Einfahrt und rollten knirschend darüber, bis wir vor einem riesigen Steinhaus mit üppig wogendem Blauregen hielten.

»Willkommen zu unseren Babyflitterwochen«, sagte Jess und parkte den Wagen.

Ich lachte. »O mein Gott, nicht im Ernst, oder?«

»Doch, tut mir leid, dir das sagen zu müssen, aber ich habe uns ein Wellnesspaket namens ›Yummy Mummy‹ gebucht. Ich dachte mir, wir könnten beide ein paar Massagen, Gesichtsbehandlungen und ein Wochenende ohne ein einziges beengendes Kleidungsstück gebrauchen.«

»Du bist der beste Ehemann der Welt.«

»Ich weiß. Komm, lass uns reingehen.«

Es roch teuer, kaum dass Jess die Tür öffnete. Ich erblickte mehrere exklusive Duftkerzen an diversen Stellen im Raum.

»Willkommen in Bluebell Manor«, begrüßte uns eine Frau, die hinter dem Empfangstresen unterhalb der geschwungenen Freitreppe stand.

»Hallo«, sagte Jess. »Ich habe eine Reservierung auf den Namen Russo. Jess Russo?«

Die Frau tippte etwas in ihren Laptop. »Ja, da sind wir ja.« Ihr Blick huschte zu meinem Bauch und wieder zu meinem Gesicht. »Und meinen Glückwunsch! Wann ist es denn so weit?«

»Anfang nächsten Monats«, sagte ich.

»Wie aufregend für Sie beide. Wissen Sie schon, was es wird?«

Ich öffnete den Mund, um zu sagen, dass ich es noch nicht wüsste. Aber Jess kam mir zuvor.

»Wir glauben fest, dass es ein Mädchen wird«, verkündete sie und legte den Arm um meine Schultern.

»Ein kleines Mädchen, wie entzückend!«, erwiderte die Frau und lächelte so breit, dass ich alle ihre Zähne samt dem Großteil ihres Zahnfleisches sehen konnte. »Nun, wir haben Sie in unserer Honeysuckle-Suite untergebracht, die über ein ganz reizendes großes Bad und ein extrabreites Emperor-Doppelbett verfügt.«

»Wunderbar!«, erwiderte Jess, woraufhin ich sie in die Rippen knuffen wollte, meine Tasche mir jedoch von der Schulter rutschte.

»Lass mich das tragen, Schatz«, sagte Jess und griff nach meinem Gepäck.

»Nein, nein, Marcello wird das für Sie tragen«, meinte die lächelnde Dame. »Marcello?«

Ein schlanker Mann mit dunklem, zu einem Dutt hochgebundenem Haar tauchte in der Tür hinter dem Tresen auf und blickte die Frau abwartend an.

»Marcello, könntest du bitte das Gepäck dieses Paares auf ihr Zimmer bringen? Die Damen beziehen die Honeysuckle-Suite.«

Marcello blickte zu uns rüber, dann auf meinen Bauch, dann zu Jess, dann wieder zu der lächelnden Frau. Er wirkte verwirrt.

»Hopphopp«, ermahnte sie ihn.

Er nickte und kam um den Tresen zu uns rübergeeilt, um uns die Taschen abzunehmen. Er runzelte kurz die Stirn, bevor er den Mund öffnete. »Folgen Sie mir, äh … Madams.« Schnell steuerte er die Treppe an.

»Vielen Dank«, sagte Jess noch an die Empfangsdame gewandt. Und dann an mich: »Nach dir, Zuckerschnecke.«

Ich verdrehte die Augen und folgte Marcello, während ich mich fragte, ob sie dieses Spielchen das gesamte Wochenende durchziehen würde.

Die Honeysuckle-Suite war der blanke Wahnsinn. Größer als jede der Wohnungen, die ich besichtigt hatte, mit einem geräumigen Schlafzimmer, von dem man auf die Wiese vor dem Haus schauen konnte, die zu einem Swimmingpool hin abfiel. Das Bett hatte tatsächlich Emperor-Size, obwohl ich vermutete, dass gleich mehrere Kaiser da reinpassen würden, und es verfügte grob geschätzt über neunundvierzig weiße Kissen, die sich darauf türmten.

Ein weicher Plüschstorch mit orangefarbenem Schnabel saß wie das Sahnehäubchen obenauf.

Auf dem Tisch unter dem Fenster stand ein üppiger Obstkorb, der aussah wie eine Erntedankfestgabe, die eine St.-Lancelot-Mutter zusammenstellen würde: Äpfel, Pfirsiche, Trauben, eine Ananas, ein paar Kiwi sowie irgendein kleines undefinierbares rundes Gewächs, das ich noch nie im Tesco-Supermarkt gesehen hatte.

Ich besah mir das Badezimmer. Ebenfalls riesig. Eine Badewanne groß genug für all die Kaiser aus dem Bett, eine Regentropfendusche, ein Klo, direkt daneben ein kleines rundes Fenster mit Blick auf den Pool und ein weiterer Korb neben dem Waschbecken. Ich beugte mich drüber und inspizierte die Fläschchen und Tiegel. Irgendwas namens *Lucky Legs* mit Minze, das Linderung bei geschwollenen Knöcheln versprach. Eine Creme namens *Pregnancy Boob Tube*, die angeblich Antioxidantien enthielt, um die Haut am Dekolleté zu straffen. Viel Glück, dachte ich höhnisch. Ich fühlte mich jeden Morgen wie ein Gabelstapler, wenn ich meinen BH anlegte. Es würde schon mehr als einen Klacks Creme brauchen, um diese Süßen anzuheben.

Außerdem ein Tübchen *Tummy Rub Oil* gegen Dehnungsstreifen. Und abermals befürchtete ich, dass dieser Zug bereits abgefahren war. Weiße wurmartige Linien zogen sich über meine Hüften sowie an beiden Seiten meines Bauchnabels entlang und zeigten wie Pfeile in Richtung meiner Nippel. Schließlich ein kleines Töpfchen Creme für den Damm. Ich dachte an die romantischen Kurztrips, die Jake und ich in irgendwelche vornehmen Hotels unternommen hatten. Die hatten ein ziemlich anderes Angebot gehabt. Ganz gewiss keine Popocreme.

Zwei weiße Morgenmäntel hingen an der Badtür – *Bald Mama* in Rosa und *Bald Papa* in Blau auf den Rücken gestickt. Ich schleifte beide zu Jess raus, die von den Trauben naschte, während sie einen Zettel las.

»Morgen um elf und um zwölf haben wir Massagen. Und dann Gesichtsbehandlungen am Nachmittag. Hast du Lust, einen Baby-Yoga-Kurs zu besuchen? Bin nicht sicher, ob ich Bock drauf habe«, meinte sie.

»Eher nicht«, erwiderte ich. »Aber ich schätze, da können wir auch noch morgen Bescheid sagen.«

Sie nickte, dann legte sie den Zettel weg. »Was trinken gehen?«

»Jepp, guter Plan.«

Du fühlst dich schon außerordentlich glücklich, wenn du mit der besseren Hälfte übers Wochenende wegfährst. Ganz besonders aufregend ist es am Anfang der Beziehung, wenn ihr in einem schicken Hotel absteigt und nur noch ihr zwei existiert, eingemummelt in feinste ägyptische Baumwolle. Niemand sonst spielt eine Rolle. Ihr schleppt euch nach unten, um euch ein Frühstück aus Rührei und hausgemachten Würstchen zu genehmigen, bevor ihr wieder nach oben verschwindet, um erneut Sex zu haben, zusammen ein Bad zu nehmen oder einfach wieder in den Armen des anderen einzuschlafen. Der Rest der Welt könnte implodieren, aber das wäre okay, weil dieser andere Mensch da ist.

Aber mit der besten Freundin wegzufahren, wenn du gerade im achten Monat schwanger bist und ungefähr so verführerisch und haarig wie ein Mammut, kann sogar noch besser sein. Jess und ich lachten an dem Wochenende so viel, dass die anderen Pärchen uns in der Hotelbar anglotzten und stirnrunzelnd im Speisesaal beäugten. Im Spa lachten wir so heftig über Jess' Furzgeräusche im Jacuzzi, dass ich dachte, ich würde gleich ein bisschen Pipi verlieren, und vielleicht kam auch ein klitzekleines bisschen dabei raus.

Es war unfassbar kindisch, und Jess blieb die ganze Zeit über in ihrer Rolle und tat so, als ob wir ein Paar wären. So bestand sie auch darauf, den *Bald Papa*-Bademantel zum Frühstück unten zu tragen, wo sie einen armen, völlig verwirrten Marcello um eine Ausgabe der *Financial Times* bat, weil sie schließlich wissen müsse, »was auf den Märkten so los sei«. Es war herrlich.

Jess schrieb zudem Clem, um ihn zu fragen, ob er was dagegen hätte, dass ich in ihr Haus am Fluss zog. Er rief gleich zurück und meinte, nichts würde ihn glücklicher machen. Dann erstellte er sofort eine neue WhatsApp-Gruppe namens E.T. – samt einem Profilbild des Aliens – und schrieb, dass er sich gerade YouTube-Videos anschaue, wie man Windeln wechselte und welches die beste Art war, Babys zu wickeln.

Wir heulten förmlich vor Lachen, als ich die Massagecreme für den Damm ausprobierte. Nicht vor Jess natürlich. Es gab gewisse Grenzen. Aber während sie Samstagabend auf unserem kaiserlichen Bett lag, Rotwein schlürfte und überlegte, welchen Film wir uns reinziehen sollten, stand ich im Badezimmer, einen Fuß auf dem Wannenrand abgestellt, und versuchte, der Anweisung auf dem Tiegel zu folgen.

Der Damm war kein Bereich meines Körpers – oder von dem eines anderen Menschen –, mit dem ich mich bisher sonderlich befasst hätte. Ich erinnerte mich vage daran, dass ich mal einen Artikel in der *Cosmopolitan* gelesen hatte, in dem stand, dass er bei Männern eine erogene Zone sei und man beim Liebesspiel diese magische Stelle zwischen Eiern und Po lokalisieren und sanften Druck ausüben konnte. Angeblich sollte es Wunder wirken, aber ich war nicht überzeugt. Da unten hingen so schon genug Gerätschaften herum, mit denen sich arbeiten ließ. Wozu die Sache weiter komplizieren?

Was meinen eigenen Damm anging – nun ja, in diesem Stadium der Schwangerschaft sollte ich anscheinend den Daumen in meiner Vagina einhaken und dann Richtung Hintern ziehen, wie ein kleines Kind, das sich die Finger in die Mundwinkel steckt, um eine Grimasse zu ziehen. Ich war skeptisch, dass es was bringen würde, aber Emily hatte uns im Babykurs eingebläut, dass diese Stelle da unten bei der Geburt fies einreißen konnte, daher beschloss ich, dass es einen Versuch wert wäre. Nicht dass ich nach dem Desaster mit Max je wieder Sex haben würde, wie ich mir immer wieder in Erinnerung rief. Eine Woche nachdem ich das mit Primrose herausgefunden hatte, war der Schmerz über seine Lüge zwar abgeflaut, doch wenn ich auch nur an das Foto dachte, zog sich alles in mir qualvoll zusammen. Was ungefähr alle zwei Minuten der Fall war. Ich hatte mir selbst das Versprechen abgerungen, mir weder *ihr* Profil auf Instagram anzuschauen noch *sein* Vorankommen in der Mongolei zu verfolgen. Doch das Bild von Max, wie er Primrose anlachte, während er ihren Hund spazieren führte, hatte sich auch so schon in mein Hirn geätzt wie ein Kupferstich.

Ich schüttelte den Kopf in dem Versuch, es erneut zu vertreiben, während ich nach wie vor mit dem Fuß auf der Wanne dastand und die Creme an meinem Daumen runtertriefte – erst musste ich mit dem Daumen in die eine Richtung ziehen, dann in die andere und etwa eine Minute in Position halten, bevor ich loslassen durfte.

»Notting Hill?«, brüllte Jess von nebenan.

»Nein, sie ist schwanger und am Ende viel zu glücklich«, brüllte ich zurück.

»Okay, okay, nicht glücklich … nicht zu glücklich. Hmmmm …« Jess schwieg eine Weile. *»Zwei an einem Tag?«*

»Zu traurig.«

»Also willst du was, wo am Ende keiner heiratet, aber auch keiner stirbt?«

»Idealerweise ja«, grölte ich rüber, löste den Daumen auf der einen Seite meiner Vagina und glitt auf die andere.

Sie verstummte erneut.

»Dirty Dancing!«

»Ich bin immer noch zu fertig wegen Patrick Swayze.«

Ich hörte Jess etwas Unverständliches murmeln und dann wieder brüllen. *»Das Dschungelbuch?«*

»Aber sein Wolfspapa stirbt.«

Und so ging es weiter, während ich meine Vagina hin und her dehnte wie ein Samthaargummi.

Schließlich einigten wir uns auf *So wie wir waren*, weil keine von uns je einen Barbara-Streisand-Film gesehen hatte. Wie sich herausstellte, war es die Geschichte eines ungleichen Liebespaars, das vom Schicksal zum Scheitern verdammt ist, wenn auch nicht ganz so tragisch wie *Romeo und Julia*. Trotzdem mussten wir heulen.

»Wir wollten das Wochenende doch nicht weinen«, sagte ich, als ich am Ende des Films nach einem Tempo griff.

»Ich weiß, aber es ist so traurig«, schluchzte Jess, die den Kuschelstorch umklammert hielt. »Warum konnte sie Robert Redford nicht lieben? Er war doch so schön.«

Zu ihrer Verteidigung: Sie hatte die ganze Flasche Wein allein geleert.

Am nächsten Morgen dann, wir lagen gerade in unsere Bademäntel gehüllt im Spa, leuchte eine SMS von einer unbekannten Nummer auf meinem Handydisplay auf.

Hallo, Lil. Ich bin momentan im Basislager und wechsle ab sofort zum Satellitentelefon, da wir uns an den Aufstieg machen. Falls du mich erreichen willst, jederzeit und egal aus welchem Grund, ruf mich an oder schreib mir unter dieser Nummer. Es kommt beides rein. Hoffe, euch zweien geht es gut. Max

»Wer ist es?«, fragte Jess.

Ich las es ihr vor.

»So cool, ein Satellitentelefon«, meinte Jess. »Das ist ja, wie eine Nachricht von Jason Bourne zu bekommen.«

»Hey!« Ich gab ihr einen Klaps auf den Arm.

»Entschuldige«, sagte sie. »Natürlich ist er ein fieser Schuft, und wir hassen ihn abgrundtief.«

»Ganz genau«, murmelte ich, wobei ich immer noch finster das Handy betrachtete.

»Wirst du antworten?«

Ich sah zu ihr und kräuselte die Nase. »Muss ich?«

Jess sog die Lippen ein und nickte. »Ja. Nur um ihm zu sagen, dass du die Nummer bekommen hast. Du musst da erwachsen sein, Süße, es geht nicht nur um dich.«

»Schon gut, Mum.« Ich wusste, dass sie recht hatte, aber meine Wut über Max' Unehrlichkeit köchelte immer noch in mir, und ich wollte ihn dafür bestrafen.

»Das soll jetzt keine Moralpredigt werden«, sagte Jess mit einer Strenge in ihrer Stimme, die mich überraschte. Jess und ich stritten nie, zickten uns nicht einmal an. »Ich frage mich nur, ob …«

»Was?«, fuhr ich sie an.

Sie seufzte und setzte sich auf ihrer Sonnenliege auf. »Schau, eigentlich weißt du doch gar nicht, was Sache ist, Lil. Du hast ihm keinerlei Chance gegeben, sich zu erklären. Womöglich war da gar nichts zwischen ihm und seiner Ex.«

»Das stimmt nicht«, feuerte ich zurück. »Er hat zugegeben, dass es kompliziert ist.«

»Oh, okay, es ist kompliziert. Knüpft den Typen auf!«, rief Jess und warf die Arme in die Luft. »Komm schon, Lil, wir sind erwachsen, keine Teenager. Wer bitte schön hat kein vertracktes Verhältnis zum Ex? Das macht ihn aber noch lange nicht zu einem Unmenschen.«

»Ich kann gerade einfach nur keine Komplikationen gebrauchen«, sagte ich. Es war ein Mantra, das ich seit dem Morgen, nachdem Max und ich miteinander geschlafen hatten, ungefähr eine Million Male wiederholt hatte.

»Das weiß ich«, erwiderte Jess sanfter. »Aber was willst du tun, wenn sie auf der Welt ist? Du wirst mit ihm kommunizieren müssen. Du wirst zwangsläufig irgendeine Form von Beziehung mit ihm führen müssen.«

Ich zuckte die Achseln. »Das werden wir dann sehen.«

»Schön, aber alles, was ich sage, ist, dass es nicht nett ist, ihn jetzt abzusägen, wo er sich Tausende von Meilen entfernt auf einer gefährlichen Expedition befindet. Du kannst hier Größe zeigen, Lil, den Ton angeben für … na ja, dafür, wie ihr beide das in der Zukunft handhaben wollt.«

»Okay, okay, schon gut«, brummte ich und fing an, eine Nachricht zu tippen. Danke fürs Bescheidgeben und viel Glück. Lil

Ich las sie Jess vor. »So okay?«, fragte ich.

Sie nickte und legte sich wieder hin. Ich drückte auf Senden und schob das Handy in meine Tasche, bevor ich die Hände auf meinen Bauch legte, der unter dem Bademantel ganz glitschig vom Dehnungsstreifen-Öl war. Ich hatte das Zeug großzügig darauf verrieben und dabei E. T. darunter zappeln gespürt.

Letzte Woche hatte ich schließlich auch Steph und Mike über die neuesten Entwicklungen in Sachen Max aufgeklärt, und Mike hatte mir gesagt, dass er einen Freund habe, der Anwalt für Familienrecht sei, falls ich Hilfe brauchen sollte. Aber ich wollte nicht über die rechtlichen Implikationen nachdenken, darüber, was alles passieren könnte, wenn meine Kleine auf die Welt kam. Andere Frauen verbrachten die letzten Wochen der Schwangerschaft damit, mit ihrer besseren Hälfte das Kinderzimmer einzurichten und Krankenhausrouten zu planen. Ich wollte meine ganz gewiss nicht damit verbringen, mich mit einem Anwalt zu beraten.

Glücklicherweise lachten Jess und ich auf der Rückfahrt nach London an diesem Abend auch schon wieder – wie Schwestern, die sich zanken, aber Minuten später wieder vertragen. Sie setzte mich vor meiner Wohnung ab, und ich schleppte mich nach oben, um Grace und Riley über meine Umzugspläne zu informieren.

Riley wirkte sichtlich erleichtert. Ich glaube nicht, dass er begeistert gewesen war von der Aussicht auf ein quengelndes Baby im angrenzenden Schlafzimmer. »Du wirst uns fehlen«, sagte er nicht ganz überzeugend, während er am Herd stand und den Quinoa quellen ließ.

Grace war da schon trauriger. »Darf ich euch zwei denn mal besuchen kommen?«

»Klar«, sagte ich. »Wer sonst soll mir denn sagen, mit was ich sie füttern darf und mit was nicht?«

Grace' Miene erstrahlte plötzlich. »Darf ich dir eine Babyshower-Party schmeißen, bevor du ausziehst?«

»Das ist wirklich nicht nötig«, erwiderte ich. »Das ist doch total der Aufwand.«

Sie schüttelte den Kopf. »Nein, ist es nicht. Ich würde es

echt gerne machen. Quasi als eine Art Auszugsparty. Sag mir einfach nur, wen ich einladen soll, und ich kümmere mich um den Rest.«

»Wirklich?«

»Ja, wirklich«, beharrte sie.

»Okay, danke, aber ganz im Ernst, nichts Wildes«, ließ ich mich breitschlagen. »Ein bisschen Kuchen und, äh, Tee würde schon reichen.« Mein Blick fiel auf die Küchenschränke hinter ihr, und ich fragte mich, wie alternativ Grace so eine Babyparty wohl ausrichten konnte.

Cupcakes aus Shiitakepilzen?

Brennnesseltee?

Hanf-Brownies?

Später fläzten wir auf dem Wohnzimmersofa, Grace im Schneidersitz mit dem Notizblock auf dem Schoß, wo sie pflichtbewusst sämtliche Namen notierte, die ich ihr gab: Jess, Clem, meine alten Uni-Freundinnen Nats, Luce und Bells, Steph, Mum, Dennis.

»Was ist mit dem Kindsvater?«, fragte Riley und drehte sich vom Fernseher zu mir um. Ich hatte auch ihnen beiden die Situation erklärt, doch während Grace mitfühlende Geräusche von sich gegeben hatte, hatte Riley nur einen Pfiff ausgestoßen und Max als »wilden Hengst« bezeichnet.

»O nein«, sagte ich kopfschüttelnd. »Ausgeschlossen.«

Grace senkte den Kopf wieder und schrieb weiter, wobei sie hin und wieder am Ende ihres Bleistifts nagte und geheimnisvoll »Ich weiß was …« murmelte, bevor sie noch was notierte.

Ich war gerührt. Ich hatte das gesamte Wochenende damit verbracht, mit meiner besten Freundin zu lachen, nur um nach Hause zu kommen und den ganzen Abend von diesen beiden Kichererbsen-Fanatikern umhegt zu werden.

»Siehst du?«, sagte ich zu E. T., als ich später meine Decke zurückschlug, mich ins Bett plumpsen ließ und mir ein Kissen krallte, um es als Polster unter meinen Bauch zu schieben. »Wir kommen auch ohne ihn sehr gut klar.« Dennoch checkte ich, bevor ich schlafen ging, auf meinem Handy das Wetter in der Mongolei. Nur für alle Fälle.

Die folgende Woche war die letzte an der Schule, bevor ich mich in den Mutterschaftsurlaub verabschiedete. Wenn ich im Klassenzimmer an meinem Pult saß, hatte ich mittlerweile echte Mühe, an meinen Laptop zu kommen, und wenn ich zu lange stand, um Worte an das Whiteboard zu schreiben, fühlten meine Knöchel sich an, als müssten sie unter dem Druck explodieren.

Steph meinte ja, ich sollte zu diesem Zeitpunkt längst nicht mehr an der Schule sein, aber ich wollte sichergehen, dass die Übergabe an meine Mutterschaftsvertretung glatt über die Bühne ging. Mrs. Gimson war eine eulenhaft dreinschauende Frau mit einem strengen Dutt und großer Brille, die wir von unserer Konkurrenz in Knightsbridge, der Barnaby's Privatschule, abgeworben hatten. Sie schien eigentlich ganz nett, trotzdem hatte ich Sorge, ihr meine Jungs anzuvertrauen.

Einen Lehrerjob abzugeben, war eben nicht wie eine

Auszeit von der Buchhaltung. Man kann nicht einfach einen Abwesenheitsassistenten aktivieren und noch schnell sämtliche Ketchuptütchen aus der Schreibtischschublade zusammenklauben. Ich würde diese Jungs bis zum nächsten Jahr nicht mehr wiedersehen, wenn sie bereits in Mrs. Peers Klasse wären und auch ganz und gar nicht mehr die gleichen: größer, rauer, sogar noch lauter. Sie würden ihre kleinen, warmen Händchen auf dem Schulhof nicht mehr in meine gleiten lassen. Ich würde nicht wissen, ob Cosmo mit seinen »R«-Worten Fortschritte gemacht hätte. Achilles würde aus seinen Dinosauriergeschichten rausgewachsen sein. Vielleicht würden sie sich noch an einen Kinderreim erinnern, den ich ihnen beigebracht hatte, vielleicht auch nicht. Aber das ist eben die Sache mit dem Lehrersein. Man muss sich stets in Erinnerung rufen, dass die Kleinen quasi nur geborgt waren, nie wirklich einem selbst gehörten. Vielleicht waren es ja die Schwangerschaftshormone, die mein System fluteten, aber als eines Nachmittags mein Blick auf ihre klecksigen Bilder fiel, stiegen mir die Tränen in die Augen.

Am Freitag bestellte mich Miss Montague in ihr Büro. Mein letzter Tag. Auf ihrem Schreibtisch lag ein hübsch eingepacktes Geschenk, das sie mir stumm zuschob.

»Das ist so nett … äh, danke schön«, stammelte ich, da die Geste – und das knallrosa geblümte Papier – ihr so gar nicht ähnlich sahen.

Sie wirkte verlegen. »Es ist nur eine Kleinigkeit«, erklärte sie steif. »Und ich erwarte Sie nächstes Jahr zurück.«

Ich nickte, während ich es auspackte. »Natürlich.« Und

schlug mir als Nächstes die Hände vor den Mund. »Oh, Miss Montague!«

Es war ein gestrickter Bär mit einem St.-Lancelot-Blazer. Sein Mäulchen war leicht nach oben verzogen, sodass es aussah, als würde er lächeln, und er hatte kleine schwarze Augen wie Johannisbeeren. »Das ist … Ich bin so gerührt … Vielen Dank.« Ich setzte den Bären auf ihrem Schreibtisch auf und erwiderte sein Grinsen, bevor ich zu Miss Montague sah. »Ich wusste gar nicht, dass Sie stricken.«

Miss Montagues Wangen waren rosa angelaufen. »Ich fürchte, ich stricke nicht besonders gut, aber ich dachte, es würde Sie an uns erinnern.«

»Ich verspreche, dass ich zurückkomme.«

Miss Montague nickte, als ob das nie zur Debatte gestanden hätte. »Ich bin ehrlich voller Bewunderung, wissen Sie«, fuhr sie fort. »Sie sind mutig.« Dann drehte sie sich in ihrem Sessel um und schaute durch ihr Fenster, welches das wilde Gebrüll der Fünftklässler vom Schulhof hereinließ. »Zu meiner Zeit war das anders …« Sie hielt inne und schaute wieder zu mir. »Nun, wie auch immer. Wir werden hier an Sie denken. Viel Glück wünsche ich Ihnen.«

Ich stand da, den Bären in den Händen, und war plötzlich unsicher, wie ich mich richtig verabschieden sollte. Eine Umarmung? Ich musste ihr bei unserer ersten Begegnung bei meinem Bewerbungsgespräch die Hand geschüttelt haben. Doch seitdem hatten wir einander nicht mehr berührt. Es wäre so, wie die Queen zu berühren. Ungeheuerlich. Also lächelte ich nur und wandte mich zur Tür. »Vielen Dank, Miss Montague«, sagte ich. »Für alles. Ich bringe die Kleine hier vorbei, sobald ich herausgefunden habe, wie man mit einem Buggy in die U-Bahn kommt.«

Der Bär blieb nicht das einzige Geschenk an diesem Tag. Ohne dass ich etwas ahnte, hatte Fergus eine Verabschiedung im Klassenzimmer organisiert, bevor die Jungs ins Wochenende entlassen wurden.

»Jungs«, sagte Fergus plötzlich, als sie alle vor mir saßen und lauschten, während ich ihnen die letzten Seiten von *Robbi, Tobbi und das Fliewatüüt* vorlas. »Wir haben was für Miss Bailey, stimmts?«

Zehn ratlose Gesichter blickten ihn an, dann schoss Phineas' Hand in die Höhe.

»Ja, Phineas?«, sagte Fergus.

»Eine Karte, weil sie krank ist?«

»Nicht krank«, berichtigte ihn Fergus. »Miss Bailey bekommt ein …«

»BABY!«, schrie Oscar.

»Nicht ganz so laut, aber richtig«, sagte Fergus. »Also, wer möchte das hier Miss Bailey überreichen?«

Er drehte sich auf seinem Stuhl um und zog eine riesige Karte und ein Geschenk hinter sich hervor. Achilles und Dmitri sprangen sofort auf und fingen an sich zu streiten, wer mir was geben durfte.

»Achilles, warum übergibst du nicht als Erster die Karte? Und dann kann Dimitri ihr das Buch geben, ja?«, schlug Fergus vor.

Ich war mir ja nicht sicher, wo Fergus plötzlich solch

diplomatische Fähigkeiten entwickelt hatte, aber ich fühlte mich seltsam stolz. Anscheinend hatten wir alle in den letzten Monaten dazugelernt.

Achilles kam mit der Karte auf mich zu, wobei er sie so vorsichtig hielt, als wäre er ein Kellner, der sich mit einem Tablett Martinis nähert. »Ich danke dir, Achilles«, sagte ich und nahm sie ihm ab. Glitter rieselte aus dem Inneren der Karte auf meinen Schoß.

Viel Glück, Miss Bailey, stand auf der Vorderseite über einer verstörenden Zeichnung eines Babys in einem Kinderwagen. Es sah aus wie das Schweinchenbaby aus *Alice im Wunderland*.

»Vielen Dank euch allen«, sagte ich und lächelte in die Runde. »Wer hat das Baby denn gezeichnet?«

»Das war ich«, verkündete Fergus stolz.

In der Karte stand in Glitzerbuchstaben: *WIR WERDEN SIE VERMISSEN*. Und dazu hatten alle unterschrieben. Manche in großen krummen und schiefen Buchstaben – *HUNTER, ARTHUR* –, manche in winzigen krummen und schiefen Buchstaben – *Phineas*, *Oscar*.

»Die werde ich mit nach Hause nehmen und einrahmen.« Ich legte die Karte behutsam auf meinem Pult ab und nahm das Geschenk von Dmitri entgegen.

In der Verpackung befand sich ein dünnes Büchlein aus zusammengehefteten A4-Blättern. Auf dem Umschlag klebte vorne ein Foto von mir mit der versammelten Klasse um mich herum; es war nach dem Krippenspiel auf der Bühne aufgenommen worden. Und der Titel lautete: *Wir mögen Miss Bailey so gerne, weil …*

Jeder Junge hatte eine Seite gestaltet und (mit Fergus' Hilfe) einen Grund hingeschrieben, warum er mich mochte, samt Zeichnung. George schrieb: *Ich mag Miss Bailey, weil sie uns vorliest*. Darunter eine unbeholfene Zeichnung vom Grüffelo.

Auf Phineas' Seite hieß es: *Ich mag Miss Bailey, weil sie so gut riecht*. Illustriert mit einer Blume.

Romans Seite war es, die mich am meisten berührte. *Ich mag Miss Bailey, weil sie sich um uns kümmert*, stand da neben einem selbst gezeichneten Dinosaurier mit gelben Reißzähnen. Und so stiegen mir schon wieder die Tränen in die Augen, obgleich ich sofort wieder von den Tränen abgelenkt wurde, da ich das Ende des Büchleins erreichte und einen Umschlag fand, der hinten steckte.

»Das ist von den Müttern«, erklärte Fergus.

»Oh, wie toll.« Mein Herz machte einen freudigen Satz. Ein dicker Scheck vielleicht? Ich öffnete den Umschlag und fand einen Gutschein für mehrere Hot-Stone-Massagen in einem Spa in Knightsbridge.

»Das ist wirklich unglaublich großzügig von ihnen.« Ich lächelte Fergus dankbar an, dessen Wangen ungefähr so rosarot anliefen wie die seiner Tante zuvor. Musste wohl familiär bedingt sein.

Ich legte den Gutschein in das Buch zurück und sah meine Jungs an. »Ich werde euch ebenfalls furchtbar vermissen. Darf ich mal vorbeikommen und euch besuchen? Und mein Baby mitbringen, damit es auch alle kennenlernt und Hallo sagt?«

»Ja, aber, Miss Bailey«, meldete sich Phineas mit ernster

Miene, »ich finde immer noch, dass Sie sich lieber einen Welpen kaufen sollten.«

Mum fuhr an dem Wochenende von Norfolk rüber, um alte Babyklamotten vorbeizubringen, und wir vereinbarten, uns direkt bei Jess und Clem im Haus am Fluss zu treffen, da es keinen Sinn machte, das Zeug durch die halbe Stadt zu fahren, wo ich doch sowieso bald aus Brixton wegzog.

»Mrs. B., was für eine Freude, hereinspaziert, hereinspaziert!«, rief Clem und öffnete uns beiden schwungvoll die Tür. Er trug eine zerschlissene Jeans und ein ausgewaschenes rotes T-Shirt samt Loch unter der Achsel. Er küsste Mum zur Begrüßung auf die Wange und beugte sich dann zu mir vor. »Hey, Lil, wie fühlst du dich heute?«

»Fett.«

»Ein Tässchen Tee?«

»Nein, Clem, du musst mir erst helfen, das Auto zu entladen«, sagte Mum.

»Klaro«, erwiderte Clem, salutierte und grinste mir zu, bevor er ihr – barfuß – durch den Vorgarten zum Bürgersteig folgte, wo sie geparkt hatte.

»Lil, schmeiß den Wasserkocher an!«, rief er über die Schulter.

Ich ging in die Küche und stellte mich an die Spüle, als ich das Getrampel von Jess vernahm, die die Treppe runterkam.

»Morgen, Mitbewohnerin«, grüßte sie verschlafen und streckte sich in der Küchentür.

»Hey, Süße.« Ich schaltete den Wasserkocher ein und ging rüber, um sie zu umarmen, obwohl ich mittlerweile so voluminös geworden war, dass körperliche Begrüßungen unangenehm wurden. Es fühlte sich einfach extrem intim an, jemandem ein Küsschen zu geben, wenn der Bauch gleichzeitig in das Becken vom Gegenüber stieß.

»Warte nur, bis du siehst, was Clem aus dem Zimmer gemacht hat«, verkündete sie und setzte sich an den Küchentisch.

»Echt jetzt?«

Sie nickte. »Ja klar, alles ausgeräumt und gestrichen. Holzdielen geschliffen. Du wirst womöglich einen Teppich brauchen oder so, aber es liegen haufenweise welche zusammengerollt im Zimmer neben dem von Clem. Wir können sie nachher gleich mal durchsehen.«

Plötzlich ertönte Tumult vor der Küchentür, und Clem kam mit drei übereinandergestapelten Kartons in den Armen hereingeplatzt. Ich konnte nicht mal sein Gesicht sehen.

»Vorsicht, Clem, da ist zerbrechliches Zeug dabei«, bellte Mum hinter ihm, die mehrere Decken unter die Arme geklemmt hatte.

Er wuchtete die Kisten auf den Tisch, dann trat er schnaufend zurück.

»Meine Güte, Mum, wo kommt das ganze Zeug her?« Ich wedelte mit dem Arm zum Tisch.

»Oh, sind nur paar Anziehsachen, die ich von dir aufgehoben habe. Und Spielzeug. Und ein paar Bücher.« Sie legte die Decken auf einem freien Stuhl ab. »Wo ist jetzt dieser Tee?«

»Ich wusste nicht, dass du so viel aufgehoben hast.« Staunend öffnete ich die oberste Kiste. Es waren hauptsächlich Klamotten. Strampler in verschiedenen Größen und Farben (ein paar mit blassgelben Flecken drauf – nicht dass ich mich beschweren wollte), Strickjäckchen, fadenscheinige Mulltücher und, ganz unten, ein winziges Paar roter Lackschuhe mit noch winzigeren Schnallen drauf, so klein, dass ein Waldgeist sie zu einer Feier tragen könnte.

»Deine ersten Schuhe«, sagte Mum und zog sie heraus. »Für eine Weihnachtsfeier. Du konntest noch kaum gehen. Eigentlich war es albern. Ich glaube, du hast sie nur ein Mal angehabt.«

Während ich mich durch die Kartons wühlte, hatte Clem das Teeaufbrühen übernommen.

»Da wären wir«, sagte er und stellte jeweils einen Becher vor mir und Mum ab.

»Wo ist meiner?«, nölte Jess.

»Kommt sofort, Nervbacke.« Er reichte ihr einen Becher. »Möchte jemand Crumpets dazu?«

»Ja, bitte«, sagte Jess, die eine der anderen Kisten öffnete. »O mein Gott, an das erinnere ich mich.« Sie holte ein Buch heraus und drehte sich damit zu uns herum. *»Ich will mein Töpfchen!«*

Mum lachte. »Ja, daraus habe ich dir vorgelesen, als du auf deinem saßst«, sagte sie in meine Richtung. »Und hin und wieder standest du auf, um dein Töpfchen zu inspizieren, wobei du den Po in die Luft strecktest. Und wenn du dein Geschäft erledigt hattest, gab ich dir immer ein Smartie.«

»Ich wünschte, ich würde dafür immer noch ein Smartie bekommen«, meinte Clem, der Butter und verschiedene Marmeladengläser auf dem Tisch abstellte.

»Sei nicht so eklig«, beschwerte sich Jess.

»Können wir uns das Zimmer oben ansehen?«, fragte ich aufgeregt und verstaute meine Miniaturschuhe wieder in der Kiste. »Mum, Clem hat anscheinend schon die ganze Woche an meinem Zimmer gewerkelt.«

»Na ja, ist ja nicht so, als ob ich was Besseres zu tun hätte«, winkte Clem ab. »Obwohl, darf ich nur kurz vorgehen, um nachzusehen, ob auch alles perfekt ist?«

»Klar.«

Er wetzte nach oben wie ein junger Windhund – *tapp, tapp, tapp* –, und wir gaben ihm ein paar Minuten, ehe wir folgten. Zuerst Mum, dann ich, dann Jess, die in ihrem Morgenmantel hinterherschlurfte.

Das Zimmer lag im zweiten Stock mit Blick auf den Fluss. Ich hatte es nie zuvor betreten, weil es immer komplett zugestellt gewesen war. Gelegentlich wurde mal eine staubige Kommode von der Tür weggeschoben, damit einer von Jess' Künstlerfreunden ein paar Wochen auf dem Boden logieren konnte. Aber sowohl Jess als auch Clem waren immer dagegen gewesen, jemanden fest bei sich wohnen zu lassen, auch wenn sie das Geld gut hätten gebrauchen können. Sie waren wie ein altes Ehepaar – sie zofften sich von morgens bis abends, brauchten einander aber auch. Ich hoffte nur, dass E. T. und ich dieses Gleichgewicht nicht durcheinanderbringen würden.

»Clem«, sagte ich, als ich eintrat und mich umschaute. »Das ist ja unglaublich.«

Er hatte die Wände in einem zarten Gelb gestrichen, und das hohe Erkerfenster mit den Sprossen ließ das morgendliche Licht über der Themse hereinströmen, sodass der Raum förmlich strahlte. Die Holzdielen waren ganz hell und glatt, frisch geschliffen und lackiert, und an der gegenüberliegenden Wand stand ein breites Doppelbett.

»Ich dachte mir, hier wäre auch genug Platz für ein Gitterbett«, sagte Clem, der am Fußende stand und mit den Händen vor sich herumwedelte wie ein Fluglotse. »Und dann hast du noch diesen Schrank und die Kommode, aber falls das vom Platz her nicht reichen sollte, kannst du jederzeit einen von meinen Schränken nutzen.«

Ich schüttelte den Kopf. »Es ist alles ganz wunderbar.«

»Was für eine Aussicht«, bemerkte Mum, die auf das Fenster zutrat und hinausblickte. Die Sonne spiegelte sich glitzernd auf dem Wasser.

»Und die Vorhänge stören dich nicht?«, fragte Jess. Ein Paar blauer Seidenvorhänge fiel zu beiden Seiten des Fensters von der Decke bis zum Boden. »Die sind uralt.«

»Nein, nein, die sind toll.« In meinem Brixtoner Schlafzimmer war die Kette an der Jalousie kaputt, daher ließ ich sie einfach permanent unten. So viel natürliches Licht zu haben und auf etwas anderes hinausblicken zu können als den McDonalds, gab mir gerade das Gefühl, in das luxuriöseste Hotel der Welt einzuchecken.

»Lass uns erst mal frühstücken, dann können wir immer noch auspacken«, schlug Jess vor. »Ach ja, wann genau ziehst du mit dem Rest von deinem Zeug um?«

»Ich dachte, nächste Woche, wenn das in Ordnung geht? Grace schmeißt am Samstag die Babyparty. Sie hat euch doch auch eingeladen, ja?«

»Jepp«, sagten Jess und Clem gleichzeitig.

»Und Dennis ebenfalls«, fügte Mum hinzu.

»Okay, cool. Deswegen dachte ich, wir könnten mein ganzes Zeug am Sonntag umziehen. Wenn das bei euch passt?«

»Perfekt«, sagte Clem. »Und ich nehme an, danach wirst du dich voll und ganz dem Nesttrieb widmen wollen.«

»Woher weißt du über den Nesttrieb Bescheid, du Freak?«, fragte Jess.

»Weil ich ein Buch gelesen habe. Manche von uns hier bereiten sich verantwortungsbewusst auf den Einzug eines Neugeborenen vor.«

»Das ist ein Baby, kein Teilchenbeschleuniger«, entgegnete Jess. »Die können schon nicht so kompliziert sein.«

»Danke, Leute«, unterbrach ich die beiden, bevor sie richtig loslegen konnten. »Ich freue mich schon sehr auf unsere neue, total zerrüttete Familie.«

»Modern, nicht zerrüttet«, korrigierte mich Jess.

»Hast du Seiner Lordschaft schon mitgeteilt, wo du ab sofort wohnen wirst«, erkundigte sich Mum, als wir geschlossen die Treppe runtermarschierten.

Seit ich sie bezüglich Max auf den neuesten Stand gebracht hatte – das Instagram-Foto, unser darauffolgendes

Telefonat, seine neueste Bergexpedition –, hatte Mum eine noch viel finsterere Sicht auf den Adel eingenommen.

»Nein«, antwortete ich bestimmt. Max und ich hatten uns seit dem kurzen Austausch übers Satellitentelefon am Wochenende zuvor nicht mehr geschrieben. Na gut, einmal war ich eingeknickt und hatte einen Blick auf sein Instagram-Profil geworfen, aber er hatte seit seiner Ankunft in der Mongolei nichts Neues mehr gepostet, daher wusste ich nicht, ob er morgen oder doch erst in einer Woche oder so zurück sein wollte. Aber ich würde ganz sicher nicht nachgeben und ihm meine Adresse schicken, nur als Vorwand, um mit ihm in Kontakt zu treten. Bei dieser Sache hier würde ich eisern bleiben. Falls Max Neuigkeiten wollte, müsste er sich schon bei mir melden.

14

Wart ihr jemals auf einer Babyshower-Party? Stellt euch einen Junggesellinnenabschied mit Babymotto vor. Mit Babywimpeln, Babyservietten, aber ohne Alkohol. Ja, von dieser Sorte Spaß reden wird hier. Denn kein Mensch betrank sich je hemmungslos auf so einer Babyparty und wirbelte mit dem Höschen über dem Kopf herum – leider. Obwohl ich, was den Alkohol angeht, ungerecht bin, denn Grace hatte tatsächlich zwei Flaschen Bio-Prosecco besorgt, und ich hatte es sogar geschafft, ein Minischlückchen zu trinken, bevor sie nachdrücklich anmerkte, dass sie den Rhabarbersirup extra für mich gemacht hatte.

Im Wohnzimmer versammelt waren: Mum, Dennis, Jess, Clem, Grace, Nats, Lucy, Bells, Steph. Ich saß mittendrin auf dem Sofa, umgeben von Geschenken, als wäre es mein fünfter Kindergeburtstag.

»Bitte, verzeih, dass ich Samstag nicht komme, aber ich lasse eher eine Prostatauntersuchung über mich ergehen, als einer Babyparty beizuwohnen«, hatte Mike sich Anfang der Woche bei mir entschuldigt.

»Da wären wir ja schon zu zweit«, hatte ich erwidert.

»Du hast keine Prostata, Schätzchen«, sagte er.

Die Wahrheit war: Seit Grace die Babyparty erwähnt hatte, hörte ich unablässig diese leise Stimme in meinem Kopf flüstern. »Du verdienst keine Babyparty.« Die Flüsterstimme sagte mir, dass es, angesichts der Umstände, seltsam, ja geradezu *unangebracht* war, eine Party zu schmeißen, um E. T.s baldige Ankunft zu feiern. Diese versehentlich geschwängerte Einunddreißigjährige sollte die Sache bitte schön ruhig hinter sich bringen und nicht auch noch damit angeben.

Doch trotz all der Bedenken und Selbstkasteiungen war ich aufrichtig gerührt von der Mühe, die Grace sich gegeben hatte. So hatte sie auf Spotify eine extra Babyshower-Playlist erstellt, die unter anderem Michael Bublés »Haven't Met You Yet« sowie Sonny & Chers »I Got You Babe« beinhaltete. Rosa und blaue Heliumballons schwebten über unseren Köpfen herum. Auf dem Küchentresen befanden sich ein Stapel Pappteller mit der Aufschrift *Girl or Boy?* neben einem Berg Gurken- sowie Eier-Mayo-Sandwiches (alles bio natürlich), der Rhabarbersirup-Limo und einer Kuchenetagere mit Mini-Rote-Bete-Muffins.

Der Karottenkuchen mit Zuckerguß und dem goldenen Schild in der Mitte, auf dem *Frohes Pressen!* stand, machte mich etwas weniger an. Zudem nötigte Grace mich, eine rosa Schärpe mit der Aufschrift *Zukünftige Mummy* zu tragen. Die Schärpe über meinen Bauch zu ziehen, war ungefähr so wie der Versuch, ein Gummiband über einen Apfel zu rollen. Bei meiner letzten offiziellen Untersuchung vor dem Entbindungstermin war mein Blutdruck im akzeptablen Bereich gewesen, aber ich fühlte mich so aufgedunsen wie der Marshmallow-Man. Zudem waren meine Knöchel so dick wie Telegrafenmaste, daher war ich dazu übergegangen, die Füße vor dem Schlafengehen auf einem Kissen hochzulegen. Wer waren bloß diese Frauen, die hochschwanger in Leggins durch den Brockwell Park hüpften und dabei so quietschfidel wirkten? Ich hatte die letzten paar Tage auf dem Sofa verbracht und abwechselnd Wiederholungen von *Die Super-Makler* und *Küchenschlacht* geguckt – und selbst das hatte sich anstrengend angefühlt.

»Ist deine Krankenhaustasche schon gepackt?«, fragte Nats.

Ich nickte. »Ja, alles erledigt. Oma-Nachthemd für leichten Zugriff unten, check. Windeln, check. Binden, so dick, dass sie den Hoover Damm ersetzen könnten, check. Entschuldige, Dennis. Und Clem.«

»Kein Ding«, sagte Dennis. »Clem und ich können einfach hier sitzen und über Fußball reden, stimmts, Clem?«

Clems Augenbrauen hüpften alarmiert in die Höhe. Er wusste ungefähr rein gar nichts über Fußball.

»Wird Max denn rechtzeitig zurück sein?«, erkundigte sich Steph.

»Ich hoffe es«, erwiderte ich heiter, obgleich wir nicht mehr geschrieben hatten. Er war jetzt knapp über zwei Wochen fort gewesen (obwohl ich versuchte, nicht die Tage zu zählen wie so eine nörgelige Freundin), und er hatte gemeint, dass es bis zu drei Wochen dauern könnte. Aber ich hatte keine Lust, die Terminplanung in Anwesenheit von allen durchzugehen. Heute über ihn zu reden, würde mich seine Abwesenheit nur noch stärker spüren lassen.

»Wo wir schon bei Windeln sind, wir müssen noch ein Spiel spielen«, eröffnete Grace, klatschte in die Hände und lenkte damit vom Thema ab. Sie verschwand in ihrem Zimmer und kam mit einem Pappkarton zurück. »Hören auch alle zu? Es heißt das Kackwindelspiel; ich werde dabei mehrere Windeln rumgehen lassen, und ihr müsst daran schnüffeln und raten, was es ist.«

Dennis räusperte sich. »Grace, bitte verzeih, ich bin schon recht alt und fürchte, ich schalte nicht mehr so schnell. Du willst uns gebrauchte Windeln reichen, und wir sollen daran riechen?«

Grace gluckste. »Ja, aber entschuldige, ich hätte mich klarer ausdrücken sollen. Ich habe verschiedene Produkte in diese Windeln gerieben, und ihr müsst raten, was es ist. Es ist nichts Schlimmes.«

»Was zum Beispiel?«, wollte Jess wissen.

»Das ist doch das Spiel! Ihr müsst es erraten«, sagte Grace und reichte auch schon Bells die erste Windel aus dem Karton. Bells öffnete sie, als würde sie eine Bombe entschärfen. Ich konnte etwas Braunes erkennen, das in den Zwickel gerieben worden war, und kicherte. *Mr. und Mrs.* auf einem Junggesellinnenabschied zu spielen und »Ohaaaa«-Laute über die Lieblingsstellungen seiner Freundinnen auszustoßen, war schon schlimm. Aber das hier, das Kackwindelspiel, war ein ganz neues Level von schlimm. Welcher kranke Irre hatte sich das ausgedacht?

Bells hob ganz langsam die Windel an ihr Gesicht und rümpfte die Nase, als hätte sie gerade einen Furz gerochen. Dann runzelte sie verdutzt die Stirn. »Ist das Snickers?«

»Vielleicht«, erwiderte Grace. »Reich es weiter, Schätzchen.«

Bells gab die Windel an Mum weiter, und Grace händigte eine weitere an Dennis aus. »Voilà, Dennis, ich glaube, die hier wird dir gefallen.«

Dennis wirkte nicht überzeugt, hob aber die Windel, die mit etwas Dunklerem verschmiert war, an und runzelte die Brauen, während er daran schnüffelte. »O nein … ich weiß nicht, ob ich das so gut finde.«

Mum schnappte sich die Windel von ihm und hängte ihre Nase rein. »Ach, komm schon, sei nicht albern, das ist Marmite.«

»Marsriegel?«

»Barbecuesoße?«

»Balsamicoessig!«

Alle riefen Vorschläge durcheinander, während die Windeln die Runde machten. Ich hielt einen Moment inne, um es auf mich wirken zu lassen – meine Lieblingsmenschen, hier versammelt, die an ekligen braunen, in Pampers verriebenen Flecken schnüffelten und einander anschrien. Mum kugelte sich vor Lachen, Dennis beäugte misstrauisch eine andere Windel in seiner Hand, Jess blaffte Clem an, er solle sich gefälligst beeilen und seine Windel weitergeben. Grace stand grinsend hinter dem Sofa und schüttelte den Kopf oder nickte bei den wilden Rateversuchen.

Ich fing ihren Blick auf. »Danke schön« formte ich mit dem Mund, denn trotz meiner Bedenken bezüglich der Babyparty und ob ich großes Aufheben um E. T. machen sollte, ob die Feier überhaupt gerechtfertigt war, verspürte ich gerade mehr Liebe für meine Familie und meine Freunde denn je. Und das lag nicht nur daran, dass ich Geschenke von ihnen bekam. Nats, Lucy und Bells hatten zusammengelegt, um mir eine Babywippe mit Vibrationsfunktion zu schenken. Grace hatte mir, zusätzlich zu der Party, ein in Ghana gefertigtes Ökoschlafkörbchen aus »nachhaltigem getrockneten Elefantengras« besorgt. Von Steph gab es eine Sammlung von *Peter-Hase*-Büchern. Clem hatte eine Packung Mulltücher gefunden, die mit kleinen Hündchen bedruckt waren. Jess verriet mir kryptisch, dass ihr Geschenk an meinem Einzugstag morgen »zu Hause« auf mich wartete. Als ich alle Geschenke ausgepackt hatte, schob Dennis mir einen Umschlag zu. Ich öffnete ihn, und sofort schossen mir die Tränen in die Augen. Es war ein Scheck über tausend Pfund mit einer Karte. *Für unser Enkelkind. Das hier ist, damit deine Mum dir alles kaufen kann, was du brauchst. Wir lieben dich jetzt schon so sehr. Opa Dennis und Oma Jackie.*

»Ich hab euch beide auch lieb«, sagte ich mit zitternder Stimme, als ich sie nacheinander umarmte, und wischte mir mit dem Zeigefinger die Tränen unter den Augen weg.

»Du bist noch nicht fertig«, sagte Grace und hielt ein Päckchen hoch, das in weißes Seidenpapier gehüllt war. »Da ist noch eins.«

»Danke«, sagte ich, nahm es von ihr entgegen und blickte mich im Raum um. »Von wem ist das?«

»Machs auf und schau nach«, entgegnete Grace und nickte aufmunternd zum Päckchen.

Das Papier knisterte unter meinen Händen, als ich es auswickelte und darin eine cremefarbene Wolldecke mit kleinen draufgestickten Herzchen vorfand. Sie fühlte sich ganz alt und zart an, weich vom vielen Kuscheln.

»Wie schön«, murmelte ich und fuhr mit den Fingerspitzen darüber.

»Da ist eine Nachricht«, fügte Grace hinzu, als ein Umschlag aus der zusammengefalteten Decke glitt und zu Boden fiel.

Ächzend beugte ich mich vor, um sie wieder aufzuheben, gerade noch in der Lage, den Boden zu erreichen. Ich öffnete ihn und zog eine Karte mit zierlicher Handschrift in Tinte hervor.

Liebe Lil,
ich wollte, dass du die hier bekommst. Ich habe sie für Arundel angefertigt, als er geboren wurde, und wickelte später Maximilian darin ein, als er zur Welt kam – obwohl er es nicht leiden konnte, eingepackt zu sein, und dann gerne um sich trat und schrie. Schon immer ein Freigeist, wie es scheint. Ich werde die nächsten Wochen in Gedanken bei dir sein und mich darauf freuen, mein Enkelkind kennenzulernen.
In Zuneigung, Eleanor Rushbrooke.

»Max' Mutter?« Ich sah stirnrunzelnd zu Grace auf. »Woher wusste sie das?«

Grace seufzte und hielt die Handflächen vor ihrer Brust hoch, wie um etwaigen Protest meinerseits abzuwehren. »Ich weiß, du hast gesagt, ich soll es nicht tun, aber ich dachte, es wäre nur richtig, Max wegen heute Bescheid zu geben. Nur für den Fall, dass er was schicken möchte.«

»Hä?«, machte ich und blinzelte sie verwirrt an. »Wie hast du ihn kontaktiert? Und wie hast du das Päckchen bekommen? Er ist Tausende von Meilen weg.«

»Es gibt da dieses Ding namens Internet«, erwiderte Grace und rollte mit den Augen, als wäre ich neunhundert Jahre alt. »Ich habe seinen Blog gefunden, ihm eine Mail geschrieben, und daraufhin, *bingo*, kam das hier vor ein paar Tagen mit der Post.«

Ich seufzte und blickte auf die Decke vor mir hinab. »Danke schön«, sagte ich leise und drückte die Wolle noch einmal zwischen meinen Händen, ergriffen von einem Gefühl gleichzeitiger Freude und tiefer Traurigkeit. Max hatte das hier vom anderen Ende der Welt aus organisiert, und Eleanor Rushbrooke hatte E. T. ihr Enkelkind genannt, aber wenn er und ich das mit uns nicht geregelt bekämen, wusste ich nicht, wie ihre Beziehung zueinander aussehen sollte. Ich schätze mal, dass es keine beschaulichen Weihnachtsfeiern auf Little Clench Hall geben würde. Aber da waren ja immer noch Granny Jackie und Grandpa Dennis, dachte ich und schaute zum anderen Sofa, wo Mum gerade misstrauisch an einem Rote-Bete-Muffin schnüffelte.

Clem kam früh am nächsten Morgen in seinem lila Seat rübergefahren, um mich in Brixton abzuholen. Er hatte bereits die hinteren Sitze runtergeklappt und bestand darauf, dass ich nichts Anstrengenderes tragen dürfe als die Topfpflanze, die Grace und Riley mir zum Abschied geschenkt hatten. Es handelte sich um eine hawaiianische Ti-Pflanze, klärte Grace mich auf, die angeblich allen, die in seiner Nähe lebten, Glück und Liebe brachte. Einen Versuch war es wert, oder?

Ich weinte – natürlich – und schenkte ihnen im Gegenzug ein gerahmtes Selfie von uns dreien, das wir letzten Sommer im Park aufgenommen hatten. Dann kniete Riley vor mir nieder.

»Pass auf deine Mum auf, Kleines«, sagte er, bevor er das Ohr an meinen Bauch legte. Er blickte wieder zu mir auf. »Sie meint, sie will nach wie vor Riley genannt werden.«

»Steh auf, du Doofkopf«, sagte Grace und wuschelte ihm über den Kopf.

»Tschüss, Leute«, sagte ich, als ich mich vorsichtig wie eine Limbotänzerin im Wagen niedergelassen hatte. »Wir sehen uns bald. Ich schreibe euch, sobald es Neuigkeiten gibt.«

Dann fuhr Clem los, und wir befanden uns auf dem Weg nach Chiswick, auch wenn wir bereits in Hammersmith einen Zwischenstopp an einer Tanke einlegten, da ich dringend pinkeln musste.

Nachdem wir vor dem Gartentor geparkt hatten, half Clem mir mit einem Riesentrara ins Haus und die Treppe hoch in mein neues Reich, wo ich Jess' Geschenk vorfand – ein Wandgemälde, das sich über eine komplette Seite des Zimmers zog.

Ein riesiger Baum mit dickem braunem Stamm und Zweigen, die sich wie Finger über die gesamte Wand erstreckten; er war mit leuchtend grünen Blättern sowie kleinen Tieren verziert, die darauf saßen. Eine Eule auf einem Zweig, ein rotes Eichhörnchen auf einem anderen. Ein Affe schwang sich von einem Ast, ein rosa Papagei saß über ihm. Und unten, am Fuß des Baumes, hockte ein Fuchs, sein Junges neben ihm zusammengerollt.

»Gefällts dir?«, fragte Clem, der hinter mir stehen geblieben war.

Ich nickte. »Sehr sogar«, brachte ich erstickt hervor. »Ihr seid beide so unfassbar nett zu mir. Ich weiß nicht, wie … Ich weiß nicht, was … Ich habe einfach nur keine Ahnung, wie ich euch das je zurückzahlen kann.«

»Unsinn«, winkte Clem ab. »Aber es gibt da was, das ich dich fragen möchte.«

»Was?« Als ich mich umdrehte, sah ich ihn auf einem Knie zu mir aufschauen. »Clem …«

Er schüttelte den Kopf, wobei ihm sein Haarschopf in die Augen fiel, sodass er ihn mit der Hand wieder zurückstreichen musste. »Nein«, sagte er bestimmt. »Hör zu, ich habe darüber nachgedacht. Es ist die richtige Entscheidung, und ich möchte mich auch richtig um euch kümmern. Lilian Bailey, würdest du mir die Riesenehre erweisen und mich heiraten?«

Ich prustete los. Nicht nett, wenn ein Mann gerade den Mut gefunden hat, sich hinzuknien und diese Frage zu stellen, aber die ganze Situation war irre. Clem war irre. Lieb, aber eben irre. Eher noch hätte ich Gerald die Schildkröte geheiratet.

»Warum lachst du?«, fragte er gekränkt, immer noch auf einem Knie herumwackelnd.

»Tut mir leid, Clem, das wollte ich nicht. Ich liebe dich hierfür, ich meine, das tue ich wirklich, aber …« Ich stutzte. »Was um Himmels willen ist das?«

Er hatte etwas Kleines, Rotes aus seiner Tasche gezogen und pickte die Fusel davon runter.

»Haribo-Kirschen«, sagte er. »Kann mir zwar keinen Ring leisten, aber ich dachte, das hier würde es zwischenzeitlich auch tun. Symbolisch.« Er hielt mir den Haribo-Ring hin.

Ich biss mir auf die Unterlippe und bedachte ihn dann mit einem Lächeln. »Clem, das ist das Schönste und Großzügigste, was mir je ein Mensch angeboten hat. Und ich liebe dich wirklich. Aber nicht auf die Art. Komm, steh auf.« Ich hielt ihm die Hand hin, um ihm vom Boden aufzuhelfen.

»Na gut, in Ordnung.« Er beugte sich vor, um sich den Staub von den Knien zu klopfen. »Aber ich wollte dich gefragt haben.«

Ich lachte erneut. »Ist schon gut, aber ich brauche keinen Ehemann. Ich habe doch dich und Jess. Trotzdem danke, dass du mich gefragt hast. Ich bin echt gerührt.«

»Wirklich?«, fragte er beglückt.

»Ja klar. Aber mal ehrlich, kannst du dir vorstellen, jeden Morgen neben mir aufzuwachen?«

Er errötete und schob sich wieder eine Strähne aus dem Gesicht. »Na ja, nein, das vielleicht nicht.«

»Ganz genau. Besser also, wir bleiben Freunde. Außerdem wirst du doch sowieso so was wie E. T.s Ersatzvater sein.«

»Wirklich?«, wiederholte er, diesmal ungläubig.

»Ja, wirklich. Aber wir erzählen Jess lieber nichts von dem Antrag, okay?« Ich wusste, dass sie ihn noch ewig damit aufziehen würde.

»Nee, wäre keine gute Idee. Bleibt besser unser Geheimnis.«

»Unser Geheimnis«, bestätigte ich. »Also gut, komm, sollen wir die Taschen reintragen?«

Er nickte. »Unbedingt. Yes, Ma'am.«

Jess, die ein Porträt bei einem Kunden in Kensington abliefern musste, kam etwa eine Stunde später heim.

»Hast du die Wand gesehen?«, fragte sie, kaum dass sie die Haustür geschlossen hatte und ich die Treppe runterkam.

»Hab ich, und es ist unglaublich. Du bist unglaublich.«

»Oh, gut«, meinte sie und schloss mich in die Arme. »Und hast du dich schon eingerichtet? War Clem auch schön nichtsnutzig?«

Ich schüttelte den Kopf. »Nein, er war genial.«

»Wo steckt er denn?«

»Oben, räumt meine Koffer weg.«

Plötzlich ertönte von oben ein Riesenkrach, der die Dielen erbeben ließ, als wären gleich mehrere der Möbel im Abstellraum über ihm zusammengestürzt.

»Alles in Ordnung bei dir?«, brüllte Jess die Treppe hoch.

»Alles supi, kein Grund zur Panik«, schrie er zurück, auch wenn seine Stimme sich etwas gedämpft anhörte.

»Tee?«, fragte Jess, die wieder zu mir sah.

»Warum nicht?«, erwiderte ich und folgte ihr in die Küche.

Am Abend verkündete Jess, dass wir uns was beim Inder bestellen würden, um meinen Einzug zu feiern.

»Ich könnte doch auch einfach kochen?«, bot Clem zaghaft an.

»Nope«, erwiderte Jess bestimmt. »Heiliger Bimbam. Kommt schon, was wollt ihr? Ich rufe in zwei Sekunden an. Lil, weißt du schon, was du möchtest?«

Ich lag auf einem der gelben Sofas im Wohnzimmer, den Kopf auf einem Kissen hochgelegt, und schaute *Take Me Out*. »Hähnchen Jalfrezi, bitte. Und können wir einen Berg Papadams dazuhaben?«

»Jepp. Clem?«

»Einen Moment. Ich gucke noch.«

»O Gott, bist du lahm«, sagte Jess verzweifelt.

Ihrem Gezanke lauschend, lachte ich leise in mich hinein; ich war vergnügt, entspannt und angenehm träge, da ich nach dem Abendessen nicht die U-Bahn nach Hause nehmen musste, weil ich nämlich schon zu Hause *war*. Herrlich. Ich hob die Arme über den Kopf, um mich zu strecken, und verspürte plötzlich einen stechenden Schmerz, der wie ein Blitz der Länge nach durch meinen Körper bis in meine Sohlen jagte.

Ich zuckte zusammen und beugte mich abrupt nach vorne.

»Clem, beeil dich, bevor wir alle an Altersschwäche sterben. Oder wahlweise verhungern.«

»Ich kann mich nicht entscheiden zwischen dem Chili-Hähnchen mit Kümmel und dem Biryani. Was hatte ich letztes Mal?«

»Woher soll ich wissen, was du das letzte Mal hattest? Ich kann mich nicht mal erinnern, was *ich* das letzte Mal hatte. Such dir einfach was aus. Oder nimm das Biryani, und du kannst zusätzlich was von meinem Chili-Hähnchen abhaben.«

Ich kauerte mich vornüber, als der Schmerz erneut durch meinen Körper schoss, und spürte einen Schwall warmen Wassers zwischen meinen Schenkeln. Das konnte doch nicht wahr sein! Ich verdiente meinen Lebensunterhalt damit, Fünfjährige zu ermahnen, sich bitte nicht in die Hose zu machen – ich konnte doch jetzt unmöglich Granny Blanches Sofa vollgepullert haben, oder? Am ersten Abend meines Einzugs? Eine tolle Mitbewohnerin war ich. Doch als ich mich wieder gegen die Armlehne sinken ließ und erneut einen Krampf durch meinen Körper zucken spürte, wurde mir schlagartig klar, dass das die Wehen sein mussten. Wie verfressen ich generell bin, zeigte sich daran, dass mein erster Gedanke war: »Aber was ist mit meinem Hähnchen Jalfrezi?«

»Leute«, sagte ich laut, um die beiden zu unterbrechen. »Es tut mir leid, aber ich glaube, mein Fruchtwasser ist auf dem Sofa ausgelaufen.«

»Keine Sorge«, sagte Clem heiter. »Ich wollte eh nach unten gehen und was zu trinken holen, ich bringe dir ein Neues.«

»Clem, sei doch nicht so dämlich«, knurrte Jess auf dem Boden sitzend und rappelte sich auf. »Die Wehen haben eingesetzt.«

»WIE BITTE?«, rief Clem und starrte entsetzt meinen Bauch an, als könnte E. T. jeden Moment herausgeplatzt kommen. »Aber es ist doch noch gar nicht so weit? Eigentlich sollten sie doch erst in – wie viel? – zwei, drei Wochen kommen?«

»Ja, schon.« Ich nickte, die Hände um meinen Oberkörper geklammert, während ich versuchte, nicht auszurasten. Ich zuckte unter dem Krampf zusammen, der sich wie ein Gürtel um meine Mitte schloss. Fuck. Ich wollte die Schmerzmittel jetzt schon. Man hatte mir Drogen versprochen. WO WAREN DIE VERDAMMTEN DROGEN?

»Okay, okay, keine Panik«, sagte Jess. »Clem, steht dein Wagen draußen?«

Er runzelte die Brauen und kratzte sich wie wild am Kopf. »Öh, ja, ich glaub schon.«

»Geh und hol die Schlüssel. Lil, wo ist deine Tasche?«

»Oben, auf meinem Bett. Und kann einer von euch meine Jogginghose aus dem Zimmer holen? Bin aber nicht sicher, wo ich sie hingepackt habe, vielleicht in eine Schublade?«

»Okay, Clem, du holst die Tasche und die Jogginghose.« Dann drehte sie sich zu mir um. »Alles in Ordnung bei dir?«

Ich nickte, war jedoch voller Angst. Der nasse Fleck zwischen meinen Beinen wurde bereits kalt.

»Es wird schon alles. Wir haben das unter Kontrolle.«

Ich hörte, wie Clem nach oben polterte, in mein Zimmer stürmte und dann wieder die Treppe runterkam. »Tasche, Hose, Autoschlüssel«, verkündete er schnaufend in der Tür. »Lasst uns gehen.«

»Lass den Motor schon mal an«, wies ihn Jess an, bevor sie mir vom Sofa aufhalf. »Komm schon, du Heffalump, lass uns ins Krankenhaus fahren.«

Wenn ich nicht so viel Schiss gehabt hätte, würde diese Autofahrt ganz oben in den besten Roadtrips meines Lebens rangieren. Clem fuhr, Jess saß vorne neben ihm, verbrachte den Großteil der Fahrt aber nach hinten umgedreht, wo ich auf dem Rücksitz lag.

»Weißt du auch, wohin du fährst, Clem?«

»Ja«, antwortete er und nickte nachdrücklich. »Zum Chelsea & Westminster.«

»Nein, ich muss ins St. Thomas Hospital«, berichtigte ich ihn ermattet von hinten, als auch schon die nächste Wehe zuschlug und ich gequält die Augen zusammenkniff. Es fühlte sich an, als würde E. T. meinen Unterleib mit ihren bloßen Händen auswringen.

»Ins St. Thomas, du Trottel!«, schrie Jess. »Pass auf, ich gebs in meinem Handy ein. Da hast du's, folg einfach dem Navi.«

Das Gezeter ging so die gesamte halbe Stunde, die wir brauchten, um uns quer durch London zu schlängeln. Nicht da lang, dort lang … lasst uns Musik anmachen …

nein, mach die Musik aus … überhol den Bus da, pass auf den Radfahrer auf … scheiß auf die rote Ampel, Clem, FAHR DOCH EINFACH, und so weiter und so fort.

»Jess, kannst du im Krankenhaus anrufen und Bescheid geben, dass wir unterwegs sind? Die Nummer ist unter Geburtsstation eingetragen, glaub ich. Und dann Mum und Dennis simsen?«, sagte ich und reichte ihr mein Handy. »Versetz sie nicht in Panik, schreib einfach, dass alles gut ist und wir uns auf dem Weg zum Krankenhaus befinden.«

»Klar, wird gemacht«, sagte sie und nahm mein Handy. »Was ist mit Max?«

»Er ist immer noch nicht zurück«, sagte ich panisch und wurde von einer Woge emotionaler Schmerzen gepackt, die sämtliche körperlichen Qualen überflügelte, die ich auf dem Rücksitz von Clems Wagen durchlitt. Max war nicht hier. Jetzt würden E. T. und ich es doch ohne ihn machen müssen.

»Ist schon gut«, sagte Jess und griff nach meiner Hand, um sie zu drücken. »Was ist mit der Satellitennummer? Kann ich dahin simsen?«

Ich nickte. »Ja, ich glaub schon. Schau in meinem Nachrichteneingang. Sie ist immer noch daaaaaaaaaaargggggh«, stöhnte ich, als mein Bauch sich wieder zusammenzog.

Ein paar Minuten später ließ Clem mich und Jess am Eingang zur Geburtsstation raus, und wir watschelten hinein.

»Hallo, ich bin Lil Bailey. Meine Freundin Jess hat vorhin angerufen. Ich bin in der siebenunddreißigsten Woche, und meine Fruchtblase ist geplatzt.« Ich schob meine Unterlagen zu dem Mann hinter dem Empfangstresen rüber, der sie wortlos entgegennahm und etwas in seinen PC tippte.

Ich schaute mich im Wartebereich um, wo eine Handvoll anderer Schwangerer saß – manche sahen gelangweilt aus, manche, als hätten sie Schmerzen. Eine nuckelte an einer Flasche Lucozade. Eine andere lehnte, die Hände gegen die Wand gestützt, vornüber, den Rücken uns zugewandt, und gab Laute von sich wie ein sich paarender Wal. Ein Mann, der vermutlich ihr Lebensgefährte war, stand unbeholfen daneben und rieb ihr in umständlichen, kreisenden Bewegungen den Rücken, als würde er kostbares Porzellangeschirr polieren. Es sah nicht ansatzweise beruhigend aus.

»Wie weit liegen Ihre Wehen auseinander?«, fragte der Mann und blickte von seinem Bildschirm auf.

Scheiße. Ich hatte vergessen, die Zeitabstände zu messen. Wie lange waren wir im Auto gesessen? »So vielleicht fünfzehn Minuten?«

Er runzelte kurz die Stirn. »Okay, dann bringen wir Sie mal in einen Untersuchungsraum.«

Dort trafen wir auch meine Hebamme, eine stämmige Frau mit knallgelbem Haar namens Buzzy.

»Buzzy heiß ich, busy bin ich«, verkündete sie fröhlich, während sie ein Blutdruckgerät zum Bett rollte.

»Kann ich Schmerzmittel haben?«, fragte ich flehend wie ein Junkie auf Entzug. Mein Bauch krampfte wie unter extremen Regelschmerzen.

»Einen Moment, meine Liebe«, sagte Buzzy und zog sich schnalzend ein Paar Handschuhe über, während ich mich auf den Gynäkologiestuhl legte. »Wir müssen erst mal einen Blick drauf werfen und schauen, wie weit Sie sind.«

Gerade als ich meine Füße auf die Halterungen stellte, klopfte es an der Tür, und Clems Gesicht tauchte auf. Sein Kiefer klappte runter, als er mich dort liegen sah.

»Nicht jetzt!«, rief Jess, die neben mir saß. Clems Kopf verschwand wieder.

Ich versuchte, mich zu entspannen, als Buzzy ihre Finger in mich gleiten ließ. Ich drehte den Kopf und musterte ein Plakat an der Wand. *Stellungen für eine Entbindung außerhalb vom Bett*, stand oben über mehreren Zeichnungen einer Frau in diversen Verrenkungen: kniend mit dem Hintern in der Luft; ein Bein auf einem Stuhl abgestellt; in der Hocke vor einer Person, die Arme um den Nacken geschlungen. Es war wie eine unsexy Version von »Stellung des Monats«.

Dann stockte mir der Atem, als ich Buzzys Finger ganz oben spürte.

»Tut mir leid, meine Liebe, aber Ihr Muttermund ist erst zwei Zentimeter geöffnet«, erklärte sie, während sie die Finger wieder rauszog und die Handschuhe abnahm. »Aber ich denke, angesichts Ihres Blutdrucks sollten wir Sie hierbehalten und beobachten.«

»Ich kriege keine Schmerzmittel?«, fragte ich zunehmend verzweifelt.

»Doch, kriegen Sie«, erwiderte sie. »Ich kann Ihnen ein paar Paracetamol geben.«

»Okay«, murmelte ich enttäuscht. Ich nahm Paracetamol gegen Kopfschmerzen. Wo war das Lachgas? Wo war die herrlich betäubende PDA?

»Alles in Ordnung, Süße«?, erkundigte sich Jess und drückte meine Hand.

Ich nickte, aber in Wahrheit hatte ich eine Heidenangst. Es passierte. Ich war hier, E. T. war unterwegs, und ich hatte schlimme Schmerzen. Ich hatte natürlich schon versucht, mir die Geburt auszumalen. Beim Happy-Baby-Kurs hatte Emily uns dazu aufgefordert, uns den Prozess innerlich vorzustellen, um die Atmung zu üben. Sie hatte zudem alle ermutigt, sich ihre Achtsamkeits-Audioaufnahme zu Hause anzuhören, aber ich fand sie so nervig, dass ich sie nach drei Minuten gleich wieder ausschaltete. Doch solange der Körper nicht selbst in der Situation ist, solange der Körper es nicht buchstäblich selbst durchmacht, ist es unmöglich, diesen Vorgang zu kennen – diesen seltsamen, fast schon abstrafenden Mechanismus, mit dem der Körper anfängt, ganz selbsttätig zu funktionieren, als wäre er vollkommen unabhängig von deinem Hirn.

»Ja«, sagte ich zu Jess. »Alles gut. Hast du Max geschrieben?«

Sie nickte. »Klar. Ich behalte dein Handy bei mir, keine Sorge.« Sie drückte erneut meine Hand. »Wir schaffen das.«

Ich drückte zurück, als mein Bauch erneut krampfte.

Wann immer ich mir die Wehen und die Geburt vorgestellt hatte, hatte ich eine Art romantische Komödie vor

Augen, mit einem lustigen Arzt, der Witze übers Pressen riss, und mir als der Schwangeren, die brüllte, dass sie das Baby gar nicht mehr wolle und ob es bitte irgendwer einfach zurückstecken könnte.

In Wahrheit war es schrecklich, definitiv nicht witzig, und es ging so lange, dass ich nach dem dritten oder vierten Schub auf dem Boden lag und vor Erschöpfung heulte. Stöhnend sagte ich Jess und Buzzy, dass ich das nicht mehr könne, dass ich weder die körperliche noch geistige Energie hätte weiterzumachen. Ich kam am Sonntag kurz nach 21 Uhr ins Krankenhaus, doch erst gegen Dienstagmittag hatte mein Muttermund sich so weit geöffnet, dass ich die Anweisung bekam zu pressen.

Die Geburt, so hatte Emily uns im Happy-Baby-Kurs gesagt, sei ein wunderschöner Vorgang. Doch nichts an dieser Geburt war schön. Sie war brutal, wie etwas, das man sonst nur in Naturdokus sieht. Blutig, schweißtreibend, ordinär und kräftezehrend.

Das Lachgas half auch nur bedingt, weshalb ich anfangs im Zimmer auf und ab ging, ohne zu wissen, wohin mit mir und den Schmerzen. Dann stand ich eine Weile auf und stützte mich gegen die Wand wie diese Frau, die ich bei meiner Ankunft im Wartebereich gesehen hatte. Ich kniete auf dem Boden wie eine Katze, ich saß auf einem Geburtsball und schrie, kehrte wieder ins Bett zurück, stand wieder auf und versuchte es mit einer Dusche, in der Hoffnung, dass das warme prasselnde Wasser mein Gehirn von den Schmerzen ablenken würde.

Ein Vorteil von diesem Wehenmarathon war, dass er

Mum und Dennis genug Zeit verschaffte, um von Norfolk runterzufahren, auch wenn Mum, kaum dass sie eintraf, anfing, Fotos von mir mit dem Smartphone zu knipsen. »Lächeln, mein Schatz, versuch zu lächeln!« Es machte mich so rasend, dass ich sie anblaffte, sie sollten gefälligst nach Chiswick fahren und Jess würde ihnen schon Bescheid geben, wenn es so weit wäre.

Clem, der Gute, blieb die gesamte Zeit über wie Lassie im Wartezimmer sitzen und flitzte nur hin und wieder zum nahe gelegenen Pret a Manger, wenn Jess ihn losschickte, um gesüßte Getränke und abgepackten Schoko-Keks-Kuchen zu holen.

Mein persönliches Highlight war die Ankunft des Anästhesisten, als mein Muttermund bei fünf Zentimetern war. Er setzte mir die PDA und betäubte damit alles unterhalb meines Bauchnabels (Jess behauptete später, dass ich ihm einen Heiratsantrag gemacht hätte, aber daran kann ich mich nicht erinnern). Trotzdem dauerte es noch ganze zwölf Stunden, bis E. T. sich herausbequemte. Sollte ich je wieder einen Mann über einen langen Arbeitstag im Büro jammern hören, werde ich ihm anraten, sich vorzustellen, wie es wäre, zwei Tage lang einen kleinen Menschen durch seinen Penis zu drücken.

»Okay, Lil, jetzt gehts ans Eingemachte«, verkündete Buzzy schließlich am Dienstagnachmittag. Sie hatte seit meiner Aufnahme Zeit gehabt, nach ihrer Schicht schlafen zu gehen und danach wieder zur Arbeit zu kommen. »Jetzt möchte ich, dass Sie wirklich mitarbeiten.«

»Ich kann nicht«, murmelte ich elend. Ich lag wieder im

Bett, weil ich mich so ausgelaugt, so erschöpft fühlte, dass ich mir nicht sicher war, ob ich überhaupt stehen könnte.

»Na ja, ich kann da nicht reingehen und das Baby für Sie rausholen, also ist das die einzige Option, fürchte ich«, sagte Buzzy und blickte zwischen meinen Beinen auf. »Kommen Sie, wir haben es so weit geschafft. Geben Sie mir jetzt nicht auf!«

»Wenn Sie darauf bestehen«, ächzte ich schwach, schloss die Augen und griff nach Jess' Hand. Ich fand sie und versuchte, im Rhythmus der Konvulsionen, die ich verspürte, zu atmen. Der Schmerz war aufgrund der PDA nicht so heftig wie zuvor, doch er bescherte mir die Energie, von der ich nicht geglaubt hatte, dass ich sie noch aufbringen könnte.

»So ists gut, so ists gut, gut so«, hörte ich Buzzy sagen. »Ok, und atmen, atmen, atmen.«

»ICH ATME DOCH, ICH BIN JA NICHT TOT, ODER?«, schrie ich plötzlich. Ah, ich befand mich in der Übergangsphase. Bevor ich die Schwangerschaftsratgeber gelesen hatte, hatte ich ja keine Ahnung davon gehabt, aber es ist wohl der Moment, in dem der Kopf des Babys gegen den Muttermund presst und dabei einen wahren Schwall von Hormonen freisetzt, die einen praktisch in den Wahnsinn treiben. Und in einigen Fällen auch sehr laut und ausfällig werden lassen.

»Ist schon gut, Süße, du machst das toll. Denk nur an das kühle Bier, das du dir danach endlich wieder gönnen kannst«, sagte Jess in einem Versuch zu schlichten.

»ICH WILL KEIN SCHEISSBIER, ICH WILL NACH HAUSE!«

»Ich weiß, Süße, und das werden wir auch bald. Nur noch ein bisschen«, sagte sie, ihre Hand in meiner.

»Okay, Lil, ich muss Sie jetzt bitten, noch mal zu pressen«, meldete sich Buzzy. »Ok, pressen, pressen!«

»Ich kann nicht mehr«, wimmerte ich.

»Ich weiß, Liebes, aber schon bald werden Sie Ihr Baby in den Armen halten«, erwiderte Buzzy. »Kommen Sie, ein großer, tiefer Atemzug, Kinn auf die Brust, und los gehts, Lil, los gehts!«

Ich krallte mich seitlich am Bett fest und presste, wobei ich vor Anstrengung brüllte. Mein Rücken bäumte sich auf, während ich schrie.

»O mein Gott, ihr Kopf«, hörte ich Jess sagen. »Ihr Kopf, ihr Kopf, Lil, ihr Kopf!«

»WAS STIMMT DENN NICHT MIT IHREM KOPF?«

»Nein, nein, gar nichts, aber ich kann ihn sehen … ich kann *sie* sehen, Lil. Ich kann dein Baby sehen!«

Und dann, plötzlich, nachdem ich noch einmal heftig nach Luft geschnappt hatte, konnte ich mein Baby ebenfalls sehen. Sie war draußen, sie war da, und Buzzy legte sie mir auf die blanke Brust.

»Gut gemacht, Lil, gut gemacht«, sagte Buzzy strahlend. »Es ist ein Junge.«

Es war, als würde das opulenteste Feuerwerk aller Zeiten in meinem Inneren abgefeuert, und innerhalb eines Sekundenbruchteils schwoll mein Herz an, um Platz für ihn zu schaffen. Er lag auf mir, brüllte um sein Leben, während Buzzy ihn abwischte. »Sie waren großartig, Lil, meinen Glückwunsch. Willkommen, kleiner Mann.«

Der überwältigende, augenblickliche Anfall von Liebe, den ich verspürte, war beinahe schon körperlich schmerzhaft. Ich musterte sein kleines faltiges Gesicht, wollte mir jedes noch so kleine Detail einprägen: seine winzigen Nasenflügel, seinen Mund, sein feuchtes Köpfchen mit dem verklebten Haar. Bis auf die Tatsache, dass ich auf das falsche Geschlecht getippt hatte, war es, als hätte ich ihn schon die ganze Zeit gekannt. Er fühlte sich mir so vertraut an – als würde er nach einer langen Reise zu mir zurückkehren. Sah er wie Max aus? Ich blinzelte hinab und versuchte, mir mein neugeborenes Baby mit Bart vorzustellen. Nee, das ging nicht. Er sah einfach nur babymäßig aus. Und wie sich herausstellte, kein bisschen wie E. T. Er war das schönste, zarteste, bezauberndste Baby, das ich je gesehen hatte.

»Hallo, du«, sagte ich, wobei ich seine Wange mit meinem Finger streichelte. Dann schaute ich zu Jess. »Jess, schau, er ist da.«

»Ich weiß, Süße«, sagte sie durch ihre Tränen hindurch.

So blieben wir eine ganze Weile und weinten beide, während wir ihn staunend betrachteten. Ich meine, ich bin mir sicher, dass die Pyramiden und das Taj Mahal toll sind, aber sie sind nichts im Vergleich zu deinem eigenen neugeborenen, kleinen Menschenkind, das in deinen Armen brüllt.

Es vergingen ein paar Sekunden, bis ich irgendeinen anderen Gedanken hatte als ihn. Aber dann, plötzlich, schoss mir was anderes durch den Kopf. »GOTT SEI DANK ist es vorbei.«

Einige Stunden danach, auf der Wochenbettstation, fing es da unten an zu pochen. »Riss zweiten Grades«, hatte Buzzy verkündet, als sie mich auf dem Entbindungsbett inspiziert hatte. Sie sagte das ganz beiläufig, als würde sie über einen Papierschnitt am Finger reden, doch in Wahrheit bedeutete es, dass meine Vagina bis in meinen Damm eingerissen war. Tja, Wahnsinn, die Fingerdehnungsübungen an meinem Wellnesswochenende hatten ja echt was gebracht. Man hatte mich zusammengeflickt und mir ein lokales Betäubungsmittel gespritzt, dennoch machte sich immer noch ein dumpfer Schmerz bemerkbar. Ich versuchte, meine Position im Krankenhausbett zu verlagern, ohne die Augen von dem kleinen runzligen Wesen in meinen Armen zu lösen. Er schlief, das Fäustchen von der Größe einer Garnele unter dem Kinn eingerollt. Es war, wie einen sehr kleinen, sehr alten Mann zu halten. Feuchte, geleckte Haarsträhnen standen ihm vom Kopf ab. In meinem Höschen sah es wahrscheinlich nach Kriegsgebiet aus, aber das spielte gerade keine Rolle, weil ich niemanden sonst brauchte. Es gäbe nur mich und ihn. Und ab und an Mum und Dennis. Und Jess und Clem natürlich. Aber das war alles, was ich brauchte. Niemanden sonst. Meine Vagina machte den Laden dicht. Begab sich freiwillig und frühzeitig in den Ruhestand. Sie könnte ja einen kleinen Urlaub einlegen und mit Golfspielen anfangen. Ich lachte schnaubend über meinen eigenen schlechten Witz und zuckte sofort zusammen. Wenn ich lachte und meine Bauchmuskeln anspannte – zumindest die wenigen, die übrig waren –, brannten die Stiche fies.

Während ich zusammengeflickt worden war, hatte ich zur Ablenkung über Namen nachgedacht. Die letzten Monate hatte ich mir hauptsächlich Mädchennamen überlegt – Olive war nach wie vor der Spitzenreiter. Aber ich kam zu dem Schluss, dass Olive für einen Jungen nicht funktionierte; und wenn ich ihn Oliver nannte, würde man ihn sein Leben lang mit Liedern aus dem gleichnamigen Musical nerven. In meinem Kopf verlegte ich mich vorläufig auf Finlay – oder, in der Kurzform, Finn. So hieß auch Dennis mit Zweitnamen. Aber ich kam zu dem Schluss, dass ich ihm ohne Max sowieso keinen Namen geben konnte.

Max.

Irgendwann, als ich in den Wehen lag – es fühlte sich an, als wäre es Tage her –, hatte Jess mir gesagt, dass er unterwegs sei, dass er versuche, nach London zurückzukommen. Ich erinnerte mich, wie ich genickt hatte, bevor ich abgelenkt wurde, da ich mich körperlich dringend für den nächsten Schub wappnen musste. Doch Max war immer noch nicht da und Jess auch nicht, also konnte ich sie nicht fragen, ob sie was von ihm gehört hatte.

Die Vorhänge rund um mein Bett waren teilweise zugezogen, doch ich konnte auf der anderen Seite der Station einen Mann sehen, der in einem Sessel neben einem Krankenbett saß. Er hatte einen Arm seitlich ausgestreckt und hielt die Hand der Frau, die im Bett lag und schlief; in seinem anderen Arm ruhte ein kleines Deckenbündel – ein weiteres neugeborenes runzliges Menschenwesen. Der Mann sah es mit dieser Art von Liebe an, die wohl nur von einem Vater kommen kann. Ich blickte besorgt zu Finn runter, dann wieder zu dem Mann auf der anderen Seite des Raums. War es schlimm? Würde es schlimm sein?

Mein Baby war keine fünf Stunden alt – aber hinkte es, weil es vaterlos war, bereits im Leben hinterher? Na ja, nicht vaterlos. Er hatte einen Vater, der sich gerade wahrscheinlich mit Klettereisen den Rückweg durch die mongolischen Berge bahnte. Es würde einfach nur eine andere Art Vater-Sohn-Beziehung sein.

Ich seufzte und hielt sofort wieder den Atem an. Selbst Seufzen tat weh. Physische Aktivitäten jedweder Art wären für eine Weile ganz klar gestrichen. Abgesehen vom Stillen natürlich. Ich hatte vorhin fast eine Stunde damit zugebracht, um an meinen, offen gesagt, riesigen Nippeln herumzudrücken und zu versuchen, Finn dazu zu bringen – sah er überhaupt aus wie ein Finn? –, einen anzunehmen, während er heulte. Das heisere, schrille Quäken eines Neugeborenen. Ich hatte vor Verzweiflung geweint, doch dann, als hätte es in seinem Miniaturgehirn klick gemacht, legte er los. Er saugte an meinem Nippel (ehrlich, das Ding hatte die Größe eines Fingerhuts), als wäre er total verkatert und bräuchte ganz dringend Wasser; dann sank sein Kopf wieder zurück, und er schlief auf meiner Brust ein. Typisch Mann. Eine Krankenschwester hatte angeboten, ihn in sein Plastikkörbchen neben meinem Bett zu legen, doch ich wollte ihn halten. Ich befürchtete, dass das nichts Gutes verhieß, dass ich wahrscheinlich eine dieser klammernden Mütter wäre, die ihm auch noch mit neunzehn den Mund mit einem spuckegetränkten Taschentuch abtupfen würde. Aber da tauchte ein Kopf hinter dem Vorhang auf. Es war Dennis.

»Hallo, mein Schatz, wie fühlst du dich?«, grüßte er mit einem hörbaren Flüstern, trat hervor und küsste mich auf den Kopf.

»Mir gehts gut. Der Kleine da döst schon eine ganze Weile.« Ich lächelte zu ihm hoch. »Da, setz dich. Schieb den Kram einfach beiseite.« Ich zog vorsichtig meinen rechten Arm hervor und winkte vage zu dem verstellbaren Sessel neben meinem Bett, auf dem eine Schachtel mit Hygienebinden lag. »Stopf die einfach … da rein.« Ich zeigte auf die Reisetasche auf dem Boden.

Dennis nahm die Damenbinden so vorsichtig, als würde er einen Säugling anheben, und verstaute sie in meiner Tasche. Dann setzte er sich und stellte eine Tesco-Tüte auf seinem Schoß ab.

»Ich war mir nicht sicher, worauf du Lust hättest, also habe ich alles Mögliche gekauft.« Er holte eine Plastikschale mit gemischten Trauben hervor, eine große Tüte Twiglets und dann eine Flasche Yop-Kakao, den ich als Kind geliebt hatte. Wenn Dennis mich anstelle von Mum von der Schule abholte, brachte er mir immer eine Flasche vom Zeitungskiosk mit. Wir spazierten Hand in Hand heim, wobei ich immer wieder einen kräftigen Schluck nahm, während Dennis meinen Rucksack über seiner Schulter trug und wir uns über unseren jeweiligen Tag unterhielten. Ich sprach mehr so über Buchstabiertests und die Alten Griechen, Dennis dozierte über historische Schlachten und darüber, warum die deutsche

Offensive in Russland 1941 so ein Desaster für die Nazis gewesen war.

Er hielt die Flasche hoch. »Dachte, du könntest etwas Zucker gebrauchen. Soll ich sie dir öffnen?«

Ich spürte sie kommen, konnte jedoch nichts dagegen tun. Noch mehr Tränen. Sie ließen meine Sicht verschwimmen, quollen über und rannen meine Wangen hinab. Ich hob die Hand, um mein Gesicht abzuwischen, als eine Träne von meinem Kinn auf Finns Kopf tropfte. Jesus, erst ein paar Stunden auf dieser Welt, und schon heulte ihn ein Weib voll.

»Ach, Liebes«, sagte Dennis, stellte den Kakao ab und griff nach meiner Hand. »Das wird schon alles.«

Ich nickte, während die Tränen immer noch mein Gesicht hinabkullerten. »Ich weiß. Ich glaube, ich bin einfach nur müde. Und emotional aufgewühlt. Und …« Ich verstummte, und mein Blick fiel erneut auf den Vater auf der anderen Seite des Raums, der immer noch sein Baby hielt, es immer noch anblickte. War meine Liebe denn genug? Würde Finn damit zurechtkommen, den Großteil der Zeit nur meine Liebe zu haben? Fünfzig Prozent weniger Liebe, als die anderen Babys hier drin bekommen würden? Oder würde ich ihn einfach nur doppelt so viel lieben müssen? Ich verspürte eine Woge der Panik und schaute wieder zu Dennis. »Ich habe nur …«, fuhr ich mit erstickter Stimme fort. »Meinst du wirklich, dass alles gut wird?«

»Ja«, knurrte er entschiedener, als ich ihn je gehört hatte. »Es wird sogar besser als nur gut. Und weißt du auch warum?«

Ich schüttelte den Kopf und zog die Nase hoch. Ich kam mir jämmerlich vor.

»Weil das Baby dich zur Mutter hat«, sagte Dennis und nickte mit dem Kopf zu Finn. »Und ich kenne niemanden, der fähiger, talentierter und … genialer ist. Du wirst eine Supermum sein, Lil, und der Kleine hier ist das glücklichste Kerlchen der Welt. Und du hast uns. Auf jedem Schritt eures Weges.« Dennis strahlte mich an. »Es wird alles super.«

Ich lächelte ihn an, die Augen immer noch verschwommen, gerade als Finn ein leises Grunzen von sich gab.

»Ich bin so stolz auf dich, mein Mädchen. Auf euch beide«, sagte Dennis. »Hier, trink was davon.« Er griff wieder nach dem Kakao und schraubte den Deckel ab. »Das wird helfen. Hat es schon immer.«

Ich nahm die Flasche entgegen und trank. Es war die beste Flasche Yop-Kakao, die ich je hatte – die klebrige Süße fühlte sich an wie ein Zaubertrank. Wenn er nur wenigstens meine Vagina wieder in Schuss bringen könnte, überlegte ich, aber so mächtig waren seine Kräfte wahrscheinlich nicht.

»Wo ist Mum?«, fragte ich, als ich die Flasche zurückstellte und mir den Mund mit dem Handrücken abwischte.

»In der Apotheke, sie meinte, sie wolle dir noch was besorgen, aber ich solle schon mal hochgehen und nach dir sehen. Meinte, sie würde simsen, wenn sie auf dem Weg wäre.« Er griff in seine Tasche und beäugte blinzelnd sein Display.

»Oh, sie kommt gleich, mach dich schon mal bereit.« Er grinste, als ich auch schon Mums Stimme am anderen

Ende des Flurs hörte; sie redete laut genug, um sämtliche Babys auf der Station zu wecken – womöglich sogar alle Wochenbettstationen Londons.

»Sie liegt in Bett elf. Das ist gleich da drüben … nicht das, nicht das, meine Güte, riecht es hier … ich hoffe nur, die machen auch richtig sauber … Oh, schau, da sind wir schon. Bett elf.« Der Vorhang wurde ein Stück zurückgezogen, und Mum tauchte mit Jess und Clem im Schlepptau auf. Mum hielt eine Plastiktüte; Jess hatte einen Riesenstrauß weißer, in Zellophan gewickelter Rosen im Arm liegen, als wäre er ihr Baby.

»Wie geht es uns denn?«, fragte Mum.

»Gut, ich habe ihn doch noch dazu gebracht, was zu trinken.«

»Gut gemacht. Ich schätze mal, er wird wie du«, verkündete sie heiter. »An manchen Tagen hatte ich das Gefühl, einen Piranha an der Brust hängen zu haben.«

»Igitt, Mum.«

»Hallo, kleiner Mann«, sagte Jess und küsste mich auf den Kopf, bevor sie zu Finn runterblickte. »Er hat deine Nase.«

»O nein, der arme Junge. Sag so was nicht.«

»Ehrlich, er ist eine Miniaturausgabe von dir. Ich hab ihn jetzt schon total lieb, Lil.«

Ich schenkte ihr ein Lächeln und schaute dann zu Clem, der sich etwas betreten an meinem Fußende rumdrückte. »Wie geht es dir, Clem?«

»Gut«, antwortete er. »Und du? Hast du etwas schlafen können?«

Ich nickte. »Ja, ein, zwei Stündchen.«

»Gewöhn dich lieber gleich dran, mein Schatz, denn die nächsten Wochen wirst du nicht mehr Ruhe am Stück bekommen«, sagte Mum, hilfreich wie immer, während sie in ihrer Tüte kramte.

»Willst du ihn mal halten?«, sagte ich, als ich sah, wie Clem Finn mit staunendem Blick betrachtete.

»Oh, darf ich?«

»Natürlich«, sagte ich. »Schau, komm her.« Clem schob sich an meine Bettkante vor, und ich beugte mich nach vorne, um Finn behutsam zu ihm hochzuheben.

»Clem, sei vorsichtig mit seinem Kopf«, mahnte Jess panisch von der anderen Seite des Betts. »Du wirst ihn fallen lassen, ich weiß, dass du ihn fallen lassen wirst, bitte, pass auf. Kannst du einfach …?«

»Ist schon gut«, sagte ich. »Er hat ihn.« Und wieder heulte ich fast los, als ich Clem sah – Clem, den Riesen, der den kleinen Finn in seiner Armbeuge wiegte und wie hypnotisiert auf ihn hinabblickte. Ganz kurz ließ der Anblick mich noch mal seinen Heiratsantrag überdenken. Könnte ich nicht doch …? Nee, sorry, ging nicht. Ich konnte unmöglich Sex mit Clem haben.

Endlich angelte Mum ein kleines Metalldöschen aus der Tüte. »Da, für dich, das habe ich gesucht. Sheabutter. Für deine Nippel. Ich sag dir, du bist über meine hergefallen, als wären es Weingummis, und das Zeug hier war das Einzige, was half.«

»Danke, Mum«, sagte ich und nahm das Döschen entgegen. »Ich bin so froh, dass alle versammelt sind, um an dieser intimen Konversation teilzunehmen.« Ich begegnete Dennis' Blick und schenkte ihm ein schiefes Grinsen.

»Clem, darf ich auch mal?«, meldete sich Jess, die eifersüchtig Finn beobachtete, der selig in den Armen ihres Bruders schlief.

»Ich hatte ihn doch nur zwei Sekunden.«

»Biiiiiiette, darf ich? Ich möchte so gern.«

»Leute, wir kommen nachher mit heim. Ich verspreche, ihr werdet beide noch genug Zeit mit ihm verbringen. Schluss mit dem Gezanke.«

Jess sah mich an und prustete los.

»Was?«

»Schau dich einer an, wie du die Mama spielst. Du bist ein Naturtalent.«

»Klar ist sie das«, sagte Dennis.

Ich grinste und nahm noch einen großen Schluck von meinem Kakao, wobei ich leicht meinen Mund verfehlte, sodass er mir übers Kinn rann und auf mein neues Nachthemd tropfte.

»Oh, scheiße. Dennis, kannst du mir ein Taschentuch reichen?«

Er beugte sich vor, und die Schachtel mit den Taschentüchern schwebte in der Luft, als der Vorhang sich bewegte und die nächste Person dahinter auftauchte. Max.

Ich schnappte mir ein Tuch und wischte mir hektisch das Kinn ab.

»Hi«, sagte ich kurz wie belämmert und hoffte, dass ich allen Kakao erwischt hatte.

»Hi«, erwiderte Max und blieb verlegen stehen, den

Vorhang mit einer Hand festhaltend. Er sah aus, als wäre er ein paar Wochen auf einer verlassenen Insel gestrandet gewesen. Sein Haar war ein verfilzter Mopp, sein Bart struppig und sonnengebleicht, seine Wangen und die Stirn tiefbraun. Er steckte immer noch in einem Outfit, das sehr nach Entdeckerkluft aussah – weiter schwarzer Anorak, Khakihose und bis zu den Waden hochgeschnürte Stiefel.

»Entschuldige«, schob er unsicher hinterher und blickte an sich hinab, als ich ihn so anstarrte. »Ich bin nur kurz zu Hause vorbei, um mein Gepäck abzulegen, und bin dann direkt hierher.«

Ich schüttelte den Kopf. »Nein, nein, ich bin nur überrascht.« Und dann fiel mir ein, warum er hier war. »O ja, Max, darf ich vorstellen, äh … unser Baby.«

Ich deutete zu Clem neben meinem Bett. Finn schlief immer noch selig in seinen Armen und ahnte nichts von der hölzernen Konversation zwischen seinen Eltern und der allgemein peinlichen Stimmung. »Möge dieser Zustand lange währen«, dachte ich rasch.

Max blickte zu Finn, dann hoch zu Clems Gesicht, dann wieder zu Finn. Er trat zaghaft auf den Ärmsten zu, der aussah, als würde er gerade lieber nicht das kostbare Baby eines anderen Mannes halten.

»Hi«, sagte er und versuchte, eine Hand unter Finn zu befreien.

»Clem, TUS NICHT! Du wirst ihn fallen lassen«, kreischte Jess von der anderen Seite des Betts.

»Darf ich …?«, sagte Max ruhig und deutete auf das Bündel in Clems Armen.

»Natürlich«, erwiderte Clem, und es fehlte nicht wenig, dass er ihm Finn rüberwarf wie eine heiße Kartoffel. »Da hast du ihn.«

Max nahm Finn behutsam entgegen, als wäre er eine Glasfigur, die in seinen großen Klettererhänden zersplittern könnte; dann rückte er ihn mit Clems Hilfe in seiner Armbeuge hoch, bis Finn gemütlich drinlag.

»Entschuldige«, sagte Max ängstlich in meine Richtung. »Ich habe das noch nie zuvor gemacht.«

»Ich glaube, wir gehen mal lieber einen Kaffee trinken«, meldete sich plötzlich Dennis.

»Du hattest doch gerade erst einen«, sagte Mum. »Du weißt doch, dass zu viel Kaffee dir auf die Verdauung schlägt, Den.«

»Dann eben einen Tee«, beharrte Dennis und sah sie mit Nachdruck an. »Komm schon, Jackie, da unten gibt es eine Teestube. Jess? Clem? Lust auf ein Tässchen?«

»Gute Idee«, erwiderte Jess mit einem Zwinkern in meine Richtung. »Clem, komm schon, du auch.«

»Ich glaub, ich brauch keinen Tee, danke«, sagte Clem, bevor Jess ihn mit einem wütenden Funkeln bedachte. »Oh, klar, ja, schon kapiert.«

Max schien nichts davon mitzukriegen, so vertieft war er in den Anblick seines Sohnes.

Die vier gingen von dannen, wobei Mums Stimme durch den Flur hallte. »Er *hat* aber auch schöne Augen. Ich frage mich, ob der Kleine seine Augen kriegt … Natürlich kommen Babys grundsätzlich immer auch nach ihrem Vater, aber …«

Ihre Worte verebbten, und Max blickte zu mir auf. »Nie im Leben hätte ich mir das hier vorstellen können. Wie es sich anfühlt. Es ist … unglaublich.«

»Setz dich doch, wenn du magst«, sagte ich und deutete mit dem Kinn zum Sessel, wobei ich Dennis im Stillen dankte, dass er die Binden weggeräumt hatte.

Er kam langsam rüber und ließ sich auf den Sessel sinken. Dann schaute er kopfschüttelnd zu mir auf. »Bitte entschuldige, ich habe gar nicht gefragt, wie es dir geht?«

»Mir gehts gut. Und es stimmt, was sie sagen: Es ist den ganzen Schmerz wert.« Ich fand nicht, dass ich Max detailliert über den Zustand meiner Vagina informieren musste.

»Gut, da bin ich aber froh.« Seine Augen ruhten auf Finn. »Es tut mir leid, dass ich nicht da war«, fügte er nach ein paar Minuten hinzu. »Ich habe die Nachricht von Jess bekommen, als ich gerade in Ulan-Bator war.«

»Hä?«, machte ich.

»Die Hauptstadt«, erklärte er, »von der Mongolei.«

»Ah.«

»Ich hab direkt den nächsten Flieger nach Hause genommen. Man muss über Moskau fliegen, und irgendwann hieß es, es gäbe eine Verspätung, und ich dachte schon, ich sitze da ewig fest. Aber am Ende hat es doch geklappt. – Entschuldige«, wiederholte er mit zerknirschter Miene. »Ich stinke wahrscheinlich übel.«

Ich schüttelte den Kopf. »Nein, tust du nicht.« Nervös plapperte ich weiter. »Ich habe mir übrigens Gedanken über Namen gemacht, und ich dachte an Finlay. Kurzform: Finn. Ich weiß, wir haben nicht darüber gesprochen, aber mir gefällts. Aber wenn er dir nicht gefällt, können wir …«

»Nein«, sagte Max, der immer noch Finn anblickte, »mir gefällt er.«

»Und vielleicht Arundel als Zweitname?«

Max schaute zu mir auf. »Wirklich?«

»Ja klar«, sagte ich. Dann saßen wir beide schweigend da und betrachteten unseren Sohn.

»Ach übrigens, hast du die Decke bekommen?«, fragte Max ein paar Sekunden später.

»O ja, danke, das war so lieb von deiner Mum.«

»Nichts zu danken«, sagte er kopfschüttelnd. »Ich habe sie aus der Mongolei angerufen. Ich fand es so schrecklich schade, dass ich nicht dabei sein konnte. Es tut mir leid. Und es tut mir leid, dass ich verpasst habe, wie du ihn zur Welt gebracht hast, und, na ja, es tut mir alles so leid, Lil.« Er klang emotional fast genauso fertig, wie ich mich fühlte.

»Ist schon gut.« Ich hob die Schultern und zuckte sofort zusammen, als die Nähte wieder ziepten.

»Alles okay?«, fragte Max und rückte auf dem Sessel ein Stück zu mir vor.

»Jaja, super. Keine Sorge.« Ich winkte ab. »Alles gut, nur ein bisschen, äh … wund.«

»Hör mal«, sagte Max mit einem Mal dringlicher. »Als ich fort war, da habe ich nachgedacht. Über dich. Über uns.«

»Max …«, begann ich. Ich war körperlich wie emotional ein Wrack. Ich hatte gerade nicht die Energie für ein Grundsatzgespräch auf der Wochenbettstation.

»Ich weiß, dass wir schwierige Momente hatten«, fuhr er unbeirrt fort, »aber nach der Nacht, als wir bei dir landeten und wir, na, du weißt schon ... Also, mir ist bewusst geworden, wie viel du mir bedeutest. Und nicht nur wegen ihm« – er nickte zu Finn hinab, bevor er wieder aufsah – »sondern weil ich dich mag und dich bewundere und mir gar nicht mehr vorstellen kann, dich nicht in meinem Leben zu haben. Euch nicht zu haben.«

»Max ...«, setzte ich erneut an, während ich versuchte, irgendwo tief in meinem Inneren die Worte zu finden, die meine Gefühle vernünftig erklären könnten. »Du warst nicht ehrlich zu mir, und darum geht es doch letzten Endes«, sagte ich nach ein paar Sekunden. »Und das nach allem, was war. Nachdem ich geglaubt hatte, wir würden einander näherkommen.«

»Wir sind uns nähergekommen«, sagte Max heftig. »Und als ich fort war, habe ich über nichts anderes nachdenken können. Wie ich es dir erklären soll, wie ich es rechtfertigen soll, wie ich dir klarmachen kann, dass Prim...«

»Ich wills nicht wissen«, fiel ich ihm ins Wort, während eine Träne sich löste und über meine Wange kullerte. »Bitte nicht, Max, nicht jetzt. Nicht hier.«

»Sie hat ein Baby verloren, Lil«, sagte Max und sah mich beinahe flehend an.

Ich hatte eine Hand gehoben, um die Träne aufzuhalten, aber meine Finger erstarrten bei dieser Enthüllung in der Luft. »Was?«

»Nicht kürzlich«, fügte er hinzu. »Vor ein paar Jahren. Als wir noch zusammen waren.« Er hielt inne und stieß dann den Atem aus. Mein Blick fiel auf Finn, der zum Glück schlief, während diese dramatische Folge einer Seifenoper sich über seinem Kopf abspielte.

»Es war ein Unfall«, sagte Max. »Wir waren da schon eine ganze Weile ein Paar, und es passierte einfach. Ich reagierte nicht besonders schön, da die Sache mit dem Klettern gerade Fahrt aufnahm und ich nicht bereit war für ein Kind. Aber Prim, na ja, sie wollte es behalten. Doch dann erlitt sie eine Fehlgeburt, und es zerbrach sie innerlich. Es zerbrach sie wirklich.«

Max' Stimme war so leise geworden, wie ich sie noch nie zuvor gehört hatte, und mein Blick sank zu Finn in seinen Armen hinab. Nun, da er hier war, keinen Meter entfernt von mir, konnte ich mir gar nicht vorstellen, ihn zu verlieren.

»Ich wusste da bereits, dass wir nicht füreinander gemacht waren«, fuhr Max fort, ließ den Kopf sinken und schüttelte ihn, als säße er in einem Beichtstuhl. »Mir war klar, dass diese Beziehung nicht richtig war. Aber Prim hatte mich nach meiner schlimmen Phase aufgebaut. Ich konnte sie damals nicht verlassen. Das wäre einfach zu grausam gewesen.«

»Wie lange dauerte es«, fragte ich sanft, »bis ihr euch getrennt habt?«

»Noch mal drei Jahre«, sagte Max mit gequältem Blick. »Zu lange. Aber ich wusste nicht, was ich sonst hätte tun sollen. Also verbrachte ich mehr Zeit beim Klettern. Es war egoistisch. Aber ich dachte, sie ganz zu verlassen, wäre schlimmer.«

Ich nickte abermals, sagte aber nichts. Was wäre die richtige Antwort darauf? Gab es überhaupt eine? Die brennende, schneidende Eifersucht, die ich gegenüber Primrose verspürt hatte, hatte sich in Mitleid verwandelt.

»Ich wusste nicht, wann ich es dir sagen sollte.« Sein Blick glitt zu Boden. »Es gab Momente, als ich es fast tat, aber ich wollte dich während der Schwangerschaft nicht damit belasten. Und ich schätze, es fühlte sich auch Prim gegenüber illoyal an.« Er sah mir wieder in die Augen. »Aber ich habe diese Ansprache geübt, seit ich fort war. Es tut mir leid, dass ich es bisher nicht erzählt habe. Es tut mir leid, dass ich nicht von Anfang an ganz offen zu dir war. Aber das war es nun, jetzt gibt es nichts mehr, was du nicht weißt.«

Ich saß reglos im Bett, als Max den Sessel näher rückte, einen Arm unter Finn löste und nach meiner Hand griff. »Lil, hör zu. Primrose und ich sind heute Freunde, nichts mehr. Das ist auch der Grund, warum ich mich an jenem Tag mit ihr getroffen habe. Ich hatte sie seit Monaten nicht mehr gesehen, aber ich wollte ihr von dir erzählen. Von uns. Von dem Baby.«

Ich ignorierte seine Hand, die auf meiner lag, und seufzte, blickte zu den Plastikpaneelen der Krankenhausdecke empor.

»Das mit Primrose und mir war schon lange vorbei, bevor wir dann tatsächlich Schluss machten«, sagte er. »Sie meinte in ihrem Instagram-Post nicht, dass sie und ich wieder vereint wären. Sie meinte mich und Pumpkin.«

Ich senkte den Blick und sah ihn stirnrunzelnd an.

»Ihr Hund«, erklärte Max mit verlegener Miene.

Ich hielt inne und überlegte einen Moment im Stillen. Ich war innerlich völlig ausgelaugt, aber ich wollte zum Ende dieses Gesprächs kommen. »Also seid ihr nicht zusammen?«

»Das verspreche ich dir. Es tut mir leid. Mir ist durchaus klar, wie das Foto auf dich gewirkt haben muss. Ich weiß, wie die Klatschpresse tickt. Aber, Lil, wenn du sie selbst fragen würdest, würde sie es dir bestätigen.«

»Wie kann ich dir glauben?«, flüsterte ich, wobei meine Sicht erneut verschwamm.

»Du musst mir vertrauen«, sagte er. »Ich weiß, das ist viel verlangt, aber du musst mir glauben, dass meine Prioritäten jetzt hier liegen. Bei ihm. Bei dir.«

Ein Teil von mir wollte sofort seinem Versprechen, seinem verlockenden Flehen nachgeben. Ich verfügte über kaum noch Gegenwehr. Aber meine rationaleren Empfindungen blieben auf der Hut, achtsam wie ein Nachtwächter. Woher sollte ich wissen, dass er es ernst meinte? Wie konnte ich ihm wieder vertrauen?

»Lil, bitte«, fuhr Max fort. »Was ich dich eigentlich vor diesem ganzen Foto-Fiasko fragen wollte, noch bevor ich in die Mongolei aufbrach, war, ob du es dir vorstellen könntest, es nochmal ganz frisch mit mir zu versuchen?« Er stockte und betrachtete den gesprenkelten Linoleumboden. »Wenn ich gerade nicht unseren Sohn halten würde, würde ich dich anflehen. Ich würde ehrlich auf die Knie gehen und dich anbetteln.«

»Bitte nicht.« Ich wischte mir mit den Knöcheln über die Wange.

»Tatsächlich …«, sagte er, stand auf und hielt mir vorsichtig Finn hin.

»Max, hör auf …« Ich nahm Finn wieder an mich und sah fassungslos zu, wie Max sich auf den Boden kniete. »Ich bin nicht sicher, ob das so hygienisch ist. Du weißt nicht, was alles auf dem Boden war.«

»Schhhh«, tadelte er mich. »Ich bin sicher, ich habe gerade Schlimmeres an mir. Vornehmlich Yak-Scheiße.« Dann schaute er zu mir auf, eine Hand um das Geländer gelegt, das mein Bett umgab. »Lilian Bailey, ich flehe dich hiermit an. Bitte, können wir noch mal neu anfangen?«

Ich betrachtete Max da auf dem Boden, er blickte mich so offen und aufrichtig an, dass ich abermals schwer seufzte. Ich hatte das Gefühl, mein Hirn runter- und wieder hochfahren zu müssen. Was bedeutete »neu anfangen« überhaupt?

»Du meinst, ›neu anfangen‹ wie ›miteinander gehen‹?«, fragte ich.

Max nickte. »Ja, das meine ich. Wenn du willst.«

Ich lehnte den Kopf gegen das Kissen und fragte mich, ob man »mit jemandem gehen« konnte, wenn man schon ein Baby mit ihm hatte. Es fühlte sich alles verkehrt herum an. Und auch meine Vagina war nicht in der Verfassung, sich öffentlich zu zeigen. Wahrscheinlich die ganzen nächsten Monate nicht. Mindestens.

»Oder vielleicht nicht miteinander gehen«, fuhr Max hilflos fort, um die Stille zu füllen. »Aber auch nicht *nicht* miteinander gehen. Einfach nur … uns treffen.«

Ich konnte nicht anders, ich musste lächeln, und dann,

wie um uns anzufeuern, maunzte Finn, der kleine Cheerleader, auf und wedelte mit der Faust in der Luft.

»Gehts ihm gut?«, fragte Max und spähte über den Bettrand zu ihm.

»Ja«, sagte ich. »Denke schon. Er wird womöglich bald wieder gefüttert werden müssen.«

»Oh, okay. Ich habe noch so viel zu lernen«, sagte er kopfschüttelnd und immer noch auf dem Boden kniend.

»*Wir* haben noch so viel zu lernen«, korrigierte ich ihn.

Er grinste zu mir hoch. »Ja«, sagte er. »Ja, das werden wir wohl müssen. Aber ich möchte es mit dir tun. Das ist alles, was ich mir wünsche.«

Ich schluckte. Hier war ich also, lag im Bett mit einer ausrangierten Vagina, die fies pochte, während Max neben mir kniete und mich um etwas bat, wovon ich bis vor Kurzem geträumt hatte. Monatelang hatte ich darüber fantasiert, während ich gleichzeitig versucht hatte, mich davon zu überzeugen, dass ich, falls es nicht so kommen sollte, es auch alleine schaffen könnte. Doch hier war er und stellte mir genau diese Frage, schlug vor, dass wir es auf einen Versuch ankommen ließen, und mein vorrangiges Gefühl war überwältigende Angst. Mein Kopf schwirrte vor Was-wenns. Was, wenn es eine Katastrophe wird? Was, wenn wir uns entzweien? Was, wenn es doch nicht zwischen uns passt?

Ja, schon, aber was, wenn alles gut läuft?, meldete sich eine andere, leise Stimme. Oder noch besser als gut? Was, wenn es ganz wunderbar wird?

Was, wenn es das einzig Wahre ist?

»Lil, ich muss womöglich gleich aufstehen«, unterbrach Max meine Gedanken. »Der Boden ist höllisch hart. Fühlt sich langsam an, als hätte mir jemand ins Knie geschossen.«

»Geschieht dir recht«, erwiderte ich lachend.

»Schon gut, ich wollte es ja nicht anders«, sagte er und hielt die Hände in die Luft, »aber bevor ich aufstehe: Lilian Bailey, würdest du in Betracht ziehen, noch mal mit mir auf ein Date zu gehen?«

Ich musste erschrocken dreingeblickt haben, denn er fügte schnell hinzu: »Ich meine, nicht jetzt, aber irgendwann?«

Ich senkte den Kopf, um Finn zu küssen, und schenkte dann Max ein scheues Lächeln.

»Ach, na schön, von mir aus«, antwortete ich.

Und obwohl ich mehrfach behauptet hatte, dass ich nie wieder Sex haben würde, und obwohl es sich da unten anfühlte, als ob sämtliche inneren Organe gleich aus den Nähten purzeln könnten, und obwohl Milch aus meinen Nippeln sickerte, die mittlerweile die Größe von Toffifees hatten, verspürte ich eine Woge von Optimismus, als ich Ja sagte. Ich hatte keine Ahnung, was nun passieren würde. Aber ich fühlte mich friedlich. Ruhiger, als ich mich seit Langem gefühlt hatte. Vielleicht würde ja doch nicht alles in einer Katastrophe enden?

Danke

Wusstet ihr, dass der Durchschnittsmensch fünfmal am Tag Danke sagt? Zugegebenermaßen behauptet das bloß irgendeine Studie, die ich gerade im Internet gefunden habe, aber mir scheint das nicht besonders viel. Also, ich würde ja sagen, dass ich jeden Tag grob geschätzt 54 Millionen Mal Danke sage – zu dem netten (und ziemlich gut aussehenden) Mann in dem Café, wo ich schreibe; zu der Frau hinter der Kasse im Co-Op-Supermarkt ums Eck, die nie die Augen verdreht, wenn ich wieder mal meine Einkaufstasche vergessen habe; zu den Busfahrern und den Uber-Fahrern; zu meinem Mitbewohner, wenn ich wieder mal vergesse, meine Pflanzen zu gießen, und er daran denkt; zu der Frau im Callcenter, wenn ich anrufen und zugeben muss, dass ich mein Passwort falsch eingegeben und deswegen zum etwa achtundneunzigsten Mal von meinem Bankkonto ausgesperrt wurde, und so weiter und so fort. Haufenweise Dankeschöns. Aber es gibt kleine Dankeschöns und große Dankeschöns, und die, die ich hier gleich verteilen werde, sind sogar verflucht riesig.

Als Erstes geht eins an meine Agentin Rebecca Ritchie, dafür, dass sie meine beständige Unterstützerin ist, eine permanente Spenderin exzellenter Ratschläge und der Grund, warum ich überhaupt Bücher schreibe. Ohne deine E-Mail vor ein paar Jahren, in der du fragtest, ob ich je darüber nachgedacht hätte, ein Buch zu schreiben, würde ich mich jetzt bei gar niemandem für gar nichts bedanken, und die einzigen Worte, die ich je geschrieben hätte, wären »Klopapier« und »Milch« gewesen, und zwar auf meinem Handrücken. Zu sagen, dass ich mich glücklich schätze, weil ich jeden Tag schreiben darf, trifft es nicht mal annähernd. Ich bin vom Glück sogar absurd verwöhnt, und mit dir hat es angefangen.

Als Zweites ein jubelndes Dankeschön an meine Lektorin Charlotte Mursell. Ich bin dankbar für deine zahlreichen Talente – deinen scharfsichtigen, langfingrigen Umgang mit dem Text, deine beständige Rückversicherung, deinen Sinn für Humor und deine unerschütterliche Ruhe. Und ich bin dir außerdem dankbar, weil du mir immer Kuchen anbietest, wenn ich dich in deinem Büro besuchen komme und wir dann dasitzen und über die Royals tratschen, bevor wir hin und wieder auch etwas arbeiten. Danke an Joe Thomas, Lisa Milton und Janet Aspey, dafür dass ihr die Besuche im Hauptquartier zu so einem Vergnügen macht. Also, wenn ich bis zu meinem siebenundneunzigsten Lebensjahr bei euch vorbeikommen und Kuchen essen könnte, wäre ich entzückt. Ihr seid in so vielerlei Hinsicht die Besten.

An die verschiedenen Menschen, mit denen ich mich

für dieses Buch unterhalten habe – auch euch gilt mein Dank. Das schließt alle meine Freundinnen ein, die tatsächlich Babys bekommen haben. Es tut mir so leid, euch Fragen gestellt zu haben wie: »Laufen eigentlich die Nippel aus, wenn man in der Schwangerschaft Sex hat?«, und »Wie spitz warst du so im siebten Monat?«, aber ich bin sehr froh, dass ihr mir so detaillierte Antworten gegeben habt, und die gute Nachricht ist, dass ich mittlerweile keine Albträume mehr wegen Schleimpfropfen habe. Und jetzt etwas ernster: Danke an all die Freunde, mit denen ich mich unterhalten und die mir geholfen haben, die Haupthandlung von *Darf ich dich jetzt behalten?* anzulegen. Ihr wisst schon, wer ihr seid. Ich bin voller Bewunderung für eure Stärke.

Ein Riesendankeschön an die Familie Tulloch, die mir für ein paar Monate ihr Cottage in North Yorkshire zur Verfügung gestellt hat, wohin ich mich zurückzog, um dieses Buch aus meinem Kopf zu zerren und es in richtige Worte zu fassen. Es war ein echtes Paradies, und ich vermisse die Konditorei in Helmsley jeden Tag. (Du meine Güte, wie besessen ich von Kuchen bin! Echt tragisch.)

An vorletzter Stelle ein Dankeschön an meine Familie, auch wenn ihr eigentlich viel gewichtigere Worte verdient. An meine Eltern, meine Geschwister, Onkel und Tanten, Neffen und Nichten – ich weiß, dass wir in diversen WhatsApp-Gruppen ständig grantige Dinge übereinander schreiben und uns dabei große Mühe geben, nicht die falsche Nachricht an die falsche Person zu schicken, aber ich liebe euch alle und wäre verloren ohne euch.

Als Letztes – und ich werde das hier jetzt einfach mal voller Optimismus raushauen – ein Dankeschön an den gut aussehenden Mann in dem Café. Du bist der mit dem Bart. Manchmal hatte ich morgens Angst, du würdest einen Blick über meine Schulter auf meinen Laptop-Bildschirm werfen, während ich gerade gewisse Szenen für dieses Buch schrieb, und ich könnte dich damit schockieren. Hoffe nicht. Danke für all die perfekten Americanos. Du bist ganz mein Typ Superheld.